铁灵女王

The Queen of the Tearling

[美]埃里卡·约翰森 ○ 著　曾雅雯 ○ 译

重庆出版集团　重庆出版社

THE QUEEN OF THE TEARLING
Copyright © 2014 by Erika Johansen.
All rights reserved. Printed in the United States of America.
No part of this book may be used or reproduced in any manner whatsoever without written permission excerpt in the case of brief quotations embodied in critical articles and reviews. All rights throughout the world are reserved to Proprietor.

版贸核渝字(2014)第 54 号

图书在版编目(CIP)数据

铁灵女王／(美)约翰森著；曾雅雯译.—重庆：重庆出版社，2015.11
书名原文：The Queen of the Tearling
ISBN 978-7-229-10380-4

Ⅰ.①铁… Ⅱ.①约… ②曾… Ⅲ.①长篇小说—美国—现代 Ⅳ.①I712.45

中国版本图书馆 CIP 数据核字(2015)第 202930 号

铁灵女王
TIELING NÜWANG
[美]埃里卡·约翰森／著　曾雅雯／译

出 版 人：罗小卫
责任编辑：陈渝生
责任校对：胡　琳
装帧设计：重庆出版集团艺术设计有限公司·陈　永

重庆出版集团 出版
重庆出版社

重庆市南岸区南滨路 162 号 1 幢　邮政编码：400061　http://www.cqph.com
重庆出版集团艺术设计有限公司制版
自贡兴华印务有限公司印刷
重庆出版集团图书发行有限公司发行
邮购电话：023-61520646
全国新华书店经销

开本：680mm×980mm　1/16　印张：25.75　字数：410 千
2015 年 11 月第 1 版　2015 年 11 月第 1 次印刷
ISBN 978-7-229-10380-4
定价：39.80 元

如有印装质量问题，请向本集团图书发行公司调换：023-61520678

版权所有　侵权必究

本书献给克里斯蒂安和凯蒂

致　谢

我首先要感谢的人是多利安·卡其玛,他不仅是一位超级经纪人,也是我的朋友和极富才华的编辑,他为这本书的面世倾注了极大的精力和心血。同时我还要感谢凯瑟琳·萨默海斯、西蒙妮·布拉赛尔、劳拉·博纳尔、艾希莉·福克斯、米歇尔·费恩,以及给予了我无私帮助的威廉·莫理斯奋进文娱公司的其余职员们。你们都是好样的!

感谢玛雅·齐夫、乔纳森·博罕恩以及其他来自哈珀学院,对我这名第一次写小说的作者投入了极大信任的人士。我将同样的感谢致给环球出版社的全体同仁们,尤其感谢其中的西蒙·泰勒,我在这个世界上还没有找到一个比他更适合一起共进午餐并谈论书籍的朋友。

感谢达德和德布,在本书从最初写作到最终交付出版的迂回长路上,你们一直给予我无私的支持和贴心的理解。我还要感谢克里斯汀和卡蒂,谢谢你们不断提醒我爱能感动这苍茫人世。

谢谢亲爱的肖恩·布拉德萧,谢谢你帮助我在写作过程中保持冷静的头脑,也谢谢你容忍我痴迷于写作中不可自拔,还不断提醒我一切都会往好的方向发展。

我相信很多作者在没有导师的情况下也能写出优秀的作品,不过我不是这类作者当中的一员。谢谢所有指导我写作本书的老师们,特别感谢爱德华·凯里、克里斯·奥法特,以及其他来自爱荷华州作家工作室并向我慷慨分享其天赋的老师们。同样的谢意也致给来自斯沃斯莫尔学院的贝齐·博尔顿教授。我还想感谢这世上最伟大的历史老师乔纳斯·霍尼科,如果没有他的话,我不知道我的社会正义感——准确地说是书中主角凯尔茜的社会正义感——会是什么样。

最后但同样重要的是,我要谢谢你,我的读者,希望阅读本书能让你度过一段愉快的时光。

目 录

第一卷

第一章　第十四匹马 / 3

第二章　追踪 / 39

第三章　费奇 / 60

第四章　通往凯普之路 / 83

第五章　像上帝之海一样宽广 / 98

第二卷

第六章　有标记的女王 / 131

第七章　池塘里的涟漪 / 165

第八章　女王的寝宫 / 200

第九章　宝石 / 231

第十章　多马·罗利的结局 / 271

第十一章　叛教者 / 291

第三卷

第十二章　出货 / 333

第十三章　苏醒 / 373

第十四章　铁灵女王 / 398

致谢 / 406

第一卷

第一章
第十四马

  格林女王——凯尔茜·罗利·格林是第七任铁灵女王，也被称为"有标记的女王"，由卡琳和绰号"好人巴蒂"的巴索罗缪·格林抚养成人。母亲：伊丽莎·罗利；父亲：不详。以上信息，请参阅附录十一来推测。

——铁灵的早期历史，由莫文尼尔讲述

  当军队靠近凯尔茜·格林的家宅时，她非常安静地端坐着，默默注视这一切的发生。一大队骑兵正策马而来，再远一些还有几名零散的骑兵，所有人都穿着铁灵皇家卫队的灰色制服。骑兵们骑着战马行进时，身上的斗篷上下抖动，露出了他们所携带的贵重兵器——长剑和短刀，这些兵器都是由莫特姆森王国的钢铁锻造而成的。有一名骑兵甚至带了一根狼牙棒，凯尔茜能够清楚地看见那可怕的尖钉头从骑兵的马鞍旁边伸了出来。军人们以愠怒而阴沉的架势骑着马逼近小屋，由此可以非常清楚地看出：他们并不想来到这里。

  披着斗篷、戴着头巾的凯尔茜依然端坐着，她正坐在一棵大树的树杈上，这棵树距离她家前门大约有三十英尺①远。她的平衡感很强，待在树上纹丝不动，不发出一丁点动静。多年来的丛林生活帮助她具备了这种特殊的能力：她可以成为树的一部分，将自己完完全全地隐匿起来。她全身上下——从头顶的头巾一直到松木色靴子的上沿——都是深绿色的着装，形

---

① 1 英尺约合 30.48 厘米。

成了绝好的保护色。她的脖子上戴着一条纯银项链，中间有一颗蓝宝石，正好垂在她的胸口。每当她将这颗蓝宝石塞进衬衫里面以后，要不了几分钟，它总是会恼人地再次从衬衫里弹出来。这种情形在今天尤其明显，这颗蓝宝石正是她的麻烦之源。

一共有九个男人，十匹战马。

抵达小屋前面的泥土坡时，骑兵们纷纷跳下马，接着取下了头罩。凯尔茜发现这些人当中没一个跟自己年纪相仿，年轻点的看上去三十多岁，年长的大约有四五十岁。他们用严厉并且饱经风霜的表情相互对视了一眼。片刻之后，他们抬起头来凝视着小屋，携带狼牙棒的那名骑兵低声说了些什么，紧接着每个人都机械式地用手握住自己的剑柄。

"最好能速战速决。"一个雄浑的男声响起。

说话的是一个瘦高个子男人，他那权威性的口吻清楚表明他是这群人的首领。此人上前几步，在房门上敲了三下。门被迅速地打开了，就好像巴蒂一直都在门背后候着一般。从自己所处的有利于观察的位置望过去，凯尔茜能看见巴蒂的圆脸上布满了皱纹，而且双眼又红又肿。今天早上，巴蒂将凯尔茜送出家门，并目送着她进到森林里，在这期间他一直避免让她觉察到自己的忧伤和悲痛。凯尔茜本想抗议，不过巴蒂的态度非常坚决，最终他将她推出门外，并对她说："去和森林说再见吧，孩子。很可能在未来很长一段时间里，他们都不会再让你随意闲逛了。"

于是凯尔茜离开了小屋，沐着晨光在森林中四处漫步。她跨过倒下的树，偶尔停下脚步聆听着森林的寂静——尽管森林里面有多不胜数的生命存在，但是却有着如此完美的寂静。她甚至还捕捉了一只兔子，而这仅仅是为了给自己找些事情来做。不过，最终她又将兔子放走了，因为巴蒂和卡琳不需要肉，而她本人也不喜欢杀生。看着兔子蹦蹦跳跳地跑开，继而消失在她所生活着的森林里，凯尔茜再次试着说出了那个词——女王，尽管它就像她嘴里的灰尘一般。女王，这是个不祥之词，预示着严酷的未来。

"巴蒂。"骑兵团的首领问候道，"好久不见。"

巴蒂模糊不清地喃喃着什么。

"我们来这里，是为了那个女孩。"

第一章 第十四匹马

巴蒂点了点头，然后将两根手指放进嘴里，吹了个口哨，声音尖厉而且很有穿透力。凯尔茜静悄悄地从树上下来，走出了森林的掩蔽地带，这时她感到自己的脉搏跳得很快。她知道该如何用刀去对付一名袭击者，从而保护自己，巴蒂教过她该怎样做。不过，有兵器的侍卫对她来说却是完全陌生的，而她此时正受到一支全副武装的军队的威胁。凯尔茜发觉所有来访者的视线都集中在她身上，打量着她。自己看起来一点儿也不像个女王，她非常清楚地知道这一点。

首领面目严峻，下巴上有一道明显的疤痕。他在她面前深深鞠了一躬，"殿下，我叫卡罗尔，是已故女王的侍卫队的队长。"

紧接着，其余的侍卫都纷纷向她鞠躬。那个携带狼牙棒的骑兵只弯下了大约一英寸[①]，并以非常轻微的动作倾斜着下巴。

"我们得看看那个标记。"一名骑兵低声说道，他的脸几乎被红色的胡须给遮蔽住了，"还有那颗宝石。"

"喂！难道你认为我会欺骗王国？"巴蒂有些恼怒。

"她看上去跟她母亲一点儿都不像。"满脸胡须的男人一针见血地回答道。

凯尔茜的脸唰的一下红了。据卡琳所说，伊丽莎女王是一位标准的铁灵美女，高个儿，金发碧眼，身段轻盈优美。凯尔茜也很高，不过她的肤色比较黑，脸蛋可以说是平平无奇。此外，她也完全不符合"体态优美"之类的形容词。她常年坚持锻炼，可是她的胃口也因而太好了点儿。

"她的眼睛和罗利一模一样。"另一名骑兵评论道。

"我倒是更想看看那颗宝石和伤疤。"首领说，那名留着胡须的男子也领首表示附和。

"给他们看看，凯尔茜。"

凯尔茜将蓝宝石垂饰从衬衫里面取出来，并在阳光下将它举得老高。她真恨不得把这颗宝石从项链上扯下来还给他们，但是巴蒂和卡琳已经向她解释清楚了，他们绝不可能让她做出那样的事来。她是铁灵王国即将继

[①] 1英寸约合2.54厘米。

承王位的公主，今天正好是她十九岁生日，也是她应该登基即位的日子。他们会不顾她的踢打、尖叫和苦苦挣扎，用马车将她载回凯普。如果有必要，他们还会将她囚禁在王座上，而她将戴着珠宝、穿着绫罗绸缎坐在那里，直至自己被人暗杀。

首领看到宝石后满意地点了点头，凯尔茜将左边袖子挽了起来，露出了自己的前臂，一道向外凸出的刀片状伤疤从手腕一直延伸到肱二头肌附近。看到伤疤以后，有一两个男人低语了几句，那几双从他们到来以后就一直没有离开过兵器的手，此刻也松开兵器放了下来。

"这就对了。"卡罗尔粗声粗气地说，"我们走吧。"

"等等！"卡琳快步走到门口，轻轻地将巴蒂推开。她是用手腕推开巴蒂的，而不是用手指，可见今天她的关节疼痛一定非常厉害。她的外表如以往一样无可挑剔，一头白发用发夹整齐地别在脖子上方。凯尔茜十分惊讶地看到卡琳的双眼竟然也有些泛红，而卡琳并不是一个爱哭的人，她几乎完全不会流露自己的任何情感。

几名侍卫直愣愣地看着卡琳，其中一两个人甚至后退了一步，包括那个携带狼牙棒的男人。凯尔茜一直觉得卡琳看起来很像一位王室成员，不过眼前这些带着宝剑的男人们竟然会被一位老妇人所震慑，此情此景还是让凯尔茜非常惊讶。

谢天谢地，凯尔茜想道，看来我并不是唯一一个有这种感觉的人。

"请证明你们的身份！"卡琳命令道，"我们如何才能知道你们到底是不是从凯普来的呢？"

"不然的话，又有谁还会知道在今天这样的日子应该在哪里找到她呢？"卡罗尔反问道。

"刺客。"

几名侍卫毫不客气地窃笑起来，不过带着狼牙棒的侍卫走上前去，并在自己的斗篷下面摸索着。

卡琳盯着他看了一会儿："我认识你。"

"我带来了女王的指令。"他告诉她，接着递给她一个厚厚的表面已经泛黄的信封，"万一你不记得我的话。"

第一章　第十四匹马

"我想很多人都不会忘记你的，拉扎勒斯。"卡琳回答道，语气中透露出些微的不满。她迅速展开信纸——尽管这样做会加剧她的关节疼痛——阅读着上面的文字。凯尔茜看着那封信，有些着迷：这可是她母亲的亲笔信，而且这张信纸曾被她母亲触摸过。虽然母亲已经去世，但她写下的信还在这里，看得见并且摸得着。

读完信以后，卡琳看起来很释怀。她把信递还给侍卫："凯尔茜需要收拾她的行李。"

"殿下，你只有几分钟的时间，我们得尽快离开。"卡罗尔转而对凯尔茜说，并再次向她鞠躬，而她能够看出他已经完全无视卡琳的存在。卡琳面无表情，凯尔茜也看出了这一点。在过去，凯尔茜时常希望卡琳发怒，而不是将情感深深地、静静地隐藏在内心最深处，这样会使她显得冷漠而遥远。卡琳的沉默，总是让凯尔茜感到害怕。

凯尔茜从站立着的马匹旁边经过，进到了自己的小屋里。她的衣物已经收拾妥当，被塞进了几个驮包里，不过她并没有靠近它们，而是走向了卡琳的藏书室。她站在门口向里看去，藏书室的几面墙都摆满了书，书架是巴蒂亲手建造的，以铁灵的橡木作为原料，凯尔茜人生中的第四个圣诞节来临时，他将书架送给卡琳作为礼物。在凯尔茜朦胧的记忆中，那一天纯美而又熠耀：她协助卡琳把藏书摆放在书架上，还在卡琳不让她按照颜色来整理书籍时哭闹了一小会儿。已经过去十几年了，凯尔茜依然很喜爱那些书，也喜欢看到一册册书在书架上整齐摆放的样子。

不过，这间藏书室同时也是"教室"，而教室通常都是一个让人不太开心的地方。基础数学、铁灵语法、地理学，还有后来学到的周边国家语言——这些语言的发音都非常古怪。起初对凯尔茜来说学外语真的很困难，但坚持一段时间之后就变得容易些了，讲起来愈发流利，语速也可以更快，最后凯尔茜和卡琳可以在各种语言之间轻易地转换，比如从莫特姆森语突然转为坎达瑞斯语，然后又再次回到更简单、包含更少情感的铁灵语，在语言转换的过程中，她们可以做到连一个音节都不丢失。最重要的学科是历史，而且是铁灵王国创立之前的历史。卡琳常常说历史就是一切，因为一而再再而三地犯同样的错误是人类的自然本性使然。卡琳讲述历史的时候显得很严肃，她的两道白色眉毛微微向下皱起，露出不满的神色。卡琳很公正，不过也很严厉，如果凯尔茜能够在晚餐之前就完成家庭作业，那么她将获得的奖赏是可以从藏书室里挑一本书，然后熬夜阅读，直到看完为止。故事类的书籍最容易令凯尔茜感动，因为它们能让她如身临其境一般去到小屋以外的世界里。要是她想阅读一本特别长的小说，以至通宵达旦熬夜到黎明的话，那么她就可以被允许在接下来的那一天里不用做家务，并且可以在那一天的大部分时间里舒舒服服地睡大觉。但是在一年当中的大多数时候，凯尔茜整月都得忙于应付繁忙的课业，几乎不能得闲休息。在那些月份她就没法阅读藏书室里的故事书，陪伴她的只有家务活、寂寞，以及卡琳那张不以为然的冷漠脸庞。再往后，年龄渐长的凯尔茜大部分时间都是在学校里度过的，藏书室不再是她生活的重心。

巴蒂关上房门，拖着脚步走近凯尔茜。很久很久以前，他曾是一名女王侍卫队成员，那时他的膝盖背部还没有受剑伤，脚也没有跛。他将一只手坚定地放在凯尔茜的肩头，"孩子，别再耽搁了。"

凯尔茜转过身来，看到巴蒂身后的卡琳正望着窗外。在小屋前面，侍卫们不安地来回走动，目光警惕而快速地扫视着森林里的一草一木。

看来他们已经习惯了封闭的室内，凯尔茜心想，开阔的空间使他们有些恐慌。一想到自己即将在凯普开始新的生活，这几乎令凯尔茜窒息，她知道自己可以自由哭泣的时代已经彻底地结束了。

"接下来将是一段危险的时期，凯尔茜。"卡琳的声音非常冷漠，"你得当心摄政王，尽管他是你的舅舅。自打还在娘胎里时，他就开始觊觎王位了。不过，你母亲的侍卫队成员都是好人，他们当然会照看你。"

"可他们不喜欢我，卡琳。"凯尔茜脱口而出，"你曾说过他们会因成为我的侍卫而感到荣幸，但我发觉他们并不想来到这里。"

卡琳和巴蒂相互对视了一眼，凯尔茜瞥见了他俩之间长年累月争论的痕迹。他们的婚姻很奇特，卡琳至少比巴蒂年长十岁，现在她已经快七十岁了，不过不难看出她曾经非常美丽。巴蒂长得并不好看，他比卡琳个头更矮，而且更胖，但是在他那灰白色的头发下面，有一张和善的脸和一双会笑的眼睛。巴蒂对书完全不感兴趣，而凯尔茜时常都很想知道，当自己

第一章　第十四马

不在家里时，巴蒂和卡琳会谈论些什么。也许什么都不会谈，也许凯尔茜就是将两人连接起来的共同兴趣点。如果真是这样的话，那么从今往后他们之间将会怎样呢？

最终，卡琳开口回答道："我们向你母亲发过誓，说我们不会将她的失败告诉你，凯尔茜，而我们也真的信守了誓言。但是在凯普，并非每件事都如你所想的那样。巴蒂和我已经给了你很好的工具，那就是我们的教导和指引。不过当你一旦坐上王位，你就得自己艰难地做决定了。"

巴蒂似乎对此不以为然，他一瘸一拐地走到一旁，提起了凯尔茜的驮包。卡琳目光锐利地瞪了他一眼，可他对她视而不见，于是她又转而看着凯尔茜，眉毛皱在了一起。凯尔茜也转过脸去，感到心中一紧。从前——或者说很久之前——在森林里，他们一家子正在学习如何利用红色苔藓……巴蒂突然脱口而出："凯尔茜，如果我可以做主的话，我会破坏那该死的誓言，把你想知道的一切都告诉你。"

"那为什么不是由你做主呢？"

听到这话，巴蒂无助地低下头看着手里的苔藓，片刻之后凯尔茜便明白过来，小屋里的一切都轮不到巴蒂做主，一切都得由卡琳说了算。卡琳更聪明，身体也更完好，巴蒂只是她的助手。卡琳并不是残忍的人，但是凯尔茜曾感觉自己受够了她那钢铁般的压力，所以她能明白巴蒂的苦衷，而且几乎是感同身受。在凯尔茜身世这件事上，卡琳拥有绝对的决断权。凯尔茜虽然学过历史，可她的历史知识有很大的断层，她几乎没有接触过任何跟她母亲统治时期有关的信息。她的童年是被流放的童年，她被迫远离一切有可能为她提供信息的人和事。不过在夜晚，当巴蒂和卡琳以为凯尔茜已经入睡之后，她曾不止一次地听到他们长久地谈话。时至今日，她至少明白了他们谈话内容中的一部分谜团：多年以来，摄政王的侍卫队一直在整个国家的每一个角落搜寻一个戴着项链、手臂有伤疤的孩子，他们一直在搜寻凯尔茜。

"我在你的驮包里放了一个礼物。"卡琳继续说道，这句话将凯尔茜带回到现实世界。

"是什么礼物？"

"等你离开这里之后，可以自己打开来看一下。"

有那么一刻，凯尔茜感到从前的恼怒又再次涌现：卡琳总是保守秘密！不过片刻之后，她又因自己的这些想法而感到有些惭愧。巴蒂和卡琳此时正伤心着呢……倒不仅仅是因为即将失去凯尔茜，还因为他们将要失去家园。就在此时，摄政王派出的追踪者们很可能正在铁灵全境搜寻女王侍卫队。巴蒂和卡琳不能再继续住在这里了，待凯尔茜离开之后，他们也将很快动身前往位于坎达瑞斯边境附近的南部村庄佩塔卢马，而巴蒂正是在那里长大的。巴蒂离开这片森林一定会非常失落，不过他还会找到其他森林，他可以慢慢去熟悉新的环境。卡琳的牺牲更大：她不得不牺牲自己的藏书室。那些书籍是她毕生的搜集和珍藏，其中有不少都是在铁灵王国创立之前就写下的，几个世纪以来一直被人保存和爱护着。她没法将书一起带走，马车太容易被人发现和跟踪了。所有的书，所有的历史和记录，都只得离她而去。

凯尔茜拿起自己的背包，将其背在肩上，然后看着窗户外面的第十匹马。"有太多我不知道的事情了。"她说。

"你需要知道的都已经知道了。"巴蒂回答道，"你带好你的刀了吗？"

"带好了。"

"记得随时将它带在身边。还有，以后吃东西要小心。"

凯尔茜伸出双臂拥抱巴蒂，尽管后者的腰身很粗，但他的身体还是因为疲劳而颤抖。凯尔茜突然意识到巴蒂是多么的疲惫，长久以来尽心尽力地教育凯尔茜耗费了他太多的精力，以至于他加速衰老了。巴蒂用他粗壮的双臂紧紧地抱住凯尔茜，片刻之后他松开双手，一双蓝眼睛热切地看着她，"孩子，你从来没有杀过人，这样很好，非常好。不过从今天开始，你会被人搜寻，甚至被追杀，明白吗？你得保护自己，必要时不能手软。"

凯尔茜以为卡琳会反驳巴蒂，因为卡琳总是说只有傻瓜才会使用武力，不过这一次卡琳却点头表示同意。"凯尔茜，我们一直想把你培养成一位有思想的理性女王，将来你也会实现这一点。"她说，"可是眼下你面临一个非常特殊的时期，在这期间活下去才是最重要的。这些人会尽忠职守，将你平安地送回凯普。在那之后你将面临很大的危险，在那种情况下，巴蒂

第一章　第十四匹马

教给你的东西要比我教给你的更管用。"

卡琳离开窗边，走到凯尔茜身旁，将一只手轻轻地放在凯尔茜背上。这一举动差点儿令凯尔茜跳起来。卡琳几乎不会跟任何人有身体接触，她只是在极少数的时候会拍拍别人的背，不过那样的情景就如同沙漠中的甘霖一样罕有。"但你也不要养成过度依赖武力的习惯，凯尔茜。你拥有丰富的智慧，在这一路上你务必要确保自己不要失去已经拥有的智慧。因为一旦你举起刀剑，智慧便将离你而去。"

一只戴着盔甲的拳头敲响了房子的前门。

"殿下？"卡罗尔喊道，"天快要黑了。"

巴蒂和卡琳退后了一点，此刻他俩看上去显得无比苍老。巴蒂拿起了凯尔茜的最后一件行李，卡琳的表情还是那么的漠然。凯尔茜不想就这样离开他们，这两位老人曾经抚养她长大，也教会了她一切必要的本领。她的头脑里突然冒出了一个有些荒唐的想法：她真想立刻扔下自己的行李，然后从房子的后门逃出去。不过，这种颇具诱惑力的愉快想法在两秒钟之内就消逝了。

"到什么时候给你们捎信才安全呢？"她问道，"你们什么时候才能从藏身之处出来呢？"

巴蒂和卡琳迅速交换了一下眼色，凯尔茜觉得他们似乎是在交换某种秘密。最终回答她的是巴蒂，"不会太久的，凯尔茜。你知道……"

"你还有其他事情需要操心。"卡琳突然插嘴道，"想想你的子民，想想如何治理并稳固这个王国。也许你要过很长一段时间才能再度见到我们了。"

"卡琳……"

"现在你该走了。"

当凯尔茜走出小屋的时候，侍卫们已经骑到了马背上，他们低头注视着她，其中有一两个人流露出明显的轻蔑眼神。带着狼牙棒的侍卫拉扎勒斯完全没有看她，而是望着远方。凯尔茜将行李一件件地放到马背上，这是一匹杂色母马，看起来似乎比巴蒂的成年公马更温驯一些。

"我想你应该会骑马吧，殿下？"为凯尔茜拉着缰绳的侍卫问道。他说出"殿下"这个词时，发音和腔调听起来就像是在描述某种传染病一般。凯尔茜一把将缰绳从他手里夺了过来，"没错，我会骑。"

她整理好自己的绿色冬日斗篷，扣好了纽扣，随后纵身跃到马背上。她尽最大努力抑制住内心深处认为这次分别就是永诀的预感，低头看着巴蒂。后者看起来比实际年龄更苍老一些，不过没有任何理由表明他活不了多少年了，再说预感通常都是不太可信的。据巴蒂所说，莫特姆森女王手下的先知曾预告凯尔茜活不到十九岁生日那一天，可她现在不是活得好好的吗？

她笑着对巴蒂说："我会很快派人来接你们的。"她希望自己的笑容看起来很勇敢。

巴蒂点了点头，他也勉强挤出了愉快的表情。卡琳的脸色非常苍白，以至于凯尔茜担心她随时可能晕倒。不过她并没有晕倒，而是走上前来朝凯尔茜伸出了右手。卡琳的这一举动着实有些出人意料，凯尔茜呆呆地看着她的手，过了好一会儿才意识到自己应该跟她握手。在过去的十几年里，在凯尔茜的记忆中，卡琳从来没有跟自己握过手。

"等时候到了，你就会明白。"卡琳紧紧握住凯尔茜的手说道，"你会知道为什么这一切都是必要的。要留意过去的事，凯尔茜。好好治理你的王国。"

即便是现在，卡琳也没有直率地说话。凯尔茜一直都知道卡琳并不愿意选择她这样的孩子来训练，也知道自己难以控制的坏脾气，以及自己对肩上重大使命的责任感的缺失，都令卡琳感到失望。凯尔茜把自己的手收回来，随即看了巴蒂一眼，现在她感到自己心头的愤怒已经消失殆尽了。巴蒂不加掩饰地哭了起来，脸颊上挂着两行闪烁的泪水。凯尔茜感到泪水就要从眼眶里涌出来了，不过她握紧缰绳，让马对着卡罗尔所在的方向。"我们可以出发了，队长。"她坚定地说。

"遵命，殿下。"

卡罗尔用力拉动缰绳，策马向前奔去。"大家出发了，你们把女王围在中央。"他回头喊道，"我们要到日落才停下来。"

女王……她又听到了这个词。

第一章　第十四匹马

凯尔茜试着把自己想成一位女王，可是却做不到。她调整马的步调，使之跟侍卫们的速度相一致。她决绝地没有回头看，然而在拐弯之前她还是回头看了一眼。巴蒂和卡琳仍然站在小屋门口，目送着她离开，他们就像她从前曾经看过、现在想不起名字的一个故事里的老迈樵夫夫妇……他们的身影被树丛遮挡，再也看不到了。

凯尔茜所骑的母马显然非常强健，因为这匹马可以步履稳健地在崎岖的路面上奔跑。相反的是，巴蒂的公马却很难在森林里行走。巴蒂曾说他的马是马中贵族，只有开阔平直的道路才适合它。即使是骑着巴蒂的公马，凯尔茜也从未去过几英里之外的地方。这是卡琳的命令。每当凯尔茜满怀渴望地谈论起自己从未去过的广阔世界里的事物时，卡琳都会向她强调保密的必要性，以及她即将继承的女王王位的重要性。卡琳对凯尔茜害怕失败的心理并没有什么耐心，而且卡琳也不想听到任何怀疑论调。凯尔茜最主要的任务，就是学会在见不到别的孩子、别的成年人以及更为广阔的外面世界的境况下，也能保有满足感。

在她十三岁那年，有一次她如同往常一样，骑着巴蒂的公马进入森林，却不小心迷了路，来到了一片自己并不熟悉的林区。她发现自己刚刚经过的一片树丛和两条小溪都是过去从未见到过的，而且接下来绕了好几圈也没能找到回家的路。凯尔茜差点儿就要哭着放弃了，这时她突然看到地平线那边有一根正在冒烟的烟囱。

靠近一些之后，她看到了一座小屋。这座小屋是用木材搭建的，而非石料，看上去比巴蒂和卡琳的小屋还更加简陋。小屋门前有两个小男孩，他们比凯尔茜小几岁，正挥舞着玩具宝剑做游戏。她长久地看着他们，体味着一件她从不曾考虑过的事情：与她自己所经历的教养方式截然不同的童年生活是怎样的呢？在那之前，她下意识地认为所有孩子都过着完全一样的生活，接受着完全一样的教育。那两个小男孩衣着破旧，不过他们所穿的宽松短袖衬衫看起来非常舒适。凯尔茜自己却只能穿袖子又长又紧的高领衬衫，这是为了不让任何外人有机会看到她的手臂和那条不能取下来的项链。她聆听着两个小男孩彼此聊天的声音，发现他们几乎不会讲标准的铁灵语。没有人会在每天早晨逼迫他们坐下来，然后对他们的语法进行考察和挑剔。虽然时间是下午三点左右，可他们却并没有待在学校里。

"埃米特，你来扮演莫特姆森人，我来扮演铁灵人！"年龄稍大一点的男孩自豪地宣告道。

"我才不演莫特姆森人呢！莫特姆森人太矮了！"年龄较小的男孩喊道，"妈妈说过你偶尔也应该让我扮演铁灵人！"

"那好吧。这次由你来扮演铁灵人，不过我要使用魔法！"

观察了一阵之后，凯尔茜明白了自己和眼前这两个小男孩之间最本质的区别：这些孩子有自己的同伴，一点都不孤单。此刻她离他们不过几十米的距离，可是这两个小男孩之间的友谊却使她感觉自己仿佛置身于月球之上一般遥远。随后，当他们的母亲从小屋里走出来并呼唤两个孩子进屋去吃饭时，凯尔茜发现自己和他们之间的距离更加遥远了。他们的母亲是一个胖乎乎的女人，与有着庄严优雅仪容的卡琳毫无相似之处。

"埃米特！马丁！快回来洗手吃饭了！"

"不！"更年幼的孩子回答道，"我们还没玩够呢！"

这位母亲俯身从地上的一捆木棍中抽了一根出来，跳进了正在做游戏的两个孩子中间。埃米特和马丁各挨了一记"闷棍"，可他们都发出了咯咯的笑声，随即手舞足蹈地尖叫着。最后母亲用两只手各提着一个孩子，让他们紧贴在自己身体两侧，进屋去了。天色越来越暗，尽管凯尔茜知道自己应该尽快找到回家的路，但她还是没法让自己转身离开。卡琳从来都不对人表露自己的情感，哪怕是在巴蒂面前也是如此，凯尔茜所能指望的最特别的情感表露，顶多不过是卡琳的一个微笑而已。是的，凯尔茜是铁灵王国的继承人，卡琳也曾多次告诉她这是多么重大而荣耀的身份。不过在骑马回家的漫长路途中，凯尔茜始终都无法摆脱一种感觉，那就是她觉得这两个孩子拥有的比她自己更多。

当她终于回到家时，已经错过了晚餐。巴蒂和卡琳都非常担心，巴蒂甚至对她大呼小叫了一番，不过凯尔茜能透过他的喊叫看出他因自己总算平安到家而流露出的如释重负的神情。在打发凯尔茜上楼回自己的房间之前，巴蒂还紧紧地拥抱了她。卡琳几乎没有正眼瞧她一下，只是严肃地宣布她本周去藏书室的权利被取消了。那天晚上，凯尔茜躺在床上久久不能

第一章　第十四匹马

入眠，她发现原来自己一直以来都被欺骗了。在那天之前，凯尔茜认为卡琳就算不是自己的生母，至少也是自己的养母，然而她突然明白其实自己压根儿就没有母亲。卡琳不过是一个不断对她有所要求，并且在方方面面都辖制她的冷酷老妇人而已。

两天之后，凯尔茜再次越过了卡琳为她设定的活动范围界限，不过这次她是故意的，目的是为了再次去看看森林里的那座小屋。可是半路上她放弃了这个念头，掉头回去了。叛逆的感觉并不令人舒服，反而令人难过，她似乎能察觉到卡琳的一双眼睛正在背后盯着自己看呢。从那以后凯尔茜再也没有越出卡琳所设的限制，因此她再也没有机会去看外面更广阔的世界。她的所有人生经验都来自于小屋以及小屋周围的那片森林，在她十岁的时候，她就对那片森林里的每一寸土地都了如指掌了，包括其中的一草一木。现在，一支侍卫队伍正护着她朝森林深处进发，她不露声色地笑了笑，将注意力集中到了自己从未来过的王国土地上。

雷迪克森林位于王国的西北面，占地数百平方英里。他们正一路向南，策马穿过这片森林最中心的地带。遍地都是铁灵橡树，有些树高达五六十英尺，在他们头顶上方形成了浓密的绿色冠盖。森林里也有凯尔茜并不熟悉的矮小灌木丛，她从前学过有一种灌木的树枝具有特殊的药用价值，适合用来制作抗组胺药膏，不过这里的灌木跟她所认识的那一种看起来有些类似，却也有着明显的区别。它们的树叶更长，卷曲得更厉害，而且绿色的树叶隐隐泛红……这些都是毒栎的典型特征。凯尔茜尽量设法不让自己的母马碰触到植物的枝叶，然而在某些狭窄区域这样的事还是不可避免地会发生。随着地势沿着山坡向下倾斜，植物也越来越浓密。现在他们离大路已经有很长一段距离了，当马匹奔跑在由落下的橡树叶所构成的金色"地毯"上并发出"噼里啪啦"的响声时，凯尔茜觉得仿佛整个世界的人都能听到他们在森林里所发出的动静。

侍卫们呈菱形排列在她周围，由于地形不断改变，所以他们的速度也随之调整，不过队形始终都保持得很好。带着狼牙棒的侍卫拉扎勒斯在她身后视线所不能及的地方，她的右手边是那名留着红色胡须的"怀疑论者"侍卫。一路上凯尔茜饶有兴味地暗中观察着"怀疑论者"侍卫的红胡须，还有红头发。红色头发是一种隐性基因，随着人类代代繁衍，近几百年来这种基因渐渐消失了。卡琳曾告诉凯尔茜，有些女人喜欢把头发染成红色，甚至有些男人也喜欢这么做，因为他们认为物以稀为贵。不过，在凯尔茜偷偷地观察了约莫一个小时之后，她非常确信他头上的红发是天生的，染出来的头发不可能有那么自然而逼真的效果。他脖子上戴着一个小小的金十字架，那是上帝教会的标志，随着马匹的行进，十字架在他胸前不断地跳动和闪烁着，而卡琳曾多次告诉凯尔茜，教会和牧师都是不可信的。

在红发侍卫身后是一个金发男人，由于此人容貌长得特别俊美，于是凯尔茜忍不住偷偷瞟了他好几眼。不过对她来说，他的年龄还是太大了，看上去应该已经超过四十岁了。金发侍卫有一张酷似卡琳的某些艺术类藏书中所描画的天使的脸，不过他看上去十分疲惫，凹陷的双眼表明他已经有好一阵没能得到充足的睡眠了。可是不知怎地，他的脸上流露出的疲惫神色反倒为他的容颜增色不少。他突然转过头来，发现凯尔茜正在观察自己，于是凯尔茜赶紧把头扭过去看着前方，脸颊顿时变得绯红。

她左手边的高个子侍卫留着黑色头发，肩膀很是宽阔，看起来属于那种震慑力很强的男人。在他前面的侍卫个头要比他矮很多，身形瘦小，留着浅棕色的头发。凯尔茜仔细打量着那名瘦小的侍卫，因为他看上去跟她自己的年龄更为接近，也许他还不到三十岁呢。她试图通过聆听侍卫们的交谈来得知他的名字，可是他们始终都用很低的音调讲话，很明显是故意不让凯尔茜听到他们彼此交谈的内容。

队长卡罗尔一直走在菱形队伍的最前端，凯尔茜只能看见他的灰色斗篷。他不时会大声喊出一两句命令，然后所有人都会据此来调整行进方向和速度。卡罗尔骑在马上的样子自信满满，丝毫不寻求任何人的指引，凯尔茜相信他能带着自己去到该去的地方。他所具备的这种统率能力很可能是一名侍卫队队长所必需具备的特质，如果她要活下去，就需要寻求卡罗尔这样的人的帮助。不过她应该怎样做才能赢得这些人对自己的忠诚呢？他们很可能认为她是软弱无能的，也许在他们眼中所有的女人都是如此。

一只鹰在他们头顶上方嗥叫着，凯尔茜把斗篷的兜帽拉下来，盖住了自己的额头。鹰是美丽的生物，也是可口的食物，不过巴蒂曾在铁灵与莫

第一章 第十四马

特姆森的边境附近告诉她,鹰常常被训练成执行暗杀任务的武器。当时他只是轻描淡写地随意说说而已,不过却在凯尔茜心中留下了深深的印记。

"伙计们!向南行!"卡罗尔喊道,他身后的一行人闻声开始改变行进方向。太阳迅速地沉到地平线以下,夜幕渐临,起了一阵冷风。凯尔茜希望他们能尽快停止前行,因为她已经在马背上冻得快要僵掉了。可是她知道,忠诚是以尊重为开端的。

"一位统治者如果没有得到被统治者的尊重,那么他绝不可能长久地掌权。"这样的话卡琳曾对她讲过无数次,"统治者如果妄图以强权控制并非心甘情愿服从自己的民众,最终将会一无所获,而且通常的结局是统治者的头被长矛刺透而身亡。"

巴蒂的建议则更为简洁明了:"你要么赢得民心,要么失去王权。"

说得好!此时此刻凯尔茜更能体会到他们的智慧,可是她并不知道自己该怎么做。她怎么能对别人发号施令呢?

我已经十九岁了,应该不会再害怕任何人了。她在心里对自己说。

可是她真的感到害怕。

她把缰绳握得更紧了一些,暗自后悔当初没有戴上自己的骑手手套,可是她临行前非常焦虑,以至于没法抛开小屋前门外令人不适的戏剧性画面去找手套。现在她的手指尖已经冻得麻木了,手掌也被粗糙的皮革缰绳摩擦得又红又疼。她尽量把手指缩进斗篷的袖子里,然后继续向前行进。

一个小时之后,卡罗尔发出了停止前行的指令。队伍来到了一块小空地上,四周是高耸的铁灵橡树,地上铺着厚厚的灌木树叶,其中既包括那种树枝具有特殊药用价值的灌木的树叶,也包括毒栎的泛红树叶。凯尔茜不禁在想,这些侍卫是不是不认识毒栎呢?每一支侍卫队都至少配有一名医护兵,而医护人员一般都应该对植物比较了解。巴蒂自己也曾当过医护兵,虽然他并没有刻意要教授凯尔茜植物学知识,可是每当他们发现一种有趣的植物时,他就会自然而然地教她一些植物课程。

侍卫们纷纷在凯尔茜身边聚拢,等着卡罗尔也绕回来。他让自己的马一路小跑着来到她身边,这时他留意到她的脸色泛红,双手则死死地握着缰绳。"殿下。"他对她说,"如果你愿意,我们可以停下来在这里过夜。我们刚才行进得非常快。"

凯尔茜松开缰绳,把斗篷的兜帽从头上掀了下来,并努力使自己的牙齿不再上下打颤。当她说话的时候,声音极不稳定,而且很沙哑,"队长,我相信你的判断力。如果你认为我们有必要继续赶路的话,我们也可以不用停下来。"

卡罗尔注视了她一会儿,然后环顾了一下周围的小空地,"今天赶的路已经足够多了,殿下。不过明天早上我们得起得很早。"

侍卫们纷纷跳下马,凯尔茜本来就不适应骑马长途跋涉,再加之身体几乎被冻僵,所以她从马背上跳下来时动作略显笨拙,差点儿摔倒在地,踉跄了好几下才勉强站稳了。

"佩恩,你负责搭建帐篷。埃尔斯顿和奇布,你们去找木材。穆哈恩,你去为我们找些吃的。拉扎勒斯,你负责照看女王的马。其余的人尽快修筑防御工事。"

"队长,我能照看自己的马。"

"随你喜欢,殿下,不过拉扎勒斯能助你一臂之力,如果有什么需要就尽管跟他讲好了。"

侍卫们分散开来,各自去完成自己的任务。凯尔茜朝地面俯下身去,伸展了一下脊柱。她的两条大腿都疼痛不已,就像刚刚受过重击一般,不过她可没打算过在这些男人面前做任何伸展大腿肌肉的运动。当然,对凯尔茜来说,他们的年龄太大,以至于丧失了吸引力,可他们毕竟是男人。凯尔茜突然觉得自己在这些人面前变得有些不自在,过去她在巴蒂面前可从来都没有这样的感觉。

她把自己的母马带到空地边缘的一棵大树下,然后把缰绳松松垮垮地绕在一根粗壮的树枝上。她用手轻柔地抚摸着母马颈部的光滑皮毛,可是这匹马却甩了甩头,发出嘶声,似乎不愿意被凯尔茜爱抚。于是凯尔茜退后了一步,"好吧,女孩,看来我也得继续努力来获取你的信任和喜爱。"

"殿下。"她身后传来一个低沉的声音。

凯尔茜转过身去,看到了拉扎勒斯,他手里正拿着一把马梳。他现在看上去并不像凯尔茜起初以为的那么老:他的发际线才刚刚开始后退,头

第一章　第十四匹马

发仍然是黑色的。也许他才四十出头而已，可是他脸上的皱纹实在是太多太明显了，而且他的表情显得异常残酷。他的两只手上都布满了疤痕，不过最吸引她注意力的是他腰带上的那根狼牙棒：一颗铁球上布满了尖锐无比的钢钉。

真是个与生俱来的杀手，她心里想着。狼牙棒要猛烈地挥舞起来才具备杀伤力，静止时不过就是个装饰品罢了。照理说这个武器应该令她心惊胆战、不寒而栗，可是她却因眼前这个在人生中大多数时候都跟暴力为伍的男人的存在而感到舒适平静。她从他手里接过马梳，与此同时她注意到他的眼睛始终盯着地面，"谢谢你，我想你应该知道这匹马的名字吧。"

"殿下，你是女王，所以你可以随你所愿给她起个名字。"他用平淡的目光与她短暂对视之后便马上把视线转开了。

"我来给她起新名字不太妥当吧。你们叫它什么呢？"

"你可以做你想做的任何事，没什么不妥当的。"

"请告诉我她的名字！"凯尔茜的脾气上来了。这些男人似乎都对她持有不好的看法，这到底是为什么呢？

"她没有正儿八经的名字，殿下。我们一直都叫她梅恩。"

"谢谢你告诉我。这可真是个好听的名字。"

他转身准备走开。凯尔茜深呼吸了一下，恢复了勇气，然后柔和地开口说话："我还没有准予你离开呢，拉扎勒斯。"

他面无表情地转过身来，"我很抱歉，殿下，你还有什么别的需要吗？"

"为什么你们都骑公马，却让我骑一匹母马呢？"

"因为我们之前并不知道你会不会骑马，殿下。"他回答道，这一次他的语气里明显包含着嘲弄的成分，"我们也不确定你是不是能控制得了一匹公马。"

凯尔茜眯缝着眼睛，"那么你们认为这些年来我在森林里做些什么呢？"

"和玩偶们过家家，尝试各种发型的梳理方法，或许还会试穿各式各样的裙子。"

"拉扎勒斯，在你看来，我是那种很女性化的女孩吗？"凯尔茜感觉自己的音调明显高了许多，还引得好几个人都把头转过来看着他俩。"我看起

19

来是那种会花好几个小时在镜子前搔首弄姿的人吗?"她继续问道。

"一点也不像。"

凯尔茜笑了笑,这是她花了好大力气才展露出来的生硬笑容。巴蒂和卡琳的小屋里从来都没有镜子,而长久以来凯尔茜都以为这一安排是为了不让她养成爱慕虚荣的性格。可是在十二岁那年,有一天她在小屋背后的清澈池塘里瞥见了自己的脸,从那时起她便清楚地明白了一切:原来自己的长相如池塘里的水一般平平无奇。

"我现在可以离开了吗,殿下?"

她注视着他,沉思了片刻,随即回答道:"那得看情况了,拉扎勒斯。我有一个装满了玩偶和服装的驮包。你想为我做做头发吗?"

他静静地伫立了片刻,黑色的眼睛里流露出了难以解读的眼神。片刻之后,他突然弯腰鞠了个躬,身子弯得很低,姿态极其夸张,以至于令人很难从中看到一丝诚意。"如果你愿意的话,可以叫我梅斯①。大多数人都是这么叫我的。"

随即拉扎勒斯转身离开了,他的浅灰色斗篷消失在了空地里的幽暗角落。凯尔茜这才想起自己还握着那把马梳,于是便转过身去为母马梳理鬃毛。在她忙着做这件事的时候,大脑也在飞速地运转着。

也许我表现出勇敢的态度就能赢得他们的尊重。

你永远都不可能赢得这些人的尊重。你能活着抵达凯普就是最大的幸运了。

也许吧。可我总得做一些尝试啊。

你这样想就好像你有很多选择似的。其实你能做的不过就是照他们所说去做而已。

我是女王。我可不需要受他们的管束。

那么在尘埃落定之前多想想别的女王是怎么做的吧。

晚餐的主食是烤鹿肉,肉质多筋,很难咀嚼和下咽。这只鹿的年龄一

---

① 与"狼牙棒"同音。

第一章 第十四匹马

定很大了。当他们一路骑马从雷迪克森林里穿过时,凯尔茜只看到了几只小鸟和松鼠。森林里的绿色植物非常繁茂,也不缺乏水分,怎么小动物这么少呢?凯尔茜很想问这个问题,可她担心如此一来他们很可能会误认为她是在对晚上的食物表示抱怨。于是她默默地咀嚼着手中坚韧的鹿肉,尽量不去看站在自己周围的侍卫们。这些男人彼此间并没有任何交谈,凯尔茜不禁想到他们的沉默也许是因为她的缘故。她觉得正是由于有她在场,所以他们便终止了一切轻松有趣的闲谈。

吃过晚餐之后,她想起了卡琳给她的礼物。篝火旁有几盏点燃的提灯,她取了一盏提在手上,然后去母马的驮包里取自己的睡袋。她没走出几步,其中两名侍卫——拉扎勒斯和另一名她先前在骑马时观察过的宽肩高个侍卫——也离开了篝火,迈着悄无声息的步伐紧紧跟在她身后。凯尔茜这才意识到,在过了这么多年的隐居生活之后,她很可能永远都不会再有独处的机会了。本来这个想法应该是令人安慰的,可是她却从自己内心深处感到了一丝凉意。她想起了七岁那年的一个周末,巴蒂准备去村子里贩卖肉类和动物皮毛。通常他每隔三四个月就会安排一次那样的行程,可是那一天凯尔茜非常强烈地要求自己要跟巴蒂同去。她内心的渴望是如此的强烈,以至于她认为自己如果去不了的话就会死。她扑倒在地大发脾气,流泪尖叫着,甚至还狂躁地用两只脚使劲踢打地面。

卡琳对这种戏剧性场面毫无耐性,她用了几分钟的时间对凯尔茜进行劝说,无果之后便躲到自己的藏书室里不再出来了。巴蒂为凯尔茜擦掉了脸上的泪水,并让她坐在他的大腿上,最后她抑制不住地号啕大哭。

"孩子,你是极其宝贵的。"他告诉她,"你就像裘皮一样宝贵。哦,不对,你比黄金还更宝贵。如果有人知道你在我们这里,那他们就会想方设法来偷走你。你应该不想被人偷走,对吗?"

"可是如果没有人知道我在这里,那么我就是完全孤独的。"凯尔茜啜泣着回答道。有一件事是她深信不疑的:她的存在是一个秘密,所以她注定是孤独的。

巴蒂笑着摇了摇头,"你说得对,孩子,没有人知道你在这里。不过呢,全世界的人都知道你是谁。请认真想想这件事吧,整个世界的人每天都在想着你,你又怎么可能是孤独的呢?"

即便自己只有七岁,凯尔茜也能看出这不过是巴蒂的一个机巧回答。这个回答足以在当时令她停止哭闹,平复她的怒气,不过在随后的几个星期里,她反复思量着他说的那番话,试图找出她所认为的暂时无法用语言来描述的漏洞。大约是一年或更久之后,她在卡琳的一本书里找到了自己一直在寻找的那个词语:不是孤独,而是隐匿。多年来,她一直都过着隐匿的生活,而且她坚信是卡琳——或者巴蒂——残忍地将自己隐藏起来。可是在两名高个子男人紧随其后的当下,凯尔茜开始反思她从前被迫接受的隐匿生活是不是一种恩赐。如果是的话,那么这种恩赐现在已经离她远去了。

侍卫们将在篝火周围睡觉,不过他们在距离篝火大约二十英尺远的空地边缘为凯尔茜搭建了一个帐篷。当她走进帐篷并关上门帘之后,她听到两名侍卫分别站在了帐篷入口的左右两侧,随即一切都归于了沉寂。

凯尔茜把自己的行李包放在地上,她在包里的服装堆中搜寻一番之后,找到了一个白色的牛皮纸信封,这是卡琳少有的奢侈品之一。她拿起信封摇了摇,感觉到里面有东西在晃动。凯尔茜坐在床铺上看着这封信,期待自己能从中找到各种问题的答案。她在差不多一岁时便被人从凯普带走了,所以她对自己的生母并没有任何记忆。在成长的岁月中,她偶尔能听到一些关于伊丽莎女王的事情:女王很美丽,不喜欢阅读,二十八岁的时候就去世了。凯尔茜并不知道自己的母亲是怎么死的,与此相关的任何事情都在她不能碰触的雷区之内。每每凯尔茜针对跟母亲有关的事情所提出的种种质疑,最后都以同样的方式被宣告结束——卡琳摇着头喃喃地说:"我曾发过誓,不把有些事告诉你。"无论卡琳曾经发誓要对她隐瞒什么,也许现在就是适当的时候终止她的誓言了。凯尔茜再度长久地看着信封,随后她把它举起来,撕开了卡琳的封条。

一条挂着一颗蓝宝石的细银链从信封里滑了出来。

凯尔茜拿起项链,缠在手指上,在灯光下细细察看着。这条项链和她自打出生后就一直戴在脖子上的项链就像一对双胞胎一般,很难看出两者的区别,都是考究的细银链上挂着一颗祖母绿蓝宝石。在灯光的映照下,

第一章　第十四匹马

蓝宝石闪烁着，将蓝色的光辉投射在帐篷内。

凯尔茜再次将手伸进信封，想找找里面有没有信，可是却没有找到。她仔细检查着信封内部的各个角落，还将信封的开口对准灯光端详了许久，最后她看到在封条下面有卡琳的笔迹，字体非常潦草：

小心。

篝火那边突然爆发出一阵笑声，惊得凯尔茜差点儿跳了起来。她捂住狂跳不已的心脏，留神凝听帐篷外的两名侍卫是否发出动静，不过什么都没有听到。

她摘下脖子上的项链，然后将两条项链并排摆放在一起。它们看起来的确是一模一样的，就连各个细节部位也看不出任何差别。这两条项链一定很容易被弄混淆，于是凯尔茜迅速地把自己那条项链戴回到脖子上。

她再次拿起从信封中取出的新项链，注视着来回摆动的蓝宝石，一脸困惑。卡琳曾告诉她，每一位铁灵王位的继承人从出生的那一刻起就会戴上蓝宝石项链。民间传说称，那颗宝石是一种对抗死亡的符咒。在凯尔茜更年幼一些的时候，她曾不止一次想过要试着把项链摘下来，不过她内心蠢蠢欲动的念头最终还是被迷信的力量给压制了下去：万一就在自己摘下项链的那一刻便被雷电击中了怎么办呢？所以她一直都没敢摘下那条项链。卡琳以前从未提及过另一条项链的存在，然而这第二条项链肯定是被她保管起来的。太多秘密了……跟卡琳有关的一切都是秘密。凯尔茜不知道自己为什么会被委托给卡琳来养育，也不知道卡琳过去是怎样的人。她一定是个重要人物，凯尔茜猜测道。卡琳浑身上下散发着过于强大的高贵气场，这使得她看上去与他们一家所居住的小屋颇有些格格不入。当卡琳走进小屋的时候，连巴蒂的存在都显得失色不少。

凯尔茜注视着藏在信封里面的那两个字：小心。这是为了再度提醒她要在新的生活中小心行事吗？凯尔茜认为应该不是这样的。在过去的几个星期里，卡琳和巴蒂已经不断地通过耳提面命的方式告诫她要小心行事。看上去这个提醒跟信封里的项链不无关系，很可能新项链与凯尔茜脖子上原有的项链在某些地方是不一样的，也许新项链更加危险。可是具体是怎么一回事呢？总之，凯尔茜一直以来都戴着的那条项链显然是没有危险的，否则巴蒂和卡琳也不会允许她每天都将其戴在脖子上了。

她看着新项链上的宝石，它兀自得意地在链子上摇晃着，宝石的各个棱面在昏暗灯光的照射下闪烁不已。凯尔茜将新项链塞进了斗篷胸袋的最深处。或许在白天的阳光下更容易看出两条项链的不同之处吧，她一边这样想，一边将信封塞进了灯罩里面，看着厚厚的牛皮纸被火苗渐渐吞噬掉。此时她的心里略微有些愠怒，卡琳并没有解答她现有的疑问，反而继续制造出更多的疑问，随她去吧！

她展开四肢伸了个懒腰，抬头看着帐篷的顶盖。尽管有人守在帐篷外面，她还是觉得自己是完全孤独的。在此之前的每一个夜晚，她都知道巴蒂和卡琳就在楼下，这个时辰他们都还醒着。比较常见的场面是卡琳捧着一本书正在阅读，而巴蒂正在摆弄或切削他刚找到的某种新植物，有时他还会将其与某种麻醉药或抗生素混合起来做实验。此时此刻，巴蒂和卡琳都在离她很远的地方。

这里只有我，她对自己说。

篝火四周再次传来了低沉的笑声。有那么一瞬间，凯尔茜很想出去试着跟那些侍卫们聊聊天，不过她很快就打消了这个念头。他们一定在谈论女人、战争或者昔日的朋友……她的出现绝不会受到他们的欢迎。再说了，她因长时间在严寒天气下骑马而筋疲力尽，而且她的大腿肌肉也疼得厉害。她吹灭了提灯，侧躺着准备进入一种显然不那么舒适的睡眠状态。

第二天有些雾气缭绕，所以队伍骑行的速度放慢了不少。空气没那么寒冷了，不过周围的一切都被一层薄雾笼罩了起来，树枝在雾中若隐若现。每往前行进一段距离，土地就变得越来越平坦，林木也更加稀疏了，灌木丛则渐渐多了起来。越来越多的动物开始纷纷出现在他们的视野里，大多数都是凯尔茜所不熟悉的：有小松鼠，也有一些像狗一样耷拉着舌头的动物，它们看起来有些像狼，但显得非常温顺，一看到他们一行人策马奔驰而来便立即四下逃窜。不过他们今天一直没有看到鹿。在上午快要结束的时候，凯尔茜发现了自己越来越感到不安的根源所在：这里丝毫听不到一丁点儿鸟鸣声。

第一章　第十四匹马

侍卫们看起来也变得有些沉默寡言了。昨天夜里凯尔茜有好几次被篝火旁传来的笑声吵醒，那时她还在想他们到底会不会住口睡觉呢。然而，现在他们的欢乐似乎随着天色越来越亮而消失殆尽了。随着时间不断流逝，凯尔茜留意到越来越多的侍卫不时会警惕地看看身后，不过当她自己回过头去的时候，看到的就只有一棵棵树而已。

临近中午的时候，他们停下来在一条将森林一分为二的小溪边给马喂水喝。卡罗尔掏出了一张地图，几名侍卫聚拢过来和他一起查看着。根据凯尔茜无意中听到的只言片语，她猜测雾气给他们带来了麻烦，令他们很难看清地标。

她蹒跚着走到小溪旁一块巨大而扁平的岩石边，对此时的她来说，要坐下来是件相当艰难的事儿。当她弯曲膝盖的时候，感觉自己大腿根部的肌肉就像要从骨骼上剥离一般。几经调整，她终于设法盘腿坐了下来，这时她才发现自己的臀部也因数小时坐在马鞍上长途跋涉而疼痛不已。

那名身材高大、肩膀宽阔、大多数时候都在凯尔茜身旁骑行的侍卫——她已经知道他叫埃尔斯顿——跟着她来到了小溪边，并在离她五英尺远的地方站定下来。待她抬起头来时，他冲着她咧嘴一笑，露出了满口破牙。她尽量不去留意他的存在，将自己的一条腿伸展开，然后用手去够自己的脚。她觉得大腿上的肌肉就像被撕裂了一般疼痛难耐。

"很疼吗？"埃尔斯顿问她。他的牙齿状况令他很难清晰地发音，凯尔茜略微思索了片刻才明白他在说什么。

"一点也不疼。"

"噢，你几乎不能走路了。"他轻声笑道，随即补充说，"殿下。"

凯尔茜奋力伸手抓住了自己的脚趾，她的大腿肌肉强烈地抗议着，无比刺痛。凯尔茜仿佛看到自己大腿上的肌肉被割裂开来，正往外流淌着鲜血。她握住脚趾后大约过了五秒钟，实在难以忍受便松开了手。她再次抬起头来看着埃尔斯顿，发现对方仍然露出满口参差不齐的破牙咧嘴笑着。此后直到他们一行人再度上马出发为止，他都一直站在那里，什么也没有说。

黄昏的时候，他们开始扎营。缰绳猝不及防地从凯尔茜手中抽脱，使她差点儿摔倒在地。她转过头去,看到梅斯正在引导着她的母马离开。她张开嘴正要抗议,却临时改变了主意,于是她转而观察着其余的侍卫队成员,他们正忙着处理各自的任务。她留意到那名最年轻的侍卫正从他的驮包里取出搭建帐篷的材料。

"让我自己来吧!"她边喊边迈着大步穿过一块空地,伸出手去试图抓起一个工具,其实那家伙也许是个兵器,可她才不在乎呢,她从来没有像现在这样觉得自己这般没用。

年轻侍卫递给她一个扁头木槌,然后说道:"搭建帐篷需要两个人一起才行,殿下。我能帮助你吗?"

"当然可以。"凯尔茜满意地回答道。

如果由一个人扶着支架,另一个人负责把支架敲进土里,那么搭建帐篷就成了一件非常容易的事情。凯尔茜一边挥舞木槌,一边同那名侍卫分享着自己的心得。他叫佩恩,看上去的确相当年轻,应该还不到三十岁。佩恩的脸不像其余侍卫一样布满深深的皱纹,胡须也很少。他很英俊,留着黑色头发,面部表情看起来开明而又和蔼。但话又说回来,她母亲的侍卫队成员个个都十分英俊,甚至连那些年龄超过四十岁的也不例外,就连埃尔斯顿也是如此——如果他闭上嘴巴的话。她母亲在选择侍卫时,应该不会只是以长相为标准吧?

凯尔茜很快发现佩恩是个健谈的人。她问及对方的年龄,他说自己四天前刚度过了三十岁生日。

"你这么年轻,应该不会是我母亲的侍卫队成员吧。"

"是的,殿下。我并不认识你母亲。"

"那他们为什么带你来执行这次任务呢?"

佩恩耸了耸肩,指着他的剑做出了一个不言而喻的姿势。

"你成为侍卫有多久了?"

"在我十四岁的时候,梅斯选中了我。从那时起我就开始接受训练了。"

"在没有君王在位的情况下吗?你曾经做过我舅舅的侍卫?"

"没有,殿下。"佩恩的脸上迅速掠过了一丝厌恶神色,转瞬即逝,使得凯尔茜怀疑自己是不是看错了。"摄政王有他自己的侍卫队。"佩恩继续

第一章　第十四匹马

说道。

"我明白了。"凯尔茜已经把一根柱子敲进土里，她站起来伸展了一下身子，露出了痛苦的表情——她听到自己的背脊骨发出"啪啪"的声响。

"你需要调整行进速度吗，殿下？我想你从前可能没有机会骑马走这么远的路吧。"

"现在的速度非常合适，而且很有必要，我明白这一点。"

"没错，殿下。"佩恩压低了声音，随即看了看四周，"我们正在被人追踪。"

"你怎么知道？"

"那些鹰。"佩恩指着天空说，"自打我们从凯普出发，它们就一直跟着我们。我们昨天迟到的原因就在于我们为了甩开它们，不得不绕了些路。那些鹰没那么好对付，操控它们的人现在正紧紧跟在我们后面。"

佩恩停顿了一下。凯尔茜伸手取过另一根柱子，而后随意地应道，"我今天没听到鹰的叫声。"

"莫特姆森鹰被训练成不发声音的习性，殿下。不过如果你留心察看的话，还是能够不时地在天空中看到它们的踪影。它们飞得非常快。"

"它们为什么不发动攻击呢？"

"因为我们人多。"佩恩把帐篷最后一角的支柱摆好，让凯尔茜将它敲进土里。"莫特姆森人像训练战士一样训练他们的鹰，那些鹰不会无谓地去攻击一支强有力的军队。如果可能的话，它们会设法逐个儿对付我们每一个人。"

佩恩再次停顿下来，凯尔茜继续挥舞着木槌，"你不必担心会吓到我。人终有一死，还有什么比死更可怕呢？你尽管畅所欲言好了。"

"也许吧，殿下，可是恐惧感会以不同的方式降临到每个人的头上。"

"那些追踪我们的人，他们是我舅舅派来的吗？"

"很可能是这样的，殿下，不过那些鹰的存在表明你舅舅还找了援军。"

"愿闻其详。"

佩恩侧头看了看自己的肩膀，喃喃地说："这可是殿下你给我下达的直接命令，要是卡罗尔问起来的话，我就这么告诉他好了。你舅舅多年来一直跟红女王有交道，有人说他们在私底下已经结成了同盟关系。"

红女王就是莫特姆森女王，没有人知道她的来头，也没有人知道她是从哪里来的，不过她已经成为一名强有力的君王，迄今已经推行并实施了超过一百年的铁血统治。卡琳一直将莫特姆森视为一个威胁，她认为如果与邻国结盟的话，可能是一件双赢的好事。凯尔茜还来不及问后续的问题，佩恩就继续往下说了："莫特姆森应该不会向铁灵售卖他们的武器，不过只要有人愿意出高价，就能在黑市上买到莫特姆森鹰。我猜测追踪我们的人有可能是卡登。"

"就是那个暗杀者行会吗？"

佩恩对此不以为然，"他们竟美其名曰'行会'，显得蛮像回事儿似的。不过没错，他们的确是暗杀者，而且非常精于此道。有传闻说你舅舅用丰厚的报酬来悬赏追踪你，卡登正不遗余力地想要赢得你舅舅的奖赏呢。"

"那么我们的人数还不足以跟他们抗衡吗？"

"是的。"

凯尔茜思索着刚刚听到的信息，看了看四周的情况。在营地中央，三名侍卫正弯着腰围在一堆柴火旁边，他们想点起篝火，可柴火老是燃不起来，他们不时咕哝着发出诅咒。其他人聚在一起拖拽刚被伐倒的树木，准备用这些树把营地四周围起来。现在凯尔茜对侍卫们做这项防御工事的目的已经了然于心了，她感到内心涌起了一丝略感无助的恐惧，同时还有一些内疚的情绪。这里的九个人都同她一起成为了被人攻击的目标。

"队长！"有人喊了一声。

卡罗尔迈着重重的脚步从伐倒的树木堆中走了出来，"怎么了？"

"队长，有鹰从西北面飞来。"

"好眼力，奇布。"卡罗尔用手擦了擦额头，考虑片刻之后便朝帐篷走来。

"佩恩，你去帮他们准备晚餐。"

佩恩朝凯尔茜淘气地笑了笑，像是借此传达一种友好的善意，随后他便消失进了微暗的天色中。

卡罗尔脸上有明显的黑眼圈，他对凯尔茜说："它们是冲着我们来的，

第一章 第十四匹马

殿下。我们被人追踪了。"

凯尔茜点了点头。

"你会打斗吗？"

"我能用自己的刀抵御一名单独的攻击者，不过我几乎不懂得怎么使剑。"凯尔茜突然意识到，她的自我防御术是经巴蒂训练而学成的，可巴蒂的应变能力和速度跟身强力壮的年轻男子是没法比的。"其实，我不怎么会打斗。"她补了一句。

卡罗尔歪了歪头，黑色的眼睛里流露出了一丝诙谐的意味。"我不太清楚你在这方面的情况，殿下。行程中我一直在观察你，你将自己的身体不适隐藏得很好。不过现在我得直截了当地说明了。"卡罗尔看了看四周，压低了声音，然后继续往下说："我得开门见山地告诉你，为了躲避追踪，我可能需要把我的人分散开来。如果这样做的话，那么你就得根据自己的能力来选择贴身保镖了。"

"唔，我能很快学会新东西，我还知道怎样炖汤呢。"

卡罗尔满意地点了点头，"你对这一切事情都怀有幽默感，殿下。当然，这对你来说也是必需的。你正在开启充满巨大危险的人生新篇章。"

"为了护送我去凯普，你们所有人都冒着极大的危险，对吗？"

"你母亲把这项任务交给了我们，殿下。"卡罗尔略显生硬地回答道，"能接受这项任务是我们的荣幸。"

"你是我母亲的人，对吗？"

"是的。"

"当我被送到凯普之后，你会成为摄政王的人吗？"

"我还没有决定，殿下。"

"我能做些什么事来影响你的决定吗？"

他转过头去，很明显有些不安，"殿下……"

"请尽管畅所欲言。"

卡罗尔比画了一个有些无奈的手势，"殿下，我认为你实际上比你看起来的样子更强大。你终有一天会成为一位真正的女王，不过你被贴上了死亡的标记，跟随你的人也一样。殿下，我是有家庭有孩子的人，我不能把我的孩子们用作纸牌游戏中的筹码。总之，我不能为了跟随你而将他们的生命置于险境之中。"

凯尔茜点了点头，努力把内心的失望隐藏起来，"我明白了。"

卡罗尔看起来像是松了一口气，也许他原本以为自己的话会令她暴跳如雷。"由于我的身份，我对针对你的种种阴谋都一无所知。"他说，"或许你最好能问问拉扎勒斯，也就是我们所说的梅斯。他总是能发现一些别人不知道的事情。"

"我见过他。"

"要当心上帝教会。我拿不准教皇是否对摄政王有偏爱，不过他肯定喜欢坐在王位上并且掌握着国库钥匙的当权者。他会抓住一切对自己有利的机会，正如我们一样。"

凯尔茜再次点了点头。就在几天之前，卡琳也说过非常类似的话。

"我的骑兵团里的侍卫都是好人。对于这一点，我可以用自己的性命作担保。如果你不幸被处以极刑，刽子手绝不会是我们当中的任何一个。"

"谢谢你，队长。"凯尔茜眼角的余光瞥见那群侍卫最终点燃了柴火并开始扇动小小的火苗，"我猜从现在开始，在前头等着我们的将是一段非常艰难的路。"

"你母亲在十八年前委托我把你带回去的时候，也说过这样的话。"

凯尔茜眨了眨眼，"难道她没有委托你把我带走吗？"

"没有。当你还是个小婴孩的时候，是拉扎勒斯偷偷地把你从城堡里带出去的。他的举动非常可贵。"

卡罗尔笑了，他想起了一件没法分享给凯尔茜的事情。他笑起来很迷人，不过凯尔茜再次从他脸上看出了憔悴的神态，她在想他会不会是生病了。他的视线停留在凯尔茜胸前的蓝宝石上——不知何时它又从凯尔茜的衬衫里钻了出来，随即他突然转身离开了，留给她一堆难以理清头绪的信息。她把手伸进斗篷的胸袋里，摸到了躺在那儿的第二条蓝宝石项链。

"殿下！"佩恩在已经熊熊燃起的篝火旁喊道，"如果你想洗漱和收拾自己的话，可以去东边的小溪那里。"

凯尔茜点了点头，心里仍在反复思量卡罗尔的建议，她将其视为一个

第一章 第十四马

实际的问题来分析着。她需要一个属于她个人的保镖兼仆人，可她该去哪里找到对自己足够忠诚，以至于能抵御来自摄政王的威胁和贿赂之诱惑的人呢？忠诚并不是平白无故就能自然产生的，而且当然也不能用钱买到，更何况现在她对他们每个人都谈不上熟悉。

她后悔刚才没问卡罗尔关于她母亲的情况，毕竟他曾做了好几年伊丽莎女王的侍卫，肯定知道关于她的一切事情。但是，女王的每一名侍卫都曾发过誓要保守秘密，所以他应该不会泄露任何事情，哪怕是面对着凯尔茜时也是如此。她咬了咬牙。她曾不假思索地以为一切秘密都会随着新生活的展开而全部曝光，因为她毕竟是将要成为女王的人，可是这些人恐怕会比卡琳更不愿意把她想要寻求的信息告诉她。

她原本打算在今天晚上的骑行结束之后去洗个澡，她的头发已经很油腻了，而且她活动身体的时候已经可以嗅到自己身上的汗味儿。附近的那条小溪本来可以帮她解决这些问题，但是一想到自己得在佩恩或埃尔斯顿，甚而更糟的是拉扎勒斯的监视下沐浴，她就立即打消了去小溪边沐浴的念头。她还得继续对自己的身体忍耐一阵，而且也得想出办法来安慰自己——侍卫们自己身上散发的气味也比她好不到哪儿去。她把油乎乎的头发聚拢，绾成了一个髻固定起来，然后跳下岩石去寻找那条小溪。

到了晚上，侍卫们又在篝火旁喧闹不已。凯尔茜躺在自己的帐篷里，起初她努力想要睡着，可后来却变得异常愤怒。她的脑子里塞满了各种问题，使她实在是难以入睡，而篝火边的侍卫们酒后不时爆发出的阵阵笑声更是让入睡变成了不可能的事情。她把斗篷罩在头上，决定不去理睬他们。可是当他们开始唱一首跟女人有关的猥琐歌曲时，凯尔茜终于忍不住把斗篷从头上摘下来，然后穿上它走了出去。

侍卫们的床铺摆放在篝火四周，不过看上去没有人在睡觉。空气中弥漫着一种浓郁的酵母气味，尽管凯尔茜从来没有在巴蒂和卡琳的小屋里看到过任何酒精饮料——这是卡琳所不允许的，但她能够猜得出来那可能是啤酒的气味。

当她靠近篝火的时候，只有卡罗尔和梅斯站了起来。他俩看起来还很清醒，而侍卫队的其他成员就只能呆坐着，或不眨眼地打量着她。她看到埃尔斯顿将头枕在一块厚厚的橡木上，已经睡着了。

"你有什么需要吗，殿下？"卡罗尔问道。

凯尔茜本想冲他们尖叫一通，把自己在刚刚过去的两小时里所受的失眠之苦全都发泄殆尽。不过她随即环顾着眼前一张张因酒精的作用而发红的脸，改变了主意。卡琳曾说过跟幼儿讲道理也比跟醉汉理论来得更容易。再说了，她在很多书上看到喝过酒的人常常更容易吐露秘密，所谓的"酒后吐真言"是真的吗？或许凯尔茜能趁此机会设法让他们说出她自己很想知道的秘密。

她拢了拢斗篷，随即坐在埃尔斯顿和佩恩中间，"我想知道等我们到了新伦敦城之后会有什么事发生。"

佩恩用迷离的目光注视着她，"你是指什么？"

"等我们到达凯普之后，我舅舅会不会想法杀了我呢？"

大家都注视着她，过了好一阵，最后梅斯回答道："很有可能。"

"你舅舅不会杀任何人。"卡伊含糊地低声说道，"我更担心的是卡登。"

"我们还不知道是谁在跟踪我们。"留着红胡须的侍卫提出异议。

"我们什么都不知道！"卡罗尔用一种想要终止谈话的语气宣告道，随即他转而看着凯尔茜，"殿下，你愿意信任我们，相信我们会好好保护你吗？"

"你母亲一直信任我们。"红胡须侍卫补充道。

凯尔茜眯缝着眼睛，"你叫什么名字。"

"我叫戴亚，殿下。"

"唔，戴亚，你现在并不是在跟我母亲打交道，而是在跟我说话。"

戴亚在昏暗的光线下略带警觉地眨了眨眼，片刻之后他喃喃地说："我并非有意要冒犯您，殿下。"

她微微颔首，然后转过头去看着卡罗尔，"我想知道等我们到了那里之后会有什么事发生。"

"恐怕我们不见得要一路打斗着进入凯普，殿下。我们会在白天带你进去，这个周末城里会非常拥挤，摄政王还不至于大胆到在众目睽睽之下杀

第一章 第十四马

死你的程度。不过，他们一定会进凯普来找你。"

"你刚才说'他们'，'他们'指的是谁？"

梅斯大声说："你舅舅并不是唯一想让你死的人，殿下。如果摄政王登上王位的话，红女王就能借此得到她想要的一切。"

"凯普里面的城堡并不安全吗？"

"那里面没有城堡。凯普本身就是一座很大的建筑，可以视之为你的城堡。"

凯尔茜的脸一下子红了，"我以前并不知道。没有人跟我说过凯普的情况。"

"这些年来你究竟在学些什么呢？"戴亚问道。

卡罗尔咯咯地笑出声来，"你应该知道巴蒂的，他是一名优秀的医生，除了可以滔滔不绝地谈论他收集的宝贝植物之外，他对其他人和事可谓是所知甚少。"

凯尔茜不想听到别人对巴蒂妄加评价，她赶在戴亚还来不及回应时便抢先发问道："追踪我们的是什么人呢？"

卡罗尔耸了耸肩，"很可能是卡登，同时还有莫特姆森王国提供的些许援兵。不过我认为我们发现的那些鹰或许不过就是普通的鹰而已，因为你舅舅应该还不至于明目张胆地接受莫特姆森王国的帮助。"

"当然了。"埃尔斯顿含糊不清地抢白道，他正从自己枕着的橡木上坐起身来，用手抹掉了嘴角的口水，"让我惊讶的是摄政王竟然没向他的女人求助。"

"我认为铁灵很贫穷。"凯尔茜说，"在这样的同盟关系中，我舅舅能回馈什么给盟友呢？是木材吗？"

侍卫们彼此对视着，凯尔茜感觉到他们正联合起来在她面前保持沉默，就好像他们先前已经沟通好了一般。

"殿下。"卡罗尔略带歉意地开口说道，"我们当中大多数人终生都在保护你母亲，直到她去世了为止。"

"我从来没加入过伊丽莎女王的侍卫队。"佩恩试探着说，"难道我不能……"

"佩恩，你是女王侍卫队的成员。"

佩恩只好住口不言了。

凯尔茜环视了一圈，"你们都知道我父亲是谁吗？"

大家都用抗议的眼神无声地注视着她。凯尔茜觉得自己的脾气上来了，她用力地咬着自己右脸颊内侧的肌肉，这是她的一个习惯动作。卡琳曾多次警告过她，作为一名统治者，不应该有暴烈的脾气，于是凯尔茜学会了在卡琳身边的时候如何控制和隐藏自己的脾气，而卡琳也误以为她的性情发生了改变。不过巴蒂对这件事知道得更多一些，他建议凯尔茜在脾气快要发作的时候试着咬住身体的某个部位。疼痛能抵消一部分怒气，至少能在短时间内起到作用，可是挫折感是无法消除的。此刻她感觉自己就像是回到了和卡琳共处的"教室"一般。这些人知道很多事情，却连只言片语都不肯告诉她。"唔，那么，你们能跟我说说关于红女王的事吗？"

"她是个女巫。"那名英俊的金发侍卫断然宣告道，这还是凯尔茜第一次听到他讲话。火光照亮了他那张棱角分明而又五官端正的脸，他拥有一双清澈、纯净的淡蓝色眼睛。母亲真的是根据容貌来选择侍卫的吗？她再次想道，不过她及时避开了继续往这个方向想下去的冲动。在凯尔茜非常年幼的时候，曾自行在心中塑造了一个母亲的形象。在她被囚禁在小屋里的那些年，她心目中的母亲形象日益被美化。她认为自己的母亲是一个漂亮而且善良的女人，应该是让人觉得温暖而且易于亲近的，跟拒人于千里之外的冷漠卡琳形成了鲜明的对照。凯尔茜还认为母亲不会是一个讳莫如深的人，而且她盼望着母亲终有一天会来找她，并把她带离自己生活的小屋，从而彻底告别在小屋里无休无止的日常学习和训练。只不过，她所盼望的这一天比她预期的来得略微迟了一些。

在凯尔茜七岁那年，有一天卡琳将她叫到藏书室，然后告诉她说她母亲早就去世了。这个消息意味着她逃离小屋的梦想彻底破灭，可是她仍然继续构建新的幻想：伊丽莎女王曾经是一位非常伟大的女王，深得子民的爱戴。她确保王国境内的穷人实现饱足，病人得到医治。伊丽莎女王在自己的王位上为那些无法靠自己求得公正对待的人伸张正义。当她去世的时候，他们抬着她的灵柩沿着城里的大街小巷游行，路边的民众纷纷为她落

第一章　第十四匹马

泪，铁灵的战士们相互敲击宝剑，发出铿锵的声音，从而向她的遗体致敬。凯尔茜不断地在心里想象和思量上述情景，最后这些场景画面已经能够在需要的时候随时像记忆一样浮现于她的脑海中了。这些幻想减弱了她对自己成为女王的恐惧心理，她认为当自己十九岁时回到城里继承王位时，民众和军队也会为她而游行。她时常想象着当自己骑着马在凯普行走时，会受到何等热烈而充满深情厚谊的欢迎，也想象着自己一路上会怎样不断地朝人们挥手致意。

回到眼下，凯尔茜看着围绕在篝火旁的这群侍卫，心里略感不安。她自己知道多少关于女王母亲的真实情况呢？既然卡琳总是三缄其口，她又能知道些什么呢？

"得了吧，穆哈恩。"戴亚看了金发侍卫一眼，摇摇头说道，"从来没有人证实过红女王其实是个女巫。"

穆哈恩一本正经地说："她的确是个女巫。她有没有权力倒不重要，只要是经历过莫特姆森入侵事件的人，都知道她是个女巫。"

"莫特姆森入侵事件是怎么回事？"凯尔茜饶有兴味地问道。卡琳从来都没有向她清楚解释过那次入侵事件的情形和缘由。二十年前，莫特姆森军队长驱直入铁灵境内，甚至来到了凯普的墙边。然后……就没有然后了。入侵事件结束了。无论当时发生了什么事，卡琳在历史课上都对其避而不谈。

卡罗尔瞪着穆哈恩，脸色变得有些难看，不过后者依然不管不顾地继续往下说："殿下，我认识一位曾经历过克里希战役的朋友。红女王派遣了三支莫特姆森军团入侵铁灵，并允许他们在去往新伦敦的途中可以完全自由地行事。克里希战役完全就是一场彻头彻尾的大屠杀行动，手无寸铁的铁灵村民们用木棍和莫特姆森士兵的钢铁武器对抗，待铁灵的男人们都被屠杀之后，每一个年龄介于五岁到十八岁的女孩都……"

"穆哈恩！"卡罗尔低语道，"别忘了你是在跟谁说话。"

埃尔斯顿出其不意地大声说："我一直在观察她，队长。相信我吧，她可是个坚强的小家伙。"

听了这话，凯尔茜差点儿笑出声来，然而在穆哈恩注视着篝火，如同着了魔一般喃喃往下说的时候,她感到自己的心脏几乎就要停止跳动了。"在莫特姆森军队逼近我朋友所在的村庄时,他和他的家人一同逃跑。他试图横渡克里希河,然后逃往北面的村庄,可是他们的速度不够快。而对他来说更不幸的是,他有一位年轻漂亮的妻子。他的妻子就死在他的眼皮底下,她死去的时候正遭到第十名莫特姆森士兵的奸淫。"

"天哪,穆哈恩!"戴亚站起身来,步履蹒跚地朝营地边缘走去。

"你要去哪里?"卡罗尔喊道。

"你觉得呢?我去小解一下。"

凯尔茜怀疑穆哈恩讲述这个故事不过是为了吓唬她而已,于是她尽力使自己的面部表情保持平静。不过一旦他们的注意力没再集中于她身上时,她便重重地咽了一口唾沫,同时尝到了喉咙里的酸涩味道。听穆哈恩的讲述跟阅读书上记载的战争故事有着截然不同的体会。

穆哈恩环顾了一下篝火四周,随后低下头,有些咄咄逼人地问道:"还有谁认为新女王不应该知道这条信息?"

"我只是质疑你选择的时机,你这个笨蛋。"卡罗尔柔和地低声回应道,"等她登上王位之后,你有大把的时间可以讲述你的故事。"

"但愿她能如愿以偿地登上王位。"穆哈恩端起自己的杯子喝了一大口酒,吞咽的时候他的身体略微有些痉挛。他的两只眼睛布满了红红的血丝,看起来非常疲惫,凯尔茜认为他不应该再继续喝下去了,可她不知道该如何向他提出这个建议。"殿下,莫特姆森军队径直从铁灵王国穿过,从阿尔戈斯一路去到了新伦敦的城墙边,在他们沿途扫荡过的每一个村庄里都有奸淫和杀戮发生。他们甚至连婴儿也不放过。一个名叫杜卡特的莫特姆森将军在从阿尔蒙特平原去往新伦敦城墙外围的过程中,甚至一直将一名铁灵婴儿的尸体绑在他的盾牌上。"

凯尔茜很想问问当时在新伦敦的城墙边到底发生了什么事,因为卡琳的故事每次讲到这里时就会戛然而止。不过她也赞同卡罗尔的观点:穆哈恩讲述故事的节奏应该放慢一点,更何况她并不确定自己是不是还能应付得了更多的这种以第一人称讲述的历史故事。"对此你的看法是什么呢?"她问道。

第一章　第十四马

"我的看法是这样的,士兵们——我是指大多数士兵——并不是与生俱来就那样残忍的,甚至他们也不是被训练成那样的。战争暴行不外乎有以下两个来源:情势所迫或上级命令。对于莫特姆森的士兵来说,犯下暴行并非情势所迫。他们入侵铁灵的进程无比顺利,就像一把尖刀划过加热的黄油块一般。在那样的情形下,暴力和屠杀发生的缘由在于红女王想让他们那样做。最近一次的人口普查表明目前铁灵境内居住着超过两百万人口,我不确定他们是不是已经知道自己的处境有多么危险。可是殿下,我认为这一点是你有必要知道的。"

凯尔茜咽了一口唾沫,随即问道:"后来你的那位朋友怎么样了?"

"他们用刀刺穿了他的腹部,然后留下他在原地等死。不过那一刀没能刺中他的要害,所以他幸存了下来。可是莫特姆森士兵把他年仅十岁的女儿带上了他们离去的战车,自那以后他就再也没能见到自己的女儿。"

戴亚慢吞吞地从树丛边走了回来,扑通一声倒在自己的铺盖卷儿上。凯尔茜看着火光,想起了一天早晨在卡琳藏书室的书桌旁的情形。卡琳给她看地图上所标注的铁灵和新欧洲的边境线,那是一条从雷迪克森林的东端一直延伸到阿尔蒙特平原的曲折线条。卡琳是新欧洲的仰慕者,追溯自铁灵王国初创时期,那时人们才刚刚开始划地为界,南部的新世界还是军阀的战场,而同时代的新欧洲就已经开始推行代议民主制度了,人们普遍可以参与各种选举。然而红女王改变了很多事情,现在新欧洲变成了莫特姆森,民主制已经从那里彻底消失了。

"那么,红女王想要的是什么呢?"凯尔茜曾这样问过卡琳。她对地图并不怎么感兴趣,同时也想用这个话题尽快结束当天的课程。

"她想要的无非就是征服者们通常想要的东西,凯尔茜。她想要所有的一切,征服者们的欲望没有尽头。"

卡琳的语气令凯尔茜对有件事深信不疑,那就是——对任何事物都无所畏惧的卡琳其实是惧怕红女王的。女王侍卫队的成员们应该也是勇敢无畏的,可是凯尔茜此时却在他们脸上看到了不一样的信号。她尽量采用了一种更为轻松的语气,"唔,那么,看来我们最好不要让红女王再次入侵。"

戴亚哼了一声,"如果她真动了这样的念头,恐怕一切都由不得你了。"

卡罗尔拍了拍手,"既然我们已经听完了穆哈恩讲述的睡前故事,那么现在是时候睡觉了。另外,如果你们当中有谁想从埃尔斯顿那里得到晚安亲吻的话,就尽管告诉他吧。"

正将嘴巴凑在杯子边缘喝酒的埃尔斯顿听到这话,"扑哧"地笑出声来,随即他展开自己的双臂,"没问题,谁想来就来吧。"

凯尔茜站起身来,把身上的斗篷裹得更紧了些,"你们不会所有人都宿醉到天明吧?"

"很可能会哦。"名叫奇布的黑头发侍卫咕哝道。

"你们大多数人都在这次行程中喝醉酒,这真的好吗?"

卡罗尔哼了一声,"拉扎勒斯和我是真正的侍卫队成员,殿下。其余七个人不过是摆设而已。"

所有人都哈哈大笑起来,凯尔茜再度感觉到自己被他们排挤在外,她转过身去,缓缓地走向自己的帐篷。没有人站起来跟随她,她心里想着今天是不是不会有人继续守在她的帐篷外了。不过当她再次回头看的时候,发现梅斯正悄无声息地跟在自己身后,即便是在黑夜中,他的高大身影也不会被人认错。

"你是怎么做到的?"

他耸了耸肩,"天赋使然。"

凯尔茜低头弯腰钻进了帐篷,然后关上了门帘。她在自己的床铺上伸直双腿,并把一只手压在脸颊下面。她刚才在篝火旁展现出了自己的勇气,不过此时她却开始颤抖起来。最初来自胸腔的战栗很快就蔓延到了全身各处。根据卡琳的说法,莫特姆森对其邻国构成了极其重大的威胁。红女王想拥有控制权,而她也如愿以偿了。如果摄政王真的与她结成了同盟,那么甚至连铁灵也会成为她的囊中之物。

从篝火的方向传来了一阵咳嗽声,不过现在凯尔茜并不会因这样的噪音而生气了。她在斗篷的胸袋深处摸索着,掏出了第二条项链并紧紧地握在手里,随即她用另一只手握住了自己胸前项链上的蓝宝石。看着帐篷尖尖的顶盖,她脑子里浮现出了女人被强暴、婴儿被刀剑刺穿的恐怖画面,顿时睡意全无。

第二章

追　踪

铁灵的国土面积并不大，却包含了多种地形和气候。王国的中心地带地势平坦，气候温和，有很多农田。王国的西面以铁灵海湾为边界，与上帝之海接壤的那部分国土在格林女王统治之前一直都处于荒无人烟的状态。王国南面靠近坎达瑞斯的边境地带气候干燥，尘土飞扬。王国北面是广阔的雷迪克森林和山麓丘陵，再往北就是临海的菲尔维奇山了，那是一片难以逾越的高大山脉。铁灵王国的东面跟莫特姆森王国接壤，边境线参差曲折。随着时间的推移，莫特姆森红女王的政权日益巩固，国力愈发强大，铁灵王国的多任君王长期以来都不安地注视着东部边境……他们的确有充足的理由感到不安。

——《军事国家铁灵王国》，殉道者卡洛

清晨的太阳还没来得及从地平线上升起，莫特姆森女王便从一场噩梦中惊醒了过来。女王一时分不清自己究竟是在梦里还是现实中，于是一动不动地躺卧着，呼吸变得越来越急促，最后她终于认出了自己所熟悉的猩红色镶板。这些墙上的镶板是由铁灵橡木加工而成的，而且雕满了龙形图案。女王的床非常大，猩红色的丝质床单赏心悦目而又舒适宜人。不过，此时她的枕头已经被汗水浸湿了。她又做了那个同样的梦，这两周以来她总是从同样的梦境中惊醒：她在梦中看到了一个女孩，还有一个看不清面貌的身着浅灰色服装的男人，梦境末尾是她国土的各处边境从眼前一掠而过。

女王从床上下来，走到能俯瞰整座城市的窗户旁边。窗格玻璃的边缘结了一层不透明的白霜,但是她的房间非常暖和。坎达瑞斯的玻璃工人制造出了这种如同奇迹般的保温玻璃,许多人声称他们一定是使用了魔法才造出了这种玻璃,不过女王知道事实不是这样的。在莫特姆森王国周围的国度里,未经红女王的许可,任何国家都不得使用魔法制造玻璃或其他物品。事实上,制造保温玻璃是一项很伟大的技术,除了坎达瑞斯,还没有哪个国家掌握了这项技术。坎达瑞斯每年制造的玻璃中,有很大一部分都是供莫特姆森使用的。

在女王的窗户外面,皇冠之城狄美恩此刻还沐浴在一片寂静的黑暗之中。她瞥了一眼天色便立即判断出现在还不到凌晨四点,恐怕起床了的只有面包师傅。她所在的城堡也是一片死寂,因为所有人都知道女王在太阳升起之前是绝不会起床的。

没错,在今天之前,她还从来没有这么早起过床。

女孩,女王想起了梦境中的那个女孩。她是被藏起来的孩子,是伊丽莎的孩子,绝对没错!她看起来身板很结实,头发是黑色的,面部表情很刚毅,长着一双跟她母亲伊丽莎·罗利极为酷似的眼睛。不过她跟伊丽莎的不同之处在于她是个相貌平平的人,这是关于她外表的最糟糕的细节,可现实就是如此。梦境的其余部分都是模糊不清的追逐画面,那名身着灰衣的男人背后似乎有一团熊熊烈火。当女王试图跑到他前面去时,脑子里只想到要逃生,完全没法顾及别的任何事情。女王惊醒过来之后,那个女孩的脸在她脑海中久久不能消散:那是一张圆圆的没有显著特征的脸,女王自己从前也有着这样的一张脸。

女王本可以召集先知们为自己解梦,可他们当中的大多数人实际上不过是戴着面纱的骗子罢了。莉瑞恩是唯一一个真正有些天赋的先知,可惜他已经不在人世了。既然如此,女王觉得自己也没必要将梦境讲给先知们听了。如果不考虑细节,从梦境的整体情况来判断,它所传达的意思其实已经足够清楚了:灾难。

女王身后传来了一声混浊粗重的喉音,于是她转过身去,看到了自己床上的那名奴隶。她差点儿忘记了他的存在。他长相和身材都很出众,她便要求他陪自己过夜,但是她很讨厌他的鼾声。她眯缝着眼注视了他片刻,

第二章　追踪

想看看他还会不会继续打鼾,不过他只是轻轻地咕哝了一下,随即翻了个身继续睡去。过了一会儿,女王转过身去再次望着窗户外面,她的思绪已经飘到了很远的地方。

就算那个女孩还活着,她的死期也很临近了。然而这些年来一直没能找到那颗宝石,这的确令人相当恼火。甚至连先知莉瑞恩也没法知晓女孩的下落,而莉瑞恩是非常了解伊丽莎的,其程度大大超过了红女王对伊丽莎的了解。这件事真是令人发狂……一个年龄已知的女孩,其中一只手臂上有一个特殊印记。即使宝石被女孩藏起来了,那么按理说特征那么明显的女孩应该很容易被搜出来才对啊!毕竟铁灵并不是一个很大的国家。

你这个臭婊子,你把她藏到哪里去了?女王默默咒诅着。

有可能被送到铁灵境外去了,可是伊丽莎得有多大的想象力和胆识,才能做出这样的决定呢?再说了,铁灵之外的任何隐藏地点都会令那个孩子更容易处于莫特姆森的控制之下。还有,伊丽莎直到自己生命的最后一刻都以为她的孩子将要面临的最大威胁来自铁灵外部,这是她的又一个错误判断。总之,那个女孩一定仍然还在铁灵境内的某个地方,肯定是这样的。

床上再次响起了一记隆隆的鼾声。

女王闭上双眼,揉了揉自己的太阳穴。她很讨厌鼾声。她热切地看着壁炉,想要点燃里面的柴火。如果她鼓起勇气发问的话,黑暗物质也许会把答案告诉她。可是它并不喜欢被召唤,除非是面临重大难题或最迫切的需求,而且它也不喜欢人的软弱。向它求助,这就意味着承认自己没有能力找到那个孩子。

她已经不再是一个孩子了,女王告诉自己,我不该再把她想成是一个孩子了。现在她已经十九岁了,而伊丽莎并非决然的傻瓜。无论她的孩子去了哪里,都一定有人在训练她如何生存下去,并教导她如何执掌王权、施行统治。

而且我看不到宝石,女王想道。

这又是一个令人不安的想法。在梦境中,她从来没有看到女孩戴着项链,也没有看到任何蓝宝石的存在。这意味着什么呢?难道伊丽莎把宝石藏在别处了吗？

奴隶的鼾声变得持续而有规律，起初音量不大，对人完全无害，不过片刻之后声音迅速增大到足以被二十层楼以下的面包师傅听到的程度。女王当初之所以选中他，是因为他的黑色皮肤和鹰钩鼻，这些都是流淌着莫特姆森血液的人所具备的显著外貌特征。他是一名被流放到卡内伊的叛徒的后裔，卡内伊位于莫特姆森西部，臣服于莫特姆森君主。尽管被流放者是由女王亲自遣送去卡内伊的，可女王很快就发现那些人其实才思敏捷，富有活力。但是不论如何，一名打鼾的奴隶对任何人来说都是无用的。

窗户旁边的墙上有两个按钮，一个黑色的，一个红色的。女王思索了一会儿，按下了黑色按钮。

四名男子从门外悄无声息地走了进来，他们身上穿着宫廷侍卫的黑色衣装，每人手里都握着一把已经出鞘的剑，明晃晃的剑刃在微光下幽然冷彻。侍卫队队长吉斯雷并不在这四人当中，这是再自然不过的事情了。吉斯雷的年龄已经相当老迈，没法再继续上夜班。

女王指了指床上，四名侍卫扑上前去，各自抓住了打鼾者的一条腿或一条胳膊。奴隶喘了口气，随即醒了过来，开始奋力挣扎。他的腿挣脱了束缚，然后翻了个身，竭力朝床头的方向挣扎着。

"陛下？"其中一名职位较高的侍卫咬紧牙关征求指示，他正用双手牢牢地抓住一只正在扑打不已的手臂。

"把他带到下面的实验室去。让他们割掉他的舌头，还得割断他的声带，以防万一。"

奴隶高声尖叫起来，当几名侍卫再次把他按压在床上时，他挣扎得越来越厉害了。他的力气大得令人钦佩，他先后把自己的右臂和左腿都挣脱出来，眼看就要脱身，这时一名侍卫用手肘猛击奴隶的后背，后者发出了一声痛苦的惨叫，继而停止了挣扎。

"那动完手术之后呢，陛下？"

"待他痊愈之后，把他作为礼物送给杜蒙特夫人。如果她不想要他，那么就把他送给拉斐特。"

女王把头转回去，继续望着窗外，侍卫们把仍在大声喊叫的奴隶拖出

第二章　追踪

了房间。海伦妮·杜蒙特可能会喜欢他，她这人蠢头蠢脑的，不善于与人交流，所以她喜欢自己的手下时刻保持安静。女王想着想着，露出了一丝笑容。待侍卫们关上房门后，奴隶的尖叫声明显变得模糊，很快便彻底消失了。

女王用手指敲打着窗台，陷入了沉思。壁炉仿佛在召唤她，甚至几乎是在乞求她快去点燃炉内的柴火，不过她确信这样做是绝对错误的。目前的情势还不是那么的紧迫，铁灵的摄政王已经雇用了卡登，尽管女王目空一切，她也并不小瞧卡登的实力。而且，就算那个女孩能侥幸活着抵达新伦敦，索恩的人也会对付她的。不管怎样，到了三月，女王将把女孩的头挂在自己房间的墙上，也会得到那两条项链。从此以后，她就不会再做噩梦，就能踏踏实实地睡上一整晚了。她伸出两只手，掌心朝上，然后打了个响指。遥远的西边就是铁灵边境，在地平线上方，一道闪电从天空中掠过。

她转身朝自己的床走去。

天还没有亮，第三天的行程就开始了。凯尔茜听到帐篷外面响起了侍卫们收拾整理武器所发出的叮当声，于是赶紧穿好了衣服。她打算自己动手拆掉帐篷，而不是依赖一名侍卫来为自己做这样的琐事。她正准备点灯，突然发现自己竟完全看得清周围的东西。帐篷里的一切都沐浴在微弱的光芒里，她借着这光芒轻而易举地找到了放在角落里的衬衫，可是衬衫此刻竟然是蓝色的。

她警惕地看了看四周，寻找着光芒的来源。在原地转了两圈之后，她发现帐篷壁上并没有自己的影子，说明光芒是从她自己身上发出来的。她低头一看，脖子上的蓝宝石正闪闪发光。通常情况下它在自然光的映照下会反射出钴蓝色光芒，可现在它的颜色跟以往有所不同，看起来更像是源自本身的深蓝色夺目光芒。凯尔茜用手握住了蓝宝石坠子，又有了新的发现：蓝宝石正在发热，它的温度至少比她的体温高二十度。

她将握住蓝宝石的手松开，看着蓝色的光芒照耀在帐篷的帆布内壁上。从她出生的那一刻起，这条蓝宝石项链就一直戴在她的脖子上，除了蓝宝石挂坠经常会烦人地从她衣领里冒出来之外，从来没有发生过什么特别的事情。可是，现在它却在黑暗中发起光来。

真是不可思议！凯尔茜注视着帐篷里的蓝色光芒，惊愕地想道。这可真像卡琳的藏书中所描绘的奇幻情景。

她拿起斗篷，把手伸进胸袋里摸索着另一条项链。她热切地将项链掏出来，随即颇感失望地坐在原地。这条项链上的宝石看起来跟往常完全一样，不过就是一颗硕大的普通蓝宝石而已，丝毫没有发出任何光芒。

"盖伦！来帮我装马鞍！"

帐篷外的粗哑喊声把凯尔茜带回到现实世界，她听出这是梅斯的声音。没太多时间继续纠结于蓝宝石发光的事情了，而且她还得把这个秘密隐藏起来。她从自己的行李包里找出了一件最厚实、颜色最深的衬衫——深紫红色的羊绒衬衫，将其穿在身上，然后把项链塞进衬衫里面。她把头发绾成了一个紧紧的圆髻，接着戴上了一顶厚厚的针织帽。项链上的蓝宝石垂在她的胸口，就像一颗温暖的小煤球，它散发出来的热量令凯尔茜感到非常舒服，减弱了清晨严寒带来的不适。不过，宝石的热量毕竟是有限的，再说凯尔茜也不知道这种发光发热的状态会持续多久。于是她在走出帐篷之前又穿上了一件外衣，还戴上了手套。

东边的山影与天际相接，一片矢车菊在晨风中微微摇摆。凯尔茜继续往前走，离帐篷越来越远了。一群侍卫正在马匹旁边打点行装，盖伦也在其中，他看到凯尔茜后便朝她走来，递给她几块半熟的熏肉，饥肠辘辘的她接过熏肉狼吞虎咽地吃着，很快就吃完了。接下来，她独力将自己的帐篷拆掉了，值得庆幸的是在这期间并没有人提出要帮助她。卡罗尔在走向马匹所在的小灌木丛的途中向她点头打了个招呼，不过他的脸上依然阴云密布，而且整个人看上去憔悴不堪，好像一整晚都没有睡觉。

凯尔茜将拆卸成散件的帐篷放在佩恩的马上，然后朝她的母马走去，准备整理自己的驮包。梅恩对她的态度变得更为柔和了，似乎一夜之间就发生了很大的转变。凯尔茜从梅斯准备的一堆胡萝卜中取了一根来喂梅恩，而梅恩看起来也很乐于从她手中得到食物。

"有鹰，队长！东边天空有两只鹰！"

第二章 追踪

凯尔茜抬头一看，东边天空有闪电正在掠过，可她并没有看见鹰的影子。这样的沉寂使她倍感不安。她在一片满是老鹰的森林里长大，它们发出的凄厉高亢的叫声总是令她毛骨悚然。然而，此时的寂静却让人感觉更糟。

卡罗尔正将几个驮包固定在自己的马匹上，听到喊声后他停下手中的活儿，注视着头顶的天空，默默思索着。片刻之后他高声喊道："所有人都听好了！赶快到我这里来！佩恩，别管那堆火了！"

侍卫们都纷纷聚拢过来，大多数人手里都还拿着各种物资。佩恩是最后一个赶到的，他的脸被烟灰弄得黑乎乎的。他们开始把手中的物资陆续塞进各个驮包里，不过这时卡罗尔吼了一声："放下手里的东西！"

他揉了揉疲惫的双眼，继续说道："伙计们，我们正在被人追踪。我的直觉告诉我，他们已经离我们很近了。"

有几名侍卫点了点头。

"佩恩，你个头最小。把你的斗篷和盔甲脱下来，跟女王交换一下。"

佩恩神色一凛，不过还是点了点头，解开了斗篷的纽扣，随即开始卸下身上的盔甲。凯尔茜不动声色地将手伸进斗篷的胸袋，把第二条项链紧紧地攥在拳头里，然后才脱下了斗篷。侍卫们将佩恩的盔甲一块接一块地穿戴在她身上，这些铁片实在是太沉重了，在他们将盔甲部件往她身上固定时，有好几次她都得咬紧牙关才没让自己发出痛苦的呻吟声。

"接下来我们要分头行动。"卡罗尔宣告道，"对方的人数应该不会太多，我们只得祈望他们不会找到我们所有人。你们可以随自己所愿去任何方向，但彼此一定要分散开来。最后我们在凯普草坪重新会合。"

他转头看着佩恩，"佩恩，你还要和女王交换坐骑。如果我们足够幸运的话，他们兴许会集中所有人马去追踪那匹母马。"

当穆哈恩将一块护胸甲按压在凯尔茜的肩上时，她极不自在地动了动身子。这是一块很平的铠甲，是依照男人的体型设计和制造的。当穆哈恩在她背后扣上护胸甲的带子时，她丰满的胸部被勒得痛极了。

"谁和女王一道呢？"戴亚问道，看起来他极其希望和女王同行的是别人而非自己。

"拉扎勒斯和女王同行。"

凯尔茜抬头看了看拉扎勒斯，此时后者正站在卡罗尔身后的人群边缘。梅斯的表情一如既往地冷若冰霜，卡罗尔倒不如安排他去护卫一棵特别重要的大树呢。凯尔茜的心理活动一定从自己的面部表情上体现了出来，因为梅斯朝她扬起了眉毛，显然是在准备应对她的异议。

可她并没有提出任何异议。

卡罗尔朝众人展露出勇敢的笑容，然而他的表情看上去却是无比的焦虑，凯尔茜从他身上感知到了一种视死如归的气度，她仿佛看到死神就像一团黑影般停留在他的肩头。"这是我们最后一次执行集体任务，也是最重要的一次。女王必须到达凯普，哪怕我们自己不能活着看到这样的结果，它也必须得实现。"

他比画了一个手势，示意大家解散，于是侍卫们便分头行动起来。凯尔茜鼓足全身气力喊道："等一等！"

"殿下？"卡罗尔闻声转过身来，其余的正朝自己的马匹走去的侍卫们也停下了脚步。凯尔茜环顾了一下所有人，透过晨曦，她看到他们的面部表情都十分严肃。她知道有些人是在心底深处默默恨着她的，只是他们不愿意承认这点罢了。

"我知道这项使命并不是你们凭自己的心愿选择的，可我还是为此由衷地感谢你们。将来我会不遗余力地保护你们，也会好好照顾你们的家人。我对此发誓！"

她转头看着卡罗尔，发现后者正用一种她看不懂的表情注视着她。"我们现在可以出发了，队长。"

"遵命，殿下。"卡罗尔点了点头，侍卫们纷纷开始上马。"拉扎勒斯，我有话要跟你说！"

梅斯迈着沉重的步伐朝他走去，"你可不能带走我的马啊，队长。"

"这我不敢。"卡罗尔微微笑了笑，脸上的皱纹顿时显露出来，"你和女王一道，不过要保持足够的距离，以免被人发现你们是一路同行的两个人。我建议你们去坎铎尔河，然后沿河进入城里，河潮能掩盖你们的足迹。"

梅斯点了点头，不过凯尔茜心头突然掠过了一丝奇怪的直觉：他已经

第二章 追踪

评估过并且立即否决了卡罗尔的建议,并且自己选好了要走的路线。

"殿下,你现在已经没有时间来听我讲故事了,可我想告诉你的是,我们的拉扎勒斯是非常擅长脱身术的高手。也许你会有幸看到他表演自己的绝技。"

凯尔茜的盔甲已经穿戴完毕,佩恩把她的绿色斗篷披在自己肩上,动作和神情看上去都紧绷绷的。"祝你成功,殿下。"他低声说道,随即便离开了。

"队长。"凯尔茜想起了离别时站在小屋门口的卡琳和巴蒂,想起了他们刻意表现出来的乐观态度,"我很快就会坐在我的王位上再次跟你见面。"

"不会的,殿下,我差不多已经看出自己会死在这趟旅程中。只要你能登上王位,对我而言就心满意足了。"卡罗尔骑上了自己的马,脸上带着一种惨淡而无望的表情。梅斯朝他伸出右手,他握紧了说道:"要留心她的安全,拉扎勒斯。"

说完,卡罗尔策马小跑起来,很快就消失在了森林里。

现在营地里就只剩下凯尔茜和梅斯两个人了,他们的马不住地呼出白色气体,精神一直高度紧张的凯尔茜看到这个后才意识到现在是多么的寒冷。她拿起佩恩的灰色斗篷,发现上面也有一个胸袋,于是她将第二条项链塞进胸袋深处,随后披上了斗篷。四周的营地已经变得非常空旷和荒凉,只见得一堆落叶和他们头顶上方的干枯树枝,以及熄灭的篝火堆上冒出的缕缕青烟。

"我们要去哪里呢?"她问道。

"穿过你左边的树林。"梅斯说。凯尔茜骑上了佩恩的马,这是一匹深棕色公马,比她先前所骑的母马高了不少。即便是在梅斯的帮助下,凯尔茜也费了不少力气才将穿戴着佩恩盔甲的笨重身体"挪"到了马鞍上。"殿下,你只管往北骑行几百英尺,然后沿着东南方向绕行,最后再朝正南方骑行。你不会看到我的,不过我会一直待在你附近。"

凯尔茜感觉到佩恩的马块头很大,她不得不承认道:"我并不擅长骑马,拉扎勒斯。而且,我从来没有真正地策马奔腾过。"

"我已经留意到这一点了,殿下。不过雷克是我们的公马中性情最温和的，你只需把缰绳放松一点，那么就算它对你不熟悉，也不至于想要把你甩下来。"梅斯突然抬头看着天空，"快出发吧，殿下，他们来了！"

凯尔茜还在犹豫着。

"上帝啊！"梅斯举起马鞭抽打雷克的臀部，后者受了刺激一跃向前，飞奔出去，缰绳差点儿从凯尔茜手中滑落。她听到梅斯在身后喊道："殿下，别只想着玩偶和裙子！你还得更坚强才行啊！"

随即她便和马一起进到了树丛中。

这真是一趟异常艰难的骑行。按照梅斯的吩咐，她到达指定地点之后又绕着大弯往东南方向行进，她非常渴望能尽快进到直路，那样便可以加速骑行了。一段时间之后，她认为自己拐的弯已经足够大了，也看到了覆盖在岩石上的苔藓，于是她便开始转而向南骑行，佩恩的灰色斗篷在她身后飞舞着。有那么几分钟的时间，她觉得身上的盔甲无比沉重，每当雷克的前蹄着地时，她全身上下的盔甲似乎都在咔哒作响。但是坚持了一小会儿之后，她发现自己已经不再感受到任何金属的重量了。她能感受到的只有速度，这是一种她骑在巴蒂的年迈公马背上时从未体验过的速度。森林里或远或近的大树和灌木从她眼前匆匆掠过，偶尔距离很近的树枝会触碰到她身上的盔甲。她能听到寒风从耳边呼啸而过的声音，舌根和喉咙尝到了肾上腺素的苦味。

她看不到梅斯的踪影，不过她知道他一定就在离自己不远的地方。他最后所说的那些话每隔几分钟就会在她耳边再次响起，尽管是在凛冽寒风的侵袭之下，那些话也令她的脸发红发烫。她曾以为自己在这次行程中已经表现得非常强大和勇敢了，她还相信自己的表现一定会令那些男人们钦佩不已。卡琳一直喜欢说凯尔茜的一切内心活动都会赤裸裸地写在脸上，要是被他们看出了她内心的骄傲该怎么办才好呢？她还有脸再次面对他们吗？

别再想那些没有意义的事情了！凯尔茜提醒自己，就此打住吧！

卡琳的话语响彻她的脑海，其强度压过了她内心的任何羞耻和疑虑。凯尔茜的大腿更紧地夹住了雷克的身体两侧，促使它跑得更快一些。当她

第二章　追踪

觉得自己的双颊即将再次因羞耻感而发烫的时候，便抬手在自己的脸上打了一巴掌。

大约一个小时之后，丛林被甩在身后，凯尔茜突然置身于一大片农田之中，这里就是阿尔蒙特平原了。她视线所及之处是一排排精心耕种的绿色田地，令人心旷神怡，但她同时不禁因为这片区域平坦单调的地势而担忧起来。平原里也有一些树，可都是些零零星星的小树而已，树干细小弯曲，树叶也掉光了。放眼望去，没有一棵树茁壮到可以用浓密树荫提供遮蔽掩护的程度。凯尔茜继续骑行，尽量选择种植区之间的便道，只有实在是无路可走时才从作物上踏过。田野中不时点缀着低矮的木制房屋，这些房屋的屋顶都是茅草做成的，大部分只能算作棚屋。凯尔茜看到远处还有一些更高更坚固的房子，住在那里的人如果不是贵族，很可能就是监工。

她还看到了很多农民，他们当中有些人站直身体好奇地看着她，或朝她挥手示意，不过大多数农民都专注于耕种脚下的田地，对凯尔茜的到来置之不理。铁灵的经济体系是以农业为基础的，农民们为贵族耕种土地，从而获得居住的权利。然而，除了需要交给王室的税金之外，贵族们又把所有的利润从农民身上搜刮得一干二净。此刻凯尔茜仿佛又听到了卡琳的声音，当时她用不以为然的语气说出的话回荡在藏书室："这就是农奴制，凯尔茜。而更糟的是，王室也纵容这样的农奴制。农民们被迫起早摸黑、拼尽全力地干活，最终的结果却是让贵族们过上了舒适安逸的生活，而农民自己能保全性命活下去就算大幸了。威廉·铁灵怀揣实现纯粹理想主义的梦想来到了新世界，可是我们却让他的梦想在这片土地上彻底破灭了。"

卡琳曾经多次提到这个观点，不过凯尔茜自己却很难看透自己所面对的社会体系。正在田间劳作的农民看起来非常饥饿，他们大多衣衫褴褛，而且瘦得皮包骨头。可那些监工却冷漠地骑在田边的马匹上——所以很容易就能认出他们——看起来从不会为填饱肚子发愁。监工们头上戴着宽阔的平顶帽，每个人手里都握着一根粗壮的木棍——其残忍的目的不言自明。当凯尔茜策马靠近其中一名监工的时候，她看到他手中木棍的前端被染成了酱紫红色。

凯尔茜望见东边有一座很显眼的房子，毫无疑问那一定是属于贵族的房子。那是一座由红砖砌成的塔楼，高大，而且雄伟。那可是真正的砖块啊！跟莫特姆森的国情不同，在铁灵这里砖块是一种非常稀缺的建筑材料，它由上等灰泥制成，每千克的售价高达一英镑。卡琳家的炉灶是用真正的砖块制成的，而凯尔茜曾不止一次地想知道巴蒂是不是从莫特姆森的黑市上买回那些砖块的。在莫特姆森，工匠们将货物售卖给铁灵人是不被允许的，可是来自莫特姆森的奢侈品一旦越过了两国的边境，就一定能卖出极好的价钱。巴蒂曾告诉凯尔茜，只要愿意出高价，这世上就没有买不到的东西。尽管巴蒂不介意偶尔也做点黑市生意，但他和卡琳终其一生倾尽所有也无力负担盖一座砖房的成本。住在那座塔楼里的贵族一定非常富有！凯尔茜的目光掠过农田里苦苦劳作的农民，看着他们瘦削的脸颊和颈项，心头涌起了一丝愠怒。在已经度过的人生中的大部分时候，她都对自己将要成为女王这一命运充满了惧怕。而且，虽然巴蒂和卡琳已经尽了最大努力帮助她为将临的使命做好准备，但她知道自己其实远远没准备好。她并没有在一座城堡里长大，成长过程中也没有感受过任何享有特权的生活。即将由她统治的这片土地广袤无边，这令她感到害怕，不过看到了在田野里劳作的男人女人们之后，她的内心发生了一些转变。过了许久，凯尔茜终于长长地吁出了一口气。所有这些人，将来她都得负责。

　　太阳在凯尔茜左面的地平线上露出了一丝头角。她转过头去，看着太阳渐渐升起，这时她突然看到一个悄无声息的黑影从令人眩目的天空中飞快地一掠而过。

　　那是一只莫特姆森鹰！

　　她用脚后跟死死地夹住雷克的腹部，并尽可能地让手中的缰绳放松。公马雷克加快了奔跑的速度，然而这是徒劳的，没有哪匹载着人的马能快过捕捉猎物的鹰。她狂乱地东张西望，四周看不到任何遮蔽物，甚至连一片树丛都没有，放眼望去只能看见绵延不绝的农田，以及正前方的一条遥远的河，水面微微泛着蓝色波光。她将手伸进斗篷，摸索着自己的刀。

　　"趴下！快趴下！"梅斯在她身后喊道。凯尔茜赶紧俯下身子，随即听到了从自己头顶上方传来的鹰爪掠过空气时发出的嗖嗖声，还感觉到了一股气流。好险哪！要是没有及时趴下，那么她的头无疑就被鹰爪击中了。

第二章　追踪

"拉扎勒斯！"

"殿下，快跑！"

她蜷伏在雷克的脖子上，把缰绳放松到最大限度，不让它感受到一点点来自缰绳的压力。雷克在田边疾驰着，速度极快，以至于凯尔茜已经没法逐一辨认那些在田间耕种的农民了，只能模糊地看到连绵不断的棕黄色和绿色田野。这只是时间早晚而已，她心里想道，我终究会被马甩到地上，然后折断脖子。可是即便是这样的念头也给了她一种奇妙的自由情怀……谁又曾预测到她可以一直活到今天呢？她发现自己竟然笑了起来，不过她爆发出的一阵狂野而又失控的笑声瞬间就被疾风给吞噬了。

追赶凯尔茜的鹰从右侧俯冲下来，她赶紧躲避，可是动作还是慢了半拍。锋利的鹰爪抓破了她颈部的皮肤，黏稠而温暖的鲜血涌出来，流到了她的锁骨上。鹰骤然往上飞去，转而来到了她的左侧。凯尔茜扭过头去看到了它，这时她感觉到颈部的伤口因为自己往左侧扭头的动作而被撕得更开了，使得她整个右侧身体都被一阵剧烈的疼痛所侵袭。

右后方传来了马蹄声，不过凯尔茜不敢扭头去看，因为鹰就在她面前盘旋着，随时可能袭击她的眼睛。这鹰的块头比她从前见过的任何鹰都更加庞大，而且它的羽毛是深黑色的，乍一看有点像秃鹫。在凯尔茜的印象中，鹰都是棕褐色的……它突然伸开鹰爪，朝她猛扑过来，她赶紧俯身躲避，同时用两只手臂护着自己的脸。

看不见东西的凯尔茜只听得头顶上方传来了一声闷响，却没有感觉到任何疼痛。过了片刻，她略微抬起头来，小心翼翼地看了看上方——什么都没有。

她转过头去看向右边——颈部的疼痛使她不由得流出了眼泪——发现梅斯就在身旁和自己并排骑行着。那只鹰硕大的身体正悬挂在他的狼牙棒顶端，羽毛、血肉、内脏全都混杂在一起，惨不忍睹。梅斯握紧狼牙棒猛抖了好几下，将血肉模糊的尸体甩落在地上。

"是莫特姆森鹰吗？"她迎着风大声问道，并努力使自己的声音听起来平稳一些。

"确凿无疑，殿下。他们唯独偏爱这种羽毛像夜晚一样漆黑、身形像狗一样庞大的鹰。天知道那帮家伙是如何把它们繁育成这副模样的。"梅斯把狼牙棒放低了一点，随即打量着凯尔茜，"你受伤了。"

"只是脖子受了点伤，关系不大。"

"这些鹰都是嗜杀成性的杀手，不过它们同时也是侦察兵。现在一定有一群刺客跟在我们后面。你还能继续骑马吗？"

"可以的，但我脖子上流出的血会留下踪迹。"

"有一位忠于你母亲的贵妇人住在西南方向的一座堡垒里，离这儿大约有十英里远。你能骑到那么远的地方去吗？"

凯尔茜怒目圆瞪，"拉扎勒斯，你把我想成了那种足不出户的软弱女子？我是在流血，但流一点血又算得了什么呢？我在这次行程中所经历的一切跟我的过往生活相比，显得弥足珍贵。"

梅斯的黑眼睛里掠过了一丝光彩，表明他听懂了凯尔茜的话。"殿下，你真是年轻鲁莽而又不计后果。对于一名在战场上厮杀的战士来说，这是很合宜的特质，可是对一位女王来说却不是这样的。"

听了这话，凯尔茜皱了皱眉头。

"我们继续赶路吧，殿下。朝西南方向进发。"

此时太阳已经完全升到了地平线以上，凯尔茜认为她们要去的目的地应该是这样的：一座在泛着蓝色波光的河流映衬之下的砖砌塔楼。在目前这么远的距离下观察，那座塔楼就像个玩具一般，不过她知道一旦靠近之后就会发现那其实是一座有好几层高的塔楼。凯尔茜还在想住在那里的贵妇人会不会征收河流通行费，因为卡琳曾告诉她，许多住在河边或路边的贵族都会借机向过河或过路的行人征收额外的费用。

在他们一路前行的过程中，梅斯不住地转过头去察看身后的状况。他已经把狼牙棒塞回腰间，甚至连擦都懒得擦它一下，凯尔茜看到那只死鹰的内脏残留物在清晨太阳的光辉照耀之下依稀可见，这着实令她感到有些恶心，于是她顾不得颈部的疼痛，转而开始观察周围的田野。毋庸置疑，他们目前正处于阿尔蒙特平原的中心地带，阿尔蒙特平原是铁灵境内极为广阔、平坦的农业平原，几乎每一寸土地都被用作农田，别无其他。前方的河流要么是坎铎尔河，要么是克里希河，凯尔茜无法确定究竟是哪一条，

第二章 追踪

因为她不知道他们一路向西骑行了多远的距离。她远远望见西南方向依稀有一片棕褐色的山脉，其上有一个颜色更深一些的小黑点，那里很可能就是新伦敦城了。头上的汗液流进了眼里，待她清理完汗液之后再次观察时，却发现那片棕褐色山脉竟像海市蜃楼一般消失了，视线所及之处只有绿地。现在她觉得铁灵的国土面积实在很大，比她从前通过卡琳的地图所想象的要大得多。

去塔楼的路程已经走完了一半，这时梅斯伸出手去重重地拍了一下雷克的后臀。这匹公马嘶嘶地鸣叫着表示抗议，不过还是加大了步幅。突然，雷克转了个方向，朝着河流急速奔去，凯尔茜措手不及，差点儿从马鞍上跌落下来。她努力配合着雷克的动作，上下轻晃着身体，可是每当雷克的马蹄撞击地面时，她颈部的伤口似乎都会遭受到一阵剧烈的撕扯，而且她还得抵抗住一阵阵如潮汐般不断袭来的眩晕感觉。

除了雷克的马蹄声，凯尔茜还可以听见梅斯的马在自己身后奔跑的声音，不过渐渐她的耳朵清楚无误地听到了更多的马蹄声，看来至少有好几个人正在策马追赶他们。追兵越来越近，而凯尔茜与那条河之间的距离变得越来越短。她忍着痛回头一看，发现自己最担心的事情终于成为了现实：是卡登的人，有四个，就在她身后大约四五十米远的地方，他们身上的亮红色斗篷在风中飞舞着。凯尔茜童年时就听说过关于卡登的事，她曾问过巴蒂为什么职业暗杀者会穿着色彩如此艳丽的服装，那样岂不是很容易就被人认出？巴蒂的回答丝毫不能给人任何安慰：卡登的成员都是极度自信的杀手，他们相信自己就算是在光天化日之下穿着亮红色的服装，也丝毫不会阻碍自己执行并完成任务。一看到那些亮红色斗篷，凯尔茜顿时觉得自己的心已经彻底凉透了。

梅斯在凯尔茜身后咆哮着发出了一声诅咒，随后他高喊道："当心右边！"

凯尔茜看到第二队追兵正从西北方向全速逼近，看上去是想赶在凯尔茜一行到达河边之前就先将他们拦截下来。这队骑兵个个身材高大，每人都披着黑色斗篷。即使雷克能甩掉两队追兵率先抵达河边，可到了那里之后凯尔茜也得被迫改变行动路线。河面很宽，至少有二十米，尽管现在还有一段距离，可凯尔茜也能看到墨绿色的河水湍急地流淌着，水流撞击到水底的岩石，激起了很大的水花。水流太急，水势凶猛，要想游泳过河几乎不可能，而且河面上也看不到船只的踪影。凯尔茜觉得自己已经走投无路了，不过她不由自主地将一丝渺茫的希望寄托在那片往各个方向无限延伸的广阔绿地上。那里有她的子民，那些她有责任照顾好的子民。

要是她能沿着河岸向西驰骋——她心里想着——那么两队追兵都得被迫跟在她身后，那样一来他们就没法从别的方向对她进行拦截或包抄了。当然，他们最终还是很可能会追上并捉住她，不过这样做毕竟可以拖延一点时间，或许在这段时间里会有什么奇迹发生呢。她用两腿夹紧了雷克的腹部，朝着河边猛冲过去。她颈部的伤口还在流血，颠簸中血滴不断地溅落在她的下巴和脸颊上。

当雷克来到距离河水大约四五十米远的地方时，凯尔茜猛地一拉缰绳，试图让雷克在令追兵出其不意的情况下向右急转。可是雷克误解了这个举动的含义，它猛地停下了脚步，结果使得凯尔茜从马背上飞了出去。她在空中翻滚了好几圈，一度辨不清哪里是天空，哪里是河流，哪里是地面……最后她腹部朝下重重地落在地上。经过这一番折腾，她的气息变得极其微弱。她支撑着自己的身体想要站起来，然而两条腿却无法动弹。她用力呼吸，可落到实处时却只能短促地喘气。越来越近的马蹄声似乎填满了她周遭的整个世界。

她听到左边有个男人喊道："那个女孩！那个女孩，该死！等会儿再去对付梅斯，先抓住那个女孩！"

一个不明物体突然落在凯尔茜身旁的地面上，她抬起头来，看到了梅斯，只见他一手举着剑，一手握着狼牙棒，正与四个身着红色斗篷的男人抗衡着。卡登成员的样貌各不相同，肤色有深有浅，个头高矮不一，其中一个人甚至还留着小胡子。不过，所有人的脸上都有着相似的冷酷而空洞的神情，透露出卡登成员训练有素的凶暴残忍。一名肤色较浅的刺客伺机突破了梅斯的防御，用剑的尖端划过了梅斯的锁骨。鲜血溅到了这名卡登成员的脸上，还渗进了他的红色斗篷里。梅斯对自己的伤势毫不在意，他举起手中的剑，猛地刺进了攻击者的喉咙。后者的气管被刺破了，伴随着

第二章 追踪

喉部的咕噜声和窒息声，他颓然倒在地上，不再动弹。

梅斯后退几步，然后挪到了凯尔茜的正前方。他双手各握着一个武器，站在原地等待着。另一名卡登成员朝他冲来，他往下一跪，握着剑的手飞快地划过了一道弧线。来势汹汹的卡登成员一下子跌倒在地，发出了痛苦不堪的尖叫声。原来他的右腿被梅斯砍断了，鲜血从膝盖附近的伤口喷涌而出，将他身旁的河堤染成了殷红色。片刻之后，凯尔茜才意识到自己正在观察这个男人垂死的抽搐，他的心脏正将他最后一点点生命之血挤压到河岸的沙地上。

她依稀觉得自己应该做些什么，可是两条腿还是无法动弹，而且肋骨也无比疼痛。剩下的两名卡登成员从不同的方向对梅斯发动攻击，梅斯轻巧熟练地闪避着，还瞅准机会用狼牙棒敲向了其中一个男人的头部，鲜血顿时模糊了他的模样。不过在完成这次击打之后，梅斯在收回武器的瞬间还是略微慢了半拍，最后一名刺客得以趁机靠近梅斯，并用手里的剑割破了梅斯的皮腰带。梅斯迅速扑倒在地，打了一个滚，随即用猛兽般的气势再度站了起来，用力将狼牙棒挥向了刺客的脊柱。凯尔茜听到了噼啪一声闷响，有点像巴蒂折断尚未干枯的树木枝条的声音，接下来她便看到最后一名卡登成员重重地倒在地上。

尽管卡登刺客被逐一消灭了，但凯尔茜看到那些身着黑色斗篷的男人已经策马来到了梅斯身后。他们纷纷跳下马来，手里握着明晃晃的出鞘的剑。梅斯转过身去，做好了迎战的准备。看着眼前这一幕，凯尔茜在惊讶中也颇感失望……要是梅斯就这样战死的话，那实在是太可惜了。她以前从未听说过有人可以一对一地打败卡登剑客，更不用说一对四了。她把按住颈部伤口的手放了下来，这才发现手掌上滑溜溜的全是鲜血。人会因为一道很浅的伤口不断出血而死去吗？巴蒂从未跟她讲过有关死亡的任何话题。

有人把手伸到凯尔茜腋下托着她，将她的身体翻转了一下，从先前趴着的状态变成了躺着。在这个过程中，她觉得眼前有无数黑点在飞动着。她颈部的伤口被撕得很大了，随着每一次脉搏跳动，不断有温热的血从中涌出。她的两条腿呈"八"字形在地上摊开着，它们似乎恢复了知觉，疼痛不已，凯尔茜觉得仿佛有无数玻璃碎片正扎向自己的小腿。她面前出现了一张脸，与她四目相对，这张脸是惨白色的，一双眼睛就像两个深不见底的黑洞，除此之外还有一张沾满血污的嘴巴。她顿时被这张可怖的脸吓得尖叫起来，片刻之后才意识到这不过是一个戴在人脸上的面具而已。

"头儿，我们该怎么处置那个使狼牙棒的家伙？"

凯尔茜抬起头来，看到前方还站着另一个戴着面具的人，不过他的面具是纯黑色的。"把他活捉了。"戴着白色面具的人发号施令道，"我们要把他带在身边。"

"头儿？"

"看看你的周围，豪威尔。他一个人独力打败了四名卡登剑客！当然，他活着对我们来说可能是个麻烦，可是让一名如此优秀的战士就这么浪费掉着实是罪不可赦。就让他跟着我们好了。"

凯尔茜顾不得颈部的伤势，奋力坐了起来。她看到梅斯被好几名戴着黑色面具的男人包围着，身上多处受伤，血流不止。其中一名黑衣人像鼬鼠一般迅猛地冲上前去，用自己手中的剑柄敲向梅斯的后脑勺。

"住手！"凯尔茜惊叫道，然而梅斯已经颓然倒地，晕了过去。

"他会没事的，姑娘。"站在她面前、戴着白色面具的男人说道，"你不要太激动，打起精神来吧。"

凯尔茜费力地站了起来，"你们想对我做什么？"

"姑娘，以你目前的处境来看，你没有资格提问。"他取出了一个装了水的小瓶，不过凯尔茜对此视而不见。他的一双黑眼睛在面具的眼洞后面眨了眨，打量着她，继而凝神注视着她的颈部，"这可不好。你是怎么受伤的？"

"我被一只莫特姆森鹰袭击了。"凯尔茜极不情愿地勉强答道。

"愿上帝保佑你的舅舅。他在选择盟友时的品味跟他对服装的品味几乎一模一样。"

"头儿！来了更多的卡登剑客！在北面！"

凯尔茜转身望向北边，看到数英亩的农田之外扬起了一阵尘土。由于距离较远，所以从他们所处的地方看过去，对方的阵仗似乎并不算大，可

第二章　追踪

是凯尔茜估计这支追兵至少由十名强健的男子组成，同时她还看到地平线附近隐隐出现了一团红色的影子。

"还有老鹰吗？"首领问道。

"没有了。豪威尔射死了一只。"

"谢天谢地。快去把他俩的马牵过来备好，我们要带上他俩一道走。"

凯尔茜扭头看着旁边那条河，河水深而湍急，茂密的大树和灌木丛至少覆盖了下游河对岸五百多米的区域。要是她能游泳横渡这条河，那么她很可能可以顺利脱身，摆脱困境。

"你竟然是如此令人向往的战利品。"首领在她身旁说道，"真是看不出来。"

凯尔茜飞快地奔向河流，可是她刚迈出不到三步，便被首领抓住了手肘，随即被推给了另一名男子。后者的体型跟一头熊没什么两样，他迅速将她的双手摁在一起，使她无法动弹。

"姑娘，别再打歪主意了。"首领冷冷地说，"没错，我们是有可能会杀了你。可是如果你被卡登逮到了，那他们一定会马上取下你的首级，交给摄政王换取奖赏。"

凯尔茜权衡了一番之后，发现自己其实别无选择。五个戴着面具的男人围在身边，在这种局面下脱身只是妄想。躺在地上的梅斯仍有气息，不过已失去行动能力。其中一个男人将梅斯的双手反绑起来，紧接着另外两个人把他抬起来，捆绑在马背上。凯尔茜没有剑，而且根本不知道该如何使剑。她转过头去看着首领，点了点头表示放弃抗争。

"摩尔根，把她带到你的马上去。"首领一跃上马，同时提高了音量，"动作要快！当心后面的骑兵！"

"请上马吧，姑娘。"摩尔根说道。这个戴着黑色面具、身材魁梧的男人，声音却显得尤其柔和。

摩尔根用双手搭建成一个临时马镫，凯尔茜在他的帮助下骑到了马背上。她的颈部伤口又开始大量出血，衬衫右肩已经完全被血浸透了，猩红色的血水顺着她的前臂直往下流。她甚至还能嗅到鲜血的气味，这气味像极了巴蒂放在纪念品盒子里的旧铜钱的味道。他每周都会花些时间仔细地把它们擦亮，然后拿给凯尔茜端详。那些圆圆的铜钱是很久以前的遗物，上面单调地刻着一个留着胡子的男人庄严的脸。鲜血的气味竟然能引发旧时的清晰回忆，这似乎颇有些不可思议。

摩尔根翻身上马，坐在凯尔茜身后，她明显感受到他的体重令马的身体下陷了一些。他伸出手去握着缰绳，健壮的手臂在凯尔茜的身体两侧形成了两道牢固的护栏。凯尔茜用力地撕扯着自己的一只袖子，最后扯下了一块布条，她用布条按压住颈部的伤口。她的伤口无疑需要尽快缝合，不过她认为眼下的当务之急是不要在地上留下任何血迹。

他们一行人沿着河岸策马飞驰。凯尔茜心里有些疑惑，他们能去哪里呢？河水那么急，马显然没法过到对岸去，而且河面上也看不到哪里有桥。凯尔茜瞥了一眼北边，那群穿着红色斗篷的骑兵已经改变了行进方向，此时正沿着一条可以在他们前方形成拦截之势的直线全速奔来。可是，周围这些戴着面具的神秘骑士并没有透露出任何可以表明他们打算去往何处的迹象，也完全看不出他们打算采用怎样的逃跑计划。首领冲在队伍最前端，在他身后的男人骑着梅斯的马，而梅斯本人则被捆绑着趴在同一匹马的马鞍上。马每跨一步，梅斯那毫无生气的身体就在马背上机械性地弹跳一下。凯尔茜只能从他身上看到一点点血迹，不过他身体的大多数部位都被灰色斗篷给覆盖住了。所有这些戴着面具的男人们看起来都非常专注于前方的道路，甚至没有人扭过头去察看身后追兵的情况，也没有人看凯尔茜一眼。此时此刻，凯尔茜再度感受到了一种对自己的人生完全无能为力的痛楚感觉。如果仅凭她自己的力量，她可能转瞬间就会丧失生命。

"转！"首领喝道。

摩尔根的马突然改变了行进方向，一头朝河水猛冲过去。凯尔茜闭上了双眼，屏住呼吸，心里已经做好准备要迎接扑面而来的冰冷河水，可是水却没有如期而至。河水依旧狂暴而汹涌，马匹激起的冰冷水沫把凯尔茜膝盖以下的裤腿都浸湿了。不过待她睁开眼睛的时候，发现他们竟然快到河对岸了，虽然马每跑一步还是会溅起大量水沫，但是马蹄下的水已经很浅了。

真不可思议，她心里想道，吃惊地瞪大了眼睛。事实就确凿地摆在她

第二章 追踪

面前：他们正沿着一条很长的斜线朝河对岸奔去，而且离对岸越来越近了。马匹陆续从两块自河底冒出水面的大卵石中间经过，由于离得很近，凯尔茜甚至能看到大卵石上覆盖着滑溜溜的深绿色苔藓。她想到了自己脖子上戴着的发光的宝石，差点儿笑出声来。这一天真是充满了奇事。

他们来到河岸边的干地上，马群立即冲进了树林里。这已经是凯尔茜在这天之内第二次骑马在树林中穿梭了，树枝不住地在她脸上刮擦而过，不过她只是一声不响地把下巴埋到胸口以避开树枝。

当一行人来到茂密的橡树林深处之后，首领扬起了一只手，于是大家都心领神会地让自己的马停了下来。透过层层叠叠的树枝，几乎很难再看到他们身后的那条河。首领骑着马绕了个圈，随后站定，凝神注视着远处的河岸。

"他们应该会在那里被困住好一阵吧。"其中一个人低声说道。

凯尔茜扭过头去，一阵突如其来的眩晕感使她差点儿从马背上掉下来。她定了定神，透过橡树枝努力张望着。可她什么人都没发现，只见到了在阳光照射下略微泛光的河面。她正在纳闷，一名戴着黑色面具的男人咯咯地笑了起来，"没错，他们被困住了，看样子至少会被困上好几个小时哩。"

现在她能听到身后追兵的声音了，他们的说话声比先前更大了，同时她还听到一个声音喊出了这样的回答——"我不知道！"

"这位小姐的伤需要缝针！"凯尔茜身后的摩尔根出其不意地大声宣告，把她吓了一跳。"她已经流了太多血。"摩尔根继续说道。

"的确如此。"首领说，他的黑眼睛直直地盯着凯尔茜，她也迎着他的目光看回去，尽量不去在意他的面具。这是一张滑稽的小丑面具，可是看起来却颇有些残忍凶恶，她也说不上具体原因，总之这张面具令她感到有些害怕。也许它让她回想起了孩提时代所做的那些噩梦中的场景。不过，她仍然迫使自己坐直身子回看他的眼睛，从颈部伤口流出的血此时已经染红了她的手腕。"你们是什么人？"她终于找到机会问出了这个问题。

"我们是被铁灵遗忘了很久的人。请原谅我们。"首领看着她的背后，点了点头。凯尔茜还来不及转过头去，她眼前的世界顿时变得一片漆黑。

第三章
费 奇

> 真英雄的标志是他的大多数英雄事迹都是在不为人所知的情况下完成的。我的朋友们，虽然我们都不曾听说过他的事迹，但他的英勇行径却是实实在在的历史印记。
> ——摘自阿瓦斯大教堂档案馆内保存的泰勒神父布道辞集锦

"姑娘，快醒醒！"

凯尔茜睁开双眼，看到了一片无比湛蓝的天空，以至于她一度以为自己还在梦中。可是看了一下四周的情形之后，她发现自己原来是在一个帐篷里面。她正躺在地上，身上覆盖着某种动物的皮毛。她认出这不是鹿皮，不过真的很暖和，凯尔茜实在是很不想醒来。

她看到了刚才叫醒自己的人，他的声音是悦耳的男中音，极富特色，所以尽管他现在取下了那张可怕的面具，凯尔茜也能认出他是谁。他全身都穿着深蓝色服装，胡子刮得干干净净，相貌很英俊，有着高高的颧骨，两边嘴角微微上扬，看起来心情比较愉悦。他的年龄要比她先前在河岸边时所猜测的年轻许多，应该不超过二十五岁。他有一头浓密的黑发，没有皱纹的脸上有一双大大的黑眼睛。这双黑眼睛引起了凯尔茜的注意，它们看上去比二十五岁左右的年轻人的眼睛沧桑多了。

"你那张英俊的面具去哪儿了？"

"这里是我的家。"他从容不迫地回答道，"我没必要再戴着面具了。"

凯尔茜费力地坐了起来，然而这个动作令她感受到了来自右侧颈部的剧烈疼痛。她用手指往脖子上的伤口处探了探，发现那里被缝上了线，外

第三章 费奇

面还抹着一种黏糊糊的膏状药物。

"你的伤会康复得很快。是我亲自为你处理的伤口。"

"谢谢你。"凯尔茜应道,随即她立刻发现自己身上穿着的并不是自己的衣服,而是某种布料所制成的白色长袍,大概是亚麻布吧。她伸手摸了摸自己的头发,发现头发光滑而柔软,看来是有人为她沐浴过了。她抬头看着他,两颊有些发红。

"没错,是我为你沐浴的。"他咧嘴笑道,"不过你不用担心,姑娘。你长相太平凡了,不合我的审美标准。"

这话可真伤人,而且凯尔茜觉得自己被这话伤得很深,不过她只是面色一凛,之后迅速地把自己的情绪隐藏了起来。"我的斗篷在哪里呢?"

"在那边。"他指了指角落里的一堆衣物,"你的斗篷里什么都没有,不过我想只有品德比我高尚得多的人才不会从中搜寻这个吧。"

他伸出一只手,露出了一条蓝宝石挂坠项链,蓝宝石在链子上晃动着。凯尔茜伸手摸了摸胸口,发现自己的项链还戴在脖子上。

"他们可真是乐观啊,姑娘,竟然让你同时带着两条项链。有人说国王的宝石全都丢失了。"

凯尔茜抵御住了伸手去拿那第二条项链的冲动,因为看起来他显然希望她这样做。尽管如此,她的目光一直死死地盯着那颗晃来晃去的蓝宝石。

"你从没戴过这条项链。"他说。

"你是怎么知道的?"

"如果你曾戴过它,这颗宝石就绝不会容许我把它从你身上取下来。"

"你说什么?"

他用略显怀疑的眼神看着她,"难道你不知道关于这些宝石的事情吗?"

"我知道它们是属于我的。"

"而你做了些什么来得到它们呢?被一位二等女王生下来,手臂上有着特殊的疤痕,有这些就可以了吗?"

二等?这是什么意思?凯尔茜努力让自己不去在意这个评价,她小心翼翼地说:"我并不想把它们占为己有。"

"也许是吧。"

他语气中所流露出来的某种情绪令凯尔茜倍感寒意，也提醒了她目前自己正处于险境之中。可是怎么会这样呢？他在河岸的时候还救了她的命呢！她注视着他手中的那颗宝石，苦苦思索着，蓝色的光芒映射在她的皮肤上。想跟他继续交涉的话，总得需要多了解一些信息才行。"先生，能告诉我你的名字是什么吗？"

"这不重要。你叫我费奇就行了。"说完他向后靠了靠，等着看她会作何反应。

"这个名字对我来说没有任何意义。"

"是吗？"

"我是在与世隔绝的封闭状态下被抚养成人的，这你应该知道。"

"唔，不然的话你应该知道我的这个名字。摄政王一直在出高价悬赏我的人头，而且价格还在接连上涨。"

"为什么呢？"

"我偷走了他的不少东西，最要紧的是我偷走了他的马。"

"你是一个窃贼吗？"

"这世上充满了各式各样的窃贼。如果说我跟他们有什么不同之处的话，那就是我是窃贼之王。"

凯尔茜违心地笑了笑，"这就是你们都戴着面具的原因所在么？"

"当然。人们羡慕我们拥有他们自己所不具备的天赋。"

"或许他们只是不喜欢犯罪而已。"

"不仅仅是罪犯才会遇到麻烦，姑娘。你的人头也有丰厚的悬赏金额。"

"我的……人头。"凯尔茜有些胆怯地复述道。

"没错，你的人头。你舅舅为了得到你的人头，提供了比我的人头高出一倍的悬赏金额，无疑他是打算把你的人头作为礼物献给莫特姆森女王，我想女王一定很希望把你的头挂在某个显眼的地方。不过呢，你舅舅要求交付你人头的赏金猎人必须提供证据，表明那确实是你本人的头，而证据就是那两条项链和你那只有疤痕的手臂。"

卡琳所讲述的关于"统治者"的言论再次浮现在凯尔茜的脑海里。她试着想象自己的头被刺在一根长矛上的情景，可是怎么想也想不出来。卡

第三章 费奇

琳和巴蒂很少谈及摄政王罗利——凯尔茜的舅舅,不过根据他们提到他时所用的口吻,凯尔茜清楚看出他们不怎么尊重他,于是凯尔茜自然也认为他是不配得敬重的人。所以,舅舅想要杀死她这件事一直都不怎么困扰她,她也从不为此感到惊奇,在她心目中舅舅并不重要,起码不像母亲那般重要。说到底,他只是一个需要克服的障碍而已。凯尔茜将自己的注意力转回到费奇身上,不由得倒吸了一口凉气——他已经把刀拔出来了。费奇把刀拿在手里晃了晃,然后将其稳稳地平放在膝盖上。

"那么,姑娘。"费奇的语气依然和蔼可亲,但凯尔茜认为他一定是装出来的,"我该怎么处置你呢?"

凯尔茜的胃痉挛得很厉害,她的脑子一刻不停地运转着。她不可能乞求他,这个男人显然是不吃这一套的。

我必须向他证明我的价值,而且得赶快!她告诉自己。

"既然你是一名通缉犯,那么我将来可以对你从轻发落。"

"你当然可以,不过前提是你得幸存下来,并起码在王位上坐上几个小时才行。恐怕你没法实现这个前提吧。"

"可是我可以实现。"凯尔茜坚定地回答道。她颈部的伤口还痛得厉害,但她尽力让自己不去在意它。她突然想起了卡罗尔说过的一句话,于是调整措辞说道:"我实际上比自己看起来的样子更强大。"

费奇没有说话,只是长久而专注地凝视着她。他想从我这里得到一些东西,凯尔茜意识到了这一点,不过她并不知道他想要的是什么。随着时间一分一秒地过去,她在他的注视之下觉得越来越不安,可是她知道自己不能回避他的目光。最后,那个长久以来一直萦绕在她脑海里的问题终于脱口而出:"你为什么把我母亲称为二等女王呢?"

"也许你认为她是一流的。"

"我对她一无所知。没有人告诉我关于她的情况。"

他的眼睛突然瞪得大大的,"不可能。卡琳·格林是极其能干的女人,我们没法找出比她更好的人选了。"

凯尔茜心头一怔,略微张开了嘴巴。除了她母亲的侍卫队成员之外,再没有别人知道她在哪里被抚养长大,否则摄政王的手下早在几年前就会来到卡琳和巴蒂的小屋……她等着费奇继续往下说，可是他住口不言了。过了一会儿，她问费奇："既然连你都知道我在哪里，那么莫特姆森人和卡登为什么不知道呢？"

他不屑一顾地挥了挥手，"莫特姆森人不过是有勇无谋的暴徒罢了，而卡登则是直到你舅舅丧心病狂地提出要付给他们非常丰厚的酬劳之后才开始四处搜寻你的下落。要是卡登从一开始就搜寻你的话，恐怕你早在好几年之前就已经丧命了。你母亲并没有把你藏得很好，她这个人比较缺乏想象力。"

凯尔茜努力让自己保持平静，可费奇对她母亲的评价着实令她难以做到这一点。他竟然用如此轻蔑的语气谈论她母亲，而卡琳从来都没有说过任何关于伊丽莎女王的负面评价。

不过她本来也不可能作出这种评价，不是吗？凯尔茜有些不悦地默想道，她曾就这件事发过誓。

"你为什么这么不喜欢我母亲呢？她用不当的方式对待过你吗？"

费奇把头歪向肩膀一侧，用意味深长的目光看着她，"你太年轻了，姑娘。你这么年轻，竟然要成为一位女王。"

"你能告诉我你对我母亲不满的原因何在吗？"

"我觉得我没必要告诉你。"

"那好吧。"凯尔茜把双臂交叉在胸前，"那么我就继续把她视为一等女王了。"

费奇露出了赞赏的笑容，"年轻不是罪过，看来你比你母亲极盛的时期还更有脑子。"

凯尔茜的伤口疼得非常厉害，额头上渗出了大量汗水，他也随即发现了这一点，"把你的头歪一歪。"

凯尔茜想也不想地照他说的做了。费奇把手伸进自己的衣兜，掏出了一个小袋子，随后他开始把一种湿漉漉的东西抹在她脖子上。凯尔茜原本以为会很痛，但事实并非如此。他的手指非常轻柔地在她皮肤上忙活着，有一阵子凯尔茜觉得其实自己应该更为当心一点的，可她还是顺从地闭上了眼睛。她想起了自己曾在卡琳的书中看到过的一个词语：衣冠禽兽……

第三章　费奇

过度轻率和不设防使她不由得抓紧了脚趾。

麻醉剂很快生效了，就在短短的几秒钟之内，伤口的疼痛程度就下降了很多。费奇放开了凯尔茜的脖子，将装药的小袋子放回到衣兜里。"待会儿再用一些蜂蜜酒抹在伤口上，可以减轻疼痛。"

"别再折腾我了！"凯尔茜恶狠狠地说道。眼前这个男人颇有些吸引力，这种感觉令她十分恼火，更重要的是看起来他并不知道这一点。"如果你想杀了我，那就赶快动手吧！"

"我会在适当的时候采取适当的行动。"费奇说，"你真让我感到吃惊，姑娘。"透过费奇闪烁的黑眼睛，凯尔茜看出了一丝她认为像是钦佩的神色。

"你以为我会乞求你吗？"

"如果你真的那样做了，我就会把你杀掉。"

"为什么？"

"你母亲就是个经常向人乞求的人。"

"我跟我母亲不一样。"

"也许吧。"

"你为什么不直说你想要的是什么呢？"

"我们想让你成为女王。"

凯尔茜顿时听出了他的言外之意，"这么说，你们不希望我母亲做女王？"

"你知道你父亲是谁吗？"

"不知道，我也不在乎这个。"

"可我在乎。我还为此跟我的一名手下打了赌。"

"打赌？"

他的眼睛突然闪闪发光，"在铁灵王国里，人们常常用你父亲的身份来彼此赌博。我认识一位住在南方偏远村庄里的老妇人，她在大约二十年前用自己的马作为赌资跟别人对赌，从那时候起，她就一直在等待真相大白的那一天。"

"这个故事可真够神奇的。"

"姑娘,你是皇室成员。从今往后,你生命中将没有什么事是不会被公开的了。"

凯尔茜噘了噘嘴,话题的突然转变令她有些恼怒。对她来说,父亲就跟舅舅一样,似乎从来都没有显得特别重要过。她母亲却是举足轻重的人物,因为她是统治这个王国的女人。无论凯尔茜的父亲是谁,总之毋庸置疑的是他在她刚出生时就遗弃了她……不过被父亲遗弃所带来的伤痛不像被母亲遗弃那般刻骨铭心。凯尔茜又想起了从前坐在小屋前厅的大落地窗前等待的日子,日复一日年复一年,可母亲一直都没有出现。

"我们花了很长的时间来确认你到底是怎样的人,姑娘。"费奇说,"我用哄骗诱诈和威胁的方式轮番对你发动攻势,现在我已经黔驴技穷了。你跟我们原本所想的样子不太一样。"

"你刚才说'我们',除了你还有谁呢?"

费奇指了指身后,凯尔茜这才注意到帐篷外面传来了男人们说话的声音,而且还听到更远一点的地方响起了劈柴声。

"是什么共同目标让你们集结起来?"

"这是个很敏感的问题,你当然没法得到答案。"费奇迅速地站起身来,由于动作突然,凯尔茜被吓了一跳,下意识地把自己的双膝并拢。即便是凯尔茜手里拿着刀,而眼前这个男人在手无寸铁的情况下,也仍然能够在不到一分钟的时间里拿下她的人头。他让她想起了梅斯这个极富暴力潜质的男人,而梅斯的职业也充满了致命的危险。这时,她突然意识到自己竟然忘记了询问梅斯的情况,不过此时也不是打听此事的好时机。当费奇把刀塞回腰间的时候,她略微感到了一丝安慰。

"姑娘,穿好你的衣服吧,然后再出来。"

费奇掀开帐篷的门帘,走了出去,凯尔茜转过头来看到了地上放着的一堆深色服装。都是男式的,而且对她来说过于宽大,不过这些也许已经是相对最适合她的了。再说,凯尔茜并不因自己身形优美而沾沾自喜。

谁会在意你的身材?她想起了自己曾经听到过的这句话。

没人在意,她曾这样没好气地回答卡琳,然后将一件皱巴巴的亚麻布长袍套在身上。她并没有傻到竟然会忽略此时此地的危险:一个英俊、聪

第三章 费奇

明且不只一点点坏的男人。卡琳的藏书中并不是只有非小说类纪实作品，事实上书的种类比这要多得多。

可是我不会受到伤害，她坚持这么认为，既然我已经知道了危险所在，那么自然就能避免伤害。

然而她自己的内心深处并不认可这种观点。费奇才刚刚离开，但她竟然已经开始渴望跟着他走出帐篷并再次见到他。

别犯傻了，她脑子里突然冒出了一个念头。对他来说你长得太难看了，这可是他自己亲口说的。

穿戴完毕之后，她一边用手指梳理着头发，一边观察着帐篷外面的情形。

他们一定是把她带到了更遥远的南方，营地四周已不再是森林，甚至连农田也不见了踪影。目前他们正处在一座高山的平坦顶部，到处都覆盖着被太阳晒得枯黄的杂草。周围全都是类似的山景，远远望去就像是一片黄色的海洋。虽然这片土地还没有开始沙漠化，不过他们离坎达瑞斯边境应该不会太远了。

乍一眼看去，凯尔茜觉得这片营地像极了马戏团的驻扎地：几个艳丽的红色、黄色和蓝色的帐篷将一个石砌火坑围在中央。有人正在烹饪，因为凯尔茜看到一缕青烟正缓缓飘向空中，还嗅到了烤肉的气味。在火坑的另一头，一名矮个儿金发男子正忙着劈柴，他身上的难看服装跟凯尔茜的行头是一样的。

在离凯尔茜的帐篷更近一点的地方，三个男人凑在一块儿低声交谈着。其中一人是费奇，另一个人从他的个头和厚实的肩膀来判断，只可能是大块头摩尔根无疑。第三个男人是个黑人，凯尔茜不禁让目光在他身上停留了片刻。她以前从来都没有见过黑人，此人黝黑的皮肤在阳光下闪闪发亮，这令她惊叹不已。

他们三人都没有朝她鞠躬，不过凯尔茜原本也没期盼他们会这样做。费奇招了招手，凯尔茜停顿了片刻才向前迈进，她不想令费奇以为她急于服从他的指示。待她走近之后，费奇用手指了指身边的两名男子，"他们是我的同伴，摩尔根和李尔。他们不会伤害你的。"

"前提是你告诉他们不要伤害我。"

"当然。"

凯尔茜蹲下身来，随即便发现这三个男人都用毫无人情味的冷静目光评估着她，这使得她心中的不安全感陡然增强了。她分析着眼下的情势，如果他们杀死了她，那么她的舅舅将会继续留在王位上，甚至还可能成为国王，因为他毕竟是王室的最后一条血脉。这虽然算不上她与他们谈判的筹码，不过这毕竟是不容忽视的事实。据卡琳所说，摄政王在铁灵王国内并不受人爱戴，也不得民心，可是没准儿卡琳在这件事上也对她撒谎了呢。她的母亲、摄政王、红女王……她需要有人把真相告诉她。

万一真相并不是你想听到的呢？她问自己。

不管怎样她还是想知道真相，而且她深信一定有人知道真相。"拉扎勒斯在哪里？"她问他们。

"你是说你的梅斯吗？在那边。"费奇指着大约三十英尺之外的亮红色帐篷，一名留着淡茶色头发的强壮手下正守在帐篷门口。

"我能去看看他吗？"

"随你的便，姑娘。或许你能让他平静下来，他一直在自找麻烦。"

凯尔茜略微有些担忧地朝那座帐篷走去。这帮人看起来不像穷凶极恶的暴徒，不过他们十分冷酷，而根据她对梅斯的了解，他不太可能成为一名乖乖就范的模范俘虏。站在亮红色帐篷门外的男人注视着她，她沉着地朝对方点了点头，他就放她进去了。

梅斯躺在地上，眼睛被一块布蒙住了。跟凯尔茜一样，他的伤口看起来也被人用娴熟的技艺缝合起来了，不过他的两只手腕和两只脚踝都分别被绳子缠在了一起，脖子上也缠着一根套索，绳子和套索的另一头都牢牢地捆绑在一根木桩上。眼前的场景让凯尔茜不自觉地发出了一阵嘘声，听到声音的梅斯把头转了过来，"你受到伤害了吗，殿下？"

"没有。"凯尔茜盘着腿在他身边坐了下来，考虑到驻守在帐篷外面的那名男子，她压低了声音说话："我只是受到了一些与我的性命有关的恐吓而已。"

"如果他们真的打算要杀你的话，你一定会死。你舅舅不想你活着。"

第三章 费奇

"他们不是……"凯尔茜把自己的声音压得更低了,并尽量把他们留给她的奇怪印象表达清楚,"我认为他们不是我舅舅派来的。他们对我有所企图,可是他们不愿意告诉我他们想要的是什么。"

"也许你应该先帮我解开身上的绳索,他们打的结我没法弄开。"

"拉扎勒斯,我认为我们不应该跑。我们没法从这帮人手上逃脱。"

"你能叫我梅斯吗?"

"可是卡罗尔并没有叫你梅斯呀。"

"殿下,卡罗尔跟我有很久的交情了。"

"这我相信。"凯尔茜思索着,她发现其实自己脑子里一直都是把他当作"梅斯"来定位的。"可是,我更喜欢拉扎勒斯这个名字,听起来更吉利一些。"

"悉听尊便吧。"梅斯动了动身子,在他拉伸肌肉的时候,捆住他的手腕和脚踝的绳子明显松动了一些。

"你觉得痛吗?"

"只是不太舒服而已。我曾经面临过比这更糟的处境。我们是怎么在河边摆脱卡登的?"

"那实在是太神奇了。"

"你还记得吗,当时我……"

"拉扎勒斯!"凯尔茜用坚定的语气打断了他,"我需要知晓一些问题的答案。"

听了这话,正在挪动身子并不停地与绳索纠缠的梅斯明显怔了一下。

"我已经知道我舅舅出高价悬赏我的人头,不过他对铁灵做过什么事呢?"

"夺走了一些东西,殿下。那很可能是你舅舅所为。"

"愿闻其详。"

"这可不行。"

"为什么不行?"

"殿下,我不会就此与你讨论的。"

"为什么?你也在我舅舅的侍卫队供职吗?"

"不是的。"

她等待着他的进一步解释，可是他不再往下说了。凯尔茜发现他那双被遮蔽住的双眼是紧闭着的，就像接受酷刑审讯的犯人一样。她用力咬了咬自己的脸颊内侧，试图控制住即将爆发的脾气，"如果我不了解全面的情况，我就不知道该如何做出明智的决定。"

"为何要纠结于过去的事情呢，殿下？你拥有为自己塑造未来的权力。"

"那你提及我的玩偶和裙子是什么意思呢？"

"我只是用棍子戳你一下，试探你会不会还击。结果你确实还击了。"

"如果我命令你告诉我，你会怎样做呢？"

"那你就发号施令吧，殿下，看看你能得到什么。"

她思忖了片刻，最终决定不要这样做。在梅斯身上这是行不通的，尽管她可以对他发号施令，可他还是会受他自己的判断力所左右。看到梅斯在捆绑他的绳索中焦躁不安地挪动着身体，凯尔茜觉得心中最后一丝愤怒已经转变成了怜悯。他们把他捆得很紧，以至于他几乎没有什么活动的空间。

"你的头怎么样了？"

"还好。有个混蛋重重地击中了我的头，又准又狠。"

"他们给你吃东西了吗？"

"给了。"

"卡罗尔跟我说，当我还是婴儿的时候，是你把我从凯普偷偷带出来的。"

"这倒没错。"

"你一直以来都是女王侍卫队的成员吗？"

"从我十五岁那年开始就一直是这样。"

"你曾经后悔过选择这样的生活吗？"

"从来没有。"梅斯再次挪动了一下，凯尔茜吃惊地看着他把一只脚从绳索里挣脱了出来。

"你是怎么做到的？"

"谁都可以做到，殿下。只要不怕麻烦，持之以恒，就一定能做到。"

第三章 费奇

他屈伸了一下自己的腿，让它不那么僵硬。"再过一个小时，我会把一只手也挣脱出来。"

凯尔茜注视了他片刻，随即站起身来，"你有家人吗，拉扎勒斯？"

"没有，殿下。"

"我想让你做我的侍卫队队长。等你脱身以后，好好考虑一下这件事吧。"

梅斯还来不及回答，凯尔茜就走出了帐篷。

太阳开始落山，只在地平线附近留下了一道镶着橙色边缘的彩云。环顾四周，凯尔茜发现费奇正斜倚在一棵树上盯着自己看，他的目光平淡，但又有几分探究意味。当她与他视线交会的时候，他笑了笑，那种阴冷的笑容令她不寒而栗。

他不仅仅是一名窃贼，还是一名谋杀犯！凯尔茜感觉到在他那俊朗的外表下面还住着另一个可怕的男人，此人的生活犹如被冰封的湖水一样幽黑。他做过很多次谋杀犯，很多很多次……凯尔茜在心里说道。

这个念头本该令她感到恐惧，可是过了好一阵之后凯尔茜有了更糟的发现：她竟然觉得这根本没什么大不了的。

晚餐竟然出人意料的丰盛。凯尔茜先前所嗅到的烤肉味原来是烤鹿肉的香气，这鹿肉的口感和滋味都比她几天前所吃到的要好很多。除了烤肉还有水煮蛋，这着实令凯尔茜惊讶不已，后来她才发现原来在自己所住的帐篷后方有一个小小的鸡笼。这天里的大部分时候摩尔根都在火坑上烤面包，他烤的面包非常棒，吃起来松软可口。留着淡茶色头发的男人豪威尔为凯尔茜斟上了一杯蜂蜜酒，她从来没有喝过这种酒，只得小心翼翼地喝了几口。统治权一旦和酒扯上了关系，就一定不会有好结果——在她的人生信条里酒似乎是能够败坏一切的罪恶之源。

尽管这是她很长时间以来的第一次进食，可她仍然吃得很少，因为她开始在意自己的体重了。巴蒂和卡琳的小屋里总是储备着丰富的食物，而小凯尔茜常常在正餐之间不假思索地吃进各种零食。此刻的她小口而缓慢地吃着面前的可口食物，不愿让他们觉得自己是贪吃的人，尤其是他。他就坐在她身边，似乎总有一根无形的线在拉扯着她不断地去关注他的一颦一笑。

费奇恳请凯尔茜给他们讲一讲她在小屋中度过的童年生活。她实在不明白他为什么会对这件事感兴趣，不过他一再继续要求，于是她讲给他们听了，其间有好几次她都因他们凝神细听时看着自己的专注眼神而脸红。一定是刚刚喝下的蜂蜜酒令她打开了话匣子，因为她滔滔不绝地讲述了好多事情。她描述了关于巴蒂、卡琳、小屋还有和课程有关的种种情况：每天从早餐结束到午餐之前，她都和巴蒂待在一块儿，而下午的时间她都和卡琳一起度过。卡琳用各种书本上的知识来教导她，而巴蒂则在户外对她施教。凯尔茜告诉他们，她知道该如何剥掉鹿的皮，也知道如何在接下来的几个月里用烟熏制鹿肉。她还说她知道如何用一个自制的笼子来诱捕兔子，也能熟练地使刀，只不过身手还不够敏捷。她告诉他们每天晚餐结束后她都会独自阅读一本新的小说，而通常在就寝之前就能读完。

"你读书的速度很快，是吗？"摩尔根问道。

"非常快。"凯尔茜答道，略微有些脸红。

"听起来你的生活并没有多少乐趣可言。"

"我以往的生活重心并不在于让我得到乐趣。"凯尔茜再次喝了一口蜂蜜酒，"不过，我现在可以弥补这一点。"

"几乎没有谁会认为我们是能给他人带来乐趣的团队。"费奇说，"看得出来，你在饮酒方面并没有多少天分。"

凯尔茜皱了皱眉，把杯子放回桌上，"可我真的很喜欢这玩意儿。"

"这是显而易见的事情，不过你最好喝慢一点，否则我就只有让豪威尔来夺走你的杯子了。"

凯尔茜的脸再度红了，所有人都笑了起来。

在其他人的敦促下，黑人李尔站起身来讲述了白海轮的故事，这艘船在铁灵王国初创期横渡大海时沉没了，从美洲带来的珍贵医学专业知识也随之一并消亡。李尔把故事讲得有声有色，比不擅长讲故事的卡琳好得多，当他讲到沉船那部分情节时，凯尔茜发现自己眼里噙满了泪水。

"为什么要安排所有的医生都搭乘同一艘船？"她问道，"分成几艘船不

第三章　费奇

是更合理吗?"

"是国王的主意。"李尔回答道,语气中带着些许轻视和鄙夷,仿佛是在告诉凯尔茜他喜欢讲故事,可是并不喜欢在讲完后回答各种提问。"威廉·铁灵想让他们把一整套跟救生医疗相关的专业知识带回铁灵,不过最后那套知识连同人和药物一起遗失在了大海中。"

"那套医学知识并没有完全遗失。"凯尔茜打断道,"卡琳跟我讲过,铁灵是有节育技术的。"

"那都是些土方法,是我们的祖先们在铁灵登陆后用当地植物进行反复试验而得出的。在铁灵,从来都没有过真正的科学技术。"

凯尔茜皱了皱眉,思索着为什么卡琳没有告诉自己这些事情。但显而易见的是,对卡琳而言生育控制不过是人口统计图上众多需要考虑的环节之一。费奇就坐在凯尔茜身边,她感到自己的血不断往双颊上涌。在夜色中跟他挨得这么近着实令她很难让自己的心绪保持平静。

晚餐结束并简单打扫完毕之后,大家把两张桌子拼在一块儿,男人们开始教凯尔茜玩扑克牌。凯尔茜在此之前甚至连见都没见过扑克牌,她兴致极高地参与其中,自打女王侍卫队的骑兵们来到卡琳的小屋门前以来,她现在才第一次体验到了真正的乐趣。

费奇坐在她身边,一直盯着她手中的牌。凯尔茜发现自己总是脸红,她真心希望他不会注意到这一点。无可否认费奇的确是颇有魅力,不过在凯尔茜眼里,他的魅力源泉在于他丝毫不在乎凯尔茜怎么看待他。她甚至在想,他是不是根本不在意任何人对自己的看法。

玩过几局牌之后,尽管她仍然很难记住全套规则,也缺乏赢牌的经验,但她看起来已经渐渐进入状态,也掌握了一些小窍门。费奇不再对凯尔茜的选择指手画脚,她将此视为他对自己牌技提升的认可。然而不知道为什么,她还是每一局都必定输牌。这种扑克游戏的原理非常简单,大多数时候她都会出于审慎而选择弃牌,不过每当她这样做的时候,拿着一手小牌的对家往往会幸运地赢下游戏。这样的场面接连不断地发生,看热闹的费奇一边喝着酒,一边咯咯地笑出声来。

最后,一名看上去邋里邋遢的金发男人——凯尔茜已经知道他的名字叫阿莱因——在洗完牌之后没有立即重新发牌，而是看着凯尔茜的眼睛说道："你需要一张不露声色的扑克脸。"

"对极了！"费奇附和道，"姑娘，你心中的每一个想法都无比清晰地写在你的眼睛里。"

凯尔茜再次喝了一口蜂蜜酒，"卡琳说我就像一本翻开的书，一目了然，毫无秘密可言。"

"唔，你最好尽快改变这样的特质。如果我们决定不杀你，那么你会发现自己正处于蛇窝当中。在那样的境地之下，过度诚实对你没有任何好处。"

费奇用稀松平常的语气谈到了杀死她这个话题，这令她感到胃部一阵痉挛，不过她尽量不把内心的情绪流露在脸上。

"现在已经有些进步了。"费奇继续说道。

"为什么你们不能立即做出杀死我的决定并付诸实施呢？"凯尔茜问道。虽然蜂蜜酒令她头脑有些混乱，可她在关键问题上仍然保持着清醒状态，她渴望得到一个直截了当的回答。

"因为我们想看看你究竟是怎样的女王。"

"既然如此，何不对我进行一番测试？"

"测试！"费奇笑得更开了，一双黑眼睛闪闪发光，"这可真是个有趣的想法。"

"我们还是好好玩牌吧。"豪威尔嘟囔着。他的右手上有一块又大又难看的疤痕，像是皮肉被烧伤后留下的。他当然很想继续玩牌，因为他虽然手气不好，总是拿到很差劲的牌，却常常成为赢家。

"现在我们要玩另外一个游戏了。"费奇宣告道。他将凯尔茜从凳子上推开，动作一点也不轻柔。"这是一场正儿八经的考试，姑娘。你坐到那边去吧。"

"可是我喝了太多的蜂蜜酒，恐怕不适合在这样的状态下接受考试吧。"

"噢，这可太糟了。"

凯尔茜瞪了他一眼，不过还是离开了凳子，这时她惊讶地发现自己竟然有些头重脚轻的感觉，身子摇摇晃晃的。坐在桌边的五个男人齐刷刷地

第三章　费奇

转过脸来看着她，原本正在洗牌的阿莱因则啪的一声迅速将牌收拢，塞进口袋，然后也抬起头来盯着凯尔茜。

费奇前倾身体，用两只手撑住下巴，细细地打量着她。"要是你真的成了女王，你会做些什么呢？"

"做些什么？此话怎讲？"

"你头脑里对此有什么计划和打算吗？"

费奇的语气很轻柔，但他的眼睛里流露出了严肃的神色。凯尔茜感觉到他正怀着极大的耐心，无比期待地等候着她就这个问题所给出的答案。这的确是一项测试，而她凭直觉知道如果她给出了不当的回答，那么这次交谈就会立刻结束。

她张开嘴巴，可是不知道该说些什么，这时她仿佛在冥冥中听到了卡琳的声音。那是卡琳在藏书室里反反复复提到的一番话，凯尔茜熟练地背出了这些冗长的词句，她的语气听起来就像正在朗读上帝教会的《圣经》。"我会为了我的子民的利益来施行统治。我会确保王国境内的所有公民都能得到合宜的教育和医疗护理。我会终止浪费性支出，也会通过对土地、财产、税收的重新分配来减轻穷人身上的担子。我会重建王国的法律体系，并将莫特姆森的影响驱逐殆尽……"

"这么说你知道咯！"李尔突然高声喊道。

"你是说莫特姆森吗？"她一脸茫然地看着他，"我知道莫特姆森对铁灵王国的威胁正与日俱增。"

"你还知道哪些跟莫特姆森有关的事？"摩尔根低声问道。在火光的映照下，他的身形像极了一头大熊。

凯尔茜耸了耸肩，"我曾读到过一些关于莫特姆森政权的情况。有人告诉我说我舅舅很可能跟红女王结成了盟友。"

"还有别的吗？"

"好像没了。呃，我还知道一些莫特姆森的习俗。"

"你知道《莫特姆森协议》吗？"

"那是什么？"

"噢，我的上帝啊。"豪威尔喃喃地说。

"甚至连她的监护人也发誓要保守秘密。"费奇摇着头告诉其余的人,"我们本该知道这点的。"

我曾发过誓,不把有些事告诉你——凯尔茜想起了卡琳说过的这句话,还想起了当时卡琳脸上的表情,以及那充满遗憾的语气。

"《莫特姆森协议》是什么?"

"你起码知道莫特姆森入侵事件吧?"

"是的!"凯尔茜热切地回答道,她总算还是知道一些事情的,这令她感到了些许安慰,"他们的人一举推进到了凯普的墙外。"

"然后呢?"

"接下来的事我就不知道了。"

费奇把头转到一边,凝神望着无边无际的黑暗。凯尔茜抬头注视夜晚的天空,看到成千上万颗星星在遥远而广阔的夜空中闪烁着。当她再次低下头看着这群男人时,突然感到一阵眩晕,差点儿摔倒在地上。

"你别再喝酒了。"豪威尔摇着头说。

"她并没有喝醉。"摩尔根表示异议,"虽然她的腿有些站立不稳,不过她的头脑可清醒着呢。"

费奇转而看着众人,"李尔,你给我们讲个故事吧。"他的语气听起来就好像他刚刚做出了一个艰难的决定。

"什么故事?"

"莫特姆森入侵事件的简要历史。"

凯尔茜皱起了眉头——他又像对待小孩子一般对待她了。费奇转过头去对着她露齿而笑,仿佛读懂了她内心的想法。

"我从来没有以讲故事的方式来讲述那段历史。"李尔说。

"唔,你尽量以故事的形式讲出来吧。"

李尔清了清嗓子,喝了一口蜂蜜酒,一双眼睛死死地盯着凯尔茜。他的目光里完全没有一丁点儿的仁慈和友善,凯尔茜拼尽全力才强迫自己不要垂下头回避他的注视。

"从前有一个王国叫铁灵,它是由一个名叫威廉·铁灵的男人创建的。威廉·铁灵是个空想家,他梦想找到一块一无所缺的丰饶土地。然而富有

第三章 费奇

讽刺意味的是，英国人和美国人在选择登陆地点时不太走运，来到了铁灵这样一块贫瘠荒凉的土地。铁灵境内没有任何矿石，也没有制造业。铁灵人都是农民，他们唯一能提供的就是自己栽种的粮食、牲畜的肉以及数量有限的上好橡木材。这里的生活很艰辛，人们的基本需求很难得到满足，随着时间一年一年地过去，很多铁灵人都变得愈加贫穷，也没有多少接受教育的机会。他们必须找周围的邻国购买所有必需品，而且因为他们身处这样的困境，所以这些物品的价格被哄抬到了极其高昂的程度。

"相反的是，铁灵的邻国要幸运得多，几乎拥有铁灵所缺乏的一切，其境内有掌握了欧洲丰富医学知识的医生，有砖瓦匠和上好的马匹，还有一些被威廉·铁灵列为禁用的技艺。最为重要的是，它的土地里富含大量的铁矿和锡矿，所以它的采矿业相当发达，而且还打造了一支拥有上等钢铁兵器的军队。铁灵的这个邻国就是新欧洲，在很长一段岁月里，它都以国富民强和让境内居民在有生之年过着幸福平安的生活为立国之本。"

凯尔茜点了点头，上述这些事情都是她在卡琳的小屋里学过的。李尔的声音低沉而富有磁性，如同在讲述卡琳的《格林兄弟》中的古老童话故事。凯尔茜还惦记着帐篷里的梅斯，他会不会也听到了李尔讲的故事呢，此时他是不是已经把另一只手从绳索中挣脱出来了？她的思想就这样飘散开来，难以收回，随即她摇了摇头，让自己再度专注于李尔的故事中。

"可是到了铁灵立国之后两百年的末了，一个女巫出现了，她把新欧洲的统治权据为己有。她屠杀了王国境内所有经选举产生的民意代表，以及他们的家人，甚至连还在摇篮中嗷嗷待哺的婴儿也不放过。拒不服从她的居民在一夜之间就会发现家人们全都被杀死了，他们的房子也被火烧成了废墟。这个女巫用了接近半个世纪的时间征服民众，原本的民主政权最终被独裁统治所取代。这个王国周围的国家都忘记了这块富饶的土地曾经是人人都向往不已的新欧洲，它已经变成了'死亡之手'莫特姆森。与此同时，人们渐渐忘记了这个女巫的来头，只知道她成了莫特姆森的红女王。一百三十年后的今天，红女王仍然牢牢地控制着王权。

"红女王跟过去的新欧洲统治者很不一样，她并不仅仅满足于只控制自己的王国，她想要的是整个新世界。政权稳固之后，她就把注意力转移到了莫特姆森军队上，将其塑造成了一个庞大而强有力的战斗工具，战无不胜。大约四十年前，她开始了超越本国疆界的入侵行动。她首先攻占了坎达瑞斯，接下来是卡内伊，这些国家轻易就屈服了，现在已经完全受制于莫特姆森，像殖民地一样向它进贡。他们允许莫特姆森军队住在他们家里并肆意在他们的街道上巡逻，红女王的霸权完全没有遇到丝毫阻力。"

"不对，真实情况不是这样的。"凯尔茜反驳道，"莫特姆森曾经爆发过一次叛乱，这是卡琳告诉我的。红女王把所有的反叛者都流放到了卡内伊。"

李尔怒视着她，费奇则咯咯地笑了起来。"当他讲故事的时候你不能打断他，姑娘。"费奇说，"那次叛乱只持续了大约二十分钟，所以他认为忽略这件事也无妨。"

凯尔茜有些尴尬地咬着自己的嘴唇，李尔在继续往下讲之前先瞪了她一眼，以示警告。"可是当红女王把这些国家变成了自己的殖民地，并开始觊觎铁灵的时候，她在阿拉女王那里遇到了障碍。"

那是我的外祖母，凯尔茜想道，阿拉·贾思特。

"阿拉女王一生都体弱多病，不过她有智慧，也有勇气，她想成为一个自由国度的女王。王国境内的所有土地所有者——尤其是上帝教会——都为他们的土地感到担忧，他们要求阿拉女王去跟红女王达成一个解决方案。铁灵的军队力量很薄弱，而且组织很散乱，跟莫特姆森军队相比完全是不堪一击。然而，阿拉女王拒绝了莫特姆森提出的所有谈判条件，并向红女王宣战，让后者依靠武力来征服铁灵。于是，莫特姆森军队对铁灵东部发动了侵略。

"铁灵军队在战斗中表现得很好，超过了任何人的预期。可是他们的武器不过是木制棍棒或少量从黑市买来的刀剑，而莫特姆森军队使用的是钢铁制成的兵器和盔甲。木制棍棒难以抵挡钢刀和钢制箭头的威力，莫特姆森军队在一路推进的征途上几乎没有遇到什么困难。新纪年284年冬天，阿拉女王死于肺炎，当时莫特姆森已经攻下了铁灵东部的半边国土。阿拉女王去世的时候留下了一对儿女，他们是即将继承王位的公主伊丽莎和她的弟弟多马。伊丽莎刚一登上王位就向莫特姆森提出议和，可是她没法向红

第三章 费奇

女王进贡，尽管她内心倒是很想这么做。铁灵根本没有足够多的钱可以购买贡品。"

"为什么不用木材进贡呢？"凯尔茜问道，"我一直以为周边的国家很喜欢铁灵的橡木。"

李尔不禁怒目圆瞪，因为她又打断他了。"那样做还远远不够。虽然莫特姆森松树的质地比铁灵橡树差远了，不过那些松木仍然可以用来修建房屋。谈判失败后，莫特姆森军队径直朝新伦敦进发。他们在前往首都的路上奸淫掳掠、滥杀无辜，还放火烧毁了所经之处的村庄。"

凯尔茜想到了穆哈恩讲的故事，想到了他口中的那个失去妻子和孩子的男人。她抬头看着夜空，此时此刻，她的其余那些侍卫们又在哪里呢？

"当时的情势相当危急。就在莫特姆森军队即将攻破凯普时，伊丽莎女王终于和红女王达成了共识。在那之后几天之内她们就签订了《莫特姆森协议》，自那时起到现在两个国家之间一直都相安无事。"

"莫特姆森军队撤退了吗？"

"是的。按照协议规定的条款，他们在协议签订几天之后便离开了城里，并经过乡村一路撤退回去。严格地说，自协议生效之后便再无任何伤亡发生。"

"李尔。"费奇插嘴道，"再喝点麦芽酒吧。"

凯尔茜的内心充满了温暖的自豪感。卡琳为什么没跟她讲过这些事呢？这正是她一直都渴望听到的那类故事啊。伊丽莎女王真是个英雄！凯尔茜想象着当时的情形，母亲被困在凯普城堡里，莫特姆森的大军在外面候着，食物储备越来越少，在这样的情况下母亲与狄美恩城的红女王互相传递着秘密信息。最后，母亲和铁灵在灾难即将爆发的千钧一发之际赢得了胜利。在凯尔茜读过的书中这样的情节不少，但主角都不是铁灵，卡琳更没有讲过类似的历史。可是……可是……当她环顾桌子四周的时候，却发现没一个男人脸上带着笑容。

"这真是个极好的故事。"她转而对着李尔试探性地说道，"你讲得也很好。不过这个故事跟我有什么关系呢？"

"看着我，姑娘。"

她转过头去，发现费奇正注视着自己，他的目光和其余的人一样冷酷。

"你为什么没有乞求我们饶你性命呢？"

凯尔茜皱起了眉头，心里想着他究竟想从她这里得到什么？"我为什么要乞求呢？"

"这是俘虏们普遍都接受并采用的做法啊，愿意提供一切来换取他们的身家性命。"

凯尔茜意识到他又在嘲弄自己了，而这个想法点燃了她内心深处的怒火。她极不平稳地呼出了长长的一口气，然后回答道："你知道吗，巴蒂曾经给我讲过一个故事。在铁灵立国之初，一名铁灵农夫的儿子身患重病。那个时候英国船只还没有到达铁灵，所以那时铁灵境内根本没有任何医生。儿子病得越来越重，农夫认定他很快就会死去，于是这位父亲陷入了深深的悲痛之中。

"可是有一天一名穿着黑色斗篷的高个子男人出现了。他自称资深医师，能治好那个儿子的病，但他唯一需要获得的报酬是：父亲必须把儿子的一根手指交给他，用来献给他的神祇。这位父亲对高个子男人的医术有些怀疑，不过他认为这是项不错的交易：用儿子的一根无用的手指来换取儿子的生命，如果这个人把儿子的病治好了，那么让他带走儿子的一根小小手指也没什么大不了的。在接下来的两天里，父亲亲眼看到医师用符咒和药草在他儿子身上鼓捣着，结果他儿子的病果真被治愈了。

"这位父亲试着想办法违背自己跟那个男人的约定，可是没有成功，因为那个穿黑色斗篷的男人开始拼命恐吓他，令他感到很害怕。于是，他等儿子睡着之后取来一把刀，将儿子左手的小指切了下来。他用一块布包住儿子的手，把血止住了。然而，由于没有必要的药物，儿子手上的伤很快就感染了，继而患上了坏疽，最后还是死去了。

"父亲怒不可遏地找到医师，要求对方给自己一个解释。医师脱掉黑色斗篷，显露出了一个稻草人形态的可怕而又模糊的形体。这位父亲吓得直发抖，用手捂住了自己的脸，可是这个形体只是宣告道：'我是死神。我要么迅速降临，要么慢慢来到，但是没有人可以从我这里逃脱。'"

李尔缓缓地点了点头，凯尔茜第一次看到他的嘴角闪过了一丝笑意。

第三章 费奇

"你讲这个故事是想表明什么意思?"费奇问道。

"每个人终究都会死。我认为还是死得清白点比较好。"

费奇又注视了她好一会儿,随后前倾着身体,把第二条项链举了起来。那颗蓝宝石在桌子上方来回晃荡着,反射着火光。宝石很大,凯尔茜能看到它在桌面上形成了不断移动的影子。她伸出手去想抓住宝石,不过费奇迅速把项链收了回去。

"你已经通过了一半的测试,姑娘。你刚才所说的都是正确的,我们会让你继续活下去。"

坐在桌子周围的男人们看起来顿时轻松了不少。阿莱因掏出扑克牌,再次开始洗牌,豪威尔则站起身来去取更多的麦芽酒。

"不过……"费奇继续低声说道,"对话是测试环节中比较容易的部分。"

凯尔茜静静地聆听着。他的语气很轻柔,但是在火光的映照下,他的眼神非常严肃。

"我认为你的命没那么长,还不至于活到能真正对这个王国施行统治的那一天。你很聪明,心肠也好,甚至从某种程度上说还很勇敢。同时,你也很年轻,拥有可悲的天真情怀。梅斯的保护或许能让你活得更长久一些,但他也救不了你。不过……"

他用一只手抬起了凯尔茜的下巴,一双黑眼睛死死地盯着她,"要是你真的登上了王位,我很期待你所推行的政策。它们需要更加细化和完善,而且很可能会在具体实施过程中遭遇失败,不过它们的确都是很好的政策,从中能看出你对政治历史的深刻理解,而这是大多数君主都不愿下功夫去做的功课。无论付出多大代价,你都要按照你所概述的原则去施行统治,也要设法改善这片土地上的种种弊病。这就是我对你的测试,如果你失败了,就必须给我一个交代。"

凯尔茜扬起了眉毛,试图将那一阵掠过全身的战栗隐藏起来,"你认为等我进了凯普之后,你也能接触到我?"

"我能接触到这个王国里的任何人。我比莫特姆森更危险,也比卡登更危险。我从摄政王那里偷走了很多东西,而且他的性命也受我操控。我有很多次都可以杀死他的,不过我还得继续等待。"

"等待什么?"

"等待你,铁灵女王。"

说完这番话后,费奇站起身来,迅速离开了桌子。凯尔茜看着他的背影,觉得自己脸上刚才被他的手触碰过的部位正热得发烫。

第四章

通往凯普之路

噢，铁灵，噢，铁灵，
这些年来你已看到，
你的耐心，还有你的悲伤，
你迫切需要一位女王。

——《为母亲而悼》，佚名

凯尔茜醒来时发觉自己头很痛，而且口干舌燥，不过直到开始吃早饭了，她才意识到原来自己刚刚经历了人生中第一次宿醉。多年来，她一直非常渴望能亲身体验那些只在书本上读到过的事情，当然随之而来的不适感并不包含在内。她的胃很不舒服，这就是她把书中的描述变成现实之后付出的小小代价。昨晚的派对持续到了深夜，而她已经记不清自己究竟喝了多少杯蜂蜜酒。它实在是太可口了，看来她将来得避免接触这种饮料。

当她穿好衣服后，费奇递给她一面镜子，这样一来她终于看到了自己颈部右侧那条又长又难看的伤口。现在伤口已被黑色的细线利索地缝合起来，也感觉不到痛了。

"缝得不错。"凯尔茜对费奇说，"不过还是会留下疤痕，不是吗？"

费奇点点头说："我不是上帝，也不是女王的御用外科医生。"他略带嘲弄地朝她鞠了个躬，"可是它不会溃烂化脓，而且你可以告诉你的子民，你是在战斗中受伤的。"

"战斗？"

"要把你全身上下的盔甲全部脱下来其实就跟一场战斗无异。你放心，我也会跟别人说你的伤是因为战斗。"

凯尔茜笑了笑,放下手中的镜子,转而看着费奇。"谢谢你,费奇先生。你给了我很多帮助,还拯救了我的性命。现在我打算赦免你以往犯下的罪。"

他没有说话,而是盯着她看了一会儿,眼睛里写满了戏谑。

"你不需要得到宽赦吗?"

他笑了,凯尔茜因他的转变而备感惊讶,她昨天晚上见到的那个冷酷的男人似乎已经在阳光下蒸发掉,消失得无影无踪了。"铁灵女王,就算你宽赦了我,我也会对其置之不理,转而偷窃别的东西的。"

"你就从没想过要过另外一种生活吗?"

"对我来说,没有另外的生活。总而言之,宽赦并不能偿还你欠我的人情。还有,我已经给了你一个超出你想象的好礼物。"

"什么礼物?"

"你会发现的。作为对我的回报,我希望你能保证它的安全。"

凯尔茜转头看着镜子,"我的天哪!请告诉我,你没趁我睡着的时候让我怀孕吧。"

费奇仰起头,爆发出一阵大笑。他把一只手亲切地放在凯尔茜背部,这个举动使得她极不自在,如芒在背。"铁灵女王,你要么会在一个星期之内死去,要么会成为这个王国有史以来最令人生畏的统治者。除了这两者之外,我看不出还有任何别的可能性。"

凯尔茜一边用手整理头发,一边看着镜子里的自己。她从前在小屋的池塘边看过自己的倒影,可是照镜子却是与之截然不同的体验。透过镜子,她才能看清自己真实的模样。她的面容并不怎么好看,不过她挺喜欢自己的眼睛。杏仁形的亮绿色眼睛,这是从罗利家族继承而来的外貌特征。卡琳曾告诉她,她母亲家族里的所有人都长着类似的绿眼睛。她的脸蛋又圆又红,活脱脱像个西红柿,而且……平平无奇——她实在找不到比这更合适的词语来形容自己的容貌。

费奇给了她一些发夹,这些蝴蝶形状的发夹是由紫水晶制成的,非常漂亮。凯尔茜的头发又到该清洗的状态了,不过把这些发夹都派上用场的

第四章　通往凯普之路

话,她的头发还是勉强看得过去的。她心里在想,这些发夹是不是费奇从某个贵妇人的头发上偷来的呢?她透过镜子看到费奇脸上的笑意更深了,看来他一定读懂了她的心思。"你可真是个捣蛋鬼。"她边说边将最后一个发夹夹好,"我应该为你的人头给出更高的悬赏。"

"你尽管这么去做吧。这只会增加我的名气。"

"那么你在干这行之前过的是怎样的生活呢?尽管我受过严格的教育,但我认为你对语法和词汇的掌握比我还略胜一筹呢。"

他用坎达瑞斯语回答她:"如果只讲铁灵语,可能确实是这样的。不过在莫特姆森语和坎达瑞斯语方面,我跟你比就相形见绌了。我很晚才开始学习这两种语言,而且我的口音不太标准。"

"不要回避我的提问。不过你不愿说也没关系,等我到了凯普一定会找到答案的。"

"那么我现在就更没有理由浪费自己宝贵的精力来回答你了。"他苦笑着又换回到铁灵语,"我忘记坎达瑞斯语的'精力'这个词该怎么说了。太久没有练习,感觉有些生疏。"

凯尔茜歪着头询问道:"难道没有什么事是我登上王位后能为你或你的手下做的吗?连一件很小很小的事都没有吗?"

"我现在确实想不出来。总之,摆在你面前的是一个无比艰巨的任务,姑娘。我没有理由在这种时候还加添你的负担啊。"

"既然你连我宽赦你终将面临的斩首之刑都不允许的话,那么我想你会觉得如果要求得到一群羊或者一把新的弓是很愚蠢的举动吧。"

"我总有一天会收回旧债,铁灵女王,这是毋庸置疑的。而且我会以高昂的价格来收回债务。"

凯尔茜专注地盯着他看,不过他的目光已经游离到了远方,不仅越过了她的帐篷,还越过树丛往凯普的方向飘去了。

突然间,凯尔茜意识到了远离他的重大必要性。他是一名作奸犯科的罪犯,对她希望建立的法治体系来说无疑是极大的威胁。然而,她甚至不知道自己最终会不会下定决心将他关进监狱,更不用说判处他应得的死刑了。

一定得有另一个男人来到我的生命中，取代他在我心中的位置。凯尔茜告诉自己，我得找到一个更好的男人。

她放下镜子，"现在我可以离开了吗？"

梅斯在夜里又有两次试图逃跑——这是费奇告诉凯尔茜的，今天当他们终于打算将他从帐篷里放出来的时候，他已经再次挣脱了捆绑脚踝的绳索。梅斯的眼睛仍然是被蒙住的，他们推搡着他往前走，不过他却快速而猛烈地往阿莱因的腿部踢了一脚。阿莱因痛得蹲在地上，捂住了自己的小腿骨，嘴里喃喃地咒骂着。最后，豪威尔和摩尔根将梅斯抬到了马鞍上。尽管中间有些小插曲，但这件事最终还算顺利地完成了。梅斯的双手仍然被捆绑着，由于戴着眼罩，所以他脸上的凶狠表情就变得不那么明显了。

凯尔茜跟费奇和他的手下道了别，她的道别仪式显得不必要的严肃，因为略微有些不合时宜。当她发现摩尔根看起来似乎不愿让她离开时，内心不由得感到满足和宽慰。他用富有男子气概的方式跟她握了握手，然后又给了她一小瓶用来涂抹颈部伤口的麻醉剂。

"这是什么东西？"凯尔茜一边问，一边将小药瓶放进了自己的斗篷口袋里，"它能在人身上产生奇效。"

"麻醉剂。"

凯尔茜吃惊地扬起了眉毛，"液态的麻醉剂？竟然有这种东西存在？"

"姑娘，看来你一直以来都过着孤陋寡闻的生活。"

"我还以为麻醉剂在铁灵境内是受到管控的药物呢。"

"黑市存在的必要性就在于此了。"

在头几英里的路程里，费奇一直护送着凯尔茜和梅斯，并且坚持要求待他们一行人远离营地之后才解开捆绑梅斯的绳索。在梅斯重获自由之前，凯尔茜就得为他牵马。说来也怪，费奇竟然允许他俩继续骑着属于自己的马。雷克只能算勉强尚可，但梅斯的马是一匹优良的坎达瑞斯种马，价值一定不菲。凯尔茜因费奇在这件事上的慷慨而感到出乎意料，不过她并没有多问什么。

她的斗篷里面是佩恩的沉重盔甲，她不愿丢下这身盔甲，费奇也同意

第四章 通往凯普之路

她可以继续穿着它们。穿着盔甲行动着实有诸多不便,凯尔茜感到有些懊恼,不过她必须得学会适应这种状态,因为这身盔甲还得穿好一阵子呢。

当他们来到一段斜坡的顶部后,费奇停了下来,用手指着前方的乡村,黄色的山林里依稀可见一条蜿蜒曲折的小道。"那条路是穿过这片地区的主干道,最终会与莫特姆森路交会,而后者是直接通往新伦敦的。至于要不要选择走那条路,这就取决于你们自己了,不过即使你们不选择走那条路,也应该随时关注那条路上的状况。你们将在今天深夜进入乡村的沼泽地,要是缺乏方向感的话,你们很可能会不断地在沼泽中徘徊。"

凯尔茜望着前面的土地,一条小路在山林中若隐若现,大部分都被近处的植物给遮挡住了。这条小路一直延伸到了更远的农田里,差不多将田野一分为二,之后小路又继续向前延伸,进入了另一片棕褐色的山林当中。远处的山林里矗立着数以千计的建筑物,但它们都因一座灰色的庞然大物而黯然失色,那就是凯普城堡了。

"如果换做是你,你会选择那条路吗?"她问费奇。

他考虑了片刻,随即回答道:"我会选择走那条路,因为我并不像你一样处于当下这种极度危险的境地。不过呢,我发现通常最直接的道路就是最正确的道路,因为别人很难预测到你会走这样的路。"

"如果他能把蒙在我眼睛上的眼罩摘掉。"梅斯吼道,"我就能判断出哪条路是最好的,还能当面诅咒他一顿。"

"对不起。"费奇回答道,"在我离开之前,你的眼罩不会被取下来。"

凯尔茜有些好奇地看着他,"你们俩之间有什么过节吗?"

费奇笑了,然而他那双始终注视着凯普方向的眼睛却异常冷酷。"不是你所想的那样。"他说。

他让自己的马转了个方向,朝凯尔茜伸出右手来。这是一次坚定有力的事务性握手,而凯尔茜知道无论将来还会不会再见到他,这样的时刻都会永远铭记在自己心中。

"还有一件事,女士。"

这个称呼令凯尔茜略微有些吃惊,她已经习惯了听他叫自己"姑娘"。费奇把手伸进自己的衬衫口袋里,掏出了那第二条项链,而凯尔茜早已把它抛到九霄云外去了。此时此刻，她再度感受到了自己远离这个男人的迫切性，因为他竟然令她忘记了如此重要的事情，那么其他那些更为普通的事情就更不必说了。

"这是你的项链，我并不打算将它据为己有。但是我会再持有它一段时间。"

"要到什么时候呢？"

"直到你的行为足以把它赎回去为止。"

凯尔茜张开嘴正要争辩，想了想之后还是决定闭口不言了。她面对的这个男人所做的几乎每件事都不是随性而为，而是经过了深思熟虑之后才做出的决定，所以想要让他改变初衷的可能性几乎是不存在的。凯尔茜伸出手去跟他握手的时候，发现自己脖子上戴着的那条项链再次从衬衫里滑落出来，于是她赶紧把它塞了回去。

"祝你好运，铁灵女王。我会以极大的兴趣密切关注着你的。"他对她友好地笑了笑，然后沿着斜坡策马加速离开了。还不到一分钟的光景，他已经进入了远处的那片山林，消失在她的视线之外。

凯尔茜盯着费奇离去的道路看了好一会儿，梅斯看不到她的这一举动，自然也不会因此而受到影响和困扰。几分钟后，费奇的马扬起的尘土已经渐渐散去，凯尔茜转而策马来到梅斯身旁，飞快地为他解开了缠在手腕上的绳索。当梅斯的手被解放出来之后，他一把将眼罩从自己脸上扯下，迅速眨了眨眼，"上帝啊！我真受不了这光亮。"

"拉扎勒斯，我真佩服你所表现出来的相当了不起的自制力。以你的实力，完全可以弄断绳索，并且在来到这里之前就杀掉好几个人。"

梅斯没有接话，只是揉着自己的手腕，被绳索勒出来的深深瘀青痕迹现在还清晰可见。

"你在河边的表现着实令人惊叹。"凯尔茜继续说道，"你是在哪里学到那样的格斗本领的呢？"

"我觉得我们该上路了。"

凯尔茜盯着梅斯注视了一小会儿，随即望着凯普的方向，"你曾发誓要护送我安全地抵达凯普，可是现在我要解除你的这个誓言。你所做的已经

第四章　通往凯普之路

足够多了。"

"我是指着一个死去的女人发的誓,殿下,所以你没法解除我的誓言。"

"如果这是一条去送死的不归路呢?"

"那么我们就一道视死如归好了。"

起风了,凯尔茜的头发飘了起来,她继续望着凯普说道:"如果你没有更好的选择,那我们就走眼前这条路吧。"

梅斯往四周看了看,视线最终转回了新伦敦。他点了点头,"我们就走这条路。"

两人一起骑马下坡,向着凯普奔去。

辛苦骑行了好几个小时之后,小路并入了莫特姆森路,这是一条约莫有五十英尺宽的宽阔大道。莫特姆森路连接着铁灵和莫特姆森,是两国之间贸易往来的主要途径,路面的泥土很紧实,所以空气中几乎看不到扬起来的灰尘。路上行人很多,略显拥挤,凯尔茜庆幸自己穿上了费奇送的深紫色斗篷,这斗篷大得足以将她遮蔽得严严实实,从而避免了暴露在众目睽睽之下。梅斯原本所穿的那件灰色侍卫斗篷已经不见了,取而代之的是一件黑色长斗篷,如果他还随身携带着狼牙棒的话——她希望他还带着它,那么他已经谨慎地将其隐藏在某个旁人看不到的地方了。大多数往凯普方向行进的人也都身穿斗篷、戴着帽子,而且他们看起来都只顾着埋头赶路,不愿跟其他人有太多交流。凯尔茜的目光左顾右盼,警惕地搜索着卡登的人,同时也想试着找到那些本该和她同路的身着灰色斗篷的侍卫们。就这么过了一会儿,凯尔茜已经观察了很多人,有些疲惫,没法再让自己集中注意力继续关注周围的行人了,再说她也认为梅斯应该更善于探知隐藏的危险。她相信梅斯的眼睛,于是她自己便不用再分心,只需心无旁骛地看着前方的路面就行了。

费奇曾告诉她说骑马去新伦敦只需要轻轻松松的两天就足够了,而凯尔茜原本考虑的是可以尝试一气呵成、马不停蹄地完成整趟旅途,可是到了太阳落山的时候她改变了初衷。不睡觉是不行的,而且她颈部的伤也开始隐隐作痛。她低声向梅斯道出了自己的想法,后者点了点头。

"我倒是不用睡觉,殿下。所以,待会儿到了合适的时机,你就可以安心睡一觉了。"

"可你总不至于一直不睡吧。"

"我扛得住。再说这个世界危机四伏,我得随时保持清醒。"

"当你还是个孩子时是什么样的情形呢?"

"在我的人生中,就从来不曾有过像孩子一样生活的时候。"

一个男人不小心撞到了凯尔茜的马,他喃喃地说了一句"对不起,先生",然后就头也不抬地离开了。这条路变得非常拥堵,凯尔茜身边挤满了走路或骑马的人,她的鼻子不断嗅到一股股从长久未洗浴的人身上散发出来的体臭。这并不奇怪,这条路是从极度缺水的南部延伸过来的,在那里洗浴是件相当奢侈的事。

凯尔茜前方有一辆马车,车上的人看起来像是一起出行的一家子:有父亲、母亲和两个小孩。两个孩子一男一女,年龄应该不超过八岁,他们手里抓着一堆草根,在马车的地板上玩着烹饪游戏。凯尔茜凝望着他们一家,看得如痴如醉。她从来没有跟别人一起玩过任何游戏,对她来说,唯一的游戏就是脑海里想象出来的画面:她自己是个英雄,周围有很多簇拥着她欢呼雀跃的人群,身边还有她的朋友。不过,她想跟其他孩子交朋友并和他们一道玩耍的迫切愿望从来没有消退过。凯尔茜过于长久地注视着马车上的两个孩子,以至于他们的母亲也觉察到了,只见她转过头来,压低了眉毛,用充满怀疑的眼神打量着凯尔茜。凯尔茜小声告诉梅斯说他们应该放慢速度,跟那辆马车保持更大的距离。

"这条路为什么这么拥堵呢?"待马车消失在视线外之后,她问道。

"这条路是唯一一条直接通往克里希南面新伦敦的道路,沿途有许多小路与之交会。"

"不过既然这是贸易之路,那么驾驶着大篷车的商队又如何通过如此拥挤的道路呢?"

"这条路并不是随时都这么拥挤的,殿下。"

他们继续赶路,傍晚变成了晚上,大多数旅客早已在路边安营扎寨了。有一阵子,道路两旁点缀着星星点点的篝火,凯尔茜还能听到篝火旁的人

第四章 通往凯普之路

们彼此交谈和唱歌的声音，不过很快就见不到新的篝火了。凯尔茜不时感觉自己听到了从身后很远的地方传来的马蹄声，她没法判断这是真实的还是幻觉，而当她转过头去观望后方的时候，只能看到一片漆黑而已。在骑马赶路的过程中，她一直在询问梅斯关于目前政府的各种问题，他逐一回答了她的所有提问，不过凯尔茜能觉察出他的态度非常谨慎，也能看出他给出的每一个回答都是反复思量、精心琢磨后的产物。尽管只从梅斯嘴里打听到了为数不多的信息，但凯尔茜依旧感觉到目前的形势是多么的严峻。

大多数铁灵人都处于食不果腹的状态。先前凯尔茜所看到的遍布阿尔蒙特平原的农田至多属于余粮甚少的自给农业，而所有的余粮最终都得交给土地所有者，再由后者将这些出产转卖，从而赚取并不算多的钱财。销售地点要么在新伦敦的各个市场，要么通过黑市交易销售给莫特姆森。铁灵境内的穷苦大众几乎没法受到公平的对待，司法体系在腐败的重压之下差不多已经坍塌，大多数诚实可靠的法官都应召进到政府的其他部门了。凯尔茜这才意识到，其实自己还没有完全准备好应对即将加在肩头的重担。这些都是亟待解决的问题，可是她不知道该如何着手。卡琳曾教过她不少历史知识，但是她对政治却所知不多，更不知道该如何说服别人按自己的意愿行事。

"拉扎勒斯，你刚才提到了'视死如归'这个词，我不知道这是什么意思。你能告诉我吗？"

"我的祖先是苏格兰人。这话在苏格兰的意思是把死看得像回家一样平常。"

"我好像还没有达到这样的境界呢。"

"也许你的眼神中确实流露出了这样的意味，殿下。"

他们再次拐了个弯，凯尔茜发觉自己又听到了马蹄声。这一次并不是她的幻听，因为梅斯也立即将马停下，两个人一起扭过头去看着身后。

"我们后面来了几个骑马的人。"梅斯说。

凯尔茜什么也看不到。此时光线极差，就只有天空中那轮弯月所发出的淡淡光芒而已。凯尔茜的夜视能力更是惨不忍睹，在这点上就连巴蒂也远比她强。"他们离我们有多远？"她问梅斯。

"大概有一英里吧。"梅斯在马鞍上轻敲着手指，说出了自己的想法，"这里没有足够多的植物来为我们提供很好的掩蔽，对我们来说，夜里坚持赶路，然后在早上休息才是更安全的。我们还得继续往前走，不过如果他们靠近我们的话，我们就得冒险离开这条路去碰碰运气了。现在我们得让马跑得更快一些。"

他让马加速前行，凯尔茜赶紧追了上去，"难道我们不能现在就离开这条路，等他们先行过去，然后我们再回来吗？"

"殿下，如果他们是冲着我们而来的，那么这样做就有极大的风险。不过我怀疑他们可能不是卡登或莫特姆森人，因为我没有看到任何老鹰，而且我认为我们选择的道路是极不容易引起别人注意的。就这点而言，你的救命恩人的确是做了很好的功课。"

突然听到有关费奇的评论，凯尔茜颇受了些刺激。与此同时，她也不无得意地发现自己已经至少有好几个小时没有想着那个人了。现在她的脑子里有两种想法正在交战：一方面，她想了解更多关于费奇的事情；另一方面，她又想独自保守跟他身份有关的秘密。最后，前一种想法显然占了上风。"他告诉我说他的名字是费奇。"

梅斯轻声笑道："尽管我的眼睛是被蒙住的，我当时也怀疑他就是费奇。"

"他真的像他自己所说那样，是个伟大的窃贼吗？"

"应该说有过之而无不及吧。铁灵的历史上有很多不法之徒，但没有人能像费奇一样。他从你舅舅那里偷走的东西加起来比我这一生所拥有过的东西还要多呢。"

"他说摄政王出高价悬赏他的人头。"

"根据最新消息，悬赏金额高达五万英镑。"

"可他究竟是什么人呢？"

"没有人知道答案，殿下。他第一次出现是在大约二十年前，那时他戴了一张面具。"

"二十年前？"

"没错，殿下。准确地说就是在二十年前，我对这一点记得非常清楚，

第四章 通往凯普之路

因为当年你舅舅最喜欢的女人在城里购物时被他偷走了。在那之后几个月，你母亲便宣布了她怀孕的消息。"梅斯笑了笑，"那一年很可能是你舅舅人生中最糟糕的年头。"

凯尔茜细细思索着这则信息——费奇的真实年龄一定比她想象的要老得多。"他为什么没有被抓住呢，拉扎勒斯？就算他再怎么走运，但是他的行径如此招摇，应该早就落网了呀。"

"唔，殿下，在普通老百姓心目中，他就是个英雄人物。无论何时，只要有人设法打劫摄政王或其他某个贵族成员，举国上下都会认为那个人就是费奇。每当有富人损失了财富的消息传开，他在穷苦人心目中的地位就会增加一分。"

"他会把劫掠而来的钱财分给穷人吗？"

"他没有这样做，殿下。"

凯尔茜坐在马鞍上往后靠了靠，略微有些不满，"他窃走的钱财数额很大吗？"

"价值至少是好几十万英镑吧。"

"那么他用那些钱来做什么呢？有一点可以确定，我没在他们的帐篷里看到那些钱。他们在帐篷里居住，而且每个人的服装都已经很旧了。我甚至不确定他们……"

梅斯突然用一只手紧紧握住了她的手臂，硬生生打断了她的话，"当时你能看得到？"

"什么意思？"

"他们没蒙上你的眼睛？"

"没有，或许因为我不是像你一样令人生畏的勇士吧。"

"你看到他的脸了吗？我是说费奇的脸？"

"我当然看到了啊，拉扎勒斯。"

"殿下，你可能误解了一些事情。他们之所以要蒙上我的眼睛，并不是因为我的凶猛。摄政王没法捉拿费奇的原因在于他一直都搞不到费奇或费奇手下任何人的肖像画。在我的记忆中，费奇有两次差点儿杀死了摄政王，可即使是在那样的紧要关头，摄政王也没能看到费奇的脸。没有人知道他长什么样，只有那些不论悬赏多少钱都不可能出卖他的人才能看到他的脸。"

凯尔茜抬头看着天空，头顶的夜空中挂着闪烁不已的繁星。星星们给不了她任何答案。先前她就已经变得越来越困倦，身子在马鞍上轻微摇晃着，不过现在她发现自己睡意全无，无比清醒。她应该一得着机会就立马画一幅费奇的肖像，或者把他的相貌描述给某个擅长作画的画匠。可是，她也知道自己绝不会做出这样的事情来。

"殿下？"

凯尔茜深深吸了一口气，"我不会为了英镑出卖他的，不论金额大小。"

"噢，上帝啊！"梅斯让马停在道路中央，呆呆地坐在马鞍上。凯尔茜能感觉到他内心极大的不赞同。此时的凯尔茜仿佛回到了卡琳藏书室的角落里，每当她不知道该如何回答卡琳提出的问题时，就总是蜷缩在那里。如果卡琳此刻也在场的话，她会作何反应呢？凯尔茜决定还是不要去想这件事为好。

"我并不以此为荣。"她喃喃地为自己辩护道，"可是我看出在这件事上隐藏自己内心的真实想法其实也没什么好处。"

"你知道'费奇'这个词是指什么吗，殿下？"

"是'取回'的意思。"

"不是这样的。'费奇'是古老神话中的一种生物，是死亡的预兆。众所周知，这个叫费奇的家伙是个非同寻常的窃贼，可是他还有其他一些事迹是很多人都不知道的。"

"我现在完全不想了解关于费奇的其他事迹，拉扎勒斯。"话虽这么说，可是她心里却突然很想听一听关于他的更多故事。

"唔……"片刻之后梅斯用顺从的语气回答道，"这个男人极富破坏性影响，也许我们再也不该谈及他了。"

"这我同意。"凯尔茜轻轻拽了拽缰绳，引领自己的马继续前行。她在脑子里努力搜寻着其他与费奇无关的话题，"卡琳曾告诉我说我的舅舅一直没有结婚。那么，你刚才提到的他所爱的女人又是怎么回事呢？"

梅斯有些不太情愿地解释说摄政王以坎达瑞斯统治者的方式自封为王，

第四章　通往凯普之路

并从由贫穷家庭售卖给王宫的年轻女子中挑选出一些做他的女眷。此外，铁灵王国现在已经腐败至极，凯尔茜所要继承的王室实则与妓院无异。她要梅斯教自己说一些侍卫们常说的污言秽语，不过他拒绝了，于是她觉得自己没法找到足够恶劣的言辞来宣泄自己的愤怒。买卖妇女！这种邪恶行径在铁灵立国之初就应该被彻底根除掉。

"我舅舅的一切行径都对我的声誉造成了不良影响。人们会觉得我好像赞同他的这些勾当似的。"

"或许这倒不会，殿下。没有谁真的喜欢你舅舅。"

梅斯的这番话并不能帮助凯尔茜平息内心的愤怒。不过在愤怒之余，她也感觉到了极大的不安。从梅斯的描述来看，摄政王的卑劣行径在凯尔茜出生之前就已经开始了。那么，她母亲为什么没有对此加以干涉呢？她正想问问梅斯，却在转念之间把已到嘴边的话给吞了回去，因为她知道他肯定不会回答这个问题。

"我得除掉摄政王。"她斩钉截铁地说。

"但他可是你的舅舅啊，殿下。"

"我才不在乎呢。在我登上王位的那一刻，我会立即把他赶出凯普。"

"你舅舅深得红女王青睐，殿下。如果你彻底废掉他的权力的话，这样或许会动摇铁灵与莫特姆森之间的稳定关系。"

"动摇？我们和莫特姆森之间不是签订过协议吗？"

"这倒没错，殿下。"梅斯清了清嗓子，"不过我们跟莫特姆森之间的和平状态一直以来都十分脆弱。如果彼此之间的敌意公开化了，那么将会招致灾难性的后果。"

"为什么？"

"因为铁灵王国并没有训练有素的战士足以与其他国家的军队对抗，更不用说莫特姆森的强大军队了。而且，我们根本就是手无寸铁。"

"那么我们需要武器和一支真正的军队。"

"没有军队能够挑战莫特姆森，殿下。我不是一个迷信的人，可是我相信那些关于红女王的传闻。几年前，我曾因偶然的机会得以见到过她……"

"你是怎么见到她的？"

"当时摄政王派大使馆全体成员去狄美恩城做外交访问，我以侍卫的身份与他们同去。红女王统治她的王国已经超过一百年之久了，可是我敢向你发誓，殿下，当时她看起来并不比你母亲刚生下你时的年龄更大。"

"虽然她可能是永远不老的，但她不过就是个女人而已。"凯尔茜的语气很平静，可她心里着实感到不安和震动。在深夜僻静的道路上与人讨论关于一位巫婆女王的事情，这实在不是什么好主意。道路两旁的篝火已经完全熄灭了，此时凯尔茜觉得她和梅斯在这片黑暗中是完全孤独的存在。空气中弥漫着一股令人作呕的腐烂气息，附近肯定有一片沼泽地。

"你要非常小心才行，殿下。虽然你的动机或许是好的，可是过于直接的方式常常都不会带来好结果。"

"可是我们现在就走在这条最直接的道路上，拉扎勒斯。"

"没错，那是因为我们没有更好的选择了。"

他们一直骑行到天快亮时才停下来扎营，从这里到凯普还得再骑行四五个小时。梅斯不让凯尔茜生火，另外出于谨慎，他把营地安置在一大片黑莓丛的背后，这样一来从道路经过的人就完全看不到他们。原本跟在他们后面的骑士们现在肯定也已经扎营安顿下来了，因为此时凯尔茜听不到任何马蹄声。她问梅斯自己能不能卸下盔甲睡觉，梅斯点头应允了。

"不过明天你得再次穿上它们，殿下，因为我们会在光天化日之下进城去。如果没有剑的话，盔甲其实并没有太大用处，可是总比完全没有防御措施要强一些。"

"你说了算吧。"凯尔茜讷讷地说，尽管颈部的伤仍然跳动着作痛，可她已经陷入了昏昏欲睡的状态。她必须得睡觉了。她依稀想到了明天将要面对的事情，视死如归——她心里想着——骑马去送死……她终于睡着了，在梦中她见到了一大片无边无际的田野，那片田野和她在阿尔蒙特平原所看到的是一样的，田野里各处都有衣衫褴褛的男人女人们在劳作。太阳正从田野尽头的地平线上冉冉升起，远处的天空被阳光映成了火红色。

凯尔茜走近田野里离自己最近的那个女人，在女人转过头来的时候，凯尔茜发现她很漂亮，面部特征很鲜明，留着乱蓬蓬的黑色头发，脸看起来很年轻。在凯尔茜朝她走过去的时候，女人把手里握着的一捆小麦伸了出来，就好像是把自己劳作的成果交给凯尔茜检查一般。

"是红色的。"女人用有些扭曲的语气低声道，她的眼神狂乱不已，"都是红色的。"

凯尔茜再次低下头来，这才看到女人手里握着的并不是一捆小麦，而是一个小女孩鲜血淋漓的破损身体。女孩的双眼都被剜了出来，眼洞里满是鲜血……凯尔茜张开嘴尖叫起来，这时梅斯摇醒了她。

第五章
像上帝之海一样宽广

> 那一天,许多家庭在凯普城堡前面等待着,准备直面将临的悲伤。他们不会知道自己即将成为历史舞台上的演员,而其中一些人将会扮演自己从未想过的重要角色。
>
> ——铁灵的早期历史,由莫文尼尔讲述

正午过后,他们终于抵达了新伦敦。炎热的天气、身上盔甲的重压和严重的睡眠缺乏令凯尔茜感到头昏眼花、虚弱无力,不过当他们经过新伦敦大桥的时候,宏大的城市景观使凯尔茜变得精神抖擞起来。

桥上有一个收费关卡,两名男子分别站在关卡的左右两侧,负责收取费用。梅斯从自己的斗篷里掏出了十便士,在付钱的过程中,他用令人钦佩的技巧巧妙地遮挡住了自己的脸。凯尔茜打量着这座大桥,它真是一项堪称奇迹的工程,长达五十米的桥面是由精雕细琢过的灰色花岗岩砌成的,六根巨大的柱子矗立在坎铎尔河中,支撑着桥体的重量。桥下的坎铎尔河的河水环绕着城市的外缘流动,最后向着城市西南面流动五十英里之后,便从峭壁俯冲下去,注入了铁灵海湾。深蓝色的河水流速很快,看久了让人感到有些眩晕。

"不要一直盯着河水看。"梅斯低声提醒道,于是凯尔茜立即抬起头来注视着正前方。

新伦敦最初是一座小镇,由早期的定居者在赖斯山脉一处海拔较低的山麓修建而成。随后小镇逐渐扩张成为城市,面积越来越大,覆盖了周围的许多山区,最终被选址为铁灵王国的首都。如今,新伦敦的居民顺应山

第五章　像上帝之海一样宽广

区上下起伏的地势，建成了许多楼房和街道。凯普城堡屹立在城市中央，主体是一座由灰色石块砌成的巨大方尖塔，它的存在令周围的建筑物都显得无比矮小。凯尔茜一直以为凯普是一座结构井然有序的大型城堡，可事实上这座城堡采用了类似金字塔的建筑风格，形状并不对称：许多楼层上都有城垛和露台，还设计了多处可供人隐匿的角落和缝隙。凯普城堡是铁灵第二任国王——好人乔纳森——统治时期修建而成的，没有人知道那位建筑师的名字，不过他一定是一位传奇人物。

城市的其余部分看起来就显得平凡多了，大多数建筑物都是用廉价的木材修建而成的，因为年代久远，它们已经开始朝着各个方向倾斜，有的甚至摇摇欲坠。凯尔茜心想，要是遭遇一场大火，半座城市将会被烧成平地。

在离凯普大约一英里远的地方，屹立着另外一座塔式建筑，外墙是纯白色的，高度大约为凯普的一半，顶部有一个黄金十字架。那里一定是阿瓦斯大教堂——上帝教会所在地，因为凯尔茜知道阿瓦斯大教堂就在离凯普很近的地方。不过，梅斯曾告诉她说摄政王已经让步，允许教皇在凯普城堡内也修建一座私人礼拜堂。凯尔茜没法辨别出阿瓦斯大教堂顶部的十字架只是镀金而已，还是完全由纯金铸造，总之它在阳光的照耀下闪闪发亮，令凯尔茜不得不眯缝着眼抵挡这刺目的强光。威廉·铁灵曾在他的乌托邦里禁止任何有组织的宗教活动，据卡琳所说，他曾经把一个男人从他的轮船上抛入海中，原因就在于他发现那个男人一直在暗中传教。然而如今宗教活动又如同以往一样以迅猛之势卷土重来了，如果凯尔茜是在另一个房子里长大的，而她的价值观也没有受到卡琳的无神论熏陶，那么她对上帝教会的态度也许会跟现在不太一样。但是现在一切都已经太迟了，即便凯尔茜知道自己终将不得不与那个黄金十字架所代表的一切达成某种妥协，不过她却发自本能地不信任它。她从来都不善于妥协，以往在卡琳的小屋里面对各种简单的冲突时也是如此。

他们过了桥，沿着一条拥挤的大路进入了城区。梅斯静静地在凯尔茜身旁骑行，在需要改变行进路线的时候才会指点她一下。他俩依然穿着厚重的斗篷，戴着帽子。梅斯认为所有通往凯普的路都有人看守着，而凯尔茜也感觉到了他那高度警觉的精神状态，任何一点风吹草动都会使他不断改变自己在她身边的防守位置，从而为她挡住外来的未知危险。

凯尔茜并没有感知到任何不正常的状况，而且话说回来，凭她的人生经验又怎么知道什么才是正常状况呢？街道两旁都是小商店，商人们正兜售着各式货品，有常见的水果、蔬菜，还有一些奇花异草和凯尔茜从未见过的稀有鸟类。凯尔茜很快意识到，原来街道就是个露天市场。当她和梅斯继续往市中心行进的时候，道路变得更加拥挤，这里也有很多商店，每家店铺门外都挂着色彩鲜艳的海报。凯尔茜一路上看到了裁缝、治疗师和理发师等不同职业的形形色色的人，甚至还看到了一个男式服饰售卖者——对她来说这样的职业真的是闻所未闻。

人群的密集程度令她感到无比震惊。这么多年以来，她大多数时候都只是和巴蒂与卡琳待在一起，所以很难适应这么多人同时出现在一个地方的场面。她的周围全是各式各样的人，男女老少应有尽有，他们的个头有高有矮，体形胖瘦不一，肤色千差万别。在过去的几天里凯尔茜已经见到了好些除巴蒂与卡琳之外的新面孔，可是她还不曾有机会仔细打量和研究某个人的脸。这时她看到了一个有着长长鹰钩鼻的男人，他的鼻子看上去就像一只鸟的尖嘴一般。她还看到了一个留着波浪形金色长发的女人，在阳光的照射下那一头金发闪闪发光。眼前的一切看起来都是那么生机勃勃，以至于令凯尔茜眼里盈满了泪水。除了视觉上的冲击，她的耳边也充盈着数不清的各种声音！而她从来都不曾置身于如此喧闹的环境里。她不时地听到个别人的说话声，诸如某个商人叫卖声或某个人越过人群朝街道对面的另一个人打招呼问候的声音。从未体验过的喧嚣令凯尔茜的耳朵备感压力，鼓膜就像要被震破了一般，不过她发现这些喧闹的噪音竟然令她感觉到一种莫名其妙的舒适。

当他们拐过一个弯之后，一名街头表演者引起了凯尔茜的注意。他将一朵玫瑰花放入了一个花瓶，紧接着不知从何处又变出了一个新的花瓶，随后他把那朵玫瑰花弄得不见了踪影，而转瞬间它又从那第二个花瓶里冒了出来。凯尔茜让自己的马减慢速度，认真观摩着魔术师的表演。魔术师将玫瑰花和两个花瓶都变得不见了，接着他把手伸进自己嘴里，变出了一

第五章 像上帝之海一样宽广

只雪白的小猫。这无疑是一只活生生的小猫，它在魔术师的手里局促不安地蠕动着身子，而人群中则爆发出了一阵响亮的掌声。魔术师把小猫送给了观众中的一个小女孩，后者兴奋得尖叫起来。

凯尔茜笑了，看得入了迷。很可能这位魔术师只是拥有身手敏捷的天赋而已，并不拥有真正的魔法，可是她看不出他在表演过程中有任何的瑕疵或漏洞。

"我们在这里有危险，殿下。"梅斯喃喃低语道。

"什么危险？"

"我只是有这种直觉而已，不过我在这方面的直觉一向都是很准的。"

凯尔茜晃动缰绳，她的马开始继续朝前方小跑起来。"拉扎勒斯，你帮我把那位魔术师的特征记下来。"

"好的，殿下。"

随着时间渐渐过去，凯尔茜也感染了梅斯的忧虑不安。她对人群的新鲜感已经消退了，现在无论她往哪儿看，都觉得人们似乎注视着自己。她越来越感到疲惫不堪，只希望这趟旅程快点结束。她深信梅斯选择的是最佳路径，可是她仍然渴望能尽快去到一块开放而空旷的空间里，因为在那样的地方她就可以知道真正的威胁从何而来，也能正大光明地与对手对抗。

不过她根本就不知道该如何与人打斗。

尽管走在新伦敦的城区里会让人觉得像是进入了一个错综复杂的迷宫，不过凯尔茜还是能明显看出其中有些居民区的条件比别的居民区更优越。那些相对高端的居民区里有更加整洁的街道，街上居民的衣着也更为考究，凯尔茜甚至还在富人区看到了一些有玻璃窗户的砖砌房屋。不过更大范围的居民区里密布着松木建造的老旧房屋，街道上来往行走的居民看上去大多没精打采，略显猥琐。凯尔茜和梅斯有时会嗅到恶臭的气味，这表明周边房屋的排污管道铺设得极不合理，抑或那些房子里压根儿就没有任何排污设施。

在二月间竟然能嗅到这样的恶心气味，凯尔茜想道，那么在盛夏的时候又会是怎样的情形呢？

当他们在一片特别破败的社区里穿行的时候，凯尔茜意识到自己正置身于一片红灯区。这里的街道极其狭窄，充其量只能被称为小巷而已。房屋都是用某种凯尔茜无法辨认的廉价木材建造而成的，有些房屋倾斜得非常厉害，以至于会让人觉得它们在这样的情形下竟然没有坍塌是难以置信的奇迹。凯尔茜偶尔会听到从某座房子里传出来的尖叫声和笑声，那笑声令她听得毛骨悚然，浑身直起鸡皮疙瘩。

　　衣衫褴褛的女人们纷纷从歪斜的房门走了出来，斜倚在墙壁上，凯尔茜低下头从帽檐下方注视着她们，内心带着抑制不住的好奇。这些妓女身上流露出一种无法言说的卑劣和猥亵气息，倒不是因为她们的服装使然——她们的着装在面料和式样方面跟凯尔茜见到的其他居民差别不大，只是略显暴露而已。但她们的眼睛跟别人很不一样，目光贪婪而且欲壑难填。她们无论老少，看起来都倍显老态，而且疲惫不堪，其中有些人脸上身上都有好些伤疤。凯尔茜不愿细想她们究竟过着怎样的生活，不过她还是控制不住地要去想。

　　我会把这一整片区域都取缔掉，她心里想着。关闭这里的一切勾当，然后让她们所有人都拥有正当的职业。

　　她脑子里响起了卡琳的声音：你也会限制她们的裙子长度吗？或者还会禁止人们阅读色情文学作品？

　　也许这两者是有区别的？

　　不，没有区别。蓝法①就是蓝法。如果你想要控制个人道德水准，那么自己先去阿瓦斯大教堂吧。

　　梅斯示意凯尔茜往左拐弯，他们来到了一条两侧都是整洁有序的有商店的宽广林荫道，凯尔茜如释重负，颇感安心。凯普城堡的灰色外墙已经越来越近了，它的存在使周围的山峦和天空都黯然失色。尽管这条林荫道很宽，但仍然很拥挤，凯尔茜和梅斯再度只能随着庞大的人潮缓慢前行。这条路上的阳光更为充裕，不过虽然凯尔茜穿着斗篷、戴着帽子，可她却愈发体会到一种无处遮蔽的不安全感。在这里没有人知道她长的什么模样，

---

① 指严格控制个人行为的法律。

第五章　像上帝之海一样宽广

但是梅斯随时可能会遇到熟悉的面孔。看得出来梅斯也意识到了这一点，只见他催促着自己的马往前奔跑，所以不得不经常用手将挡在前面的马和行人轻轻推开。

"继续往前走。"梅斯低声说道，"要快。"

可是他们的行进速度仍然比较缓慢，在旅途中一直都表现得很好的雷克，此时仿佛感染了凯尔茜的焦虑不安，开始变得有些桀骜难驯。佩恩的盔甲对凯尔茜来说过于沉重，加之还得费力地驾驭马匹，她很快就精疲力竭了。她浑身开始冒汗，大颗大颗的汗珠顺着她的颈部和背部往下流，而梅斯则越来越频繁地扭过头去察看他们身后的情形。随着他们离凯普越来越近，道路也变得越来越拥挤。

"我们不能走别的路吗？"

"没有别的路可走了。"梅斯回答道。现在他只用一只手驾驭自己的马，另一只手则牢牢地握住他的剑柄。"我们的时间已经不多了，殿下。快走吧，没多远了。"

在接下来的几分钟里，凯尔茜努力使自己保持清醒。阳光照射在她的深色斗篷上，她觉得闷热不堪，而置身于人潮涌动的狭小空间则更是令她感到自己快要窒息过去了。她的身子在马鞍上摇晃了几下，梅斯赶紧伸手紧紧握住了她的肩膀，这才使她清醒了过来。

最后林荫道到了尽头，前面出现了一大片环绕着凯普城堡及其护城河的宽广草场。一看到凯普草场，凯尔茜心头不由得涌起了一阵自豪的兴奋感。莫特姆森士兵们曾握着他们的攻城武器聚集在这片草场上，就在他们快要攻入城堡的千钧一发之际，形势突然发生了变化，于是他们转而离开了。草场略微向着凯普城堡的方向倾斜着，而差不多就在凯尔茜的正下方，有一座跨过护城河的宽阔石桥，通往凯普的大门。两行士兵以相同的间距站立驻守在石桥的两侧，活像一尊尊雕塑。凯普城堡，一个灰色的石砌庞然大物，现在正高高地屹立在凯尔茜眼前。她抬起头看着城堡的尖顶，不一会儿就感到有些眩晕，于是赶紧把视线转开了。

凯普草场上挤满了人，起初这一情景令凯尔茜感到非常惊讶：她的到来难道不该是秘密进行的吗？成年人、孩子甚至还有老人像水流一样经过草场，往下面的护城河走去。可是眼前这一幕跟凯尔茜此前想象的情形完全不一样，欢呼的人群和抛撒的鲜花在哪里呢？有些人在哭泣，不过从他们眼里流出的并不是凯尔茜所设想的那种欢快的泪水。这里的所有人看上去都跟她在阿尔蒙特平原见到的那些农民一样面黄肌瘦，而且他们也穿着类似的深色毛料服装，每一张脸上都带着深深的愁苦神色。凯尔茜感到一阵突如其来的强烈不安，一定有什么事情不太对劲。

她再次扫视了一下整片草场，发现尽管有些人显然是在漫无目的地胡乱转悠，但是更多的人排成了一列直直的长队，队伍从草场一直延伸到了护城河的边缘。待人群略微散开一点之后，凯尔茜看到护城河边摆着一张桌子，几个人站在桌子后面，从他们身上所穿着的整齐划一的蓝色服装来看，其身份很可能是有公职的官员。凯尔茜内心的不安和焦虑略微缓解了，不过她也感觉到了些许失望。原来这些人根本不是来迎接她的，他们是为了别的事情聚集在这里。队伍排得很长，而队伍里的人完全没有挪动步伐，看来所有人都在等待着什么。

是在等待什么呢？凯尔茜十分好奇。

她转头看着梅斯，后者正密切关注着草场上的情况，还用一只手紧紧地握住剑柄。"拉扎勒斯，那些人在草场上做什么呢？"

他没有回答，甚至连看都没有看她一眼，这让她觉得自己的心就像被一根无形的绳索给勒住了一般。人群开始向前移动，凯尔茜发现了一些先前不曾注意到的细节——护城河边似乎有几个金属装置。她踩在马镫上站了起来，想要看得更清楚一些。她看到了一系列大约十英尺高的长方形箱子，箱子的顶部和底部都是木质的，侧面是金属材料。总共有九个箱子排成一排，从草场一直延伸到了凯普的护城河边。凯尔茜眯缝着眼睛——她的视力一直不怎么好——仔细察看着，这才看清楚那些箱子的外壁其实是金属杆。时光突然倒流，她仿佛看到巴蒂就在自己身边，用手指灵活地将金属丝编织在一块打了孔的木板上，与此同时她似乎清楚地听到巴蒂的声音在耳边响起："听我说，孩子，我们要把金属丝绑得足够密集，以免兔子从缝隙中逃脱，但也不能太密集了，不然在我们找到它之前它就已经在里面窒息而死了。人需要靠诱捕猎物来过活，不过一个好的诱捕者务必会让

第五章　像上帝之海一样宽广

他的猎物尽可能少地经受痛苦。"

凯尔茜再度凝神注视着那排金属箱子，思忖和评估着，随即她发觉自己的心顿时冰冷了下来。

那些不是箱子，而是笼子。

她急切地抓住梅斯的一只手臂，全然忘记了他斗篷下面的伤情。她的神思有些恍惚，当她开口说话的时候，觉得声音似乎不是从自己嘴里发出来的，"拉扎勒斯，你告诉我他们在这里做什么。快说。"

这一次他终于肯正视她的眼睛了，而他脸上黯淡的表情其实已经证实了凯尔茜心里的猜测，"是在装货，殿下。每月二百五十个人，从来都精确无误。"

"他们要被运到哪里去？"

"莫特姆森。"

凯尔茜回过头来看着草场，她的脑海里顿时变得一片空白。那列队伍里的人已经开始缓慢地朝着护城河边的桌子的方向挪动起来了，凯尔茜望见一名官员正打发一个女人离开桌子，并领着她朝笼子走去。他们在第三个笼子跟前停下脚步，官员朝一名穿着黑色制服——凯尔茜依稀觉得那是铁灵军队的制服——的男人比画了一下，后者随即拉开了笼子尽头的一扇隐匿的门。女人温顺地走了进去，紧接着穿着黑色制服的士兵很快就把门关好并锁了起来。

"是《莫特姆森协议》的缘故吗？"凯尔茜麻木地低语道，"我母亲就是用这种方式跟他们和解的。"

"红女王想要贡品，殿下。铁灵没什么别的东西可以献给她了。"

凯尔茜的心头掠过了一丝剧烈的疼痛感，她把一只手握成拳头按在胸口。她低下头来，看到挂在自己脖子上的蓝宝石正在衬衫下面发光，这是一种明亮而夺目的蓝色光芒。她隔着衬衫一把握住了宝石，而它此刻竟然是滚烫的，令她的手心感到一阵灼痛。她继续把发烫的蓝宝石握在手里，手被烫得生疼，可是这种疼痛跟她内心深处的伤痛比起来就算不得什么了。凯尔茜手心的灼痛感觉就这么持续着，而且在不断加深，最后它发生了改变，变成了另一种截然不同的感觉。这种感觉似乎并不是疼痛……而是别的。凯尔茜已经顾不得为此感到惊讶了，因为她的全部注意力都被眼前的场景给吸引住了。

更多的官员押送着人们朝笼子走去，为了给他们让出足够多的空间，人群后退了一点。现在凯尔茜看到每个笼子的下面都装有巨大的木制轮子，而铁灵的士兵们已经开始用绳子牵着一队骡子朝凯普的远端走去。即使是在这么远的距离之外，凯尔茜也能看出那些笼子曾受到过粗暴的对待：笼子上的一些金属杆显然已经伤痕累累，似乎曾受到过猛烈的击打。

一定有人曾经试图营救笼子里的人，她默默地想着，这样的事一定至少发生过好几次。她突然回想起了自己儿时站在小屋的大型落地窗前因为某些事——也许是跌破皮的膝盖或者是她不想做的家务——而哭闹不已的场景，每每她注视着窗外的森林，总是确信自己的母亲会在那样的日子来与她相见。那时凯尔茜的年龄应该不会超过三四岁，可是她到现在还清楚地记得自己当时无比相信一件事：母亲会来见她，然后会伸出双臂把她拥在怀里，母亲是个无可挑剔的大好人……

噢，我真是个傻瓜。

"这些人为什么会被选中呢？"她问梅斯，"他们是怎么选人的？"

"用抽签的方式，殿下。"

"抽签。"她无力地重复道，"我知道了。"

家庭成员们开始聚集在笼子四周，他们跟笼子里的人说话、握手，或者就只是呆呆地望着笼子里的家人而已。每个笼子旁边都有几名身穿黑色制服的士兵驻守着，他们面无表情地监视着人群，显然做好了防范某个家庭成员做出威胁性举动的准备。在凯尔茜看来，最糟的事情是围观的人群对眼前的情形完全无动于衷。她的子民在精神上已经彻底被压垮了，才会如此的逆来顺受：人们乖乖地排成一列又长又直的队伍前往官员的桌子，继而入笼，而他们的家人就只能站在笼子旁边等着自己心爱的人离开。

离桌子最近的两个笼子引起了凯尔茜的特别注意，它们比别的笼子更低矮，侧面的金属杆也更为密集。那两个笼子都不是空的，里面已经分别装入了一些个头很小的孩子。凯尔茜眨了眨眼，这才发现自己的眼眶里已经盈满了泪水。很快地，眼泪顺着她的脸颊往下流淌，她的嘴角也尝到了

第五章　像上帝之海一样宽广

一丝咸涩的味道。

"居然还有孩子？"她问梅斯，"那些孩子的父母为什么不带着他们逃跑？"

"一旦某个被抽中的人逃跑了，那么下一次他的全家都会被运走。看看你的周围，殿下。这里有很多大家庭，通常他们必须得为了其余的孩子而牺牲其中一个子女的人生。"

"这是我母亲定下的制度？"

"不是的，抽签制度的始作俑者在那里。"梅斯指着桌子背后的一名官员，"他叫亚尔林·索恩。"

"可是我的母亲批准了这项制度？"

"没错，她批准了。"

"她批准了……"凯尔茜虚弱无力地重复道，突然觉得眼前的世界摇晃得厉害，于是她用自己的手指甲狠抓手臂，让血流了出来，直到自己不再感到眩晕。随即她内心涌起了一种因为被欺骗而产生的极大愤慨，这种情绪几乎将她吞噬。仁慈的伊丽莎，和平缔造者伊丽莎，凯尔茜的母亲伊丽莎，竟然把她的子民大规模地卖掉了。

"我们还没有失去一切，殿下。"梅斯出其不意地说道，同时把自己的一只手放在凯尔茜的手臂上，"我向你发誓，你跟她一点也不像。"

凯尔茜咬紧了牙关，"你说得对。我绝不会容许这样的事继续下去。"

"殿下，《莫特姆森协议》非常特别。它没有上诉程序，也没有外部的仲裁者。按照它的规定，只要有一批货没能如期抵达狄美恩，那么莫特姆森女王就有权大举入侵铁灵，并在铁灵境内制造恐怖。我经历过莫特姆森的上一次侵袭，殿下，我向你保证，穆哈恩在描述当时的大屠杀情形时，一点也没有夸张。所以在你采取行动之前，要先考虑一下随之而来的后果。"

某个地方传来了一个女人的哭号声，这高亢而尖厉的声音令凯尔茜想起了孩提时代巴蒂常常讲给自己听的关于能预告死亡的女妖精的故事。哭声不断地持续着，凯尔茜最终找到了声音的来源：那是一个正在拼命靠近桌边第一个笼子的女人，而她的丈夫则拼尽全力试图把她拉走。男人虽然体格魁梧,却不及女人动作灵巧,只见她迅速挣脱了丈夫的束缚,朝着笼子奔去。丈夫赶紧伸出一只手拽住她的头发使劲一拉,她便跌倒在地上,不过片刻之后她立马站了起来,继续朝笼子的方向猛扑过去。

站在那个笼子周围的四名士兵显然有些紧张;他们不安地注视着这位母亲,不太确定自己是不是应该出手干预。女人的声音渐渐变得像乌鸦的叫声一般沙哑,而她的力气也似乎消耗殆尽了。凯尔茜看到她的丈夫最终赢得了胜利,他追上了妻子,一把扯住了她的羊毛裙。接下来,他把女人拉到了离笼子有一段安全距离的地方,那几名士兵也再度恢复了先前的神闲气定。

可是那母亲仍然继续用沙哑的嗓音喊叫着,甚至在凯尔茜所处的位置也能听到她的声音。这对夫妇被几名孩子围在中央,全家人一起注视着笼子里的情形。凯尔茜的视线变得模糊起来,握住缰绳的双手也开始颤抖。她觉得自己体内正在发生一种可怕的变化,她已经不再是被藏匿在小屋里的小女孩了,而是一个被熊熊烈火点燃的成年人。她胸口的蓝宝石是她身份的象征,她开始设想自己有没有可能自行蜕变成一个全新的人。

梅斯轻轻地拍了拍她的肩膀,她转过身来用狂乱的眼神看着他。他把自己的宝剑递了过去,"殿下,我看出你不管怎样都要采取行动。拿着这个吧。"

凯尔茜把剑柄握在手里,尽管这把剑对她的身形来说显得略微长了一点,不过她喜欢握着它时沉甸甸的感觉。"那你怎么办呢?"她问梅斯。

"我有很多武器,再说我们在这里还有朋友。这把剑不过是为了造势而已。"

"什么朋友?"

梅斯缓缓地将一只张开的手掌举到空中,继而把手掌握成了拳头,然后把手臂放了下来。凯尔茜在期待中等候了片刻,感觉到周围的人群略微有些动静,但不太明显。不过梅斯的神情看起来相当满意,他的目光跟先前大不一样了。凯尔茜看着这个数日来守护着她生命的男人,说道:"你先前说'视死如归',这很正确。拉扎勒斯,我现在就要做这样的事情了。不过在我死之前,我要在这里大干一场,如果你不想和我一起去送死,那么

第五章 像上帝之海一样宽广

你现在就应该马上离开。"

"殿下,你母亲不是一位好女王,不过她也并不邪恶。她只是软弱而已,她永远都不可能做到'视死如归',因为这需要极大的力量才能达成。但是你要确知你这样做是为了你的子民,而不是为了宣泄你对你母亲的抵触情绪。一位女王和一个愤怒的孩子的差别就在于此了。"

凯尔茜细细咀嚼着他所说的每一句话,诚然,她得仔细思量摆在自己面前的各种问题,可眼下这一刻,她曾在卡琳的历史书中所见到的插画却占据了她的脑海:一场古老而残忍的暴行令一个时代黯然无光。卡琳常常思索与历史上的那段时期有关的事情,而凯尔茜则不止一次地质疑那些事跟自己有什么关联。她曾读到的故事和插画仿佛一一浮现在眼前:被锁链囚禁着的人们;逃走的人被抓回来,继而被大火活活烤死了;年纪轻轻的女孩们在被凌辱之后,受损的身体再也无法复原;从母亲怀里被偷走的孩子被人拍卖;由政府支持的奴隶制度……

这些事就发生在我的王国境内——凯尔茜感到异常痛苦。

卡琳是知道这些事情的,可是她不能说出来。但事实上卡琳极好地完成了自己的工作,以至于好几年间的残酷至极的历史在不到一秒钟的时间里就全都活生生地展现在了凯尔茜的脑海中。"我会终止这件事的。"她说。

"你确定要这样做吗?"梅斯问道。

"我非常确定。"

"那么我发誓要保护你的生命。"

凯尔茜有些惊讶,"真的吗?"

梅斯点了点头,饱经风霜的脸上带着坚定的神情。"你是一个极具潜力的人,殿下。我和卡罗尔都感觉到了这一点。我这人没有什么好失去的,而且,如果要死,我宁愿选择为民除害而死,因为我能觉察出这是陛下你的意图。"

陛下……梅斯对她的新称谓在她心中激起了一阵涟漪。"我还未获得加冕呢,拉扎勒斯。"

"这不要紧。我从你身上看出了一位女王应该具备的特质,可是在你母亲的一生中我都没从她身上看出这些特质来。"

凯尔茜转过脸去，眼里流出了两行清泪。她终于拥有了一名信得过的侍卫，只有一名而已，不过却是最重要的一名。她抹了抹脸上的泪水，把手中的剑握得更紧了。"如果我大声喊叫，他们能听到吗？"

"殿下，既然你目前还没有传令官，那么就由我来代劳吧。他们很快就会把注意力转移到你这里来，你务必要用手紧紧握住那把剑，并且不要继续靠近凯普。尽管我没有看到弓箭手，但他们也许一直都埋伏在围墙后面。"

凯尔茜坚定地点了点头，不过她却在心里叹息呻吟着。她现在看上去简直是糟透了，费奇给她的这件式样简单、原本清洁的白色长袍此时已沾满了泥浆，她的裤腿边缘也已经被磨破了。因为旅途劳顿，佩恩的盔甲足足比早上重了一倍。她的深棕色长发久未清洗，已经打结成团，一绺一绺的头发从发夹上垂下来，遮挡在她的脸上十分难看。汗水顺着她的额头往下流，刺痛了她的双眼。她想起儿时曾梦想过头戴皇冠、骑着一匹白色小马进到城里，可她此刻的模样实在不像一位女王。

那位伤心的母亲又开始大哭起来，完全顾不上身边那几个用惊恐的眼神看着她的孩子们。凯尔茜在心里咒骂着自己：此刻有谁会在意你的头发呢？看看这里正在发生的事情吧。

"那些笼子是用什么材料做成的，拉扎勒斯？"

"是莫特姆森的钢铁。"

"可是轮子和底盘是用木头做成的。"

"那是铁灵的橡木，殿下。你准备怎么做呢？"

凯尔茜低头看着凯普前方那张四周站满了官员的桌子，深深地吸了一口气。她隐姓埋名的人生一去不复返了，一切都即将发生改变。"你看那些笼子。在我们把它们清空之后，就放火烧掉它们。"

亚韦尔正在跟自己的睡意搏斗。

守卫凯普大门并不是一项富有挑战性的工作，从最近一次有人试图冲进这扇大门至今，已经过去至少一年半了，而且那次事件平平无奇，没有任何惊心动魄的情节。一名对自己被征收的税金极度不满的醉汉在凌晨两

第五章　像上帝之海一样宽广

点钟的时候迈着踉跄的步伐，企图穿过大门进入凯普申诉，其后果可想而知。亚韦尔守卫的凯普大门从未遇到过重大事件，将来也不会有任何大事发生。作为一名门卫，他的一生都将这样度过。

除了感到昏昏欲睡，亚韦尔还觉得很痛苦。如果说他从来都没有喜欢过自己的工作，那么在工作中遇到这种装运人口的场面只会令他憎恶不已。总的来说，站立在笼子四周的人群并不会产生任何安全问题，他们就好似等着被屠杀的牛群一般。不过在装运小孩的笼子旁边却总是会发生这样那样的事情，而这些笼子恰恰跟大门最为邻近。今天也不例外，当他们最终使那位母亲平静下来的时候，亚韦尔如释重负般地松了一口气。总会有一些像她那样的父母——更多的时候是母亲——出现，也只有像凯勒那样的彻头彻尾的施虐狂才喜欢听到那种歇斯底里的女人尖叫声。对于除了凯勒之外的其余门卫来说，谁都不喜欢在自己当班的时候遇上这种装运人口的时刻。即便有其他门卫愿意在这样的时刻跟自己换班，那么自己也得以两轮正常的轮班来作为交换条件。

第二个问题在于这样的人口装运行动会使得两支铁灵军队来到凯普草场。军队里的士兵们都觉得做凯普大门的守卫是一份无比轻松的工作，他们认为只有不具备做正规士兵的能力或勇气的庸才才会做这样的工作。可是他们的想法并不一定完全正确啊，亚韦尔忿忿不平地想道。在吊桥的另一端，就在亚韦尔的正前方，站着那个叫维尔的人。维尔在莫特姆森入侵事件之后获得了伊丽莎女王的两度嘉奖，还被任命督导和管理凯普大门的守卫工作。不过并不是所有守卫都像维尔一样，铁灵军队的士兵们从来都不会忘记这一点。甚至就在此时，当亚韦尔把头转到略微偏左的方向，也能看到有两名士兵正在窃笑，而他确信他们是在嘲笑自己。

最糟的是，人口装运这件事会让他想起艾莉。他在大多数时候都不会想起艾莉，而每当开始想她的时候，他都会从手边最近的地方找到一瓶威士忌来喝，而且不喝完一瓶决不罢休。不过他不能在值班的时候喝酒，就算维尔没有看到，其他守卫也不能接受这一点。凯普大门的守卫们对自己的工作并没有倾注特别多的感情和忠诚，不过他们彼此之间倒是很团结的，这种团结的基础在于他们清楚地知道彼此都是不完美的。对于伊桑的赌瘾，马尔科的无知,甚至凯勒常常在古特区殴打妓女的习惯,他们都可以做到视而不见。好在上述这些问题并不会对他们的工作表现造成不好的影响。如果亚韦尔想要喝酒的话,就只得等到自己轮班结束之后才能喝。

谢天谢地,太阳已经开始西沉,而那些笼子也差不多都装满了。来自阿瓦斯大教堂的神父从桌子旁边的座位上站起身来,走到了第一个笼子前面,傍晚的风吹得他的白色长袍飘动不已。亚韦尔并不认识这位在装运过程中担任公职的神父,他是个块头很大的胖家伙,脸颊上的肉几乎都垂到跟脖子齐平的位置了。俗话说,虔诚是好的,不过从其他某些层面来看,它尤其令某些人得益。眼前的这位神父令亚韦尔感到厌恶,因为他从来都不用加入到被抽签者的行列中。他之所以要加入上帝教会,很可能也是出于这个理由吧,而且这样做的不乏其人。亚韦尔还记得摄政王授予教会豁免权那天的情形,当时很多人都大声抗议,民众认为在抽签这件事上任何人都是平等的,不应该有人享受跟他人有差别的特殊对待。上帝教会只接受男性成员,相较而言抽签这件事倒是比较公平的。话说回来,尽管当时摄政王的决定引起了人们的强烈抗议,不过就像其他所有抗议一样,那次抗议也很快就被平息下来了。

亚韦尔摆弄着自己的袖口,希望时间可以快一点过去。不会太久了,神父为此次的人口出运送上祈福之后,紧接着索恩会给出一个信号,随即那些带滚轮的笼子将会被推走。从严格意义上讲,待会儿大门守卫需要负责驱散人群,以免有人挡住笼子的去路,不过亚韦尔清楚知道接下来的状况:人群将会自动散开,然后再聚起来跟在笼子后面穿过草场。大多数家庭会一直走到新伦敦大桥那里,最终他们会放弃跟随……亚韦尔闭上了双眼,胸口感到一阵突如其来的剧烈疼痛。当艾莉的名字出现在那一批出运名单上时,他们一直在讨论应该如何逃跑,而且差一点就将其付诸实施了,那时候年轻的亚韦尔已经是一名门卫。到了最后的紧要关头,亚韦尔说服艾莉不要逃跑,而是留下来履行自己应尽的责任。亚韦尔认为应该尊重抽签结果,也认为应该保持对罗利王室的忠诚以及对更深远的和平做出牺牲。他还告诉艾莉,要是他自己的名字出现在了出运名单上,那么他会毫无异议地接受命运的安排。从表面上看,他心中的纠结渐渐被自我化解,然而

第五章 像上帝之海一样宽广

当他亲眼看到装在笼子里的艾莉时，他的思绪就没法再平静下来了。他热切地渴望着威士忌带给喉咙的灼热感觉，随即这酒会像锚一样击打着他的五脏六腑，渐渐地让一切心思意念都平复下来，各归其位。威士忌总是可以帮助他让艾莉重新回到他过去的人生中，她原本就是属于那里的。

"铁灵的人民们！"

一个响亮有力的雄浑男声从草场远端传了过来，投射在凯普的墙面上产生了很明显的回音。人群顿时安静下来，大门的守卫们原本是不应该让自己的视线离开大桥的，可是此时他们所有人——也包括亚韦尔在内——都转过头来望着声音传来的方向。

"梅斯回来了。"马丁喃喃地说。

他说得没错。在草场尽头的斜坡顶部，骑在马上的那个男人无疑就是被人称作梅斯的拉扎勒斯，他又高又壮，令人生畏。以前无论何时，当梅斯从亚韦尔身边进出大门时，亚韦尔都会尽最大努力使对方不注意到自己。亚韦尔很怕梅斯那双深邃而精明的眼睛，他连成为梅斯整个心思意念中的一粒小小尘埃也不愿意。

梅斯的身边有一个同伴，此人个头比梅斯小很多，身着斗篷，戴了一顶紫色帽子。乍一看，那人很可能是佩恩·奥尔科特，女王侍卫队的成员通常都是体格健壮的大块头，不过身型苗条的奥尔科特依然被选中了——他因擅长使剑而广为人知。然而，当"奥尔科特"将帽子往后掀开的时候，亚韦尔才看到那人原来是个长相平平的女人，她的棕色头发乱蓬蓬地纠缠在一起，也许好几天都没有打理过了。

"我是女王侍卫队的拉扎勒斯！"梅斯低沉雄浑的声音再度响起，"请大家一起欢迎铁灵女王凯尔茜！"

亚韦尔吃惊得张大了嘴巴，几乎连下巴都要掉落下来了。他曾听到传闻说摄政王最近几个月加强了搜寻力度，不过他并没怎么把这类小道消息放在心上。他偶尔也会听到有人在传唱跟那个女孩的回归有关的歌曲，但他对此不以为意。毕竟乐师们总得写一些新歌出来，而摄政王的敌人们自然希望让民众继续保有希望。事实上，甚至没有证据表明公主当年曾活着逃出了新伦敦，绝大多数新伦敦人——当然也包括亚韦尔在内——都认为她早就死了。

"他们都在那儿！"马丁咕哝道，"瞧！"

亚韦尔抬起头来，看到一群穿着灰色斗篷的男人在那个女人四周围成了一个圈，待他们纷纷将戴在自己头上的帽子掀开之后，亚韦尔一下子就认出了盖伦和戴亚，随后又认出了埃尔斯顿、奇布、穆哈恩以及卡伊。这些人都是前女王侍卫队剩余的成员，甚至连佩恩·奥尔科特本人也在场，他就站在那个女人面前，手里握着一把已经出鞘的剑，身着一件有些特别的绿色斗篷。坊间流传说摄政王曾好几次通过停发薪金或分配其他职责的方式试图将他们赶出凯普城堡，可是好几个月以来摄政王的企图一直未能实现，这帮侍卫总是能设法继续留在凯普，正如此时一般——他们又再度回来了！卡罗尔和梅斯在铁灵的贵族中拥有极大的影响力，而更深层次的问题则在于没有人害怕摄政王，起码没有人像畏惧梅斯一样畏惧他。

群众开始交头接耳，随着时间一分一秒地过去，他们窃窃私语的声音变得越来越大。亚韦尔明显感觉到周围的气氛发生了一些变化。每月一次的人口出运就像时钟一样准时而有规律：签到，装运，出货。亚尔林·索恩如同往常一样坐在签到桌的首席座位上，那模样像极了新世界的君主。每次出运都不可避免地会出现哭天抢地的父母们，然而甚至连这样的人最终也会平息下来并离开草场，含着泪看着那些笼子越来越远，直至消失。这种每次都必然出现的"仪式"不过像小小的插曲罢了，不会对事情的最终结果产生任何影响。

然而这一次事态明显有些不同以往，只见索恩正倾过身去急切地跟他的一名手下交谈着，签到桌附近的每个人都显得坐立不安，就像一群觉察到了危险的老鼠。围在各个笼子四周的士兵们不安地注视着人群，而且大多数人都用手握住了自己的剑柄，这一幕倒是令亚韦尔感到颇为高兴。来自阿瓦斯大教堂的神父也倾过身去同索恩谈话，他们似乎在争论着什么，他每说出一个字，脸颊上松松垮垮的肉就会抖动一下。上帝教会的神父们向索恩主管的人口统计局宣扬服从当局者的理念，作为回报，阿瓦斯大教堂则获得了来自摄政王的相当可观的税收免征额。阿瓦斯大教堂的财务总管卡迪纳尔·沃克时常在古特区喝得烂醉如泥，而他丝毫不挑剔与自己共

第五章 像上帝之海一样宽广

饮的人是谁，一些关于教皇的"事迹"就这样从喝醉酒的卡迪纳尔·沃克嘴里传了出来。亚韦尔听了那些事迹后，感到全身的血液都变冷凝固了。

在教皇的众多作为中，这一作为与其他的一样精明，掺入宗教信仰的交易看起来似乎令人口统计局的工作开展得更为顺畅。有些人被抽中之后，亚韦尔差不多可以从其家人脸上的顺服表情看出他们是虔诚信教的家庭，这些人在自己所爱的人还没有被送进笼子之前很久就已经认可了一个观点——他们将要做出的牺牲是出于对国家和上帝的责任。亚韦尔自己在很久之前也加入了教会，不过他只是为了取悦艾莉而已，自打艾莉被运走之后，他就再也没有回过教会了。签到桌旁，在与索恩争论的过程中，神父脸上的表情变得越来越暴躁，而亚韦尔则在心里想象着如果自己走过去对着那个胖男人的腹部狠狠踢上一脚会是怎样的情形。

突然，一个男人高声说话的声音压过了人群发出的低沉嗡嗡声，他恳求道："把我的妹妹还给我，陛下！"

随即很多人一同呼喊起来。

"求你了，陛下，请发发善心吧！"

"陛下，请阻止这一切事情吧！"

"把我的儿子还给我！"

女王高举双手，示意人们安静下来。就在这一刻，亚韦尔才确信她的确是真正的女王，尽管他并不知道自己这个判断是缘何而来的。女王用双脚踩住马镫，在马背上站了起来，虽然个子不高但颇具威严。她气势轩昂地把头往后一扬，头发散开后又垂落下来，依旧有些凌乱，但整个人的震慑力提高了不少。女王的声音是喊出来的，听起来却依然从容沉着，就像糖水或威士忌一般。

"我是铁灵女王！把笼子全都打开！"

人群中爆发出一阵振聋发聩的呼喊声，几名士兵准备服从，纷纷掏出了腰间的钥匙。他们正要打开笼子的门，不过这时索恩大声吼道："所有人都别动！"

亚韦尔一直都认为亚尔林·索恩是他曾见过的人当中最骨瘦如柴的一个，索恩有着又细又长的四肢，他身上所穿的深蓝色人口统计局制服也没能使他看上去显得丰满一点。看着索恩从桌子旁边站起来，就好像看着一只展开腿脚准备捕食猎物的蜘蛛一般。亚韦尔不禁摇了摇头：不管这个女孩是不是真的女王，她都没办法打开那些笼子的门。索恩是在古特区被妓女和窃贼们抚养长大的，后来他渐渐爬到了现在的高位，成为铁灵最赚钱的奴隶贩子。索恩看待世界的眼光跟大多数人都不太一样。两年前，一个名为莫雷尔的家族为了不让他们的女儿被运送去莫特姆森，于是合计着整家人一起逃离铁灵。索恩雇用了卡登去搜寻他们，后来卡登在距离坎达瑞斯边境一天骑行路程的一个山洞里找到了莫雷尔全家。最终，索恩当着孩子父母的面，亲手用酷刑将孩子折磨至死。对于这类事情索恩从来都不避讳，反而想对全世界广而告之。

维尔比其他人更有勇气，他曾经问过索恩希望通过这件事达成什么目的，后来他这样转达索恩的意思："索恩说这是一个教训实例。他希望你们不要低估了好的教训实例所产生的价值。"

那次教训实例的确起到了效果。据亚韦尔所知，自打莫雷尔家族逃跑事件之后就再也没有别的人试图逃离，而莫雷尔夫妇都在接下来的那批出运名单里面。亚韦尔对当时的情形仍然记忆犹新：莫雷尔夫人是最早被装入笼子里的人之一，当时她温顺得像一只小兔子。透过她空洞的双眼，亚韦尔足以看出其实她不过是一具行尸走肉而已。再后来，亚韦尔听说她在旅途中因感染了肺炎而死，索恩将她的尸体随意地扔在莫特姆森路的旁边，供秃鹰啃噬。

"铁灵女王早已经亡故了。"索恩宣告道，"如果你声称自己是那未获加冕的公主，那么除了你自己的一家之言之外，整个铁灵王国还需要更有力的证据。"

"请告诉我你的名字，先生！"女王正色说。

索恩站直身体，深深吸了一口气。即便是处在二十英尺远的地方，亚韦尔也能看到他的鸡胸扩展开来了。"我是亚尔林·索恩，人口统计局的主管！"

当索恩还在说话的时候，女王把手伸到脖子后面捣腾着什么。女人通常在自己的头发不太对劲时做出这样的举动，艾莉过去也常常在觉得热或

第五章　像上帝之海一样宽广

者因什么事而恼怒的时候这样做。此时亚韦尔看到别的女人做出了同样的举动，心里备受折磨。记忆带给人的伤痕可能比刀剑更深，亚韦尔痛苦地闭上了眼睛，想起了六年前最后一次见到艾莉时的情景。那一天，他眼睁睁地看着她的亮金色头发消失在了派克山脉，进入了莫特姆森境内……他从未像现在一样希望用酒把自己灌得烂醉。

女王把一个物品高高地举到空中，在落日的余晖下，亚韦尔瞥见她手中闪过了一道蓝色的光芒。人群立即开始骚动，无数只手举起来在空中挥舞着，所以女王和她手中的蓝色物品很快就被阻隔在亚韦尔的视线之外。

"杰瑞米！"伊桑在桥上喊道，"那是王位继承人的宝石吗？"

杰瑞米的视力比其他人更好一些，他耸了耸肩，喊了回去："我只是看到了一颗蓝宝石而已！再说，我从来没见过继承人的宝石是什么样的！"

好几拨人开始朝着关小孩的笼子拥去，通常对士兵们来说不时地拔出和放回宝剑是习以为常的轻松事情，不过此时笼子周围已是一派骚动局面，因此士兵们拔出的宝剑看来是没法再放回剑鞘里去了。亚韦尔不禁笑了，尽管这次小小的谋反事件注定会以失败告终，但能亲眼看到士兵们被迫执行一次真正的任务也是不错的经历。摄政王会为护卫人口出运的军队发放奖金，亚韦尔听说他们获得的酬劳虽不及贵族们在莫特姆森路上征收的过路费那么多，但也算得上是相当可观的一大笔钱了。他们拿着丰厚的酬劳，却干着差劲无聊的活儿，能看到他们在工作过程中遇到一些麻烦，这反倒令亚韦尔感到些许快慰。

"任何人都能把一条项链戴在一个孩子的脖子上。"索恩不顾人群的反应，大声回应道，"我们怎么知道那就是真的宝石？"

亚韦尔转过头去看着站在马背上的女王，在她还来不及做出反应的时候，梅斯就朝索恩吼道："我是女王的侍卫，我的话语可以以我们的王国为担保！这的确是皇室继承人的宝石，跟我在十八年前看到的那颗是一模一样的！"梅斯前倾身子靠在马脖子上，声音坚定并且浑厚有力，使得亚韦尔不由得有些畏缩。"索恩！我以身家性命来为这位女王效忠，以求保全她的性命！你要质疑我对铁灵王国的忠诚度吗？"

女王用一只手在空中划过，看到这个手势，梅斯立即安静下来。女王向前倾身喊道:"在场的所有人请听好了!你们是我的政府和我的军队的成员!你们会把笼子打开的!"

士兵们一脸茫然地面面相觑,随后他们都无助地看着索恩,后者只是摇了摇头。这时亚韦尔看到了一件非同寻常的事情:女王的宝石在片刻之前还处于暗淡无光的状态,现在却散发出明亮夺目的海蓝色光芒,非常耀眼,以至于亚韦尔即便是处在离它这么远的位置,也不得不眯缝着眼睛抵御强光带来的不适感。发出蓝光的项链在女王手中摇摆晃荡着,她的形象看起来变得更高大了,皮肤仿佛也由内至外透出光来。她看上去已经不再是一名穿着破旧斗篷的圆脸女孩,有那么一刻,亚韦尔觉得她的形象似乎充满了整个世界,她变成了一个身材高大、头上戴着王冠的严肃女人。

亚韦尔一把抓住马丁的肩膀,"你看到了吗?"

"看到什么?"

"没什么。"亚韦尔低声咕哝道,他可不想令马丁误认为自己是在说醉话。女王再度开口讲话,声音听起来很生气,不过并没有失控,她正用理智驾驭着内心的狂怒。

"也许我只能在王位上掌权执政一天,不过如果你们现在不马上打开那些笼子的话,我就在全能的上帝面前发誓:身为女王的我将采取的唯一行动便是将你们所有人以叛国罪处死!你们将不能活着看到明天的太阳升起!你们要不要测试一下我说的话会不会兑现?"

有那么一阵,各个笼子前面都是一派死寂的场景。亚韦尔屏住了呼吸,等待着索恩做些什么,等待着凯普草场受到类似大地震的巨大冲击。被高高举过女王头顶的蓝宝石此时发出更加刺眼的光芒,亚韦尔不得不伸手遮挡住自己的眼睛。他毫无理由地觉得那颗宝石正看着他,并且看到了他脑子里的一切意念:艾莉和酒瓶。六年来,这两样事物一直不断地在他脑海里纠结着。

随后士兵们开始有所行动,起初只有几个人,紧接着越来越多的人也加入进来了。尽管索恩怒不可遏地对他们发出嘘声,可其中两名指挥官还是从腰间掏出钥匙,准备打开笼子的锁。

亚韦尔松了一口气,继续注视着眼前的情景。他从来没看到过这些笼

第五章　像上帝之海一样宽广

子在锁上之后又被打开的场面。他知道有些人——包括他自己在内——曾一路跟随着那些装满人的笼子去到了阿尔戈斯山口，不过只有极少数人敢跨越铁灵与莫特姆森的边境线，更没有哪个人曾跟随笼子到达其最终目的地狄美恩城。莫特姆森军队一旦发现有铁灵人在笼子周围徘徊，就会将其视为破坏分子立刻杀掉。

男人和女人一个接一个地从各个笼子里钻了出来，家人们纷纷张开手臂拥抱他们。在离签到桌十英尺远的地方，一名老妇人径直扑倒在地哭了起来。

索恩将两只手都按在桌上，声音里带着寒意，"公主，那么你认为莫特姆森对此会作何反应呢？你打算把红女王的军队引到我们这里来吗？"

亚韦尔回头看着女王，他颇感安慰地发现她的形象再次变成了一个女孩。她看起来不过就如同一名普通少女一般，有着一张平平无奇的脸蛋和蓬乱的头发。他先前所看到的幻象——如果可以称其为幻象的话——已经消失了，但是女王说话的力度并没有减弱，音量反而还提高了，她那明显带着怒气的嗓音响彻凯普草场。"亚尔林·索恩，我并没有任命你做外交政策顾问。我骑着马穿越了一大半国土，可不是为了在草场上跟一名官僚进行毫无意义的争论。我在这件事上首要考虑的是我的子民的益处，在其他事情上也同样如此。"

梅斯弯下身子对着女王的耳朵低语了片刻，只见她点了点头，随即指着索恩喝道："喂！主管！我命你负责确保每一个孩子都回到他的家人当中。要是有任何一个孩子被弄丢了的话，我将唯你是问。你听明白了吗？"

"遵命，女王。"索恩不带任何感情色彩地冷冷回应道，亚韦尔突然因自己看不到索恩的脸而倍感幸运。女王也许认为自己已经拉住了这条特别的狗的脖子上的皮带，然而亚尔林·索恩的颈项上压根儿就没有皮带，而她很快也会发现这一点的。

"愿赞美归于女王！"有人在笼子群的远端喊道，其余的人也以热烈的方式喊出了同样的话来。各个家庭的成员们再次相聚在笼子跟前，大家在广阔的草场上用欢快的语气彼此呼喊着。这时亚韦尔听到了哭声，他讨厌这样的声音，既然所爱的人都已经再次回到了他们身边，那他们还有什么好哭的呢？

"将来，不会再有任何人被运到莫特姆森去！"女王喊道，人群爆发出一阵欢呼声来作为回应。亚韦尔眨了眨眼，脑海里浮现出了艾莉的脸。有时候他担心自己已经忘了她的模样，因为无论他怎么努力尝试，都没法清晰地回想起她完整的形象。他只能想起她的某些面部特征，比如下巴，随后便会像海市蜃楼般地渐渐变得模糊。不过偶尔也会有某个时刻跟今天一样，他能回想起艾莉脸部的全部特征，颧骨的曲线，还有坚定的下巴……在这样的日子里，他总是无比地想念她，也只有这种时候他才会意识到遗忘说不定是一件好事。他抬头看了看，深感宽慰地发现薄暮的天空呈现出紫色，太阳已经落到凯普城堡的背后去了。

"维尔！"他对着桥对面喊道，"我们不是该下班了吗？"

维尔转过头来看着他，圆盘一样的脸上带着惊讶的神色，"你想现在离开？"

"不……不是的，我只是问问而已。"

"唔，打起精神来吧。"维尔的声音里隐藏着嘲弄的语气，"你可以待会儿再去借酒消愁。"

这话令亚韦尔双颊有些发烫，他低下头握紧了拳头。有人伸手拍了拍他的背，他抬起头来，看到了马丁，后者友善的脸上写满了同情。亚韦尔朝马丁点了点头，表示自己没事，于是马丁便退回到了自己的岗位上。

女王的两名侍卫——他们身材迥异，都穿着灰色斗篷——拿着一个桶围着一个个笼子走动着。这两个人很可能是埃尔斯顿和奇布，他们是形影不离的朋友。亚韦尔无从知晓他们在做什么，不过这真的不要紧。现在大多数笼子已经空了，熙熙攘攘的人群充满了欢快气氛。对于领取笼中小孩这件事，索恩设立了一套谨慎的流程：一次只释放一名小孩，必须得对小孩的父母做过一番询问之后，才能把小孩交托给他们。这大概是个好办法，在古特区有一个由皮条客和妓女组成的松散联盟，他们不惜代价地迎合各种主顾的口味，有时甚至会抢掠孩童。亚韦尔曾在古特区待过相当长的时间，他不止一次想找到做这些事的人，并让他们得到应有的惩处。可是他的决心总是随着夜幕的降临而渐渐消退，再说，这是别人的任务，是属于

第五章　像上帝之海一样宽广

那些更勇敢的英雄的任务。

总之不是我的任务,亚韦尔想道。

凯尔茜感到筋疲力尽。

她紧紧地握着梅斯宝剑的剑柄,努力想让自己看起来显得威严而沉着,可是她的心却在胸腔里咚咚地狂跳着,浑身的肌肉都因连日疲劳而软弱无力。她重新把项链戴回到脖子上,这时她有了意想不到的发现:项链上的蓝宝石正在发烫,就好像被放在熔炉上烤过一般。先前跟亚尔林·索恩争论的时候,有一阵子她感到自己似乎能够伸出手去把天空劈成两半,不过现在所有的力量都消失了,她只觉得浑身乏力。如果他们不尽快进入凯普城堡的话,她甚至觉得自己很可能会从马背上跌落下来。

太阳已经消失了,凯普城堡外的整片草场都笼罩在了黑暗中,气温也在急剧下降。但是他们现在还不能走,梅斯先前派出了一些侍卫进到人群中办理一些事务,而到目前为止他们都还没有回来。凯尔茜非常欣慰地看到母亲的侍卫中有许多还活着,然而当她迅速清点他们的人数之后便感到自己的心沉到了谷底,因为卡罗尔并不在他们当中。不过她也看到了一些新面孔,这些人在上路伊始并没有和他们待在一起。此时凯尔茜周围大约有十五名侍卫,可她没法转过身去一一确认清楚。不知怎地,她觉得保持不回头看的姿势是相当重要的。

草场上的人逐渐减少,大约有三分之一的人可能出于害怕麻烦的心理已经离开了,不过大多数人还是留了下来。有些人仍然还眼泪汪汪地和他们失而复得的家人彼此紧紧拥抱在一起,另外还有一些旁观者,这些人非常好奇地观察着凯尔茜的一举一动,他们的目光令凯尔茜感受到了巨大的压力。

他们期望我做出非凡的事情来,凯尔茜意识到了这一点,不仅仅是现在,他们还期望我在自己的余生中都不断这样做。

这个想法真是可怕。

她转而看着梅斯,"我们得进去。"

"再等片刻,陛下。"

"我们还在等什么呢?"

"陛下的救命恩人曾讲过一个真理,我一直都还记得。通常最直接的道路就是最正确的道路,因为别人很难预测到你会走这样的路。"

"你说这话是什么意思呢?"

梅斯举起右手,凯尔茜顺着他的手所指的方向看过去,四个女人和一小群孩子正在那里候着。其中一个女人就是刚才在笼子跟前尖叫哭喊的母亲,一个三岁左右的小女孩紧紧挽住她的手臂,除此之外还有四个孩子围绕在她身边。当她弯下身子跟女儿说话时,她的长发披散下来,遮住了自己的脸。

"你们听好了!"梅斯喊道。

那女人抬起头来,而凯尔茜则迅速屏住了呼吸。这个女人竟然跟她在梦里看到过的那个疯女人长得一模一样,后者在她的梦境中举着一个受伤的孩子。眼前这个女人也有着长长的黑色头发、苍白的脸和高高的额头,凯尔茜甚至认为这女人开口说话的声音也一定跟梦里那个女人一样。

可我从来都没有预见未来的能力啊,凯尔茜有些困惑地想道,在我人生中一次都没有预见过未来的事。在她还是个小女孩的时候,她时常都希望自己能在异象中看见未来。卡琳曾跟她讲过一些关于红女王的女先知的故事,那位先知是个真正有天赋的女人,曾准确地预言了重大事件的发生。不过凯尔茜对未来一无所知,拥有的只是"当下"而已。

"女王需要一支后勤服务团队!"梅斯宣告道。凯尔茜吓了一跳,赶紧把自己的注意力重新转回到了眼前的事情上。"她要求……"

"稍等一下。"凯尔茜举起了一只手,刚才那一瞬间她看到那个女人的眼中突然涌现出恐惧神色。梅斯的想法不错,可是如果他用错误的方式来对待她们的恐惧感,那么世上的一切诱惑都会失去功用。

"我不会强制要求任何人加入我的后勤服务团队。"她坚定地说,其间还试图与那四个女人中的每一个都有眼神交流。"不过,对于加入到其中为我的王室效力的人,我承诺会尽己所能让她和她所爱的人在各个方面都得到保护。不仅仅是保护而已,将来还能享有跟我自己的孩子一样的一切福利,诸如最优质的教育、最好的食物和医疗护理以及因材施教的职业培训

第五章　像上帝之海一样宽广

等等。我还向你们保证，有朝一日若是有任何人想要退出我的后勤服务团队，都可以毫无羁绊地立即离开，绝不迟延。"

她还试图想些别的东西来讲，不过她太累了，而且她已经发现其实自己很讨厌在众人面前发表演说，于是便作了罢。要求她们作出效忠声明看起来是很有必要的，可是该怎么开口呢？无疑她们都知道为女王服务的人是有机会置女王于死地的，当然既然伴君如伴虎，那她们自身的性命更是岌岌可危。于是她放弃跟她们阐释这一点，只是摊开双手宣布道："我给你们一分钟时间做决定，不能再拖延了。"

这些女人们开始思考，她们当中的大多数人都用无助的眼神凝视着自己的孩子。凯尔茜留意到她们似乎没有丈夫可以商量，便猜测梅斯也许特别挑选了丧夫的寡妇。但事实也不完全如此，凯尔茜的视线回到了她在梦中见到过的那个女人身上，随后她又在人群中搜寻她的丈夫。最后，她看到他正站在她们后面十英尺远的地方，双脚叉开，肌肉发达的双臂交叉在胸前。

她朝梅斯倾过身去，"为何选择那个穿着蓝衣服的黑发女人？"

"请你相信我，陛下，她将成为你最忠贞的仆人。"

"她是谁？"

"不知道。不过我在这方面非常有经验，请相信我。"

"她的头脑也许并不完全理智。"

"看到自己的孩子被装进笼子即将运走，很多女人都会有跟她一样的表现，反而是那些一言不发地放走孩子的人更不值得信任。"

"她的丈夫怎么样？"

"你仔细看看吧，陛下。"

凯尔茜注视着那个女人的丈夫，不过并没有看出他有什么不同寻常的地方。他是个个头很高的黑发男人，留着乱蓬蓬的胡须，从两条粗壮的手臂可以推断他一定是体力劳动者。他略显愠怒地眯缝着黑色眼睛，恶狠狠地观察着前方那群女人和孩子们，由此很容易看出他是个独断专行的家主。凯尔茜转头看着他的妻子，后者的目光在丈夫和身边的孩子们身上来回游离。她很瘦弱，两条手臂像小树枝一样纤细。她的一条前臂上有一块瘀青痕迹，那是她丈夫先前拖着她离开笼子时留下的印记。随后，凯尔茜在她身上发现了更多的瘀青伤痕：脸颊上方就有一块，当她的女儿用力拽衣领时，她锁骨处的一大块瘀青便暴露出来。

"天哪，拉扎勒斯，你的眼光可真够锐利的。不管怎样我都想带着她跟我们一道。"

"我认为她自己会跟着我们来的。等着瞧吧。"

佩恩和其中一名新来的侍卫已经站到了那名魁梧的黑眼睛男人和他妻子之间，他俩的身手的确很敏捷，所以尽管凯尔茜正处于险象环生的境地，但他们的存在也令她觉得自己兴许还是有希望活下去的。随后她再度感觉到一种无以复加的疲惫，等了几秒钟之后才开口宣告道："我们要进入凯普城堡了。谁想跟我们一道我都欢迎。"

当他们一行人沿着斜坡向下骑行的时候，凯尔茜用眼角的余光观察着梦里出现过的那个女人。只见她把孩子们聚拢在自己身旁，随即点了点头，低声说了一些鼓励的话，然后就领着孩子们一起沿着斜坡往下走。她的丈夫慌乱地大喊了一声，接着向前一跃，然而他最终停在了佩恩的宝剑跟前。凯尔茜猛地拉了一下缰绳，让自己的马停了下来。

"继续往前走吧，陛下，他们会对付他的。"

"我们有资格把孩子们从他们的父亲身边带走吗，拉扎勒斯？"

"你可以随你的心愿做任何事情，陛下。你是女王。"

"这些孩子对我们来说有什么用呢？"

"陛下，有孩子是好事，他们能让女人更好管控。从现在开始，请你保持目光向前的姿势。"

尽管凯尔茜觉得很难做到把身后的一切事情都不管不顾地全权交托给她的侍卫们去处理——她已经听到了音量渐高的争吵声和无言的扭打声，但她知道梅斯是对的——凡事都加以干预只会显得自己对侍卫缺乏信心。于是她继续往前骑行，并让自己的目光坚定地看着前方的凯普城堡，甚至当后面传来了一个女人的尖叫声时，她也保持着同样的姿势。

当他们逐渐靠近笼子时，凯尔茜看到一大群人在自己的侍卫们的外面围成了一个圈，他们靠得很近，其中有几个人甚至还贴近了马匹。所有这些人似乎都在跟她说话，不过她听不懂他们在说什么。

第五章　像上帝之海一样宽广

"弓箭手!"梅斯吼道,"留意城垛上的情况!"

两名侍卫取下挂在肩上的弓弩,然后把箭搭在弦上。有个弓箭手非常年轻,肤色很白,凯尔茜觉得这个人也许比她自己还要年轻。他的眼神中写满了焦虑,当他抬头凝望凯普时紧抿着嘴唇,非常专注。凯尔茜正打算说些什么来为他打气,不过这时梅斯开口道:"我是说城垛上,该死!"于是她紧紧地闭上了嘴巴。

他们来到了跟笼子齐平的区域,梅斯一把拽住了系在雷克身上的缰绳,使得这匹马骤然停下了脚步。他朝奇布打了个手势,后者递过来一个燃烧着的火把。梅斯将火把交给凯尔茜,"陛下,这是属于你的历史中的第一页。让它成为辉煌的一页吧。"

女王犹豫了片刻,随即接过火炬,让马朝着离自己最近的那个笼子走去。人群和侍卫们纷纷挪动着,为她让出了一条通路。梅斯先前已经让埃尔斯顿和奇布带着一桶油去过笼子那里,但愿他们已经顺利完成了自己的任务,否则她接下来的行为将会显得愚不可及。她紧紧地将火把握在手里,就在她即将把它扔出去之前,她的视线触及到了其中一个专为小孩构建的笼子。她胸腔里的怒火瞬间被点燃,热量传遍了她的全身。

到目前为止我所做的一切事情尚可以一笔勾销,可是如果我做了接下来的这件事,就再没有退路可言了。凯尔茜非常清楚自己目前的处境。如果这批"货物"没能如期抵达莫特姆森,那么红女王就会入侵铁灵。凯尔茜想起了穆哈恩——那名最英俊的金发侍卫,她想到了他所讲述的莫特姆森入侵事件,在那次事件中伤亡的铁灵国民数以万计。不过,此时矗立在她面前的是一个专为年幼无助的孩子构建的笼子,孩子们会被笼子带到离家数百英里之外的地方做苦工,忍饥挨饿不说,还可能会被强暴……凯尔茜闭上双眼,脑海里浮现出了母亲的形象,这个形象是她童年时期自己在心里刻画出来的——骑在马背上的白衣女王。然而,如今这个形象已经在她心头黯然失色,在女王周围欢呼的人民全都因长期挨饿而枯瘦如柴,女王头上的花冠已经枯萎凋零,她的坐骑也因染上疾病而导致嘴角腐烂掉了。而且,女王自身的形象也充满了奴性,皮肤像尸体一样苍白,沐浴在灰暗的阴影当中。说真的,她就是一名通敌者!凯尔茜眨了眨眼,将眼前的形象从脑海里驱逐了出去，不过它已经起到了推使她采取下一个步骤的作用。她再次想到了巴蒂所讲的关于死神的故事，其实自打那天晚上她在篝火旁边讲述了这个故事之后，它就再也没有真正离开过她的脑海。巴蒂说得对，死得清白是更好的。她向后挥舞手臂，接着便将火把猛地扔向了曾经用来装小孩的笼子。

这个动作将她颈部的伤口撕裂开了，但她拼命忍住，没发出一声叫喊。随着人群中爆发出来的欢呼声，笼子的底盘被点燃了。凯尔茜从未像现在这样热切地注视着大火：火焰在笼子的底盘上蔓延开来，随后沿着金属杆往上攀爬，一股热浪窜过草场，驱散了几个离笼子很近的人，他们先前仿佛就站在燃烧着的巨型烤炉旁边。

更多的人流纷纷朝着大火的方向蜂拥而至，尖声咒骂着。甚至连孩子们也受到其父母歇斯底里的情绪所影响，大喊大叫着，所有人的眼睛都是红通通的。看着眼前熊熊燃烧着的烈焰，凯尔茜觉得充斥在自己胸口的狂热感觉消失了，既轻松又颇有些失落。似乎有个陌生人一直住在她心里，而这个陌生人不知怎地对她的一切都了如指掌。

"卡埃！"梅斯回头喊道。

"长官，有何吩咐？"

"务必确保其余的笼子都被烧掉。"

依照梅斯的指示，一行人从笼子旁边经过，继续往前骑行。当他们来到吊桥边时，凯尔茜嗅到了护城河里散发出来的阵阵恶臭：这是一种非常难闻的臭味，有点儿像腐烂蔬菜的气息。河水是深绿色的，河面上凝结着一层几乎不透明的黏膜。随着他们沿着吊桥继续前行，臭味也变得越来越浓烈。

"这里的水是不会排干更换的吗？"

"陛下，恕我直言，现在的确是这样的。"梅斯的眼睛四处张望着，最后停留在了驻守在吊桥两侧的士兵身上。这些士兵丝毫没有做出想要制止他们前行的举动，其中有几名士兵甚至在凯尔茜经过时弯腰向她鞠躬。不过当人群试图跟着凯尔茜进入凯普城堡的时候，士兵们才极不情愿地采取行动挡住了人群，不让他们从吊桥上通过，并把他们集中起来赶往远处的

第五章　像上帝之海一样宽广

河岸。

　　凯普城堡的大门就在前方，漆黑的门洞里依稀可以看见几团闪烁的火炬光芒。凯尔茜闭上了双眼，然后再度睁开，就这么一个微不足道的小小举动似乎也耗费了她不少气力。她的舅舅就在里面等着她，可是她不确定自己现在有没有力气站立在他面前。她的血统曾经是她引以为傲的宝贵天赋，可现在看起来却比一个污水坑好不了多少。她的舅舅堕落而败坏，而她的母亲……此时她感觉自己正沿着一个悬崖壁往下滑，沿途没有任何落手之处。

　　"拉扎勒斯，今天晚上我不能和舅舅见面。我实在是太累了，我们能迟一点再做这件事吗？"

　　"只要女王陛下保持安静就行。"

　　凯尔茜不禁笑出声来，这令她自己也颇感惊讶，此刻他们正好从凯普城堡严肃的大门走了进去，经石壁反弹的回音非常明显。

　　就在两百英尺之外，费奇正看着女孩和她的随从们从吊桥上经过，他的嘴角扬起了一丝微笑。从人群中挑选一些女人跟他们一道行动是非常聪明的做法，那四个女人中有三个都跟着她进入了凯普城堡。这女孩的父亲到底是谁呢？她表现出来的敏感和智慧是伊丽莎身上完全不具备的。可怜的伊丽莎，也许她的头脑主要都用来思考每天的衣着打扮了吧。这个女孩远比十个伊丽莎还强。

　　护城河边，一个被用来装小孩的笼子正熊熊燃烧着，女王侍卫队的其中一名成员留下来负责烧尽余下的笼子，人群和其他士兵则站在一旁远远地看着。只见那些笼子一个接一个地烧了起来，人们大声呼喊着女王女王，其间还夹杂着阵阵哭泣声。

　　费奇钦佩地摇了摇头，"好极了，铁灵女王。"

　　签到桌附近乱成一团，就像一个被顽皮的小孩用棍子捅过的蚁巢一般。官员们一脸恐慌地来往奔走着，他们迅速明白了今天所发生的一切事情的种种后果。亚尔林·索恩已经消失不见了，但他一定会认真调查女孩的血统，他是一个比她的笨蛋舅舅谨慎得多的对手。费奇皱了皱眉，思索片刻之后回头喊道："阿莱因。"

"什么事？"

"索恩的脑子里已经开始酝酿一些事情了。你去查明他在想什么。"

"遵命，长官。"

李尔鞭策着自己的马向前行进，直到赶上了费奇，并与后者并驾齐驱。李尔的情绪不太好，这不足为奇。只要他们没有戴着面具行动，李尔的黑色皮肤总是能引起所有人的注意。他喜欢人们在他讲故事的时候定睛注视着他，但他讨厌成为令人好奇的对象。

"索恩也许不会接纳他。"李尔咕哝道，"就算索恩接纳了他，阿莱因的身份终将被暴露。为了那个女孩，做这样的事情真的值得吗？"

"你别低估了她，李尔。我当然知道她的分量和价值。"

"我们能搞定摄政王吗？"摩尔根问道。

"摄政王已经是我的了。除非我对那个女孩判断失误，否则我很快就能操纵他。祝你好运，阿莱因。"

阿莱因一言不发地调转马头，朝着城里奔去。当他消失在人群中时，费奇闭上眼睛，并低下了头。

现在一切都取决于一名年轻女孩了，他冷冷地想道，上帝在危急中还不忘跟我们玩耍。

第二卷

第六章

有标记的女王

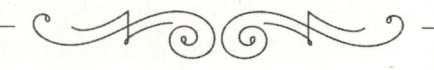

在我五岁那年，有一次祖母带着我外出游玩。我跟她同名，也是她最宠爱的孙辈。那天我穿着崭新的连衣裙，握着她的手自豪地走在城市的大街小巷上，而我的兄弟姐妹们则都被留在家里。

我们在市中心的大公园吃过野餐之后，祖母带着我去瓦尔林书店，为我买了一本书，这家书店有出售最初的带彩色插图的书。我们还在剧场观看了一部很有趣的木偶剧，祖母在一家鞋店里为我买了我人生中第一双系带的成熟女鞋。这一天真是太美好了！

快到回家吃晚餐的时间了，祖母领着我去看格林女王的纪念雕像，这尊雕像矗立在凯普草场的入口：花岗岩宝座上坐着一个面无表情的女人。我们长久地注视着这尊雕像，其间我一直保持着沉默，原因在于我的祖母一直沉默着。平日里祖母喜欢喋喋不休地唠叨，所以我们常常在有客人来家里的时候用"嘘"声示意她安静下来。不过现在她低垂着头在格林女王的雕像前伫立了十分钟，却一句话也没有说。最终我感到有些厌倦，开始蠕动身子，并开口问她："祖母，我们在这里等什么呢？"

她轻轻地拽了拽我的发辫，示意我保持安静，然后指着那尊雕像说道："要不是因为这个女人，你就不会出生了。"

——《格林女王的遗产》，葛莱·德拉米尔

凯尔茜醒来后发现自己正躺在一张松软的大床上，大床上方挂着浅蓝色的幔帐。她首先想到的是一件微不足道的琐事：这张床上的枕头太多了。

从前她住在巴蒂和卡琳的小屋里时所睡的那张床很小，不过整洁而又舒适，小床上就只放了一个合用的枕头而已。现在这张大床也很舒适，却令人觉得有铺张炫耀的嫌疑。这张大床随随便便就能躺下四个人，床单是梨子色的丝绸面料，蓝色锦缎被单上摆放着好几个镶了褶边的白色枕头。

我正睡在我母亲的床上，凯尔茜想道，这是我早该预料到的情形。

她翻了个身，看到梅斯蜷缩着身子坐在墙角的一把扶手椅上，闭着眼睛正在沉睡。

凯尔茜动作尽可能轻地坐了起来，打量着整个房间。乍一看这里的一切都令人满意，然而仔细察看的话又能发现处处都会让她产生一些不安的触动。房间的天花板很高，好几个地方都挂着浅蓝色帘子，跟床上帷幔的颜色倒是挺匹配的。其中一面墙的旁边有一排书架，可架上连一本书也没有，只是零零散散地摆着一些小饰物，其上布满了灰尘。据说有人曾确保不允许任何人进来触碰她母亲房间里的任何物品，那个人是梅斯吗？很可能不是，看起来这更像是卡罗尔的作为。梅斯曾在不经意间流露出了对她母亲的不忠，但卡罗尔从来没有表现过类似的情绪。

她的左手边是一扇通往浴室的门，门是打开着的，她能瞥见一个庞大的大理石浴缸的一角。浴室门的旁边摆放着一张梳妆台，镜子很大，边缘还镶满了珠宝。她从镜子里看到了自己的形象，不由得皱起了眉头：她看起来就像一个小妖精，头发蓬乱，脸上布满了污痕。她重新躺下，凝视着头顶上的帷幔，出神地想着心事。才不过一天的时间，为何一切都有了这么大的变化？

她突然想起了九岁那年发生的一件事情，有一天她从巴蒂和卡琳的衣柜里取出了一件卡琳参加舞会时穿的礼服。卡琳从来没有明确地禁止凯尔茜穿那类服装，不过凯尔茜明白自己不过是在为钻空子的行为找借口而已，她知道自己这样做是不对的。当她穿好那件礼服之后，还戴上了一个自己做的花冠。尽管礼服对她来说太长了，而那个花冠也不住地从她头上滑落，但是这身行头仍然令凯尔茜觉得自己仿佛长大了，也具备了女王的气势。她就这样在房间里来回踱着步，突然卡琳走了进来。

"你在做什么？"卡琳问道。她的声音降至了最低的音阶，这意味着凯

第六章 有标记的女王

尔茜有麻烦了。凯尔茜浑身颤抖着,试图向她解释:"我在练习成为一位女王,一位像我母亲那样的女王。"

卡琳迅速地向前迈进了一步,凯尔茜甚至还来不及往后退。卡琳盯着凯尔茜的双眼似乎在往外喷火,随即她"啪"的一声打了凯尔茜一个耳光。凯尔茜并不觉得脸上有多疼,可还是立马哭了起来,因为以前卡琳从来都没有打过她。卡琳从背后一把抓住穿在凯尔茜身上的礼服,突然猛拽了一下,将其从凯尔茜身上扯了下来,礼服前襟的几颗小纽扣散落得一地都是。

凯尔茜跌坐在地上,哭得更厉害了,不过她的眼泪并没有打动卡琳——卡琳从来都不会因为她流泪而有所动容。卡琳径直走出了房间,而且接连好几天都不和凯尔茜说话,甚至在凯尔茜亲自将那件礼服清洗干净,熨烫服帖,然后挂回卡琳的衣柜之后,卡琳也不理睬她。那几天巴蒂一直红着眼睛,脸上带着愁苦的神色,他偶尔会趁卡琳不在场的时候偷偷地塞给凯尔茜比往日更多的糖果。许多天之后,卡琳才终于恢复了常态,但是当凯尔茜在接下来的那个星期去看卡琳的衣柜时,却发现里面的所有礼服都不见了踪影。

凯尔茜一直认为卡琳之所以生气,是因为自己没有经过她的允许就擅自穿了她的礼服。可是到了现在,环顾了一下眼前的房间之后,她才明白事情可能并不像自己所想的那样。书架上连一本书也没有,而一个巨大的橡木衣柜几乎占满了书架对面的整面墙。这里有大得离谱的镜子和黄金制成的室内设施,床上的各种用具也是无比昂贵。凯尔茜仿佛看到了自己之前曾在凯普草场上见到的那些人,想起了那一个个因为食不果腹而消瘦的形体和那一张张憔悴的脸。毫无疑问,很多事情卡琳都是知道的,凯尔茜真想冲着这个寂静的空间尖叫,以宣泄内心的怨气。还会有一些令人愉快点的隐秘信息被逐渐揭露出来吗?她一直假定母亲是为了保护她才把她送走的,不过也许事情根本就不是这样的,也许她就只是无缘无故地被送走了而已。她恼怒地踢了踢脚,让自己的脚踝陷入了软绵绵的羽绒床垫。这种举动很孩子气,却能有效地宣泄情绪。她在狂怒之下进行了两分钟的踢脚运动之后,便意识到现在是时候起床了。

从目前的情形看,她继承而来的女王身份是很难得到承认和信服的,不过她当然早就知道这不是一条容易走的路。在她跟着卡琳研究历史上动荡不安、多灾多难的国家的那些年里，卡琳曾多次拐弯抹角地对她暗示过这一点。卡琳的藏书室里摆满了书……凯尔茜突然感觉到自己心底对卡琳仅存的最后一点怨气已经消散殆尽了。她很想念他们俩——巴蒂和卡琳，现今身边的一切都是那么陌生，她异常想念她所了解的那两个人带给她的舒适而熟悉的感觉。卡琳会赞同她昨天所做的事情吗？

凯尔茜坐起身来，掀开被单，将两条腿垂下床沿。脖子上的项链在她睡着的时候陷入了她的头发里，于是她花了一分钟左右的时间才把项链从纠结的头发堆中取了出来。昨天晚上她本该洗浴完毕、编好辫子才睡觉的，可是那时她实在是太疲倦了，以至于连意识都有些模糊。她记得自己被催促着走过了一条条由火炬照明的走廊，走廊里没有任何动静，只能听到梅斯示意她保持安静时发出的嘘声。在那之后，有人带着她攀上了一段看起来长得没有止境的阶梯，再后来，她困倦得倒头就睡，甚至来不及脱下费奇给她的衣服。这身衣服已经很脏了，她甚至能嗅到上面的汗酸味。照理说她应该把这身服装扔掉的，可是她知道自己不会这么做。昨天晚上在她入睡前，最后浮现在脑海里的就是费奇的脸，而且她确信自己夜里还梦见了他，尽管她现在已经记不起梦中的场景了。没错，他给了她一项测试，如果她失败了，那他就会杀了她，凯尔茜对于这一点是毫不怀疑的。不过，他对她的威胁仅在她的头脑里占据了极小的一个角落。她又允许自己用了几分钟的时间来尽情地享受对他的白日幻想，随即她的思想便回到了眼前的真实世界。

她需要尽快看到《莫特姆森协议》，受这个念头所刺激，她一跃跳下床，踮起脚尖走到了梅斯的椅子旁边。他有好几天没修面了，脸上布满了棕灰相间的胡子茬。而且，他脸上的皱纹显得更深了。他向后仰着头，每隔几秒钟便会发出轻微的鼾声。

"原来你还是有睡觉的时候呀。"

"我并没有睡觉。"梅斯反驳道，"我只是在打盹儿而已。"

他伸了个大大的懒腰，脊柱噼啪作响，随即从扶手椅上站起身来，"只要这个房间里有任何风吹草动，我都会立刻知道。"

第六章　有标记的女王

"这地方安全吗？"

"很安全，陛下。我们在女王寝宫里，这里从来都是严加防守的。在卡罗尔离开之前，他对这个房间里的每一处细节都仔细检查过，而你舅舅也不足以在短短六天内就在这里布下什么复杂的圈套。为了以防万一，今天等你离开以后，还会有人对这里再度进行彻底排查。"

"我离开以后？"

"我已经告知你舅舅，今天你有空的时候会登基做女王。他对这话并不十分相信。"

凯尔茜打开一个抽屉，看到里面放着一套梳子和发刷的组合，它们看起来都是纯金的。她"砰"的一声关上了抽屉，"我母亲是个爱慕虚荣的女人。"

"的确是这样的。你觉得这个房间适合你吗？"

"让我们扔掉这些愚蠢无用的枕头吧。"凯尔茜伸出手去把好几个枕头从床上拂了下来，"到底为什么……"

"今天要做的事情很多，陛下。"

凯尔茜叹了口气，"首先我需要吃早餐和洗个热水澡，然后穿上衣服去参加我的加冕仪式。"

"得由一位上帝教会的神父来为你加冕，这个你知道吗？"

凯尔茜抬起头来，"这我还不知道呢。"

"就算我能强迫你舅舅那边的皇室神父来执行这项任务，但他也不是我们想要的人。我得去阿瓦斯大教堂另找一位神父过来，所以也许我需要离开你大约一个小时的时间。"

"没有神父参加的加冕仪式是不合法的吗？"

"你说得没错，陛下。"

凯尔茜有些恼怒地吁了一口气。她从未跟卡琳探讨过跟自己的加冕仪式有关的事情，因为这些事似乎太抽象了。她知道仪式上所说的话无疑大多都是宗教誓言，也许这就是教会始终有机会赚钱的原因吧。"好的，你去吧。不过如果可以的话，请尽量找一位胆小的神父。"

"遵命，陛下。当我不在的时候，你要把你的刀带在身边。"

"你怎么知道我有刀？"

梅斯看了她一眼，答非所问地继续往下说："等等，我去把你的寝宫管理员找来。"他打开房门时，立刻有一些模糊不清的交谈声传了进来，接着他走出去并关上了身后的门，声音也随之消失了。凯尔茜站在空荡荡的寝宫中央，一种如释重负的微妙感觉掠过她的全身。她实在很喜欢这种久违的独处感觉，可是此刻却没有时间来享受。

"有好多事要做。"她一面喃喃自语，一面用手轻轻摩挲着脖子上已被缝合的伤口。她的目光随意地掠过高高的天花板、蓝色的帘子和堆了过多枕头的床，还有那个最糟的连一本书也见不着的书柜。她内心的情绪已临近爆发的边缘，愤怒的泪水盈满了她的眼眶。

"你看看吧。"她对着别无他人的房间嗫嚅道，"看看你留给我的都是些什么东西。"

"陛下。"梅斯急促地轻敲了几下门，随即把门打开了。一个身材苗条的高个子女人静静地跟在他身后，尽管她几乎被梅斯庞大的身躯完全挡住了，不过凯尔茜已经知道了她是谁。现在这个女人身边一个孩子也没有，这令她看上去更年轻一些，似乎只比凯尔茜年长几岁而已。她穿着一件式样简单的米白色羊毛连衣裙，黑色长发已经梳理整齐并在头顶上绾成了一个髻。如果脸颊上没有那块瘀青痕迹的话，她看起来一切都很好。她以等待的姿态站在凯尔茜面前，不过她的仪态中却没有一丝一毫的屈从气息。事实上，过了几秒钟之后，反倒是凯尔茜觉得非得开口说话才能化解自己内心的不安。

"如果你的小女儿还不适合离开你，你尽可以把她带到这里来。"

"她现在能得到很好的照顾，陛下。"

"拉扎勒斯，请让我们单独待着吧。"

令凯尔茜感到惊讶的是，梅斯闻言二话没说便立即转身离开了，走出房间后他关上了房门。

"请坐下吧。"凯尔茜指了指梳妆台前面的椅子。女人将那把椅子移到凯尔茜跟前，随即以一种十分优雅的姿势坐了下来。

"你叫什么名字呢？"

第六章　有标记的女王

"安黛莉。"

凯尔茜飞快地眨了眨眼,"你有莫特姆森血统吗?"

"我母亲是莫特姆森人,我父亲是铁灵人。"

凯尔茜心里在想梅斯已经从她嘴里得知了这些信息,毫无疑问他一定是知道的。"那么你是哪里人呢?"她继续问道。

安黛莉没有马上回答,而是一直盯着她看,最后凯尔茜恨不得把刚才提出的问题重新咽回去。这个女人的目光很锐利,灰色的眼睛透着冷冷的光芒,"我是铁灵人,陛下。我的孩子们也都是铁灵人,是我同他们那个一无是处的父亲生下来的,我可不能抛下我的孩子们去跟那个男人生活,对吗?"

"对……对,你不能那样做。"

"也许你想知道我来这里的动机,我前来侍奉陛下你,主要是为了我的孩子们。你所提供的报酬对一个像我这样有众多孩子的女人来说,实在是很丰厚很有吸引力的,而且我还得以让孩子们远离他们的父亲。对我而言,这真的是天赐良机。"

"主要是为了你的孩子们?"

"是的,没错。"

凯尔茜感到有些气馁。铁灵引进莫特姆森移民的必要性在于引入铁灵所缺乏的各种技能,尤其是铁艺、医疗和石工技术。莫特姆森人对他们所提供的服务索要高额回报,在铁灵的村庄里有许多莫特姆森人,民风更开明的南部地区尤其如此。卡琳常常因自己拥有开明的思想而骄傲,可是就连卡琳这样的人也并不真的信任莫特姆森人。按照卡琳的说法,地位最卑微的莫特姆森人也心怀自大的情绪,随着历史的进程,一种征服者的心态已经在他们心中逐渐扎下根来。

安黛莉的特殊背景并不是问题的全部,这个女人的教养程度与她的身份着实不太匹配:跟一名劳工结婚,还生了许多孩子。安黛莉给人一种深不可测的印象,而凯尔茜深信她的这种特质一定令她的丈夫如同见到红布的公牛一般抓狂不已。她具有一种超然脱俗的气质,只有在谈及自己的孩子时才会流露出些许热情。当然,凯尔茜得相信梅斯的判断力,如果没有他的话，自己早就不在人世了。可是，是什么原因使得他选择了这个女人呢？

"拉扎勒斯选择你来做我的寝宫管理员。你愿意吗？"

"如果在我最小的孩子生病时，或者与照看她的人之间出现了不可调和的矛盾时，我能亲自去照看她，那就没有问题。"

"这当然是可以实现的。"

安黛莉指了指脏乱的梳妆台，"那是我的资格证书，陛下……"

凯尔茜挥手打断了她，"只要是你说过你能做的，我相信你都能做得到。我能叫你安黛莉吗？"

"不然你还能叫我什么呢，陛下？"

"我听说王宫里的很多女人都喜欢别人用她们的头衔来称呼，比如寝宫管理员之类的。"

"我不是王宫里的女人。叫我自己的名字就行了。"

"噢，好的。"凯尔茜有些遗憾地笑了笑，"要是我也能如此轻易地摆脱自己的皇室头衔该多好啊。"

"卑微的人需要他们的标志，陛下。"

凯尔茜注视着安黛莉。卡琳曾多次这样说过，而此时凯尔茜又再次听到了同样的话语，心里有些不悦，因为她原本以为自己已经永远地摆脱了卡琳的说教。"我能问你一个不那么令人愉快的问题吗？"

"请尽管问吧。"

"在你的女儿即将前往莫特姆森的前一天夜里，你做了什么事呢？"

安黛莉噘起了嘴唇，凯尔茜再次从她身上感觉到了一种在她谈论其他话题时所不曾表现出的强烈而狂热的情绪。"我不是一个敬虔的女人，陛下。我不相信这世上有上帝存在，也不相信任何教会。如果我这样说让你内心不适的话，请接受我的歉意。可是前天晚上，我做出了一个非常类似祷告的举动，而在那之前我从来没有那样过。我的脑子里浮现出了我能想到的最糟糕的画面：我的孩子躺在地上死去了，而我无力去救她。"安黛莉深深吸了一口气，然后再度开口继续往下说，"你知道吗，她原本是活不了多久就会死去的，女孩的一生要比男孩短得多。等她长到足够大时，就

第六章 有标记的女王

会被当作卑微的劳动力来使唤。当然，前提是她在到达莫特姆森之后并没有被一名女童强奸犯买走。"安黛莉露出了一个冷酷而痛苦的笑容，"莫特姆森纵容很多事情的发生。"

凯尔茜试图作出回应，可是失败了。她在安黛莉突如其来的愤怒面前没法说话，甚至连动也没法动一下。

"我丈夫鲍恩说我们应该认命，对此他非常……非常坚决。我原本是计划逃跑的，然而我过于低估了他。他其实非常了解我，所以他趁我睡着的时候把格莱带走并交给他的朋友们看管。等我醒来后发现格莱不见了，而无论我往哪里看，她的尸体都浮现在我的眼前……红色的，都是红色的。"

听了这话，凯尔茜从自己的座位上一跃而起，随即活动了一下自己的腿，像是腿抽筋了一般。安黛莉似乎并没有留意到凯尔茜的反应，此时她两只手的手指都弯曲着，凯尔茜看到她有三根手指上的指甲都被撕开了，指甲盖下面的活肉裸露在外。

"陛下，在极度绝望的情绪中煎熬了几个小时之后，我别无选择，就只得向我所能想得到的各种各样的神求助。我不知道这算不算是你们所说的祷告，因为我无论是在那时还是此刻，都不相信那些神。不过我向我所知道的所有有可能施救的来源求救，其中还包括一些不该在白日之下公然提及的来源。

"当我来到凯普草场之后，才发现我的小格莱已经进到那个笼子里，不再属于我了。接下来我产生了一个想法，那就是打发我的其他孩子们离开，然后我跟在关着格莱的笼子后面，不过我得先杀死我的丈夫才行。我心里正在想象着他的各种死法，陛下，就在那时我突然听到了你的声音。"

安黛莉毫无征兆地站了起来，"陛下，我想你现在需要洗个热水澡，然后更衣和吃早餐吧？"

凯尔茜一言不发地点了点头。

"我会去处理这些事情的。"

待房门关上之后，凯尔茜有些战栗地呼出了一口气，摩挲着双臂上的鸡皮疙瘩。刚才的感觉就好像自己跟一个复仇幽灵共处一室，而在安黛莉离开之后许久，凯尔茜仍然还觉得安黛莉的目光停留在自己身上。

铁灵女王
The Queen of the Tearling

"她有没有告诉你她有一部分莫特姆森血统？"

"她说了。"

"那你丝毫没有为此感到不安和担忧吗？"

"这可能会成其为其他人感到担忧的理由。"

"此话怎讲？"

梅斯摆弄着绑在自己前臂的匕首，"我拥有为数不多的天赋，陛下，不过它们都是奇妙而伟大的天赋。一旦任何人在心底最深处涌现出了对你有危害的心思意念，我都会立即觉察出来并让其远离你。"

"她对我来说不是一个危险人物，这我承认，起码现在不是。可是她可以成为这样的人，拉扎勒斯。只要面对任何一个威胁到她的孩子的人，她都可能成为非常危险的人物。"

"唔，可是陛下，你救下了她最年幼的孩子。我想你会发现任何一个威胁到你的人都面临着来自她的威胁。"

"她很冷酷，拉扎勒斯。她侍奉我是因为她的孩子能从中得到好处。"

梅斯思索片刻之后，耸了耸肩，"很抱歉，陛下，我认为你这样想是完全错误的。就算你是对的，那你现在为她的孩子们提供的生存条件也比她和她丈夫一起抚养孩子，或者她独自抚养孩子的情形要好很多。"

"如果安黛莉对我构成了威胁，你会觉察到吗？"

梅斯点了点头，凯尔茜从他的这个举动中看出了无比肯定的意味，于是便放下了这个话题。"我的加冕仪式安排好了吗？"

"摄政王已经知道你会混在去觐见他的人群当中前往他那里。我没有告诉他准确的时间，不要让事情对他来说显得太容易了。"

"他会设法杀掉我吗？"

"这是有可能的，陛下。从摄政王身上找不出一根随机应变的筋来，他会用尽一切办法不让你有机会戴上王冠。"

凯尔茜面对镜子审视着自己的颈部。梅斯已经为她重新缝合了伤口，可是他的技艺不及费奇那么出神入化，这道伤口将留下明显的疤痕。

安黛莉找来了一件裙摆垂到地面的纯黑色天鹅绒礼服。凯尔茜认为无

第六章　有标记的女王

袖的连衣裙是时下的潮流，因为她在城里见到的许多女人都把她们的两条手臂裸露在外。不过凯尔茜觉得把手臂露在外面是很难为情的事情，而安黛莉看起来已经察觉到了这一点。这件黑色礼服宽松的袖子遮蔽住了凯尔茜的双臂，而领口的高度正好足以露出她戴在脖子上的那颗蓝宝石。凯尔茜那头厚重的头发被安黛莉编成了一条辫子，后者还把发辫服服帖帖地固定在了高高的头顶上。安黛莉这个女人真可谓是精明能干型人物的典型代表。凯尔茜看着自己在镜子里的形象，试图表现出更为自信的样子，她的一些祖先——比如她母亲的祖母和曾祖母——都是罗利家族数一数二的公认美女。不知何时，凯尔茜脑海中突然浮现出了费奇的脸庞，她对着镜子忧伤地笑了笑，随即转过身去耸了耸肩。

我将成就的事远胜美貌，她想。

"我需要尽快看到《莫特姆森协议》。"

"这附近的某个地方就有一份。"

凯尔茜认为自己从梅斯的语气中听出了不以为然的意味。"我昨天做错事情了吗？"她问道。

"是对是错还有待进一步论证，陛下。既然事情已经发生了，那么现在我们所有人就得面对相应的后果。那批出运的人口本该在七天之后抵达目的地，你得尽快想出应对措施。"

"我想先看看那份协议，里面肯定有一些漏洞。"

梅斯摇了摇头，"陛下，如果真是这样的话，其他人应该早就发现了。"

"难道你不认为我应该了解协议的详情吗，拉扎勒斯？为什么要对我隐瞒呢？"

"拜托，陛下。关于那份协议，你自己的养父母一直都对你守口如瓶，我们当中又有谁能够告诉你关于它的任何事情呢？即便我说出来，你也可能不会相信我所说的。目前看起来让你亲眼浏览一遍倒是不错的选择。"

"我想弄明白这个抽签制度。昨天在草场上负责的那个男人是谁？"

"亚尔林·索恩。"梅斯皱着眉头说道，"他是人口统计局的主管。"

"人口统计局应该只负责统计王国境内的人口数量才对啊。"

"在这个王国不是这样的，陛下。人口统计局是你的政府中一个强有力的部门，它负责管控人口出运的方方面面，从抽签一直到出运的整个流程都为它所控制。"

"这个叫亚尔林·索恩的人是怎么得到他的职位的？"

"通过极其机灵的手段，陛下。他有一次差点儿用计谋胜过了我。"

"不可能吧。"

梅斯张开嘴正要争辩，不过他突然看到了凯尔茜在镜子里的脸，"真是滑稽呀，陛下。"

"你难道从来都不曾犯错吗？"

"陛下，像我这种处境下的人，犯过错的很少能活下来。"

她从镜子前转过头来，"你究竟是如何变成现在这样的呢，拉扎勒斯？"

"不要误解了我们之间的关系，陛下。虽然你是我的雇主，可我并没有义务要向你坦白一切。"

凯尔茜低下头来，一种被拒绝的挫败感油然而生。她一度忘记了他是谁，她觉得刚才就好像在跟巴蒂交谈一般。梅斯把佩恩的护胸甲举了起来，可她摇了摇头，"我不要穿。"

"陛下，你需要穿上它。"

"今天不行，拉扎勒斯。这样做会发送一个糟糕的信号。"

"那么你的尸体会发送更糟的信号。"

"我不用把佩恩的盔甲归还给他吗？"

"他的盔甲不止一套。"

"我不会穿的。"

梅斯冷冷地看着她，"你不是一个孩子，别再孩子气了。"

"不然呢？"

"不然我会叫来几名侍卫，让他们控制住你，然后我再强制把盔甲给你穿上。你真的希望发生这样的事情吗？"

凯尔茜知道梅斯说的在理，她也不知道自己为什么要一直跟他争辩不休。自己的行为真的像个孩子，凯尔茜想起了她曾就打扫房间的安排问题在小屋里跟卡琳有过好几次类似的争吵。"我在服从指示方面一向都做得不怎么好，拉扎勒斯。或者可以这样说，从来就没有好过。"

第六章　有标记的女王

"不见得吧。"梅斯再次晃动了一下手中的盔甲，表情冷漠，"把你的手臂伸出来。"

凯尔茜面露难色地服从了，但她随即说道："我需要自己的盔甲，而且越快越好。如果我的身形曲线被这副盔甲给弄没了，身材跟个男人没什么两样，那我看上去该是一个多么蠢的女王啊。"

梅斯露齿一笑，"你不会是这个国家的第一位被错当作国王的女王。"

"虽然上帝只赋予了我极其有限的女性气质，我还是想尽可能地将它们发挥出来。"

"陛下，我以后会把文纳和费尔介绍给你，他们是你的武装督导，技艺非常纯熟。虽说定做女式盔甲是比较奇怪的任务，但我相信他们无疑能满足你的要求。在你自己的盔甲做好之前，只要一离开女王寝宫，你就得穿上佩恩的盔甲。"

"那太好了！"当梅斯把一条带子紧紧地系在凯尔茜的手臂上时，她不由得倒吸了一口凉气，"可是这盔甲不能保护我的背部。"

"我会在你身后保护你。"

"女王寝宫里有多少人呢？"

"总共二十四人，陛下。十三名女王侍卫队成员，三名妇女，还有她们的七个孩子。当然，你本人也计算在内了。"

"气煞我也。"凯尔茜低声咕哝道。她在费奇的扑克牌游戏中听到过这句话，看起来这很符合她此时的心情，尽管她并不确认自己是不是把这句话用对了地方。"我们的人还能增加到多少呢？"她问梅斯。

"会比现在多得多，这是肯定的。"梅斯回答道，"其中三名侍卫的家人现在正躲在一个安全的藏身之处，一旦我们安顿下来之后，我就会逐一派遣他们去把家人们接过来。"

凯尔茜转过头去，意识到自己又在注视母亲的书架了。它们越来越令她感到困扰和恼怒，书架上不应该连一本书都没有的。"城里有图书馆吗？"

"你刚刚说什么？"

"我说图书馆，公共图书馆。"

梅斯抬头看着她，露出了难以置信的神情，"书？"

"是的，书。"

"陛下。"梅斯用的是一种极为舒缓而有耐性的语气，人们通常只有在跟年幼的孩子说话时才会用这样的语气，"从王国初创时期至今，这个王国一直都没有印刷机。"

"这我知道。"凯尔茜急促地说，"我问的不是这个，我是问城里是不是有图书馆。"

"书很难获取到，陛下。书只是作为古董的形式存在而已，谁有足够多的书来组建一个图书馆呢？"

"贵族啊，有些贵族肯定有藏书的。"

梅斯耸了耸肩，"我倒从来没听说过这类事情。不过即使贵族们真的有藏书，他们也不会提供给公众阅读的。"

"为什么呢？"

"陛下，如果有人哪怕试着拔掉贵族花园里最不起眼的一根杂草，也会听到他大喊着指控对方犯下了非法入侵和掠夺他人财物之罪。我敢肯定大多数贵族绝不会阅读他们所拥有的藏书，可是即便如此他们也不会把那些书捐赠出来。"

"我们能在黑市上买到书吗？"

"如果有人足够重视它们的话，是可以买到的，陛下。不过买卖书籍其实并不是非法交易。黑市上有很多犯罪活动，铁灵的黑市上有人售卖来自莫特姆森的武器，有出卖肉体的性交易，也有人售卖珍稀动物、毒品……"

凯尔茜对黑市的运作方式并不感兴趣。在每一种社会制度下，黑市几乎都以相同的方式在运作。梅斯还在继续往下说，而她则万分沮丧地看着那空无一书的书架，同时想到了卡琳的藏书室：三面墙的旁边摆满了长长的书架，书架上满满当当地摆放着用皮革包边的书，左边书架上是非小说类纪实作品，右边则是小说类文学作品。每天早晨都会有一缕阳光透过前窗照射进来，一直到下午才逐渐减弱消失。凯尔茜最喜欢在每个星期天的早上蜷缩着身子沐浴着阳光看书，那是她最快乐的时光。在她八九岁那年的圣诞节，当她从楼上下来的时候，突然发现了巴蒂送给她的礼物：一把固定在藏书室那片阳光下的大椅子，上面还垫着厚厚的软垫，左侧扶手上

第六章 有标记的女王

刻着一行字——"凯尔茜的阳光椅"。以往靠在那把椅子上阅读的美好回忆强烈地震撼着凯尔茜的内心和头脑，她仿佛能嗅到清晨小屋厨房里烘烤着的肉桂面包的香气，还有小屋四周白头翁窸窸窣窣地准备飞出去觅食的动静声。

她想到了巴蒂，顿时感觉眼眶里盈满了泪水，幸亏梅斯没有看到。她睁大眼睛，让泪水流了下来，随即凝神注视着空空如也的书架，心里苦苦思索着。卡琳的书是怎么得来的呢？在铁灵王国创立之前，纸质书都是手抄本，非常稀罕，而且价格高昂，后来随着印刷术被发明，传统的手抄出版业受到了严重的削弱。在铁灵立国后的前二十年，大量的纸质书籍都被集中销毁了，要么被当作燃料，要么被烧来取暖。据卡琳所说，威廉·铁灵当年要求他的乌托邦居民每人只限带十本书，那么两千人顶多就只带了两万本书到铁灵来，而这些书当中有至少两千本现在都还待在卡琳藏书室的书架上。在凯尔茜住在小屋里的日子，卡琳的藏书室里林林总总的书对她来说都是唾手可得的，她也视之为理所当然的事，从来没有想过在一个没有书的世界里，书是何等的无价之宝。汪达尔人[①]也许会找到巴蒂和卡琳的小屋，甚至连在森林中寻找柴火的小孩也可能会找到它。凯尔茜一直以为卡琳的藏书可以永远供自己取阅，可惜事实并非如此，那些书没法跟着人一起随意挪动位置。

"我想把巴蒂和卡琳的小屋里所有的书都搬到这儿来。"

梅斯朝她瞪了个白眼，"不行。"

"也许只花一个星期就能完成这项工作，如果下雨的话顶多两个星期也能完成。"

梅斯刚把一块厚厚的护甲紧紧地固定在她的前臂上。"卡登可能在几天前就已经把那座小屋烧毁了。陛下，目前对你效忠的人数量极其有限，你真的想派他们出去执行一项如此愚蠢的任务吗？"

"拉扎勒斯，在我母亲的王国里，这项跟书籍有关的任务或许可以说是愚蠢的，可是在我的王国中却不是这样。你明白吗？"

[①] 汪达尔是古代日耳曼民族的一支。

"我知道你年轻而且有急于求成的心态，陛下。你不可能一次把所有事情都做完，而且人手中的权力随时都可能烟消云散。"

在这一点上凯尔茜没法和他辩驳，于是只好转头看着镜子。先前关于小屋的话题让她想起了巴蒂曾对她说过的一些话，那些话不过是巴蒂在一周之前告诉她的，可她现在有一种恍如隔世的感觉。"我的食物是从哪里来的呢？"

"你的食物是安全的，陛下。卡罗尔不信任凯普的厨房，所以他在那边专门设立了一个厨房。"梅斯边说边指了指门口，"我们带来这里的女人当中有一个身材娇小的，名叫米莉亚。今天早上大家的早餐都是她做的。"

"嗯，很好吃。"凯尔茜评论道。早餐的确不错，煎饼上抹了一层混有果汁的奶油，凯尔茜至少吃了两块这样的煎饼。

"米莉亚已经把厨房视为归她管辖的职权范围，而且她做事相当较真。如果没有她的许可，我也不太敢进到厨房去溜达。"

"那么，我们的食材是从哪里来的呢？"

"别担心，食材的来源非常安全。"

"我们带来的那些女人看起来感到害怕吗？"

梅斯摇了摇头，"她们的孩子可能是由米德利在负责照看。其中有个婴儿有些干呕症状，我已经派人去请医生了。"

"医生？"凯尔茜吃惊地问道。

"我知道在这城里有两名来自莫特姆森的从业医生。其中一名是我们从前聘用过的，他有些贪婪，不过并非不诚实。"

"为什么只有两名医生呢？"

"城里不需要更多医生了。移居此处的莫特姆森医生数量极少，他们收取的诊疗费也相当高昂，几乎没有多少人能看得起病。"

"那么在博尔顿和刘易斯顿的情况又怎样呢？"

"据我所知，博尔顿有一名医生。我认为刘易斯顿应该是没有医生的。"

"那么有没有什么办法能吸引更多莫特姆森医生来到这里？"

"这个不好说，陛下。尽管红女王极力抵制任何形式的变节和叛逃行为，可还是有人尝试这样做。不过，专业人士在莫特姆森可以过很舒适的

第六章 有标记的女王

生活，所以只有非常贪婪的人才会来到铁灵。"

"只有两名医生……"凯尔茜重复了好几遍，摇了摇头，"我要做的事还多着呢，不是吗？而我甚至不知道该从何做起。"

"第一件事是把王冠戴在你的头上。"梅斯将最后一块盔甲固定在她的手臂上，然后退后一步，"已经完成了，我们动身吧。"

凯尔茜深吸了一口气，跟着他走出门去。他们进到了一个很大的房间，长度大约有两百英尺，天花板跟她母亲的寝宫一样高。房间的地板和墙面都以修筑凯普外墙的那种灰色石块铺砌而成，连一扇窗户也没有，仅有的光源是安装在各面墙上的火炬。左边那堵墙上开了一条走廊，长约五十米的走廊两侧是一扇扇关闭着的房门，走廊的尽头也有一扇门。

"那里是住宿区，陛下。"梅斯在她身边低语道。

凯尔茜右手边的墙上也有一扇门，那里显然是厨房，她能听到有人清洗锅具时发出的叮当碰撞声。梅斯曾说这是卡罗尔的主意，这可真是个好点子！按照巴蒂的说法，凯普的厨房是在大约十层楼以下的地方，那里有超过三十名工作人员，而且有多个出入口。对他们来说，那样的厨房安全系数极低。

"你认为卡罗尔死了吗？"

"是的。"梅斯回答道，转瞬间他的脸上掠过了一丝阴云，"他总是说他拼死也要把你带回这里来，而我从来都没想到他真的会一语成谶。"

"关于他的妻子和孩子们，我曾在那块空地上作出了承诺。"

"稍后再去考虑这件事吧，陛下。"梅斯转过身去，开始对伫立在墙边的侍卫们发号施令。更多侍卫从走廊尽头的住宿区里走了出来，他们把凯尔茜围在中央，到最后凯尔茜的视线完全被侍卫们的盔甲和肩膀挡住了。大多数侍卫看起来应该是新近沐浴过的，不过她仍然能嗅到男人身上特有的体味、马匹的气味、麝香味和汗味，这些气味令凯尔茜觉得自己似乎待错了地方。巴蒂和卡琳的小屋里总是弥漫着薰衣草的香味，那是卡琳最喜爱的香水味道，而凯尔茜尽管很不喜欢那种甜得发腻的气味，但嗅到那样的味道起码能让她知道自己身在何处。

穆哈恩从凯尔茜身后靠了过来，凯尔茜本想跟他打个招呼，不过却转而打消了这个念头。穆哈恩看起来像是有好几天没合过眼了，他的脸色显得过于苍白，眼眶红红的。凯尔茜右手边是蓄着红色胡须的戴亚，他脸上的表情严肃而又好斗。佩恩站在她左边，凯尔茜笑了笑，看到他身体无恙令她觉得很欣慰。"你好，佩恩。"

"你好，陛下。"

"谢谢你把自己的马借给我。我会尽快把你的盔甲还给你的。"

"你尽管留着它吧，陛下。昨天你做得很好。"

"也许不会有好的结果，但我已经把自己的性命博上了。"

"你还博上了我们所有人的性命，陛下。"戴亚评论道。

"别胡说八道了，戴亚！"佩恩厉声说。

"你才胡说八道呢，小子。一旦出运的人口没有如期抵达目的地，莫特姆森军队就会采取行动，到时你也完蛋了。"

"我们都会完蛋的。"埃尔斯顿在凯尔茜身后用低沉的嗓音说道。透过他那口破牙发出的声音有些含混不清，不过凯尔茜发现现在要想听懂他说的话好像变得更容易一些了。"别听戴亚的，陛下。这些年来我们亲眼看着这个王国每况愈下、深陷泥淖。也许你现在来拯救它显得略微迟了一些，不过这仍然是好事，至少可以让王国停止继续沦陷。"

"我赞同你的观点。"有人在她周围附和道。凯尔茜有些脸红，不过梅斯阻止她作出回应，他刚刚穿过侍卫群，一路挤到了她的身旁。

"打起精神来吧，伙计们。"梅斯咆哮道，"只要我能平安度过这段艰难的日子，那么所有人都能度过。"

在通往大礼堂的途中要经过一系列低矮的灰色走廊，由火炬的光芒来照亮，这条路走起来可真是一种折磨。凯尔茜猜测梅斯故意选择了一条迂回曲折的绕行路线，不过她还是因为这城堡里绵延不绝的走廊、阶梯和通道而心生胆怯。她心想要是有一份凯普的地图就好了，不然她永远都不敢冒险独自在城堡里穿梭。

他们从很多身着白衣的男人女人们身边经过，每个人都戴着遮住额头的帽子。结合从前卡琳的描述，凯尔茜知道这些人一定是凯普的仆人。凯普有自己的勤杂工和管道工，同时也充斥着不少并非必需的服务人员：调

第六章 有标记的女王

酒师、美发师、按摩师……所有这些人的名字都列在皇室工资单上。凯普的仆人在自己不被需要的时候应该尽量保持低调，不惹人注意，所以当凯尔茜一行人从旁经过时，他们纷纷靠在墙边，留出通道来。在从大约二十名仆人身边经过之后，凯尔茜觉得自己的脾气已经到了难以抑制的程度，无论她怎么频繁地咬自己的脸颊内侧都无济于事。她明白了在过去的二十年间国库的钱都去了哪里：维持奢靡的生活，还有建造笼子。

最后，他们穿过一间狭小的接待室，来到了一扇巨大的双开门跟前。门是由某种橡木材修建而成的，不过这种橡木看起来不像铁灵的橡木，颗粒极为细腻，其上还雕刻着精细的黄道十二宫图案。铁灵橡木不太适宜雕刻，凯尔茜幼年时曾试着用自己的小刀在铁灵橡木上切削，结果发现木料很容易就碎成很大的片状或块状。她本想仔细地瞅一瞅那扇门，可是没有足够多的时间了，因为她刚一靠近门边，它们就像被魔法控制着一样迅速被打开了，她身边的侍卫们簇拥着她走进门内。

凯尔茜听到左侧响起了传令官的喊声："公主驾到！"不由得皱了皱眉，随即她的注意力被眼前的场景给吸引住了。她正置身于一个比自己想象中还要大得多的房间里，天花板起码有两百英尺那么高，前方的那面墙实在是太远了，以至于她根本没法看清站在那面墙边的人群的脸。地面上铺着深红色的大块石质地砖，每块地砖的面积大约有三十平方英尺。房间里还点缀着好些粗大的白色柱子，其材料只可能是坎达瑞斯大理石。天花板上凿出了几个天窗，阳光透过天窗照在地上，这样的景象看上去颇有几分怪异：一个由火炬照明的巨大房间里却零零星星地透射着白色的阳光。当凯尔茜和她的侍卫们从一根横梁下经过时，她的手臂上感受到了一丝突如其来的灼热，紧接着这种感觉又很快消失了。

整个大房间里除了能听到他们一行人向前走动时发出的动静，就再没有其他任何声音了。凯尔茜的侍卫们略微散开了一点点，这样一来她便能透过侍卫们之间的缝隙看到房间里的人。这里站着一排排的男人女人们，凯尔茜认为他们一定是贵族，因为他们身上穿着的大多是天鹅绒面料的服装，颜色有红色、黑色和宝蓝色等很多种。天鹅绒是卡莱恩的特产，由于莫特姆森所施行的贸易管制，铁灵人只能通过莫特姆森才能买到天鹅绒。

莫非，这些人都在跟莫特姆森做生意吗？

　　凯尔茜的眼所见到的每一张脸——无论男人还是女人——都涂抹了化妆品：深色眼影，画了唇线涂着胭脂的嘴唇，甚至还有一名贵族看起来还在脸上抹了厚厚的粉。他们当中大多数人的发型都极为精巧复杂，得花上好几个小时才能梳理完成。有个女人把头发做成了横向的螺旋形，乍一看就像是一条鱼跳跃的轨迹，从她脑袋的这一侧一直延伸到那一侧。在这个女人造型诡异的头发之上还戴着一个银质的冕状头饰，其上点缀着星星点点的紫水晶，即便是用凯尔茜这双外行的眼睛来看，这个头饰也是一件极其漂亮的金属工艺品。然而这个女人脸上明显带着痛苦的神色，表明她对一切都感到不悦，当然也包括自己的发型。

　　凯尔茜感到自己有一种强烈的想要笑出声来的冲动，笑意源自她心里一口充满了愤怒的深井。那名贵族妇女的发型甚至还不是她在人群中所见到的最荒谬的事物，这里的人们似乎都戴着帽檐很宽的华丽大帽子或者各色冠冕状头饰，帽子上大多都有珠宝、黄金或各种羽毛做装饰。凯尔茜甚至还在其中几顶帽子上看到了来自坎达瑞斯的孔雀羽毛，这无疑是只有在黑市上才能买得到的奢侈品。还有一些帽子的帽檐过于宽大，结果占据了比自己主人的双肩还更为宽大的空间。凯尔茜留意到了一对夫妇，他俩穿着式样匹配的蓝色斗篷，由于两人的帽子过大，使得他们不得不以超过两英尺的距离分开站着。这对夫妇发现了凯尔茜注视他们的目光，便朝她微微鞠了一躬，脸上带着微笑。凯尔茜没有理睬他们，把脸转到了别处。

　　梅斯密切留意着头顶上方那条与左面墙壁齐平的狭窄走廊，顺着他的目光，凯尔茜看到那条走廊上也挤满了人，不过看上去并不是贵族。他们都穿着深色的朴素服装，只是偶尔能看到人群中有一些金子的闪光。可能是商人吧，凯尔茜猜测道，商人身份足以令他们获得进入凯普的权利，不过他们还没有富到能被允许来到房间里跟贵族们站在一起的程度。这里连一个穷人都没有，凯尔茜曾在阿尔蒙特平原和凯普草场上见到过的憔悴枯瘦的穷人，这里一个也没有。

　　几百双眼睛的目光齐刷刷地聚焦在了凯尔茜身上，她能感受到他们的目光带给自己的压力，可是她又觉得自己和人群似乎隔着数千英里的距离。

第六章　有标记的女王

伊丽莎女王曾在这个巨大的房间里感受到了和她同样的孤独吗？不过凯尔茜迅速撇开了这个念头，她因自己试图把自己的思想跟母亲扯上关系而狂怒不已。

大礼堂的尽头是一个很大的高台，高台正中央有一个宝座，即便是在摇曳暗淡的火炬光芒的照耀下，宝座也显得熠熠生辉。宝座是由纯银锻造而成的，其各个部位从扶手、椅背一直到底座都衔接得自然无痕。拱形椅背至少有十英尺高，其上是一系列反映了铁灵王国初创时期横渡大海时各种场景的浮雕。这是一件非凡的艺术品，但它和铁灵王朝的众多遗物一样，没有人知道它的创作者是谁，它只是默默地告诉人们，自己是无比久远之前那个时代的产物。

不管怎么说，自从凯尔茜的母亲去世之后，就不该有任何人坐在这个王座上了，可是凯尔茜毫不惊讶地看到一个男人正坐在上面。她舅舅是个留着黑色头发、卷曲胡须的矮个儿男人，他的胡须样式似乎是当前最流行的，当凯尔茜从城里经过时，在街上好几次看到留着这种胡须的男子，不过每次她都因他们的胡须样式而顿时心生厌恶。在凯尔茜逐渐靠近的时候，摄政王正摆弄着自己的胡须，并将它们松松地缠绕在自己的食指上。他穿着一件紫色的紧身连体衣，这使得他身材的轮廓一览无遗。他的脸肿胀而又苍白，双眼凹陷得厉害，透过他的大鼻子上静脉曲张的血管和松弛下垂的脸颊，凯尔茜推断他一定过着放荡的生活。他很可能常常酗酒——不知从凯尔茜脑子里的哪个角落突然冒出了这样的念头，总之她舅舅一定沾染上了某种奢侈的恶习。他用一种漠不关心的眼神注视着她，一只手摆弄着胡须，另一只手的手指则随意地在王座的扶手上敲打着。凯尔茜能看出他很狡猾，可是并没有什么勇气。眼前这个男人多年来一直试图杀掉她，然而真的站在他面前时，她却并不感到害怕。

摄政王脚下坐着一个红发女人，她一动不动地坐在高台的第一级阶梯上，目光茫然而空洞，但她长得非常漂亮。她的脸蛋是标准的鹅蛋型，非常匀称，有着精致的朝天鼻和宽大性感的嘴巴。她身上穿着柔软的蓝色纱衣，纱衣只有薄薄的几层，近乎是透明的，里面那个苗条而又撩人的身体暴露无遗。透过纱衣还能看到她的胸部的轮廓，甚至连粉红色的乳头也清晰可见。凯尔茜心想究竟是什么样的男人才会愿意让自己的女人穿得像这妓女一样，不过那名红发女人随即抬起头来，这时凯尔茜倒吸了一口凉气。原来女人的脖子上紧紧地套着一个轭，她颈部肿胀而有瘀伤的皮肉表明轭上的绳索已经勒伤了她。绳子的另一头弯弯曲曲地向上延伸着，最后握在摄政王的一只手里。

随着梅斯一声令下，凯尔茜的侍卫们在高台前面停下了脚步。她舅舅也被自己的侍卫环绕着，可是只需一眼便能轻易分辨出真正的侍卫队和雇佣兵的差别。她舅舅的手下都穿着宽松的深蓝色制服，而他们的举止仪态则像她舅舅本人一样粗野、懒散。当舅舅的视线与凯尔茜的目光交会之时，她有些吃惊地发现他也和自己一样有一双深绿色杏仁形状的眼睛。他是一个真正跟她有血缘关系的亲属，而且是唯一一个还活在这世上的……这个想法令凯尔茜略微有些迟疑，血缘关系似乎是很重要的东西。不过她的视线随即移到了那个蜷缩在地、脖子上套着绳索的女人身上，凯尔茜顿时觉得自己的太阳穴仿佛挨了重重一记拳头。她在心里提醒自己，这个男人不是自己的亲属，她压根儿不想同这样的人扯上半点儿亲属关系。她松开握紧的拳头，用尽可能柔和平稳的声音开始说话："你好，舅舅。我今天来这里加冕。"

"欢迎你来到这里。"舅舅用带着鼻音的病怏怏的声音回答道，"当然，我们还需要看到证据。"

凯尔茜举起双手，准备摘掉脖子上的项链。前一天在凯普草场上时，凯尔茜就已经发现这项链极不情愿离开自己的身体，似乎用力地紧贴在她脖子上，甚至令她感到有些刺痛。今天的情形就更糟了，她觉得银链死死地拉住自己的皮肉，就像有蚂蚁在皮肤下面爬行的感觉。她最终还是取下了项链，并将其高高举起，供摄政王舅舅检查。待他点过头之后，她转过身去，把项链展示给聚集在礼堂里的其他人观看。

"另一条项链在哪里？"摄政王问道。

"这不关你的事，舅舅。当初我被带走时就戴着的项链如今还在我手里，这就是你需要的证据了。"

他挥了挥手，"当然，当然。那么那块标记呢？"

第六章　有标记的女王

凯尔茜露齿一笑，挽起了礼服的袖子，然后将自己的前臂转而向着光。在火炬光芒的映照下，那块烧伤的疤痕看上去没那么难看了，不过它的形状无疑还跟从前一样：有人曾用一把烧烫了的刀子烙在了她的前臂上。此时此刻，凯尔茜似乎可以想象出当时的情景：一间暗室，一堆柴火，一个婴儿因感受到了生命中第一次真正的疼痛而哭喊不已。

是谁对我做的这件事？她心里想着，当时谁能做出这样的事情来呢？

看到了凯尔茜手臂上的疤痕，摄政王看起来好像顿感轻松，双肩自然地下垂了一点点。凯尔茜发现自己竟能如此轻易地看透他的心思意念，不由得备感讶异。这中间的原因在于他们是有血缘关系的近亲吗？更大的可能性是她舅舅是个头脑相当简单的家伙，完全不懂得隐藏自己内心的想法。此外，他也是个贪婪、暴食的直杠子，不喜欢任何不确定的事情，哪怕是对他不利的问题，他也想知道明确的答案。

"我的身份是毋庸置疑的！"凯尔茜宣告道，"我现在就要受到加冕了。神父在哪里？"

"我在这里。"凯尔茜身后响起了一个略微有些发颤的声音。她转过头去，看到了一个六十岁左右的瘦高男人正从最近的一根柱子那里朝自己走来。此人穿了一件宽松的白色长袍，上面没有任何饰物，这种长袍是教会里最低级别神父的标准着装。他苍白的脸上带着清心寡欲而又憔悴疲惫的神色，头发和眉毛的颜色都很淡，如同他所过的生活将他体内的色素全都带走了一般。他看上去有些紧张，脚步踉跄，而且走得很慢。

"干得好啊，拉扎勒斯。"凯尔茜咕哝道。

神父在距离凯尔茜的侍卫群大约十英尺远的地方停下脚步，朝她鞠了一躬，"女士，我是泰勒神父。能主持你的加冕礼是我的荣幸。请问王冠在哪里呢？"

"啊，这可是个问题。"摄政王回答道，"在我姐姐去世之前，她已经把王冠妥善保管起来了。我们不知道它被藏在哪里，而且一直没能找到它。"

"你们当然找不到！"凯尔茜大声回应道，心里的怒火腾地燃烧起来。其实，她本该预料到自己一定会遇到这类荒谬事情的。王冠不过是个象征性的工具，可是它仍然很重要，甚至可以说是极其重要，因为凯尔茜从来没有听说过有哪个人头上不戴华丽的冠冕而成为了君王。她舅舅很可能花了极大的精力去寻找那个王冠,以求有朝一日戴在他自己头上。如果连他都没能找到它,那么别人就更不可能找到了。

神父看上去就快哭出来了,他的视线在凯尔茜和摄政王之间来回移动,双手痛苦地扭在一起。"唔,这可真是个难题,陛下。我……我不知道在没有王冠的情况下该如何执行这个仪式。"

人群开始不安地骚动起来,凯尔茜听到无数低沉的耳语声充斥着这间巨大的礼堂。突然,她一时心血来潮地伸长了脖子在人群中搜寻。要找到那个女人并不是困难的事,因为她的螺旋形发型使她比周围的人足足高出了一英尺。"拉扎勒斯。"凯尔茜说,"看到那个发型怪异的女人了吗?我想要她的冕状头饰。"

梅斯一脸困惑地看着人群,"什么冕状头饰?"

"就是她头上戴着的那个银质饰物。难道你从没读过童话故事吗?"

梅斯兴奋地打了个响指,"卡伊,你去跟安德鲁斯夫人说我们会照价赔偿她的头饰。"

卡伊迅速走下阶梯,朝安德鲁斯夫人走去,凯尔茜则转头看着神父,"神父,在真正的王冠被找到之前,可以用那个冕状头饰来替代它吗?"

泰勒神父点了点头,紧张地吞咽着口水,上下移动着的喉结在僵硬的身体上十分醒目。凯尔茜突然意识到了一点,在所有的神父看来,她可能是认可教会教义的,甚至还可能是非常虔诚的。当神父再度谨慎地往前迈出一步时,凯尔茜渐渐扩展了自己的笑意,直至其达到显得极为真诚的程度,"你的出席令我们倍感荣幸,神父。"

"这也是我的荣幸,女士。"神父回应道,可是凯尔茜感觉到他那平静的外表下隐藏着极其深重的忧虑。他害怕触怒自己的上级吗?凯尔茜脑海里再度浮现出了卡琳就阿瓦斯大教堂势力所提出的警告,于是她用疑惑的目光注视着眼前这位脸色苍白的神父。

"你胆子可真大啊!"一个女人突然高声喊叫起来,随之而来的是无比清晰的"啪"的一声,像是有人挨了一记耳光。凯尔茜透过埃尔斯顿和戴亚两人之间的缝隙往外张望,看到人群中有人无声地扭打起来。随着很多

第六章　有标记的女王

人不断地挪动位置，她终于瞥见了卡伊，他的两只手正埋在一堆又黑又浓密的头发里，紧接着他的身影又被人群给遮挡住了。

埃尔斯顿的身体颤动不已，当凯尔茜抬头看时，发现他因为强忍住笑意而憋得满脸通红。并不只有埃尔斯顿是这样的，凯尔茜听到身边的所有人都在窃笑，而站在她右后方的穆哈恩正公然发出咯咯的笑声，他那张苍白的脸庞因发笑而增添了一些红晕。甚至连紧闭着嘴唇的梅斯也不例外，他的嘴角略微有些不受控制地抽动着。凯尔茜以前从来没有见梅斯笑过，不过片刻之后他的嘴巴就又放松下来了，随即他的眼睛重新开始不断地来回扫视着整个礼堂。

卡伊最终从人群中走了出来，他已经拿到了那个冕状头饰。此刻他的模样看上去就好像刚刚从一片树莓丛中钻出来似的，一侧脸上留下了一条又长又深的抓痕，另一侧脸呈亮红色，而且他的一只袖子也被撕破了。在他身后，凯尔茜能看到那名贵族妇女正怒气冲冲地朝门边走去，原本精致的发型已经乱作了一团。

"唔，你失去了安德鲁斯夫人。"佩恩喃喃地说。

"我不需要她！"凯尔茜回答道，她的两侧太阳穴都因突如其来的愤怒而隐隐作痛，"一个把头发做成那样的人，绝不是我所需要的。"

卡伊把手中的冕状头饰递给神父，然后站回到凯尔茜侍卫群靠前的位置。

"让我们尽快把仪式完成了吧，神父。"凯尔茜敦促道，"我可不想再继续危及你的生命了。"

这番话达成了预期的效果，泰勒神父脸色更加苍白了，还转过头去迅速看了看自己身后。凯尔茜不禁对他产生了片刻的怜悯之心，想象着他到底被允许每隔多久离开一次阿瓦斯大教堂。卡琳曾告诉凯尔茜说有些神父——尤其是那种在很年轻时就加入教会的——终其一生都住在那白色的塔楼里，只能偶尔离开片刻。

凯尔茜周围的侍卫们挪动着留出了更多位置，这样一来凯尔茜便能面朝王座跪在高台下面了。石材地面又冷又硬，她跪得膝盖骨生疼，心里想着自己还得像这样跪上多久呢。待凯尔茜跪下后，她的侍卫们又重新聚拢在她四周，他们当中有一半面朝着摄政王和他的侍卫们，另一半则密切留意着人群中的动静。泰勒神父缓缓朝凯尔茜走来，当他走到离凯尔茜大约五英尺远的地方时，卡伊便不允许他再继续靠近了。

穆哈恩站在凯尔茜右侧肩膀的后面，他的身旁站着梅斯，两人都跟凯尔茜靠得很近。当凯尔茜扭过身子，抬起头看着梅斯时，她注意到梅斯已经把宝剑拔出来握在一只手里了，另一只手紧紧地握着他的狼牙棒，狼牙棒的球状尖端还残留着已经干涸的血迹。梅斯那平静的外表下面其实是暗潮涌动：他以如此冷静而随意的方式直面随时可能来临的死亡危险，毫不畏惧，甚而对即将临到的事充满了企盼。不过其余的侍卫们却非常紧张不安，以至于当他们听到人群中有个女人打喷嚏的声音时，几乎有一半的人都把自己的剑拔出了剑鞘。

项链上的蓝宝石贴着凯尔茜的皮肤，此刻开始发烫，她很想低头看看自己的胸口，不过最终还是抵御住了这种冲动。在凯普草场的时候，这颗宝石猛烈地发光发烫过一次，那感觉就像快要燃烧起来一样，可是当凯尔茜今天早晨检查自己的皮肤时，却发现触及宝石的部位没有留下任何一丝一毫的烫伤痕迹。关于这颗宝石，她有很多未解的疑问，而宝石所释放出来的力量看上去比她的那些疑问要重要得多。她知道如果自己现在低下头，就会看到蓝宝石在胸口熠熠发光，那是一种明亮而强大的蓝色光芒。很明显，这间房子里即将会发生一些事情。

泰勒神父开始以极低的音调喃喃地说起话来，凯尔茜相信听众们一定没法听到他讲话的内容。看上去神父似乎正就上帝的荣美恩典以及上帝与王室的关系而发表独白，于是凯尔茜停止了对他的关注，回过头去偷偷瞟了人群一眼。每个人都站着没动，在人群中比较靠后的位置，凯尔茜发现了一个人的身影，那人差不多被身旁的一根柱子给遮蔽住了。紧身的蓝色制服，消瘦的身形，毫无疑问他一定是亚尔林·索恩，现在他看起来就像靠在墙边的螳螂。照梅斯的说法，索恩是一名商人，不过这样的身份更使他成为一个危险人物。当索恩发现凯尔茜在注视自己时，立即把脸转开了。

神父从长袍的衣兜里掏出了一本很旧的《圣经》，然后开始朗读跟大卫王的统治权有关的经文。凯尔茜费了好大的气力才强迫自己忍住了一个哈

第六章 有标记的女王

欠,她早已从头到尾地读过《圣经》,里面有很多好故事,而关于大卫王的故事是《圣经》中最引人入胜的章节。不过故事终究只是故事而已,尽管如此,凯尔茜仍然禁不住对神父手中那本古老的《圣经》钦佩不已,它的书页就像神父本人一样素净。

泰勒神父来到了离凯尔茜两英尺远的位置,他的其中一只手上握着那个冕状头饰。凯尔茜感觉到自己的侍卫们已经进入到高度警觉的状态,蓄势待发,她也听到自己右侧传来了宝剑离鞘的声音。神父看着她的身后,脸上露出了退缩的神态——梅斯的表情一定很可怕,接下来他把手中的书放回衣兜,并低头在兜里摸索着。

突然,好几件事情同时爆发了。凯尔茜身后传来了一个男人的喊声,随即她感到自己的左侧后肩被什么东西给刺中了,疼痛不已。梅斯一掌将她推开,她便顺势脸朝下趴在了地上,梅斯随即伏在她身上,用自己的身体来掩护她。听众中响起了一个女人的尖叫声,这里的场面完全被改变了。

凯尔茜听到四周传来了刀剑碰撞的声响,由于梅斯跟她靠得太近,她的动作幅度只能很小。她不断地摸索着,试图将自己的刀从靴子里取出来,并用另一只手摸到了插在自己肩胛骨上的一把刀的刀柄。当她的手指轻触刀柄的时候,一阵无可名状的疼痛瞬间传遍了她的全身。

我被刺伤了,她有些惶惑地想道,梅斯并没有掩护我的后方。

"盖伦!走廊!那条走廊!"梅斯吼道,"你上去把那里的人清空!"随即他迅速站起身来离开了凯尔茜。凯尔茜握着自己的刀,艰难地站了起来,发现周围的男人们都在相互打斗着,其中有三个人正用手中的长剑刺向梅斯。那帮身穿深蓝色制服的男人,那帮她舅舅的手下,此刻就在她近前跟她的侍卫们短兵相接。

凯尔茜感到身后传来了一股气流,她转过身去,猛地看到一把宝剑正径直朝着自己的脖子刺过来。她低头弯腰一躲,迅速钻到了这名攻击者的腋下,随即将自己手里的刀向上刺进了他的两肋之间。攻击者的尸体直挺挺地朝她倒了过来,并将她压倒在地上,当插在她后肩的那把刀触及地面时,一阵爆发性的剧烈疼痛几乎将她整个人吞噬。凯尔茜咬紧了牙关,把原本的尖叫化为了一声呻吟,然后把这个死去的男人从自己身上推开,再用衣袖抹了抹眼睛，把自己的刀从攻击者的胸腔里拔了出来，然后奋力站起身来。她的视线变得极为模糊，什么都看不清，这时有人用手抓住了她未受伤的那一侧肩膀，她下意识地一把推开了那只手。

"是我，陛下，是我啊！"

"拉扎勒斯。"她喘息着说道。

"我们背靠着背。"梅斯将凯尔茜推到自己身后，她依照梅斯的要求跟他背靠背，看着前方的人群。她略微弓起身子，以求减轻后肩的疼痛感。令她感到惊讶的是，到目前为止，似乎没有一个贵族逃离现场，他们在阶梯底部的柱子后面排成排，整齐而有序地站立着。凯尔茜很想朝他们喊话，他们为什么不来帮忙呢？她感到十分纳闷，不过他们当中的很多人——尤其是男人——并没有看着凯尔茜。所有人都注视着凯尔茜身后的打斗场面，他们的目光饶有兴味地在交战双方身上来回移动。

天哪！他们竟以此为娱乐，凯尔茜意识到了这一点，顿时对这些人心生厌恶。她面朝人群举起了手中的刀，尽可能展现出一种凶狠的姿态。她多么渴望此时自己手中握着的不是刀，而是一把剑啊，尽管她并不知道该如何使剑。刀刃上的鲜血直往下流，滴落在她那双已经沾满了血的手上。她还记得巴蒂送给自己这把刀时的情景，那是在她十岁生日的时候，当天巴蒂把这把刀放在一个漆成金色的带锁盒子里，还另给了她一把银质小钥匙。那个盒子现在一定还放在女王寝宫的驮包里，就在这间大厅的楼上。她终于还是用自己的刀杀了一个男人，她希望有朝一日能把这件事告诉巴蒂。突然，她觉得眼前有些发黑。

原来是佩恩来到了凯尔茜面前，他的两只手上各握着一把剑。当摄政王的一名侍卫突破重围，试图朝凯尔茜逼近的时候，佩恩巧妙而利落地避开了他的攻击，转而用一把剑将对方的一条手臂砍了下来，同时还将另一把剑刺进了对方的胸腔。那名侍卫发出高亢而惊恐的惨叫声，而且看起来他似乎会一直持续地喊下去。很快，他便痛得倒在地上蜷缩着，而佩恩则重新摆出了备战姿态。不一会儿，穆哈恩也过来和佩恩并肩应战，穆哈恩的金色头发有不少地方都被血染成了殷红色，而他的脸也比以往更白了，看上去就像快要昏厥过去一般。

第六章 有标记的女王

又有两名男子朝凯尔茜逼近过来,她立即将脸转向他们的方向,并用力握紧了手中那把刀。不过这两个人其实是埃尔斯顿和奇布,他俩飞快地在她左右两侧站定,而她注意到他俩手中的剑都在滴血。奇布的一只手受了伤,那是一道很深的伤口,看上去就像被某种野兽咬过一般,不过除此之外,他俩看起来都还算安然无恙。宝剑撞击发出的"哐当"声频率渐弱,双方打斗的激烈程度已经减缓了不少。当凯尔茜再度朝人群望过去的时候,发现亚尔林·索恩已经消失不见了。至于泰勒神父,他正蜷缩在离高台最近的一根大柱子旁边,紧紧地把那本旧《圣经》抱在胸口,用惊恐万状的眼神注视着躺在高台下面的一具还在流血的身着蓝衣的尸体。神父几乎要因眼前的场景而吓晕过去了,而凯尔茜尽管对他颇感不信任,但心中还是涌起了片刻的怜悯之情。这神父看起来应该是那种从来都不曾坚强过的人,即便在他年轻时也一定如此,更何况他现在已经不再年轻了。

得让他尽快恢复正常状态——凯尔茜脑子里有一个声音在冷冷地说话——而且要尽快这么做。这个坚定的声音使凯尔茜重新振作起来,她不由得朝心里的声音点了点头。真是太神奇了,原本平淡无奇的加冕仪式竟然也可以变得这么深具意义。凯尔茜的腿有些乏力,她轻靠着梅斯,喘了口气,肩背部的疼痛令她差点儿窒息过去。

女人在受伤的时候就会尖叫——凯尔茜的耳边响起了巴蒂的话语——而男人只有在垂死的时候才会尖叫。

但不管怎样,我都不会尖叫,她对自己说。

"拉扎勒斯,你得扶着我。"

梅斯将一条手臂放在她腋下,牢牢地支撑着她。"我们得把你背后的那把刀拔出来,陛下。"

"现在还不是时候。"

"可你在流血。"

"如果把刀拔出来,我会流更多的血。你先帮我看看伤势。"

梅斯粗略地检查了一下她的肩背,看过之后他脸上顿时血色全无。

"怎么了?"

"没什么,陛下。"

"告诉我，到底怎么回事？"

"陛下伤得很重，也许坚持不了多久就会昏过去。"

"那么你打我一下，让我清醒清醒。"

"可我的职责是保护你的生命，陛下。"

"我的生命和那个王座是合为一体的。"凯尔茜用嘶哑的嗓音回答道。这倒是真的，不过她本人也是在说出这番话的当口才真正意识到了这一点。她抬起手来抓住梅斯的肩膀，用另一只手指着自己胸口的蓝宝石，"如果没有这个，我就什么都不是了。你明白吗？"

梅斯转过头去朝走廊那边的盖伦喊了一声，紧接着两名穿着蓝色制服的侍卫被盖伦摔在墙上，随即伴着"砰砰"的闷响声先后跌落在了石板地面上。观战人群中靠前的成员们纷纷发出了惊喊声，后退了好几英尺。

"现在要当心！"梅斯喊道，"密切留意人群中的情况！奇布，你需要医生吗？"

"开什么玩笑！"奇布以温和的语气回答道，不过他的脸色极其苍白，受伤的那只手也紧握成拳头，"我就是医护兵。"

摄政王手下的许多侍卫都死在了高台上，而凯尔茜的几名侍卫正互相展示着自己的伤势。幸运的是，目前她尚未看到地上有一具穿灰衣的尸体。刚才是谁朝她扔出了那把刀呢？

尽管脸上已经溅满了鲜血，尽管自己正被女王侍卫队的四名成员用剑指着，可摄政王仍然端坐在宝座上，而且表现出一副漫不经心的仪态。不过，细看就能发现此时他的上嘴唇布满了一层细密的汗珠，虽然他依旧定睛注视着人群，眼皮却在不自觉地抽动着。就凭他手下那帮侍卫的蹩脚技艺，要想暗杀凯尔茜纯属痴人说梦，他们不过只是延迟了凯尔茜登基即位的时间而已。对于凯尔茜加冕的重要性和影响力，她舅舅跟她本人一样了解。这时凯尔茜又感受到了一阵从肩背部扩散开来的剧烈疼痛，从伤口流出的血渐渐淤积在了她的腰骶。她感觉自己所剩的时间不多了，于是伸出手去抓住了一名年轻侍卫——她并不知道对方的名字，"把神父带过来。"

这名年轻侍卫一脸困惑地照做了，他把泰勒神父拉回到高台之上，神父看着散布在各处的一堆堆尸体，不由得脸色发白。凯尔茜张开嘴说话，

第六章 有标记的女王

却只听到一个陌生而冰冷的声音,完全不像是从自己嘴里发出来的。"我们继续吧,神父。请你接着刚才的往下说吧。"

神父点了点头,他的一只手正颤抖着握住那个冕状头饰。在梅斯的帮助下,凯尔茜再次跪倒在地上。泰勒神父重新掏出《圣经》,带着颤音开始朗读经文,在凯尔茜听来,他的声音是如此的含混不清。在神父身后,她看到了那个漂亮的红发女人,后者依然像石头一样一动不动地蜷缩在高台的最高一级阶梯上,全身都沾满了血迹。女人的脸也被染成了红色,血水还浸透了她身上的蓝色薄纱衣。虽然看着像石头,不过她还活着,她的灰色眼睛一直盯着地上的同一个地方。凯尔茜闭上眼睛休息了片刻,随即当她抬起头来看着天花板时,感觉头顶上巨大的拱形天花板开始旋转起来。

梅斯的靴子踢在了凯尔茜的腰间,她使劲咬住自己的舌头才没有发出尖叫声。她的视线又略微清晰一些了,她看到神父正拿着冕状头饰朝自己走来,他手里的《圣经》已经合上了。随着神父的靠近,她身边的侍卫们再度变得紧张而戒备。泰勒神父弯下腰来,眼睛睁得很大,脸上血色全无,凯尔茜感觉到她先前的怀疑莫名其妙地消失了。她希望自己能安慰他,并告诉他他在这个仪式中的职责基本上已经完成了。

可事实不是这样的,她脑子里有另一个冷静而坚定的声音低声说道,还早着呢。

"陛下。"神父用一种近乎带着歉意的语气问道,"你愿意根据上帝教会律法的规定,发誓成为这个王国以及这个王国的人民的代表吗?"

凯尔茜艰难地吸了一口气,觉得心口嘈杂不已,她低声回答说:"我发誓根据律法的规定成为这个王国和这个王国的人民的代表。"

泰勒神父停顿了片刻,凯尔茜试着再吸了一口气,这时她感觉自己的意识更加模糊了,身体也略微向左侧倾斜。梅斯再次踢了她一脚,而这一次她禁不住低喊了一声。"神父,你会小心照看你的教堂,而我也会小心照看这个王国和我的子民。这是我的誓言。"

泰勒神父继续沉默了一段时间,然后将《圣经》塞进了长袍的衣兜里。他的脸上带着顺从和抱歉的神色,就如同他能够预知未来一般。他仿佛已经看到了这一历史性时刻所带来的所有可能的后果,兴许他真的有预知未来的能力也说不定呢。神父伸出两只手，把冕状头饰戴在了凯尔茜头上。"我正式加冕你为铁灵王国的凯尔茜·罗利女王。愿你的王国永世长存，陛下。"

凯尔茜闭上双眼，松了一口气，一种近乎狂喜的情绪令她有些哽咽，"拉扎勒斯，扶我站起来吧。"

梅斯扶着她站起来，可她膝盖一软，又跪了下去。于是他用两只手臂从她身后环抱着她，像搂着一个碎布玩偶一样把她拉起来。他让她的身体略微前倾，以免碰触到插在她后肩的那把刀的刀柄。

"摄政王。"凯尔茜艰难地说出了这三个字，不过态度很坚决。

梅斯小心翼翼地扶着凯尔茜转过身来，这样一来她就与舅舅四目相对了，她发现他那双明亮的眼睛里带着愚蠢而绝望的神色。这时她故意慢慢地将身体往后靠，直至肩背部的刀柄碰到了梅斯的胸膛。她顿时感觉到一阵剧烈的疼痛，而这有助于她继续保持清醒的头脑。然而，她的意识仍在逐渐变得模糊起来，眼前略微有些发黑。

"离开我的宝座。"她继续说道。

舅舅并没有动弹。

凯尔茜前倾着身体，试图积聚起全身的力量，她发出的粗重喘息声回荡在这间巨大的礼堂里。"舅舅，你得在一个月之内收拾妥当并离开凯普。在那之后……我将悬赏一万英镑获取你的人头。"

凯尔茜身后有个女人倒吸了一口气，人群中也有不少人纷纷交头接耳、窃窃私语起来。她舅舅则用惊恐万状的眼神看着她身后的人群。

"你不能悬赏捕杀王室人员。"

从凯尔茜身后传来了一个油腔滑调的男中音，而她立即就判断出了这是谁的声音——索恩。她没有理睬索恩，气喘吁吁地继续挤出了一些话："我对你……已经够客气了，舅舅。你要么立刻从我的宝座上下来，要么我就让拉扎勒斯把你扔出凯普。你认为……你还能僵持多久？"

摄政王眨了眨眼，几秒钟后，他便从王座上站起身来。当他直立的时候，那鼓胀而下垂的肚子尤其显眼。看来他喝了太多的麦芽酒，凯尔茜有些茫然地想道，随即她又想道：我的天哪，他竟然比我还矮呢！她眼前出

第六章 有标记的女王

现了重影，而且越来越严重，于是她赶紧用一只手肘轻轻推了推梅斯，他便心领神会地扶着她向前几步，随即将她放在了宝座上。凯尔茜坐在冷冰冰的金属宝座上，觉得自己就像坐在一块冰冷的岩石上一般。她摇晃了几下身子，闭上了眼睛，然后又睁开。她还得做一件事，可是是什么事呢？

就在这时凯尔茜又看到了坐在高台边缘的那个红发女人，她脸上身上满是血迹。她的舅舅跌跌撞撞地走下了高台的阶梯，连接着他和那个女人的绳子也被拉得越来越紧。

"放开绳子。"凯尔茜低声说道。

"放开绳子。"梅斯复述了一遍。

舅舅转过身来，凯尔茜第一次在他的眼睛里看到了毫不掩饰的愤怒。"这个女人是我的！她是一个礼物。"他说。

"真不幸，你不能带走她。"

舅舅四处察看了一番，想要寻找救兵，可惜他的大多数侍卫都已经阵亡了。眼下只有三个人还跟在他身后，而就连这仅存的三个人看起来也不大愿意跟他有目光接触。舅舅的脸因为愤怒而失去了血色，不过凯尔茜还从他脸上看到了更糟的信息——愤愤不平的困惑，这种表情常常会出现在一个自认为用意很好，但不明白自己为何遭遇了如此多可怕事情的人脸上。再度思忖片刻之后，他放开了绳子，急促地向后退去。

"她是我的。"他哀怨地重复道。

"让她和我们一起。埃尔斯顿，这件事就交给你来安排了。"

"遵命，陛下。"

"请带我出去，拉扎勒斯。"凯尔茜用粗重的嗓音说道，她每呼吸一次都会加重自己的痛苦。梅斯和佩恩简要地商议片刻之后，两人都弯下身子，用他们的四只手臂组成了一把"椅子"。凯尔茜在心里默默地对他们的这个举动表示感激，用这样的方式离开礼堂比被人搀扶着像麻袋一样拖离要有尊严得多。她的侍卫们迅速地再度聚集在她四周，一行人走下了高台，沿着中心通道往外走。随着他们不断行进，人群中一张张模糊的人脸也迅速地从凯尔茜眼前滑走。凯尔茜真心希望自己不是以这样的面貌第一次出现在他们面前：鲜血淋漓而又虚弱无力。在某一时刻，他们从一名穿着红色天鹅绒礼服的贵族妇女身旁经过，礼服的颜色令她在昏暗的光线下尤其引人注目。卡琳一直都喜欢在家里穿着一件跟这一样的深红色礼服。凯尔茜朝那个女人伸出一只手，低声说道："前面将有一段艰难的路。"可是那个女人隔得太远了，凯尔茜没法触及她。无数张人脸从她面前一晃而过，在某个时刻凯尔茜以为自己看到了费奇，但那不过是错觉罢了。尽管如此，当时她还是再度伸出手去，徒劳地试图抓住什么。

"长官，我们得加快速度了。"佩恩低语道。梅斯咕哝着表示赞同，随即他们加快步伐，从那扇巨大的双开门走了出去，来到了宽阔的走廊。此时凯尔茜能嗅到从自己身体里流出的血的腥味，她的所有感官都变得无比敏感，一路上见到的每一个火炬对她而言都像太阳一般明亮刺目。不过当她眯缝着眼睛看着梅斯的时候，却发现他的脸在黑暗中显得极为模糊。侍卫们彼此低声交谈着，对她来说他们的声音近乎振聋发聩，可是她连他们所说的一个字也听不明白。突然，她感到冕状头饰正从自己头顶往下滑去。

"我的王冠快要滑下去了。"

梅斯把支撑着她后背的那只手臂绷紧了，紧接着他触碰到了一个凯尔茜看不到的物体，她惊讶地发现一扇隐蔽门竟然打开了，门的那边是一片黑暗。"这事儿我帮不了你，陛下。"梅斯说。

"我也是。"佩恩附和道。当他们走过那扇漆黑的隐蔽门时，凯尔茜感觉到有一只手正小心翼翼地把王冠重新稳稳地戴回到她的头顶。

第七章
池塘里的涟漪

　　在格林女王加冕之后的五天里，没有人在凯普看到过女王的踪影。在这五天里的大部分时间她都处于昏迷状态，原因在于肩背部所受的刀伤令她失血过多，差点儿丢了性命。从此以后，肩背部的疤痕将伴随她一生，很多人认为其实是她的这块疤痕——而不是手臂上被烧伤的疤痕——令她获得了"有标记的女王"之称号。

　　可是在女王昏昏睡去的时候，这个世界并没有停止向前的脚步。

——铁灵的早期历史，由莫文尼尔讲述

　　第二天清晨，当多马醒来的时候，他真恨不得昨天的加冕仪式只是一场噩梦而已。他继续用这样的想法来麻痹自己，尽管他头脑的一部分其实已经清楚地意识到这根本就不是梦。事情已经不对劲了。

　　首先，他发现睡在自己身边的人是安妮，她的枕头被她那双刚修剪过指甲的手搂在怀里。一直以来睡在他旁边的人都是玛格丽特，安妮不过是个可怜的替代品，她比玛格丽特更矮更胖，一头红发是卷曲的，而玛格丽特的头发却像琥珀般平滑柔美。安妮的嘴还挺好看的，也能言善道，可惜她不是玛格丽特。多马的头开始跳动着作痛，一部分原因是由于宿醉，除此之外当然也跟玛格丽特有关。

　　他翻了个身，用枕头把自己的头埋了起来，设法掩盖从外面传进来的噪音。听起来像是有人在搬运一些箱子，不时传来物体与地面摩擦的声音，还有乒乒乓乓的撞击声，使他没法再次入睡。将枕头捂在头上的这个动作令他的头疼得更加厉害了，于是他最终抛开了枕头，低声咒骂了片刻，随即按响了呼叫派因的铃，然后将被单拉上来蒙住了自己的头。派因会想办法阻止外面的噪音继续传进来。

现在他想起来了，那个女孩把玛格丽特带走了。那女孩夺走了他最不能失去的东西。一名侍卫瞅准机会将刀子刺进那女孩的身体，而她随即倒在了地上，那时多马心里充满了希望。然而随后多马却眼睁睁地看着那女孩从地上站起来，并在血流不止的情况下坚持完成了加冕仪式。没有坚定顽强的意志力，如何能做到这一点呢？她将玛格丽特带走了，而且她将每天都和玛格丽特一同入睡……想到这里他的头更痛了，仿佛有人正用棍子在他脑子里搅动一般。

不过，也许他还是有一丝希望的。毕竟那个女孩流了不少血。

好几分钟过去了，可是派因一直没有露面。多马把被单从头上拉下来，再次按响了铃。他感觉到安妮在自己身边动了动身子，连她都被吵醒了，可见外面的动静不是一般的大。他俩昨天晚上一起喝掉了三瓶葡萄酒，而安妮一向没有喝酒的天赋。

派因还是没有来。

多马从床上坐起，一把掀开了被单，再次咒骂起来。他曾不止一次准允派因跟他的其中一名嫔妃过夜，可是派因看起来似乎并不满足于此。要是他发现派因跟索菲亚同寝的话，一定会活剥了派因的皮。

多马费了好长时间，终于在角落里的一堆衣服下面找到了自己的丝质睡袍，可是睡袍的系带在拉扯的过程中被扯断了。多马再次咒骂了几句，这次声音比先前更大一些了，随后他看了看安妮，后者只是翻了个身，然后用一个枕头盖住了自己的脸。他把睡袍套在身上，用手将袍子的前襟拉拢在一起。如果当初派因把这些衣服都挂起来的话，睡袍的系带就不会被扯断了。多马决定在找到派因后得花些时间跟后者好好理论一下，按铃后不回应，把脏衣服扔得到处都是……他们的朗姆酒不是在几天前就喝完了吗？这里的一切都混乱不堪，无疑目前这个阶段是最糟糕透顶的时期。他想起了那女孩的脸，她长着一张极其普通的圆脸，跟新伦敦大街小巷中那些农夫的脸没有太大分别。可是她的眼睛跟他一样是绿色的，而且她的眼神极为犀利，目光射向他的时候就像飞镖击中了靶心一般。

第七章　池塘里的涟漪

她能看穿我，多马绝望而无助地想道，她能看穿一切。

她当然不能看穿一切。她也许能猜到一些事情，但不可能知道全部的隐情。亚尔林·索恩总是对一切可能发生的状况安排好各种应对措施，此时他肯定已经想好了备用计划，而且很快就会付诸实行。如果人口出运行动被迫终止，那么索恩的损失是难以估量的。索恩从来都懒得在多马面前隐藏自己对对方的蔑视，凡事索恩都只把多马必须知道，以便履行自己职责的那部分告诉他。到了现在多马才看出索恩是多么地善于筹划安排各种事情，同时也能机巧地让自己避开一切风险。分明是索恩的计划，可没有任何一名人口统计局的成员参与其中，多马的侍卫们把注意力全都转移走了。除了多马本人之外，没有人会知道索恩也牵涉在其中，而多马现在无疑是被重点怀疑的对象。

最近多马的肚子又变大了，睡袍很难完全遮挡住他的腹部，于是他只好用力将睡袍的两块前襟拉拢来遮挡自己的肚子和腹股沟。半年前，也就是他定做这件袍子的时候，他还不像现在这样大腹便便。随着他渐渐意识到没有人能及时找到并杀死那个女孩，甚至连在搜捕方面从未失败过的卡登也无能为力时，他便开始愈加滥食纵酒，毫无节制。

多马朝门口走去。即使派因对铃声充耳不闻，多马大吼的声音总能把他唤来吧。摄政王寝宫不及女王寝宫那么宽敞豪华，传音效果还算不错。几年前多马曾试图搬进女王寝宫，却被卡罗尔和梅斯横加阻拦，那时他才意识到他们——女王侍卫队的成员们——仍然都住在侍卫住宿区内，心怀女王终有一天会现身的渺茫希望等待着。更糟的是，他们竟然还在招兵买马。梅斯找到并发掘出了佩恩·奥尔科特，后者非常善于使剑，虽然佩恩在这方面的能力足以令他成为卡登的一员，不过他却乐意加入女王侍卫队，而且丝毫不介意自己只能领到比卡登成员少一半的薪水。多马本人也曾多次游说奥尔科特以及女王侍卫队的其他精英来跟随自己，然而他们都不愿与他为伍，直到那女孩加冕之时他才明白了个中缘由。她一点都不像他，跟伊丽莎也完全没有相似之处。

她是她父亲的孩子，多马难过地想道。他们曾三次安排伊丽莎堕胎——对此多马知道得一清二楚，她用面对其他事情时的那种心不在焉的态度喝下了他们给她的糖浆。然而，最后一次多马没法说服她乖乖就范，而这一次恰恰是最关键的。在最后那些年里，她对医生充满了惧怕，甚至将其视为暗杀者。多马甚至不得不承认，在女人堕胎的过程中想要杀死她也许是很容易的事情，不过现在想起这些事不过是增加他内心的怨恨罢了。像伊丽莎这样一个想也不想就接连三次同意堕胎的女人，怎么会出于种种错误的原因而坚持留下腹中的这个胎儿呢？而当初的胎儿如今将把这里的一切都搞得天翻地覆。派因昨天告诉多马说那个女孩已经住进了女王寝宫，女王侍卫队守护着她，寝宫大门也有人严加看守。多马想要搬进伊丽莎寝宫的一切希望都随之破灭了。

然而，情况还可能会更糟。他自己的寝宫很是舒适，这里有足够多的房间可以容纳他的贴身侍卫、众多嫔妃以及为数不少的贴身仆人。当多马刚搬来的时候，这里的一切都显得单调并且了无生气，不过他找来了一些画作摆放或挂在各处作为装饰，这些画都出自他最喜爱的画家鲍威尔之手。派因找来了一些金漆对各面墙进行了粉刷，这个廉价的好方法使得这里更富有帝王气息了。在多马第一次接受了来自红女王的馈赠之后，她便接连不断地送来了更多更昂贵的礼物，在他的寝宫里各处都能见到这样那样的礼物：一尊纯银的裸体女人雕塑，深红色天鹅绒窗帘，还有一套镶嵌着红宝石的纯金餐具。最后这份礼物是多马最喜欢的，所以他每天晚上都要用这套餐具来盛放晚餐。一个现实问题不时凸显出来，那就是红女王正在利用他，就像铁灵贵族利用他们的监工一样。多马是握有大权者和毫无权力者之间存在的必不可少的介质，他是铁灵人憎恶的对象——伊丽莎去世后人们憎恨的对象就只有他了。如果铁灵的穷人们起来造反的话，他们最想得到的就是多马的人头，而那时红女王无疑会牺牲他，就好像铁灵的贵族们无疑会为了保全自己而把他们的监工们扔给暴民一般。这种想法不可避免地会给他带来一些折磨……可是铁灵的穷人们会起来造反这个念头实在是过于遥远和可笑。他们穷困潦倒到了极点，总是忙着找到填饱肚子的食物，恐怕没有时间来做其他事情。

多马刚一打开门就感受到了刺目的光芒。他眯缝着眼睛看了看，公共休息室里的场景着实令他吃了一惊。他第一眼看到的是他的红宝石纯金餐

第七章 池塘里的涟漪

具正被一个穿着白色礼服的凯普男仆随意地装进一个橡木箱子里。从前凯普的仆人是不允许进到摄政王私人寝宫的，因为他们常喜欢做顺手牵羊的事，可是现在却有一名这样的仆人站在外面，而且看上去正忙得不亦乐乎。他一把端起一叠金盘子，然后大大咧咧地将它们堆进那个箱子里，一阵阵响亮的"哐当"声令多马听得魂飞魄散。

他还发现了另一个变化：他的红色天鹅绒窗帘不见了，它们被人从东墙上取下来了。现在窗户开得大大的，阳光从窗外照射进来，所以房间里很亮。他的两个用来装饰墙角的雕塑也不见了踪影。在房间远端的墙角堆放着大约二十个小啤酒桶，还有好些用板条箱装起来的莫特姆森葡萄酒。另一名凯普男仆正将一个个威士忌酒瓶摆放整齐，其中有些极好的美酒是多马在每年一度的新伦敦威士忌节集市上买回来的。在装啤酒的小桶旁边还放着一辆很大的手推车，它的作用很明显——他们即将把他收藏的酒全都运走。

多马将手中的睡袍前襟握得更紧了，可它们还是难以完全遮挡住他的腹部，他朝着那名正在拾掇纯金餐具的男仆怒吼道："你在干吗？"

那名男仆头也不回地把自己的一只手举过肩头，用大拇指指了指身后。多马转头一看，心情顿时沉到了谷底。他看到卡伊正站在那些小啤酒桶背后，还在一张纸上记录着什么。卡伊并没有穿自己的灰色斗篷，不过他根本就不需要穿，凯普的仆人们仍然会执行他的命令。

"喂！女王侍卫！"多马喊道。他本想用手指着对方喊话，可是他不敢腾出手来那样做，因为他担心自己的睡袍会因此而敞开。"这一切是怎么回事？"

卡伊把手中的笔和纸张都收好了，"这是女王的命令。所有这些物品都是王室资产，今天要被带走。"

"什么王室资产？这分明就是我的资产，是我买的。"

"那么你就不应该把它们放在凯普。凯普的任何物品都得受王室支配。"

"我没有……"多马揣摩着卡伊的言论，他确信其中一定有王室成员能钻的漏洞。过去他从来没有认真钻研过铁灵的法律，甚至在自己孩童时期被要求学习法律的那些年里，他也没有态度端正地学习过。多马对治理国家一点都不感兴趣，可是见鬼，伊丽莎也没有认真钻研法律，她却是第一王室继承人……多马挖空心思地想要找到其他足以驳斥卡伊的论据，这时他看到了箱子里的纯金餐具。"那些！那些是别人给我的礼物！"他脱口而出。

"是谁给你的礼物？"

多马咬紧牙关，一言不发。睡袍的前襟又松开了，他发现卡伊看到了自己又白又圆的肚子，感到又羞又气，于是赶紧用手抓住前襟并往胸前拢了拢。

"至于你的个人物品，服装和鞋子都是属于你的，还有只要是你自己的武器也归你所有。"卡伊说话时脸上那双蓝色眼睛不带任何感情色彩，"不过王室不会再继续维持你的生活。"

"那我靠什么过活呢？"

"女王已经下令让你在一个月之内搬出凯普。"

"我的嫔妃们怎么办？"

卡伊的脸上依然没有表情，可以说是不露声色，不过多马却能感受到他眉宇间散发出来的轻蔑和鄙视。"你的嫔妃们可以自由地做她们喜欢的事情。她们可以把自己的服装都留下来，但是她们的珠宝首饰已经被没收充公了。如果她们当中有人愿意跟着你离开，不会有人阻拦。"

多马怒瞪了卡伊一眼，心里思索着该如何对事情作出一番合理的解释，诸如要是他不把那些女人带走并跟着他一起，那她们将过着人能想象到的最为贫苦的生活。还有，她们都是欣然同意了他所给出的条件而自愿跟随他的——当然玛格丽特的情况跟她们不太一样。阳光实在是太刺眼了，这让他很难静下心来理清头绪。他上一次打开那些窗帘是在什么时候呢？几年前吧，一定是在好几年前了。阳光倾泻在房间里，让墙壁从原来的灰色变成了亮白色，墙上的一些细小裂纹也在阳光下暴露无遗。此外，地毯上的酒渍和食物污渍也显现了出来，甚至还能看到墙角有一张方块J扑克牌，仿佛一艘在上帝之海里随波逐流的木筏。

上帝啊，天知道我有多少次是在少了一张方块J的情况下跟人玩扑克啊？多马长嘘了一口气。

第七章　池塘里的涟漪

"我从来没有打过我的任何一名嫔妃。"他告诉卡伊,"一次也没有。"

"那敢情好。"

"长官!"一名凯普的仆人喊道,"我们可以把酒运走了!"

"继续干吧!"卡伊说完朝多马歪了歪头,"你还有其他问题吗?"

还没等多马回答,卡伊便转过身去开始准备封好一个板条箱,丝毫没有要听对方说话的打算。

"派因在哪里?"

"你说的是你的那名男仆吗?我已经有好长时间没有看到他的踪影了。或许他正忙着做其他事情吧。"

"没错。"多马点了点头,"是的,的确是这样的。我今天一大早就派他去下面的市场了。"

卡伊不置可否地嘟囔了一句什么。

"现在我的嫔妃们在哪里?"

"我不知道。她们很不想失去自己的珠宝首饰。"

多马的脸部肌肉抽搐了一下——她们当然不愿意了。他用两只手抹了抹头发,将身上的睡袍忘到了九霄云外,结果他的袍子完全敞开了。他赶紧把袍子拉拢回来,引得其中一名凯普男仆暗自窃笑,不过当多马扭头四处察看的时候,仆人们都开始继续忙着做手头的工作了。

"等我一有空就会去拜访女王。"他告诉卡伊,"或许就在几天之后。"

"是的,也许吧。"

多马迟疑了片刻,想要分辨一下对方这句话里是否有什么威胁的成分,随即他转身迈着沉重的步伐朝嫔妃们的寝宫走去,一边走一边设想待会儿应该对她们说些什么话。佩特拉和莉莉也许去了别处,除了玛格丽特,她俩是最具反叛精神和最难驾驭的。其余的嫔妃们应该能够被说服,当然,他还需要找到一些钱。好在他有很多可能会提供帮助的贵族朋友,走投无路的话他还能住在阿瓦斯大教堂里。教皇不敢将他拒之门外,因为这些年来多马给了教皇和教会好些金子。甚至红女王也许也乐意资助多马,但前提是他得先让她相信自己不久之后就会再度坐回王位之上。然而,他一想到要对红女王提出请求就不寒而栗。

食物和纸张散乱地摆放在嫔妃寝宫的公共休息室里，橱柜的门全都被打开了，抽屉也都被拉了出来，服装扔得一地都是。卡伊在这里的行动持续了多久呢？他一定是在今天清早来到这里的，或许那时正是多马刚刚上床休息的时候……

是派因放他进来的，多马顿时反应过来，派因把我出卖了。

只有安妮一个人还待在妃嫔寝宫里，她显然在多马与卡伊交谈的时候起了床，现在已经快要穿好衣服了，她那头红色卷发整齐地别在了头顶上。

"其他人去哪儿了？"他问她。

安妮耸了耸肩，把手放到背后，熟练而迅速地将礼服的带子系上了。多马不禁觉得自己被欺骗了，反思自己为什么要花钱为她们买来所有这些昂贵的礼服？"这是什么意思？"他追问道。

"意思就是我没见到她们中的任何一个人。"安妮拿出一个大行李箱，开始打包行李。

"你在做什么？"

"收拾行李啊。可是有人拿走了我的珠宝。"

"是的。"多马缓缓回答道，"是女王拿走的。"他坐在离她最近的沙发上注视着她，"你在做什么？你们根本没有别的地方可去。"

"我们当然有地方可去。"安妮转过身来反驳道，多马从她眼里看到了一丝先前在卡伊眼里曾看到过的轻蔑神色。他觉得这种表情似曾相识，好像是来自童年时期的久远记忆，而他的童年生活几乎没在他脑子里留下什么美好的回忆。

"你准备去哪里？"

"去找珀金斯勋爵。"

"为什么？"

"这有什么好惊讶的？几个月前他就主动邀我去他那里。"

这个叛徒！多马常常和珀金斯勋爵一起玩扑克牌，还每个月一次邀请他来凯普与自己一同进餐。以珀金斯的年龄，完全可以做安妮的父亲了。

"他能为你提供什么样的条件呢？"

"这是我跟他之间的事情。"

第七章　池塘里的涟漪

"其余的人也都去了他那里吗？"

"我不知道她们的去向，但肯定不是珀金斯那里。"安妮的声音里带着些许自豪的语气，"他只邀请了我。"

"我目前的遭遇不过是暂时的。再过几个月，我就能再次坐上王座。到了那时你们都可以重新回到我身边。"

安妮看着他的眼神，就像看着一只厨房蟑螂，他感觉自己触到了来自童年时期的回忆。尽管他想要抗拒，回忆却迅速而准确地浮现了出来：阿拉女王曾用完全一样的眼神看着他。多马小时候和伊丽莎一起接受教育，对他俩来说学习都是很困难的事情，不过比起多马，伊丽莎能理解更多的内容。多马在自己十二岁之后便停止了学习，而伊丽莎还得继续与家庭教师打交道。有一段时间，母亲曾试图同多马谈论政治和王国的状况，以及铁灵与莫特姆森的关系，可是多马总是不能理解那些他原本应该理解的知识，于是母亲眼睛里蔑视和厌恶的神色越来越明显。最终，母亲决定停止同他继续讨论这些事务，自那之后多马就很少再见到母亲了。随着母亲的放手，他被允许做自己一直以来都最想做的事情——睡上整整一个下午并在夜晚去古特区四处游荡。多年来一直都有人敢于公然用蔑视的眼神看他，不过直到此时他才再度体验到了小时候曾品尝过的那种卑微感觉。

"你真的还没明白，是吗？"安妮问道，"她给了我们自由，多马。也许你会再次坐上王座，也许不会，对此我并不清楚，不过我们当中没有人会再次回到你身边。"

"我并没有让你们做我的奴隶！你们曾经拥有这世上最好的东西！我像对待贵族妇女一样对待你们。你们从来都不用做任何工作。"

安妮略微扬起了眉毛，脸色顿时阴沉下来，随即她几乎是咆哮着说出了下面的话："从来都不用工作？派因可以在凌晨三点钟叫醒我，告诉我说你在等我。我去到你的寝宫后才发现，原来你是想让我和佩特拉配合着来满足你那变态的欲求。"

"可我付钱给你了啊。"摄政王说这话时已没了气焰。

"那笔钱不是给我的。我记得很清楚，十四岁那年我还不谙世事，而你给了我父母一大笔钱。"

"我花钱为你买吃的,买穿的,那可都是上好的服装啊!我还给了你珠宝!"

任凭他怎么说,现在她对他已经视若无睹。她的眼神再度触发了他的记忆之门:阿拉女王在她人生中的最后十年里经常用这样的眼神盯着他看,他说的任何话、做的任何事都没法引起她的关注。他在母亲面前变成了一个隐形人。

"你应该离开铁灵。"安妮说,"这里对你来说很不安全。"

"你这话是什么意思?"

"梅斯是她的侍卫队队长,而你曾试图杀死她。如果我是你的话,我就会赶紧离开这个国家。"

"这一切都只是暂时的!"多马很纳闷,为什么除了他自己之外的人都看不出这一点呢?那个鲁莽女孩已经与索恩和莫特姆森交恶了。多马讨厌政治,不过就算是这样他也读过《莫特姆森协议》。协议中的违约条款将在七天之后被触发,如果那批计划出运的人口没有如期抵达狄美恩……他甚至根本不敢想象后果是什么。从来没有人见过红女王暴怒时的模样,不过连她沉默的时候都能让人感觉到世界开始走向了终结。多马脑子里突然浮现出一幅画面,其中蕴含着可怕的现实:一群群莫特姆森鹰在凯普四周盘旋着,它们不时朝着凯普的塔楼俯冲下去,正在搜捕着什么。"在这个月底之前,她的头颅将被挂在狄美恩的城墙上。"

安妮耸了耸肩,"随你怎么说吧。"

她走到房间另一头,从五斗橱的抽屉里取出了一叠衣服,然后从地上捡起了一把发梳,在这一连串举动中她看也没看多马一眼。现在他明白那些打开着的抽屉意味着什么了:她们都取走了自己的衣服,然后抛下他离开了!

或许安妮说得对,他可以考虑去莫特姆森,然后乞求红女王的宽厚对待。但是红女王早就已经对他感到厌烦了,她甚至可能会决定将他交给一名刽子手来处置。他如何才能离开凯普呢?有费奇在,这趟行程根本没法安排。费奇看起来似乎对一切都了如指掌,而且也会参与到所有事情当中。凯普的高大石墙并不足以保护多马,因为费奇能像幽灵一般神不知鬼不觉

第七章 池塘里的涟漪

地进入凯普，不过哪怕是这样也比置身于毫无遮蔽物的空旷原野要更好一些吧。如果多马试图前往莫特姆森边境，那么费奇肯定会知道的，多马对此深信不疑。无论自己带着多少侍卫，他终有一天会在夜里睁开眼睛时发现面前有一张戴着面具的可怕的脸。

他的侍卫本就不多，而且有一半已经在试图杀害那女孩的打斗中被杀死了。到目前为止还没有人前来逮捕他，看起来他倒是挺走运的，也许他们会认为那件事是他的侍卫们自行策划的阴谋。然而，此刻多马突然想起了卡伊那毫不在乎的语气，从而意识到事情可能不像自己所想的那样。或许他们早就知道这一切内情，却丝毫不以为意。

安妮扣好了行李箱的锁扣，走到镜子前面检查着自己的仪容。在多马眼里，她没戴珠宝的样子看上去略显寒碜，不过她内心的喜悦倒是溢于言表。她将一绺头发塞到耳朵背后，笑了笑，抓住行李箱的把手，转过身来看着多马。她的目光如炬，令多马的内心沸腾不已，他很讶异自己从前怎么没能发现她有这么一双温暖而明亮的蓝眼睛。

"我从来没有打过你。"他提醒道，"一次也没有。"

安妮再次笑了笑，这个友好的笑容将隐藏在她嘴角的一丝不悦掩盖了起来。"衣服、珠宝、食物还有黄金，你认为你付了钱是吧，多马。其实你压根儿就没有付钱，不过我认为你终有一天会这样做的。"

泰勒神父吃完了最后一口鸡肉，随即用仍在颤抖的手放下了叉子，他感到很害怕——先前就在他刚坐下来准备吃午餐的时候得到了召唤。今天的午餐是味道清淡的鸡肉，泰勒的味觉一向不太敏感，不过在过去的两天里，他每次进食更像是某种例行公事的行为，吃什么都味同嚼蜡。

起初他感到很兴奋，他在自己所处的时代担任了一次大事件中的小角色。在泰勒这一生的岁月里，并没有发生太多重大事件。他是阿尔蒙特平原一个农民的儿子，他的父母总共养育了七个子女。在他八岁那年，父母把他交给了当地的神父,以替代他们无法交出的什一税①。泰勒从来都没有怨恨过父亲做出的这一决定,在被送走的当天也是如此。他是家里众多小孩中的一员,这个家从来都没有足够多的食物来喂饱每一个人。

当地的教区神父——艾伦神父——是个好人,他需要一名助手,因为他身受严重的痛风症折磨。他教会了泰勒如何阅读,泰勒人生中的第一本《圣经》就是他给的。泰勒十三岁的时候开始帮助艾伦神父写布道辞,那时当地的会众人数并不多,大约有三十个家庭,可是艾伦神父没法一一去探访每一个家庭,于是在艾伦神父的痛风症逐渐恶化之后,泰勒便开始替他探访会众成员,并聆听他们的烦恼。当那些因年龄过大或患有重病而不能来到教堂的人想要忏悔之时,泰勒便去到他们家里听他们的忏悔,不过他那时还没有被正式任命为神父。从严格意义上讲,他认为这样做是有罪的,但他也认为上帝应该不会介意这一点,当他去垂听那些垂死之人的忏悔时尤其如此。

后来,当艾伦神父受到提拔去新伦敦任职的时候,他把泰勒带在了身边,泰勒在阿瓦斯大教堂完成了自己的神职培训,并在十七岁那年受委任成为神父。原本他应该会被分配自己的教区,可是上级们已经发现泰勒并不适宜照料教区信徒。相比跟人打交道,他更喜欢做研究方面的工作,也喜欢舞文弄墨,于是他担任了阿瓦斯大教堂的第三十任簿记员,负责记录来自周边教区的什一税和其他礼物。他的工作都非常轻松,犹如一潭死水一般,而每过一阵红衣主教便会虚报一些费用,将来自教区收入的一部分挪为己用,那时泰勒所守着的那潭死水会泛起一些微澜,不过大多数时候他都有充足的时间来思考和阅读。

泰勒看了看自己收藏的书,他每年薪水的绝大部分都花在了购买这些书上,由上好铁灵橡木制成的书架已经被摆满了整整十层。书架上最初的五本书来自一名教区居民,那女人临终前把五本书连同一小笔遗产一起留

---

① 什一税是源起于旧约时代,由欧洲基督教会向居民征收的一种主要用于神职人员薪俸和教堂日常经费以及赈济的宗教捐税,这种捐税要求信徒按照教会当局的规定或法律的要求,捐纳本人收入的十分之一供宗教事业之用。

第七章　池塘里的涟漪

给了教堂。红衣主教卡莱尔算计着将那笔遗产据为己有，可是那几本书对他来说毫无用处，于是他把它们扔在了年轻的泰勒神父桌上，说道："你是她的神父，有时间的话研究一下这些书中的奥秘吧。"

那一年泰勒二十三岁，他已经把《圣经》从头至尾读过好几遍了，不过世俗的书对他来说倒是挺新奇的玩意儿，于是他打开其中一本书读了起来。起初他只是随意地看了看，随后便如饥似渴地一页接一页往下翻，那种惊讶和欣喜的感觉，如同一个人发现了埋藏在地下的宝藏一般。从那以后泰勒就变成了一名学者，不过多年来他自己一直都没有意识到这一点。

即将发生的事情不可避免，泰勒神父没法再继续拖延下去了。他离开了自己的小房间，拖着脚步在走廊里行走。从七八年前开始，他的左侧髋关节就一直受着关节炎的折磨，但他现在动作如此迟缓的主要原因倒不是病痛，而是在于内心的不情愿。他是一名很好的簿记员，在阿瓦斯大教堂的生活也过得安逸舒适，时间就这样如流水般静静消逝……直到四天前，一切都改变了。

他在近乎惊骇的状态下执行了加冕仪式，自始至终他心里一直在想是何其反常扭曲的命运会鬼使神差地令梅斯来到自己的门前。泰勒是一名虔诚的神父，也是一名苦行者，他相信祖先们横渡大海来到铁灵是上帝的伟大安排。他并没有表演欲望，他在几十年前就已经停止布道了，随着时间一年年过去，他越来越深地隐退进了藏书的浩瀚海洋中。照理说站在教皇的角度，最不可能派去主持加冕仪式的神父就是泰勒了，可是梅斯来敲泰勒的门，于是他就去了。

我是上帝伟举的一部分，不知怎地泰勒心里突然冒出了这样一个念头，不过转瞬间又消失得无影无踪了。他对铁灵历代君王的事迹了解得非常清楚，威廉·铁灵伟大的愿景在登陆之后便逐渐被削弱，进而随着乔纳森·铁灵被暗杀这一可怕事件的发生而彻底消亡。罗利家族接管了王位，但罗利家族和铁灵家族一直以来都大相径庭。如今，罗利家族已成为欧洲各国中最为愚笨昏庸的王室家族。他们忙着和异族通婚，却没有太多心思推行教育，而且忽略了人类有重复犯同样错误的倾向。不过泰勒却知道历史就是一切，所谓的将来，不过是过去的同种灾难的重演而已。

主持加冕仪式的时候，他还没听说发生在凯普草场的事情，多年来避世隐居的代价是对时事几乎一无所知。自从加冕仪式过后，他的神父同仁们就不再让他拥有独处的机会了。他们会不时敲开他的门，表面上看是想跟他讨论某些神学或历史观点，但最终如果不听到一点与女王加冕仪式有关的情节的话，他们就不会离开。作为回报，他们把草场上发生的人口获释以及笼子被烧掉的事情告诉给了泰勒。

今天早上登门拜访泰勒的是怀德神父，他刚刚把面包分发给了在阿瓦斯大教堂阶梯上排队等候的乞丐。据怀德所言，那些乞丐把凯尔茜称为"真女王"。泰勒知道这个称谓的由来："真女王"是拓荒时期之前的亚瑟王传奇故事中的人物，这位女王在危难之中拯救了自己的王国，也开辟了一个鼎盛的黄金时代。这个关于"真女王"的故事不过是个神话故事，它为失去孩子的母亲们带来了极大的安慰。尽管如此，怀德的话却令泰勒听得心口直跳，他不得不转头看着窗外，从而不让别人看到自己眼里突然涌起的泪水。

我是上帝伟举的一部分！

他不知道见到教皇后该怎么说，女王曾拒绝发誓对上帝教会效忠，可是甚至连泰勒自己也知道那条誓言的重要性。相反的是，个人品行极其低劣的摄政王却被教皇牢牢地控制住了，他向教会捐赠了大量金钱，并允许教皇在凯普里面修建一座私人小教堂。如果有一名云游天下的修士来这里向热心的听众传讲古老的信仰，那么这名修士很快就会消失在人们的视线之外，而且没有人会再次听到关于他的任何消息。没有人会谈论这类事情，不过泰勒是一个感觉敏锐的人，他深知上帝教会有不少弊病。多年来他一直选择过隐居生活，用自己的整颗心来爱上帝。他还打算将来有一天就这么被书籍环绕着，默默地死在自己的小房间里。然而，现在他竟莫名其妙地被卷入了这个世界上正在发生的重大事件。

泰勒迈着沉重的步伐，一路沿着宽大的大理石台阶往教皇觐见室走去，他的心也一点一点地直往下沉。没错，他已是饱经风霜的老人了，可他现在还是非常害怕。上一次他跟教皇之间的私下对话只有寥寥数语，教皇祝贺他获得了神职任命。那是多久之前的事情了呢？大约已经过去五十年了

第七章　池塘里的涟漪

吧。教皇也衰老了，和泰勒一样，如今教皇已经快一百岁了。即便是在铁灵这样一个富人普遍长寿的国家，教皇的寿命也算得上是相当长的了。虽然活得久，可教皇也身受不少疾病的困扰：肺炎，发烧，另外据说他还患有一种消化方面的疾病，所以不能吃肉。然而，尽管教皇的身体每况愈下，却保持着敏捷的思维，他驾轻就熟地控制着摄政王，于是阿瓦斯大教堂拥有了一个纯金制成的尖顶，这可是自打拓荒时期以来从来都没有听说过的奢侈举动。甚至连坎达瑞斯这样的拥有丰富地下矿藏的国家，也没有在他们的寺庙上堆砌这样夸张的装饰。

想到这儿泰勒摇了摇头。教皇是一名偶像崇拜者，也许他们俩都是，当那个女孩拒绝宣誓的时候，泰勒立即做出了一个决定，也许那是他整个人生中的第一个决定。铁灵不需要女王忠于教会，铁灵只是需要一位女王而已。

觐见室的门外驻守着教皇的两名助手，他们剃光了头发和眉毛，还和教皇的其余侍从一样面带狡黠的神色。当他们推开大门的时候，脸上的表情清清楚楚地透露出一个信息：你有麻烦了。

我知道的，泰勒心里想着，我比任何人都更清楚这一点。

他跨进门内，特别留意让自己的视线盯着地面看，因为有传闻说教皇很不喜欢别人不对他表现出适当的敬意。觐见室的各面墙壁和地板都是由洗得发白的毛石构建而成的，在天窗透进来的光芒的照射之下，整个房间看上去就像在发光一般。这里非常热，天窗又是合上的，房间里的热量根本没法散发出去。据说教皇在肺炎多次发作之后便养成了一个习惯，喜欢把房间里弄得特别暖和。教皇的橡木宝座坐落在房间中央的一个高台之上，泰勒在高台底部停住脚步，小心翼翼地低头等待着。

"啊，泰勒。过来这里。"

泰勒登上通往高台顶部的台阶，机械地接过教皇朝他伸出来的手，亲吻着手指上的红宝石戒指，随即便退到第二级阶梯并跪了下来。就在这时泰勒的左髋部感到一阵剧痛，每当跪下的时候，他的关节炎总是会折磨他。

当泰勒抬起头来的时候，动了些许怜悯之心。他印象中的教皇是一名体格健硕的中年男子，可是几年前的一次中风使得他的一只手臂变得干枯并且没法动弹,而他的脸也歪向了一边。下垂而凹陷的右侧脸颊,像极了无风时的船帆。在过去的几个月里,阿瓦斯大教堂里充斥着教皇快要死去的传闻,泰勒认为这样的传闻很可能并非空穴来风。教皇的皮肤像羊皮纸一般又薄又透明,光秃秃的脑袋上分布着凹凸不平的骨节。他苍老而干枯,隐藏在白色天鹅绒长袍里的身体看起来跟一个孩子差不多大小。他朝泰勒展露出了一个亲切的微笑,这一举动反倒使泰勒立即警觉起来,心中尚存的一丝怜悯也像糖一样融化掉了。

正如泰勒所担心的,红衣主教安德斯就站在教皇身边,宽大的猩红色丝质长袍十分醒目。由于染色工人带到铁灵来的红色染料有一些瑕疵,所以红衣主教的长袍曾经是接近橙色的,不过安德斯的长袍却是实实在在的大红色,这足以表明教会和其他人一样从莫特姆森的黑市上购买了卡莱恩的染料。除了特色鲜明的长袍,安德斯还戴着一个锤子形状的黄金小胸针,这是他曾经身为摄政王反同性恋小分队成员的纪念品。安德斯对同性恋者的憎恶是有目共睹的,有传闻称,首先向摄政王提议设立一支特别的执法小分队来管控同性恋者的人就是安德斯。随后,就在几年前,安德斯又更向前迈进了一步,表示愿意贡献自己的时间加入那支小分队来抵制同性恋行为。他的这一行径引来了很多流言蜚语,一名尚在任期中的红衣主教竟然参与执法工作,实在是有悖常理,可是安德斯拒绝退出,并且继续留在小分队里待了好几年。泰勒很好奇教皇为什么仍然允许安德斯在自己的长袍上佩戴着那枚胸针,因为他如今已没再参与其中了。

这次会面有红衣主教安德斯在场,意味着情况有些麻烦。有很多清晰的证据表明安德斯是教皇的继任者,尽管他不过才四十三岁,比泰勒年轻了二十多岁。安德斯刚来阿瓦斯大教堂的时候还是个六岁的孩子,他父母是虔诚的贵族,在他刚出生时就打算好了要把他送到教堂,将来好做神职人员。他仰赖着自身的聪明和为了达到目的不择手段的性格特点,在教会平步青云,步步高升。他二十一岁时就成为有史以来管辖新伦敦教区最年轻的主教,而在那之后只过了短短几年他便被任命为红衣主教。时间不停地流逝,可他的脸看起来似乎从来都没有改变过,至今还有着青春期痤疮所留下的疤痕。他的眼珠很黑,以至于泰勒没法区分他的虹膜和瞳孔。看

第七章　池塘里的涟漪

着安德斯，就如同是在注视一棵铁灵橡树。泰勒曾见过滥食纵酒的神父，贪赃枉法的神父，甚至还见过被变态扭曲的情欲所折磨的神父，这些人在教堂都不受人待见，然而未来的教皇安德斯的那张脸却令他觉得尤其不安。一方面，安德斯为上帝工作，另一方面他却隐约透露出魔鬼的特质，亦正亦邪。泰勒从来都没有喜欢或信任过教皇，不过教皇至少是可以参透的人，与这样的人共事并无大碍，但红衣主教安德斯就得另当别论了。泰勒不知道像安德斯这样的人如果在没有约束的情况下会做出怎样的事情，毕竟目前的教皇不过是一根行将熄灭的残烛罢了。

"教皇陛下，我能为你做些什么呢？"

教皇笑出声来，"你以为我让你过来是为了向你请教历史知识吗，泰勒？不是这么回事。最近你好像忙着做一些惊天动地的大事，对吧？"

泰勒点了点头，同时也暗恨自己刚才所流露出的热切而恭顺的语调。"是被人称为'梅斯'的拉扎勒斯找我过去的，教皇陛下。他明确表示我必须立即到场，不然他就会另外安排一名神父前去。"

"梅斯……那家伙确实是一名可怕的访客。"教皇慢悠悠地回答道，"那么你又是如何找到我们的新女王的？"

"至于当时的情形，现在铁灵境内恐怕已是无人不知无人不晓了，教皇陛下。"

"我也听说了加冕仪式的事，泰勒。我通过不同的渠道了解了当时的情形，现在我想让你亲自讲给我听一听。"

泰勒把女王的话重复了一遍，在这期间他留意到教皇的脸色阴沉了下来。教皇向后靠在宝座上，两眼流露出思索的目光，"她拒绝宣誓……"

"没错。"

安德斯插嘴道："你却擅自做主完成了加冕仪式。"

"阁下大人，当时我所面临的情况是史无前例的。我也不知道该怎么做，我们对此并没有成文的规定……而且时间也很紧迫……而且那样做看起来对王国而言是最好的。"

"你最应该关心的事情不是这个王国的兴衰，而是上帝教会的兴衰。"安德斯义正辞严地说，"这个王国和王国境内人民的状况是统治者该去关心的事。"

泰勒注视着安德斯，心想这番评论跟新女王在加冕仪式上说过的话几乎是一样的，不过其中的潜台词却大相径庭。"我明白，阁下大人，可是我当时根本没有时间仔细思考，必须尽快做出决定。"

两名高级神职人员长久地打量着泰勒，随后教皇耸了耸肩，露出了笑容。他笑得很开心，使得泰勒极不自在地想要从台阶上退下来。"唔，当时你确实是没有办法了。你被迫置身于那样的境遇当中可真是不幸。"

"是这样的，教皇陛下。"泰勒回答道。髋部关节炎所致的疼痛感又加剧了，令他备受折磨。他考虑着要不要问问教皇能不能让自己站起来说话，不过随即打消了这个念头。被这两个人当中的任何一个看到自己软弱的一面都是不好的。

"女王需要一名新的凯普神父，泰勒。蒂姆佩里神父是摄政王的人，她应该不会信任他的。"

"是的，教皇陛下。"

"考虑到你在她的加冕仪式上所扮演的角色，你应该是一名合乎逻辑的人选。"

泰勒未对这番陈述作出任何回应，只是静静地等待着。

"她会信任你，泰勒。"教皇继续往下说，"她对你的信任程度显然远远超过了我们当中的任何人，原因就在于你在她未宣誓效忠教会的情况下就为她加冕了。"

看到教皇满脸严肃、一本正经地说出这样的话，泰勒有些结巴起来，"教皇陛下，难道教会原本更想让别的什么人坐上王位吗？难道是一个与王室血缘更远的人？"

这次又是安德斯回答泰勒的提问，"我们在座的都是上帝的子民，泰勒神父。尽忠于你的上帝和教会，比去钻研跟人间统治者有关的事更为重要。"

泰勒低下头盯着自己的鞋，感到胃部一阵痉挛，有些恶心，他觉得自己仿佛置身于一场噩梦当中。他来这里的路上原本以为自己会受到谴责，甚至还可能暂时被降格做更低级的工作——通常犯了小错的神父会被派去

第七章　池塘里的涟漪

厨房工作一段时间，负责清洗碗碟或拖运垃圾。然而，对于像他这样只想独自待在房间里阅读和思考的神父来说，受委任去宫廷工作也许才是最严厉的惩罚。

或许她不希望凯普有一名神父，或许她会把我们所有人都驱逐出凯普，而那个不敬神的小教堂也将不复存在……泰勒想了很多。

"我们必须得在宫廷里安插我们的耳目，泰勒。"教皇的语调依然显得极其温和，"她并没有宣誓，这就使得上帝教会的处境在她的统治之下岌岌可危。"

"是的，教皇陛下。"

"你需要定期直接向我提交报告。"

直接向教皇提交报告？泰勒内心的焦虑和不安进一步加深了。安德斯一向都是连接教皇与教会其他成员以及王国境内广大民众的媒介，那为什么不让安德斯做我的汇报对象呢？泰勒立即想到了一个极其简单的答案：尽管教皇挑选了安德斯作为自己的继任者，可是甚至连他本人也不信任安德斯。

看来我是捅了马蜂窝了，泰勒有些苦恼地想道。

"我应该向你汇报些什么呢，教皇陛下？"

"在凯普里面发生的跟教会有关的一切事情。"

"可是教皇陛下，如果我这样做，她一定会知道的！她可不是傻瓜。"

教皇直直地盯着他看，"你对教会的忠诚度将通过这些报告中的细节来衡量，你明白了吗？"

泰勒明白了，自己将被迫成为一名间谍。他再次想到了自己的房间，也想到了那里成排的书籍一旦落入到教皇的铁拳之下，将会有怎样不堪的下场。

"泰勒？我说的话你听明白了吗？"

泰勒点了点头，心想：我是上帝伟举的一部分。

"很好。"教皇轻声说道。

一个身穿灰色斗篷的男人正沿着布切尔阶梯往下走，如果有人看到了他，一定会误以为他是女王侍卫队的成员，而这正是他想要的效果。他是亚韦尔，很久以前他曾试图成为女王的侍卫，那是在他的职业生涯刚刚起头的时候。不过他并没有入选，后来又阴差阳错地接获了看守凯普大门的任务。尽管如此，至今他对女王侍卫队的灰色斗篷制服仍然充满了特殊的感情。当路上有人看到他以后略微闪避开来，或朝他轻轻鞠上一躬，他都会觉得自己的腰板挺得更直了，甚至觉得自己的形象变得更加高大起来。心怀幻想总比一无所有要好。

来到阶梯的尽头，他发现自己正置身于一条狭窄的小巷，头顶上方氤氲着一团雾气。他不由得用一只手握住了自己的刀，行走的速度也加快了。在古特区的这个地段，街灯在好几年前就已经碎裂了，月光只能穿透部分雾气，所以这条巷子被笼罩在暗淡的蓝色光辉里。要是哪里隐藏着强盗的话，根本没法看清楚。亚韦尔身上并没有携带金子，可是这一带的强盗在扑向他之前可不会花力气去确认这件事，他们随时可能会将一把刀插进他的肋骨里。

一户人家门口的两条狗咆哮起来，这声音也许会暴露亚韦尔的存在，不过他并不感到害怕，只是变得更加谨慎了而已。一直以来他都是凯普大门的守卫，可是他和其余的守卫一样，从来没有进到过比守卫室更靠里的区域。对他来说，凯普就是一个谜。亚韦尔目前所处的地方是古特区，这里是由无数条互相交错的小巷和避难所组成的迷宫，而他对这里的一切都了如指掌。整片古特区都处在山麓间的洼地里，这里似乎随时都被雾气所笼罩，而这里的人们也始终干着见不得人的勾当。

最终，亚韦尔来到了"晚秋"酒吧，陈旧大门上的油漆已经斑驳脱落。他看了看身后，想确认一下是否有人跟踪自己，不过显然他身上这件灰色斗篷再次发挥了其应有的作用。没有人想找女王侍卫的麻烦，尤其是在当下，穷苦民众都把新女王视为了他们的偶像，极力加以推崇。甚至对于像亚韦尔这样的对民众的想法几乎不怎么感兴趣的人来说，新女王带来的变化也是非同寻常的。颂赞新女王的新歌已经在城里流传开了，无所事事的穷苦民众纷纷集结起来，在大马路上高声呼喊着女王的名字，而那些没有加入他们的旁观者则将面临被殴打的危险。城里民众的状态看起来就像亚

第七章　池塘里的涟漪

韦尔曾经见过的醉汉一样——包括他自己喝醉酒时也是如此——享受着在漫漫长夜里一无所思的感觉，丝毫不用去考虑第二天早上将要来临的任何事情。不过，他们很快就会清醒过来的。也许此时莫特姆森正在部署兵力准备对铁灵发动进攻，他们的铸造厂可能正在连夜运转以制造钢铁兵器。一想到莫特姆森，亚韦尔便自然而然地想起了艾莉，她消失的时候脸被一头长长的金发遮挡住了。他每天都会想起跟艾莉有关的不同的事物，今天他想起了艾莉的头发，她瀑布般的头发在室内呈琥珀色，而在室外看却是金黄色的。亚韦尔用略微颤动的手指打开了酒吧的大门，他看到了威士忌，也看到了亚尔林·索恩。

"晚秋"酒吧的主顾大多是喝到一醉方休的主儿，酒吧很小，没有窗户，廉价的木地板经年累月地浸润着客人们洒落的啤酒，空气中弥漫着浓浓的酵母气味。这间酒吧并不在亚韦尔最喜欢的酒吧列表之中，可是他来这里也是别无选择的。新伦敦更好的酒吧通常在凌晨一点就结束营业了，如果想要痛饮到天明的话，就只能来古特区。此时这间酒吧里没几个顾客，因为现在已经快到凌晨四点了，就连上夜班的散工们也拖着身子回家去了。只有少数酗酒成瘾或正受着一些现实问题强烈困扰的人还在继续喝酒，而亚韦尔则怀疑自己身上同时有这两种问题存在。他被一种不祥的预兆给攫住了，他预感到等待着自己的将是需要在暗中进行的工作。

来自亚尔林·索恩的便条是亚韦尔午夜准备换班离开时发现的，便条上没有告知亚韦尔太多信息。不管怎么说索恩都是个狡猾的混蛋，他当然不至于愚蠢到把任何跟罪行有关的事情写在纸上。亚韦尔这辈子还没跟索恩说过话，可是他不可能对索恩的便条置之不理。既然索恩要求你出席，那你就得服从。亚韦尔身边已经没有任何亲戚可以被运送到莫特姆森去，但他也不能低估索恩的能力，他知道索恩能够想出同等卑劣的手段来对付自己。艾莉的头发又浮现在了他的脑海中，自打那天在凯普草场目睹了一切事情的发生之后，世上所有的威士忌都没法将艾莉再次从亚韦尔的脑海中驱走。

不论如何，我已经准备好再试一次，亚韦尔有些惨淡地想道。

索恩坐在酒吧角落里的一张桌子旁边，他背靠着相邻的两面墙，正端起一个杯子凑在嘴边，喝着杯里的液体，亚韦尔几乎可以确定杯子里装的是水。索恩不喝酒是众所周知的事实，在他职业生涯的初期，他的冷静节制、瘦高个头以及病弱面容曾使他成为了摄政王反同性恋小分队成员们的主要攻击对象。他被他们殴打过好几次，后来被调进了人口统计局。那些人仍然还在密切关注他的举动吗？亚韦尔不得而知。

维尔不时会同索恩打交道，他说索恩不喝酒的明显理由在于索恩一秒钟也不愿意让自己处于失控状态。亚韦尔认为维尔的这一判断很可能是正确的。酒吧里几乎空无一人，不过索恩看到亚韦尔之后便迅速转开目光并在酒吧里四处搜寻了一番，想看看是不是有人在观察他们，是否有人留意到人口统计局主管正同一名凯普大门的守卫会面。

坐在索恩身旁的女人是布伦娜，虽然亚韦尔以前从来没有见过她，可是他一看到她就猜出来了。她的皮肤呈较深的珍珠色，非常晶莹剔透，亚韦尔甚至能清晰地看到她手臂上凸起的青筋。她拥有青春无敌的容颜，打薄了的金色头发垂落在脸颊两侧。亚韦尔和铁灵境内的所有人一样都听说过她，可是只有极少数的人曾亲眼见到过她，因为她只能在夜里外出。

需要在暗中进行的工作，亚韦尔再次想道。他在吧台点了两杯威士忌，第二杯酒是为了饮酒取乐，而第一杯酒则是让他可以和亚尔林·索恩坐在同一张桌子旁边的必要条件，这个索恩曾亲手把写着艾莉名字的纸团从众多纸团中抽了出来。当酒保把亚韦尔的酒端来之后，他猛地将第一杯酒灌进了喉咙，不过在他端起第二个酒杯时，他扭头看着吧台，试图在这里拖延更久的时间。

在和亚韦尔隔了三个凳子的地方坐着一名年老色衰的妓女，她穿着一件透明的白色上衣，满头的金发像是被染过的。她以柔术演员的姿态向后靠在吧台上，这个动作能使她的双胸比自然状态下多向外凸起两英寸。她用别有深意的目光打量着亚韦尔，"你是女王的侍卫吗？"

亚韦尔略略点了点头。

"只是玩一下的话五英镑，如果需要过夜，那就是十英镑。"

亚韦尔闭上了双眼。三年前他曾找过一次妓女，可是那天他的身体不怎么听使唤，最终没能成事。当时那名妓女显得仁慈而体贴，不过那只是

第七章 池塘里的涟漪

表面现象罢了，亚韦尔能感觉到她非常想让他赶快离开，然后她就可以继续为下一名主顾服务了。交易毕竟只是交易而已。

"不用了，谢谢。"他低声说道。

这名妓女耸了耸肩，深深吸了一口气，随即对着两名刚走进酒吧的男人卖弄起风骚来。"这是你的损失。"她还不忘扭头说出这一句。

"亚韦尔。"索恩那低沉而又油腔滑调的声音清晰地传了过来，"到我这里来。"

亚韦尔端着酒杯穿过酒吧，走到索恩的桌子旁边坐了下来。索恩倾身靠在桌边，两条又细又长的手臂交叉在胸前。亚韦尔每次见到索恩时，对方似乎都有不同的肢体语言。亚韦尔侧过脸去，发现那个叫布伦娜的女人正看着自己，可传闻说她是个盲人。她的眼球散发着白化病人特有的粉色光芒，至于她能不能看见，亚韦尔并不清楚。如果非得让亚韦尔猜测索恩会选择什么样的女人做奴隶，那么他目前得出的结论便是回避人群、瞎眼和依附于他人的女人。维尔曾说布伦娜总是和索恩待在一起，这是索恩在古特区的童年时期遗留下来的标签，而她也是索恩在这世上唯一在乎的人。可是，这些不过是某个没脑子的人编造出来的为了替亚尔林·索恩这样的人恢复名誉的传说罢了，亚韦尔心里想着布伦娜得为索恩提供怎样的服务才得以回报他的恩惠呢，但他的思绪很快被索恩打断了。

"她不喜欢别人盯着她看。"

亚韦尔迅速把脸转开，正好与索恩四目相对。

"你是凯普大门的门卫亚韦尔。"

"没错。"

"你喜欢自己的工作吗？"

"我的工作还不错。"

"真的吗？"

"这是一份正派的工作。"亚韦尔回答道，尽量让自己的话语听起来不显得那么假正经。在铁灵，很可能有那么一些人认为索恩目前的工作很正派，可这样一群为数不多的人从来不曾看着妻子的金色头发消失在派克山脉。

"你的妻子在六年前被运走了。"

"我的妻子与你没有任何关系。"

"从这里出运的每一样物品都与我有关。"索恩的视线停留在亚韦尔紧握着的拳头上，他脸上的笑意更深了。像索恩这样的人精非常善于发现别人试图隐藏起来的心思意念。亚韦尔用眼角的余光瞥了布伦娜一眼，禁不住想：她该过着怎样离群索居而又荒唐怪异的生活啊！索恩伸手去拿自己的水杯，而亚韦尔则用一种近乎病态的痴迷眼神看着索恩的手。

正是这只手令艾莉被关进了笼子里，亚韦尔忿忿不平地想道，要是他的手在抽签时往左偏离了一点点，那么被选中的就会是另外一个人的妻子了。

"我的妻子可不是物品。"

"是'货物'。"索恩不屑一顾地回答道，"大多数人都是'货物'，而他们也乐于成为'货物'，正如我乐于促成'货物'出运一样。"

这倒是真的。在出运人口至莫特姆森的行为被合法化之前，铁灵的地下奴隶贩卖业务很是兴旺，而索恩也参与其中。甚至在索恩成为人口统计局主管之后，他仍然继续帮人物色合适的奴隶，如果谁想要外国人、孩子、红发女性甚至是来自坎达瑞斯的黑人女性做奴隶，都大可把自己的需求告诉索恩。亚韦尔坐在凳子上，思索着自己怎么会跟这个曾把自己的妻子送到狄美恩去的人贩子扯上了关联，就在这时他脑子里突然冒出了一个念头。随着威士忌在他的血管里蔓延开来，这个念头也变得越来越强烈。亚韦尔不知道自己以前为什么从来没有产生过这样的念头。

凯普大门的每一名守卫都随身携带着两件武器：一把短剑和一把刀。此时那把刀正塞在亚韦尔的腰间，他能感觉到刀柄正抵住自己的左侧肋骨，略微有些不舒服。他并不擅长与人打斗，不过他的动作倒是颇为敏捷，如果他现在把刀拔出来，瞬间就能砍掉索恩的右手。正是这只手在抽签时抽中了艾莉，从而改变了亚韦尔的一生。如果他能砍下索恩的一只手，那么他就能控制住这个男人了。索恩只身来到这间酒吧，没有带着任何侍卫，可见他显然并不将亚韦尔视为威胁。

亚韦尔端起第二杯威士忌，凑到嘴边一饮而尽。他估量着索恩的手和

第七章 池塘里的涟漪

自己的刀之间的距离。就在几分钟前他还有些害怕索恩，可是跟他可能在这里成就的事相比，这世上的所有惩罚突然都没那么重要了。人口统计局的组织非常严密，不会因为没了索恩就顷刻崩溃，不过很可能会受到重创。索恩在人口统计局推行的是自上而下的恐怖式管理模式，所以他个人的权力相当大。亚韦尔来不及用他更有力量的那只手去握刀，他只能使用较弱的那只手，并期待能得到最好的结果。他看了看索恩的手和自己的手，继续估算着两者之间的距离。

"你做不到的。"

亚韦尔抬起头，发现索恩再次笑了起来，而且是那种紧闭着嘴唇的冷笑。"就算你做到了，你自己也会死。"

亚韦尔一脸茫然。坐在索恩身旁的那个名叫布伦娜的女人此时也爆发出了一阵又尖又细的笑声，像极了生锈的铰链转动时所发出的声音。

"可悲的门卫，我在你的酒里下了药。如果十分钟之内你不能从我这里拿到解药的话，那么你将会痛苦地死去。"

亚韦尔低头看着被自己喝干了的玻璃酒杯。索恩有可能往这里面下药吗？是的，他一定是趁亚韦尔忙着注视那该死的白化病女人时干的。索恩没有撒谎，只要凝视着他那双冷冷的蓝眼睛，就能知道他说的是实话。亚韦尔看了一眼那个患白化病的女人，发现她正带着无比敬慕的眼神注视着索恩，那双粉红色的眼睛牢牢地锁定了他的脸。

"你知道与我的工作有关的最糟糕的事情是什么吗？"索恩问道，"没有人明白那是一场交易。在我的记忆里，总共有十五次出运人口的过程中遇到过麻烦，有人试图在新伦敦和莫特姆森边境之间的路途中伏击我们。他们伏击的地点通常选在克里希河的源头，那里大约方圆一百万平方英里的土地都是草场，一整支军队可以躲在小麦田里。你知道吗，在那十五次当中，我有十次设法说服他们放弃了自己的愚蠢行径。其实这样做很容易，而且我并没有惩罚他们。"

"这样啊。"亚韦尔喃喃地说，这时他觉得自己的心跳有些失常，肚脐下面一点点的小腹部感觉到了一阵轻微的刺痛。他没法确定这到底是幻觉还是真实的感受。看来他得赶紧动手了，得赶在索恩所下的药在他腹中充分发挥效用之前行动。可是索恩已经做好了防范他的准备，所以亚韦尔就没有任何优势可言了。

"我并没有惩罚他们。"索恩重复道，"我只是在把情况向他们解释清楚之后就放他们走了。因为那是一场交易，他们只是被误导了才采取了错误的行动，不过他们并没有破坏我的笼子，只是令马匹有些受惊而已，要安抚它们倒也不是什么困难的事儿。他们的所作所为不过是让我的出运行动延迟了五到十分钟而已。我不会惩罚错误，尤其是初犯。

"不过另外那五次嘛……"

索恩前倾着身体，他的眼睛里散发出一种令人讨厌的自以为得意的光彩，而这时亚韦尔真真确确地感受到了肚子里毒药的效用：肚腹深处有一种被拉扯的感觉，类似消化不良的症状。他只是感觉有些不太舒服而已，不算严重，可是那种感觉有越来越强烈以及发作频度越来越高的倾向。

"至于另外那五次，那些人并不怎么喜欢与我谈判。我看着他们的眼睛就知道无论我怎么跟他们说，他们也会义无反顾地对我的笼子发动攻势。有些人自取灭亡，却浑然不觉。"

亚韦尔虽然不想问，但还是忍不住问了这个问题："你对他们做了什么？"

"我让他们成为了教训实例。"索恩回答道，"有些人不会数学，不过与教训实例类似的实物教学课却能帮助他们很快地学会数学。很遗憾那是必需的，毫无疑问。"

我就知道你做了残忍的事，混账东西，亚韦尔想道，我就知道。

"不过那样做真的很有必要。要是你知道我的教训实例是多么迅速而直接地发挥了作用，让人们老老实实地排队进入笼子，你一定会感到惊讶的。那么，就以你自己来作为例子吧……"

索恩缓慢而有耐性的声音令亚韦尔觉得难以忍受。他感到自己似乎再次回到了学校教室里，而自打他十二岁那年离家出走之后就再也没有想起过上学的经历。他看了白化病女人一眼，发现她正用失明的眼睛盯着自己所在的方向，于是他迅速将视线转到了别处。

"你原本打算拔出你的刀来干掉我。其实从昨天起，从昨天之前起，甚

第七章 池塘里的涟漪

至从我刚出生的那一天起,我就做好了防范一切人的准备。"

亚韦尔想起了自己曾经听过的一个传闻:索恩的母亲是古特区的一名妓女,她在索恩出生后几个小时就把他卖给了一名奴隶贩子。亚韦尔的腹部再次痉挛起来,这次的力度比刚才更强烈了,就好像有人把手伸进了他的肚脐眼,并抓住他的内脏使劲挤压着。他向后靠着,放缓呼吸,试图重新琢磨自己的计划,然而疼痛的感觉阻隔了因威士忌而产生的勇气在他体内继续蔓延。亚韦尔是一个很怕痛的人。

"所以,亚韦尔,现在的问题是:你是想继续袭击我,还是和我谈公事?"

"谈公事。"亚韦尔喘息着应道。关于刀和复仇的念头已经烟消云散了,现在他满脑子想的都是解药。从前有好多个晚上,当他喝饱了威士忌回到家时,醉得几乎没法从马上下来,那时他总想着就这样醉死过去该有多好。可是到了现在,他却惊讶地发现自己竟然如此迫切地渴望活下去。

"很好。那我们来谈谈你的妻子吧。"

"她怎么了?"

"她还活着。"

"胡说!"亚韦尔咆哮道。

"她还活着,她在莫特姆森活得好好的。"索恩歪着脑袋细想了一番,随即补充道,"没错,她活得相当好。"

亚韦尔的脸部肌肉抽搐了一下,"你怎么知道?"

"我当然知道。我甚至还知道她住在哪里呢。"

"在哪里?"

"啊,如果我讲出来的话就泄露那家店铺的信息了,不是吗?这跟你没有关系,门卫。与你有关的是我确切知道她在哪里,而且,我还能让她回来。"

亚韦尔目瞪口呆地注视着索恩。他的大脑在回忆中翻找着,结果找到了他最不愿想起的事情:大约九年或十年之前,那天是艾莉的生日。艾莉之前曾提及过她想要一台织机,于是那天亚韦尔去妇女用品商店买了一台质量优良、价格合理的织机送给艾莉。艾莉看起来很高兴,可是在接下来的几个月里，艾莉一直将那台织机放在自己的缝纫篮里闲置着。亚韦尔从未见她用过那台织机，一次也没有，于是他又困惑又受伤地问她为何不用那台织机来织布。这可不像艾莉的行事风格，艾莉曾经承认说自己小时候一旦有了新的玩具或用品，就会在第一时间把它们拿出来用。

不过大约在半年之后，艾莉便把那台织机拿出来开始使用了。她用织机织就了帽子、手套和围巾，后来还织出了毛衣和毯子。亚韦尔的薪水不高，但也足以为艾莉提供足够的羊毛线，在她被抽中成为下一批出运人口之一时，她已经为自己和亚韦尔织好了许多温暖而又舒适的冬装。在艾莉去了莫特姆森之后，亚韦尔一直不太敢去整理她的物品。艾莉的缝纫篮仍然还放在他们的壁炉旁边，织机上还有一顶只完成了一半的帽子。亚韦尔喜欢看到艾莉的缝纫篮原封不动地放在老地方，因为那里面装满了尚未完成的织品，给人的感觉就好像艾莉不过是去看望父母了，终有一天会再次回到这个家的。醉得特别厉害的时候，亚韦尔甚至会坐在壁炉前，把艾莉的缝纫篮抱起来放在自己的膝盖上。这样做可以帮助他尽快入睡，而他从来没有跟任何人提起过这件事。

艾莉让那台织机闲置了半年，这事儿仍然令亚韦尔倍感困扰。在艾莉离去之后，亚韦尔雇了一名女仆来帮自己打扫房子和洗衣服。过了几个星期，他拿起艾莉的缝纫篮，让女仆看那台织机，并问她机器是不是有什么问题。直到那时亚韦尔才知道原来自己当初买给艾莉的根本不是织机，而是织针。编织和针织是截然不同的两回事，甚至连亚韦尔也知道这一点，不过至于它们的不同之处具体在哪里，他就没法说清楚了。艾莉常常毫不迟疑地指出他做错的事情，可她对这件事三缄其口，趁丈夫外出工作的时候，她默默地花了半年时间来学习针织。对于艾莉，亚韦尔每天都会发现新的值得遗憾的往事，而其中最大的遗憾就是他在艾莉离开之前没能发现关于织针的问题。很多时候，当他清晨从他们的床上醒来时，他认为自己应该设法让艾莉知道，他已经了解了关于织针的知识。对他来说，这是非常重要的事情。也许正是这个原因使然，他每天仍然只睡在以往自己所睡的那一侧，如果不小心睡在了曾经属于艾莉的那一侧，醒来后他的胸口就会感到令人窒息的疼痛。

第七章 池塘里的涟漪

"我为什么要相信你能带她回来?"

"我能做到。"索恩回答道,"而且我也会去做。"

亚韦尔的腹部再次感受到了一阵剧烈的痉挛,于是他弯下腰来,将上腹部蜷缩成一个小球,可是疼痛的感觉并没有因此而消减一丝一毫。好不容易,这一阵痉挛总算慢慢地消退了,当亚韦尔再次抬起头来的时候,发现索恩正以冷静而超然的表情凝视着自己。"你应该信任我,亚韦尔。我不会食言的。"

亚韦尔思索着索恩的这番话,同时把一只手放在腹部,准备好迎接下一次更严重的痉挛。城里关于索恩的传闻漫天飞舞,有些是真实的,有些是被人杜撰出来的。亚韦尔听说过好些关于索恩的令人胆战心惊的故事,不过他从来没有听说过索恩曾经食言。

亚韦尔浑身直起鸡皮疙瘩,"你想要什么?"

索恩赞许地点了点头,"我想得到凯普里面的一样东西。我希望在我需要进入凯普的时候,大门的守卫中能有人让我通行。"

"具体什么时候?"

"我会让你知道的。"

亚韦尔看着索恩的眼睛,突然明白了什么,"你要去杀女王。"

索恩用冷冷的目光盯着亚韦尔,丝毫没有退缩和躲闪。亚韦尔想起了自己在凯普草场看到过的幻象:那个身材高大的女人头上戴着王冠,表情坚定而成熟。亚韦尔知道新女王在两天前就已经被加冕并登上了王位,一直以来消息都非常灵通的维尔还告诉同事们,摄政王曾试图在新女王的加冕礼上设下埋伏袭击她,可是失败了。当亚韦尔在黄昏时分骑着马从大街小巷经过时,他听到了正准备关闭店门的商贩们彼此闲聊的声音,他们在言谈间时常提到"真女王"。亚韦尔并不知道这个称谓最初的由来,不过他认为自己绝对没有弄错商贩们用这个称谓所指代的对象:就是他在凯普草场上看到过的那个身材高大、表情严肃的女人,不过她现在还并没有成为真正意义上的女王。

可是她终有一天能成为这样的人,亚韦尔想道。尽管他从来不去教堂,甚至自从艾莉消失在莫特姆森境内的时候起他就不再相信上帝了,可他的内心突然被一种挥之不去的罪孽感给吞噬了，罪孽感和历史就像两股同时拉扯着他的力量。曾经暗杀了好人乔纳森的坏蛋到现在还没被捕获，不过他们在铁灵的历史上留下了最黑暗的篇章。无论他们是谁，亚韦尔深信他们已经因自己所犯下的罪行而受到了诅咒。源自他内心的这种恐惧感是无法名状的，他没法清晰地描述给索恩听。他能说的就只是："她是女王。你不能杀了女王。"

"没有证据表明她是真正的女王，亚韦尔。她不过是一个手臂上有烧伤疤痕、戴着一条项链的普通女孩而已。"

不过索恩在说出这番话的时候把视线转到了一边，凭着突如其来的直觉，亚韦尔明白：索恩也看到了凯普草场上那个身材高大、颇具王者风范的女人。他被当时那景象给吓坏了，所以才想出了这一系列应对措施。索恩从来不曾有过那一刻的窘境——跟一只蜘蛛何等的相似，他从一个角落里爬出来修补自己的蛛网，然后迅速地跑回黑暗裂缝进行策划，并怀着无尽的耐心，充满恶意地等待着某个无助的生物被他的网牢牢捕获。

亚韦尔用跟以往不同的眼光看了看酒吧里的各处情形：地板上布满了污垢；从火炬上滴落的廉价动物油脂已经凝结在了墙上；那名年老色衰的妓女竭力对每一个走进酒吧的男人展露微笑。他尤其留意到的一点是，啤酒和威士忌的气味在空气中混合在了一起。他对这个气味又爱又恨，而他不知怎地突然明白了自己脑子里纠结着的爱恨情仇正是索恩选择自己的原因。亚韦尔有些软弱，他的软弱气息在索恩闻起来，很可能就像威士忌之于亚韦尔一样有滋有味。

这里就是黑暗裂缝，亚韦尔终于意识到了这一点，就在这里。

他再次弯折着身子，腹中像是有个小动物苏醒了过来，正用它那尖利的爪子和牙齿撕扯着他的五脏六腑。他觉得自己正走在一根钢丝上，脚下是无尽的黑暗。他能从黑暗中看到什么呢？

"要是你的计划失败了怎么办？"他喘着气问道，"我能得到什么保证呢？"

"你不能得到任何保证。"索恩回答说，"不过你不必担心，只有傻瓜才会把所有鸡蛋都放在一个篮子里，而我有很多篮子。要是某一个计划失败

第七章　池塘里的涟漪

了，我们就转而执行另一个计划，最终我们一定会成功的。"

索恩把手伸进上衣内侧，掏出了一个装着琥珀色液体的小瓶子。他把小瓶朝亚韦尔递过去，后者伸出手来想要抓住，没料到索恩却躲开了，亚韦尔只抓住了一团空气。

"我估计再过一分钟，或者两分钟，这解药就没法救你了。那么守卫，我只有一个问题：你会做算术吗？"

我没法赢过他，亚韦尔一边想，一边用手捂住了自己的肚子。这个想法让他感觉到一丝略带阴郁气息的安慰，因为一旦你不能赢过对方，那么无论你选择了怎样的路，都不是你的错了。

这批货延误了。

过去这几天里的每一分每一秒，莫特姆森女王一直没有忘记上述事实。她集中注意力聆听着御用拍卖师向她汇报上个月的拍卖数据：二月份还算不错了，出价总次数远远超过了五万次。在通常情况下，待从铁灵出运的人口入境之后，女王会择优挑选最好的"货品"，要么供自己使用，要么作为礼物送给别人。不过大多数奴隶将会被拍卖给莫特姆森的贵族或富有的企业家，他们会将自己买到的奴隶以更高的价格转手卖到北部城市和边远小镇。拍卖的效益一直都非常好，可是二月份的漂亮数据并不足以打消女王内心的不安和忧虑。她始终感觉在自己力不能及的地方正有一个问题在酝酿着，随时可能爆发。那个女孩已经十九岁了，现在还没被找到，而此时这批货又迟迟未到，这些事加在一起意味着什么？

毋庸置疑，铁灵的摄政王曾搞砸了不少事情。首先，他居然允许伊丽莎找人将那名刚出生不久的女婴偷带了出去。当然，甚至连红女王本人都没有预见到伊丽莎的这一举动……谁会想到伊丽莎竟会如此诡诈呢？不论如何，那女孩本该在接下来的十八年间被找到的。在红女王的敦促之下，摄政王最终还是答应在几个月前雇用卡登来搜捕那女孩，可是不知怎地，她总觉得一切已经太迟了。

"我已经汇报完毕了，陛下。"拍卖师布鲁萨尔把手中的文件放回到文件盒里。

"很好。"

布鲁萨尔继续站在王座下面，用两只手紧紧握住文件盒。

"你还有什么事吗？"

"最新那批货有什么消息吗，陛下？"

甚至连女王的手下也不容许她忘掉这件事。

"等我知道了消息后会告诉你的，布鲁萨尔。你去为拍卖做好准备吧。还有，这次要记得彻底清除掉害虫。"

布鲁萨尔有些脸红，咬紧了牙关。他很擅长做自己目前的工作，似乎与生俱来就具备这种以货币化的方式来贩卖人口的天赋。几年前，当拍卖在莫特姆森还是新奇事物的时候，女王喜欢在每月第十天坐在一个位置较矮的包厢里，看着布鲁萨尔设法从拍卖的人口身上挤出最后一点可能存在的利润。看着铁灵人一个个被拍卖，女王内心得到了深深的满足感。可是在四五年前的某一个月，布鲁萨尔手下的一名操作人员在灭虱环节略有松懈，结果很快的皇宫里和一些贵族的家里都爬满了虱子。女王没有将那场混乱公诸于众，而是向每一个因此受到困扰的家庭或团体送去了一名免费的奴隶，从而将事件迅速平息了下来，不过她从布鲁萨尔的薪水中扣除了由此产生的一切损失。虱子事件的确影响恶劣，不过每每回顾当年的时候，她都因那件事的发生而感到很是快慰。有了那件事的影响，使得她在类似于今天这样的场合就可以以布鲁萨尔曾犯下的过错作为把柄来让他难堪，从而提醒他不要忘记自己不过是个人贩子而已，如果没有女王撑腰的话，他根本没有任何拍卖人口的生意可做。

布鲁萨尔退下了，他离开的时候依然把文件盒抱在怀里，仿佛那是他唯一的孩子一般。女王很欣幸地看着他因难堪和不安而变得僵硬的双肩，可是她脑子里仍旧有个声音在不断地低语着一天多来一直困扰着她的疑问——那批货在哪里？最近有四天晴好天气和五天恶劣天气，没什么特别的，而她每月的货物从来都不曾迟于当月第五天到达。现在已经是三月六日了，如果当中出了什么问题，摄政王或索恩此时应该已经告诉她了。女王用一只手掌捂住了额头，觉得太阳穴附近有些隐隐作痛。目前她的生理机能已经发展到几乎不怎么生病的程度了，唯一的例外是她偶尔会头疼，

第七章　池塘里的涟漪

这种头疼不是病理性的，不知道从何而来，不过它来了以后又会很快消失。

要是这批货不会来了怎么办？

她从宝座上一跃而起，犹如被人隔着衣服拧了一把。人口贩卖活动已经成为莫特姆森经济的重要组成部分，每月一次从铁灵运来人口就像潮汐一样有规律和可预料。卡莱恩和坎达瑞斯也会为莫特姆森送来奴隶，不过它们进贡的奴隶总数加起来也不及铁灵多。源源不断地被运来的奴隶让她的工厂可以持续运转，可以令她的贵族们高兴，也使得她的国库财物丰盈。在这项活动中出现的任何障碍都会给她带来损失。

女王突然发现自己很想念莉瑞恩。跟女王的其他仆人一样，莉瑞恩在女王青春常驻的时候却渐渐老去了，几年前她已经辞世躺进了自己的墓穴。莉瑞恩具备真视能力，不仅能够预知未来，也能看到过去和现在的情况。要是她还在的话，应该可以看出铁灵发生了什么事。尽管女王竭力想要打消这个念头，可她还是禁不住怀疑目前的一切反常事件都跟那个女孩有关。如果他们没能将她杀死在赶往首都的途中，那么她现在应该已经抵达凯普了。索恩有办法把事情处理妥当吗？摄政王是无能的化身，不过索恩与他恰恰相反。如果索恩失败了，那么下一步该做什么呢？搬出协议上的违约条款，然后发动战争吗？女王并不想入侵铁灵，在国外再拥有一片领土会耗费大量的金钱、设备和心力，还是获取奴隶来贩卖的方式看起来更为精妙。

不过，她仍然意识到将自己的军队召集起来展开行动并不是这世上最糟糕的事情。自从上次入侵铁灵之后，她的士兵们就再没有参与过任何战争了，莫特姆森的边境也没有遇到过任何威胁。策划叛乱阴谋的叛徒被流放到境外，从此莫特姆森境内再没有出现过任何战斗。她的军队即使是在最不如人意的状态下也远远胜过铁灵军队，只不过她的士兵们有可能在歇战这么久之后丧失了斗志，变得软弱和厌战了。或许现在让他们重新恢复备战状态也是好事吧，至少可以应付突发状况。可是想到这里，她的头疼似乎更加剧烈了，痛楚如潮汐般一波接一波地涌上头顶。

接见室外面正酝酿着某种骚动，女王抬起头来，看到管家贝瑞尔正迈着大步朝接见室的大门走去。他会处理好的。既然莉瑞恩已经死了，贝瑞尔就是她所有仆人中最年长和最值得信任的人了，他也非常了解女王的需求和喜好，有他在，女王甚至几乎不用再参与到城堡各项日常活动的安排当中。她低头看了看时间，决定退下并回自己的寝宫去。吃过晚餐之后，她就可以同自己的一名奴隶同寝。那名个子很高的奴隶是她从上一批运来的铁灵奴隶中挑选出来的，有着健硕的肌肉，头发和胡须都是黑色，看起来颇像一名铁匠。只有铁灵人才会拥有他那样的身材。

女王朝一名年轻的女侍从伊芙打了个手势，然后低声告诉她待晚餐结束后把那名男奴带到女王寝宫去。伊芙一边聆听着女王的指示，一边尽力流露出愉悦的表情，这令女王颇感满意。其实女王的侍从们都十分讨厌这份差事，因为那些男奴并非总是乐于合作。伊芙得让那名男奴先服用一些能令身体变得亢奋起来的毒品，然后用绳索将他捆缚起来交给女王，接下来女王就能尽情与他作乐，从而摆脱自己的梦魇了。其实，绳索已经不再是必需的，如今女王的变身已经进展到了一定的程度，她甚至不确定自己是否还有可能会受伤。不过，她从来没有把这件事告诉给侍从们，而且今天她确实很高兴。现在她略感头疼，暗自希望那名男奴晚上能够顺从点。女王从王座背后的一扇暗门大摇大摆地走出了接见室，沿着一条长长的走廊朝自己的寝宫走去。

走廊上站着一排侍卫，他们都小心翼翼地低头看着地面。一看到这帮人，女王原本兴高采烈的情绪顿时黯淡了下来。摄政王最后一次提供给她的信息表明曾经忠于伊丽莎的大部分侍卫都离开凯普城堡去寻找那个女孩了，卡罗尔、梅斯、埃尔斯顿……这些名字都是红女王熟知的，而且她也曾考虑过将这些人召至自己麾下。如果当年她赶在伊丽莎之前就发现了梅斯，那么一切都可能跟现在大不相同。铁灵的蓝宝石已经消失得无影无踪，这显然是梅斯的诡计。要是红女王能在伊丽莎去世之前得到那些宝石该有多好啊！这样一来她甚至很可能不会再受到头疼的困扰，也不会再需要任何药物了。

不过现在事态需要被调整纠正。她会得到那些蓝宝石的，等从铁灵运来的这批人口抵达之后，她很可能找摄政王征收一笔庞大的逾期费。他会因此而哭诉抱怨，可是他最终还是会付钱的。女王一想到摄政王那张苍白

第七章　池塘里的涟漪

而难过的脸就不由自主地笑了起来,她脱掉衣服,期待着那名男奴的到来。侍从的动作的确非常迅速,女王刚回到寝宫还不到五分钟就听到了有人敲门的声音。

"进来!"她严厉而急促地喊道,这时她有些恼怒地发现自己的头疼竟然加剧了。御膳师倒是可以为她准备一些药粉来服用,不过那药粉将使她在和男奴同寝之后迟迟不能入睡,对她来说,这些天来尤其需要补充睡眠。

门打开了,女王转过头去,看到了贝瑞尔,于是她准备让他去为自己准备一些头痛粉。然而,她的话却硬生生地卡在了喉咙那里,因为贝瑞尔的脸色无比苍白,双眼充满了深深的恐惧,发颤的手里紧紧握着一张卷起来的纸。

"女王陛下。"贝瑞尔带着颤音开口说道。

第八章
女王的寝宫

> 人们很容易忘记，其实王室并不是仅仅只有一位君王而已。成功的王室是由数不清的个体共同协调运作而构成的复杂组织。细察格林女王的王室，我们找到了很多个组件，不过谁也不该低估了人称"梅斯"的拉扎勒斯的重要性。他是女王侍卫队的队长，也是女王的首席杀手。如果没有他，整个王室也许早就坍塌瓦解了。
>
> ——《军事国家铁灵王国》，殉道者卡洛

凯尔茜醒来后，欣喜地发现所有的装饰用枕头都已经不在母亲的床上了。噢，不对，应该是她的床。现在这里的一切都是她的，可这个想法并没有带给她多大的快乐。她的背部缠满了绷带，当她用手抚摸自己的头发时，发现头发又油腻又滑溜。她已经睡了很长时间了，梅斯并没有坐在墙角的扶手椅上，房间里也没有任何别人在。

花费了好几分钟，凯尔茜才艰难地坐了起来。她觉得后肩已经没有再流血了，可是她的身体每动一下都会拉扯到伤口，疼痛不已。有人——无疑是安黛莉——在她床边的小桌子上放了一个水罐和一个空的玻璃杯，她倒了一杯水来喝，另外还往脸上洒了一些水。安黛莉一定为凯尔茜清洗了伤口，对此凯尔茜心存感激。她想到了被自己杀死的那个男人，很庆幸地发现这件事并没有给自己带来任何心理负担。

她拖着身子站了起来，在房间里四处走动了一会儿，想检查一下自己的伤势如何。在这个过程中，她发现床脚那里有一根绳子，一直向上延伸到了天花板，继而穿过了吊在天花板上的几个挂钩，最后消失在了女王卧

第八章 女王的寝宫

室和接待室共用的那面墙壁上的一个小洞里。凯尔茜笑了笑，轻轻拉动绳子，随即便听到了不那么响亮的一阵铃声。

没过多久，卧室门被人打开了，梅斯走了进来。梅斯看到凯尔茜站在窗边，赞许地点了点头，"很好！医生说你至少还得再睡上一整天才会醒过来，不过我知道他是过于审慎了。"

"医生？"她原本还以为是梅斯为自己缝合伤口的。

"就是我为那名生病婴儿请来的医生。其实我不怎么喜欢医生，不过他倒是挺能干的，而且你的伤口可能就是有了他的诊疗才免于感染的。他说你的伤应该会痊愈得比较慢，但不会恶化。"

"这下子我身上又多了一个疤痕。"凯尔茜轻轻摸了摸自己的脖子，"很快我就会成为一个伤痕累累的人了。你刚刚说的那名婴儿现在怎么样了？"

"她的进食状态已经改善，医生给了她母亲一些调理孩童肠胃的药物，不过价格可不菲。也许接下来她还会需要更多药物。"

"我希望你付给了医生丰厚的报酬。"

"非常丰厚，陛下。不过我们不能一直用他，也不能一直用其他某个我认识的医生。没有谁是绝对值得信任的。"

"那我们该怎么做呢？"

"我暂时还不知道。"梅斯用自己的拇指揉了揉额头，"我还在思考这个问题呢。"

"受伤的侍卫们情况怎么样了？"

"他们都还好。其中有些人在接下来的一段时间里需要暂停职务。"

"我想去看看他们。"

"如果我是你的话，就不会去。"

"为什么？"

"女王侍卫队的成员们都是骄傲的物种，他们可不愿让你知道他们受了伤。"

"不想让我知道？"凯尔茜有些困惑，"但我是个连怎么握剑都搞不清楚的人啊。"

"我们不是以这样的观点看事情的，陛下。我们只是希望能把自己的工作做好。"

"既然如此，那我应该怎么做呢？假装压根儿不知道他们受伤的事吗？"

"没错。"

凯尔茜摇了摇头，"巴蒂过去常说男人在面临跟以下三件事有关的情形时往往会显得愚蠢：他们的啤酒、阳具和自尊心。"

"这听起来倒像是巴蒂自己的写照。"

"我认为他的问题可能就出在自尊心方面吧。"

"其实不然。"

"说到这里，我想问问是谁朝我扔的刀子呢？"

梅斯咬了咬牙，"对此我感到非常抱歉，陛下。这是我在安保方面的疏漏所造成的后果，我会承担全部责任。我原以为我们已经将你保护得足够严密了。"

凯尔茜一时不知道该说什么好。梅斯死死盯着地面，眉头紧锁，布满皱纹的脸痛苦地扭曲着，仿佛正准备着迎接即将打在自己肩上的鞭子一般。这次猝不及防的暗算事件对梅斯来说是极其难以忍受的，他曾告诉凯尔茜说自己从来没有拥有过像孩子一样过活的时候，不过凯尔茜对此却心存怀疑：从他此时的表现能看出父母严苛管教的影响。凯尔茜在想自己刚才提出问题时的困惑模样是不是显得有些痛苦和抱怨，以至于令梅斯作出如此反应。这时梅斯曾经说过的话再度在她耳边响起：她是他的雇主，而不是听他认罪的忏悔师。"我相信你应该正在调查事情的真相，对吗？"她问梅斯。

"是的。"

"那么我们继续谈谈别的事情吧。"

梅斯抬起头来，显然松了口气，"陛下，通常新的君王要做的第一件事是向公众发表演说，不过我希望你能将这项安排推迟一两周。目前你还不适合做这样的演说，再说这里也有很多事情需要你处理。"

凯尔茜从身旁那张华丽的梳妆台上拿起了冕状头饰，仔细端详着。这是一个很漂亮的首饰，不过做工比较轻薄，也显得过于女性化，不大符合凯尔茜喜欢的风格。"我们得找到真正的王冠。"

第八章　女王的寝宫

"这件事的难度比较大。你母亲派卡罗尔把它藏起来了,我相信他非常精于此道,所以想要找到那个王冠几乎不大可能。"

"唔,请务必安排好把这个头饰的钱付给以前的女主人。"

梅斯清了清嗓子,"今天要做的事情很多。我让安黛莉来这儿为你整理一下仪容。"

"真是无礼。"

"请原谅我,陛下,不过你看上去已经比先前好些了。"

忽然,外面有什么东西撞在了墙壁上,发出了"砰"的一声响,冲击力极大,连凯尔茜床边的帘子也被震得嘎啦嘎啦直响。"外面发生什么事了?"她大声问道。

"我们在准备应对敌军攻城的战略物资。"

"攻城?这样的事真的会发生吗?"

"今天是三月六日,陛下。再过两天就是协议上写明的最后期限了。"

"我不会改变主意的,拉扎勒斯。这个最后期限对我来说没有任何意义。"

"我还不太确定你是不是完全清楚自己的行动将带来的后果,陛下。"

她眯缝着眼睛,"我也不确定你是不是完全理解我了,拉扎勒斯。我清楚知道自己的行为将导致怎样的结果。谁统率我的军队呢?"

"陛下,是博芒德将军。"

"唔,把他带到我这里来吧。"

"我已经派人去找他了。他可能还需要几天的时间才能回到这里,最近他一直在王国南方边境视察那里的驻军,而且他的马骑得不怎么好。"

"作为我的军队的将军,马骑得不怎么好?"

"他的腿跛了,陛下。他在十年前的一场政变中为保卫凯普而受了重伤。"

"噢,这样啊。"凯尔茜有些尴尬地喃喃自语道。

"陛下,我有必要警告你,博芒德是个很执拗的人,可能不太好相处。你母亲总是由他自行决断各种事情,而摄政王也有好几年没去打扰他了。他已经习惯了按自己的方式处理问题,他不会喜欢跟任何女人一起探讨军事策略，甚至连女王也不例外。"

"这可太糟了。《莫特姆森协议》在哪儿？"

"就在外面，请你去过目吧。不过我认为你得接受现实。"

"什么现实？"

"战争。"梅斯直截了当地回答道，"你其实已经向莫特姆森宣战了，陛下。相信我吧，红女王快要来了。"

"这是一场赌博，拉扎勒斯，我明白这一点。"

"陛下，只是你要记得参与这场赌博的人并不是只有你一个而已。你的赌注是整个铁灵王国。既然赌注这么高，对于可能出现的种种后果，你最好事先做好心理准备。"

说完，梅斯转身离开，去寻找安黛莉了，凯尔茜则坐在床沿，心沉到了谷底。梅斯显然已经开始理解她了，因为他在关键时刻对她的计划起到了推波助澜的支持作用。她闭上双眼，仿佛看到了莫特姆森，它就像一大团黑影，正笼罩在她心头。

卡琳，我还能怎么做呢？凯尔茜想道。

可是卡琳的声音并没有在她脑子里响起。

《莫特姆森协议》已经摆放在凯尔茜的接见室一角的那张大餐桌上了，跟同类文件相较，这份协议显得有些单薄，不过只有寥寥几页厚厚的牛皮纸而已，纸张因年代久远而略微有些泛黄。凯尔茜小心翼翼地翻看着协议的内容，她被每一页的左侧底部用黑色墨水写成的"ER"给深深吸引住了，这是她母亲全名的首字母缩写。一个个字迹潦草的签名，竟让她看得流连忘返。在每一页的右侧底部则有着另一个用深红色墨水写就的签名"QM"，毫无疑问是莫特姆森女王的笔迹。在这份协议的最后一页上有两位女王的完整签名，黑色的"伊丽莎·罗利"字迹潦草，很难辨认，而深红色的"莫特姆森女王"却相当工整。

看来她真的不想让任何人知道自己的真实名字，凯尔茜突然意识到了这一点，对她来说没有人发现她的真实身份是非常重要的事情。可是为什么呢？

第八章 女王的寝宫

　　凯尔茜非常失望地发现《莫特姆森协议》正如梅斯所言，是用非常直截了当、简明干脆的语言写成的。铁灵王国有义务每年为莫特姆森供应三千名奴隶，分成数量相等的十二批出运到莫特姆森去。协议还规定三千名奴隶中必须有至少五百名小孩，而且每种性别的孩子至少要保证有两百名以上。为什么需要这么多的孩子？莫特姆森每年也会从卡莱恩和坎达瑞斯获取一定数量的小孩奴隶，可是对于莫特姆森的重工业和采矿业来说，小孩并不能派上多大用场，再说莫特姆森境内几乎没有什么农田可以耕种。即便国内的恋童癖者数量高得离谱，也不至于需要这么多孩子啊。凯尔茜很纳闷，他们究竟为什么需要这么多孩子呢？

　　《莫特姆森协议》中简洁而程式化的语言令凯尔茜觉得无懈可击。如果有任何一批"货物"在当月八日之后未能抵达狄美恩，根据协议的相关条款，莫特姆森就有权立即进入铁灵境内按照当批"货物"的既定奴隶数量肆意捕获俘虏。不过，凯尔茜留意到这份协议中并没有任何条款对莫特姆森军队进入铁灵的时间长短进行限定，也没有规定莫特姆森在捕获规定数量的俘虏之后就应该立即撤兵。虽然极不情愿，但凯尔茜也不得不承认梅斯说得很对：她制止了一批"货物"出运，其实就相当于送给了红女王一个入侵铁灵的正当理由。她母亲究竟是中了什么魔，才会跟莫特姆森签订一份如此不公正的协议呢？

　　要公正，一个陌生的声音在她脑子里发出了这样的告诫。这不是卡琳的声音，也不是巴蒂，凯尔茜不知道这是来自谁的声音，同时也觉得这可能并不是现实世界中某个真实人物的声音。当敌军兵临城下的时候，你要怎么做呢？声音继续在她脑子里回响。

　　凯尔茜不知道该如何回答这个问题。她把协议整理好，突然感到身体很不舒服，恶心和眩晕一并朝她袭来。她脑子里闪现了一个新念头，而这个念头在几个星期之前都还是不可思议的事情，不过凯尔茜已经发现自己的头脑一直试图避免去想象最糟糕的情况。她转头看着梅斯，"我母亲是被暗杀的吗？"

　　"的确有一些人好几次试图这样做。"梅斯漠然地回答道，可是凯尔茜认为他的漠然态度是装出来的，"曾有人把龙葵叶混进了她的食物里，她吃了之后差点儿丧命。她就是在那时决定把你送给别人养育的。"

"这么说她把我送走是为了保护我？"

梅斯皱着眉头，"不然还会是出于什么理由呢？"

"没什么。"凯尔茜重新低头看着摆放在自己面前的协议，"这里面并没有提到抽签的事。"

"抽签一事属于铁灵的内部事务。起初你母亲只是将罪犯和身患重病的人送到莫特姆森去，可是这样的人不可能成为优质奴隶，所以这种安排不能长久地令红女王满意。设立人口统计局是你舅舅的主意。"

"没有人拥有抽签豁免权吗？"

"除了神职人员之外就无人能够幸免了，甚至连婴儿也会被带走，只要一断奶，婴儿的名字便会进入到抽签名册中。据说红女王会把铁灵的婴儿们作为礼物，送给莫特姆森国内那些不能生育的家庭。曾经有一段时间，妇女们想出了各种办法来规避这一法令，她们的孩子在断奶之后许久也没有被带走。然而索恩很快知晓了这一情况，于是他在铁灵境内的各个村庄都安插了人手，这样一来几乎没有什么事还能逃过他的耳目。"

"索恩，他效忠于我的舅舅吗？"

"索恩是个生意人，陛下。他是随风倒的墙头草。"

"那么现在的风向是吹往哪一边的？"

"是莫特姆森那一边。"

"那么我们应该密切留意他的举动。"

"我一直都在留意亚尔林·索恩的动向，陛下。"

"我母亲究竟是怎么死的？卡琳从来都没有告诉过我。"

"陛下，他们说她是被毒死的。毒药慢慢损坏她的心脏，几年后她便死去了。"

"这是'他们说'的。那么你所知道的情况是怎样的呢，拉扎勒斯？"

他面无表情地注视着她，"我对此一无所知，陛下。就是这个原因我才成为了女王的侍卫。"

凯尔茜感到有些无奈，便不再追问梅斯。在这一天接下来的时间里，她一直待在寝宫里接见各色人等。最初来见她的是她的新厨子米莉亚，一

第八章 女王的寝宫

名个头非常娇小的金发女子，凯尔茜甚至不愿去想象以她的体格是如何生出她那已经四岁的孩子的。凯尔茜能够猜出米莉亚从前为了维持生计，一直做着不那么令人愉快的工作，因为当凯尔茜告诉她以后唯一的工作就是为目前住在女王寝宫里的二十多人做饭时，她显得如此兴高采烈，以至于凯尔茜只得把自己的双手塞进了礼服褶边里，以免她兴奋地冲上前来亲吻它们。

另一个名叫卡洛塔的女人比米莉亚年长一些，有着圆圆的脸蛋和红红的双颊。她刚见到凯尔茜的时候看上去有些害怕，不过两人对话几个回合之后就很自然了。卡洛塔告诉对方自己的缝纫技术尚可，凯尔茜便提出自己需要更多的黑色礼服，于是卡洛塔承诺自己将尽快按照凯尔茜的要求去做。

"不过如果我能测量并记下陛下你的身材尺寸的话，就能更好地完成任务了。"卡洛塔有些惶惑地试探着说。被人测量身材尺寸这件事着实令凯尔茜有些害怕，不过她笑着点了点头，尽量让这个女人感觉更自在一些。

凯尔茜还接见了几名在她来凯普的旅途中没能一路同行的侍卫。卡埃兰是个看上去粗野凶狠的男人，大家都喜欢叫他卡埃。另外还有汤姆和威尔默，这两个人都是弓箭手。威尔默看起来相当年轻，似乎还不足以成为女王侍卫，他努力使自己看上去像其余年长的侍卫一样坦然，不过他难以掩饰自己极为不安的内心。每隔几秒钟，他就会挪动一下自己的双脚，改变身体的重心。他的青涩让她看得流连忘返。

"那个男孩有多大年龄？"凯尔茜低声问梅斯。

"你是说威尔默吗？他刚满二十岁。"

"这是怎么回事？难道你是从育儿室里把他选出来的吗？"

"我们当中大多数人被招募进女王侍卫队的时候都还是青少年。别担心威尔默，倘若给他一张弓，他甚至能在如此微弱的火炬光芒下准确地射中你的左眼。"

凯尔茜原本打算将梅斯的描述与眼前这个紧张不安、脸色苍白的男孩联系起来做一番想象，不过她最终还是放弃了这样的做法。待侍卫们回到各自的岗位之后，凯尔茜跟在梅斯身后走向走廊里的第一个房间，这里被仓促地改造成了一间育儿室。选这个房间做育儿室的确很合适，因为这里是为数不多的拥有一扇窗户的房间之一，这样一来阳光就能照射进来，使整个房间看着更为敞亮，也更有活泼明朗的气氛。房间里的所有家具都靠在墙边摆放着，地上散落着一些凑合做成的玩具：用布料缝制的内部塞满稻草的玩偶——凯尔茜看到每一道缝合处都有稻草从中钻出来，玩具宝剑，另外还有一个按照小孩的身高标准用木材制作的店铺柜台。

凯尔茜看到一群孩子在育儿室中央围坐成半圆形，他们都全神贯注地看着一个有着红棕色头发的漂亮女人，而这个女人是凯尔茜先前从未见过的。她正在给孩子们讲故事，故事与一个被囚禁在塔里、留着很长头发的女孩有关。凯尔茜一言不发地斜倚在门口，静静地听着那女人讲故事。她讲话时带着明显的莫特姆森口音，不过她的声音很好听，语气也把握得很恰当，所以把故事讲得有声有色。当讲到王子被一名女巫的诡计伤害时，这个女人的嘴角垂了下来，脸上带着悲伤的表情。就在这一瞬间凯尔茜突然认出了这个女人是谁，于是转过头去一脸惊讶地看着梅斯。

梅斯示意凯尔茜从门口走开，然后压低了声音说话："她对孩子们有一种特别的吸引力，他们都喜欢她。女人们乐意在自己工作的时候把年幼的孩子交给她看管，甚至连安黛莉也是这样的。她对我们来说真是个意想不到的礼物，不然孩子们就会四处乱跑难以驾驭。"

"那些女人们不在乎她是莫特姆森人吗？"

"显然不在乎。"

凯尔茜又将脸凑到门口，看着育儿室里面的情形。此刻那个红发女人一边打着手势，一边讲述着王子的眼睛痊愈的过程。在昏暗的烛光下，她的形象美好而亲切，给人舒畅的感觉。此时的她跟凯尔茜之前看到的那个蜷缩在王座前面的可怜鬼完全判若两人。

"她遇到什么事了？"

"我没过问她关于她跟摄政王共同生活的情形，陛下，我认为那是她的私事。不过我可以大胆猜测一下的话……"他把自己的声音压得更低了，"他是摄政王最心爱的玩物。他不愿让她怀孕，从而影响他作乐的兴致。"

"我不太明白你的意思，能说得更清楚一点吗？"

第八章 女王的寝宫

梅斯摊开双手，"她丝毫不隐瞒自己想要一个孩子的愿望，哪怕是怀上摄政王的孩子她也愿意。陛下，你舅舅的其余女人都欣然服用避孕药物，可她不是这样的。据说摄政王不得不将避孕药混在她的食物里让她吃下去，而且他还明确表示会杀掉她所生的孩子，我亲耳听到过这样的威胁。"

"我懂了。"凯尔茜故作平静地点了点头，不过她的内心却不平静。她看了那女人和孩子们最后一眼，"她叫什么名字？"

"玛格丽特。"

"我舅舅怎么会得到一名来自莫特姆森的奴隶？"

"红头发的人在莫特姆森比在铁灵还更加少见。玛格丽特是几年前红女王送给你舅舅的一份礼物，由此表明来自红女王的极大诚意。"

凯尔茜把头略微后仰，轻靠在走廊的墙壁上。她的后肩又开始跳动着作痛。"我做了一件招致怨恨的事，拉扎勒斯。"

"你需要一个参谋团队，陛下。可惜目前还没有。"

"连你也不是我的参谋吗？"

"我当然不是。"梅斯指了指育儿室的门，"如果我是的话，我会建议你把那个玩物留给你舅舅。而且，我会在制止人口出运之前先试着与红女王进行磋商并达成共识。"

"我听到了你先前说过的话。"

"我知道你听到了。别误解我，陛下，我并不是要评判你的决定是对还是错，你只是做了你需要做的事情而已。"

他的语气中并没有流露出任何责备的意味。凯尔茜的怒火平息了一些，可是她后肩的伤疼得更厉害了。她不明白为什么站在这里会加重伤口的疼痛。"我想坐下来。"她说。

在不到五分钟的时间里，她的侍卫们将那张舒适而宽大的扶手椅从卧室搬到了接见室，然后将其稳稳地靠着墙摆放好。

"我想坐我的宝座。"凯尔茜低声说道。

"至于那间摆放着宝座的大礼堂，目前我们还不能确保那里的安全性，陛下。"梅斯回答道，"那里有太多的入口，而且我们没有足够多的人手去守卫那条比这里长两倍的走廊。不过，现在我们倒是可以把宝座搬到这里来。"

"这看起来毫无意义。"

"也许是的，但也可能不是这样的。你头上的王冠本身并没有多大价值，不过我知道它在你心目中是深具意义也颇有价值的。或许宝座的情况也与之类似吧。"

凯尔茜歪着头思索着，"你说过我接下来需要向公众发表演说。"

"没错。"

"我想我应该不能坐在扶手椅上发表演说。"

"其实是可以的。"梅斯的嘴角露出了一丝笑意，"这对罗利王朝来说是非同寻常的举动。不过无论你坐在什么样的椅子上，这个房间都比其他地方更有利于防御和控制局面。通往女王寝宫的公共入口只有一个，而且是一条笔直的走廊。我们进来的时候你也看到那条走廊了。"

"对此我没有任何记忆。"

"这也是可以理解的。我们两次拖着你从那条走廊经过的时候，你都处于半昏迷状态。此外还有一些进出女王寝宫的暗道，不过只有我知道那些暗道的位置，同时我也已经派人把守那些暗道了。我们要监控和管理外面那条作为公共入口的走廊是比较容易的。"

"好吧。"凯尔茜小心翼翼地在扶手椅上坐了下来，"我的伤口又开始流血了吗？"她前倾身体，让梅斯揭开缠在她后肩的绷带，查看里面的伤势。

"没有流血。"

"我觉得自己坚持不了多久就得再去睡一会儿了。"

"现在还不行，陛下。你得一视同仁地在同一时间段接见所有需要接见的人，这样才不至有人觉得自己被你冷落。"梅斯朝穆哈恩弯了弯手指，后者正守在通往走廊的门口。"把文纳和费尔叫来。"

穆哈恩迅速离开了，凯尔茜则在扶手椅里放松了下来。安黛莉站在墙边，显然打算继续留在这里。凯尔茜原本以为梅斯可能会表示反对，可是他对安黛莉的存在完全不在乎，而凯尔茜明白她自己在这一点上也应该持有和梅斯相同的态度。在以往的许多年间，她的人生中就只有卡琳和巴蒂与她作伴，而现在她身边竟有了这么多的人，而且其中有些人将如影随形

第八章 女王的寝宫

地时刻守在她身边。"我们什么时候能把巴蒂和卡琳接到这里来呢？"

梅斯耸了耸肩，"也许再过几个星期吧。要找到他们恐怕还得花些时间。"

"他们在靠近坎达瑞斯边境的一个名为佩塔卢马的村庄里。"

"唔，这样一来事情就好办多了。"

"我想见到他们。"凯尔茜告诉梅斯，而她心里也的确是这样想的。在经历了这么多事情之后，她突然感觉到了一种突如其来的对巴蒂的强烈想念，她非常想念他身上散发出的清洁的皮革气味，以及他笑起来时略微起皱的眉毛。而卡琳……呃，她并不是特别想见到卡琳。事实上，凯尔茜对自己将来得站在卡琳面前并就自己的行为对她作出解释而心存畏惧，不过卡琳和巴蒂是合为一体的存在。"我想尽快见到他们，越快越好。"

"戴亚是执行这项任务的最佳人选，陛下。等他回来后我们会尽快安排这件事。"

"他从哪里回来？"

"我已经派遣他去执行另一项任务了。"

"什么任务。"

梅斯叹了口气，闭上了眼睛，"算我拜托你，陛下。请让我不受干扰地做我自己的工作。"

凯尔茜把即将脱口而出的另一个问题硬生生地吞了回去，同时也因自己必须这样做而有些恼怒。她看了看站在墙边的几名侍卫，其中一名是盖伦，在此之前凯尔茜还从来没有见过他没戴头盔时的模样。他留着乱蓬蓬的灰色头发，奇怪的是，在火炬光芒的照耀下，他脸上的皱纹比他们在森林里行进的时候显得更为明显了。盖伦五岁就加入了我母亲的侍卫队，到如今他应该至少有四十岁了吧。凯尔茜把这个事实放在心里琢磨了片刻，随即便不再去想了。

另外三名侍卫是埃尔斯顿、奇布和卡伊，凯尔茜在来凯普的旅途中见过他们三人。他们比盖伦年轻一些，不过仍然比凯尔茜本人年长了不少。凯尔茜更希望自己的侍卫们以年轻人居多，她与侍卫们年龄的差距加重了她在这里的孤独感。四名侍卫的目光都没有看着凯尔茜，她猜测这是正常而且符合规范的举动,可是她也感觉到了一丝被人故意忽略的沮丧。过了一分钟,她对目前的处境有些不耐烦,于是大声问道:"奇布,你的手怎么样了?"

奇布把脸转过来向着她所在的方向,不过目光依然下垂,拒绝与她对视。"很好,陛下。"

"别去打扰他了。"梅斯低声劝道。

走廊上响起了一连串的脚步声,随即两名男子走进门来,他们都穿着灰色的侍卫制服。其中一人又高又瘦,另一人则又矮又壮实,不过他俩的仪态中都透露着只有训练有素的战士才具备的从容而谨慎的特质,这种特质在梅斯身上表现得更甚一些。目睹他们一齐朝自己走来的方式,凯尔茜能看出这两个人已经很习惯于像一个整体一般共同行动了。他们整齐划一地在她面前鞠了一躬,这一看就是经过无数次排练而形成的规范动作。要不是因为那名高个子男人看上去比矮个子同伴年长了十岁的话,凯尔茜也许会认为他们是异卵双胞胎。

穆哈恩跟在这两人的后面走出了走廊,随即再次笔直地站在自己位于走廊门口的岗位上。从回到凯普至今已经过去一个多星期了,可是凯尔茜颇感担忧地留意到穆哈恩看上去并不比他先前在乡下时休息得更好。在火炬的映照下,他的椭圆形脸蛋依然苍白无比,而且凯尔茜处在很远的位置也能清楚看见他的黑眼圈。他为什么不好好睡觉呢?

"他们是你的武装督导文纳和费尔,陛下。"梅斯的话语将她的注意力拉回到了站在自己面前的这两个男人身上。

文纳和费尔鞠完躬后刚一站直身子,凯尔茜就伸出手去跟他们握手。两人略感惊讶地接过她的手,不过还是轻轻地握了握。个头较矮的费尔的一侧颧骨上有一道难看的疤痕,他的伤口缝合得很糟,当然或许根本就没有缝合过。凯尔茜想到了自己脖子上的伤口,想到了梅斯那蹩脚的缝合手艺……她摇了摇头,试图撇开这个令人不太愉快的想法。她的后肩开始持续而有规则地疼痛起来,这提醒她现在是时候回去睡觉了。

梅斯希望我保持清醒,她坚定地想道,那么我就要做到继续保持清醒。

"唔,武装督导,你们的工作具体是做什么呢?"

第八章　女王的寝宫

两名男子对视了一眼，费尔率先开口说话："我负责督导军中跟武器有关的事宜，以及陛下的卫戍部队。"

"我负责军事训练。"文纳补充道。

"你们能给我一把宝剑吗？"

"我们有好些剑可以供你选择，陛下。"费尔回答道。

"不是的，尽管我知道我应该有一把仪仗剑，但我指的不是这个。我想要的是一把跟我的体格、身形相匹配的可以用来挥舞砍杀的剑。"

他们目瞪口呆地看着凯尔茜，随即又自然而然地看着梅斯，这样的举动着实激怒了凯尔茜，她把自己的手指甲用力戳进了扶手椅的柔软坐垫里。不过梅斯只是耸了耸肩，并没有表现出任何异样情绪。

"你是说你需要一把用来挥舞砍杀的剑吗，陛下？"

凯尔茜想到了卡琳，想到了当她控制不了自己的脾气时卡琳脸上那失望透顶的神色。凯尔茜用力咬着脸颊内侧，"我需要跟我的体形相配的一把宝剑和一副盔甲，而且我还想接受军事方面的训练。"

"你是想击剑吗，陛下？"文纳问道，语气中无疑带着惊恐。

"是的，文纳，我要击剑。我已经学会了用刀来自卫，可是我对如何使剑却所知甚少。"

她转头看着梅斯，想知道他对此事的看法。梅斯点了点头，脸上浮现出一丝笑意。他的赞同和理解缓和了凯尔茜内心的怒气，她让自己的语气更加平缓，"我不愿无动于衷地坐视着别人为我厮杀而死。我在想自己为什么不学会打斗呢？"

两名武装督导张开嘴正要回答，却又立即住口不言了。凯尔茜示意他们继续往下说，最后费尔开口说道："陛下，体面对一位女王来说也是很重要的。如果你自己击剑自卫，这显得不太像女王应有的风范。"

"要是我死了，哪还有什么女王应有的风范。我最近不得不经常用自己的刀来进行自卫。"

"那么，我们需要为你做一番测量，陛下。"费尔有些不情愿地说，"我们还得花些时间去找一名铁匠，定做一副女士专用的盔甲。"

"很好，尽管着手去找吧。你们俩可以退下了。"

两个男人点点头，鞠了一躬，然后沿着走廊走了出去。在他们退下的过程中，文纳对着费尔低声说了一句话。当他们消失在门口的时候，梅斯不禁"扑哧"地笑出声来。

"你笑什么？"

"他说你跟你母亲差不了多少。"

凯尔茜笑了笑，不过笑容中带着强烈的倦意。"我想我们会拭目以待的。我还需要接见谁？"

"阿利斯，你的财政大臣。摄政王也要求跟你谈话，他的确令人厌烦，不过能妥善处理掉与他有关的问题也是好的。"

凯尔茜叹了口气，想到了她那张柔软的床，想到了一杯加了奶油的热茶……她猛地清醒过来，这才意识到原来自己坐在扶手椅上打起盹儿来了。安黛莉已经没在她身边了，梅斯仍然站在这里等候着。她坐直了身子，揉了揉眼睛，"先让摄政王进来吧，接下来再接见财政大臣。"

梅斯朝卡伊打了个响指，后者点了点头，随即走进了厨房。

"说到你舅舅，我得告诉你在过去的几天里他发现自己处于极度贫困的状态。"

"噢，我对他深表同情。"

安黛莉默默地再次出现了，她把一个正冒着热气的杯子递给了凯尔茜。凯尔茜把杯子凑到鼻子跟前嗅了嗅，闻到一股加了奶油的红茶香味。她抬起头来有些惊讶地看着安黛莉，后者已经再次站到了墙边，用平静的目光注视着远方。

"呃，我的意思是说我们把他的大部分财产都没收充公了。"梅斯继续说道，"我想摄政王会觉得他因我们的决定而受到了恶劣对待。"

"是以我的名义做的吗？"

"所有人都知道那时你一直睡着没有醒来。"

"不过，这还是以我的名义去完成的。或许下次遇到类似的情况时，你可以等我醒来之后再做决定。"

梅斯只是默默地看着凯尔茜，而她意识到他一定认为自己此时显得很孩子气。她叹了口气，"你没收了他的哪些财产呢？"

第八章 女王的寝宫

"珠宝、酒和毫无品位的雕塑,还有相当蹩脚的画作、黄金碟子……"

"好了,拉扎勒斯,我会如你所愿,让你不受干扰地做自己的工作。"她抬眼看着他,"你应该为此感谢我才是。"

梅斯鞠了个躬,"谨将我最诚挚的感谢献给显赫的女王……"

"行了,闭嘴吧。"

梅斯笑了笑,继续安静地等待着。透过西墙上的双开门传来了空洞的脚步声,打破了接见室里的寂静。这两扇门的高度接近二十英尺,不但被锁锁住,而且在其与人的膝盖和头等高的两个位置各有一块厚重的橡木块做门闩。奇布打开了右边那扇门上的一个小窥视孔,而埃尔斯顿则在左侧门板上轻轻敲了两下。随即门外也传来了三记敲门声,声音一直传到东墙,然后又反弹回来,紧接着埃尔斯顿在左侧门板上又敲了三下。

凯尔茜发现这种传递暗号的方法实在是太妙了。埃尔斯顿低声说了句什么,显然很满意。他和奇布各自握住一个门闩,用力地把它们拉了出来。看来这是相当费力的活儿,甚至连坐在房间另一头的凯尔茜也能看到埃尔斯顿那双粗壮前臂上暴突出来的青筋。

"这个方法很好。"她告诉梅斯,"我猜,这是你的主意?"

"细节是我想出来的,不过最初是卡罗尔的主意。我们每天都会改变应门的方式。"

"只为了一名访客这样做,似乎显得有些劳师动众。他们为什么不把他从卡伊刚离开时所走的通道带进来呢?"

梅斯用一种不容置疑的目光注视着她。

"噢?"

"只有极少数人知道这其中的一些通道,陛下,不过我可不想让摄政王知道它们的存在,一个也不。"

"我明白了。得有人去把育儿室的门关上才行,我不想让玛格丽特听到我们谈话的内容。"

梅斯朝穆哈恩打了个响指,后者心领神会地离开了。以凯尔茜的视角,用打响指的方式跟人沟通似乎有欠尊重,不过侍卫们显然对此不以为意,看起来他们甚至还因为梅斯不必将具体指令讲出来,就放心地让他们去做事而引以为荣呢。埃尔斯顿和奇布各自将肩膀抵在一扇门板上，用力把双开门向外推，凯尔茜透过渐大的门洞看到了一条由火炬照亮的宽广隧道，这条隧道以较缓的坡度向下延伸了几百英尺之后，从一个拐角处转弯了。她对这条隧道有一些印象，可是她从来没有走过这条路，是吗？没错，她确实没有走过这条隧道，那时她是被梅斯拖上斜坡的。为什么这座建筑物里需要修建这种结构的隧道呢？

当然是为了防御之需，卡琳在她脑子里回答道，想想看吧，凯尔茜。万一有人拿着长柄叉子奔来凯普取你的头颅时，它就能起到防御的作用了。

"原来如此。"凯尔茜喃喃自语道，"谢谢你。"

"你说什么，陛下？"

"没什么。"

卡伊护送着摄政王从双开门走了进来，凯尔茜参透了卡伊那放松的举止所传达的所有含义：他认为摄政王并不会带来任何威胁和麻烦，他的手甚至没有握在剑柄上。

摄政王的脸十分憔悴，看上去病快快的，他身上穿着的衬衫和裤子跟上次一样，都是同样难看的紫色。随着摄政王越来越靠近，凯尔茜也越来越确信他的衣服应该有好一阵没换洗过了，圆圆肚腹下面的衬衫下摆残留着陈旧的油渍，前襟也被溅上了看起来像是葡萄酒渍的污点。不过他显然下了不少功夫来打理自己的胡须，因为他的浓密胡须以一种极不自然的方式卷曲着，只有经过高温熨烫才能实现这样的效果。

当摄政王和卡伊来到离凯尔茜的扶手椅十五英尺远的地方时，卡伊伸出手来抓住了摄政王的上臂，"一步也不能再往前走了，明白了吗？"

摄政王点了点头。凯尔茜突然想起他的教名是多马，可是她怎么也没法把这个名字跟站在自己面前的这个男人扯上任何关系。多马是《圣经》中耶稣的十二门徒之一，这个名字跟她眼前这个贼眉鼠眼的舅舅毫不相称。今天摄政王来到这里，无疑是有明确目的的。

在凯尔茜十四岁那年，卡琳有一天在毫无预兆的情况下要求她暂停其他的家庭作业，转而阅读《圣经》。这着实令凯尔茜感到有些惊讶，因为以前卡琳从来都不掩饰自己对教会的蔑视态度，而他们家里也没有任何宗教

第八章 女王的寝宫

象征物。不过，既然卡琳布置了这样一项课业，凯尔茜也只好老老实实地将那本厚厚的、通常放在最后一个书架顶层角落里的积满灰尘的英王詹姆士钦定版《圣经》从头到尾读了一遍，这花去了她五天时间。五天后，她认为自己已经读完了整本《圣经》，其实不然。卡琳在那一周接下来的时间里——在凯尔茜头脑里永远记得与《圣经》息息相关的那一周——通过不断提问的方式来考查她对《圣经》中人物、事件、道德寓意的理解情况，于是凯尔茜被迫不止一次地将那本厚厚的书从书架上取下来查阅。最终，在持续了三到四天的彻底考查《圣经》的任务结束之后，卡琳告诉凯尔茜从此以后她可以彻底把那本书抛到一边置之不理了。

"你怎么会有一本这么精美的《圣经》？"凯尔茜问道。

"凯尔茜，《圣经》是一本影响了人类长达数千年的书。它值得被好好地保存起来，就像其他重要书籍一样。"

"你相信那里面说的都是真的吗？"

"不相信。"

"那么我为什么得阅读它呢？"凯尔茜追问道，语气中充满了愤慨。它并不是一本特别好的书，而且又那么重，好几天以来她常常把这本书从一个房间搬到另一个房间。"这样做有什么意义？"

"为了认识和了解你的敌人，凯尔茜。就算只是一本书，可一旦它落到了错误的人手上也是相当危险的。如果这样的事情真的发生了，你除了责怪读那本书的人，自己也应该读一读那本书。"

那时候凯尔茜并不明白卡琳这番话的涵义，不过当她看到了阿瓦斯大教堂顶部的黄金十字架之后，便对卡琳的话有了更深入的认识。她曾怀疑舅舅在这一生中恐怕根本就没有读过《圣经》，但她此刻注视着他时，突然想起了自己在"研读《圣经》周"里学到的知识：多马不仅仅是耶稣的门徒，同时也是一名多疑者。或许当他们第一次将婴儿多马递到阿拉女王手中的时候，阿拉女王眼中的他就跟凯尔茜目前所看到的摄政王别无二致。软弱的人一旦被赋予了某种特权，将会变得愈加危险。

他是你在这世上唯一的还活着的亲人了，凯尔茜心中有一个声音如此抗议道。不过这个声音突然被一阵狂怒的情感给淹没了，所谓的亲情和对家人的忠贞顿时在凯尔茜心中变得黯然失色。凯尔茜做了一道数学题，她母亲是在十六年前去世的，从那时开始她舅舅便一直掌权执政。用十六年与三千人相乘，可以算出她舅舅总共运送了四万八千名铁灵公民出境，以此来换取他自己的苟且偷生。她从他的脸上没有看到任何悔恨和抱歉的神色，只能看到一个蒙受冤屈的人所表现出来的困惑表情。他确信自己被人亏欠了。

我怎么能看出这么多端倪来？凯尔茜想道。仿佛是为了回应她，她胸口的蓝宝石轻微颤动着，微微散发出热量。凯尔茜有些吃惊，不过并不像那天在凯普草场上那样震惊不已。也许她这是自欺欺人吧，可她真的觉得自己已经开始了解这颗宝石了，哪怕只有一丁点而已。她已经好几次发现它会对自己的情绪作出回应，不过有时候它似乎只是在要求引起她的注意。此刻，她几乎可以肯定这颗宝石是想提醒她要公事公办。

"你想要的是什么，舅舅？"

"我来是为了请求陛下你让我继续留在凯普。"摄政王回答道，他那浓重的鼻音回荡在房间里。听起来，他似乎是在发表一场事先已准备好的演说。房间里的四名侍卫尽管仍然站立在墙边，不过他们没有再盯着别处看了，每个人的视线都转到了凯尔茜和摄政王这边。尤其是穆哈恩，他眯缝着眼睛盯着摄政王，脸上流露出一种饥肠辘辘的狗等待食物时的迫切神情。"我觉得将我流放出去既不公平也很欠妥当。"摄政王继续说，"而且，把我的财产充公这件事也是在我不知晓的情况下暗中执行的，这样一来我就连解释自己情况的机会都没有。"

凯尔茜扬起了眉毛，摄政王所用的言辞令她颇感吃惊。她朝梅斯倾过身去，"我应该怎样处理目前的情况？"

"随你喜欢吧，陛下。天知道我是多么地需要这样的娱乐消遣。"

她转头看着舅舅，"你的情况是怎么样的？"

"什么？"

"你刚才说你没有机会解释自己的情况。那么你的情况是怎么样的？"

"你的侍卫从我的寝宫带走的大多数物品都是我收到的礼物，是别人送给我个人的礼物。"

第八章 女王的寝宫

"那又怎样?"

"所以它们并不属于王室资产,王室根本没有动用它们的权力。"

梅斯插嘴道:"王室有权将凯普城堡里的任何物品没收充公。"

凯尔茜点了点头表示赞同,尽管她也是头一次听说这样的规定。"舅舅,他说得对。没收物品当中包括你从莫特姆森得来的廉价小玩意儿。"

"不光是小玩意儿,我的侄女。你还带走了我最好的嫔妃。"

"是吗,现在我是玛格丽特的保护人了。"

"她也是一个礼物,而且是弥足珍贵的礼物。"

"这点我同意。"凯尔茜回答道,她声音里的笑意更浓了,"她的确很可贵。我相信她会好好服侍我的。"

这时摄政王已经急得脸红脖子粗了。卡琳过去总是说大多数男人都是好色之徒,而凯尔茜从来都不以为意——有很多好书都是男人写成的。不过,现在她觉得卡琳的话也不无道理。"或许等我哪天对玛格丽特感到厌倦了,就会让她自由的。不过现在她在这里住得很开心。"

摄政王抬起头来,脸上露出了难以置信的表情,"胡说!"

"我向你保证,她现在过得非常心满意足。"凯尔茜用快活的语气告诉摄政王,"嘿,我甚至都不必将她捆绑起来!"

站在墙边的埃尔斯顿和奇布忍不住窃笑着对视了一眼。

"那个婊子!她在哪里都不会开心的!"摄政王咆哮道,小唾沫星从他嘴里飞溅出来。

"注意你在女王面前的措辞!"梅斯吼道,"不然我会立马把你裹起来扔出凯普。费奇会用你的骨头做一套餐具。"

凯尔茜打断了梅斯的话,继续问摄政王:"我猜你来这里主要是为了玛格丽特吧?因为没有谁会愿意为了一堆蹩脚的艺术品而跟别人争论不休。"

摄政王张大了嘴巴,"我的画可是鲍威尔的作品!"

"鲍威尔是谁?"凯尔茜朗声把这个问题抛给了房间里的所有人。

没有人回应她。

"他是耶拿的著名画家。"摄政王振振有词地说,"我在搜集他的画作。"

"唔,或许在我们拍卖那些画的时候,可以允许你对其中卖不出去的作品出价。"

"我的雕塑怎么样了？"

卡伊大声回答道："那些雕塑将被卖掉，陛下。其中大多数雕塑都是非常糟糕的作品，不过材料倒是相当值钱。我想我们可以找人把它们熔化掉再卖。"

摄政王脸上的表情很是受伤，"有人向我保证说那些雕塑肯定会增值的。"

"谁向你保证的？"凯尔茜问道，"是售卖方吗？"

摄政王张开嘴巴，却一个字也说不出来。凯尔茜有些不耐烦地挪动了一下身子，这样的谈话已经没什么乐趣了，而且她又感到一阵倦意袭来。不过，这事儿可以让她的侍卫们乐上一阵子，这倒也是很重要的考虑因素。埃尔斯顿和奇布正在开怀大笑，卡伊则强忍着笑意，甚至连穆哈恩看起来也像是完全清醒过来了一般。

"我会把你的那堆废物都留下来，舅舅，但我想不出来你有什么理由要求不被流放。不过如果你真的有理由的话，我倒乐意听一听。"

"我能对你派上用场，侄女。"摄政王回答道。他回答得如此迅速，使得凯尔茜不禁在想他所说的话会不会全都是天马行空的胡诌而已。

"怎么派上用场？"

"我知道很多你想知道的事情。"

"他已经在这里说了太久的废话了，陛下。"梅斯插嘴道，"让我把他扔出凯普吧。"

"等一等。"凯尔茜举起一只手，"你知道些什么，舅舅？"

"我知道你的父亲是谁？"

"他什么都不知道，陛下。"梅斯咆哮道。

"我当然知道，因为你是我侄女。而且我还知道更多你感兴趣的关于你母亲的秘密。这群人是不会把这些事告诉你的，他们发过誓。可我不是女王侍卫队的人。你想知道的关于伊丽莎女王的事我都知道，而且我随时可以告诉你。"

如果此时凯尔茜身边众侍卫的目光都变成剑，那么她舅舅早就被刺透

第八章 女王的寝宫

了。凯尔茜转头看着梅斯,发现他的表情痛楚而苦恼。

"我的确很想知道。凯尔茜很想知道在母亲的众多男人当中,究竟谁是自己的父亲。她还想知道母亲到底是怎样的人。或许一切都跟表面情形不太一样,她沿着这条思路继续往下想,母亲是不是也有一些别人还不知道的可取之处呢?不过要想探索这些秘密也有隐匿的危险存在。凯尔茜冷冷地看了舅舅一眼,"那你想要的是什么,谢赫拉莎德①?在凯普城堡获得一个庇护所吗?"

"不是的,我想参与执政。另外,我还知道许多关于红女王的信息。"

"我们真的要玩这个游戏吗?你曾试图杀死我,舅舅。不过你的计划失败了,那么我选择原谅你,可是这件事对我内心产生的影响始终都是存在的。"

"你有证据吗?"

梅斯向前跨进一步,"你自己的两名侍卫已经坦白认罪了,你和这事难逃干系,你这个蠢货!"

摄政王瞪大了双眼,不过梅斯的话还没有讲完,"三个月前,你甚至还雇用卡登来追捕女王。"

"卡登从来都不会暴露他们的雇主。"

"很遗憾,事实是他们会这样做,你这个可怜的狗崽子。只需在适当的时候抓到他们当中适当的成员,然后灌他喝下足够多的麦芽酒就行了。我已经掌握了我所需要的全部证据,而你应该感到庆幸,因为你现在竟然还能站在这里。"

"那么,你们容许我站在这里的原因是什么?"

梅斯正准备回答,不过凯尔茜挥了挥手示意他安静下来。她自己备感沮丧,无论她多么渴望从舅舅那里打探信息,她也不能接受对方的提议。他将永不停歇地试图要回自己失去的一切,从他刚进来时打量这个房间的眼神就能看出他的企图心。她根本不了解舅舅,但她能清楚看出他的人品。他不会停止策划各种阴谋,更不是一个可以信任的人。

---

① 谢赫拉莎德是《天方夜谭》中的苏丹新娘,善讲留有悬念的故事,从而免于一死。

"说实话，舅舅，我认为你还没有重要到让我把你投进监牢的程度。"凯尔茜指着卡伊，"以这里的卡伊来举个例子吧。"

摄政王满脸惊讶地看着卡伊，就好像他已经忘记了卡伊正站在自己身边似的。卡伊看上去也像是吃了一惊。

"我能拿走卡伊所拥有的一切，服装，金钱，武器，甚至或许还有他藏匿在某个地方的女人们……"

"看来我拥有的东西还真不少啊。"卡伊爽朗地附和道。

凯尔茜在一阵开怀大笑之后才继续说道："在他的一切都被拿走之后，他仍然还是卡伊，一个非常可敬、非常能干的人。"她停顿了一下，"可是看看你自己吧，舅舅。在你的服装、女人和侍卫被剥夺了之后，你不过就是一名累累罪行暴露在外的卖国贼而已。把你这样的人投进我的地牢，也只是浪费牢房的做法罢了。你就是个一无是处的人。"

摄政王立刻转过身去，由于他的动作过于突然，梅斯赶紧冲到凯尔茜面前，并用手握住了剑柄。不过摄政王只是背对着他们站立了一会儿而已，他的双肩上下起伏着。

"我对你的判决维持不变，舅舅。你还有二十五天的时间离开凯普。卡伊，护送他出去。"

"我不需要你的护送！"摄政王咆哮着转过身来，瞪视着凯尔茜。他满眼都是恨意，不过同时也饱含着苦楚，看起来他比凯尔茜原本所以为的要痛苦得多。她突然产生了一种想要跟他道歉的荒唐的冲动，但是这种冲动随着他接下来说出来的话而迅速消失了。"你正处于水深火热的境地之中，孩子，我认为甚至连你的梅斯都不清楚你的处境危急到了什么程度。红女王已经知道了你所做的一切，是我亲自写信告诉她的。你破坏了莫特姆森的奴隶贩卖体系，相信我吧，她很快就会举兵前来，像屠宰畜牲一样摧毁这个王国。"

说完这些，他突然安静下来，瞪得极大的眼睛里充满了惊诧。

凯尔茜回头一看，玛格丽特不知何时来到了自己身后，她脖子上的伤还没有痊愈，那些鞭痕已经褪成了深紫色，在火炬的暗光下也清晰可见。玛格丽特穿着一件走了形的难看的棕色连衣裙，这身衣服显而易见并不适

第八章 女王的寝宫

合这个女人。她有着可以跟《荷马史诗》中的绝世美女海伦相匹敌的样貌，个头高大，气宇轩昂，她的头发在火炬光的映照下呈深红色。她注视着摄政王的如炬目光，使得凯尔茜全身直起鸡皮疙瘩。

"玛格丽特？"摄政王失魂落魄地喊了一声，他先前口出狂言时的威风已经全然消失了。他用极度渴望的眼神看着玛格丽特，这使他看上去像个呆头呆脑的傻瓜。"我很想你。"他继续说道。

"我真没想到你竟然会有胆跟她说话。"凯尔茜厉声说道，"如果没有我的允许，你再也不能这样做了。"

摄政王的脸色顿时黯然神伤，他没有再说话了，只是直勾勾地望着玛格丽特。她也盯着他看了一会儿，随即猛地冲上前去，这一举动引得梅斯和卡伊都赶紧将手放在了自己的剑柄上。玛格丽特顾不得理睬他们，径直来到了凯尔茜的扶手椅旁边，然后坐在了凯尔茜脚下。

摄政王将这一切看在眼里，先是面若冰霜，片刻之后他的脸因愤恨而扭曲着，"你给了她什么？"

"什么都没给。"

"那你是如何收买了她的？"

"首先，我没有将绳索缠在她脖子上。"

"唔，你就继续乐在其中吧，那个婊子会在朝着你笑的当口割断你的喉咙。"他转而怒瞪着玛格丽特，"你这个该死的莫特姆森娼妇！"

"没有谁会害怕你的诅咒，你这头铁灵猪。"玛格丽特用莫特姆森语回应道，"你自己才该死呢。"

摄政王一脸困惑地看着玛格丽特，凯尔茜则厌恶地摇了摇头——他甚至听不懂莫特姆森语。"舅舅，我们之间没什么好说的了。你出去吧，祝你去乡下的路途中有好运相伴。"

摄政王用极其痛苦的眼神最后看了玛格丽特一眼，随即转身气鼓鼓地离开了，卡伊紧随其后。埃尔斯顿和奇布把两扇门打开足够大的缝隙，好让摄政王通过，待他们把门再度关上之后，玛格丽特便站起身来，用莫特姆森语快速地说："我得回孩子们那里去了，陛下。"

凯尔茜点了点头。她本有一些问题想问玛格丽特，不过现在不是适当的时候。她看着这个女人离开，然后在扶手椅上放松了下来，"现在一切都结束了吧。"

"陛下，你还需要接见你的财政大臣。"梅斯提醒她，"你答应了要见他。"

"你可真像是一名监工，拉扎勒斯。"

"把阿利斯带过来！"梅斯喊道，"只需要短短几分钟的时间就够了。陛下你应该知道，你亲自同他见面有助于提升他对你的忠诚度。"

"我们怎么能信任我舅舅的财政大臣呢？"

"别犯傻了，陛下。你舅舅压根儿就没有财政大臣，他有的不过是一帮为他看守国库的奴才罢了，这些人还常常在当班的时候喝酒呢。"

"那么这个阿利斯是什么人？"

"我挑选他来干这份差事。"

"他是什么来头？"

梅斯把视线转到别处，"一个本地商人，非常善于理财。"

"他是什么样的商人？"

梅斯把双臂交叉在胸前，这是他惯有的一个略微神经质的动作。"陛下，既然你执意想知道，那我就告诉你好了，他是一名赌注经纪人。"

"一名书商[①]？"凯尔茜一时有些困惑，不过她内心的谜团很快就被兴奋感给取代了，"可是你说过铁灵没有印刷机，那么他是怎么印书的呢？以手工的方式来操作吗？"

梅斯盯着她看了一会儿，随即爆发出一阵大笑。凯尔茜现在才知道为什么梅斯笑得很少：他的笑声尖利刺耳，像极了土狼的嚎叫。梅斯赶紧用一只手掌捂住了自己的嘴，可是他刚才的大笑已经酿成了一些后果，凯尔茜感到自己两颊发烫。

看来我还不习惯被人嘲笑，她意识到了这一点，然后迅速地调整了一下嘴形，勉强挤出了一丝笑意，"我说错了什么吗？"

"不是书商，陛下。我说的是赌注经纪人，玩赌注的那种。"

[①] "书商"和"赌注经纪人"在英文中是同一个单词——Bookmaker。

第八章 女王的寝宫

"赌注经纪人?"凯尔茜惊讶地问道,她已经把先前的尴尬抛诸脑后了,"你想让我把国库的钥匙交给一名职业赌徒?"

"你有更合适的人选吗?"

"肯定还有比他更合适的人吧。"

"没有人比他更善于理财,我敢保证。事实上,我是费了好大功夫才说服他来这里的,所以你得对他态度好一点。他干这一行当已经很多很多年了,他也非常憎恶你舅舅。我认为这些条件足以证明他适合这份差事。"

"你又如何确保他会诚实呢?"

"我不会诚实的。"一个低沉沙哑的声音传来,说话的是拐角那边一位极为消瘦的老人,他看上去瘦小而干瘪,还弯着腰驼着背。他的左脚一定是瘸的,因为他行走的时候需要用右侧身体使力迈步,然后再把左脚拖上来跟上节奏。不过即便如此,他走路的速度竟然比奇布要快,奇布跟在他身后,得迈着极快的步伐才能赶上他。阿利斯的左臂看起来也有残疾,尽管一摞纸被他夹在了左侧腋下,他的左前臂却向内弯折,凹向自己的胸腔。他头上残留的白发都聚集在两只耳朵上方,随着他越来越靠近,凯尔茜发现他耳朵里面也长了一些白色的绒毛。他眼睛周围的皮肤已经有些泛黄,下眼睑耷拉着,可以看到眼皮内侧的肉已经不再是红色的了。总之,他是凯尔茜活到现在所见过的长得最为丑陋的人。

终于……她因自己脑子里一掠而过的不仁慈的想法而觉得有些愧疚,终于有人能让我显得漂亮一些了。

老人将自己尚还健全的那只手伸出来想与凯尔茜握手,她也伸手轻轻与他握了握。他的手摸起来就像纸做的一般:平滑,冰冷,缺乏生命力。他呼出的气息很难闻,是一种浓重而刺鼻的气味,凯尔茜认为这是老人所特有的酸腐气息。

"我并不诚实。"老人说话时带着喘息,凯尔茜不知道他讲的是哪里的口音,只知道并非纯粹的铁灵口音,鼻音也很重。"不过我值得被信任。"

"这可真是矛盾。"凯尔茜回应道。

阿利斯朝她眨了眨眼,"尽管如此,我还是来这里了。"

"阿利斯是可以信任的,陛下。"梅斯对她说,"而且我认为……"

"先说要紧事吧。"阿利斯打断了梅斯,"你的父亲是谁,女王陛下?"

"我不知道。"

"等我知道了这个问题的答案,就能大捞一笔了。"阿利斯前倾着身体,注视着凯尔茜的胸口,"真是太美了。"

凯尔茜有些愠怒地往后靠了靠,不过很快她便意识到他是在评价自己戴着的项链挂坠。老人正以一种收藏家特有的贪婪眼光审视着那颗蓝宝石。"我猜这是真的宝石吧?"凯尔茜问道。

"是真的,女王陛下。这是一颗祖母绿型纯正蓝宝石,没有一点瑕疵,实在是太美了。镶嵌式样也不错,所以这颗宝石……可以卖出极好的价钱。"

凯尔茜前倾着身体,现在她已经忘却了自己的疲惫。"你知道它是从哪里来的吗?"

"我只是听说过一些传闻,女王陛下,我无从得知信息的真伪。据说威廉·铁灵在建立铁灵王国之后不久就制作了一条国王项链,不过乔纳森·铁灵并不满足于此,于是他让人又制作了一条继承人项链。乔纳森这个可怜虫在那之后没几年就被人暗杀了。"

"他们从什么地方找来项链上的宝石呢?"

"最有可能的是坎达瑞斯。铁灵或莫特姆森的宝石都没有这么好,或许这就是她那么想得到它们的原因吧。"

"你在说谁?"

"我是说红女王,陛下。我听到的消息称她想得到你的宝石的愿望跟想得到你的愿望同样强烈。"

"可她无疑能从坎达瑞斯贡献的礼物中得到她想要的任何珠宝啊。"

"也许吧。"阿利斯抬起浓密双眉下的眼睛看着凯尔茜,"据很久以前的传闻说,这两颗宝石是有魔力的。"

"不大可能吧。"梅斯用低沉的声音说道,"它们从来没有为伊丽莎女王做过任何事。"

"另一条项链在哪里呢?"

"我们不是在谈论跟财政有关的事情吗,阿利斯?"

第八章　女王的寝宫

"噢,没错。"阿利斯把夹在左侧腋下的那一摞文件取了出来,他动作娴熟地用牙齿衔住那摞纸,然后飞快地翻到了他需要的那一页,将其抽出后拿在手上,同时他迅速转变了话题:"我已经把你舅舅的财产列了一份详细清单,女王陛下。我知道可以在哪里卖掉那些值钱的物品,也知道该去哪里找到一些愚蠢的老好人来买下那些不值钱的物品。你能从你舅舅认为是艺术品的废物中捞到至少五万英镑,而那些娼妇的珠宝总共的市面价值大约是十万英镑……"

"请注意你的措辞,阿利斯。"

"抱歉,抱歉。"阿利斯挥了挥手,并没把凯尔茜的谴责放在心上。不过,凯尔茜却发现自己并不讨厌他说脏话,因为她觉得那样的言谈与他本人的风格相得益彰。阿利斯继续说道:"我还没有检查国库。说实话,我还在找掌管着国库钥匙的人,不过我倒是很清楚我会在那里发现些什么。顺带说一句,你将需要一名新的国库管理员。"

"显然如此。"凯尔茜回答道。她的后肩又开始以疼痛来表示抗议了,可她完全顾不上这些,眼前这位老人充沛无比的精力令她有些不可自拔。

"扣除人口统计局贪污的款项,其最终上缴国库的税收收入只有五万英镑。但是,你舅舅从你母亲去世之后已花费了远超过一百万英镑的钱。我做个大胆的推测,当然我的推测通常跟真实状况相比也八九不离十,目前国库里还剩下十万英镑,不会再多了。换句话说,国家处于破产边缘。"

"好啊,妙极了。"

"不过现在……"阿利斯眼里闪过一丝光芒,"我有一些增加国库收入的好主意。"

"什么主意?"

"这个嘛……陛下,我被雇用了吗?我从来不会无偿为人做事的。"

凯尔茜用求助的眼神默默地看着梅斯,可是后者只是略微夸张地扬起了眉毛,这样的表情使得凯尔茜不敢说不。"你并不诚实,却值得信任?"

"说得对。"

"我觉得你看起来可不像个赌注经纪人那么简单。"

阿利斯龇牙咧嘴地笑了起来,他的头发直冲冲地立在头顶,看起来就仿佛他刚被一道闪电击中了似的。"可能是吧。"他说。

"你为什么想为我工作？我猜，无论我们付给你多少薪酬，也不会比你那些暗地里的勾当所挣来的钱更多吧。"

阿利斯轻笑了一声，听上去就像一架泄气的手风琴发出的轻微呼哧声，"事实上，女王陛下，我很可能比你还要富有呢。"

"那么你为什么想要得到这份工作呢？"

小个子老人神色一凛，用评估的眼神看着凯尔茜，"街头巷尾都有人在歌颂你，你知道吗？这整个城市都因为莫特姆森即将入侵而胆战心惊，可是人们还是在唱歌颂扬你的名字。他们称你为'真女王'。"

凯尔茜朝梅斯投去了询问的一瞥，后者点了点头表示默认。

"我不知道他们说的跟事实是否相符，不过我用了多头下注的方法来规避可能出现的损失。"阿利斯继续说道，"通常我判断正确的概率是相当高的。"

"如果我不像他们所说的那样呢？"

"那么我也有足够多的钱来让自己摆脱困境。"

"你希望获得多少薪酬？"

"梅斯和我已经商讨过细节问题了。你是能够雇得起我的，女王陛下，你只需要点头应允就可以了。"

"你会指望我对你的其他交易睁一只眼闭一只眼吗？"

"至于这个嘛，我们可以根据具体情况来商量和定夺。"

真是狡猾，凯尔茜心想。她再次向梅斯求助，"拉扎勒斯？"

"陛下，你在铁灵境内没法找到比他更好的投资者了，而这是他所掌握的所有技能中最重要的一项。现在还需要做很多工作才能弥补你舅舅造成的损失，我认为他是做这些工作的最佳人选。不过呢……"梅斯的声音变得很低沉，同时朝阿利斯投去了严厉的目光，"他还得学会以更尊重的方式跟你讲话。"

阿利斯咧开嘴笑了起来，露出了满口歪斜的黄牙。

凯尔茜叹了口气。她觉得有些事情是不可避免会发生的，她也明白这是自己需要作出的第一项妥协，而将来还需要作出更多妥协。这种感觉着

第八章 女王的寝宫

实令人不舒服,就好像是登上了宽阔大河上一艘无法靠岸的船一般。"好的,你被雇用了。如果你愿意的话,请帮我准备一些会计账目表。"

老人朝凯尔茜鞠了一躬,然后一瘸一拐地从扶手椅面前准备退下去。"我会再来与你沟通的,女王陛下,当然是在你方便接见我的时候。另外,你能允许我去检查一下国库的情况吗?"

凯尔茜笑了笑,她感到自己额头上渗出了一片汗珠。"阿利斯,我想其实你并不需要我的许可吧。不过,我允许你这样做。"

说罢,她向后靠在扶手椅的椅背上,可是肩膀开始造反了,疼得她再次前倾身体。"拉扎勒斯,我现在需要休息了。"

梅斯点了点头,示意阿利斯可以离开了。这名财政大臣用自己独特的拖着脚行走的方式回到了走廊,梅斯与安黛莉各将一只手臂放在凯尔茜腋下,托着她从扶手椅上站起来,随后扶着她回到了女王寝宫。

"阿利斯今后会住在凯普和我们一起吗?"凯尔茜问道。

"我不知道。"梅斯回答道,"他这次已经在凯普待了好几天了,不过他只是为了审查你舅舅的资产。他在城里很多地方都有住处,我猜他会随自己高兴时来时走吧。"

"他到底是做什么生意的?"

"他是黑市商人。"

"再说得具体一些,拉扎勒斯。"

"采购外国商品,陛下,我只能说到这里了。"

"你说的商品是指人吗?"

"当然不是,陛下,我知道那是你绝不能接受和认可的。"梅斯转过脸去,于是安黛莉便能帮助凯尔茜宽衣解带。梅斯走到墙边,灭掉了火炬,问道:"你认为文纳和费尔怎么样?"

谁?凯尔茜一时没回过神来,花了点时间才想起了那两名武装督导。"他们得训练我格斗,不然我会让他们后悔的。"她说。

"他们都是好人,对他们耐心一点吧。你母亲甚至连看都不想看到任何武器。"

凯尔茜面露苦相,再次想起了卡琳,也想到了自己偷偷穿上卡琳礼服的那一天。"我母亲是个爱慕虚荣的傻瓜。"

"可是看看你的周围，这里处处都是她留给你的遗产。"安黛莉突然低声说道，同时取下了凯尔茜的发夹。安黛莉手脚利索地为凯尔茜脱掉了礼服，却没有触痛她后肩的伤口。凯尔茜爬上床，恨不得倒头就睡，由于太疲倦了，所以她差点儿都没注意到有着柔软触感的床单和被套都是刚换上的。

他们怎么会如此迅速地为我换好了寝具？她在昏昏欲睡的状态下想道。不知怎地，在目前这一刻，她对这件事的在意程度超过了其他任何事。她转过头去准备向梅斯和安黛莉道晚安，却发现他们已经消失在了门外。

凯尔茜不能在床上平躺，她慢慢地挪动着身子，试着找到一个令人舒服的睡姿。最后她终于侧躺着放松了下来，面朝那些空空的书架，她感到身心俱疲。还有好多事情需要她去完成。

你已经做得很多了，她耳边响起了巴蒂轻言细语的声音。

凯尔茜的脑海中闪现出了一幅幅记忆中的画面。着火的笼子，在舅舅的宝座前被捆绑着的玛格丽特，人群中扑倒在地痛哭流涕的老妇人，在一个笼子跟前尖叫哭喊的安黛莉，围坐在育儿室里的孩子们……凯尔茜在被子下面继续挪动着身子，想让自己好受一些却做不到。她感觉到她的王国在她脚下朝四面八方蔓延开来，地平线上笼罩着来自莫特姆森的阴云，她的子民都处在极度危险的状况下……她知道自己的直觉是不会错的。

我做的还不够，她沮丧地想道，还远远不够。

第九章

宝 石

> 格林女王面临着好几股力量的对抗，人们原以为她会像上帝之海里的一块露出海面的礁石，经受着潮汐无情的冲刷，随着外力被迫改变自己的形状。可是历史却表明，她一直都按照自己的心愿来塑造自己。
>
> ——《格林女王：一幅肖像》，卡恩·霍普利

"快一点，陛下！你的动作得再快些！"文纳喊道。

凯尔茜跳着向后退去，竭力想要回忆起文纳所传授的步法。

"把剑一直举着！"

凯尔茜举起手中的剑，顿时感觉到受过伤的肩膀在发出抗议。这玩意儿实在是太沉了！

"你的动作太慢了。"文纳告诉她，"你的脚步必须比对手更快，这是最基本的。以你目前的状态，恐怕连一个笨拙的业余剑客都敌不过。"

凯尔茜点了点头，略微有些脸红。她调整了一下握剑的方式，短暂歇息了片刻。快速使刀跟快速使剑是截然不同的两码子事，她那宽大的体形以及宝剑本身的重量都是妨碍她提高舞剑速度的重要因素。每当她快速转身的时候，经常都会发现剑刃撞到了自己的身体。文纳一直坚持认为在凯尔茜的舞剑速度有所长进之前不应该和其他人对练——除了他本人之外，现在凯尔茜明白了文纳的想法是完全正确的。

"再来一次。"

凯尔茜再次摆好了姿势，内心却备受折磨，在她看来自己的剑术学习

甚至还没有迈出第一步,目前她要做的仅仅是让剑身始终保持举起的状态而已。要握住并举起这么一把如此沉重的宝剑本身就不是容易的事,而她后肩的伤口、缺乏锻炼的松弛肌肉、穿在身上的原本属于佩恩的沉重盔甲连同时刻需要记牢的精准复杂的步法,使得舞剑看起来似乎成了不可能完成的任务。不过,文纳是一位要求极高的老师,他希望充分利用授课时间里的每一秒钟,容不得半点松懈。凯尔茜举起手中的剑,豆大的汗珠顺着她的脸颊往下滴流。

"动起来,陛下,动起来吧!"

她假想着面前有一名对手,于是时而后退躲避,时而前进发动攻击。她的步法比先前更稳定一些了,这是一个进步,不过她从文纳的叹息声中判断出自己的动作并没有比上次更快。她转头看着他,喘着粗气,茫然地举着手里的剑,"那么,我还应该做些什么呢?"

文纳将身体的重心从一只脚移到另一只脚,显得有些迟疑。

"请直说!"

"陛下,你还需要一些健身训练。虽然你不会变得像舞蹈演员一样轻快敏捷,可是如果你的体重能再减轻一点点的话,你的动作就会更迅速一些。"

凯尔茜涨红了脸,迅速转过身去。她知道就自己的身高而言,自己的体重确实比标准体重略重了一些,可是知道一个事实跟听到别人公然说出这个事实,这当中的差别还是挺大的。以文纳的年龄,足以做凯尔茜的父亲了,不过她还是不想听到来自对方的批评。她知道如果梅斯在场的话,一定不会对文纳的言辞放任不管,然而她也知道自己之所以会受到鲁莽无礼的对待,原因就在于自己对待众人时轻松随意的态度,以及自己拒绝惩罚任何言谈不当之人的做法。

"我会找米莉亚谈谈这件事的。"沉默了许久她才回答道,"或许她能调整一下我的食谱。"

"我并非有意冒犯你,陛下。"

这时凯尔茜听到门外有些动静,声音极其细微,便示意文纳保持安静。"拉扎勒斯,是你吗?"她问道。

第九章　宝石

梅斯象征性地轻轻敲了敲门板，紧接着便推开门走了进来，"陛下。"

"你在暗中监视我的课程吗？"

"不是监视，陛下。我只是为了保护你。"

"所有的密探被人发现时都是这么说的。"凯尔茜从凳子上拿起一块小毛巾，往脸上出汗最多的部位抹了抹，"文纳，我想今天的练习已经结束了吧。"

"我们还得再练习十分钟。"

"今天就到这里了吧。"

文纳把自己的剑塞回剑鞘，一脸不悦。

"你最多还能再折磨我三天，了不起的武装督导。"

"尊敬的陛下，如果你真的认为我这是在折磨你的话，那么也请你理解我是为了你的自身利益才这样做的。"

"你去转达费尔，我希望明天能看到我的盔甲的采购进度报告。"

文纳点了点头，明显有些不安，"我为我们在这件事上的延迟而感到抱歉，陛下。"

"你还要告诉费尔，如果等到明天这件事还没有显著进展的话，那么今后我可能就只需要一名武装督导了。对于一个花了两周时间还没能按照我的要求采购到一套盔甲的人，在其他任何事情上都很难值得信任吧。"

"可是单靠一名武装督导是不足以兼顾所有事务的，陛下。"

"总之得尽快让他知道我的想法，让他动作快一点，我已经对他的拖延感到厌烦透顶。"

文纳带着一脸的愁容离开了。在梅斯的帮助下，凯尔茜开始将佩恩的护胸甲从大汗淋漓的身体上取下来。待盔甲松开之后，她从齿缝间呼出了一口气。戴上这块护胸甲令她的胸部感到疼痛不已，然而意想不到的是取下它之后，她的胸部反倒疼得更厉害了。

"他说得对，陛下。"梅斯一边将取下的护胸甲放在长凳上，一边对凯尔茜说，"你的确需要两名武装督导，而且一直以来都是这样的。其中一人负责培训，另一人则负责采购。"

"那好吧，不过他们俩以后办理任何事情都不可以再如此拖沓了。"凯尔茜摆弄着固定护腿板的带扣,这些带扣显然是为短指甲的男人们设计的。凯尔茜费力地拉动薄薄的皮革带扣,突然感觉到食指的指甲向后弯折了过去,伴随着一阵钻心的剧痛,于是她屏住呼吸发出了一声不大不小的呻吟。

"今天早上摄政王离开凯普了。"

"真的吗?他在我规定的最后期限之前就主动离开了?"

"我认为他是有意要避免可能出现的被人追杀的情况。"

"他要去哪里呢?"

"也许是莫特姆森吧,不过我怀疑等待他的并不是他自己所期望的那种热情欢迎。"梅斯背靠在墙上,检查着佩恩的护胸甲,"但是说真的,谁又会在乎他的处境呢?"

"你来这里肯定是为了谈论别的什么事,拉扎勒斯,你不妨直说好了。"

梅斯脸上浮现出了一丝淡淡的笑意:"我得更换你的侍卫,陛下。"

"怎么个换法?"

"在目前这种局面下,我没法做到在照料所有事务的同时还能时刻保卫陛下你的安全。你需要一名真正意义上的贴身保镖,一个随时随地都能待在你身边的保护人。"

"为什么现在突然提到这件事?"

"没什么特别的原因。"

"拉扎勒斯!"

梅斯叹了口气,表情变得有些僵硬:"陛下,我一直都在反反复复地思量在你的加冕仪式上发生的意外。我还跟其他侍卫探讨过当时的情形,当时他们都分散在你四周,从而确保你避开来自各个方向的危险。"

"我记得有人发出了一声喊叫。我刚听到那个声音就被刀子刺中了。"

"那声音是为了使人分心,陛下,可是我们在这方面接受过专门的训练。女王侍卫队的成员也许会把脸转到声音传来的方向,但他决不会因此而离开自己的站位。"

"那么,你认为袭击我的人来自于人群当中?是亚尔林·索恩吗?"

"有这种可能,陛下,不过我认为应该不是他,因为侍卫们所站的位置足以保护你避开任何直接的攻击。那把刀本来还有可能来自我们上方的那

第九章　宝石

条走廊，可是……"

"可是什么？"

梅斯摇了摇头，"没什么，陛下。主要是因为我还没有掌握确凿的证据。你需要一名忠诚度毋庸置疑的贴身保镖，这样一来我才能投入足够多的精力去彻头彻尾地调查这件事，以及办理其他事务。"

"其他的什么事？"

"是陛下你不想知道的事。"

凯尔茜直勾勾地看着梅斯，"这话是什么意思？"

"你不必知晓跟我们保卫你的方式有关的所有细节问题。"

"我可不希望自己身边也有杜卡特。"

梅斯看起来颇感惊讶，而凯尔茜则感到些许得意。要让梅斯露出惊讶神情可不是一件容易的事，这样的情况极少发生。

"是谁告诉你关于杜卡特的事情的？"

"卡琳曾告诉我说杜卡特是莫特姆森的警察局长，不过他暗地里拥有执行酷刑和实施谋杀的特权。卡琳还说过，一名警察局长所做的一切事情都会影响他所侍奉的统治者的声誉。"

"杜卡特的真实头衔是国家安全部部长，陛下。正如格林夫人的其他诸多言论一样，刚才那番话在现今看来显得特别幼稚。"

"你刚刚说格林夫人？"凯尔茜立即将杜卡特抛诸脑后，"卡琳是一名贵族吗？"

"的确如此。"

"你是怎么认识她的？"

梅斯扬起眉毛，再度显露出吃惊的神色，"难道她从来没有告诉过你吗，陛下？她曾经是你母亲的家庭教师，我们自然都认识她，也对她相当了解，尽管这并非我们有意而为之。"

家庭教师！凯尔茜默默地思索了片刻，想象着卡琳待在女王寝宫里教授伊丽莎的情景，这样的景象竟显得无比自然。"一名贵族妇女怎么会成为家庭教师呢？"

"陛下，格林夫人是你外祖母最亲密的朋友之一，我想她一定深得你外祖母的恩宠吧。阿拉女王认为格林夫人是极其聪明的,而她的确拥有许多书籍。"

"可是我母亲为什么要把我交给卡琳呢?她们是朋友吗?"

梅斯执拗地绷紧了下巴,凯尔茜对他的这一神态已经相当熟悉了。"我们正在讨论跟你的贴身保镖有关的事情,陛下。"梅斯正色说道。

凯尔茜怒瞪了他片刻,随即继续鼓捣着自己的盔甲。她将侍卫们的名字在脑海里过了一遍,"佩恩,我能让佩恩做我的贴身保镖吗?"

"上帝啊,这样我就放心了。佩恩很想得到这个新职位,如果你不愿选择他的话,我还真不知道该怎么去跟他说呢。"

"他是最佳人选吗?"

"没错。要是我不在你身边,佩恩的剑对你来说就非常有用了。"他拿起那块护胸甲,然后朝门口走去,中途停下了脚步,"为你主持加冕仪式的泰勒神父,他申请你能私下接见他。"

"为什么?"

"我的猜测是,阿瓦斯大教堂里有人想要监视你。教皇是个非常狡猾的老家伙。"

凯尔茜想起了泰勒神父的模样,还有他曾经拿在手里的那本无比古老的《圣经》。"让他星期天来见我吧,教会应该喜欢这个日子。你们要对他非常有礼貌,别吓着他了。"

"这又是为何呢?"

"我认为教会一定有很多书。"

"所以咧?"

"我想要那些书。"

"陛下,你应该知道在古特区里有很多能满足人们各种需要的地方。"

"我不明白你说这话是什么意思。"

"我的意思是说迷信始终是迷信而已。"

"难道你就没在书中看到过任何有价值的东西?"

"从来没有。"

"那么我们俩太不一样了。我希望阅读自己能读到的所有书籍,我想那

第九章 宝石

位神父对我来说或许能派上用场。"

梅斯有些愠怒地看了她一眼，不过随后还是继续拿着盔甲朝门口走去了。凯尔茜重新坐回到长凳上，感到精疲力竭。她想起了先前文纳说过的话，发现自己的脸又红了。她的体重的确是太重了，她自己也能感觉到这一点。当然，一直以来她的身板都比较结实，可是现如今她在室内待得太久，再加之自己又两度受伤，身体状况确实跟从前大不一样了。此前她在历史资料中还从未看到过有哪位女王需要对付这样一个问题。她得去找米莉亚谈一谈，不过还是等到明天再去吧，等她彻底摆脱了大汗淋漓和烦闷愁苦的状况时再去。再说了，在文纳安排的训练结束之后，她需要好好地吃上一顿美餐。

她朝卡埃点了点头，后者正站在走廊旁其中一个房间的门口。这个房间存在一些安全方面的隐患，因为它有一个宽阔的阳台，从那里能将整座城市的全景和远方的阿尔蒙特平原尽收眼底。无论何时，每当凯尔茜想念户外生活的时候都喜欢来到这个阳台眺望远方，可是这种体验跟真正的置身于户外的感觉是截然不同的，有时候凯尔茜内心会涌起一阵突如其来的冲动，想要跑出好长好长一段路，去到树丛中和蓝天白云之下。

女人啊，就是这样被训练得只能待在室内的。这个想法不断萦绕在她脑海里，女人啊，就是这样被训练得无所作为的。

她迈着沉重的步子穿过走廊，来到了接见室，当班的侍卫们一看到她便毕恭毕敬地立正了。今天在场的侍卫是佩恩、奇布和穆哈恩，还有一名凯尔茜之前从未见过的男子。凯尔茜有意无意中听到过一些闲谈，得知女王侍卫队近期又招募了一批新成员。有意愿加入侍卫队的候选男子们会由梅斯亲自甄选，接受后者极其严苛的盘问。不过一旦他们通过了梅斯这一关，就能宣誓成为女王侍卫队的成员，并且持续终生。凯尔茜发觉侍卫们依旧延续着拒绝与她有目光接触的恼人惯例，可是今天她因他们的这一惯例而心怀感激。她知道自己此时的模样看起来确实很糟，而且她无比困倦，几乎没有力气来跟任何人交流。她只是迫切地渴望洗个热水澡，再无其他。

安黛莉如同往常一样站在凯尔茜的寝宫门口，她的手里拿着一条干净的毛巾。凯尔茜曾明确表示自己在沐浴时不需要任何人的帮助——她因有些女人竟然愿意在沐浴时接受来自他人的服侍而吃惊不已，不过，安黛莉总能在适当的时候为凯尔茜把沐浴所需的一切都预备妥当。凯尔茜从安黛莉手中接过毛巾，本打算径直走进自己的寝宫，可这时她突然停下了脚步。安黛莉脸上的神情与平时有些不同，她并没有如以往一般带着高深莫测的表情，而是皱着眉头，两只手也略微有些震颤。

"怎么了，安黛莉？"

安黛莉张开嘴，但旋即又闭上了，"没什么，陛下。"

"发生什么事情了吗？"

安黛莉摇了摇头，可她的眉头比先前皱得更厉害了。凯尔茜仔细察看之后才发现安黛莉面色苍白，双眼下方有着深深的眼袋。"一定是有什么事情不对劲了。"

"是的，陛下，可是我不知道究竟是哪里出了问题。"

凯尔茜一脸困惑地盯着安黛莉，可是后者看来并不打算详细阐述，于是凯尔茜顾不上那么多，只好走进了自己的寝宫。待她关上身后的大门时，如释重负般地长吁了一口气。她的浴室已经预备好了，缕缕蒸汽从盛满热水的浴缸里冒出来，镜子上也起了厚厚一层雾。凯尔茜迅速将衣服逐一脱下，抛在身后，然后跨进了盛满热水的浴缸里。她把头向后仰靠在浴缸边缘，心满意足地叹了口气，随即闭上了双眼。她原本打算让自己彻底放松下来，什么事都不要去想，然而她不由自主地想到了安黛莉。安黛莉总是能够在未被告知的情况下就预先知晓很多将要发生的事情，凯尔茜很清楚这一点，如果安黛莉忧虑不安，那么她自己也有理由感到不安和担心。

阿利斯和梅斯的行事效率极高，他们已经设法买通了人口统计局的某个成员，由此一些内部信息便逐渐渗入了女王的寝宫。单是以下这些事实就足以骇人听闻了：每个铁灵家庭平均生养了七个孩子。上帝教会对避孕行为持反对态度，而摄政王也支持教会的这一观点，尽管他自己一直都在默默地使用避孕药物。针对某个妇女堕胎的指控一旦被证实，那么胎儿的母亲以及为其实施堕胎手术的外科医生都将被处以极刑。富人们违规后可以花钱买通相关执法部门，从而免受刑罚，可是穷人们的处境就大相径庭了。这样一来，一个古已有之的老问题便再次突显了出来：王国境内有过

第九章 宝石

多的穷孩子。等现在这一代人成年之后，王国的资源就会显得更为紧张。

当然这当中还有个重要前提，那就是这些穷孩子能活到成年而不是早早夭折。铁灵境内缺乏穷人们负担得起的平民医生，这是个尚没有明确解决方案的难题。美洲登峰造极的医疗技术在白海轮遇难之后就再没有机会影响铁灵国民的生活，如今铁灵的穷人们常常因不得不在自己家中接受粗糙的阑尾切除手术而丧命。

不过铁灵境内的滤水技术——甚至包括对水中最为细微的杂质进行过滤的技术已经日趋完美，制帽业也在持续发展，农业方面的传统也得以稳固地保留了下来。凯尔茜认为这些都是易于传承的技术。她一边清洗双臂，一边抬起头看着天花板。她用的是安黛莉找来的上好香皂，散发着淡淡的香草味，跟富人们通常喜欢的那种散发着浓郁花香味的香皂不太一样。尽管安黛莉每次出行时总是有五名侍卫对其严加守护，但她起码能够每天外出去市场购物。凯尔茜并没有忘记安黛莉那魁梧壮硕的丈夫，她总是担心他会在城里的街道上将安黛莉抢走，那可是一场大灾难。凯尔茜现在已经无法否认对自己来说安黛莉的价值堪比黄金，因为安黛莉总是会在第一时间将凯尔茜想要的东西送到她的手边。佩恩曾说安黛莉具备先知才有的预知未来的能力，而凯尔茜对此观点深表赞同。

她胸口的蓝宝石又开始发烫了。她将湿漉漉的宝石拿出水面，发现它正在发光，宝蓝色的光芒照亮了浴缸的四壁。这颗宝石是有魔力的，这点毋庸置疑，可是它的魔力究竟有什么用处呢？凯尔茜苦笑了一下，松开手让宝石回落到自己胸口，随即继续躺在散发出香草气味的温水中，开始思考一些更为重要的问题。

继医疗问题之后，还有教育方面的问题。铁灵没有强制孩子们入学接受义务教育，这种情况已经持续了二十年，甚至在受过教育的国民被人口统计局征召之前，整个国家对教育的兴趣就已经开始日渐消亡了。那么是谁最终废止了义务教育呢？当然是那著名的伊丽莎女王，连梅斯在承认这个事实的时候看起来也有些难为情。这倒是个提高生产效率的完美机制：允许孩子们待在家里，这样一来他们就能学会在田野里为贵族们劳作。目前看来凯尔茜似乎每天都能得知一些跟母亲的施政有关的往事，而每一次的新发现都比前一次更加糟糕。

蓝宝石突然变得滚烫，把凯尔茜的胸膛灼得生疼。她不由得战栗了一下，继而睁开了双眼。

一个男人正站在她身旁俯视着她，两人的距离还不到一英尺远。

此人身穿一袭黑衣，戴着面具，只露出两只眼睛。凯尔茜的目光往下移动，看到他戴了一双厚厚的皮手套，右手还握着一把长长的锥形尖刀。也许他是卡登的成员，也许不是，不过这身行头清楚无误地表明了他的身份——他分明就是一名刺客！凯尔茜还来不及喘上一口气，他就迅速用手中的刀抵住了她的脖子，"别出声，否则你就死定了。"

凯尔茜迅速环顾了一下四周，发现自己处于孤立无援的境地，那扇她从来都不会锁上的房门此刻也已经被锁上了。如果她大声尖叫的话，外面的侍卫会循声而来，可是恐怕等他们赶到时一切都太迟了。

"你从浴缸里出来。"

凯尔茜扶着浴缸两侧的边沿站起身来，溅出了一些水花。刺客略微后退了一点点，给她留出了足够大的活动空间，不过他手里的刀自始至终都没有离开过她的脖子。她站在浴缸一侧，浑身发颤，身上的水珠滴落到了冰冷的石砌地面上。她因自己一丝不挂而羞得面红耳赤，不过随即她就把这个想法抛诸脑后了。她仿佛听到头顶上传来了一个声音，一时间她分辨不出这究竟是巴蒂的声音还是梅斯的声音。

要好好思考，那声音说道。

刺客将刀从她的脖子上移开，紧接着又用刀的尖端抵住了她的左侧胸脯。

"把你的右手举起来，动作慢一点。"透过面具传出来的声音显得很是低沉，不过凯尔茜仍然听得出对方非常年轻。她的身体颤抖得更厉害了，被刀尖抵住的部位则感到一阵阵刺痛。

"用你的左手把项链取下来递给我，动作要慢。"

凯尔茜一脸困惑地注视着对方，可是她所能看到的就只是黑色面具背后的一双眼睛而已。他为什么不干脆杀死她，然后再把项链取下来呢？毫无疑问，他是存心想杀了她的。

第九章 宝石

他自己没法取下项链,凯尔茜心想,或者至少他认为自己没法把它取下来。

"我得用两只手才能把它取下来。"她小心翼翼地开口说道,"因为后面有一个搭扣。"

就在这时门上响起了三下重重的敲击声,凯尔茜被吓了一跳,甚至连那名刺客也受到了惊吓。刀尖更深地刺进了凯尔茜的胸膛,她疼得发出低沉的呻吟,同时也感觉到一股热血缓缓地流向了自己的乳头。

"你应门的时候给我当心一点。"刺客压低声音说道,他的眼里发出幽幽的寒光。

"有事吗?"

"陛下?"门外响起了安黛莉的声音,"你还好吗?"

"我很好啊。"凯尔茜故作轻松地回答道。她把身子挺得更直了些,试图缓解戳在自己胸膛上的尖刀所带来的疼痛感。"我在需要洗头的时候会拉铃的。"

凯尔茜看到刺客的眼睛正闪闪发光,她努力不让自己的面部表情透露出任何内心活动。门外的寂静似乎持续得过于长久。

"遵命,陛下。"安黛莉回应道,随即门外便再无任何动静了。

刺客留神聆听了约莫一分钟,门外没有再传来任何声响。又过了一会儿他才放松下来,握刀的手也没那么用力了。"我只想要项链。你可以用两只手解开它,不过动作得慢一点,取下来之后立即交给我。"

凯尔茜以极其缓慢的速度将双手抬起来,连她自己都觉得其间似乎蕴藏着很强的表演痕迹。她摸到了项链的搭扣,准备将其解开,而她心里清楚知道要是取下了项链,那么自己也就死定了。她的目光越过站在自己跟前的男人,留意到地面上有一块石板已经被抬起来并移开了,那里显露出了一个正方形的黑洞。时间,她需要更多的时间。

"请不要杀了我。"

"赶快把项链给我。"

"为什么要用这种方式呢?"凯尔茜眼角的余光瞥见门锁有细微的动静,不过她尽力让自己的视线停留在刺客的面具上,"你为什么不直接把它取下

241

来呢?"

"谁知道呢？不过我割断你的喉咙所得到的报酬要比拿你的项链换取而来的少得多，所以你别跟我要什么花招了，快把项链取下来。"

门锁发出了"咔哒"的声响。

刺客立即一个健步冲到了凯尔茜身后，随即飞快地伸出一只手臂将她拦腰抱住，同时用另一只手上握着的刀子抵住了她的喉咙。他的动作如此迅速而利落，在房门被打开之前凯尔茜就已经彻底茫然失措了。

梅斯缓缓地走了进来，凯尔茜瞥见他身后还有大约十名侍卫正齐刷刷地盯着门内，这时刺客将刀子更用力地抵住了她的脖子，她顿时感到视线一片模糊。

"别再靠近了，否则我就杀了她。"

梅斯停下了脚步，脸上几乎没有任何表情。

"把门关上并锁好。"

梅斯把手伸到背后轻轻地关上了门，在这个过程中他的视线始终没有离开刺客。其余的侍卫们就这样被阻隔在了大门之外，紧接着梅斯把门锁上了。

"你可以靠近我，女王的侍卫。"刺客的声音低沉而冷静，完全是对话式的语调，"不过在你靠近我之前她就会死去，所以你最好是待在原地别动，只需要老老实实地回答我的问题就好。这样你就能延长她的生命，明白了吗？"

梅斯点了点头，甚至看都没看凯尔茜一眼，而后者此时正紧咬着牙关。刺客拖着凯尔茜后退了一步，刀刃更深地抵入了她的脖子。

"另一条项链在哪里？"

"这个只有卡罗尔才知道。"

"你撒谎！"刺客又拖着凯尔茜后退了一步，"两条项链都在这个女孩身上。你知道，我也知道。"

"噢，看来你知道的比我还多呢。"梅斯摊开双手，"当她还是个婴孩的时候，是我带她离开凯普的，那时她脖子上只戴着一条项链。"

"王冠在哪里？"

第九章 宝石

"答案和先前一样,只有卡罗尔才知道。"

刺客再次后退了一步。

凯尔茜想到了刚才看见的地上的黑洞。刺客打算将她一并带走吗?当然不是,那个洞的大小根本容不了两个人一起通过。很明显刺客原本的打算是拿到项链后割断她的喉咙,然后逃离这里。看起来梅斯也得出了同样的结论,因为他的目光迅速地从刺客身上移到了地上的黑洞那里。"你别指望能逃脱。"梅斯说。

"为什么?"

"我对所有途经女王寝宫的隐秘通道都了如指掌。"

"可事实显然不是如此。"

凯尔茜听到墙外传来了许多人的低语声,还有武器相互碰撞的哐当声,可是他们和她自己之间仿佛隔着巨大的鸿沟。凯尔茜耳边能确切听见的就只是这个男人冷冷的呼吸声,他的呼吸很平静,听不出一丝一毫的担忧和焦虑。

"我再给你最后一次机会,赶紧把项链取下来。"刺客低声说道,同时将手中的刀子更用力地抵住凯尔茜的喉咙,迫使她向后靠在他身上。"兴许我还会放你一条生路。"

"滚开!"凯尔茜咆哮道,然而她感觉自己愤怒的情绪之下正孕育着深深的绝望。难道自己这一路历尽千辛万苦走过来,就是为了像现在这样赤身裸体地被人突袭?史书上会不会记载她以这样的方式死去呢?

刺客用力地拉拽挂在凯尔茜胸口的蓝宝石挂坠,可是项链似乎没有任何松动或断裂的迹象。当他用更大的力气拉扯蓝宝石时,项链则紧紧地咬合在了凯尔茜的颈后。凯尔茜心头涌起了一股无名怒火——这可是自己得到的一份礼物啊!她内心的恐惧感旋即默默地消失了。此刻她能实实在在地感觉到发烫的蓝宝石正随着自己的脉搏而震颤着,而伴随着它的每一次震颤,凯尔茜也变得越来越生气。看来这颗蓝宝石压根儿不愿意离开凯尔茜的胸口。

这是为什么呢?她在心里问道。尽管她根本不指望自己会得到任何回答,但她还是听到自己头脑中某个漆黑的地方冒出了一个声音:因为我有很多东西要给你看，孩子。

　　这声音跟凯尔茜平日里听到的任何人的声音都不一样，而且像是来自非常遥远的地方。凯尔茜吃惊地眨了眨眼，但依旧不知道该如何采取行动。既然这条项链那么不合作，所以刺客便开始使出更大的力气来拉扯它。此时刺客的注意力已经被分散了，而梅斯也发现了这一点。梅斯开始不动声色地朝左挪动，他那平静的目光在凯尔茜、刺客和地上的洞之间迅速地来回移动着。凯尔茜的上腹部已经染上了鲜血，抱住她的那双手臂似乎略微有些松动的迹象。不过，抵住她喉咙的尖刀依然纹丝不动，梅斯也还在十英尺开外的地方，她不敢冒险试图挣脱刺客的臂膀。

　　刺客抓住项链上的蓝宝石，使出浑身力气猛地一拽，凯尔茜清楚感觉到项链的搭扣深深地陷入了自己后颈的皮肉里。她顿时火冒三丈，体内好像有什么东西爆发了出来。她感到胸口一阵发热，不知来自何处的一小股力量推使着她向后退去。伴随着一阵刺耳的刮擦声，梅斯将自己的宝剑从剑鞘中拔了出来，可是凯尔茜觉得梅斯如同站在距离自己数英里之外的地方，远水解不了近渴。这时刺客嘴里咕哝了一句什么，紧接着他环抱着凯尔茜的手臂渐渐变得松弛无力。片刻之后，凯尔茜感觉到刺客的身体正向地面倒去。

　　"陛下！"

　　梅斯一把扶住了她，让她不要跟着一起倒下去。她瞪大了眼睛，发现梅斯的脸离自己只有几英寸远。

　　"我没事，拉扎勒斯。没什么大不了的。"

　　刺客四肢摊开，一动不动地平躺在地上。梅斯放开凯尔茜，转而蹲在刺客的身体旁边，细细察看着，以核实他的这一突然行为会不会是某种诡计。当梅斯从刺客紧握着的右手中取出那把尖刀的时候，刺客的手指没有一丝一毫的动弹。凯尔茜没有从刺客身上看到任何伤口，可是她知道他已经死了。她杀死了他，也可能是宝石杀死了他，抑或他的死是二者共同作用的结果？"怎么回事？"她问梅斯。

　　"蓝色的光芒，陛下，是你的宝石发出的光芒。在我今天亲眼看到之前，我从来都不相信它真的能发出蓝光。"

第九章　宝石

　　直到这时凯尔茜才突然意识到自己是赤身裸体、一丝不挂的，梅斯看上去也随即意识到了这一点，于是他将一张挂在浴缸旁边的白色大毛巾抛给了她。凯尔茜用这张毛巾裹住自己的身体，顾不得左胸伤口渗出的鲜血，开始仔细观察项链上的蓝宝石。先前那阵突如其来的热度已经散去了，此时宝石只是静静地散发出深蓝色的微弱光芒而已。

　　现在它正感到心满意足吧，凯尔茜想道。

　　梅斯再次朝刺客俯下身去，看来他对这具尸体并没有表现出出于本能的厌恶，他的双手在尸体上摸索着，检查着对方是否仍有脉搏。"他死了，陛下，他已经没有任何生命气息了。"

　　梅斯在死者的颈项处摸索了一阵，解开了戴在其脸上的黑色面具，一张有着贵族气息的年轻男子的脸就这么显露了出来。他的头发是黑色的，嘴唇呈深红色。梅斯含糊地咕哝了一句什么，随即将尸体翻过来，使其趴在地上，然后从腰带上拔出一把刀，在死者的衣服上割开了一个小口子。梅斯顺着这个小口子把衣服撕裂开来，发现死者的肩胛骨上有一块烙印——一条展开四肢奔跑着的猎犬。凯尔茜不禁战栗了一下，这烙印所在的位置竟跟她自己背上伤口的位置完全一致。

　　"是卡登。"梅斯喃喃低语道。

　　外面的喧闹声越来越大，梅斯和凯尔茜几乎同时发现了这一点。原本蹲伏着的梅斯迅速站起身来，走到门边轻轻地敲了敲，"我是梅斯。把你们的武器放下吧。"

　　梅斯缓缓将门打开，示意埃尔斯顿走进屋内。更多的侍卫跟在后面走了进来，他们都已经把剑放回了剑鞘。侍卫们先看到了凯尔茜，随即看到了倒在地上的刺客。就在卡伊拿着急救箱跑进来的时候，梅斯举起了双手，"女王陛下只是受了点轻微的皮外伤，没有大碍。"

　　凯尔茜面露苦相。她的确只是受了点皮外伤而已，可是此刻伤口开始疼得厉害，而她体内的肾上腺素也逐渐消退了。裹在身上的毛巾面料有些粗糙，她的乳头被摩擦得生疼。她伸出一只手试探性地摸了摸自己的喉咙，却触到了湿漉漉的血。她看到卡伊从急救箱里取出了一块薄薄的白色纱布，然后将其浸在了消毒剂里。她真希望卡伊能让自己先穿上衣服，她可不想让这些男人看到自己光着膀子光着腿的模样。这样的想法让她颇有罪恶感，这分明就是虚荣心在作祟啊，而爱慕虚荣不正是她母亲所具备的显著特质吗？凯尔茜不想看到自己和母亲有任何相似之处，这时她脑子里突然掠过了一个有些疯狂的念头：为了表明自己和母亲是不一样的，她打算彻底取下遮蔽自己身体的毛巾。不过，她最终还是没有勇气把这个想法付诸实行。

梅斯正低头看着地上的那个洞，凯尔茜看不到他的脸，不过他双肩的姿势则富有深意。凯尔茜还来不及开口对梅斯说些什么，就只见他拔出剑来跳进了洞里，很快便消失在了凯尔茜的视线之外。除了凯尔茜，看起来没有人觉得梅斯的这一举动有什么奇怪之处，几名侍卫都围绕在刺客的尸体旁边，仿佛是一队正准备对患者进行外科手术的医生。

"该死的卖国贼！愿上帝帮助我们。"盖伦喃喃低语道，他身旁的其他侍卫也纷纷点头。

"是摄政王吗？"卡埃问道。

"绝对不可能。是索恩。"

"这我们可没法证明。"穆哈恩摇了摇头说道。

"这个男人是谁？"凯尔茜问道，继而将毛巾紧紧地裹在身上。卡伊将那块浸润了消毒剂的纱布附着在她颈部，她倒抽了一口凉气，随即紧咬着下唇，忍住不出声。不知道卡伊用的是哪种消毒剂，总之它令人感到疼痛难忍。

"是来自格雷厄姆家族的少东家，陛下。"一名凯尔茜以前从没见过的侍卫告诉她，"我们原本还以为他们是效忠于你母亲的。"

凯尔茜并不认识这名侍卫，可是她觉得对方的声音很熟悉。困惑了片刻之后，她才发现原来这人就是戴亚，只是脸上的红色胡须已经被剃干净了。"戴亚，是你吗？"

戴亚的脸涨得通红，佩恩"扑哧"一声笑了出来，而奇布则拍了拍戴亚的背。"我跟他说过，陛下……现在他每次脸红的时候我们都能看出来了。"

"前一阵子你去哪里了呢，戴亚？"

房门猛地被推开了，然后"砰"的一声撞在了墙上。所有人都应声转

第九章 宝石

过头去，当凯尔茜看到急匆匆地走进来的梅斯时，不由得发出了一声尖叫。梅斯的双颊通红，黑色的眼睛发出灼人的光芒，以至于凯尔茜差点儿认为他的眼眶里即将有火花会迸出来。梅斯带着怒气嘶吼道："佩恩！"

佩恩赶紧迎上前去，"长官，我在这里。"

"从现在开始，你就是女王陛下的贴身保镖。你必须随时待在她身边，寸步不离，你明白了吗？一刻也不能离开！"

"拉扎勒斯。"凯尔茜插话道，尽可能使自己的语调显得温柔，"这并不是你的错。"

梅斯咬牙切齿地朝凯尔茜投来飞快的一瞥，他的表情像极了笼中的一只困兽。凯尔茜突然感到有些害怕，看上去他很可能会急火攻心，甚至攻击她。

"一刻也不会离开，长官。"佩恩回答道，随即走上前去站在了凯尔茜面前，挡在了凯尔茜和其余侍卫们之间。

梅斯走到地洞旁边，伸手指着黑漆漆的洞口，"这是一条隧道，伙计们。我知道这条隧道，可我一直都不太在意它。你们知道为什么吗？因为它从三个房间下面经过，而它的另一个出入口在走廊上的一个空房间里。"

侍卫们惊恐万状地面面相觑，埃尔斯顿不由自主地退后了一步，穆哈恩的脸色则苍白得像一张白纸。

"没人能看出这说明了什么吗？"

所有人都呆呆地站立着，等待着一场风暴的降临。

"这说明我们这里有一名叛徒！"梅斯咆哮道。

在极短的时间内，梅斯一把拾起梳妆台前的椅子，猛地将其朝远处的墙壁扔去。伴随着清脆的声响，椅子顿时碎裂成一条条木块。"有人暗地里放这个人渣进来了！放他进来的要么是看守其中一条隧道出入口的人，要么是听到他的敲门声后为他开门的人。你们当中有人在欺骗我们，一旦我找到了这家伙……"

"长官。"盖伦轻声打断了梅斯，并举起双手做出了一个抚慰的姿势。

"怎么了？"

"要让一名刺客进到这里，仅凭一名叛徒是没法做到的。至少还得需要一名大门守卫的帮助才行。"

几名侍卫点了点头，低语着表示赞同。

"我才不在乎大门守卫呢。"梅斯咬着牙说，"他们卑微得一无是处，所以才会被派去看守大门。"

梅斯站立了片刻，重重地喘着粗气。凯尔茜想到了风暴云，它要么会被风吹散，要么将会给大地带来暴风雨的洗礼。她突然觉得身体有些发凉，不由得打了个寒战，与此同时她心底某个地方也冒出了一个略显自私的想法：这一幕何时才能结束，从而让她得以穿上衣服呢？

"我在乎的是这里有人违背了他自己的誓言。"梅斯继续以带着狂怒和威胁口吻的语气低声说道，"我敢肯定这个叛徒和在加冕仪式上刺了女王一刀的家伙是同一个人。我一定会找到他。如果他认为我不能查明真相，那么他就太愚蠢了。"

他沉默下来，继续重重地呼吸着。凯尔茜看了看其余的侍卫，这些人都是加冕仪式上守在自己身边的人。埃尔斯顿、奇布、佩恩、卡伊、穆哈恩、戴亚、卡埃、盖伦、威尔默……当时每个人都离她不远，都具备扔刀子刺中她的条件，只有佩恩一个人是绝无嫌疑的。不知何时，梅斯已经把自己腰间的刀子拔了出来，他正用冰冷的目光挨个儿瞪视每一名侍卫。凯尔茜想要说些什么，可是其余各名侍卫的沉默表明她想要说的任何话都起不了多大作用。她试图让这样的观点进入自己的头脑：这些人当中有一个或几个已经违背了当初许下的誓言。她还以为自己和他们之间的关系已经取得了某种进展，然而刚刚发生的这件事再次证明了自己的幼稚。

过了一会儿，梅斯看起来似乎恢复了常态。他把自己的刀子收了起来，然后用手指着地上的那具尸体，"把他从这里带走！"

几名侍卫迅速走上前去准备执行任务，凯尔茜差点儿也做出了和他们一样的动作。

"我们需要一些东西把死者覆盖起来。"奇布喃喃地说，"没必要让孩子们见到血。"

埃尔斯顿把尸体抬成了坐立的姿态，"他身上没有血。"

"他的脖子断了吗？"

第九章　宝石

"没有。"

"那他是怎么死的？"站在墙边的穆哈恩问道，他的蓝眼睛直直地盯着凯尔茜。

"赶快行动！"梅斯吼道。埃尔斯顿和奇布将尸体抬起来，其余的侍卫们则紧跟在他们身后低声议论着。当他们从凯尔茜身旁经过时，都偷偷地朝她投去困惑而短促的一瞥。

梅斯转而看着佩恩，"我的话你听好了。你每个月有两次周末假期，不过在那之外的其余时间里，我不想看到你离开女王陛下超过十英尺的距离，你明白了吗？你快去帮女王陛下选一间带前厅的卧室吧，这样你就可以睡在那里，而女王陛下也能继续保有她的隐私。"

"只有一部分隐私而已。"凯尔茜咕哝道。梅斯转过头来用大大的黑眼睛看着她，于是她举起双手做出投降的姿势，"好了，好了。"

梅斯转过身去，迈着大步离开了房间。

"他会没事的，陛下。"佩恩安慰道，"他从前也曾有过这样的时候。他只需要出去杀个人什么的，很快就会恢复正常。"

凯尔茜有些心神不宁地笑了笑，她不确定佩恩是不是在开玩笑。尽管此时她并不觉得冷，但还是不住地发起抖来，两条腿也战栗不停。安黛莉不知从何处冒了出来，手里拿着一叠干净的衣服。"你身上有血呢，陛下。你得再回浴缸里洗洗。"

佩恩看着凯尔茜，抱歉地笑了笑，"我不能离开你，陛下。如果我面朝墙壁站在这里，你觉得怎么样？"

凯尔茜摇了摇头，干笑了几声，"我需要隐私。"

佩恩转过身去，面朝着门口，就这样"僵持"了一小会儿之后，凯尔茜看出自己别无选择，于是取掉了覆盖在自己身上的毛巾，重新跨进了浴缸。看着浴缸里的水很快变成了暗淡的粉红色，她不由得皱了皱眉。她开始清洗自己的身体，并尝试着忘记佩恩就在这个房间里的事实，可是最终没能成功做到这一点。

噢，没什么好在乎的，反正他们都已经见过我没穿衣服的模样了，凯尔茜因为这个令自己羞愧不已的想法而无助地笑出声来。安黛莉正忙着将凯尔茜的一头湿漉漉的凌乱长发在头顶绾成一个髻，再用一个银质发夹把发髻固定好，所以并没有留意到凯尔茜的笑声。安黛莉的表情非常平静，看不出一丝担忧的神色。凯尔茜心想这中间一定是弄错了什么，也许安黛莉才应该成为女王。

"你需要一杯茶吗，陛下？"

"好的，谢谢。"

安黛莉走到门口的时候突然停下了脚步，头也不回地说起话来："请原谅我，陛下。我隐约看到了一些东西，可是很不清晰。我没法看到那名刺客，也没法看到房间里的情形。"

凯尔茜朝安黛莉眨了眨眼，可是后者并没有看到。安黛莉走了出去，随手关上了身后的门。

莫特姆森的最后期限到了，然后又过去了，可是梅斯一直没有现身。凯尔茜感到有些惊慌，不过她看到其余侍卫们都将梅斯的缺席视为理所当然的事情，于是她自己也就慢慢平复下来了。佩恩解释说梅斯有时会独自外出办理一些事务，他离开的时候不会事先通知任何人，回来的时候也是如此。佩恩说得没错，因为在梅斯消失后的第三天，他的确是悄无声息地回来了。这天凯尔茜走出卧室吃午餐的时候意外地发现梅斯正坐在餐桌旁边，看上去刚刚沐浴过。她问梅斯去了哪里，可梅斯就是梅斯，始终拒绝回答这个问题。

侍卫们将刺客的尸体抬到了新伦敦的中心广场，然后将其叉在一根尖锐柱子的顶端，任其在那里逐渐腐烂。凯尔茜目睹这件事之后惊骇不已，不过她又听说这是这里的习俗。如果阿利斯没有说谎的话，那么这样的话语已经迅速传遍了整座城市的大街小巷——女王使出魔法亲自杀死了一名卡登成员。格雷厄姆家族的少东家身上没有任何伤痕，可是他实实在在地死了。

在漫长的一天中，凯尔茜会三番五次地将蓝宝石从自己的衣服里掏出来，凝神注视着它，盼望着它能再次对自己说话，或者再次做出一些非同寻常的事情来。可是什么事都没有发生，她觉得自己好像被欺骗了一般。

第九章　宝石

梅斯对凯尔茜的担忧不以为然，"可能宝石只是在你需要用它实现某些具体目的时才会发挥作用吧，陛下，别太在意了。"

餐桌上摆放着一张地图，详细描绘了莫特姆森和铁灵的边境。梅斯用四个茶杯将地图的四个角压住了，以防它卷曲。凯尔茜俯身看着地图说道："拉扎勒斯，我觉得很担心。我不知道发生了什么事，也不知道该如何告诉别人。"

"没错，可是只有你和我真的知道那件事，陛下。这是好事，相信我，他们在试图再次对你发动直接攻击之前会有所顾虑。"

凯尔茜想到了伫立在墙边的侍卫们，于是压低了声音，"关于我们当中的叛徒，你的调查有眉目了吗？"

梅斯皱了皱眉头，指着地图上的一个点，也压低了自己的声音，"在这方面我已经取得了一些进展，陛下，只是还不能完全确定。"

"什么进展？"

"只是一些推测而已，除此之外就别无其他了。"

"这的确不是什么大的进展。"

"不过我的推测鲜有出错的时候，陛下。"

"那么我现在应该对自己的人身安全感到担忧吗？"

"还不至于，陛下，除非是出现了令佩恩猝不及防的状况。我更担心的是一种以前从未有过的局面。"地图的一角突然卷了起来，梅斯一边咒骂着，一边将其重新摊开，然后拿起茶杯重重地压了下去。

"你的困扰是什么呢，拉扎勒斯？"

"陛下，无论这名叛徒是谁，他仍然还逍遥法外。背叛的行为通常会留下一些气息，确切地说是一种难闻的气息，而我以前还从来没有像这次一样，居然没能嗅出这样的气息。"

凯尔茜笑了，伸出手指戳了戳梅斯的手臂。"或许，这只是针对你的自满情绪的良性考验吧。"然而，她随即看到梅斯的自尊心好像真的因为这句话而受到了伤害，于是便恢复了一本正经的表情，并用手拍了拍梅斯的肩膀。"你会找到他的，拉扎勒斯，因为有你这样的强悍对手存在，哪怕是让我拥有莫特姆森的全部钢铁，我也不愿成为与你为敌的叛徒。"

"陛下？"戴亚从走廊走了过来。

"什么事？"

"我们想给你看一样东西。"

"现在吗？"凯尔茜站起身来，看到了一个奇怪的现象：戴亚居然在笑。梅斯挥了挥手，示意她应该跟着戴亚过去，于是她跟在戴亚身后穿过了走廊，佩恩则一直迈着轻轻的步伐紧紧跟在她的后面。汤姆和威尔默正站在一扇门旁边，这里离凯尔茜的新卧室只隔着两扇门，两个人的脸上都带着笑意。凯尔茜小心翼翼地朝他们走了过去，心想或许她对待他们所有人的态度都显得过于随意了，那么接下来她自己会成为一场恶作剧中被捉弄的对象吗？

"请继续往里走，陛下。"威尔默示意她进门去。他的两只脚在地上轮流轻微地跳跃着，激动不已，这使他看上去比往日年轻了许多，就像个正在庆祝圣诞节的欢快小男孩，或者说更像急着上洗手间的小男孩。

凯尔茜走进房间，这里整体上给人一种舒适而温馨的感觉。天花板很低，没有窗户，各处随意地摆放着五把扶手椅和两张沙发，几个小孩零零星星地坐在这些椅子和沙发上。凯尔茜心想这些可能是安黛莉的孩子吧，不过她并不确定这一点。她朝戴亚投去了充满询问意味的一瞥，后者伸手指了指房门远端的那面墙。

她立刻认出了摆放在墙边的书架，在过去的两个星期里，她曾在母亲的寝宫里注视过它们，还因它们空空如也而满心遗憾。不过，此刻这些书架上竟然摆满了书。凯尔茜走得更近了些，就像被人施了催眠术一般，心醉神迷地看着这些书。每本书的名字都是她见过的，但当她看到了那本有着巨大棕色皮革封面的《莎士比亚全集》——那可是卡琳的心肝宝贝——时，她才知道梅斯为她做了些什么。

"戴亚，这一阵子你就是在为这件事而忙碌吗？"

"是的，陛下。"戴亚回答道，"梅斯决定要给你一个惊喜。"

凯尔茜细细地察看着这些书，它们的外观跟她在卡琳的藏书室里所看到的完全一样，有人还费心地将这些书按照作者姓氏排过序。尽管小说类作品和非小说类纪实作品被混合在了一起，这是会令卡琳发狂和尖叫的做

第九章　宝石

法，不过凯尔茜却因侍卫们的良苦用心而深受感动。

"我们一本书也没有漏掉，陛下。我们把运送书籍的马车覆盖得严严实实的，不过一路上一滴雨也没下。我想这些书应该丝毫没有受到任何损伤。"

凯尔茜长久地注视着书架，随后转过身来面对着戴亚，她的视线因突然涌出的泪水而变得模糊起来，"谢谢你们！"

戴亚将脸转到了一边，凯尔茜的注意力也转移到了坐在椅子和沙发上的孩子们身上：他们当中有两名处于青春期的男孩，还有一名大约十一二岁的女孩和一名更小的女孩，年龄大概在八岁左右吧。"你们是安黛莉的孩子，对吗？"

三名年龄较长的孩子保持着沉默，只有那年龄最小的女孩重重地点了点头，大声喊道："我们还帮忙把那些书按作者姓氏排了序！我们昨天一直熬夜到很晚才睡呢！"

"他们的确是安黛莉的孩子，陛下。"戴亚告知她。

"你们的工作做得非常棒！"凯尔茜对他们说，"谢谢你们！"

两名男孩和最小的女孩有些害羞地笑了笑，可是那名年龄更大一些的女孩一动不动地坐着，并用闷闷不乐的眼神注视着凯尔茜。凯尔茜感到有些困惑，自己以前从来没有跟这名女孩说过话，甚至根本都不认识她。在房间里的这群孩子中，这女孩的模样看上去最像安黛莉的丈夫。女孩的嘴角在自然状态下略微有些下垂，脸上有着明显的黑眼圈，目光看起来有些多疑。片刻之后，女孩把脸转了过去，凯尔茜这才松了口气：这女孩或许的确长得像她父亲，不过刚才那个动作里所蕴含的不屑一顾的意味却像极了安黛莉。

凯尔茜环顾四周，想要寻找梅斯，可是他并不在这儿。"拉扎勒斯在哪里呢？"她问道，可是没有人回答。

后来她回到了餐桌旁，发现梅斯依然坐在那里仔细查看着那张巨大的新世界地图。"谢谢你给我的惊喜。"

梅斯耸了耸肩说："我能看出如果我们不给你一些书的话，你就没法专注地做任何事情。"

"书对我来说就是整个世界。"

"我没法理解为何你对那玩意儿如此痴迷。它们不能喂饱你,不能保护你,也不是让你活下去的必需品,不过我看出它们对你而言很重要。"

"如果我能做些什么事情来回报你,请尽管提出来。"

梅斯扬起了眉毛:"陛下,你可得当心这种无限制的承诺。相信我吧,这种承诺会在你猝不及防的时候带给你致命一击。"

"就算你说的是真的,我还是坚持这样的承诺:如果我能为你做些什么,请尽管告诉我。"

"那好。把所有的书都堆成一堆,然后放火把它们烧掉吧。"

"什么?"

"这可是你刚刚承诺过的。"

凯尔茜感到胃部一阵抽搐。梅斯用一种饶有兴致的眼神盯着她看了一会儿,随即大笑起来,"放松点吧,陛下。对任何人来说,一位女王欠下他一笔债务,这是非常宝贵的东西,我可不想随意把它浪费掉。你的书至少是无害的,起码可以用作防御工事。"

"拉扎勒斯,你可真讨厌。"

"你说得没错,我就是这样的人。"

"说真的,谢谢你。"

他耸了耸肩,"这没什么,陛下。做这件事要比保护一位难伺候的主儿容易得多。"

凯尔茜正要笑出声来,却顿时变得一脸严肃,"有什么关于巴蒂和卡琳的消息吗?"

"目前还没有。"

凯尔茜皱了皱眉。最近她有些惊讶地发现自己不仅想见到巴蒂,同时也想见到卡琳。她有很多事情想要告诉卡琳,如果能和卡琳一起聊一聊她的母亲、王国的状况——王国的真实状况,而这是一直以来卡琳都不允许她谈论的内容——该是令凯尔茜感到多么舒畅的事情啊!而且,凯尔茜有些内疚地想道,她还想告诉卡琳,那一年那一天卡琳把凯尔茜穿在身上的礼服扯下来是无比正确的举动,如今凯尔茜对那件事所怀有的怨恨全都已

第九章 宝石

经烟消云散了。

别再欺骗你自己了，她脑子里有个声音说道，你的怨恨并没有消失，它只是找到了更好的宣泄对象而已。

"他们已经没在佩塔卢马了吗？"

"陛下，我所知道的情况不比你多。"

"好吧。"凯尔茜站起身来，差点儿撞到了佩恩，后者把一只手放在她背上，"对不起，陛下。"

"你们俩进展还顺利吗？"梅斯问道，他的注意力仍然还在面前的地图上。

凯尔茜看着佩恩，后者笑着耸了耸肩。

"我认为还不错，不过佩恩的鼾声像极了风箱工作时的声音。"

"说真的，陛下，梅斯早就知道这一点了。"

"听到你的鼾声，我觉得自己仿佛置身于一个铸造车间一般。如果莫特姆森的钢铁铸造厂也能以这样的节奏来运作的话，那么产量一定相当可观。"

"唔，产量可观。"梅斯心不在焉地回应道。不知何时，他已经从衣兜里掏出了一支笔，现在正沿着地图上的莫特姆森边境画出一条粗粗的黑线。"除了打鼾，他没别的毛病了吧。"

"嗯，没了。"

"阿利斯！"梅斯朝着走廊的方向喊道，"我们准备好见你了！"

阿利斯显然一直在外面偷听，梅斯的话音刚落他就从走廊里走了出来。他依然用招牌式的"螃蟹步伐"走路——用一条腿拖着后面的另一条腿前行。凯尔茜看着他越走越近，不由得皱了皱眉头。她心里正计划着在今天——或者是在接下来的一年里的每一天——晚餐前花几个小时阅读卡琳的书呢，当然，这也意味着她不得不放弃和文纳一起进行的击剑课程。可是，军中的战士再过几天就要抵达这里了，另外她将在星期六举行自己的第一场接见会，所以她应该花上几个小时的时间和阿利斯一起讨论，为这两项安排做好充分的准备。所有那些卡琳从未提供给她的信息将在一个星期的时间内全部塞入她的头脑中，她的日程安排得非常紧凑，可以预见的是即将迎接她的会是精疲力竭的一个星期。

"你得到了很多不错的藏书啊,女王陛下。"阿利斯边说边靠近桌边,"铁灵周边有一些奇书收藏家。如果你要卖书的话,我应该可以帮你牵线搭桥,以可观的价格卖给他们。"

"收藏家?那他们在哪里?"

"我不能透露我的客户信息。你想卖吗?"

"绝不可能。与卖掉藏书相比,我倒更宁愿放弃我的王冠。"

"噢,它很可能也可以卖个好价钱。"阿利斯坐了下来,抓住裤管将跛掉的那条腿拖到了椅子上,"不过,市场行情随时会改变的。"

凯尔茜并不是唯一一个对藏书室感到满意的人。要想成为女王侍卫,能读会写也是必不可少的条件,每当凯尔茜闲暇时漫步到藏书室,总能看到不当班的侍卫要么躺在沙发上,要么蜷曲在扶手椅上,而他们手里总是捧着一本书。看起来每个人都能在这间藏书室找到自己需要的书。

确切地说,是"几乎"每个人,因为梅斯从来都不会去藏书室。很多书都是梅斯有可能会喜欢的,可显而易见的是他觉得阅读信件、账单和声明就足够了,读书没有任何实际意义。梅斯这种对书籍兴味索然的态度,着实令凯尔茜觉得有些恼火。

米莉亚的儿子和卡洛塔的婴孩年纪太小,还不会看书,不过安黛莉的所有孩子们——除了正处于学步期的格莱——都知道该如何阅读,而且看起来他们在母亲当班时一直都待在藏书室里。只要他们足够安静,凯尔茜觉得让他们在藏书室里待多久都没关系,而他们的确是非常安静。他们没有向任何成年人寻求帮助,自己就找出了罗琳的七部著作,接下来在确定该由谁先阅读第一部著作的过程中,他们之间竟然没有爆发任何争吵。凯尔茜饶有兴味地看着年龄最大的男孩韦恩让其余三个孩子坐下来,然后四个人从藏书室壁炉的柴火中掰下了四根细树枝来抽签。结果,十三岁的马修赢得了先读第一本书的权利,而其余三个孩子则只能去书架那里找别的书来读。韦恩找到了一本解剖学方面的书籍,尔后准确地翻到了列奥纳多·达·芬奇所画的人体解剖图。八岁的小女孩莫瑞恩似乎总是找不到自

第九章 宝石

己想看的书，爱情小说里的情节对她来说都过于老套了，而卡琳的藏书中从来都没有莫瑞恩所说的那种"女性文学"。最终，凯尔茜把手伸到书架上比较高的一层，取下了一本《格林童话》。尽管这本书里的故事并不是专门针对女性的，不过凯尔茜认为书中跟公主有关的故事情节可以在一定程度上满足莫瑞恩的需求。莫瑞恩以充满怀疑的眼神盯着书的封面，然后拿着书朝一把椅子走去。

四个孩子当中，凯尔茜最关注的人是十一岁的女孩爱莎。爱莎将凯尔茜童年时期常读的那类书拿起来，接着又放下，看上去没有一本书符合她的心意。端详着这个女孩，凯尔茜发现她之所以流露出闷闷不乐的表情，在一定程度上是跟她五官的结构有关。爱莎的鼻子扁平，眉毛很粗，嘴角略微下垂，眉毛却轻微上扬，整张脸看上去颇有几分好斗的男子气概。

凯尔茜鼓足了勇气——基于某种原因，凯尔茜觉得这个女孩和安黛莉本人一样有些令人害怕——走到离她更近一点的地方，试探性地问道："如果你告诉我你在寻找哪种类型的书籍，或许我能为你做些推荐。"

爱莎转过头来。她有着和她父亲一样的黑眼睛，不过此时她眼睛里流露出来的神情却跟安黛莉非常类似。"我想找冒险故事来读。"

凯尔茜点了点头，她从这句陈述中听出了颇多的意味。她用目光扫视着书架，不过内心深处清楚知道这里并没有与女英雄有关的冒险故事。她用一根手指从更低一排书架的书脊上一一拂过，最终停在了一本绿皮封面、书脊以金丝做装饰的著作上。她把这本书从书架上取出来，递给了爱莎，"这本书里没有女孩，不过如果你喜欢看这个故事，接下来还可以在它的续集里找到一位女英雄。"

"那我为什么不能直接读它的续集呢？"爱莎问道，再次流露出闷闷不乐、略显愠怒的表情。凯尔茜发现自己被这个女孩变化着的面部表情给震慑住了，那种感觉就像是看着一个突然收拢的圈套。凯尔茜的第一反应是严厉地应答她的问题，可是赢得安黛莉的子女的心看起来差不多就跟赢得安黛莉本人的心同样重要。于是，凯尔茜尽最大努力将自己的声音调整到极其柔和的程度，"那是不行的。你得先读完这本书，然后才能看明白续集，否则续集对你来说就没什么意义了。用心把它读完吧，这是我最喜的书之一。"

爱莎把《霍比特人》夹在腋下离开了。凯尔茜站在原地看着她的背影，对于自己接下来是应该继续观察这些孩子们，还是应该再重读一次《魔戒》，她实在是拿不定主意。说真的，其实她根本就没有时间来做这两件事当中的任何一件。再过十分钟，她就得更换服装去忍受来自文纳的折磨。她朝佩恩点了点头，一把拿起自己放在书桌上的几本书和几页纸，继而朝着藏书室的门走去。

快要走到门口的时候，凯尔茜回过头来，看了这里的四名孩子最后一眼，他们都舒舒服服地蜷曲着身体看着自己手里的书。盖伦也斜躺在墙边的一张沙发上，将一条腿悬在沙发扶手上，读着一本蓝色皮革封面的书。凯尔茜心里想着卡琳会有多想看到眼前的场景呢，她的藏书室正被一群读者分享。对于一个举国上下都对书籍充满渴求的王国来说，这里就是一片宝贵的绿洲。

不对，不是这样的，甚至可以说根本就没有任何渴求，凯尔茜严肃地想道。铁灵就像一个长久以来一直没有进食的人，这个人甚至已经忘记了饥饿的滋味。这样的念头在凯尔茜脑海里一闪而过，旋即又消失得无影无踪了。

佩恩正等着她走出去，她对他报以带着歉意的一笑，接着便回到了藏书室门外的走廊。一时兴起，她在走廊上的"阳台房间"——现在大家都认可了这个说法——门口停下了脚步。今天负责值守这个房间的侍卫是穆哈恩，他在凯尔茜靠近的时候朝她鞠了一躬。除了佩恩之外，就只有穆哈恩会常常向凯尔茜鞠躬了，不过凯尔茜并不怎么在意这类形式上的礼仪。对于其他侍卫来说，鞠躬似乎会令他们觉得颇不自在，对于戴亚来说尤其如此，他很可能对此持讥讽的态度。穆哈恩看上去仍然是睡眠不足的样子，凯尔茜开始担心他是不是患上了慢性失眠症，这些不幸的患者无论在怎样的环境下都无法入眠。她从心底里对穆哈恩涌起了一阵怜悯之情，从他身边走进"阳台房间"的时候也朝他笑了笑。但是，她很快想起了那天晚上在自己的浴室里发生的一幕——那个将她从浴室里拖出来的男人以及地上被翻转的石板——这段回忆令她的笑容僵在了脸上。梅斯认为他们当中任

第九章　宝石

何人都有可能是叛徒，没有例外。

　　阳台和房间的长度是一样的，大约有三十英尺，外围安装了一道及腰的护栏。这是三月里一个清爽的下午，天色已经开始渐渐变暗，在深蓝色的天空之下，寒冷的风从凯普城堡的前部吹拂而过，在城堡的屋檐下方和各个城垛之间发出了凄凉的呼啸声。凯尔茜倚在阳台护栏上望着外面，她的视线越过暗光之下的新伦敦城，来到了朝着地平线的方向蔓延开去的阿尔蒙特平原，棕色和黄绿色这两种色彩在平原上斑驳交错着，而坎铎尔河与克里希河仿佛是划过阿尔蒙特平原的两条优美曲线。她的王国如此美丽，不过却让人望而生畏。这里有如此广袤的土地，如此众多的人口，可这些人的生命正处于岌岌可危的境地。凯尔茜的军队将于明日抵达，而与他们会面则是令她深感不安和害怕的一件事。根据阿利斯和梅斯的说法，她绝不会喜欢博芒德将军。她俯瞰着自己的国土，内心充满了担忧。她恨不得自己能一直望见莫特姆森，这样她就能确切知道迎接自己的将是什么样的处境。

　　夜幕突然降临，凯尔茜的视线也随之变得模糊起来。她一下子脚没站稳，差点儿跌倒，幸好及时抓住护栏才保持住了身体的平衡。她这才隐隐发觉，站在阳台上的其实不过是自己的一个躯壳而已，她身体的其余部分似乎正飞过那高高的、寒冷的夜空，冷风正从自己耳旁呼啸而过。

　　低下头来，她看到了一大片覆盖着茂密松林的土地，中间有两条呈十字交叉状的道路。它们跟铁灵境内的其他布满尘埃的泥路不同，路面上铺设着某种石材，原来这两条路是专供满载货物的车辆通行用的。她在北面的地平线上看到了一些丘陵，更确切点儿可以说是高山，山上点缀着一些采矿设备。那里没有农田，有的只是工厂，一座座砖块砌成的烟囱将浓烟和灰烬排进了空气中。现在是白天吗？抑或是晚上？凯尔茜没法准确地分辨出来，整个世界都被笼罩在一层淡蓝色的薄雾里面。

　　"陛下？"凯尔茜听到从很远的地方传来了佩恩的声音。她摇了摇头，在心里默默祈求他不要在此时打扰自己。她现在非常害怕，她讨厌待在高处，可是，噢……她很想看个清楚。

　　前方是一座远比新伦敦大得多的城市，修建在松林上方一座高高的石山之上。一幢宫殿高高地耸立在城市正中央，有了它的存在，四周的建筑物都相形见绌。这宫殿的高度虽不及凯普城堡，却具备凯普城堡所没有的尊贵典雅和对称之美。在宫殿最高的一座塔楼顶部，一面鲜红色的旗帜正在风中飘荡着。凯尔茜的视线在旗帜上停留片刻之后，又回到了地面上。整座城市被一堵高高的木墙围在里面，城门前有一条宽广的大路，大路两旁各竖立着一排柱子。是灯柱吗？不对，待凯尔茜俯冲到更低的高度时，才看到每根柱子顶部都有一个小小的椭圆形物体——是人的头颅。有些人头已经被风化得只剩下了颅骨，有些却刚刚开始腐烂，脸部略有一些霉菌。

这是派克山脉——凯尔茜突然意识到了这一点——那么这座城市一定就是狄美恩城了。凯尔茜低头看着城市的左侧，看到了一团黑乎乎的物体，其间点缀着火光。她得再靠近一些，于是便一路俯冲下去，就像一只发现了猎物之后猛地从天空往下俯冲的老鹰一般。

"陛下？"

凯尔茜看清楚了，位于自己下方的是一支军队。这是一支人数庞大的军队，其队伍占据了好几平方英里的土地，队伍中有帐篷、篝火、士兵、马匹，此外还有好些满载着军械的四轮马车，其中包括刀、剑、弓、箭和长矛。在队伍的最后方是几台庞大的木制设备，凯尔茜从书里读到过有关这种设备的介绍：它们是攻城塔，每个至少有二十米长。她展开两只手臂，觉得它们犹如自己的一双翅膀，她不顾一切地在寒冷的空气中拼命扇动着"翅膀"。

凯尔茜旋转着继续往下俯冲，随即停留在军营上方。此时离天亮还早，士兵们正准备睡觉。她听到了一阵歌声，也嗅到了烤牛肉的气味，甚至还闻到了一股浓烈的麦芽酒味。她能看到地面上的所有细节，在她这一生已经度过的岁月里，她的视力从来没有像现在这般清晰过，可是她的一部分意识告诉自己这样的视力状况不可能持续得很久，终将恢复为人类肉眼的水平。

当凯尔茜从军营东面飞过时，看到了一些不同寻常的景象：在火光的照耀下，有一大块金属正闪闪发光。她收拢了"翅膀"，继续往下俯冲，当她来到营地的正上方时，人群聚集在一起所散发出的难闻气味充斥着这里的空间，不过她继续往下俯冲，现在已经来到了比先前低得多的位置。她

第九章 宝石

停留在营地东部边缘的上空,看到了一长排金属物体,每个物体都被单独放在一辆马车上,仿佛即将行军的士兵一般。她过了好一阵子才明白自己看到的是什么,而等她明白过来的时候,她的内心全然已被绝望占满了。

那是大炮。

真是太不可思议了!在莫特姆森甚至连火药都还没有呢!

这些大炮在她下方发出微光,似乎在默默地嘲弄着什么。它们总共有十台,是用钢铁制成的,看起来都很新。她完全嗅不到任何锈蚀的气味。

噢,铁灵!

她转过身去,决定回去发出警告的信息。她在这里看不到任何希望,铁灵毫无胜利的可能,这里的一切都散发出一种屠杀和死亡的气息。

她觉得自己的胸膛好像要爆炸了一般,她听到了一个男人发出的胜利的吼声。她感到仿佛有一支长矛刺进了自己的胸膛,击碎了心脏。

"穆哈恩!快去找医生来!"佩恩喊道。在凯尔茜听来,佩恩的声音显得遥远而空洞,如同是在水中听到的人声一般。"快让卡伊马上过来!"佩恩继续喊道。

凯尔茜拼尽全力想要停留在空中,可是她的"翅膀"已经失去了效用。她意识到自己正在尖叫,但她几乎听不到自己的声音。她像一块石头一样在眼前这个被蓝色笼罩的世界里不断往下坠落,最后她的身体重重地落到了地面上。

"你们不明白。"凯尔茜说道,这已是她今天第七次重复说出同样的话了,"莫特姆森的军队已经被动员起来了。"

博芒德将军在桌子的另一头朝她笑了笑,"我知道你相信这一点,陛下。可是这并不意味着我们就不能跟他们和解了。"

凯尔茜对他怒目而视。到目前为止这次会面一直都充满了各种争议,而她还遭受着轻微头痛的折磨。博芒德将军很可能还不到五十岁,可是在凯尔茜眼中,他看上去比铁灵的山峦还要年长。他的头顶像图钉一样光秃秃的,他的脸也因长时间暴露在日光之下而显得皱巴巴的。他将制服上一只袖子的袖口用线缝了起来,以求遮挡住他那条残疾的手臂。

坐在博芒德身边的是他的副指挥官霍尔上校，后者看上去比博芒德年轻差不多十五岁的样子，体格魁梧而壮实，长着一个强健的方下巴。霍尔并没有讲太多话，不过他的灰色眼睛一直在观察个不停。这两名男子都穿着全套的军队制服，很可能是为了给凯尔茜造成一些威慑，而凯尔茜有些恼怒地发现如果他们确实有这样的意图，那么他们的意图还真的在她身上实现了。

　　佩恩坐在凯尔茜身边，像尊雕塑一般沉寂。凯尔茜喜欢让他像这样待在自己身边，按理说总是有侍卫跟随在自己左右并不是件令人舒服的事情，可是不知怎地，佩恩却给人不一样的感觉——他知道该如何确保自己不给人造成过于强烈的被打扰的不适感。尽管这个比喻显得不那么仁慈，可佩恩的确令凯尔茜联想到了一条对主人忠心耿耿的狗，它总是迈着轻轻的步伐不离主人左右。佩恩非常警惕，不过他绝不会像梅斯那样令凯尔茜因他一直待在自己身边而觉得不适或受到搅扰。此时梅斯正坐在凯尔茜的右手边，凯尔茜每隔几分钟就会看看他的脸色，从而判断出该如何做出种种决定。昨天凯普收到了这样一则消息：位于凯普南边大约五十英里的格雷厄姆家族的一座堡垒，被一场大火给烧毁了。

　　凯尔茜花了一整天的时间来仔细思考这场风波。这座堡垒是格雷厄姆家族的少东家在自己的洗礼命名仪式上获赠的一个礼物，凯尔茜觉得真的很难将洗礼仪式上的一名婴儿与那戴着黑色面具、试图偷走她的宝石并割断她的喉咙的男人联系在一起。试图暗杀女王的行径所导致的后果是刺客家族的所有土地将被没收充公，可是那座堡垒里面还有很多毫无战斗力的平民男女，他们当中一些人在事前没有得到任何警告信息的情况下就与那座堡垒一并被大火吞灭了。凯尔茜确信那场火是梅斯所为，这是毫无疑问的，而现在她也明白梅斯并不是自己能够完全掌控的。这是凯尔茜刚刚才有的想法，她觉得梅斯就好像一条随时都会摆脱主人而恣意妄为的凶猛的狗，面对这样的情况她自己并不确定该如何应对。

　　梅斯的边境地图正摊开摆放在他们面前的桌子上，地图旁边还有一份《莫特姆森协议》。鉴于后者的条款已是板上钉钉，而且没有任何漏洞可钻，于是凯尔茜便把注意力放在了地图上。这是一份古老的地图，在凯尔茜出

第九章 宝石

生之前许久就已经绘制好了。地图所用纸张的厚度大约为八分之一英寸，这是莫特姆森造纸业早期状况的一个鲜明写照，不过当年两国边境的格局跟现在也没有太大的分别。凯尔茜突然发现自己的注意力被莫特姆森路给吸引了，这正是过去十几年来铁灵向莫特姆森运送人口的路径。莫特姆森路几乎是径直延伸到了阿尔戈斯山口，越过铁灵的边境之后是一道陡坡，在那之后就到了派克路。派克路是一条宽阔的大路，两旁都是森林，一直延伸到了狄美恩的城墙边。

这和我在梦中所见到的景象是一样的，凯尔茜摸着额头想道。可是那并不是一场梦，因为她所见到的一切都异常清晰、无比真实。那天当卡伊和梅斯在佩恩的呼召之下冲到阳台上来时，他们发现凯尔茜已经失去了意识。他们没法叫醒她，卡伊用尽了各种办法也没能让她醒过来。她身上唯一的生命征象是她的腹部还在上下起伏着，所以他们以为她就要死去了。

可我不是要死了，凯尔茜心里在说。

据佩恩回忆说，在凯尔茜晕倒在地之前，她胸前的蓝宝石发出了特别明亮的光芒，甚至照亮了夜色下的整个阳台。凯尔茜直到现在也不知道当时到底发生了什么事，只是恍惚觉得蓝宝石让自己看到了一些需要看到的场景。她在昏睡了几个小时之后又突然醒了过来，如果这就是为了看到那些场景而必须付出的代价，她觉得自己是可以接受的。

"陛下？"博芒德仍然在等待她的答复。

"我们不可能跟他们和解，将军。对此我已经下定决心了。"

"我不确信你是否真的明白你的决定将会带来怎样的后果，陛下。"博芒德转而看着梅斯，"阁下，我想在这方面你可以给女王陛下一些忠告和建议。"

梅斯举起双手，"我负责保卫女王的生命，博芒德。可我不会代替她做任何决定。"

博芒德看起来一脸震惊，"不过队长，你无疑能看出我们是不可能取胜的！你可以告诉她啊！莫特姆森军队……"

"我就坐在这里啊，将军。你为什么不直接告诉我呢？"

"请原谅我，陛下。不过呢，这样的话我也跟你母亲说过好几次，女人没有做军事规划的天赋。你母亲那时总是把这类问题交给我们全权处理。"

"我相信她当时的确是这样做的。"凯尔茜转了转眼睛，发现霍尔上校正用研判的眼光打量着自己，"不过你会发现我是跟她完全不一样的女王。"

博芒德的眼中满是愤怒，"那么，我再说一次，我认为目前你的最佳选择是赶快派遣使者去莫特姆森。吉诺特并不是傻瓜，他知道铁灵不是那么容易控制的王国。他不会急于进攻，可是相信我，如果他真的选择发动进攻的话，那么他一定会取胜。"

"吉诺特将军并不是莫特姆森的国王，他的地位至多就跟你在铁灵的地位差不多，博芒德。你为什么要认为我非得去说服他呢？"

"你先出运一批数量较少的人口去莫特姆森，陛下。这样可以收买他们。"

"博芒德，看来你非常着急地想把其他人作为抵押品献给他们。那么，如果我把你献给他们呢？"

"陛下，目前整个铁灵都已经成为抵押品了。如果你要把我献给他们，我将视之为我个人对铁灵王国作出的巨大贡献，并引以为荣。"

凯尔茜咬紧了牙关，她觉得自己的头疼得比先前更厉害了。"我不会再运送任何奴隶去莫特姆森，甚至包括你在内。你别再想这件事了，我们做好迎战的准备吧。"

"那么我再回到刚才说过的话题，你这是把我们置身于一个根本不可能扭转的境地。铁灵没有能力击退莫特姆森军队，而且正如你所认为的，如果他们重新找到了火药和大炮，那么我们的前景就变得更加无望了。你这样做，纯粹就是为一场大屠杀打开方便之门。"

"说话当心一点，博芒德。"梅斯轻声说道。博芒德重重地咽下一口唾沫，咬牙切齿地把脸转到了一边。

"如果莫特姆森真的已经重新找到了火药的秘密，那么我们无疑能看到火药在黑市上大量出现啊。"霍尔上校若有所思地说。

"很有可能。"梅斯表示赞同，"我从来没有听到过这类消息。"

"他们会不会刻意保守秘密呢？"凯尔茜问道。

"莫特姆森对他们的武器控制得不怎么好，陛下。在他们精通了驯鹰技

第九章 宝石

能之后,看起来几周之内市场上便出现了成百上千只鹰。"

"可是鹰需要训练者、食物和饲养空间啊。"佩恩争辩道,"如果没有训练者,它们就毫无价值。秘密地运送火药应该更容易一些吧。"

凯尔茜转头看着阿利斯,后者已经沉默了好几分钟了。阿利斯比任何人都更清楚黑市的情况,不过他似乎正在打瞌睡。只见他的嘴微微张开,一行唾液正顺着嘴角流淌到他的下巴上。今天早上当阿利斯到达凯普城堡时,他的齿间衔着一根细长的纸状物品。凯尔茜不愿去询问他,因为怕这样会显得自己很愚蠢,于是她偷偷地观察了好几分钟,后来看到他从嘴里吐出了一团烟雾,这才意识到原来阿利斯是在抽烟。凯尔茜甚至不知道香烟竟然还存在,它们一定是在莫特姆森黑市上交易的物品,可是如果铁灵境内有人在生产烟草的话,那么凯尔茜又将面临一大堆连锁问题需要解决了。她弓了弓背,然后又挺直了身子,感觉自己的后肩又开始痛起来。从今天开始她的伤口就没有再缠着纱布了,不过离痊愈还很遥远。"他们的武器有可能是来自拓荒时期的旧武器吗?"她问道。

博芒德摇了摇头,"那时的火药放到现在早就坏掉了。"

"就算他们找到了某种理想的保存条件。"霍尔补充道,"火药也不可能保存长达一个世纪之久。"

"为了要驱动大炮,他们应该对火药进行了某种合成,或者找到了某些替代品。"梅斯思索着说。

"这并不是没有可能的,阁下。"霍尔来了精神,"谁知道莫特姆森会从本国的矿山里挖掘出什么来?而且……"

博芒德朝霍尔皱了皱眉,后者顿时安静了下来。凯尔茜在考虑要不要叫醒阿利斯,从而咨询他的观点,可是她很快就放弃了这个想法。如果让阿利斯加入谈话,只会让桌边的争论加剧而已。很明显,阿利斯并不怎么尊重这些军人,在打瞌睡之前,他就已经抓住好几次机会指出了铁灵军队在莫特姆森入侵时犯下的错误,他喋喋不休地数落着博芒德他们,以至于凯尔茜在想战争的结果是不是令他在赌博中输掉了大量的钱财。

"那么红女王首先会做什么呢?"凯尔茜问道。

"入侵我们的边境。"

"会全线入侵吗？"

"不是的，她应该会从某几个村庄开始着手。"

"为什么要这样做呢？"

博芒德有些气恼地叹了口气，"陛下，让我这样跟你解释吧。你不会在还不知道水的深度之前就贸然从悬崖上跳入水中，对吧？如果你是红女王，你应该会先找几颗石子投进水里试探一番，这对你来说是很容易做到的，因为这不会花掉你多少时间，而且要找到石子也是轻而易举的事。红女王并不把你视为真正的威胁，不过她应该也不会贸然行事。"

"可是她为什么要采用袭击部分村庄的方式来试探我们呢？为什么不派间谍来实地考察？"

"为了瓦解我们的士气，陛下。"博芒德掏出了一把匕首，与此同时凯尔茜看出他好像随身携带着大量的武器。博芒德在空中猛地挥了一下匕首，"看到了吧？请设想一下如果刚才我用它割断了你的小指，那么你会怎样？虽然你没有什么大碍，可是我使你流血了。而且我还向你表明了一点，那就是我随时都可以侵犯你的人身安全，甚至夺取你的性命。"

凯尔茜觉得这个比喻进一步表明了跟莫特姆森对抗是件多么愚蠢的事情，可是她沉默片刻之后说出了让自己后悔的话。在她身旁，阿利斯发出了轻微的鼾声。"阿利斯！你同意博芒德将军的看法吗？"她终于还是问了。

"我同意，陛下。"阿利斯猛地惊醒过来，用沙哑的声音说道，"可是你别再自欺欺人了，铁灵境内已经有很多间谍涌现出来了。"

梅斯点头表示同意，凯尔茜把脸转回去看着博芒德，"他们会从莫特姆森路入侵吗？"

"恐怕不会，陛下。他们得经由阿尔戈斯山口才能抵达莫特姆森路，没有哪支军队会愿意行进在蜿蜒曲折的山路上，因为他们在那样的地方极易受到攻击。不过，我们仍然还是需要封锁莫特姆森路，以免他们用它来运送军需品。"博芒德俯身看着地图，摇了摇头，"可惜的是阿尔戈斯塔已经没有了。"

凯尔茜用充满疑惑的目光看着梅斯，后者回答道："陛下，从前在阿尔戈斯山口筑有一座堡垒，可是莫特姆森军队在撤退时行进到了那里，并将

第九章　宝石

它拆毁了。现在阿尔戈斯山口只留下了一大堆乱石块。"

博芒德用一根手指在莫特姆森与铁灵的边境比画了一条路线，"如果我是吉诺特，我会选择走这条路。这里是道路崎岖的丘陵地带，尽管这样的地形会减慢他们行军的速度，可是这条路有充足的树林作掩护，而且可供一大队人马通行，比行进在窄路上要容易和安全得多。"

"那么我们应该如何应对才能击退类似这样的进攻呢？"

"你没法做到。"

"我很欣赏你先前表现出来的乐于助人的态度，将军。"

"陛下……"

"霍尔上校，你的看法是什么呢？"凯尔茜转而看着博芒德的副指挥官。

"我只能说我同意将军的看法，陛下。我们几乎没有希望赢得最终的胜利。"

"没错。"博芒德说。

霍尔举起一只手，"不过你能大大减慢他们进攻的速度。"

"愿闻其详。"

霍尔前倾身体，顾不得理睬坐在自己身边眉头紧蹙的博芒德。"看起来我们唯一的选择就是采取拖延战术，陛下，旨在阻碍和延缓莫特姆森主要兵力的行军速度。这意味着我们需要跟他们打一场游击战。"

"这样做能达成什么样的目的呢？"博芒德摊开双手问道，"他们或早或晚，终究会占领铁灵王国。"

"你说得对，可是这样做的确能为我们多争取一些时间。说不定在这期间女王会跟对方议和，或者想出其他更好的策略。"

凯尔茜满意地点了点头。不管怎么说，霍尔给出了极有创造性的建议。现在博芒德开始公然对霍尔怒目而视了，可是霍尔已经决定暂时不理睬他而继续说下去，"如果他们按照先前将军所指出的路线行军，那么对我们就更有利了。陛下，我从小是在爱德怀长大的，我对那一带边境的了解程度就像了解我自己的手背一样。"

"那么，你认为边境的村庄该怎么办呢？"

"在莫特姆森军队面前，它们根本就不堪一击，所以我们应该组织村庄里的所有人都撤离那里。莫特姆森军队在进攻的过程中,除了占领土地,还会劫掠战利品。那我们就留给他们一些空空的村庄好了,在这些村庄里展开搜寻工作也会耽搁他们一些时间。"

"陛下,这可不是善用资源的好方法。"博芒德有些焦躁地打断道,"撤离村庄的人员和物资需要投入大量的兵力,而这些士兵原本是应该驻扎在边境的,以防莫特姆森军队攻入阿尔蒙特。"

"难道你没听到我先前说过的话吗,博芒德?莫特姆森军队已经整装待发了,而你自己也说了他们很可能会最先举兵入侵两国边境线上的村庄,那里的人民正处于极大的危险之中。"

"是他们自己选择住在边境线上的,陛下。他们早就知道住在那里得承担怎样的风险。"

凯尔茜张开嘴正要反驳,可是梅斯迅速来到她面前。"陛下,让村民撤离他们原先的居所,这会使王国境内出现一大批难民,而这些难民都需要食物和住所。"

"那么我们就向他们提供食物和住所。"

"他们能住在哪里呢?"

"我相信你一定会找到合适的地方供他们居住的,拉扎勒斯。"

"如果他们不愿意来我们准备好的住所呢?"博芒德问道。

"如果那是他们自己的选择,那我们就让他们留在原来的地方好了,毕竟我们并不是要强行拘禁他们。"凯尔茜朝博芒德露出亲切的笑容,"不过我相信你能够以正确的方式向他们解释事态。"

"你说我吗?"

"我说的就是你,将军。你将带领一大队精兵去边境组织村民撤离,并负责守卫边境和莫特姆森路。你认为需要带多少人,就可以带多少人。"

博芒德转而看着霍尔,"你去负责撤离村民。"

"请等一下。"凯尔茜插话道。阿利斯曾告诉过她很多军事体系知识,现在她在那些知识里努力搜寻着,"霍尔,你作为一名上校,麾下应该有一支部队供你差遣吧?"

"没错,陛下。我负责指挥左翼部队。"

第九章 宝石

"很好。你的部队将从大部队中独立出来,负责在你先前所提到的战线上同敌军展开游击战。"

"陛下!"博芒德满脸涨得通红,厉声说道,"应该由我来部署我的军力。"

"你错了,将军。这是由皇室拟定的作战部署,我需要征召你的一支部队去执行别的任务。"

"你还把我的副指挥官也调走了!"

"对,他也被征召到了别处。"

阿利斯"扑哧"一笑,凯尔茜看了他一眼,发现他嘴里又衔着一根新点燃的香烟。这烟的气味跟刚才一样难闻,不过凯尔茜没有对此发表什么评论。曾经隐隐向她透露皇室有权采取直接军事行动的人就是阿利斯了,当她和阿利斯的目光相触时,后者朝她眨了眨眼。

环顾了一下桌子四周,凯尔茜发现佩恩和梅斯都对博芒德怒目而视,而后者正用匕首般锐利凶狠的目光瞪视着霍尔。霍尔却只是望着凯尔茜而已,他眼中所流露出的狂热野心显而易见,但是他的目光里还有一些别的意味,那是凯尔茜无法参透却很喜欢的意味。

要不是此人在军中任职,明天我就会让他成为我的侍卫。凯尔茜默默想道。

"尤其令我感到担忧的是那些大炮。"凯尔茜告诉霍尔,"我看到了十台大炮,而且真实数量或许还不止于此。我没法辨认出它们是铁制的还是钢制的,而你的首要任务就是废掉它们。"

"遵命,陛下。"

"大炮,哼!"博芒德用嘲讽奚落的语气说道,随即再次把脸转向梅斯,"根本就没有火药。我们真的要根据一个女孩发烧时所做的梦来制定军事策略吗?"

梅斯正要回答,却被凯尔茜抢过了话头,"将军,这是你第二次没有直接对我说话。如果你像我一样重视你的这么多年戎马生涯,那么请下不为例。"

"这个计划根本没有可行性,陛下!"博芒德咆哮道,"这是对人力的极大浪费！"

"那么人口出运就不浪费人力了吗？"凯尔茜厉声喊了回去，"我认为你所爱的人当中还没有谁被运走吧，将军？"

佩恩轻轻地捏了捏她的手肘。

"对我来说，的确是这样。"博芒德的视线飞快地转向了霍尔。

佩恩倾身靠近凯尔茜，低声说道："霍尔的哥哥被送走了，陛下。他和哥哥的关系非常亲密。"

"我很抱歉，霍尔上校。"

霍尔朝凯尔茜挥了挥手，似乎并没有因此而受到任何冒犯。他正低垂着眉毛思考着，思绪显然已经飘到了远方的边境。凯尔茜并不确定霍尔是不是真的相信自己所说的关于大炮的情形，可是这已经不要紧了，重要的是他已经对她表明了坚决服从的态度和立场。

"你们还有别的什么事情吗？"

两名军人都没有再说什么。博芒德的表情看上去就像吞吃了什么令人恶心的东西一样难受，凯尔茜脑子里飞快地掠过了一个想法——她是不是有必要担心博芒德的忠诚度？不过她很快就打消了这个念头，他看上去不像是会发动政变的角色，哪怕他再年轻二十岁也不会这样做。博芒德只是比较缺乏想象力和创新精神，并不具备叛徒所需的特质。

"那我们就到这里吧。"梅斯宣告道。听了这话，博芒德和霍尔迅速站起身来，让凯尔茜吓了一跳。

"谢谢你们。"她对他们说，"再过一个星期，你们把各自的进度报告提交给我。"

"遵命，陛下。"他们喃喃地说，却继续站立在凯尔茜面前盯着她看了许久，凯尔茜不明就里，开始怀疑自己的仪容是不是有什么问题。她正想就此事询问他们的看法，却突然意识到了他们在等的是什么。

"你们退下吧。"

他们鞠了一躬之后便离开了。

第十章
多马·罗利的结局

> 要分析叛国者的动机并不是一件容易的事情。有些人背叛自己的国家是为了物质利益，有些人是为了复仇，有些人是为了实现某种疏离自己所在国家价值观的满足感，还有些人背叛自己的国家是因为别无选择。通常，叛国者的动机都显得模糊不清，分析叛国者的动机是个牵涉到方方面面的复杂命题。事实上，铁灵历史上最臭名昭著的叛国者的叛变行为是出于最为简单的理由，那就是他不知道自己为什么不能叛国。
>
> ——铁灵的早期历史，由莫文尼尔讲述

我本该知道的，亚韦尔时时刻刻都这样想道，我本该知道事情会有那样的结果。

他不知道自己为什么仍然要听命于亚尔林·索恩，事后想来，他应该能看出那是一个多么愚蠢的计划。索恩雇用了一名卡登成员——甚至是名不见经传的一名成员——去暗杀女王……噢，格雷厄姆家族的少东家差不多还是个孩子呢。城里一时间传言四起，人们说新女王亲手杀死了刺客，可那不过是胡说八道罢了。一定是梅斯杀死了他，还杀死了他的随从，并放了一把火烧掉了他的整个家园。格雷厄姆的行动一败涂地，而更糟的是他的行为完全暴露在了公众面前，最终他的尸首在城中央挂了不到一个小时便被城里的民众拖下来撕成了碎块。亚韦尔本已经下定决心不再为索恩尽任何举手之劳了，然而索恩的呼召再次临到，此时他正赴约去见索恩。

他们的会面地点位于新伦敦东郊的一个大仓库里，亚韦尔知道这个地方，在某个时期它曾被用来存放等待售卖或转运至汇海之界的木材，不过后来索恩显然是将其接管了，并将这个地方用来为他那些需要在暗中进行的工作服务。索恩在人口统计局的一名走狗在门口接待了亚韦尔，他对亚韦尔上下打量了一番之后，便挥手让他进去了。亚韦尔发现自己来到了一间很小的接待室里，照亮房间的是一堆微弱的火光，柴火四周是一群看起来和他本人一样愤怒并且困惑的男人们。

索恩还没有过来，可是亚韦尔在环顾了一下整个房间之后，立刻就明白了驱使索恩所有行为的动机只有一个——金钱。他觉得自己从前竟然没能看出这一点，着实是愚不可及，不过一直以来他脑子里能想到的就只有艾莉而已。他从来都没有想过人口出运这一行动原来牵涉到了如此巨大的物质利益，也从没想过某些人会因为这一行动的取消而蒙受多么巨大的损失。

特尔家族的领主斜倚在墙边，他头上那顶滑稽的紫色帽子占据了比他本人的身体宽大得多的空间。特尔家族掌控着东边的一些土地，他们拥有阿尔蒙特平原上绵延数英里的麦田，同时他们还负责在莫特姆森路上征收通行费。亚韦尔想起来了，自己曾在别处听到了这样一些争论：特尔家族的领主喜欢按人头征收通行费，可摄政王想让他按运输工具来征收。不过，摄政王并不足以强大到能够迫使他作出这样的改变，如果特尔家族仍然按照人头在莫特姆森路征收通行费，那么人口出运行动每月就能给他们带来巨额的收益。

坐在柴火前面的是巴登科特兄弟俩，他们都是卡登成员，两人的长相一看就是双胞胎，都有着金色的头发和蓝色的眼睛，飘逸的长胡须一直垂到了结实圆滚的腹部上方。没有人敢不咨询卡登的意见就策划谋害女王，不过亚韦尔甚至不能确定巴登科特兄弟是否有权与卡登的其他成员商议。他俩是最容易被找到的卡登成员，因为他们常常被人看见在新葛布区醉酒或寻花问柳。

目前卡登也有自己的问题需要面对。众所周知，摄政王向他们提供高额津贴，要求他们找到并杀死当时还是公主的凯尔茜，于是卡登投入了大量资源以求完成这项使命，与此同时他们也忽略了自己的日常工作，诸如

第十章　多马·罗利的结局

保护受到威胁的贵族、为获得悬赏而替别人寻人或杀人以及为贵重货物的运输保驾护航等等，而这些工作本是他们最主要的经济来源。在过去的几个月里，卡登花了不少钱，也投入了相当大的人力，但最终一无所获，而且现在皇室也不再向他们支付任何费用了。他们未能成功找到公主，这也对他们的声誉造成了极大的负面影响，从而进一步削减了他们的生意数量。一直以来，每批人口从新伦敦出运的时候都有九到十名卡登成员随行，而且一路上几乎都是畅通无阻的，不会遇到什么实质性的障碍。事实上，护送出运人口对卡登来说是相当容易的任务，而且这项任务是他们每月整体收入的重要组成部分。现如今，这项既轻松又赚钱的任务也被迫取消了。

上个月，亚韦尔听到传闻说卡登成员们纷纷开始做一些兼职工作，以求实现收支相抵的组织目标，比方说体力劳动、拦路抢劫、教导贵族公子哥学习剑术或射箭什么的。一个名叫埃尼斯的相貌英俊的卡登成员受雇陪伴一名贵族的女儿，他带她去跳舞，读她写的诗，天知道他还得做些别的什么事。即便在亚韦尔这样一个对暗杀没多大兴趣的人看来，这都是一种非常悲惨的状况。卡登成员长久以来一直浸淫在充斥着傲慢和排他主义的精神氛围当中，亚韦尔无法想象此刻他们自己的感觉是怎样的。不管怎么说，巴登科特兄弟来到这里很可能就只是为了完成某种兼职工作而已，亚韦尔并不信任他们，他不相信他们还会履行自己的职业操守。

另外还有四个亚韦尔并不认识的人也坐在柴火附近。其中一人很年轻，是名看起来很狡猾的牧师，亚韦尔的目光在他身上停留了好一阵子。亚韦尔并不认为上帝教会会直接参与这类事务，从牧师那剃光了的头顶和一双清瘦白皙的手可以看出他是一名苦行者。考虑到他是如此年轻，亚韦尔认为他很可能是教皇身边的个人助理之一。坐在牧师身边的是一名显得极为邋遢的金发男子，看他那模样就像刚从排水沟里爬出来似的。此人可能是一名窃贼，或者就只是一名小扒手而已，他来这里很可能是为了找到一些应急用的小钱。

金钱，亚韦尔心里想道，对这里的所有人来说一切都是为了钱，当然，除了我本人以外。

那么你又所为何来呢？他脑子里响起了一个尖细而又冷漠的声音。是索恩的声音，亚韦尔有些惊骇地意识到了这一点，这种感觉就好像他让索恩慢慢进入了自己意识深处最阴暗角落里一般。

我只是想让艾莉回家，他在心里忿忿地回答道，我自始至终就是为了这件事。

这一次亚韦尔脑子里没有任何声音冒出来回应他，不过既然问题已经提出来了，亚韦尔感觉到真正的伤害已经造成了。他致力于解救一名奴隶，这无疑是一项高尚的任务，可艾莉不过是成千上万处境相似的奴隶之一。亚韦尔压根儿没想到别的奴隶，他脑子里只有一件事——解救属于他的艾莉。由此看来，他比这些男人好吗？

我比他们更好，他在心里一口咬定了这个答案，我知道我比他们好。

可是就在此时，他在这个房间最阴暗的角落里看到了最糟糕的一幕：跟他一起做大门守卫的同事凯勒正两臂交叉，懒洋洋地靠在墙边，脸上带着满足的神情。亚韦尔想起了多年前的一天夜里，维尔私底下派遣几名守卫离开大门，下到猫爪区去把凯勒带回来，那一次凯勒惹上了真正的麻烦。当然，在那之前凯勒也遇到过不少问题，他曾将一个女人扔到墙上，也曾遭遇过多次强奸控诉。即便有着这些心理准备，亚韦尔在猫爪区所见到的情景仍然让他措手不及。他们看到凯勒在那里喝得酩酊大醉，一只鲜血淋漓的手上还握着一把刮胡刀。他将一名妓女打得半死，然后用刮胡刀划破了她的脸颊和胸部。亚韦尔看到那个女孩蜷缩在墙角哭泣着，血从她上半身被刮胡刀划出的道道伤口里不断地涌出来。她的年龄不会超过十四岁。亚韦尔在黎明时分才回到家里，喝酒喝得意识全无，清醒之后他庆幸自己是独自一人，所以艾莉不会看到自己的这般模样。此刻，他透过这个光线暗淡的房间注视着凯勒，内心再次受到了不愉快往事的搅扰。

索恩走了进来，瘦骨嶙峋的身体上裹着一件深蓝色的斗篷。看到布伦娜这次没跟索恩一起来，亚韦尔觉得如释重负，还要过两个小时天才会黑。索恩的蓝眼睛依次将在场的每一个人打量了一番，随后他转身脱掉了身上的斗篷。亚韦尔一直有些好奇地看着索恩，想知道他玩的究竟是什么鬼把戏。索恩负责经营人口统计局，不过那是他白日里干的领政府俸禄的工作。到了晚上，索恩摇身一变成了黑市之王，就算人口交易这么一直停顿下去，

第十章 多马·罗利的结局

他的总收入也不会遭受太大的损失。当然,人口统计局主管这个职位也的确为索恩带来了不少便利,使他可以利用庞大的人脉关系网去谋取私利。

你究竟是要寻求什么,亚尔林?亚韦尔注视着索恩,心里这样想着,你的行为是受什么动机所驱使?

亚韦尔的疑问很快便有了答案,索恩想要的是能左右政治决定的影响力。索恩并不贪婪,众所周知他过着朴实的生活,对黄金、赌博或娼妓都没有什么兴趣。除了迷恋那个患白化病的女人之外,索恩就别无其他恶习了。索恩希望自己能继续肆无忌惮地做想做的事情,眼下官方的奴隶贸易已经被取缔了,看起来女王接下来很可能会把注意力放到黑市交易上。武器交易,麻醉剂交易,孩童交易……新女王跟摄政王是不一样的,她已经证明了这一点。新女王不仅仅关心社会地位高的人,也关心地位低的人,这就是索恩认定必须让她下台的原因所在。

"唔,所有人都到齐了。"索恩宣告道,"那我们开始吧。"

"好啊,开始吧。"特尔家族的领主咆哮道,"你把事情给搞砸了。谢天谢地梅斯没能活捉那个男孩,否则他很可能会把我们所有人都牵连进去。"

索恩朝这位领主略微点了点头,随即环顾了一下房间里的其他人,似乎是为了得到大家的确认。

"我同意。"那名牧师宣告道,不过他的语气里颇有些调停的意味,"我在这里传达教皇对于这次尝试的非专业性质及其失败结局的失望。"

"我承诺的是最终的成功,"索恩温和地回答道,"而不是第一次尝试就获得成功。"

"说得好……听。"阿尔涅·巴登科特冷笑道。听起来,他似乎要费很大的力气才能控制自己的舌头说出这些话来。

天哪,那家伙竟然喝醉了!亚韦尔有些惊骇地意识到了这一点,甚至连我都知道应该在头脑清醒的状态下来赴这场邪恶的约。

"你为什么不雇用真正的卡登成员?"特尔家族的领主气鼓鼓地问道,"比如说达因,或者梅里特?一名专业的杀手是不会失败的。"

"每一名卡登都是真正的卡登!"雨果·巴登科特怒喝道。跟哥哥相比,他听起来要清醒得多。"格雷厄姆那小子接受的是和我们所有人一样的测试。不要再别有用心地玷污卡登的名声了。"

特尔家族的领主摊开双手表示歉意，不过他始终目不转睛地瞪视着索恩。

索恩耸了耸肩，"我并不认为上次计划没有成功的可能性。格雷厄姆那小子差点儿就能完成任务了，为我提供消息的线人告诉我说他用一把刀抵住了女王的脖子。不过，我的确得承认自己低估了女王侍卫队的能力，尤其是低估了梅斯。因为我的人在加冕仪式时轻轻松松就得手了……我以为梅斯在这些年里变笨了呢。"

"只有傻瓜才会低估梅斯。"雨果·巴登科特懊丧地评论道，"他在克里希河畔单枪匹马地打败了我们中的四个人。"

"唔，请放心好了，我不会再犯同样的错误了。"索恩以一种终止进一步讨论的语气回答道，"不管怎样，老是谈论过去是没有意义的，要紧的是将来会怎样。"

"前车之鉴，后事之师，索恩。"牧师低声表示抗议，"你又如何向我的主人保证你的下一次尝试不会再次失败呢？"

这话令亚韦尔听了颇有些动容。除了贵族之外，几乎没有谁敢这样跟索恩说话，即便有来自阿瓦斯大教堂的势力在背后支撑着，这名牧师也显得极其勇敢，而且他正好说出了亚韦尔内心的怀疑。亚韦尔觉得眼前仿佛出现了一条长得没有尽头的走廊，这条走廊正好象征着一次又一次想要谋害女王却以失败告终的尝试。就算是为了艾莉，他也没法面对这样的事情，他的勇气不可能维持得那么久。他想脱离这一切，谋害女王的阴谋像块巨石一般压在他的心头，随之而来的恐惧感也让他不得安生。当他待在家里时，每一次敲门声响起，他都会以为站在门外的人是前来带他去接受审讯的梅斯。

"我没法做出任何保证。"索恩冷冷地回答道，"我从来没有做出过任何保证。虽然杀死女王将会解决许多问题，然而我承认目前形势的确超出了我们的能力范围。"

"为你效力的那名女王侍卫呢？"特尔家族的领主问道，"难道他不能完成这项任务吗？"

第十章 多马·罗利的结局

"你刚刚说什么侍卫?"那名邋遢的金发男子显然对此毫不知情。

索恩摇了摇头,"目前那个人并不想冒着生命危险去做这件事。梅斯已经知道他们内部有叛徒存在,他已经加强了对女王的护卫力度,并安排佩恩·奥尔科特做她的贴身保镖。为我效力的那名侍卫最近一直感到很害怕,而我也没有理由为此而责怪他。就算他成功完成了任务,那么无论他逃到这新世界里的哪一个角落,梅斯也会把他找出来的。"

或者说把我们都找出来,亚韦尔喃喃自语道。

"你买通了一名女王侍卫?"金发男子再次发问道。

"这不关你的事,小家伙。"索恩正色说,"别忘了你在这里的身份。"

年轻的扒手缩回到自己的椅子里,而亚韦尔则摇了摇头。索恩是如何设法买通了一名女王侍卫的?他们都极其忠贞,这是女王侍卫们一直以来都引以为傲的传统。据亚韦尔所知,在历史上还从来没有哪一名侍卫做了叛徒。

可是如果他们当中真有人会这么做的话,他有些厌恶地想道,那人只可能是索恩。

"佩恩·奥尔科特是一名极具天赋的剑客。"雨果·巴登科特评论道,他正若有所思地看着燃烧着的柴火,"我们当中几乎没有谁敢去挑战他。或许梅里特敢这样做,不过你永远都不可能让他参与到这样的事情中来。"

"不要紧。"索恩说,"我有个更好的主意,这个方法能满足我们的所有目的。这里的阿莱因"——他指了指那名扒手——"他给了我通往成功之路的至关重要的信息。"

邋遢的扒手咧嘴大笑起来,就像一条刚刚取悦了主人的狗一般。亚韦尔开始怀疑他是否心智正常。

"我想说我们不能失败。"索恩继续说道,"可是这种自大的态度是无益的。"

"在什么事上失败?"雨果问道。

"从某种程度上说,你们都需要钱。"

亚韦尔张开嘴正准备否认,随即又打消了这个念头。

"钱永远不会从凯普城堡转移到你们的腰包里。女王不会支持人口出运，现在不会，将来也不会。"

"你已经跟她讨论过这件事了？"特尔家族的领主问道。

"没必要讨论，已经有迹象清晰地表明了这一点。她在三天前接见了博芒德将军，他们已经开始执行第一步战略部署计划了。超过一半的铁灵军人将被派往铁灵和莫特姆森的边境，女王寝宫已经堆满了战略物资。我告诉你们吧，她在为战争做准备了，如果我们不尽快采取行动，莫特姆森军队就要来了。"

亚韦尔惊恐地张大了嘴巴。莫特姆森要入侵了……这是他从来都没有想到过的，甚至在女王放火烧掉笼子之后，他也一直认为铁灵会与莫特姆森重新签订一项新的条约。即便情况不是这样，索恩或者其他人也会出面对事态进行干预。亚韦尔想起了自己在凯普草场上所见到的那个聪明而悲伤的女人……他一直确信不论索恩使出多少手段，她也会拯救铁灵的众生。

"愿神庇护我们。"阿莱因喃喃自语道。

"我相信你们应该都不希望看到莫特姆森入侵铁灵。我有个一箭双雕的计划。"

说完这话，索恩突然站了起来。当索恩从亚韦尔身旁经过时，后者赶紧后退了一点，生怕触碰到索恩那瘦骨嶙峋的身体。索恩的语气中充满了狂热情绪，"跟我来！"

所有人都跟着索恩穿过一扇通往仓库更深处的门，走进了一个曾经是办公室的房间。这里摆放着一些空桌子和椅子，家具表面上都覆盖着很厚一层灰。房间的窗户被涂上了黑色油漆，用来照明的光源是一些安装在墙上的火炬。在一张桌子上方的灰泥墙上贴着一幅肖像画，画里是一个又矮又胖的女人。亚韦尔听到墙那边传来了"砰——砰——砰"的锤击声，同时还听到锯子锯东西的声音，似乎有人正在建造着什么，可是这家木材公司在很久以前就已经停业了啊。

众人来到了办公室的另一头，索恩领着大家从另一扇门进到了仓库里面。这是一个潮湿而空旷的空间，内里唯一的光源是暗淡的火炬光芒。空气中弥漫着陈旧木屑气味，令亚韦尔的鼻孔有些发痒，喷嚏也呼之欲出。仓库里摆放着一堆堆木料，每一堆都呈长方体形状，有些木料堆的高度几

第十章 多马·罗利的结局

乎达到了二十英尺,每一堆木料上都覆盖着厚厚的绿色帆布。和别的所有废弃建筑一样,这间仓库也让亚韦尔觉得森然可怖,仿佛很久以前在这里曾进行过的各种活动留下了不散的阴魂。

"来吧。"索恩一声令下,所有人都跟着他来到了巨大仓库的尽头。他们越往前走,锤击的声音也变得越来越响亮,当他们绕过最后一个拐角时,亚韦尔看到一个男人站在两个锯木架中间,正忙着锯橡木。他身边整齐地堆放着一叠厚木板,每张木板的长度大约是十英尺。

"利亚姆!"索恩喊道。

"我在这里!"一个声音从木板堆后面传了出来。

"停下工作,先过来一下。"

一名男性侏儒从覆盖着防水布的木板堆后面钻了出来,在裤腿上擦了擦手。此人从头到脚都覆盖着一层薄薄的木屑,而亚韦尔突然意识到眼前这一幕场景曾无比鲜活地在那些关于艾莉的梦魇里出现过。在梦中,他面前的仓库很快就要消失了,随后他将站在阿尔戈斯山口的边缘,眼睁睁地看着艾莉消失在派克山脉之中。

"这位是利亚姆·班纳科尔。"索恩向大家介绍这名侏儒,"我想你们应该听说过他。"

亚韦尔的确听说过这个名字。利亚姆·班纳科尔是铁灵境内最好的木匠之一,同时他还擅长做砖石活儿。新伦敦城的富人们常常雇班纳科尔为自己修建房屋,甚至连贵族们也常在自家堡垒的石造部分破损时请他进行修葺。可是这名侏儒从外表上看起来根本不像建筑工人,他又瘦又小,两只手臂也很纤细。至于另一名木匠——就是手里拿着锯子的那一位——对他们的到来完全是不闻不问,没有任何反应,以至于亚韦尔不由得猜测他是不是一个聋子。

"我猜你们想看看产品展示,对吗?"班纳科尔问索恩。他的声音也很有侏儒的特征,又尖又细,亚韦尔听起来略感刺耳。

"那敢情好啊。"

"你们运气不错,有三个已经完工了。"班纳科尔从人群中穿梭而过,朝一堆覆盖着防水布的材料迅速走去。"不过,展示的时间不能太久。因为自从菲利普感冒之后，我们已经有些落后于计划的进度了。"

  他抓住绿色防水帆布的一角，随即猛地一拉。就在帆布即将被拉开的那一瞬间，亚韦尔的心顿时被一种恐怖的预感死死攫住。他觉得即将看到的一幕会比自己的梦境还要可怕，于是他想赶紧闭上自己的双眼。可是已经太迟了，帆布飞快地落到了地上，此时他脑子里冒出的第一个念头是：我早该知道有这样的事情发生。

  亚韦尔眼前是一个宽阔低矮的笼子，大约有三十英尺长，十五英尺宽。笼子的侧面有一扇门，门的高度正好跟一名成年男子的身高相当。笼子的栅栏并不是钢铁制成的——整个笼子包括底部、栅栏和轮子看起来都是用铁灵橡木制成的。这个笼子跟亚韦尔以前每个月看到一次的笼子很不一样，不过它看起来结实而且牢固，足以完成它的既定使命。

  "我敢肯定当时我们谈合作事宜的时候你完全没有提及这个。"阿尔涅·巴登科特咕哝道，亚韦尔也麻木地点了点头。这时他看到索恩正在自己右边用痴迷的眼神全神贯注地看着那个笼子，如同一位充满慈爱的父亲正在凝视自己所爱的孩子一般。

  片刻之后，索恩耸了耸肩说："我们具体的合作内容还有待进一步讨论。现在你们都牵连在内了，我们当中的每一个人对其余的人来说都是一个威胁。不过，大家都振作起来，开心一点吧！我已经跟莫特姆森谈好了，按照约定，莫特姆森将会给我们每个人相应的酬劳。"

  "那么你的酬劳是什么呢，亚尔林？"那名牧师问道，他那双狡猾的眼睛极不信任地盯着索恩，"你希望从这件事中得到什么呢？"

  "这与你无关。"索恩继续用闪闪发亮的眼神注视着他的笼子，"你的主子会得到令他满意的酬劳的。"

  "每个笼子能装多少人？"

  "二十五个，也许三十个。如果是孩子的话，还能装得更多。"

  牧师低下头，双唇无声地嗫嚅着。亚韦尔觉得自己能理解牧师的心思——怕自己会招致永世受罚的诅咒，其实亚韦尔自己也是一样。他环顾着这个巨大的仓库，先前看到的那些覆盖着防水帆布的原以为是木料堆的物体，总共有八个。亚韦尔从来都不擅长算术，可是这一次他只花了很短时

第十章 多马·罗利的结局

间就完成了一道数学题。

这些笼子至少能装运两百个人,他心里想着,浑身直起鸡皮疙瘩,或许能装运三百人……他仿佛看到艾莉的脸透过每一个笼子的栅栏往外张望。

自打离开凯普城堡之后,多马因下雨而咒骂了大约一百次之多。在他经过新伦敦桥的时候,天空仿佛被撕开了一个口子,瓢泼大雨倾流如瀑,而这场时大时小的雨已经接连下了三天了。此时是三月,正值雨季,下雨是再正常不过的事情了,可是多马还是感觉这些雨水是奉派前来折磨自己的。或许那个女孩利用她那颗邪恶的宝石施行巫术召来了雨水,也可能是神明在惩罚他。不管怎么说,他全身都湿透了,而且一直持续着这样的状态。他已经至少有一年没骑过马了,原本合身的骑马装现在显得过于狭小,湿漉漉的裤管紧紧地缠在他的大腿上,每次在马背上颠簸一下,大腿就会被勒疼一次。他的整个世界都被掏空了,留下的就只有寒冷、潮湿和疼痛,以及马蹄踏在水洼或泥潭里时飞溅起来的污水。

他手下的人没有谁在抱怨,不过他们看起来也并不愉快。只有三个人答应与他同行,他承诺说待自己抵达莫特姆森之后就会赐给他们应得的奖赏,而这三个人竟然蠢到愿意相信他所说的话。他一直都没有找到派因,这令他颇感遗憾。更糟的是,没有一名卡登成员愿意跟随他,甚至在他提出抵达莫特姆森之后可以支付双倍酬劳的情况下,卡登也拒绝了他。当然,指望雇佣兵对自己忠贞本就是一种奢求,可是他原以为自己至少能说服一名卡登成员来跟从自己。

好在他成功收买了季福尔,这倒是件很重要的事情。季福尔虽然没什么脑子,不过他的整个家族一直都在参与出运人口到莫特姆森的行动,而且他很熟悉莫特姆森路。他们一行人原本的计划是一出新伦敦城就离开莫特姆森路,以便隐蔽,可是天气状况迫使他们放弃了这个计划,或许这反而是好事。多马并没有自欺,在莫特姆森路上,野外骑马的优秀技艺几乎派不上什么大用场,而说到骑马在林间穿梭,季福尔的水平比多马要高得多。

不过现在这条宽阔平坦的大路也有其自身的问题。一路上都布满了厚厚的泥浆,连骑在马上的多马也能感觉得到,他的马因为需要不断地用力将马蹄从泥浆中拉扯出来,从而累得气喘吁吁。每逢听到身后传来隆隆马蹄声,他们就得赶紧离开正路,迅速躲进路边的矮树丛中,直到马蹄声消失了为止。多马原计划在三天之内就马不停蹄地赶到狄美恩,可是根据目前的情形来看这个计划根本就没法实现。这一路上得花去五天甚至六天的时间,而多马觉得在户外待的时间越长,死亡就离自己更近了一步。他的侍卫们不时会朝他投来迟疑、困惑的一瞥,透过他们的目光,多马能察觉历史之手的力量是多么强大。那女孩认为他是微不足道的人,而他自己也明白自己真的即将变得无足轻重。他依稀还记得那些年还在学校时,他曾在书页底部看到过的小星星和注解,那是书的脚注……他即将扮演的角色就与之类似。在铁灵王国代代相传的悠久历史中,有关他本人的故事就只能以顺带提及的形式存在而已。即使他能活着抵达莫特姆森边境,红女王也很可能会因为他的失败而杀了他。

这并不是我的错,多马想到,可是红女王,她才不会在乎这个呢。

"我们停下来过夜吧。"多马提议道。

"我们可不想在这里停下来。"季福尔说,"这里太空旷了。我们应该继续赶路,直到天黑为止。"

多马点了点头,有些愤恨地看了看灰暗的天空。天很快就要黑了,可他们甚至还没有到达坎铎尔河的源头。即便是在天气晴朗的情况下,他们也至少还需要两天的艰难骑行才能抵达铁灵和莫特姆森的边境。多马大腿内侧的皮肤就像已经完全磨破了一般,他的马每跳跃一次,他都感觉有血水从磨破的皮肉里渗出来。他手下的其他人一定也遭受着相同的痛苦,不过他们当然没有说出来,而他越是追切地希望他们能说几句抱怨之词,他就越是确信他们什么都不会说。

多马听到了一些动静。

他将自己的马停了下来,转过头去凝神细听着。可是在大雨中他什么也听不见,身后仿佛有一块巨石挡住了后面的一切声响。

"怎么了?"季福尔问道。季福尔在此趟行程中担当了非正式领袖的职责,可是如果摄政王的侍卫队还在的话,他们应该不会让季福尔来做这样

第十章　多马·罗利的结局

的事情。

"安静点儿！"多马急促地喝道。他一直都喜欢用这样的语气和音量来发号施令，他在下达命令之后绝不喜欢听到任何拒绝的声音，而季福尔也真顺从地保持了缄默。

此刻多马再次听到了那个声音，它穿透雨帘传了过来。那是马蹄声，或许就在离他们一百米远的拐角处。

"是骑兵。"阿维斯说。

季福尔留神聆听了一会儿，"他们骑行的速度很快。我们快躲进那边的树丛中吧。"

多马点了点头，他们一行四人策马离开大路，转而朝路旁的树丛奔去。树丛的枝叶非常浓密，对多马而言在这样的情形下驾驭马匹着实很不容易。他们进到了一片足以完全遮挡住大路上行人视线的小灌木丛之后，便让马匹停了下来。雨滴极有规律地从他们头顶的树叶上滴落下来，发出"啪嗒啪嗒"的声响，不过多马仍然能听到越来越逼近的马蹄声。一阵突如其来的恐惧感盘踞在他的心头，也许那不过是一队狩猎归来的行人，或者是一群不愿让自己的行踪被人发现的黑市商人……然而多马内心深处可不是这样认为的。他感觉到有无数双眼睛正盯着自己看，那些深黑色的眼睛仿佛能看到他曾做过的所有坏事。

当马蹄声来到离他们大约五十米远的位置时，突然中止了。

多马看了看自己的几名手下，他们也都茫然地看着他，就好像正试图从多马的眼里搜寻答案，可是多马并没有他们想要的答案。现在他们继续前往丛林的更深处是不太可能了，那里几乎完全漆黑。如果那些骑马的人是来追赶多马的，那么要是他在幽暗的丛林深处被捉拿的话，会比在尚且有一些暗光的此处被抓住还更加糟糕。

忽然，多马脑海中浮现出了一个古老的回忆。他在幼年时常常喜欢做一个游戏：扮演女王侍卫队的侍卫。在那段时期，或许每个月里有那么一天，他醒来时会发觉自己浑身上下充满了难以名状的勇气。至于为什么会那样，似乎并没有特别的理由，只是醒来时正好有那么一种心境罢了。在那样的日子里，世界似乎比平日更明亮、更美好，而他会用上整整一天的时间来像女王侍卫队的一名侍卫那样生活，做一些可敬而体面的事情。在那样的一天里，他不会抓扯伊丽莎的头发，不会偷拿她心爱的玩偶，也不会偷了厨房的东西之后又对女家庭教师撒谎。他会认真地整理自己的床铺，会将育儿室里自己的玩具收拾得整整齐齐，甚至还会努力地完成家庭作业。说来也怪，他的这些行为常常会被母亲或女家庭教师留意到，她们会对他称赞有加，同时还会在临睡前给他一些额外的奖励，比方说给他一小块巧克力或一个新玩具什么的。不过随着时间的推移，他渐渐意识到将来自己的身份永远都只能是小儿子，或者说是备用品，于是他玩这个游戏的频率也渐渐降低了。大约在他十三岁那年，这个游戏永远地退出了他的人生舞台。

要是我过去的每一天都能以那样的方式醒来该多好呀，多马想道，刚才的回忆唤醒了他内心深处一个深切而无助的渴望。如果我过去在人生中的每一天都扮演女王侍卫，那么现在我的处境或许会与当前大不相同。

这时雨水的声音被一阵歌声给压过了，一个响亮的男中音穿过他们身后的树丛传了过来。歌声中颇有嘲弄的语气，却蕴含着一种令多马的胃部抽痛不已的狂热力量。他常常在梦里听到这个声音，而他每次都在这个声音的主人快要杀死自己的时候及时醒了过来。然而，现在他可是处于完全清醒的状态。

"出运的日子临近了，笼子装满了人，
一个声音传来，响彻了铁灵上空，
笼子被烧毁了，凯普草场一派宁静，
铁灵人民喜极而泣，他们的女王归来了。"

歌声戛然而止，如同它出现时一样突然。现在是黄昏，多马在幽暗的光线下眯缝着眼努力窥探着。他什么也看不到，可是他不想欺骗自己说对方也什么都看不到，他知道那个王八蛋有着跟猫一般锐利的双眼。侍卫们围在多马身边，每个人都窥视着树丛中的动静，并把剑拔出了剑鞘。他本想叫他们省省力气，不要做无用功，不过转念一想还是决定保持沉默。如果他们自己想要英勇就义，他也不必多说什么。他们都知道那名歌者的身份，这是毋庸置疑的。雨下得比先前更大些了，他们静静地伫立在一个完

第十章 多马·罗利的结局

全被雨水笼罩的世界里。过了一会儿,多马大声喊道:"让我的人过去!"

笑声从好几个方向传了过来。

"你指的是跟着你一起去效忠莫特姆森女王的人吗?"费奇在多马看不见的地方喊道,"相比之下,我倒更宁愿放过一群流浪的野狗。你们这帮猪狗不如的懦夫和叛徒!"

他再次唱起歌来:

"曾经隐藏起来的女王再次出现了,

一把刀击倒了女孩,

可她站了起来,

她是我们那等待了十八年的女王,

她就是我们的女王,

我们不在乎她头上有没有王冠。"

歌声结束了,费奇继续说道:"人们在城里的大街小巷唱着这首歌。"此时他语气中的愤怒压过了先前的戏谑成分,"谁会为你多马·罗利写上哪怕一首歌呢?谁又会颂扬你的丰功伟绩呢?"

多马的眼眶里盈满了泪水,可是碍于手下们都在自己身边,他不敢让泪水肆意流淌出来。他突然明白了一件事,从前费奇明明有很多次机会可以杀死他,却没有动手,原因就在于费奇一直在等那个女孩,等着她从自己的藏身之所走到天日之下。

"我不会向你乞求什么的!"多马喊道。

"我早已听够了你的乞求。"

在多马左侧,伴随着一记可怕的咕噜声,季福尔颓然倒在了地上,他的喉咙上插着一把刀。紧接着阿维斯和考威尔也倒在了地上,他们俩的胸口和头上都各中了一箭。多马抬起头来,看到树上有个巨大的黑影正向自己扑来。他发出恐惧的尖叫声,可是随着那个黑影将他从马背上扑倒在地,继而压在了他身上,他的尖叫声也突然停止了。他的头重重地撞到了地面,身体平躺着,地上的石块把他的背抵得很痛,他的马也受到了极度的惊吓,发出愤怒的嘶鸣声,扬起马蹄朝树丛深处疾驰而逃。这一连串突如其来的事件把多马吓得半死,于是他死死地闭上了眼睛。

待他再次睁开眼睛的时候，看到费奇的脸就在自己正上方很近的位置。费奇就像一只大蝙蝠一样跨坐在他胸口，把他死死地压在地上无法动弹。费奇依然戴着面具，那是个专为化装舞会而设计制造的小丑面具，费奇每次进入凯普城堡时都会戴着它。新伦敦城里的许多店铺都会售卖这类面具，可是多马从来没有在哪家店铺看到过跟眼前这个面具完全一样的商品：殷红的嘴唇流露出一丝颇带讥嘲意味的笑容，一对眼眶深深地凹陷下去，看不清眼洞的边缘在哪里。有一次，当睡在自己被窝里的多马从梦中醒来时，猛地发现这张戴着面具的脸正俯视着自己，那时他吓得像个婴儿一般尿裤子了。随后，费奇迈着华尔兹舞步轻快地走出摄政王寝宫，并像一阵烟似的离开了凯普城堡，而多马认为这件事实在是太丢脸了，所以从来没有跟任何人提起过。每次费奇离开之后，多马都恍惚觉得他的出现或许只是自己的幻觉吧。直到费奇下一次再戴上那可怕的面具，实实在在地出现在多马面前时，多马方能确信自己上一次见到的并不是幻觉。

"你怎么了，冒牌王子？"费奇一把抓住多马的双肩，使劲摇晃着，就像大狗摇晃着衔在嘴里的骨头一般。多马的头不断地撞到地面，他听到自己的牙齿"咯咯"地直打颤。"这次没有贿赂了吗，多马？那个操纵你的人呢？她能施行魔法拯救你脱离眼前的境地吗？"

多马保持着沉默。他从前曾经试着跟费奇理论过，却发现那样做只会让自己受到更多的批评。费奇非常能言善辩，而多马不止一次地感谢上帝让费奇只得以匿名的身份存在着。倘若让费奇拥有了在公共场合发表演说的机会，那无疑将会带来极富破坏性的后果。

当然，话说回来，倘若他真是个公众演说家，那我们早就能成功地捉拿并杀死他了。多马绝望地想到。

"人口统计局现在一派混乱。"费奇用温和的语气低声说道，"他们或许会建造新的笼子，可是没有人会忘记那些旧笼子的遭遇。只要那个女孩还活着，她就会竭尽全力消除你所制造的大量伤害。"

多马摇了摇头，"红女王就要来了。她会在那女孩还来不及采取任何应对措施的时候夷平这个王国。"

费奇的脸朝他靠了过来，此时两双眼睛不过几英寸的距离。"莫特姆森

第十章　多马·罗利的结局

女王从来都不喜欢你，你应该知道这一点。"

"我知道。"多马回答道，随即紧紧地闭上了自己的嘴，他几乎是第一千次因费奇的消息灵通而感到惊讶。费奇对铁灵贵族们的劫掠曾引致了无穷无尽的麻烦，因为费奇看起来总是知道税金以何种方式支付，货币储存在哪里，也知道货币在什么时候交付。愤怒的贵族们纷纷来到凯普城堡请愿，要求他们的损失必须得到补偿，而多马为了稳定贵族们的情绪，被迫付出了大量的钱财来贿赂他们，此举使他愈加受到农民阶级的轻视与鄙夷。而那些贵族们现在身在何处呢？在多马被驱逐出自己那温暖舒适的居所，又在逃亡途中被这个穷凶极恶的疯子在森林里拦阻下来时，他们却舒适地蜷伏在自己的城堡里。

"那把刀是你扔的吗？"

"你说什么？"

费奇"啪"地扇了他一记耳光，"把刀扔向那个女孩的人是你吗？"

"不！不是我。"

"那是谁扔的？"

"我不知道！那是索恩的计划。他找了个间谍来完成那件事。"

"那个间谍是谁？"

"我不知道。我的手下只是负责分散人群的注意力而已，这点我可以发誓！"

费奇将两根大拇指分别放在多马的两只眼睛的眼皮上，然后用力地往下按压眼球，多马发出了凄厉而无助的哀号，可是他的声音被迅速湮没在了大雨中。

"那个间谍是谁，多马？"费奇坚定无情地问道，他的大拇指更重地按压着多马的双眼，多马感觉自己的眼眶里溢满了温热的眼泪。"你别以为我不会杀你，我等一会儿就会这样做的。不过在那之前，你得先回答我的问题。那个间谍是莫特姆森人吗？"

"我不知道！"多马哭喊道，"索恩不会告诉我这件事的。"

"这点你倒是说对了，多马，你知道原因是什么吗？因为他知道你总是会把事情搞砸。"

"那可不是我的错！"

"你最好再仔细想想有没有什么有用的信息是可以告诉我的。"

"索恩还有一个备用计划！"

"我知道索恩的备用计划，你这个可怜的笨蛋。我比他本人还先想到这个备用计划。"

"那你到底想知道什么？"

"信息，关于红女王的信息。你曾经和她上过床，举国上下都知道这件事。你一定知道一些有用的信息。"

多马的双眼突然瞪得老大。他试图保持面无表情的模样，可是做不到，这时费奇再次向他倾过身来，面具背后的那双眼睛闪闪发光。在这么近的距离之下，多马甚至能嗅到费奇嘴里呼出的气息，那是一种令多马觉得似曾相识的甜腻气息。

他和她上床是十五年前的事情，当时空气中弥漫着情欲的味道。他曾问她为什么想要和他上床，就算是那样的时间那样的情景，他也没法欺骗自己说她真的喜欢自己。她只是机械化地、不带任何感情地同他做爱，她所给予的连古特区中等价位的妓女都不如。后来他却不能摆脱她，她就仿佛是他头脑里的疾病一般一直纠缠着他。

"把你知道的有用的信息告诉我，我就会让你在没有痛苦的情况下结束生命。多马，这一点我可以发誓。"费奇继续说道，而多马还在回忆中游走。

"那女孩的父亲是谁？"红女王问道。当她在黑暗中转过头来看着他时，她的两只眼睛散发出如同狐狸般狡黠的红色光芒。多马后退了一点点，仓促地试图从床上下来，她却笑了起来。她在卧室里爆发出的低沉笑声把他的情欲激发了出来。

他的双眼疼痛不已，只能看到一片红雾，大腿内侧的灼痛也变得更严重了。可是肉体的疼痛比起内心涌起的自我憎恶感所带来的痛苦，实在是显得微不足道。费奇很快就会得到那些信息了，这样的时刻马上就要来了。

"你想知道什么？"他口齿不清地问红女王，她似乎有办法让他感觉到喝了八杯麦芽酒一般的醉意。"伊丽莎已经死了。现在这个问题有什么要紧

第十章 多马·罗利的结局

的呢？"

"它的确不怎么要紧。"她笑着回答道。虽然多马永远无法参透她内心的想法，但他看出这个问题其实非常要紧，而且她非常迫切地想要知道答案。更重要的是，他知道这个问题的答案，而她显然也知道这一点。他深知这是自己手里唯一掌握着的筹码，如果他把这个问题的答案告诉给她，那么她很有可能会立刻杀了他。

"可我也不知道。"他回答道。

她眼里的光芒随即消散开来，突然间她变成了一个普普通通的漂亮女人。在她面前，他所有的防线都坍塌了，就唯独保有着那一个秘密。她在他面前赤裸敞开，而他向她承诺说自己将会找到并杀死伊丽莎的女儿，也就是他的亲侄女。红女王总是能洞悉人的一切心思意念，她也把他所需要的给了他。

"喂，多马？"

多马抬起头来，透过满眼的泪水看着费奇。岁月如梭，时光飞逝，可是从前发生过的事情永远也无法被抹掉。这一自然法则似乎显得极为不公，即便在多马知道自己的人生不过还留存片刻光阴的时候也是这么认为的。他鼓起残存的一点点勇气，"如果你取下脸上的面具，我就把我所知道的与她有关的一切事情都告诉你。"

费奇略微转过头去，迅速地审度了一下自己身后的情形。多马的眼眶里盈满了泪水，视线也很模糊，不过他还是看出自己的三名手下已经死了。季福尔的景况最为糟糕：他躺在一摊血泊中，颈部开了一条大口子，血还在汩汩地往外冒，两只眼睛瞪得大大的，但没有了神采。

三个戴着面具、身着黑衣的男人正蹲伏在树丛中，他们用一种带有掠夺性和期待的眼神注视着多马，就像等着瓜分猎物的狗一般。但是比起他们，多马更惧怕的是他们的主子。费奇是个聪明而残忍的人，聪明的人往往都会具备一些邪恶的特质，而红女王更是将这条规律发挥到了极致。

待多马的目光再次回到费奇脸上时，这才发现他的面具已经被摘掉了，他的脸完全呈现在了昏暗的光线之下。多马抹掉了眼里的泪水，长久地注视着眼前这张脸，觉得头脑里一片空白。"可是……你已经死了啊。"

"死去的只是我的内在。"

"这是魔法吗？"

"是最黑暗的魔法。冒牌王子，现在你可以开口了吧。"

多马说了，口无遮拦地说了。起初他觉得想说的那些话被阻挡在自己的喉咙那里，很难说出来，不过后来就渐渐变得容易起来了。费奇听得仔细而专注，甚至满怀同情，偶尔还会问一两个问题。再后来，他们俩就顺理成章地变成了肩并肩坐着，一个倾诉，一个倾听，夜幕也慢慢降临了。多马把整个故事都告诉给了费奇，这是一个他从未对任何人讲述过的故事，话语越来越流畅地从他嘴里吐露出来。实话实说是女王侍卫应该做的事情，他意识到了这一点，在他讲到一些关键情节的时候还会复述一下前面讲过的相关内容，力求让费奇明白事情的全貌。他把自己能记得的事情和盘托出，最后终于没有新的内容可讲了，他便不再说话。

费奇坐直了身子，喊道："拿一把斧子过来！"

多马抓住了费奇的一只手腕，"你不会原谅我吗？"

"不会的，多马。我会谨守承诺，仅此而已。"

多马闭上了眼睛。莫特姆森，莫特姆森，快燃烧起来吧，他在心里模糊地想道。费奇马上就要砍掉他的头，而他发现自己并不吝惜把头交给费奇。多马又想到了红女王，想到了自己第一次见到她时的情形，那时他的内心充满了惧怕和隐隐的期待，可那次短暂的会面足以冻结并攫住他的心。随后，多马又想到了那个女孩，她的背部中了一刀之后却还能拖着自己走路。或许她能做到吧，或许她能将他们所有人从泥沼般的困境中解救出来吧。在铁灵王国的历史上也曾发生过不同寻常的事情，甚至她或许还是真女王呢，或许吧……

第十一章
叛教者

上帝教会是拓荒时期之前的天主教教团和铁灵立国之初出现的某个新教宗派的奇特结合。这个新教宗派不怎么关心灵魂的道德救赎，他们更关心的是人类生命的救赎。他们还认为，上帝的伟大计划之一就是将新世界从海洋里举了出来。

不同的元素以奇特的方式结合在一起，一方面有其必要性，另一方面也跟对未来的预言有关。上帝教会变成了现实主义者的宗教信仰，其对福音书的解读有许多实用主义的漏洞，拓荒时期之前《圣经》对人类的影响仅限于它的实用内容而已。神职人员因此而不满是不可避免的，铁灵境内神学的政治现实变得越来越残酷，许多牧师都承受着巨大的精神压力。只需要一点点外力的帮助，他们就会设法颠覆教会。

——《铁灵的宗教维度研究》，安塞姆神父

当泰勒神父走进接见室的时候，凯尔茜对他的第一印象是他背负着极其沉重的负担。在她的记忆中，这名神父有些胆小羞怯，但并不忧郁。现在他的动作依旧小心而谨慎，可两边肩膀都无力地下垂着，看来如今他背负着先前所没有的新担子。

"神父。"凯尔茜打了个招呼。泰勒神父抬起头来看着王座，在他和凯尔茜目光彼此相遇的时候，他的蓝眼睛略微有些闪避，随即便把视线转向了别处。卡琳多年来的教导让凯尔茜知道所有的神父要么喜欢夸大其词，要么就是彻头彻尾的狂热分子，可是泰勒神父看上去跟这两者中的任何一类都没有相似之处。她很好奇泰勒神父在教会里的具体职务是什么，他有着如此沉默寡言的特质，不太可能擅长主持宗教仪式。当然，教会也有软弱的神父，这也是卡琳的教学内容所涵盖的范围。可是，只有傻瓜才会将"谨慎"错误地视为"软弱"。

"欢迎你来，神父。请坐下吧。"她指了指自己左手边的一把椅子。

泰勒神父略微有些迟疑，这不足为奇，因为梅斯正站在那把椅子背后。神父朝椅子走去，他的仪态看起来就好像他正在靠近一块剁肉用的砧板一般。当他沿着阶梯走上高台时，他的白色长袍软软地拖在身后的地面上。他在椅子上坐下时丝毫没有看梅斯的眼睛，不过当他最终坐定后，便转过脸来用坦然的目光直视着凯尔茜。

他惧怕梅斯胜过惧怕我，凯尔茜有些感伤地想道，唔，不过，并不是只有他一个人是这样。

"陛下，"神父用细细的声音开口说道，"我们的教会，尤其是教皇，祝愿陛下您万寿无疆。"

凯尔茜点了点头，尽力保持着和蔼可亲的面部表情。梅斯曾告诉她说教皇在刚过去的整整一周时间里款待了铁灵的许多贵族，并特意向她强调了教皇的诡诈本质，所以凯尔茜丝毫不敢掉以轻心。问题是，这名级别较低的神父来访是否应该与教皇的诡诈扯上关系呢？此时泰勒神父正用期待的眼神注视着她。

每个人都想从我这里得到些什么，凯尔茜略感厌倦地想道。她受伤的肩膀已经有好几天没再折磨她了，这时它却突然跳动着作痛了一下。"你不妨畅所欲言好了，神父。我能为你做些什么吗？"

"教会想和您商议关于任命凯普城堡神父的相关事宜，陛下。"

"我知道凯普神父的任命是你们可以自由决定的事。"

"是的，唔……"泰勒神父的目光扫视着地面，如同在地上搜寻他要说的下一句话一般，"关于您授予我们怎样的自由裁量权，教皇想要一份明确的报告。"

"他们会安排谁做我的神父？"

泰勒的面部抽搐了一下，暴露出他内心的焦虑不安，"这件事还没有确定下来，陛下。"

第十一章　叛教者

"这件事肯定已经有定论了，神父，不然你也不会来到这里。"凯尔茜笑道，"你的内心活动都明明白白地写在脸上呢，看来你并不擅长玩牌。"

泰勒神父又惊又怒地笑了笑，"我这辈子从来没有玩过牌。"

"你和教皇关系很密切吗？"

"我单独见过他两次，陛下。"

"我猜这两次会面都是在过去的两周里发生的吧。你来这里究竟是要做什么呢，神父？"

"正如我刚才所说的，陛下。我来是为了要和您商议任命您的凯普神父的事宜。"

"你会向我推荐谁呢？"

"我自己。"神父用一种略带挑衅的眼神注视着她，他的眼里含着一种似乎并不是发自他本心的怨愤，"我本人以及我的属灵知识都可以为陛下您服务。"

不会有人知道泰勒花了多大的勇气才让自己能带着那邪恶的差使来到凯普城堡。如果他成功完成了自己的使命，那么他将成为一个令人憎恶、表里不一的间谍。如果他失败了，教皇将会对他的藏书室施行报复。多年来，上帝教会对泰勒住处存放的数量日益增长的世俗书籍一直都睁一只眼闭一只眼，不怎么过问。教会的高级神父们认为泰勒的爱好虽然有些奇特，但也无害。遁世修道者生活中的乐趣本来就已经够少了，没有人会对拓荒时期之前的历史有多大的兴趣。一旦泰勒去世之后，他的房间就会被清理干净，而他的所有藏书都将归教会所有。总而言之，他的个人嗜好的确是对他人无害的。

可是对泰勒本人而言，情况就不一样了。他将被迫承认自己并不是一名真正的遁世修道者，而是和其他世俗的人一样喜爱属于这个世界的种种事物。至于说酒精、美食和女人，泰勒都可以轻易地放弃，可是他的藏书……

教皇并不是傻子，红衣主教安德斯也不是。两天前，泰勒从极为鲜活的噩梦中惊醒过来，在梦中他没能成功完成自己的任务，等他回到阿瓦斯大教堂的时候，他发现自己的房门从里面被锁上了，烟雾从脚下的门缝处直往外冒……梦中的泰勒知道那只是一场梦而已，因为他在梦中穿着一件灰色长袍，而上帝教会的神父是不穿灰色长袍的。尽管知道那只是一场梦，他内心的恐惧感仍然没有消除。泰勒拼命转动着门把手，后来还试图用肩膀强行将门撞开，他那瘦弱的双肩被撞得生疼，仍然无济于事，于是他在梦里大声喊叫起来。最后，他彻底放弃了，当他转过身来的时候，却发现红衣主教安德斯正站在自己身后，身着火红色的长袍，手里拿着一本《圣经》。安德斯把手中的《圣经》递给泰勒，郑重其事地吟叹道："你是上帝伟举的一部分。"

在那之后的两天里，泰勒每次睡觉只敢睡几分钟，他怕自己会再次陷入那可怕的梦境。

他原以为待自己最终说出此次来访的真正目的之后，女王定会大笑不已，可是她并没有笑。她只是注视着他，而他也偷瞄着眼前这个女孩。他很好奇这个弱女子是如何控制住像梅斯这般令人生畏的人物的。泰勒看出女王正在思考，她的头脑里飞快地进行着一系列复杂的评估和测算。他觉得仿佛有成百上千个小变量进入了女王的思考范畴，他很好奇自己是其中的哪一个变量。

"我同意，不过我有附加条件。"

泰勒好不容易才把自己的惊讶掩藏起来，"什么条件？"

"凯普城堡里的小教堂将被变成一所学校。"

她目不转睛地注视着他，显然是以为他会有激烈的情绪爆发，可是他一言不发地保持着沉默。对泰勒而言，上帝从来都不曾待在那间小教堂里。教皇很可能会因此而大声叫嚷，不过泰勒现在却不为此感到担忧。他只是专注于完成自己受托的确切任务，仅此而已。

"无论何时你都不能试图向我传教。"女王继续说道，"我不会有任何信仰。当你向其他人传教的时候我不会让你住口，但是我或许会尽己所能和你争论。如果你能容忍我的争论，那么你可以向住在凯普城堡里的任何人、猪和家禽传教，或者说服对方改变原有信仰。"

"您这是在嘲笑我的宗教信仰，陛下。"泰勒回应道，不过他是以机械

第十一章 叛教者

化的语气说出这些话来的,其间不夹杂丝毫怨恨情愫。他已经不再处于人生中曾经历过的那个会被无神论者言论激怒的漫长时期了。

"我对所有自相矛盾的事物都持嘲笑态度,神父。"

泰勒的注意力被女王头上的银质冕状头饰吸引住了,那个头饰曾被他亲自拿在手里。他再次想到了历史上有很多类似事件会以令人意想不到的离奇方式不断重演,在拓荒时期之前曾有一位君王也是在受了伤流着血的情形下被加冕的,虽然他本人从未想过要登基做王。那件事是发生在哪里来着……法国?还是英国?

教皇不会在乎拓荒时期之前所发生的事情,泰勒脑子里有个声音在低声说话。他摇了摇头,想让自己摆脱这些想法。"陛下,如果凯普城堡里没有了小教堂,而您本人又是如此排斥上帝的话,那么我在这里能做什么呢?"

"神父,我听说你是一名学者。你所研究的专业领域是什么呢?"

"历史。"

"哇,那太好了,你对我来说很有用啊。我曾读过不少历史方面的著作,可是还有很多这方面的著作是我没有机会读到的。"

泰勒顿时两眼放光,"你读过哪些历史著作?"

"我读的大多是拓荒时期之前的著作。我可以夸耀说自己对拓荒时期之前的历史非常了解,可是我对铁灵立国期间的历史就所知甚少了,而立国之后的历史知识是我尤其缺乏的。"

看来泰勒是想要打破砂锅问到底了,"拓荒时期之前的什么历史著作?能具体点儿吗?"

女王有些飘飘然,嘴角略微上扬,"请跟我来,神父。"

女王的伤势已经明显好转,因为她可以不借助任何人的帮助就独自从王座上站起来。泰勒看着女王走下了台阶,待女王的几名侍卫先跟上去之后,他才缓缓起身跟在侍卫们后面。他能感觉到梅斯就在自己正后方,于是下定决心不把头转过去。

女王走路的姿态颇有男子气概,在泰勒看来,淑女走路时都是迈着优雅的小碎步,想必没有人教过女王应该如何调整自己的步态。女王的步子迈得很大，所以这些天来正受着髋部关节炎折磨的泰勒很难跟上她。他再次感觉到自己即将经历某种非同寻常的时刻，可他并不知道自己是不是该为此而感谢上帝。

走在泰勒前面的侍卫是佩恩·奥尔科特，两人之间的距离只有几步之遥。佩恩紧紧地跟随在女王身后，右手一直握着剑柄。泰勒原以为女王的贴身侍卫是梅斯，无疑整个铁灵王国都是这样认为的。不过几天前梅斯在王国南部有其他的事情需要处理，关于南边格雷厄姆家族的一座堡垒被大火烧毁的消息就像水银一般在阿瓦斯大教堂散布开来了。已故的格雷厄姆家族少东家是教会慷慨的捐献者之一，而老格雷厄姆则是教皇的老朋友。教皇曾明确表示泰勒应该就此事找梅斯和其女主人问责。

这件事还是等以后再说吧，泰勒心想，目前只考虑我受托要完成的确切任务。

女王领着泰勒经过了王座背后一条长长的走廊，这条走廊的左右两侧总共有至少三十扇房门。这里就是仆役居住区，泰勒颇感惊讶地意识到了这一点。真的有人需要这么多仆役吗？即便是女王？

只有极少数房间的门口有侍卫把守着。女王走到其中一扇门跟前时止步了，侍卫打开了门，随即挪到门边重新站好。泰勒从门口看进去，这是一个比较空旷的小房间，里面不过有一张书桌、几把扶手椅和几张沙发而已。看起来这个房间有古怪的用途，他琢磨着。可是接下来当他走进房门的时候，不由得瞠目结舌地停下了脚步。

房间远端的一面墙上摆满了书，这些书都有着拓荒时期之前很流行的漂亮皮革封面：红色、蓝色……令人最为惊讶的是竟然还有紫色封面。泰勒从来没有见过紫色皮革，甚至根本不知道它的存在，紫色染料的配方也早已失传了。

看到女王发出邀请的手势之后，泰勒走到离书架更近的地方，以一名收藏家的眼光评估着这些书的品质。比起这里，他个人的藏书数量显得微不足道。他的藏书跟这些书一样年代久远，不过封面大多是用布料或纸张装订的，翻阅的时候需要极其小心，而且得时常修补，否则书页就会散落。这里的书同样也得到了小心谨慎的照料，它们的皮革封面几乎是完好无损。

第十一章　叛教者

尽管这里的书远远超过一千本，可是泰勒颇感心满意足地留意到他自己的藏书中有好些是这里所没有的。他的手痒得不行，恨不得立马去摸一摸书柜里那些书，可是在得到女王的准允之前他不敢轻举妄动。

"你可以翻阅它们，神父。"

泰勒抬起头，发现女王正饶有兴味地注视着自己，她的嘴角微微上扬，仿佛在看一个笑话。"我刚才就说了，你不是玩牌的料。"

泰勒迫切地把头转向书架，一些作者的名字立即跃入了他的眼帘。他从书架上取下了一本塔奇曼的著作，小心翼翼地翻开，脸上带着欢欣喜乐的表情。他个人的大多数藏书在修补时用的是一种有瑕疵的固定剂，书页在经过修补后纷纷出现了起皱和变色的现象。他手中这本书的书页几乎是雪白色的。书里有几页照片式插图，他一面仔细地看着插图，一面不自觉地脱口而出："我也有几本塔奇曼的书，不过我从来没有看过这一本。它的题材是什么？"

"讲述了拓荒时期之前几个时代的历史。"女王回答道，"它表明一直以来政府内部都充斥着很多荒唐的事情。"

尽管泰勒因这本书而着迷，可是女王语气中的某种东西使得他不由得合上了书的封面。他转过头去，看到女王正以一种深切的挚爱之情凝视着她的藏书，她的眼神就像一个爱得情真意切的人望着自己的意中人，一名神父望着他的上帝时或许也是这种眼神吧。

"铁灵正危在旦夕，神父。"

泰勒点了点头。

"阿瓦斯大教堂竟然祝福人口出运行为。"

泰勒再次点了点头，他感觉脸有些发烫。多年来，那一批批出运的人口从阿瓦斯大教堂的门前经过，甚至从泰勒房间的小窗户下面经过，泰勒常常都能听见窗户下面传来的悲切哭喊声。怀德神父曾说有些人会跟着被运走的家人走上好几英里的路，还有传闻说有个家庭曾跟在笼子里的家人后面，一直走到了威林厄姆山的山麓地带。据泰勒所知，蒂姆佩里神父曾在教皇的准允之下，赦免了摄政王的罪。泰勒在自己的房间里专心做研究的时候，很容易做到不去在乎那些事情，可是眼下他身在此处，女王正注视着他，脸上呈现出要求他作出解释的表情，泰勒心底已经知道的那些事情就没那么容易被忽略掉了。

"你是怎么想的？"女王问道，"自从我即位之后，是不是一直在做愚蠢的事情呢？"

泰勒知道女王并不是真的想探询他对这个问题的看法。他的内心突然颇受触动，女王不过才十九岁而已，多年来她一直在躲避别人的追杀，然而她来了以后所做的第一件事竟是捅了一个大马蜂窝。

唉，她感到害怕了，泰勒意识到了这一点。他不会去考虑她所做的事情可能会带来什么后果，但她会。他能看出她已经为自己的行为承担了责任，一切后果都落在了她的肩头。泰勒本想说些安慰的话，却发现自己没法做到，因为他根本就不了解她。"对于政治方面的救赎，我一窍不通，陛下。我只能在灵性方面给人提供建议而已。"

"在而今眼目下，没有人需要灵性方面的建议。"

泰勒始料未及的是自己针对这个问题作出回应时，语气的严厉程度远远超过了自己的预期："陛下，那些停止担心自己灵性健康的人常常会在不久之后就发现人生将遭遇重大难题。神在造人的时候是让人灵肉合一的。"

"难道你认为在目前这种情况下竟然还有人会相信你的神吗？"

"我相信我的神，陛下。"

"那么你就是个傻瓜。"

泰勒挺直了身子，冷冷地说："您可以随意相信您所喜欢的，也可以随意看待我的教会，可是请不要亵渎我的信仰，至少不要当着我的面这样做。"

"你没资格对女王发号施令！"梅斯咆哮道。

泰勒感到局促不安，他忘记了梅斯也在这里。不过梅斯说完那句话后便沉默了下来，而当泰勒转过头去看着女王时，发现她脸上带着一丝奇怪的笑容，包含着既悔恨又满意的意味。

"你很真诚。"她喃喃地说，"请原谅我刚才所说的话，因为有些情况是我必须得了解的。恐怕在你们的教堂里没有多少人像你一样吧。"

"此言差矣，陛下。我知道在阿瓦斯大教堂里有很多敬虔的好人。"

第十一章　叛教者

"那么把你派到这里来监视我的人是敬虔的好人吗，神父？"

泰勒无言以对。

"你会住在这里跟我们一起吗？"

考虑到自己的藏书，泰勒摇了摇头，"我更想待在阿瓦斯大教堂里。"

"既然这样，我提议我们来做一项交换。"女王迅速回答道，"你可以把你手里的书带回去看一个星期，等到了下个星期天，你就把这本书带过来还给我，那时你又可以再借走另外一本书。不过，与此同时你也要在你自己的藏书中选一本我没有的，带过来借我看看。"

"这不就是图书馆的运作模式吗？"泰勒带着笑意回答道。

"不完全是，神父。我已经召集了一些人开始誊写我自己的藏书，等我拿到你借给我的书以后，他们也会誊写你的书。"

"这样做的目的是什么呢？"

"我会将原始手抄本保存在凯普城堡里，不过我迟早会找到一个会印刷术的人。"

泰勒倒吸了一口气，"印刷术？"

"我相信终有一天铁灵这片土地会充满了书籍，神父，知识也借着书本广泛传播。书本遍及王国四境，它们就像拓荒时期之前那样普及，甚至连穷人也买得起书。"

泰勒一脸惊愕地注视着女王，只见挂在她胸口的项链挂坠闪闪发光。他感觉到了一个确凿无疑的事实，那就是项链上的宝石正在朝他使眼色。

"你能明白我的意思吗？"

片刻之后，泰勒才渐渐明白了她的意思。印刷术意味着随之而来的书店和图书馆。新的故事即将发生，新的历史篇章即将被翻开。

又过了一会儿，泰勒意识到自己主意已定，他认为自己不会再有别的选择了。可是现在他仍然没能从极度震惊的情绪中抽离出来。他转过身，步履蹒跚地离开了书架，没想到却正好站在了梅斯面前，后者一脸阴沉。泰勒希望此人的怒气不是冲着自己而来，因为他觉得梅斯着实令人望而生畏。不过，梅斯的目光是落在那些书上的。

泰勒似乎突然明白了什么。他试图摆脱这个想法，可是它牢牢地印在了他的脑子里：梅斯不具备阅读能力。泰勒的内心顿时对他涌起了一丝怜悯，不过这种情绪还没来得及显露在脸上便迅速地消失殆尽了。"唔，这不过是遥不可及的美好愿景罢了，陛下。"

她的脸色一沉，紧抿着嘴唇。梅斯发出了一声听似心满意足的咕哝，看起来此举更加激怒了女王。当她再度开口说话时，语气极为冰冷，先前的所有热情都消失了。"下个星期天，我会等你。不过你任何时候想见我的话，我都乐意接见你，神父。"

泰勒向女王鞠躬道别，觉得浑身都不自在。这就是我不愿意离开自己房间的原因，他心里想着，待在那里比这里安全得多。

他转过身朝接见室折回去，手里紧紧攥着书，头脑里想着自己的心事，几乎完全忽略了跟在自己身后的三名侍卫。教皇无疑想在第一时间听到他的情况汇报，不过他打算从阿瓦斯大教堂的商贩入口偷偷潜入其中。今天是星期二，在门口值班的是埃默里老弟，此人年轻又懒散，常常忘记向上头汇报从大门进出人员的情况。泰勒或许能赶在教皇得知自己回到住所的消息之前，先拿起新书，赶紧读上一百页左右。

"神父？"

泰勒回过神来，看到女王已经坐回到宝座上，一只手支撑着下巴。梅斯站在她身边，一如既往的威严，右手握着剑柄。

"陛下？"

她顽皮地笑了笑。自打泰勒最初见到她一直到现在，他还是第一次看到她展露出了真正属于她这个年纪的特质。"别忘了给我带一本书来。"

星期一下午，凯尔茜坐在女王宝座上，狠狠地咬着自己的内脸颊。从表面上看，她是在召开接见会，但实际上她是在任由各方人士前来观察自己，而她也可以顺带观察一下他们。在经历了刺客暗杀事件之后，她原以为梅斯会取消这场接见会，可是就目前形势看，他似乎认为女王在公众面前露脸这件事变得比先前更为重要了。凯尔茜的第一场接见会如期按照既定计划召开了，女王侍卫队的全体成员都在接见室里驻守着，甚至连那些通常值守夜班、白天需要休息的侍卫也悉数到场。

第十一章 叛教者

梅斯果然信守承诺，将银制的大宝座连同其下的高台一起移到了女王寝宫里。凯尔茜在宝座上坐了大约一小时之后，发现这个宝座很硬，也很冰冷。她迫切地想念那把破旧但十分舒适的扶手椅，可现在她甚至不能低头垂肩而坐，因为有许多双眼睛正盯着她看呢。接见室里挤满了贵族，他们当中有很多人都出席过凯尔茜的加冕仪式，她在人群中看到了不少似曾相识的服饰和发型。

凯尔茜花了好几个小时与梅斯、阿利斯、玛格丽特一起为这场接见会做准备，玛格丽特对摄政王的贵族盟友所知甚多，过去摄政王总是让她待在自己身边，即使是在他处理公事的时候也是如此。这更加有力地证明了舅舅糟糕的判断能力，虽然对凯尔茜而言这是不足为奇的事情，不过她仍然因此而感到失望和沮丧。

"你待在这里觉得快乐吗？"凯尔茜曾在和玛格丽特结束夜谈之后问过她这个问题。

"是的，我很快乐。"玛格丽特极其迅速地回答道，这反倒令凯尔茜觉得她可能并没有听明白自己的问题。玛格丽特对铁灵非常了解，可是当她发现凯尔茜能说一口流利的莫特姆森语时不由得欣喜不已，于是她们俩对话时都说莫特姆森语。凯尔茜试着重复了一遍自己的问题，确保自己没有用错词语。

"我知道你是在不情愿的情况下被人从莫特姆森送来这里的。难道你不想回家吗？"

"不想。我喜欢照料那些孩子，再说了，我在莫特姆森什么都没有。"

"为什么？"凯尔茜不解地问道。她发现玛格丽特既聪明又有教养，而且深谙人类的天性。凯尔茜一直以来都在苦苦思索应该如何处理摄政王其余的妃嫔们，她可不想让她们都来到女王寝宫服侍自己，但是她也没法为她们安排什么能赚钱的差事。不过，她认为她们理当从王室得到一些补偿，因为她们在这里的时候不可能有什么好日子过。

玛格丽特曾安慰凯尔茜，她说摄政王的其他妃嫔很快就会被贵族们抢去做他们的小妾，大多数贵族已经觊觎摄政王的女人们好多年了。结果证明玛格丽特对男人的心理分析得相当准确，当卡伊确认摄政王已经离开的时候，他的妃嫔也带着她们各自的家当消失得无影无踪了。

"因为这个，"玛格丽特回答道，同时指着自己的身体和脸蛋，"这决定了我的人生。"

"你是指你的美貌吗？"

"没错。"

凯尔茜一脸困惑地注视着玛格丽特，她觉得自己愿意舍弃一切来换取玛格丽特的容貌。费奇的话常常回荡在她耳边：你长相太平凡了，不符合我的审美标准。她已经觉察到了，每当玛格丽特从育儿室出来的时候，女王侍卫们的目光总是追随着她。尽管他们从来都没有公然做出任何能引来凯尔茜斥责的粗鲁失态行径，可是有时候凯尔茜还是想伸出手去掌掴他们，同时对着他们的脸大声喊叫：看着我！我也是极宝贵的人！当然，在凯尔茜走动的时候，他们的目光也会落在她身上，可那种目光跟玛格丽特所得到的关注是截然不同的。

要是我能拥有玛格丽特的美貌，费奇就会拜倒在我的石榴裙下，凯尔茜对自己说。

凯尔茜的这些情绪一定多多少少地显露在了自己脸上，因为玛格丽特有些伤感地笑了笑，然后说道："你只认为美貌是一种恩赐，陛下，可它其实是一把双刃剑，同时也会给人带来祸害。我说的都是实话。"

凯尔茜点了点头，试图表现出深深赞同的样子，事实上她却心存怀疑。美貌就如同货币一般，或许有些男人会认为玛格丽特的美貌削弱了她在他们心目中的价值，但跟每一个这样的男人相对应的，却是一百个不由自主地因为她的美貌而抬升她在自己心目中的价值的男人和女人们。不过，凯尔茜更喜欢玛格丽特过人的聪慧，于是她努力控制住自己的怨恨，可是她内心深处有个声音在说：要做到每天在面对这个漂亮女人时都摈除内心的嫉妒，那可是任重而道远的奋斗啊。

"莫特姆森是什么样子的？"

"和铁灵不一样，陛下。乍一看去，那里比铁灵更好。那里没有这么多穷苦挨饿的人，那里的大街小巷看上去也更加秩序井然。不过，如果你花更长的时间观察，就会发现那里所有人的眼睛里都充满了惧怕。"

第十一章 叛教者

"他们怕什么?"

"怕她。"

"这里的人也害怕啊,不过他们怕的不是我,而是人口统计局。"

"那已经是过去的事情了,陛下。"

接见室里的这些人当然是不怕凯尔茜的,他们当中有些人若有所思地望着她,有些人则心怀疑虑地评估着她。梅斯不喜欢人群投射在地上的影子,于是他安排人手在接见室的墙上又增设了好些照明用的火炬,而且他不知从何处找来了一名传令官,那人名叫乔丹,是个瘦小的年轻男人。乔丹的声音特别低沉,而且清晰,他负责宣读每一个来到女王宝座前的觐见者的名字。至于那些想要和凯尔茜私下谈话的人,都得先被穆哈恩搜身以确保身上没有携带任何武器,然后才能接近凯尔茜。到凯尔茜近前来的人,有些不过是为了在她面前宣誓效忠而已,他们或许怀着将来能从凯尔茜那里得到财政支持的盼望,或许想获取凯尔茜的信任。大多数人都会吻她的手,其中一名贵族——珀金斯勋爵甚至在亲吻凯尔茜的手指之后,在她指缝间留下了一团黏稠的唾液。后来凯尔茜只得将两只手都死死地藏在黑色裙子的褶边下面不取出来。

安黛莉坐在凯尔茜右侧的一把椅子上,她的座椅比王座低几英寸,所以她看上去比凯尔茜矮一些。凯尔茜曾对这一安排表示了反对意见,可是安黛莉和梅斯最终还是说服了她。在珀金斯勋爵及其随行人员离开之后,安黛莉递了一杯水给凯尔茜,后者心存感激地接过了水杯。凯尔茜的伤口恢复得不错,现在她可以比以前坐更长时间了,不过她已经不间断地跟人打招呼和交流几乎长达两个小时之久,声音也变得有些不听使唤。

一位名叫基利安的贵族偕同妻子来到了凯尔茜面前,凯尔茜在脑子里拼命搜索着关于他的信息,最后终于将两者对上了号:玛格丽特曾告诉她说基利安勋爵酷爱赌博,他曾经还因为牌桌上的一次激烈争论而对另一名贵族牌友动了刀子。基利安有四个子女,他们一家从来都跟人口统计局的抽签无缘。基利安夫妇看起来更像是一对双胞胎兄妹,两个人都长着一式一样胖嘟嘟的圆脸,而且两人看着女王时的表情也是颇为相似,而这种表情是凯尔茜在这一天中从许多贵族脸上都看到过的:虚伪的盈盈笑意下面不知道藏着怎样的心机。和这对夫妇相互简单问候之后，凯尔茜从妻子的手里接过了一幅漂亮的织锦，基利安夫人声称这幅织锦是她本人亲手制作而成，凯尔茜对此持极大的怀疑态度：贵族妇女亲自做手工的年代早已过去了，而这幅织锦看起来必是出自技艺精巧的匠人之手。

与基利安夫妇的会面结束之后，凯尔茜看着他们退了下去。今天所见过的大部分贵族她都不甚喜欢，他们看起来极度自满，甚至连老套的贵族传统修养也在这个王国逐渐消亡了。特权阶级们除了在自己的一亩三分田里自娱自乐之外，对其他一切事情都不再关注。这个问题就是促成铁灵立国的主要原因——凯尔茜几乎能感觉到卡琳就站在自己近旁，她的脸上带着极大的不满，正谈论着统治阶级的时代已经一去不复返了。

梅斯凝望着走廊的尽头，待基利安夫妇的身影消失之后，凯尔茜的侍卫们便稍息了下来，于是他大声命令他们恢复立正的抖擞姿态。一名男子迈着沉重的步伐独自朝王座走来，他的整张脸几乎都被浓密的黑色胡须给遮挡住了。凯尔茜用眼角的余光瞥见安黛莉做出了一个下意识的动作，她两只手的指关节都变得无比僵硬起来。

凯尔茜在宝座的银质扶手上轻敲着手指，心里沉思着。她看了看安黛莉，后者正用深邃的眼睛盯着自己的丈夫，放在膝盖上的两只手紧紧地握在了一起。

梅斯已经下到了高台脚下，以一种特定的姿势站定了，这种姿势看起来极为随意而慵懒，不了解梅斯的人不会多想什么，但凯尔茜知道这就是他的备战姿势。一旦安黛莉的丈夫待会儿做出一丁点失格的举动，梅斯就会迅速将他放倒在地。那位做丈夫的看起来也颇为识相，他瞟了梅斯一眼，随即停下脚步宣告道："我是鲍恩！我来这里是要求你们让我的妻子和孩子们回到我身边！"

"你没有权利在这里提出任何要求。"凯尔茜回答道。

他瞪视了她一会儿，"那么，我提出'请求'，这个总可以吧！"

"跟女王说话的时候注意一下礼仪。"梅斯咆哮道，"不然你就会被带离这里。"

鲍恩深深地吸了几口气，举起右手在左侧手臂上轻轻抚摸了几下，像

第十一章　叛教者

是在寻求自我安慰。"我请求陛下让我的妻子和孩子们回到我身边。"

"无论何时，只要你的妻子想要离开这里，她都可以随意离开。"凯尔茜回答道，"不过如果你想对她有所要求，你就得对她皮肤上的伤给出合理的解释。"

鲍恩略微有些迟疑，而凯尔茜能看出他脑子里涌现出了无数个借口。他咕哝了一句什么作为回答，没有人听得清。

"大声一点！"

"陛下，她不是一个顺从的妻子。"

安黛莉发出了一声窃笑，凯尔茜装作没听见她的笑声。"鲍恩，你是上帝教会的信徒吗？"

"我每个星期天都会上教堂，陛下。"

"妻子应该服从丈夫，是吗？"

"这是神的圣言。"

"我知道了。"凯尔茜向后靠了靠，打量着鲍恩。安黛莉怎么会同这样一个男人结婚呢？恐怕只有比凯尔茜更勇敢的女人才敢问安黛莉这个问题吧。"那么，你的纠正措施使她变得顺从你了吗？"

"我所做的一切都是在行使我的正当权利。"

凯尔茜张开嘴想要说话，却一时不知道该说什么，幸好这时安黛莉来到了她身旁，开口说道："陛下，我恳求你不要让我和我的任何一个孩子回到这个男人身边。"

凯尔茜伸出手去握住了安黛莉的手腕，"你知道我不会这样做的。"

安黛莉低头看着地下，凯尔茜仿佛看到安黛莉那双灰色的眸子里掠过了一丝暖流。随即她又恢复如常，眼神空洞，脸色冰冷。"我知道。"她小声说。

"你想让我怎么做呢？"凯尔茜问道。

"都无所谓，只要别让他再接近我的孩子们就好。"

安黛莉的语气和她脸上的表情一般平淡。凯尔茜注视着她，脑子里依稀涌现出了一幅可怕的画面，可是在这画面变得清晰之前，她便急切地对着鲍恩开口说话了："我驳回你的请求。等你妻子愿意的时候，她可以随时带着我的祝福回到你身边去，可是我绝不会强迫她回去。"

鲍恩的黑眼睛像是被怒火点燃了一般，变得闪闪发光，他那被胡须遮挡着的嘴里发出了阴郁的声音："陛下你竟然无视神的圣言？"

凯尔茜皱了皱眉，先前看起来昏昏欲睡的人群，现在全都清醒过来了，他们的视线在凯尔茜和鲍恩之间来回移动，就好像两人之间的对话是一场网球比赛。她所作出的任何回应都将会传到教会那里去，而她又不能撒谎，因为这个接见室里有太多的人在场。她小心翼翼地斟酌了一番之后才开口说道："历史上有许多声称完全依照神的圣言来施行统治的王国最终都败亡了。铁灵并不是一个神权政体，我在治理王国的时候不能只是从《圣经》里寻求指引。"她觉得自己的语气变得越来越严厉，但没法停下来，"撇开神的圣言吧，鲍恩。在我看来，如果你真的配得你所渴求的那种顺从，那你应该能用除了拳头之外的方式来得到它。"

鲍恩的脸唰的一下红了，随即他眯缝着眼看着地面。原本站在高台脚下的戴亚赶紧上前几步挡在了鲍恩面前，右手握住了自己的剑柄。

"这里有记录员吗？"凯尔茜问梅斯。

"有的。我让他去人群里待着呢，不过此时他应该正在聆听和记录。"

凯尔茜面朝接见室里的所有听众，抬高了声音，"不管神的圣言是怎么说的，我都不容许任何暴力行径。无论丈夫、妻子和孩子在家里的地位如何，任何人只要对别人施暴，就得对自己的行为承担责任。"

她又转而对鲍恩说："至于你，鲍恩，你是第一次在我面前犯错，我就不对你加以惩罚了。你为我构建法律体系倒是提供了一些可作参考的实例，可是如果你让我和我的任何司法部门知道你再次犯了同样的过错，那么你将会受到法律的严惩。"

"我没犯什么错！"鲍恩喊叫道，他的脸因为暴怒而涨得通红，"我来这里不过是想要回我那被夺走的妻子和孩子罢了，却被冠上了莫须有的罪名！这不公平！"

第十一章 叛教者

"你听说过基于衡平法原则①的清白吗,鲍恩?"

"没有,我才不在乎这个呢!"鲍恩怒吼道,"我是被剥夺的一方,我一定要当着所有铁灵人的面把事情说清楚,获得公正!"

梅斯迈上前去,不过凯尔茜打了个响指,"不行。"

"可是陛下……"

"我不知道从前这里的规矩是怎样的,拉扎勒斯,可是我们不能单单因为某人说错了话而惩罚他。我们可以请他离开,如果他不听从,你再按你的方式带走他也不迟。"

鲍恩的呼吸声变得嘶哑而沉重,这声音令凯尔茜想起了自己和巴蒂曾经在森林里遇到过的一头熟睡的棕熊。那时巴蒂悄悄向凯尔茜发出了一个信号,于是他们便轻手轻脚地离开了那头棕熊。不过现在站在凯尔茜面前的这个男人和那头棕熊完全不同,而她突然想到自己应该会喜欢跟他对抗,哪怕是赤手空拳上阵,哪怕是她很可能会败给对方。

我体内有太多的怒气,凯尔茜意识到了这一点。不过,这个想法反倒令她感到骄傲无比:无论她还有些什么别的缺点,她知道心怀怒气这个缺点将伴随自己一生,而且她的怒气中还酝酿着强大的能量有待发掘。卡琳一定会因此而失望不已,但是凯尔茜现在做了女王,不再是个受到惊吓的孩子,而自打她离开森林里的小屋之后,已经学到了不少东西。将来她可以站在卡琳面前为自己辩解……或许她并不能做到全然无惧,可是她起码不会像从前那样在卡琳面前感到毫无底气的软弱。诚然,卡琳对很多事情的看法都是对的,可是她也有自己的局限性,现在这些局限性正清晰无比地呈现在了凯尔茜面前。卡琳没有激情,缺乏想象力,而这两种特质在凯尔茜身上则是显而易见的。看着站在高台下面的那个男人,她想到了一个简单易行的办法。

"鲍恩,你已经让我浪费了不少时间跟你废话,现在你得离开我的接见

---

① 衡平法也称平衡法、公平法、公正法,是英美法律的一个分支,它包括根据公平与正义比普通法更重要的思想而建立的一些法则。因此,在裁决法律诉讼时,如果在法律原则和公平原则之间产生分歧,那么公平原则应占上风,法庭并会按此作出裁决。

室了。如果你认为我在施行王权的时候有任何不公正之处，都可以随意提出指控，可是你要知道，如果你这样做的话，我也会以同样的标准来追究你对你妻子所做的一切事情。总之，选择权在你自己手上。"

鲍恩动了动嘴巴，但没有说出话来，他的眼中流露出那种被困在牢笼中的野兽常有的绝望和狂暴。他用一只握紧的拳头重重地击向另一只手的手掌，随即抬头怒视着安黛莉，"你还是像以往一样桀骜不驯，不是吗？她知道你是在哪里长大的吗？她知道你有莫特姆森血统吗？"

"够了！"凯尔茜顾不得肩膀的疼痛，猛地从王座上站了起来。蓝宝石又被激活了，她能感觉到此时的它就像一头小小的猛兽在她的礼服下面蠢蠢欲动。"我对你的忍耐已经到了极限。你马上给我离开这里，不然我就让拉扎勒斯用他喜欢的方式来带你出去。"

鲍恩后退了几步，颇为得意地笑着，"她是莫特姆森人！"

"拉扎勒斯，上！"

梅斯三步并作两步朝鲍恩冲了过去，后者赶紧掉头朝门口狂奔。鲍恩在走廊上逃窜的时候，人群中爆发出了一阵阵哄笑。安黛莉重新坐回到凯尔茜身旁的座位上，脸上带着一如既往的平静。鲍恩消失在了众人的视线之外，梅斯便停止了虚张声势的追捕，转头往回走，他的眼睛里闪烁着快乐的光彩。凯尔茜略带倦意地揉了揉自己的眼睛，接下来又该接见谁了呢？

"安德鲁斯夫人驾到，陛下！"传令官喊道。

一个女人急匆匆地来到了王座前。今天她的头上戴着一顶别致的帽子，其面料是亮紫色的天鹅绒，帽子上有紫色的丝绸缎带和孔雀羽毛作为装饰。尽管换了身装扮，可是凯尔茜凭着对方那极其严肃的紧抿着的双唇便毫不费力地将她认出来了。

"噢，天哪！"她低声询问梅斯，"难道我们没把那该死的冕状头饰的钱付给她吗？"

"已经付过了，陛下。实际上，我们付给她的钱远远超过那玩意儿本来的价值。这安德鲁斯一家人都是骗子，阿利斯不想让她们握住我们什么把柄。"

安德鲁斯夫人在王座下面的台阶跟前停下了脚步。此时她看上去要比

第十一章　叛教者

加冕仪式上那昏暗灯光下的容貌苍老多了，或许已经四十岁了吧，而她脸上的皮肤绷得很紧，极不自然。难道她做过整容手术？铁灵境内并没有整形外科医生，不过有传闻说莫特姆森的整容行业已经复兴了。或许有些铁灵贵族有胆量去莫特姆森做这样的手术吧，尤其是像安德鲁斯夫人这样的贵族，能做出这样的事丝毫不足为奇。安德鲁斯夫人一脸和颜悦色，然而她的一双眼睛却将内心的真实想法暴露无遗。

她恨我，凯尔茜有些困惑地意识到了这一点。难道这个女人除了她的头发之外，还为别的什么事情忧心不成？

"我来是为了发誓效忠陛下你。"安德鲁斯夫人宣告道。她的声音很有特点，沙哑而又有些刺耳，以至于凯尔茜怀疑她是不是像阿利斯一样的烟民，抑或是过量饮酒造成的也说不定。

"我备感荣幸。"

"我给陛下带来了一份礼物，是用卡莱恩的丝绸制成的礼袍。"

这件礼袍非常漂亮，是由宝蓝色的丝绸制成的，在火炬光芒的照射下闪闪发光。可是当安德鲁斯夫人将礼袍举起来的时候，凯尔茜看出它比自己的身材小了约莫三个尺码，只能穿在像安德鲁斯夫人这样修长苗条的女人身上。思忖片刻之后，凯尔茜认为这个女人一定是故意的，或许臆想着凯尔茜试衣时却发现自己穿不了这件礼袍的沮丧心情会让她得到某种满足吧。

"谢谢你。"凯尔茜说这话时留意到安德鲁斯夫人嘴角涌起了一丝笑意，"你可真是体贴啊。"

阿利斯接过礼袍，把它放在了愈积愈高的礼物堆中。其中有些礼物的确显得品位低下，奉上这些礼物的人在艺术方面的鉴赏水平显然跟摄政王比较接近。不过所有的礼物起码在面料方面都很上档次，用的都是极其贵重的面料，毕竟没有谁的胆子大到敢送劣质礼物给新女王以示挑衅。凯尔茜已经决定要将大部分礼物都卖掉，可是阿利斯比她还先想到这一点。他以一种评估的眼光盯着那件礼袍审视了一会儿，随即在自己的小本子上做了一项记录。

"我来这里还想问问陛下你打算怎么对待莫特姆森。"

"不好意思，我不太明白你的意思。"

安德鲁斯夫人笑了笑，似乎是想用这装模作样的笑意来掩盖自己咬牙切齿的冲动。"你已经违反了《莫特姆森条约》，陛下。我在阿尔蒙特平原东边的克里希河的源头拥有一些土地。我即将面临极其重大的损失。"

凯尔茜偷偷瞄了梅斯一眼，发现他正看着人群。"我面临的损失比你更大，安德鲁斯夫人。我可能会失去更大面积的土地，甚至还会赔上自己的身家性命。那么，何不把这件事交给我来考虑就好？"

"我的佃户们都感到恐慌不已，陛下。我没有理由责怪他们，他们正好位于通往新伦敦城的路上，而他们在莫特姆森上一次入侵的时候就已经深受其害了。"

"我能理解你为他们感到非常担心。"凯尔茜讷讷地说。胸前的蓝宝石又开始发烫了，这时她脑子里突然涌现出了一幅画面——大门紧闭的高高塔楼。"当时你和你的侍卫们有出去保护他们吗？"她质问道。

安德鲁斯夫人动了动嘴巴，却没说什么。

"你们没去，是吗？你们待在塔楼里，却对他们不管不顾。"

这个中年女人神色一凛，"我看出和他们同归于尽是毫无意义的。"

"我就知道你是这样想的。"

"你对人口出运有什么不满的，陛下？"

"你这话是什么意思？"

"这是名正言顺的事情啊。我们既然欠了莫特姆森的，就应该偿还。"

凯尔茜前倾着身子，"你有孩子吗，安德鲁斯夫人？"

"我没有，陛下。"

你当然没有，凯尔茜心里想道，由这样的女人孕育的孩子恐怕还在母腹中时就会被残害致死吧。她抬高了自己的音量，"那么人口出运对你的生活并没有多大的影响，是吗？你没有孩子，你看起来也并不身强力壮，不是做劳工的料，而你也人老珠黄，对异性丧失了吸引力，所以没法从事色情行业的工作。"

安德鲁斯夫人在狂怒中瞪大了双眼，从她身后的走廊里传来了一阵女人的笑声。

第十一章　叛教者

"如果有谁因莫特姆森和人口出运而实际蒙受了损失，我会垂听他们的申诉。"凯尔茜朝人群宣告道，"这样的人可以在我召开接见会时随时将他们想说的话上陈于我。"

她回过头去看着安德鲁斯夫人，"可你不是这样的人。"

安德鲁斯夫人将两只手的手指弯成了鹰爪状。她的长指甲被修剪得尖尖的，两侧脸颊涨得通红。凯尔茜心里估量着这个女人会不会真的赤手空拳冲上来袭击自己，尽管看起来这种可能性不大，但凯尔茜并没有十足的把握。梅斯也一样，他已经向前挪动了几英尺，此时正用他自己最令人望而生畏的表情注视着安德鲁斯夫人。

她照镜子的时候会看到怎样的自己呢？凯尔茜想道，一个如此年老色衰的女人怎么会这么重视自己的外貌姿色？凯尔茜曾好几次从书上看到过关于这类心理的描述和分析，可是在现实中她还是第一次看到。凯尔茜从对方身上觉出了一些人生体验——比长得丑更可怕的事情是明明长得丑却还认为自己貌美如花。

安德鲁斯夫人的仪态很快就恢复如常了，不过她的声音仍然因愤怒而略微震颤，"那么你又损失了什么呢，陛下？你躲在无人知晓的地方度过了你的童年。你的名字又可曾被人口统计局抽中过？"

凯尔茜感到脸颊有些发烫，变得沉默不语，这可是她从未想过的事情。她的名字的确从来都不曾出现在抽签名单里，因为那时没有人知道凯尔茜·格林这个人的存在。就连伊丽莎·罗利、多马·罗利和其他无数贵族的名字也都曾被列在抽签名单当中，只是他们能用重金贿赂人口统计局，从而确保自己的名字永远不会被抽中。

安德鲁斯夫人毫不惧怕正逐渐靠近自己的梅斯，她又朝前面跨了一步，笑容里带着恶意。"陛下，事实上你所冒的风险要比我们任何人都小，难道不是吗？如果莫特姆森女王再次入侵，你不过会像我一样躲进自己的塔楼里，只是你的塔楼比我的更高而已。"

凯尔茜脸红了，她想到了走廊里那几个塞满了战略物资的房间，那里有粮食、武器、火把和成桶的油。她能做些什么吗？承诺自己会跟新伦敦城的民众并肩作战吗？几秒钟过去了，接见室里的人群开始交头接耳议论纷纷。她看了看梅斯和佩恩,却发现他们也和自己一样不知所措。安德鲁斯夫人正咧嘴笑着,露出了满口尖牙,那样子看起来像极了将猎物困至绝境的捕猎者。想到自己竟被这个女人逼入了绝境,凯尔茜觉得自己的心仿佛正躲在一个卡琳的教导从未涉足过的阴暗角落里颓然死去。

在绝望中,凯尔茜伸手握住自己的项链,并把那颗蓝宝石拉了出来。她把宝石牢牢地攥在一只手里,准备让它来代替自己作出回应。然而这颗宝石毫无反应,连一丝发热的迹象都没有。人群中的议论声越来越大,充斥着整个接见室。随时都有人会笑出声来,这个女人眼看就要得胜了。

"我曾是你的佃户之一,夫人。"

凯尔茜的目光越过安德鲁斯夫人,看到穆哈恩走上前来。他的脸如同往常一般苍白,正用一双充血的眼睛看着安德鲁斯夫人。不过这一次,他的苍白脸色不是因为睡眠不足,而是因为内心的狂怒。

"你他妈的究竟是谁?"安德鲁斯夫人朝他咆哮道,"一名侍卫竟然敢直接跟贵族说话?如果这样的事发生在我的接见室里,你将会因此而受到鞭笞。"

穆哈恩对此不予理会,"我们曾经见过面,你应该不会忘记。我的妻子从来都没有学过骑马,而我的女儿又生了病。在那样的情况下,我们没法比即将来临的莫特姆森军队跑得更快。于是我们去到了你的塔楼门口,乞求获得一处避难之所。我看到你从高高的窗户里探身出来,低头看着我们。你分明有足够多的房间,可你拒绝借给我们哪怕一个最小的房间。"

凯尔茜的心突然被回忆填满了,她想起了自己经过阿尔蒙特平原的那一天,想起了在田间劳作的农民和砖砌的高大塔楼。安德鲁斯夫人后退了几步,可是穆哈恩紧逼了上来,凯尔茜看到他眼角有泪滴在闪烁。"我认识女王不过才一个月而已,可是我敢保证,如果莫特姆森军队来了,她一定会想方设法将所有的铁灵民众都塞进这座凯普城堡。她绝不会在乎他们有多久没洗澡了,也不会在乎他们有多穷。她会尽力为所有人安排住处。"

安德鲁斯夫人嘴巴张得大大的,却一句话也说不出来。梅斯走到穆哈恩身边,低声对他说了一句什么。穆哈恩点了点头,迅速绕到王座背后,朝侍卫住宿区走去。凯尔茜想起了不久前的一天,她曾带着满心怀疑从穆

第十一章 叛教者

哈恩身边经过，去到了房间外的阳台。这时她环顾了一下驻守在接见室里的其他侍卫，十九名在场侍卫个个表情都很凝重。他们是不是都有着跟穆哈恩相似的故事呢？她突然悲从中来，即使他们当中有一个人是有罪的，可她又怎么能妄自怀疑他们中的任何一个人呢？

"我要求你施行惩罚，陛下！"安德鲁斯夫人又找回了说话的自信，"把那名侍卫交给我！"

凯尔茜发自内心地大笑起来，笑声响彻了整个接见室。她真的太开心了，尤其是看到安德鲁斯夫人的脸变成了猪肝色的时候。

"我来告诉你应该怎么做吧，安德鲁斯夫人。带着你的礼袍，赶紧离开我的凯普城堡。"

安德鲁斯夫人张开了嘴巴，可她竟再度语塞。就在这短短的几秒钟之内，她那过度紧绷的面部皮肤上似乎蹦出了成百上千条细细的皱纹。阿利斯找出了那件礼袍，将它递向了安德鲁斯夫人，但与此同时他试图用下垂的眉毛来告诉凯尔茜，这件事其实可以稍后再议。

安德鲁斯夫人一把抓回礼袍，低下头迈着沉重的脚步离开了，她的步态使她尽显老态。当她从过道经过的时候，人群中的许多人都朝她投去了鄙夷的目光，可是凯尔茜无动于衷。这次他们的表现不大可能比上次莫特姆森入侵时更好，而且如同她加冕登基那天一样，这里连一个穷人都没有。看来她得改变这种状况了，等下周召开接见会的时候，她要告诉梅斯前几百个来到凯普城堡的人不论贫富都可以进来参加接见会。

"还有别的什么人吗？"她问梅斯。

"应该没有了，陛下。"梅斯朝传令官扬起了眉毛，后者摇了摇头。梅斯比画了一个停止的手势，于是传令官便宣告道："这次的接见会到此结束！请各位依次有序地退下！"

"那名传令官，他挺不错的。"凯尔茜评论道，"我真没想到一个如此瘦小的男孩竟然能拥有这样的声音。"

"好的传令官通常都是瘦子，陛下，不过请别问我原因是什么。我会告诉他你对他的工作很满意。"

凯尔茜向后靠在宝座上，再次想着如果把它换成自己的扶手椅该多好啊。靠在这个冰冷而坚硬的宝座上就像靠在岩石上一样，她决定趁独处的时候要在宝座上加放些柔软的靠垫。

要求众人"依次有序地退下"似乎期望过高，人群都堵在了门口，显然每个人都认为自己理当在其他人前面先行通过。

"天哪，简直乱作一团。"佩恩暗自笑道。凯尔茜趁此机会挖了挖鼻孔，她的鼻孔已经痒了好一阵子了。随后她对安黛莉说："今天晚上没你什么事了，安黛莉。你下去休息吧。"

"谢谢你，陛下。"安黛莉回答道，转身离开了。

待人群全部离开之后，凯尔茜的侍卫们把门闩上了，这时凯尔茜问道："你们认为安德鲁斯夫人想干什么？"

"唔，她是受人指使的。"梅斯回答道，"只是为了制造麻烦。"

阿利斯一直站在高台脚下聆听，这时他点了点头，"这一切都是索恩策划好了的，不过他没有蠢到要在今天露面。"

凯尔茜皱起了眉头。多亏了梅斯和阿利斯，现在她知道了更多跟索恩的人口统计局有关的事情。虽然人口统计局最初是作为一个为王室服务的工具而被设立的，可它逐渐发展壮大，成为了铁灵境内唯一能与上帝教会抗衡的势力。人口统计局的体系过于庞大，没法一次性摧毁，所以还得一点一点地逐步瓦解它，而在这个过程中，最难对付的非索恩本人莫属了。"我不会让索恩破坏掉我们辛苦构建起来的一切。我们要给他一份体面的退休金让他走人。"

"铁灵境内大多数受过教育的人都待在人口统计局里，陛下。"梅斯提醒她，"如果你要废掉它，就得为所有这些人找到别的好差事。"

"或许他们能成为老师，或者收税员，我也不太清楚。"

恐怕她得等上一阵子才能听到他们对此事的看法了，因为这时威尔默的肚子里突然发出了响亮的"咕咕"声，引得其他侍卫哄笑不已。米莉亚正在准备晚餐，大蒜的香味弥漫着整个接见室。威尔默的脸涨得通红，不过凯尔茜笑着对他说："今天就到此为止吧。我要去我的房间里吃晚餐，你们可以随意使用餐桌。另外，还得有人为穆哈恩带点吃的，并劝他多吃点哦。"

第十一章　叛教者

众人一齐朝凯尔茜鞠了个躬，随后几名侍卫朝厨房走去了，其余侍卫则顺着走廊朝自己的住宿区走去。米莉亚曾态度坚定地表示，她绝不容许二十名侍卫在用餐时间一同涌入她的厨房，所以现在每次用餐的时候，侍卫队都会安排几名成员来为其他人服务。他们轮流为其他人送餐，这项安排进行得非常顺畅，梅斯根本都不必出面干预。虽然这只是一个很小的细节，可凯尔茜感到这是极为积极的信号，这说明她的侍卫队拥有极佳的团队合作精神。

"拉扎勒斯，请等一等。"

梅斯朝她转过身来，"陛下？"

"有巴蒂和卡琳的消息了吗？"

"现在还没有，陛下。"

凯尔茜咬了咬牙。她并不想找梅斯的麻烦，可是她太想念巴蒂了，比任何时候都更想看到巴蒂的笑容。不知怎地，此时她想跟卡琳见面的愿望又显得更为迫切些了，"你搜索过整个村庄了吗？"

"我手头要做的事情很多，陛下。不过我会尽快安排这件事的。"

凯尔茜眯缝着眼睛，"拉扎勒斯，你在对我撒谎。"

梅斯面无表情地直视着她的目光。

"你为什么要撒谎？"

"陛下！"文纳在走廊那里呼喊着，"你的盔甲已经备好了！"

凯尔茜有些愠怒地转过头去，"为什么是你来告诉我这个，文纳？"

"因为费尔这阵子生病了。"

这又是一个谎言。凯尔茜猜测最终是文纳被迫去为她采购的盔甲，不过她想要跟对方争辩的欲望被另一种更强的欲望——她迫切地想要知道米莉亚在厨房里准备什么菜肴——给压制了下去，"明天练习击剑的时候我会仔细看看的。"

文纳的嘴唇动了动，没说什么，转而朝厨房走去了。凯尔茜回过头来准备继续和梅斯说话，却发现梅斯已经不见了，他就像一阵风似的悄无声息地溜出了接见室。

"这个狡猾的老家伙。"她喃喃自语道。巴蒂和卡琳遇到什么事了？他们生病了吗？让两位老人在冬季走那么远的路途去南方可真是难为他们了。他们被卡登发现了吗？不会的，巴蒂知道如何掩藏自己的行踪。可是，一定有什么事情不太对劲，她能从梅斯的脸上看出这点来。

她走下了高台，佩恩紧随其后。从厨房飘来的大蒜香味令她倍感饥肠辘辘，她差点儿因此而笑出声来，不过最终还是忍住了——看来焦虑也没法压制她的胃口。她在走廊里搜寻了一番，并没有看到梅斯的身影，不知道他躲到哪里去了。此时在"阳台房间"当班的侍卫是卡伊，凯尔茜本想向他打听梅斯的去向，可又觉得这样做显得过于孩子气，于是她迈着沉重的步伐一言不发地穿过了走廊。

当凯尔茜来到自己房间的门口时，听到安黛莉的声音从隔壁房间里传了出来，由于对方正好说到了自己的名字，于是凯尔茜不由自主地停下了脚步，佩恩也同样在她身后停了下来。

"我向你保证，女王很害怕。"

"可她看起来并不害怕啊。"这是安黛莉大女儿爱莎的声音，她的声音不难分辨，又尖又细，还带着几分不满情绪。

"不过她真的很害怕，宝贝儿。"安黛莉回答道，"她将自己的恐惧深深地隐藏起来，目的是想减轻我们的恐惧感。"

凯尔茜倚在墙边，虽然她知道偷听别人说话是不好的行为，可她还是没法迈出脚步离开。迄今为止安黛莉仍然是个谜一般的人物，除了知道她身上有一半的莫特姆森血统——这是安黛莉本人已经公开承认过的事实——之外，连梅斯都没法查到有关她的祖先以及过往经历有关的任何信息。安黛莉就像一个在十五岁那年突然从天而降，尔后与她那卑微的丈夫结婚的女人。在此之前，她的一切都显得模糊不清。

"长久以来，这个王国都没有任何非凡的成就，甚至连普通的建树都没有。"安黛莉继续说道，"铁灵需要一位女王，需要一位真正意义上的女王。只要凯尔茜活着，她就能成为这样的女王，或许她甚至还能成为一个传奇。"

听到这里，凯尔茜不由得瞪大了眼睛，她转头看着佩恩，后者赶紧将右手的食指放在了自己的嘴唇上。

第十一章　叛教者

"我也想成为传奇的一部分，妈妈。"

"这就是我们留下来的原因。"安黛莉的声音变得更小了，似乎是凑到了离爱莎更近的位置在说话。凯尔茜朝佩恩屈了屈手指，紧接着他们一起走进了凯尔茜的房间。佩恩关上了身后的门，喃喃地说："我曾告诉过你她有预知未来的能力。"

"我当时也对你表示了赞同。不过，过度相信幻象也是不对的。"

两人进到前厅，佩恩已经将自己床上的床单和被套整理得井井有条。地上还散乱地堆放着一些换下来的脏衣服，佩恩把它们全都踢到了床底下。这时响起了一记敲门声，他打开门一看，原来是米莉亚来了，她手里端着两盘看起来像是红烩牛肉的晚餐。按照梅斯的要求，米莉亚必须亲自将凯尔茜的食物送过来，而且她还得在每道菜离开厨房之前先逐一品尝。其实这个举动并没有什么实际意义，因为在食物端离厨房之后还有的是被下毒的机会，不过凯尔茜还是因米莉亚为她试菜的举动而深受感动。

"你想和我一道用餐吗？"凯尔茜问佩恩。

"好的。"他跟在凯尔茜身后，穿过一道拱门进入了她的房间，梅斯在这里安设了一张小桌子，当凯尔茜想在自己的房间里独自用餐的时候，这桌子就可以派上用场了。米莉亚将两个盘子放在桌上，朝凯尔茜行了个屈膝礼，之后便转身离开了。

凯尔茜大口大口地吃着盘子里的食物，它们和米莉亚往日烹饪的其他菜肴一样可口，但是今天晚上凯尔茜吃得有些漫不经心，脑子里一直想着安黛莉的大女儿。如果她没有记错的话，安黛莉的孩子们中有几个或全部都曾受到过虐待，他们的内心一定也因此而留下了创伤。安黛莉的大女儿正值青春期，凯尔茜还清楚地记得自己在那个年龄段所经历的种种转变：她记得那时内心的无助感，也记得她曾因成年人不理解自己所重视的东西而被突然触怒。在凯尔茜十二三岁的时候，有一天她因巴蒂未经她的许可便动了她书桌上的某个东西而大为光火。

她抬起头来，发现佩恩正若有所思地端详着自己。"怎么了？"她问道。

"我喜欢观察你思考的模样，就像看着两只在围栏里打斗的狗。"

"你看过斗狗吗？"

"不是我主动要看的。在我看来，那是一项满足人们低级趣味的娱乐方式。可是在我成长过程中，我父亲一直在经营这项活动。事实上，我的名字也是由此得来的。"①

"你父亲在哪里举办这类活动呢？"

佩恩摇了摇头，"在我们加入女王侍卫队的时候，我们的过往就跟我们不再有任何关联了。再说了，你还拥有使我父亲被囚入狱的权柄呢。"

"或许我确实应该这么做，听上去他就像个虐待动物的残忍之徒。"

这话刚一出口凯尔茜就后悔了，不过佩恩思索片刻之后，温和地回应道："或许他曾经的确是这样的人，可是他现在不过是个瞎了眼的对人无害的老人。一套不因人的境况改变而变通的司法体系是有危险的。"

"你说得对。"

佩恩和凯尔茜又各自埋头吃着盘子里的食物。过了一会儿，她放下了手里的勺子，"我有些担心那个女孩。"

"你是说安黛莉的大女儿吗？"

"是的。"

"她很不幸，陛下。我和梅斯花了很大的功夫也没能找到安黛莉结婚前的任何信息，不过对于他们的家庭生活，情况就大不一样了。"

"怎么不一样了？"

佩恩停顿了半晌，而凯尔茜能看出他在思考自己应该如何措辞。"陛下，他们的街坊邻居都知道安黛莉的丈夫对年轻女孩有着极大的兴趣。他的女儿们就是最大的受害者，而且还不是唯一的受害者。"

凯尔茜咽了一口唾沫，将自己内心的厌恶之情隐藏了起来，竭力用一种务实的口吻说道："卡琳曾告诉我，在通常情况下，社区通常能替代法院自行处理这类问题。他们为什么不对鲍恩进行惩处呢？"

"因为安黛莉不准许他们这样做。"

"这讲不通啊。我认为如果有机会的话，安黛莉恨不得抢在任何人前面亲手杀死自己的丈夫吧。"

---

① 佩恩的英文"Pen"也有"围栏"之意。

第十一章　叛教者

"我也是这样认为的，陛下，可是至今我们也没能寻出这个谜团的答案。那些街坊们都乐意谈论鲍恩的事，却不愿谈及安黛莉。他们认为她是一个女巫。"

"为什么。"

"没人说得清原因，或许是因为她能看透人心吧。我也有些害怕安黛莉，陛下，可是却不惧怕任何一个持剑的男人。"

"我也有些怕她。"

佩恩再次舀了一勺红烩牛肉，他那缺乏好奇心的态度使得凯尔茜直言不讳地袒露出了自己内心的恐惧："佩恩，本该由安黛莉来做女王的，而不是我。她看起来像一位女王，谈话的方式也像，而且她能激发人内心的惧怕感。"

佩恩思索了一分钟左右才再度开口说话。凯尔茜很欣赏他这种不紧不慢的交流方式，他从来不会说一些毫无意义的话来填补谈话时的空隙。佩恩又吃完两勺食物之后，开口说道："陛下，你刚才所说的话，用来描述莫特姆森的女王正好合适。安黛莉或许有一部分铁灵血统，可是她的本质特征是来自莫特姆森的。或许她具备理想的莫特姆森女王的全部特征，不过你所塑造的是与之截然不同的、并不建基于恐惧感的女王形象。"

"我所塑造的是怎样的形象？"

"公正和倾听，陛下。我们都不知道这是否可以成功，显然通过激发恐惧感的方式更容易对人施行控制。可是安黛莉给人一种过于生硬、毫无怜悯之心的感觉，或许这令她具备了某种优势，我不知道这种优势能不能被称为'力量'。"

凯尔茜带着笑意继续用餐。公正和倾听——甚至连卡琳也一定会因此而感到满意的。

凯尔茜在黑暗中坐了起来。

她听到从墙外某个地方传来了一个孩子痛苦的尖叫声，于是她下意识地把头转向左边，想看看壁炉里的火，可她发现火已经熄灭了，只剩下一些略微闪着光点的灰烬。现在一定快到破晓时分了。

她把手伸到床头柜上，摸索着总是立在那里的蜡烛，然而她的手指什么都没有碰到。她心里突然涌起了一阵说不清道不明的恐惧感。她用手狂乱地四处乱摸，却发现连床头柜本身都已经不见了。

一个女人在外面尖叫起来，她的音量逐渐增大，直到最后变成了一声短促的哽咽，继而悄无声息。

凯尔茜掀开被子，一下子跳到了地上。她的脚并没有踩在自己房间冰冷的石头地面上，而是好像站在紧实的泥地上。她朝门口跑去，可她不是跑向卧室左侧的门，而是穿过厨房跑向右侧的另一扇门——她对这条路线无比熟悉。

推开门之后，夜里严寒的空气令她禁不住打了个寒战。整个村庄仍然还沐浴在一片黑暗之中，只有地平线附近依稀可见一丝黎明降临的痕迹。不过，她能听到很多人奔跑时形成的脚步声。

"入侵者！入侵者！"凯尔茜身后一栋房子里有个女人在喊叫着，"他们是……"

女人的声音戛然而止。

凯尔茜惊恐万分地关上了门，把门闩上了。她在厨房里的餐桌上摸索着，最后找到了一支蜡烛和几根火柴。她划燃火柴点燃了蜡烛，并用弯曲的手掌遮挡住那微弱的光芒。约纳尔用炙烤过的泥块和小石子修建了他们的房子，他甚至还为她构建了几扇窗户，窗户上安装着他去城里时收集到的碎玻璃片。这栋房子是非常美妙的结婚礼物，可是因为有窗户存在，就很难确保屋内的光芒不被外面的人看到。

当她回到卧室之后，发现威廉正坐在床上，困倦地眨了眨眼睛，看起来像极了约纳尔，这一幕几乎令她心碎。所幸的是，杰弗瑞仍然还睡在他的婴儿床上，她把他抱在怀里，用毯子裹着他的身体，同时朝威廉伸出一只手，"没事的，宝贝儿。现在起床吧，我想让你起来走一走。你能听妈妈的话，起来走一走吗？"

威廉爬下床，那双初学走路的腿站着晃荡了几下，继而整个人摔倒在了地上。于是他伸出手来，握住了她的手。

外面的街道上响起了沉重的脚步声，是硬实的靴底撞击地面的声音。

第十一章 叛教者

是男人的脚步声,她下意识地想到,可是所有的男人都去城里卖小麦去了呀。她的内心顿时被一阵恐慌给攫住了,他们能躲到哪里去呢?这栋房子甚至没有一间可供他们藏匿的地下室。她换了一只手臂抱着杰弗瑞,然后在角落里摸索着自己的斗篷和鞋子。

"你能找到自己的外套和鞋子吗,威廉?我们来比比谁先找到自己的外套。"

威廉抬起头来,一脸困惑地望着她。片刻之后,他开始在外套和毛毯堆里翻找起来。凯尔茜挪开了一摞被子,找到了约纳尔冬天穿的斗篷,它还整整齐齐地叠放在那里。她那已故丈夫的斗篷正在地上凝望着她,那一瞬间她差点儿把持不住自己而哭出声来。这时她感到一阵恶心,这"美好"的晨吐总是选择在最不合时宜的时候来临。

前门突然被撞开了,脆弱的木头门闩裂成了两块,散落在了地上。凯尔茜用一只手护住杰弗瑞娇弱的头部,随后用另一只手抓住威廉并将他推到了自己的身后。

两个男人站在门口,他们的脸上都抹着黑乎乎的煤灰。其中一个人身上穿着一件亮红色的斗篷,凯尔茜知道这意味着什么。他们是卡登吗?竟然找到这里来了?她的心在胸腔里狂跳着。那人走上前来,抓住了睡在她怀里的杰弗瑞。婴儿被惊醒了,随即大哭起来。

"别这样!"她哭喊道。他猛地推了她一把,轻轻松松地将杰弗瑞从她怀里拉了出来。凯尔茜朝墙角倒去,在倒下的途中她一把抓住了桌子的一条腿,这才没有直接压在威廉身上。她的臀部重重地撞到了墙壁,不禁发出了一声痛苦的呻吟。

"抓住那个男孩。"这名卡登成员对身边的同伴说道,随后他带着杰弗瑞消失在了门外。凯尔茜不住地尖叫着,直至自己虚脱了过去。稍稍回过神来之后,她认为刚刚发生的一切不过是一场噩梦罢了,可是当她低下头来的时候,却看到自己的左脚踩在了右脚的鞋子里,这是她刚才倒下的时候发生的事情。这个小小的细节表明自己并不是置身于噩梦中,眼前所发生的一切都是真实的。她一把将威廉再次推到了自己身后,然后举起双手挡住了面前的男人。

"我没有恶意。"他俯身朝她伸出一只手来,"请跟我来。我不想伤害你或你的儿子。"

尽管他的脸上涂抹了煤灰,凯尔茜也能看出此时他的脸色是苍白而憔悴的。他看起来和约纳尔年纪相仿,或许还比约纳尔更年长一些……因为他的头发有些许花白。他的一只手垂在身体一侧,手里还握着一把刀,不过她认为他并不打算使用这把刀——看上去他自己似乎都忘记了它的存在。

"他要把我的儿子带到哪里去?"

"我不想伤害你或你的儿子。"他重复道,"安静地跟我来吧。"

"怎么这么久还不出来,门卫?"一个嘶哑的声音在外面吼道。

"我这就来!"

他转过头来看着凯尔茜,一脸焦灼地说:"我再最后请求你一次,请跟我来吧。你别无其他选择了。"

"威廉需要穿上他的披风。"

"那么赶紧让他穿上吧。"

她低头看了威廉一眼,发现他已经独自穿好了鞋子,并把自己的披风握在一只手里。她跪在威廉面前,帮他穿上了披风,并用颤抖着的手指为他扣上了纽扣。"你很聪明,威廉,不是吗?你比妈妈还厉害呢。"

不过威廉只是抬起头来注视着手里握刀的男子。

"现在请跟我来吧。"

她拉着威廉的小手,跟着那个男人走出了前门。她心中对约纳尔的死涌起了一瞬短暂的埋怨,他怎能丢下我们,让我们独力面对眼前这样的处境呢?可是,不论约纳尔是活着还是死去,他们母子三人现在的处境并不会有什么不同之处。此时正值三月中旬,跟往年一样,海文村的所有男子都在这时候去新伦敦城贩卖小麦去了,所以整个村庄毫无防御力量。凯尔茜从来没有想到他们一家竟然会遭遇这样的事情,自打莫特姆森入侵事件以来,这个村庄从来都没有面临过如此困境。他们的村庄所处的位置离莫特姆森边境很远,所以通常不用担心入侵者的突然造访。

来到屋外,她有些欣慰地看到那名抱着杰弗瑞的大个子卡登成员还站在那里。杰弗瑞比先前安静些了,可是这样的情形不会持续太久,只见他

第十一章 叛教者

轻轻地抽着鼻子，试图在那个穿着斗篷的男人胸口搜寻可以吃奶的部位。如果他不能如愿以偿的话，很快就会再次哭闹起来的。

"走吧。"大个子卡登成员说。

"让我来抱我的儿子吧。"

"不行。"

她张开嘴想要提出抗议，就在这时另一个男人——就是刚才态度稍好的那一个——一把抓住她的手臂，轻轻地捏了一下以示警告。于是她牵着威廉的小手，跟着那名卡登成员沿着家门前的街道朝海文村的外围地带走去。此时地平线上略微有些亮光，她依稀能看清四周房屋和马厩的轮廓。走着走着，越来越多的人加入了他们的队伍，其中大部分都是女人和小孩。艾莉森和她的女儿们也从她们的房子里走了出来，凯尔茜看到艾莉森的小臂上有一道红红的伤痕，而且她的两只手被人用绳子捆缚在了一起。

她比我更勇敢，凯尔茜略感遗憾地想到。不过队伍中的大多数女人看起来都跟凯尔茜很相似，她们个个睡眼惺忪、满脸困惑，就好像是刚从梦境中被唤醒似的。她牵着威廉的手，跌跌撞撞地往前走去，她不清楚他们要去的地方是哪里，只知道即将会有可怕的事情降临到头上。她感到胸口一阵灼痛，可是当她低下头看的时候，却发现胸口并没有什么异样。

一直到她绕过了约翰·泰勒家的房子——此时没有灯光的房子里空无一人——的拐角时，她才明白了这一切是怎么回事。她终于知道这些男人为什么要把村里的女人和孩子从家里拖出来。往地平线方向望过去，一个高高的笼子巍然矗立在那里，几个人影正朝着笼子走去。凯尔茜继续放眼张望，看到这个笼子的后面还摆放着好几个笼子，它们沿着莫特姆森路大约绵延了好长好长的距离，笼子的四周还有很多骡子。

我遭到报应了，凯尔茜这样想道。她还记得两次海文村村民的名字被人口统计局抽中时的情形，那时整个海文村的村民都以悲痛、阴郁的语气谈及这类事件。他们曾无数次看着装满人的笼子经由莫特姆森路被运走，而每次在那样的时刻，凯尔茜都默默地心存感激，暗自庆幸被抽中的人不是她自己，也不是她的丈夫或孩子。

当时我因为被运走的不是自己或自己的家人而深感庆幸，现在我就遭到报应了,她喃喃自语道。

头发花白的男人转过头来看着她,"现在我得把你儿子带走了。"

"不行!"

"别再这么一意孤行了。我不想让他们认为你是个存心想制造麻烦的人。"

"你们要把他怎么样?"

他用手指着第二个笼子,"他要进到那里面去,跟别的孩子待在一处。"

"我能让他跟我待在一块儿吗?"

"不行。"

"为什么不行?"

"闹够了没!"一个先前没有听到过的刺耳声音响了起来,这时只见从暗中走出来一个又高又瘦的男人,身着蓝色斗篷,借着昏暗的黎明亮光能看出他那张憔悴的脸上流露出冷酷无情的神色。凯尔茜仿佛认识他,但又说不上来他究竟是谁。在他靠近自己的时候,凯尔茜出于本能地后退了几步,并用自己的身体挡住了儿子。"我们没必要跟这些人讨价还价。"他继续说道,"门卫,时间很宝贵。把他们分开,把这孩子带进笼子里。"

门卫伸出手来抓住了威廉的手腕,威廉愤愤地喊叫起来。听到哥哥的喊叫声,杰弗瑞也开始哭喊,同时还挥舞着愤怒的小拳头,敲打着抱住自己的卡登成员的斗篷。凯尔茜一把抓住了威廉的手臂,试图将他拉得离自己更近一些,可是对她而言那名门卫实在是太强壮有力了,而且威廉也因疼痛而尖叫不已。如果她不放开儿子,那么他的手臂很可能会被扯断。凯尔茜只得松手放开了威廉,自己却痛苦得尖叫哭喊起来。

"陛下!陛下,快醒醒!"

有人正抓住她的双肩用力摇晃着,不过她仍旧竭尽全力朝着威廉的方向扑过去,此时孩子正被大人推向那个笼子。这是一个专门用来关小孩的笼子,她看到里面装满了正在哭泣的小身影。那名大块头卡登成员也抱着杰弗瑞朝那个笼子的方向大步走去,凯尔茜无助地尖叫着,哭喊着,根本没法停下来。她的声音强而有力,过去她常常被推荐在教堂里独唱赞美诗歌,而此时她四周的尖叫哭喊声此起彼伏,响彻了整个阿尔蒙特平原。

第十一章　叛教者

"凯尔茜!"

凯尔茜的脸上被人拍了一巴掌,她眨了眨眼,自己的尖叫声也戛然而止。她抬起头来,看到佩恩正坐在床沿,他的两只手分别放在她的头部两侧。她发现自己正置身于熟悉而又舒适的卧室里,壁炉里的火光为这个房间增添了一些温馨的氛围。佩恩的黑色头发显得有些凌乱,可能是睡乱了还没来得及整理。他的上身赤裸着,看到他健壮匀称的胸肌,凯尔茜突然产生了一种想要伸出手去摸一摸的莫名冲动。她觉得自己好像正因为什么事情而激动不已。

对了,她想起来了,那些笼子!

她瞪大了眼睛,迅速地坐起身,"噢,上帝啊!"

梅斯迅速冲了进来,手里握着一把剑,"发生什么事了?"

"没什么,长官。她只是做了个噩梦而已。"

可是就在佩恩说话的当儿,凯尔茜却不住地摇头,"拉扎勒斯,快把所有人都叫醒吧。"

"为什么?"

凯尔茜把佩恩推到一边,随即掀开了被子,从床上一跃而起。挂在她的睡衣领口处的蓝宝石此时正发出蓝色的光芒,照亮了整个房间。"快把他们叫醒。我们得赶在一个小时之内离开这里。"

"离开这里?那么请告诉我,我们要去哪里?"

"去阿尔蒙特平原上一个名叫海文的村庄。或许一路前往莫特姆森路也没准儿。可是事不宜迟,我们一丁点儿时间都不能耽搁了。"

"你究竟在说什么啊?现在可是凌晨四点钟呢。"

"那个索恩,他在暗中做了一笔交易。他正带着一批铁灵的人口,往莫特姆森进发。"

"你是怎么知道的?"

凯尔茜感到心头的怒火腾的一下冒了上来,"该死,拉扎勒斯,我就是知道!"

"陛下,你刚才做了一个噩梦。"佩恩坚持道,"或许你应该先回到床上去,然后……"

凯尔茜倏地脱掉了自己的睡衣,佩恩的脸颊顿时变得绯红,随即赶紧转过身去面朝着墙壁。看到这一幕,凯尔茜心中涌起了一丝略带恶意的满足感。她朝自己的五斗衣橱走去,却看到安黛莉已经站在那里了,后者将拿在手上的一条黑色长裤递给了凯尔茜。

"陛下。"梅斯用一种人们通常对小孩说话时所用的推理性语气缓缓说道,"现在还是半夜,你哪里都不能去。"

她心头又有一股无名怒火冒了出来,"别想阻止我,拉扎勒斯。"

"那不过是一场梦而已。"

安黛莉开口说话了,语气坚定而平静,"女王一定得去。"

"你们俩都疯了吗?你们究竟知不知道自己在说些什么?"

"她一定得去。我已经看出来了,她没有别的选择。"

凯尔茜已经穿戴完毕了,她发现自己胸口的蓝宝石又跃出了衣领,散发出夺目光芒照亮了整个房间。梅斯和佩恩纷纷将手举起来遮挡着自己的眼睛,不过凯尔茜的眼睛连眨也没眨一下。她把蓝宝石举了起来,突然发现宝石上竟然呈现着一张脸,那是一个漂亮女人的脸,有着黑黑的头发和锐利冷酷的双眼。女人的颧骨很高,略呈弧形,这种特征使得她的整张脸看起来更为无情和残忍。她朝凯尔茜笑了笑,随即就消失了,只剩下那颗宝石继续散发着海蓝色的光芒。

有那么一刻,凯尔茜在想自己是不是真的疯了,可是这个问题似乎很容易得到解决。如果她真的疯了,那么她目前无论做什么都没什么要紧的,而她刚来凯普城堡的那天在城堡门口的举动就是她稳固统治的起点。然而,如果真的有人胆敢违反她的禁令,擅自出运一批铁灵人口去莫特姆森的话,那她就彻底完蛋了。她将成为一位有名无实的统治者,而她试图完成的其他事情也都注定会以失败告终。

"安黛莉说得对,拉扎勒斯,我必须得去。"

梅斯回头看着安黛莉,用充满厌恶的语气对她说道:"瞧你干的好事。"

"承蒙夸奖。"

凯尔茜很惊讶地发现安黛莉的话语里带着一丝淡淡的莫特姆森口音,这是她以前从未听到过的。"你应该尊重别人具备而你自己不具备的某些天

第十一章 叛教者

赋。"安黛莉继续说道。

"你所说的这种天赋从来都不能稳定地发挥作用，甚至连红女王的先知也不能预测所有的事情。"

"但我预测到了眼前这件事，队长。"

"你们都闭嘴！"凯尔茜喊道，"我们要准备出发了。别忘了挑选几名侍卫留在这里保护女人和孩子们。"

"没有人会离开这里去任何地方！"梅斯咆哮着说，并用力地握住了凯尔茜的手臂，"你只是做了一个噩梦而已，陛下。"

"他说得对，陛下。"佩恩也附和道，"你为什么不回去继续睡觉呢？等到了早晨，你就会把这场梦全都忘掉的。"

梅斯点头表示赞同，他脸上呈现出的热切表情使得凯尔茜恨不得打他一耳光。她咬牙切齿地说："拉扎勒斯，这是你的女王直接下达的命令。我们现在就出发。"

凯尔茜再度朝门口走去，这一次他们俩同时拉住了她，梅斯握着她的手臂，而佩恩则环抱着她的腰。凯尔茜顿时火冒三丈，下意识地将他们往外一推，两个身强力壮的男人都向后飞去，佩恩四仰八叉地倒在了床脚边，梅斯撞到墙壁后又被反弹到了地上。她并没有用很大的力气推他们，所以他们很快就恢复如常了。两名侍卫从地上坐了起来，抬头望着她，两张写满困惑的脸都沐浴在了蓝色的光芒中。安黛莉后退几步，靠在了梳妆台上。

"我不会强迫任何人跟着我。"凯尔茜颇感欣慰地发现自己说这话时的声音很平静，"可是别想阻止我。我不想伤害你们中的任何一个人，可是我不能担保我不会这样做。"

梅斯和佩恩茫然地对视了片刻。如果她没有那颗蓝宝石的话，他们会怎么对待她呢？她猜他们一定会将她锁在自己的房间里，任由她哭闹不止。在她小时候，卡琳就常常用这样的方式来对待她。她试图搜寻着自己体内储备的怒气，发现它还在酝酿，只是没有爆发出来而已。她曾因自己的怒气而羞愧不已吗？现在她明白那是她的一种天赋，可以借着蓝宝石的力量而体现出来。当然，它也隐藏着潜在的危险……要是她刚才的怒气宣泄得再彻底一些，那么佩恩和梅斯很可能会受很严重的伤。

佩恩最先回过神来，"如果你执意要这样做，陛下，我们女王侍卫队当然要跟你一同前去。我们需要扮成一支军队的模样，而你应该会想要穿戴上一名低级军官的全副行头。"

梅斯缓缓地点了点头，"陛下，你还得剪掉你的头发，全部都要剪到与耳朵齐平的长度。"

凯尔茜深感安慰，暗中深吸了一口气。起码，她需要梅斯的支持，因为她甚至不知道自己的马在哪里，也不知道战略物资放在何处。这时安黛莉穿过房间，走到门外去了。

"记得剪掉你的头发。"梅斯继续说道，语气中或多或少透露出了一丝怨意，"你假扮男人应该没有问题吧。"

"那是当然。"凯尔茜回答道。这是一项测试，她想起来了，这一切都是测试。"还有别的什么注意事项吗？"她问梅斯。

"没有了，陛下。"梅斯说完便走出房间，关上了身后的门，开始向各人发号施令。尽管隔着厚厚的墙壁，凯尔茜也能听到他那低沉而愠怒的声音。

佩恩不顾她的瞪视，兀自坐在角落里。她似乎能看透他们的心思……他们不相信她能清楚分辨噩梦和幻象——这幻象比任何梦境都显得更加真实——之间的差别。清晨的冷空气吹进房间，她的双臂上已经起了一连串鸡皮疙瘩。阿尔蒙特平原上的那个女人是真实存在的吗？从莫特姆森军队上方飞过的鸟是真实存在的吗？凯尔茜无从证明，可是她对自己所见到的幻象深信不疑，她觉得自己好像别无选择。她认为自己也许应该从佩恩的角度来重新做一番审视和考虑，可她并不打算这样做。

你应该相信我，她望着佩恩想道，我所说的话应该足以让你相信我了。

安黛莉再次出现的时候，手里拿着一张小毛巾和一把缝纫剪刀。凯尔茜朝放在梳妆台上的冕状头饰伸出手去，不过旋即又把手缩了回来。不管它是不是真正的王冠，她都感觉自己和它有着真正的关联。可是，现在她得把它留在这里。

"请坐下吧，陛下。"

待凯尔茜坐定之后，安黛莉便开始在她的头顶挥舞那把剪刀。"多年来

第十一章　叛教者

我一直亲自为孩子们修剪头发，因为我们请不起理发师。"

"你为什么要和他结婚，安黛莉？"

"人不可能在每件事情上都拥有自主决定权。"

"你是被人强迫的吗？"

安黛莉摇了摇头，有些阴郁地轻声笑了笑，随即俯下身子在凯尔茜耳边喃喃地说："那个男人是谁，陛下？我已经好几次在你的意识里看到过他的脸。他有一头黑发，笑容有些阴郁。"

凯尔茜顿时脸红了，"没有什么男人。"

"肯定有的。"安黛莉抓起覆盖在凯尔茜左耳上方的一束头发，"咔擦"一刀剪了下去，"这个男人对你来说非常重要，而且我能看出，在你对他的所有感觉中，最强烈的是羞耻感。"

"所以呢？"

"是你自行选择要对他怀有这种感觉的吗？"

"不是的。"凯尔茜承认道。

"这是你能做出的所有选择中最糟的选择，不是吗？"

凯尔茜点了点头，无言以对。

"我们没法总是自主选择所有事情，陛下。我们无非是在自己的可控范围内作出最佳选择罢了。"

安黛莉的这番评论非但没对凯尔茜起到一丁点安慰作用，反而令她更觉无助。安黛莉为凯尔茜剪完头发之后，凯尔茜静静地坐着，郁郁地看着散落一地的黑色头发。她知道自己对费奇来说轻如鸿毛，不过她对于自己和费奇的关系一直都怀有一种极其渺茫的希望。她剪掉自己头发的举动，看起来似乎将那仅存的一丝希望彻底粉碎灭绝了。

一名侍卫在外面敲了敲门，佩恩招呼他进来，此人拿来了一套黑色铁灵军装，将其放在床上。当他看到凯尔茜的时候，不禁瞪大了眼睛，可一看到凯尔茜回瞪自己的目光，他便机巧地找了个理由先行离开了，随即关上了身后的门。佩恩回到自己的扶手椅旁，坐了下来，显然他已经决定不再跟凯尔茜对视。安黛莉示意凯尔茜弯下身子，紧接着她迅速找出了凯尔茜头上的最后一绺长发并将其剪短了。结束之后，安黛莉让凯尔茜重新坐直，并仔细检查着自己的工作成果。"头发已经剪好了，陛下。稍后再让一名专业化妆师为你清理一下并化上妆就好了。"

头发剪短之后，凯尔茜感觉自己的头轻飘飘的。她鼓起勇气看了看镜子里的影像，安黛莉为她理了个不错的发型，差不多是卡伊发型的翻版。她的头上仅残存着极短的头发，看上去就像戴着一顶薄薄的帽子。如果换做是一个拥有小巧可爱面庞的女人，这样的发型或许会令她颇为乖巧好看，可是面对着镜子的凯尔茜却很想哭。她只看到镜子里有一个男孩，这男孩有着丰满的嘴唇和好看的绿眼睛，可总之怎么看都是一个男孩。

"妈的！"她喃喃自语道。她有好多次从侍卫嘴里听到这个词，可是直到此刻她才明白了这类粗鄙用语的真正用途。这个词语无比精当而确切地表现出了此刻她内心的感受，胜过了千言万语。

"来吧，陛下。接下来该把军装换上了。"安黛莉漠然的眼神中隐藏着一丝怜悯的意味。

"我们会成功吗，安黛莉？"

"这我没法预测，陛下。可你还是得去。"

第三巻

第十二章
出 货

问：戴着假王冠的流亡女孩是什么人？
答：一位真正的女王。

——《铁灵谜语》

黎明时分，梅斯带领着大家通过一条隧道离开了女王寝宫，众人在黑暗中走了好一段路，随后又开始沿着一段长得似乎没有止境的阶梯往下走。凯尔茜在行进的过程中一直处于半梦半醒的状态，因为她的宝石不让她清醒地思考。此时她的脑海中浮现出了很多人的脸：亚尔林·索恩，费奇，还有那个有着高高颧骨、目光冷漠的女人。当他们经过凯普城堡外面的吊桥时，凯尔茜可以确信那个女人正是莫特姆森红女王，不过她也说不清自己为什么会如此深信不疑。

她原本以为自己再次来到凯普城堡外面会欣喜不已，可是她的宝石不让她享受这样的户外活动。当他们走出新伦敦城之后，那颗蓝宝石便开始拉着凯尔茜前行了。这种感觉很难用言语清楚地描述出来，宝石仿佛发出了一种力量，令凯尔茜觉得好像有一根绳子被系在了自己胸腔下方的某个位置。她被这根隐形的绳子牵扯着，朝大致往东的方向行进，如果她试着去别的方向，蓝宝石就会剧烈地发烫，同时她的胃也会感到甚为恶心，不适的感觉极其强烈，甚至令她不能继续坐在马鞍上。

她没法将自己的感受长久地瞒着佩恩，而佩恩知道后又坚持要告诉梅斯。在克里希河岸边有一座低矮的小山，山坡紧邻着河水，骑兵队便选择在这里停下来饮马。除了盖伦和卡埃被梅斯安排留下来守护女王寝宫之外，凯尔茜整支侍卫队的其他成员都跟着来了,大家在河岸边或站或蹲,抓紧这短暂的时间休息片刻。凯尔茜并不知道梅斯是怎么跟他们说的,但可以肯定的是没有为她说什么好话,因为这一路上她不时感觉到侍卫们投来的怀疑目光。他们当中反应最为强烈的是戴亚,他的表情就像刚刚吃了柠檬一般愁肠百结。当佩恩、梅斯和凯尔茜去到小山另一侧私下谈话的时候,她听到了戴亚在低声说话:"真他妈的浪费时间。"

凯尔茜将宝石从衣襟里掏出来,发现它又发出了炫目的光芒,佩恩和梅斯不得不用手遮挡住自己的眼睛。

"它要领着你去哪里?"佩恩问道。

"东边。"

"你何不把它从脖子上取下来呢?"梅斯建议道。

凯尔茜突然觉察到一丝莫名其妙的不情愿的情绪,不过她还是抬起手来,解开了项链的搭扣。可是当她把项链从脖子上取下来时,顿时感到极度虚弱无力。这是一种非常可怕的感觉,就好像她整个人瞬间枯竭了一般。

"天哪,她的脸色好苍白。"

佩恩摇了摇头,"她不能取下那条项链,长官。"他从凯尔茜手里拿过项链,然后重新为她戴回到脖子上。她立即感觉到遍及全身的宽慰和舒适,有点类似于麻醉剂对人体产生的作用。

我这是怎么了?她很纳闷。

"看在上帝的分上,佩恩,请告诉我。"梅斯有些厌烦地咕哝道,"我们到底该如何看待这些跟魔法有关的事情?"

"我们只需跟随女王就行了,长官。我们不必知道她是从何处得来指引的。"

"对我来说倒没什么。"梅斯低声说道,同时朝凯尔茜投去了恼怒的一瞥,"可是这样做会带来麻烦的。其余的人已经因为我们连夜赶来这里却又不明不白而怨声载道了。"

凯尔茜摇了摇头,"拉扎勒斯,我想让你知道此刻我并不怎么在乎你们是不是相信我,不过以后我会记住你们现在不相信我这件事。"

"行啊,陛下。你就记住吧。"

第十二章 出货

　　一行人重新回到山顶，凯尔茜将蓝宝石塞进衣服，然后用手遮挡着太阳的光芒。蓝蓝的克里希河一路蜿蜒着向东流淌，他们几乎没法看见南边几英里之外的坎锋尔河。这两条河几乎是平行的，不过它们的河床大不相同：克里希河迂回曲折，而坎锋尔河则较为平直。在这两条河的河边都看不到索恩的踪影，不过凯尔茜并没有因此而气馁，蓝宝石继续牵引着她，而她坚信自己的决定是正确的。

　　威尔默牵来了梅斯的种马，梅斯把马的缰绳握到自己手里，漫不经心地宣告道："从现在开始将由女王亲自带领我们，我们都要按她说的做。"

　　人群中有人嘟嘟嚷嚷地发起牢骚来，而戴亚则紧抿着嘴唇，随后大声地叹了一口气，不过看起来这些就已经是他们抗议的极限了。大家纷纷骑马上路，继续行进，在这一路上的大部分时间里，奇布和卡伊不断地争执谁的马更为优良。除了梅斯和戴亚之外，其余的侍卫都顺从地接受了这趟愚蠢的差使，他们权当自己就像是跟着凯尔茜一起在克里希河上划船取乐一般。

　　好吧。不管你们怎么想，只要能让我去到我该去的地方就好。凯尔茜调整好自己的情绪，没有发表任何评论。

　　"我们可以分头行动，陛下。"梅斯轻声提出建议，"我安排四到五名侍卫护送你，然后……"

　　"不行！"凯尔茜握着蓝宝石，斩钉截铁地回答道，"想都别想，拉扎勒斯。你现在撇下我的话会让我疯掉的。"

　　"或许你已经疯了。陛下，你想过这点没有？"

　　其实凯尔茜的确这样想过，可是她当然不会把这个能令梅斯满意的回答说出来。她一把抓起缰绳，让自己的马转而向东疾驰。突然间，原本堵在她胸口的压力全然消失了，她如释重负般地闭上了双眼。

　　第二天，他们来到了莫特姆森路，泥地上巨大的车辙令梅斯震惊不已，而凯尔茜则从他的反应中得到了一丝略带恶意的快乐。不过，她能看出他仍然没有对自己彻底信服。车辙偶尔会偏离主干道，转而出现在旁边的乡间小路上，但大致走向还是很容易判断出来的。现在凯尔茜已经知道索恩的去向了：他抄了一条几乎呈直线的近路，一路向东往阿尔戈斯山口行进，这正是以往铁灵向莫特姆森出运人口的必经之路。事实上，其他还有好几个地方可以供大队人马穿越两国的边境，不过通过阿尔戈斯山口翻越边境的派克山脉是距离最短的一条路径，下山之后就是狄美恩城了。对索恩来说，行进速度非常重要，那么对凯尔茜来说当然也是如此。头一天晚上，当侍卫们计划扎营的时候，凯尔茜坚定地声称他们可以自行选择要不要暂停赶路，可是她自己一定会继续骑行。此举导致的结果是当天夜里所有人都跟着她一起不眠不休地跋涉，却没有一个人愿意理睬她，不过凯尔茜对此丝毫不以为意。她正受到某种力量的驱使，随着时间一小时一小时地过去，她脑子里似乎有一大团蓝色的火焰变得越来越蓬勃旺盛，驱使她不断前进的正是这团火焰。

又到了一个晚上，梅斯最终还是决定让大伙儿停下来歇息，凯尔茜也意识到她已经把自己逼到了精疲力竭的地步，于是她对梅斯的命令并没有提出任何异议。他们在克里希河源头一片开满了野花的空地上扎了营，凯尔茜从来没有见过这样的景致：原野像海洋一样宽广无垠，其上布满了五颜六色的花。那些花都是凯尔茜叫不出名字的，散发着草莓般的香气，地上的野草也很柔软，他们一行人根本不需要劳神费力地搭建帐篷，直接睡在这像铺盖卷儿一样软绵绵的草地上就足够舒适了。凯尔茜被脑子里那些辗转反复出现的各式念头折磨了好几个小时，这会儿很快就睡着了。醒来时她觉得精力充沛、神清气爽，便随手摘了几朵花塞进自己的斗篷衣兜里，讨个吉利。看上去每个人醒来的时候心情都很不错，大多数侍卫也开始以从前的方式来对待凯尔茜了。他们一边骑马，一边跟她开起了各种小玩笑，甚至连穆哈恩——自那次接见会结束之后他就一直规避着她——也故意落在了队伍后面，从而可以与她并肩前进。

"又见到你了，穆哈恩。"

"陛下。"

"你也想来说服我放弃吗？"

"不是的，陛下。"穆哈恩摇了摇头，"我知道你讲的都是实话。"

她颇感吃惊地抬起头看着他，"真的？"

第十二章　出货

"穆哈恩！"梅斯在队伍前头呼唤着他，"快到前面来！"

穆哈恩晃了晃手里的缰绳，紧接着他的马便疾驰着冲到了队伍前面。凯尔茜注视着他的背影，摇了摇头。在她另一侧的佩恩正皱着眉头，他的手握着自己的剑柄，这时凯尔茜突然感到了一阵愠怒。她希望自己能原谅佩恩在她寝宫里的举动，可是她做不到。在所有侍卫当中，他是最应该信任她的，他肯定知道她并没有患歇斯底里症。佩恩似乎感觉到了她的怒气，因为他转过脸来向她投来了富有挑衅意味的一瞥。

"怎么了，陛下？"

"如果我被迫独自一人离开凯普城堡，如果拉扎勒斯不允许任何侍卫与我同行，你会来跟随我吗，佩恩？"

"我可是宣过誓的，陛下。"

"可你是向谁宣的誓呢？如果让你在女王侍卫队队长和我之间作出选择，你会选择跟从谁呢？"

"别逼我作这样的选择，陛下。"

"我不会这样做的，佩恩，起码今天不会。可是你要么选择信任我，要么选择不信任。如果你不信任我，我也不想让你再继续做我的贴身保镖了。"

佩恩看着她，眼里带着些许受伤的神色，"陛下，我只是一心为你的安危着想啊。"

凯尔茜将脸转了过去。她突然对他感到很生气，对他们所有人都感到生气……除了穆哈恩。她和他们相处已经一个多月了，他们当中的许多人也开始了解她了，可是情况没有什么实质性的改变。在他们心目中，她仍然是那个如同带走一件行李一般从巴蒂和卡琳的小屋里带走的女孩，一个不会骑马的女孩，一个不能自己独立搭建帐篷的女孩。他们只是听命于梅斯，对他们来说，只有梅斯的话语才有分量。到最后，连梅斯也认为她不过就是个任性的小孩而已。当佩恩试图再次跟她说话的时候，她便默不作声，不再理睬他了。

随着时间的推移，那股牵引着凯尔茜向东行进的力量变得愈加强大了，而且它渐渐从一种物理上的牵引力变成了精神上的驱动力。凯尔茜感觉自己正受到一个无比强烈的念头所驱使和牵引,她的心狂跳不已,胸口的蓝宝石也在悸动着,而蓝宝石和她胸中的怒火纠缠混合在了一起,迸发出了一种她无法正常驾驭的力量。到了午后,威尔默喝令全队人马立即停止前行,所有人都在一座覆盖着小麦并有星星点点紫色野花的小山坡上拉紧了缰绳。在他们东面,埃勒山和威林厄姆山几乎完全挡住了地平线,两山之间的"V"字形地带便是阿尔戈斯山口。威尔默指着那两座山的山脚,在那里原本平直的莫特姆森路已经演变成了一连串的"之"字形盘山小路。

"看那里,陛下。"

所有人都踩在各自的马镫上站了起来,凯尔茜也伸长了脖子,只为了看得更清楚一些。在离他们大约十英里远的山麓,依稀可见一长串蜿蜒上行的黑影。

"那不过是山麓岩石上的裂隙罢了。"戴亚嘟囔道。

"不是的。"威尔默的脸色变得惨白,可是他咬了咬牙,转过头来看着凯尔茜说道:"那是笼子,陛下,是排成一列的笼子。我能看清笼子上的栅栏。"

"有几个笼子?"

"八个。"

"该死!"埃尔斯顿在队伍后面咆哮道,"他妈的索恩怎么会偷偷地造了新的笼子?"

"他是怎么做到的已经不再重要了。重要的是他已经这样做了。"凯尔茜感觉到梅斯的目光正投射在自己身上,不过她并没有去看他。在她右手边的佩恩看着那片山麓,咬牙切齿地说:"我们得赶在他们走出阿尔戈斯山口之前追上他们。一旦他们下了山,候在那里的莫特姆森士兵就会护送他们去狄美恩城了。"

"可你是怎么知道这些的,陛下?"戴亚问道。他的语气无比谦卑,听起来差不多是个相当诚恳的提问。

"我就是知道。"

侍卫们都不约而同地看着梅斯,等候他的最终确认。如果是在一个小时之前,他们的这一举动一定会再次激怒凯尔茜,但此时她只是注视着远

第十二章 出货

方山麓间正缓缓上行的大队人马。那些笼子里至少有一个装满了小孩子，有多少村庄跟她在幻象中所见到的那个村庄一样遭到了此番浩劫呢？总共有多少人被装进了笼子里？

梅斯规避着凯尔茜的目光，缓缓地开口说道："我向你道歉，陛下。索恩的计谋再次胜过了我，我向你保证，这样的事以后绝对不会再发生了。"

凯尔茜对他的话不置可否，只是晃动了一下缰绳，急着赶路了。她注视着山麓间的那一串黑影，感到不寒而栗。她试着不去设想如果自己也被关在其中某个笼子里的话，又该如何脱身。

一路向东，一个声音在她脑子里这样说道，不过看起来它其实已经包围了她，她全身上下的每一寸肌肤似乎都能感知到这个声音。"我们继续前进吧。得在夜幕降临之前追上他们。"

"我们有行动计划吗，陛下？"戴亚问道。

"当然有了。"其实她心里根本没有任何计划，"快走，时间不多了。"

亚韦尔摸了摸额头，结果手上沾满了汗水。这一天可真难熬啊，天气异常炎热不说，而且驱赶着骡子前行也是一件辛苦活儿。依照索恩的计划，他们这一趟行程的大部分路线是从阿尔蒙特平原经过，以求避开人口密集的小镇和村庄。这的确是明智的决策，不过代价就是他们有时会被迫从长久以来未得修缮的崎岖道路上经过。当他们抵达克里希河的源头时，亚韦尔感到自己快要撑不下去了，可是他再次想到了艾莉，于是便重新得到了继续前进的动力。

关在笼子里的人一刻也没有安静过，当然这也是预料之中的事情，不过亚韦尔还在新伦敦城的时候可压根儿没想到他们会如此执着地不断恳求。或许甚至连索恩自己也未曾料到这一点，但是像索恩那样的人很可能会对此毫不在意。透过笼子侧面的栅栏，亚韦尔能望见在队伍前方策马前行的索恩，他看上去就像外出野餐的国王一样沉着安详。亚韦尔从衣兜里掏出一个小酒瓶，喝了一小口威士忌，他那干渴的喉咙感受到了久违的灼热。如果索恩看到亚韦尔在喝酒的话，一定会训斥他一顿，不过此时他也顾不得那么多了。临行前他在自己的行李驮包里装了三瓶满满的威士忌，他知道在这趟旅程结束之前肯定会有需要它们的时候。

　　索恩要求每个笼子至少要由四个人来看管。除了特尔家族的领主之外，他们又另找来了几名贵族，还有几名铁灵军人。巴登科特兄弟俩也叫上了另外两名卡登成员，达因和阿瓦伊尔，这两人都是著名的勇猛之士，他们的加入令这个队伍中的其他人颇感安慰。然而即便是对于一个阴谋集团来说，各人之间的关系也颇为疏离，大家为了一个共同的目标被聚集在了一块儿，就好像在坎达瑞斯沙漠迷了路的旅行者所组成的自救团体一般。成员们彼此的关系并没有爱来维系，人与人之间也缺乏尊重。马修和小扒手阿莱因明显有着嫌隙，彼此不和。特尔家族的领主则始终单独行动，像个侦察兵一样骑行在队伍的最前端。亚韦尔讨厌看到巴登科特兄弟俩，在这趟旅途中，他们俩没一刻看上去是清醒的。而在过去的几天里，亚韦尔一面关注自己需要看管的笼子，一面留意着凯勒，后者已经开始越来越令亚韦尔感到愁烦不安了。

　　他们突袭了克里希河沿岸的十二个村庄，这些村庄里几乎没有年轻男子，所以他们几乎没有遇到过任何真正意义上的抵抗。不过亚韦尔留意到凯勒每次溜进村民的房子里都会耽搁很久才出来，而且可以看出由他带出来的那些女人——尤其是年轻女人——似乎受到了极为粗暴的对待，她们身上的衣服被撕破了，还沾上了斑斑血迹。亚韦尔考虑过要把这个情况告诉索恩，并提醒他其中的利害关系：损坏"货物"岂不是意味着令"货物"的价值大打折扣？可是亚韦尔一直没有遇到能跟索恩单独说话的机会，熬到最后亚韦尔选择了默默地容忍，就跟自己在经历这一连串事件的过程中一直延续的做法一样。要做到这一点其实不难，他心里的座座堡垒逐一垮塌，就像海滩上用沙子筑成的城堡接二连三地被海浪冲毁一般，直到他开始担心某天醒来后会不会发现自己已经完全变成了亚尔林·索恩那样的人，道德败坏得似乎一切都可以接受。

　　他又想到了艾莉。

　　克里希河沿岸的村庄相互之间都隔得很远，所以看起来不大可能会有别村的民众闻讯赶来救这些被劫掠的人。尽管如此，索恩仍然坚持认为得额外再找些护卫人员，而亚韦尔也不得不承认索恩的观点是有道理的。最

第十二章 出货

近几天的雨水使得克里希河的水位升高了，因此的确需要多一些的人手才能确保让这些笼子顺利地渡过贝斯浅滩。再说了，高度谨慎也是无害的，因为这些笼子都比较脆弱——所有部件都是木制的，比从前的那种笼子更容易被毁坏，只能作短途运载之用。

"求你了！"亚韦尔身旁的笼子里有个女人啜泣道。因为她离自己实在是太近了，所以乍一听到她的声音，亚韦尔差点儿被惊得跳起来。"求你了！我的儿子们也在笼子里，难道不能让他们到这里来跟我待在一处吗？"

亚韦尔闭上了双眼，随即又睁开了。小孩是这项行动计划所有环节中最糟糕的部分，也是以往每一次人口出运中最糟糕的一环。可是索恩曾解释说红女王相当重视小孩，她对小孩的重视程度或许远甚于他们能带去献给她的任何物品或任何人。这次亚韦尔本人也抓来了几个小孩：来自洛威尔村的两个小女孩，来自海文村的一个男幼童和一个男婴，以及干草市场上一个躺在摇篮里的小女婴。装载小孩的两个笼子排在整个队列中的第四和第五位，正好处于中间位置。亚韦尔在心里暗自庆幸自己没有被委派去看护那两个笼子，不过他能清楚地听到从那两个笼子里发出来的声音。在这趟行程的最初两天里，那些婴孩们——尤其是还没有断奶的——几乎一刻不停地高声哭喊着。所幸的是他们现在安静下来了，而其余的成年囚犯也因嗓子过于干燥而无法再开口乞求什么了。索恩只带了足够护卫人员和骡子在这趟行程中所需的净水，他说再多带几升水就会减慢队伍的行进速度。

现在我需要你，亚韦尔透过笼子的栅栏注视着索恩，心里这样想着。如果我再有机会——哪怕只有一次——在夜晚的古特区发现你是孤身一人……我绝不会再被你愚弄了。

"求你了！"这个女人用沙哑的嗓音继续说道，"我的小儿子才五个月大啊！"

亚韦尔再次闭上了眼睛，要是自己当时把她装进别的笼子就好了。这女人有着跟艾莉很相像的金黄色头发，而当亚韦尔将她的儿子从她手臂中拉拽出来的时候，他突然对一件事感到深信不疑——艾莉能看到他，她能看到他所做的所有事情。他的这种信念随着这一大队人马的持续行进、随着时间从黎明变成了清晨而渐渐减弱了,可是他又想到了一个新问题,这个问题是他先前从没想过的:他该如何向艾莉解释她获得释放的原因呢?艾莉是个善良的好女人,宁愿自己死去,也不会愿意用他人的苦痛来换取自己的自由。如果她知道了他所做的一切,她会说些什么呢?

在亚韦尔十岁的时候,父亲曾带他去参观屠宰场,那里是父亲工作的地方。屠宰场是一栋用廉价木材搭建而成的简易建筑,或许他父亲将那次经历视为一次学习的机会,或者也许他有意让小亚韦尔将来能从事跟自己一样的行当,可是不管怎样,那次经历的结果都跟父亲的初衷相去甚远。几十头小公牛排成一列,默默地候在屠宰场的门外等待着,那扇门很大,小亚韦尔记忆犹新。不过,那栋建筑里面的牛可没有默不作声,它们纷纷发出凄厉刺耳的"哞哞"声,其间还不时穿插着"砰砰"的重击声。

"它们会从哪里出来呢?"天真的小亚韦尔问道。父亲并没有回答这个问题,而是一直望着儿子,直到最后小亚韦尔想到了答案,"你们杀了它们?"

"不然你认为牛肉是怎么来的,孩子?还有,你认为钱是从哪里来的?"

当他们进到屠宰场里面时,那儿的气味令小亚韦尔颇感难受,血腥味混杂着腐烂内脏的浓烈臭味直往他鼻孔里扑。没过多久他就剧烈地呕吐起来,把吃进肚子里的早餐全都吐在了父亲的鞋子上。小亚韦尔这辈子都忘不掉屠宰场的气味,不过真正将那天的经历深深扎根于他脑海里的却是屠宰场的那扇门……那扇敞开着的大门,还有门里面黑暗而巨大的空间。小公牛进到那扇门里,在黑暗中发出凄厉的呼号,之后再也不可能活着见到阳光了。

六年前,当艾莉被运往莫特姆森的时候,亚韦尔悄悄地跟在出运队伍后面骑行了好几天,那时他并不知道自己想要做什么。他能看到艾莉就在第四个笼子里,即便是隔着很远的距离,她的那头金黄色头发也清晰可见,然而笼子的栅栏将他俩之间的距离无限放大了。就算他能找到办法成功地破坏掉了那一次出运行动——在那之前这可是无人敢想更无人做到过的冒天下之大不韪的事情——两个人又能跑到哪里去呢?

起码那些小公牛并不知道等待着自己的将是怎样的命运,可是整整一

第十二章 出货

个夏天,艾莉对于将临厄运的忧惧全都写在了她的眼睛里,这是亚韦尔至今还能清晰记得的为数不多的事情之一。艾莉这样美丽的女人在莫特姆森只有唯一一个用武之地,就如同屠宰场对于小公牛来说也只能派上唯一的用场一样。小公牛进到屠宰场里,然后便不再出来了,可是现在亚韦尔却要去把艾莉救出来。他似乎能看到她了,一个模糊的形体站在一个黑暗的门口,身旁女人的乞求声也渐渐进不了他的耳朵和心门。最后她终于住口,安静了下来。

随着气温逐渐升高,骡子们也开始不怎么听使唤了。这些来自坎达瑞斯的骡子是专为适应在极端高温下劳作的需要而繁育出来的品种,可是它们看起来并不比亚韦尔更喜欢这趟运载任务。在整个旅途中亚韦尔都尽量不去鞭打它们,不过依现在的情况看,这样做是不行的。于是亚韦尔和阿尔涅·巴登科特握好了鞭子站到了第三个笼子面前,一旦某头骡子停滞不前了,他们就会挥舞鞭子敦促它继续前行。然而这样做也收效甚微,整队人马的速度慢了下来,并且变得越来越慢,最后索恩亲自来到笼子侧面,朝着负责管理骡子的伊恩喝道:"我们得在明天晚上之前赶到狄美恩城!你的骡子到底出了什么问题?"

"我也说不准!"伊恩朝他喊了回去,"或许是因为天气太热了!它们需要喝更多的水!"

运气糟透了,亚韦尔想道。他们的队伍昨天路过了克里希河的源头,此时正在攀登克莱顿山脉,已经来到半山腰了。尽管不久前刚下过雨,不过这么高的地方也没有什么积水。放眼望去,前方几百英尺以外就是他们即将翻越的阿尔戈斯山口了,之后他们将沿着派克山脉径直下到狄美恩城。要是这些该死的骡子能再多坚持几个小时,他们就能坐下来休息一会儿了,而且后面的行程将是很轻松的。

气温终于升到了一天之中的最高点,这样的高温一直持续着,似乎久久不能消散。太阳开始朝着地平线的方向下沉,亚韦尔有好几次看到负责护卫他前面那个笼子的阿莱因偷偷地把装着水的杯子递给一些囚徒。亚韦尔真想走上前去训斥他——要是索恩逮到阿莱因把原本应该用来喂骡子的水浪费掉了,一定会当着所有人的面对其大发雷霆。不过,亚韦尔最终还是决定对此事保持缄默。

  黄昏的时候，笼子里的那个女人又开始大声呼号起来，看来她显然被赋予了一副钢铁般有力的嗓子。这一次亚韦尔没那么容易做到对她充耳不闻、视而不见了，很快他便得知她的两个儿子分别叫杰弗瑞和威廉，而她的丈夫在两个月前的一次建筑施工事故中不幸身亡了。现在她自己又有了身孕，并且可以确信这次怀的是个女儿。上述事实中的最后一项着实令亚韦尔感到尤其困扰，可是他自己也说不清原因所在。艾莉从来没有怀过孕，大门守卫的收入足以负担得起好的避孕方式的开销，再说他和艾莉都认为生养孩子的整个过程包含了太多不确定的风险因素。他们当时做出了不生养孩子的明确决定，不过此时亚韦尔因这个女人的遭遇而颇受感触。他在质疑索恩怎么没想到这一点呢：他们可能会抓到一个怀有身孕但肚腹尚未明显隆起的女人。作为一名奴隶，她很快就会失去应有的价值。她将丧失工作能力，而且也没有哪个男人会想跟一个怀孕的女人寻欢作乐。

  这是索恩的责任，亚韦尔心想，问题出在他的身上。

  攀完了最后一段艰难的上行路程之后，他们终于赶在天黑前带着一列笼子来到了阿尔戈斯山口。这里的峡谷陡峭但并不险峻，山谷里散布着大大小小露出地表的岩石，另外还有阿尔戈斯塔倒下后留下的石雕残骸。长久以来阿尔戈斯山口都没有绿色植物生长，而多年来出运人口的队伍不断途经此处，更是将残留的贫瘠植被破坏得体无完肤。在暗淡的光线之下，深棕色山口和头顶上的淡紫色天空从东至西延伸了几乎一英里的距离。

  骡子的力气已经快要用尽了，不过亚韦尔忍住没把这个事实告诉索恩。索恩自己很快也会发现这一点的，等他看到那些可怜的牲畜无论受到怎样严厉的鞭笞也不愿挪动一步的时候就会明白的。他们得停下来过夜，可是亚韦尔并不想睡觉，尤其是在离那些笼子只有几米远的地方睡觉。他再次想到了艾莉，他会跟她说些什么呢？当然不会把真相告诉她了，否则她的双眼将会呈现出一种冷漠而茫然若失的神情，艾莉失望的时候总是这样。

  如果她知道了真相也并不在乎呢？亚韦尔没法不让自己去想这个问题。

  但是亚韦尔不愿去想艾莉这几年在莫特姆森可能会经历怎样的转变。他绝不可能把真相告诉她，他得为她编造一个像样的谎言才行。

第十二章　出货

　　随着太阳渐渐西沉，乌云开始在天空中聚集。这时，亚韦尔听到有人嘟囔着说话的声音。他仔细一听，说话的人是四名卡登成员的领导者达因，他对另外三名同事说等太阳落山了就会凉快许多。在摄政王执政的时候，这些卡登成员曾多次完成跟这次相似的旅程，而这次达因和阿瓦伊尔的参与也令人倍感安慰。当然，如果巴登科特兄弟俩不那么沉迷于酒色的话，他们也应该是这次行动的得力干将。然而，此时就连达因看上去也颇感不安。乌云以极快的速度聚集起来，天比刚才还黑得更快了。如果今夜有暴风雨的话，那么他们一行人的行进速度将不得不大大减缓。不过，笼子里的囚徒们倒兴许能接些雨水来解渴。当他们停止行进之后，亚韦尔甚至还可能让那个怀孕的女人跟两个儿子相聚片刻。当然，索恩绝对不会容许这样的事情发生，不过阿莱因这一整天以来还在索恩的眼皮子底下干了不少偷偷摸摸的勾当，或许亚韦尔也能像阿莱因一样幸运呢……亚韦尔在马背上坐直了身子，脑子里刚刚涌起的这个想法令他比先前感觉略微舒服了一点点。他想做的不过是一件小事，却是他能做到的为数不多的事情之一。

　　乌云在头顶越来越密集……突然，在毫无预兆的情况下，整个山口便完全被夜幕笼罩得严严实实。

　　"他们有多少人？"梅斯压低声音问道。

　　"我现在数到了二十九。"威尔默同样低声地回答说，"笼子背后还有些人。等等……"

　　凯尔茜等待着，她正置身于一群侍卫中间，这令她觉得有些不安。是的，梅斯和佩恩都在她身边，不过任何人都可能会在黑暗中拔出一把刀来。在目前的情势和环境之下，她极易受到攻击。她继续等待着，内心的焦虑感也不断加重，最后威尔默匍匐着回到了大圆石背后，凯尔茜和一半侍卫都蹲伏着躲在这里。威尔默说："那下面有卡登，长官。我看到达因了，还有一个我叫不出名字的卡登成员。"

　　"该死！他们从来都不会两人一组行动，这说明那里还有更多的卡登成员。"

　　威尔默在自己的制服上摸索了几秒钟，想找到一个衣兜，可是没能如愿，于是他把自己的小望远镜塞进了衣领。他们把马匹留在了身后的山口，而这时几乎所有人都不约而同地发现身上的制服是没有衣兜的。凯尔茜用力地拉扯了一下自己的领子，发现它是由某种廉价面料缝制而成的，摩擦使得她颈部的皮肤一阵阵地发痒。这批制服穿在每一名侍卫身上都显得有些奇怪，凯尔茜曾看到很多侍卫这一整天都在不断地扭动和调整自己的姿势，甚至连具备和变色龙一样的适应能力的佩恩也不例外。

不过黑色制服确实便于隐藏，到了夜晚黑色就是最好的保护色。凯尔茜的另一半侍卫此刻正隐匿在离她大约十五英尺远的另一块大石头背后，仅借着清冷的琥珀色月光，凯尔茜没法将他们一一辨认出来。在凯尔茜眼中，他们不过就是峡谷边上的一大团黑影。如何将自己的蓝宝石藏好呢？凯尔茜现在愈发担心这个问题。当他们刚一进入阿尔戈斯山口，原本令她胸口感到灼痛的宝石便渐渐冷却下来了，它的光芒也更暗淡一些了，可是凯尔茜怀疑制服的薄薄面料恐怕没法完全遮挡住宝石的光芒。

忽然，凯尔茜听到身后传来了金属和皮革摩擦的声音，那是有人把刀拔出刀鞘的声音，于是她尽力把自己的身子缩成一小团。她的脉搏跳动得极快，而她自己也能听到脉搏跳动时发出的沉重声响，她甚至认为这个声音大到足以让四周的所有侍卫都听到。与此同时，她的额头上冒出了一大片冷汗。以往不愉快的回忆令她肩上已经愈合的伤口也开始隐隐作痛起来……拔刀的是她身边的哪一个人呢？

"目前的情势是敌众我寡，陛下。"梅斯告诉她，"不过我们在人数方面的劣势并不是太明显，但我们也不能对他们发动正面攻击，尤其是在有卡登成员在场的情况下。"

"威尔默，你难道不能用箭把他们全杀掉吗？"

"我可以的，陛下，不过恐怕在我射杀了两三个人之后，他们便会躲藏起来，并熄灭照明用的火光。"

梅斯拍了拍文纳的肩膀，低声跟他说了几句话，接着便派他去到另一块大石头的背后了。"我们拥有威尔默和另外三名技艺高强的弓箭手。我们要派两个人悄悄潜行至山口的另一侧，然后双面夹击，这样一来对方就没法靠笼子来掩护了。如果我们先快刀斩乱麻地搞定卡登成员，那么我方的

第十二章　出货

处境就会得到一些改观。"

"他们随时都可能扑灭篝火。"佩恩轻声发出警示,"目前的光线对我们有利,得赶紧行动才是。"

凯尔茜一把抓住了梅斯的手腕,"要优先考虑笼子里那些人的安危。请务必将这一点明确地传达给侍卫们。"

文纳匍匐着爬了回来,他身后还跟着三个黑色的人影。他们围在梅斯身边低声交谈着,凯尔茜抹了抹额上的汗水,决定不再用几近偏执的态度去看待身后黑暗中可能蕴藏着的危险了。"威尔默,把你的望远镜给我看看。"

那八个笼子呈马蹄铁形排列着,笼子的门都朝向队形内侧。凯尔茜很欣慰地发现那些笼子上都没有钢铁部件,看上去完全是由木头材料凑合着组装而成的,笼子侧面的栅栏也是厚厚的木板条。尽管木板条的原材料是铁灵橡木,可是它们应该没法抵御斧头的连续重击。

威尔默看到了驻守在笼子外围的几个人影,不过索恩的大多数人手都聚集在马蹄铁形的中心位置。凯尔茜透过望远镜仔细观察着篝火周围的人,那些人当中只有极少数是她所认识的。其中有个男人衣着考究、体格魁梧,显然是个贵族,她记得自己在第一次接见会上见过此人,不过想不起他的名字了。她猜测那群人当中有一部分是人口统计局的职员,很听索恩的话。她还看到了好几个本该听命于她的铁灵军人,他们实在是太粗枝大叶了,甚至懒得把身上的军装换成便服。随后她看到了亚尔林·索恩本人,他正站在人群的中央,这时她的蓝宝石在她的胸口轻微震颤了一下。索恩自然不可能给人什么好的感觉,这是再正常不过的了,不过此刻凯尔茜仍然感受到了一种被背叛的痛苦,她童年时代所认识的那个公正的世界背叛了她。她的所有计划,她想要做成的一切善举……真的都会被自己眼前的这个男人颠覆和摧毁吗?

"埃尔斯顿,"她把望远镜递给了他,"你看篝火边十二点钟的方向。"

"他妈的!"埃尔斯顿看着望远镜,喃喃地咒骂道。梅斯叹了口气,不过他在这趟旅途中已经放弃去纠正侍卫们言谈中的不得体之处了。在过去的几天里,凯尔茜听到了许多新鲜词语。通过自己无意中听到的侍卫们的交谈，她知道埃尔斯顿无比痛恨亚尔林·索恩，两人之间的过节跟一个女人有关，但是没有人会将这个故事的情节完整地告诉她。

"我想让他活着，埃尔斯顿。"她低语道，"把他带到我这里来，我会让你为他设计关押他的地牢。"

几名侍卫咯咯地笑出声来。

"陛下，再过五分钟我们就要动身了。"梅斯低声说道，"给汤姆和奇布一些时间穿过山口。"

凯尔茜点了点头，感觉自己浑身都充满了肾上腺素。侍卫们以尽可能轻的动作将剑拔了出来，不过凯尔茜还是能听到金属和皮革摩擦的声音，她努力抑制住了一种令自己快要窒息的恐惧感。蓝宝石在她胸口猛烈地悸动着，或者说它似乎是在她胸腔内部搏动着，连她自己也无法分辨清楚。

"陛下，我最后一次请求你和佩恩、文纳一起留在这里。这样的话就算我们失败了，你也仍然能逃走。"

"拉扎勒斯，"凯尔茜朝身边的人影微微笑了笑，"你还是不明白。"

"不是我不明白，陛下。或许你可以把一切都归因于你那颗该死的宝石，可是我知道是你母亲的阴魂使得你和那颗宝石都变得愤怒而鲁莽。对我们所有人来说，你们这样的组合都是相当危险的。"

凯尔茜看起来像是顾不上生气了，她的全部注意力都集中在了下面的营地上。"你也有犯错的时候，拉扎勒斯。你顽固又倔强，而你的戎马生涯蒙蔽了你头脑里的某个部分。尽管这样，我对你的信任仍然与日俱增。或许你也应该信任我才对。"

黑暗中，她没有等来任何回应。

"佩恩和文纳会一直待在我身边。是吗？"

"是的，陛下。"他们低声回答道。

"我希望你也和我待在一块儿，拉扎勒斯。可以吗？"

"好的。可是你不能参与到战斗中来，陛下。文纳说你的步法还很欠火候。"

"我不会拿起武器的，拉扎勒斯。我向你保证。"

几分钟过后，梅斯轻声吹响了一记口哨，清脆的声音迅速消散在了晚

第十二章　出货

风中。随即他们一行人纷纷从藏身的大石块后面走了出来，轻手轻脚地沿着峡谷往山下走去。

这一次索恩接受了亚韦尔的建议，队伍在阿尔戈斯山口最为狭窄的区域扎了营，这样一来就只需要对前后两个方向进行防御就可以了。亚韦尔原本打算坚持不睡觉的，以便寻找机会让那个怀孕的女人能与儿子们共处片刻，可是他实在是太疲惫了，于是便决定先睡上几个小时，然后再去处理那件事。他铺好了自己的铺盖卷儿，蜷缩着身子躺在了篝火旁边，两条腿感受到了火苗的温暖，愉快地哆嗦了一下。凯普城堡的大门守卫鲜有机会骑马走上几英里的路程，这段漫长的旅途令亚韦尔虚弱的大腿肌肉颇感疲累。他渐渐合上了双眼，就在他快要酣然入梦的时候，突然被一声尖叫给惊醒了。

亚韦尔一咕噜坐了起来，在微弱的光线下他只看到了一路上与自己同行的其余男人，所有人都睡眼惺忪地四处张望着，他们脸上的表情跟亚韦尔自己一样困惑不已。

"弓箭手！"有人在笼子背后喊道，"他们……"喊声戛然而止，随即只听得一阵极其微弱的"汩汩"声。

"快拿起你们的武器！"索恩下令道。他已经站了起来，看他那模样像是压根儿就没有睡觉。篝火边有两个人迅速站起身来，然后朝黑暗中走去，可是在他们尚未走远的时候，其中一个人的背部就中了一箭，继而扑倒在地不能动弹。

有弓箭手？亚韦尔颇感困惑地想道，在这半山腰上竟然有弓箭手。他怀疑自己是不是还在睡梦中没醒过来，因为他过去有梦游的习惯——这是艾莉告诉过他的。脑海中的艾莉激励着他一跃而起，继而拔出剑来狂乱地四处察看着，可是他看不到火光照射范围之外的任何东西。这时，又有一支箭"嗖"的一声越过他的头顶飞走了。

"快把火灭了！"达因高喊道，"这火暴露了我们所处的位置！"

亚韦尔立即将自己的铺盖卷儿从地上拖了起来，然后猛地朝篝火堆里扔去。但是它的厚度还不够，不足以将火扑灭，反倒在火中阴燃了起来。

火势渐渐恢复，甚至有愈演愈烈的感觉。

"我们还需要更多的寝具！"亚韦尔朝身边那些尚未完全从梦境中清醒过来的同伴们挥了挥手，"把你们的寝具都给我！"

他们睡意蒙眬地站起身来，缓缓地卷着自己的毛毯，见此情形亚韦尔沮丧得差点儿尖叫起来。

"让我来！"达因用手肘推开了他，将好大一堆寝具扔到了篝火上。火光顿时变暗，随即便彻底消失了，空气中弥漫着浓烈的羊毛织品烧焦的气味。笼子另一侧的黑暗中传来了刀剑相互碰撞的声音，紧接着突然有一匹马发出了尖利而痛苦难当的呼号。

"有骑兵从西边过来了！"有人喊道，"我听到他们的声音了！"

"我们被包围了。"达因喃喃地说，"我早就跟那当官的说过这地方根本不适合扎营。"

亚韦尔顿时脸红了，他在心里默默企盼达因不会知道建议索恩在这里安营的人就是他自己。在此之前，亚韦尔从来都没有跟任何卡登成员直接打过交道，他们都处于亚韦尔这样的人触不可及的高位。或许这样想很愚蠢，可亚韦尔发现自己仍然希望能得到这个穿红色斗篷的大汉的尊重。

索恩摸黑来到了他们身边，抓住了亚韦尔的一侧肩膀，亚韦尔甚至能感觉到索恩呼出的气流正吹拂着自己的耳朵。"达因，我们该怎么做？我们需要光亮。"

"不，我们不需要。如果他们赶来这里是为了救援笼子里的人，那么那些弓箭手一定会避开击中囚徒的风险。双方如果在暗中对峙，他们的弓箭手就不敢轻举妄动，这样对我们更有利。"

"可是我们不可能一直在这里候着啊！等天亮了之后，他们对我们下手就容易多了。"

这时四面八方都响起了刀剑碰撞声，压过了达因的回答。借着淡淡的月光，亚韦尔看到在离自己十英尺左右的地方有一把剑在闪着寒光，于是他也举起了自己的剑，心里"怦怦"直跳，做好了迎战的准备。氛围相当凝重，可达因突然笑了起来。

"有什么可笑的事情吗？"索恩问道。

第十二章　出货

"他们是铁灵军人，伙计！看看他们的制服吧！"

亚韦尔什么也看不到，不过他咕哝着表示赞同达因的话。

"无论白天还是黑夜，我一个人就可以独自对付他们所有人。等着瞧吧。"达因拔出自己的剑，匆匆走开了。待达因的脚步声消失之后，亚韦尔感到一阵令人窒息的恐惧，在黑暗中站在索恩身旁是不可能令人觉得安适的。

"他这个笨蛋！"索恩再次说道，"我们需要光亮，需要足够的光亮……"

他再次紧紧抓住了亚韦尔的手臂，亚韦尔疼得龇牙咧嘴。

"快去找个火把。"

当篝火被扑灭的时候，凯尔茜还在向前爬行，佩恩和文纳在她的左右两侧保护着她。

"弓箭手至少放倒了四个人。"梅斯在她身后轻声说，"我不知道他们是否击中了达因。你们务必要当心。"

"那些笼子是如何固定起来的呢？有人能看出来吗？"

"这我看不出来。"佩恩回答道，"我只知道它们绝不是用钢铁制成的。我认为他们所用的材料不过就是普普通通的木材罢了。"

凯尔茜突然发觉自己尤其痛恨这些笼子的构建者，尽管她几乎不可能知道他们姓甚名谁。索恩不是木匠，可是有人昧着良心为他构建了这些笼子。

"有马蹄声，"文纳低语道，"在西边。"

他们四人顿时静默了下来，过了一会儿，凯尔茜也听到了好几匹马驰骋的声音，有人正策马从山口的西边朝着峡谷的方向奔来。

"有三到四匹马。"梅斯说，"如果他们是卡登的话，我们就有麻烦了。"

"那我们还要继续前进吗，长官？"佩恩问道。

凯尔茜看了看四周，在幽暗的星空之下，她能看到前方有几块大岩石的轮廓，左侧有一块大圆石，其他就什么也看不到了。他们除了从半山腰往后退，似乎已无路可走。

"不。"梅斯回答道,"我们躲到那块大圆石后面去,这样一来他们应该会从我们右侧经过。如果被他们发现了,因为他们的人数也不多,我们应该能够掩护女王撤退。"

马蹄声越来越大了。凯尔茜遵照梅斯的指示,用腹部贴着地面,朝那块大圆石爬去。地上覆盖着许多尖利的小石块,它们把她的手掌刺得很疼,令她不时忍不住发出"嘶嘶"的呻吟声。她告诉自己不要那么软弱,于是便借用埃尔斯顿的词语在心里默默地咒骂着,但行动速度一点儿也没有减缓。

梅斯领着他们爬到了那块大圆石的后面,然后背靠着石头侧壁,脸朝向营地的方向。借着蓝黑色天空中的星星所散发的微光,凯尔茜只能隐约看到其中一个笼子的轮廓,除此之外就什么也看不见了,不过她能清晰地听到很多声音。耳边充斥着金属与金属互相碰撞的声音,此外还夹杂着受伤的人发出的呻吟,原本沉寂的夜晚也因这些声音的存在而显得鲜活起来。她想起了自己先前的偏执,并由此体会到一阵突如其来的羞耻感。蓝宝石仿佛感应到了她内心的痛苦,在她胸口搏动了一下作为回应。马蹄声越来越近了。

"哪里……"

"别出声。"梅斯的语气是斩钉截铁、不容许任何争辩的。

几名骑士从大圆石旁边经过,在这样灰暗的峡谷夜色中很难看清他们的身影。他们继续前行了约莫二十英尺之后,似乎将马停了下来,凯尔茜能听到那些马发出了粗重的喘鸣声。

"现在该怎么办?"一个声音低沉的男人打破了沉寂。

"现在的情况太混乱了。"另一个声音回应道,"我们需要一些光亮。"

"我们应该等战斗平息一些之后再决定下一步该做什么。"低沉的男声说。

"不。我们得先找到阿莱因。"第三个人显然是命令的语气,而这个声音顿时引起了凯尔茜的关注。她挣扎着站起身来,在梅斯还来不及阻止自己的时候就朝前面走去。骑在马上的四个黑色人影转过头来,随即纷纷拔出了各自的剑,不过凯尔茜只是笑而不语,继续朝他们走去。不仅仅是因

第十二章 出货

为这个男人的声音，还有胸口突然涌起的一阵暖流，令她确信自己没有认错人。

"这是多美好的偶遇啊，窃贼之王。"

"噢，天哪！"其中一名骑士朝凯尔茜所在的方向骑了过来，然后在离她五英尺远的地方收缰勒住了马。在凯尔茜眼中，他不过就只是天际下的一团黑影而已，可是她敢发誓他正低头看着她。

梅斯伸出手去圈住了她的腰，试图将她拉回来，"你到我身后来，陛下。"

"不，拉扎勒斯。"凯尔茜回答道，她的眼睛始终盯着面前那个高大的黑影，"你别管我。"

"什么？"

"铁灵女王，"费奇轻声说道，"看来我过去的确是低估你了。"

凯尔茜听到佩恩和文纳都来到了自己身后，于是举起了一只手，"你们俩都退下吧。"

费奇默默地看着她。尽管凯尔茜没法看清他脸上的表情，可她还是感觉到自己也许是第一次实实在在地令他颇感惊讶。这个想法使她感到些许安慰，因为这样一来两人之间原本一直存在的"成年人"和"小孩"之间的鸿沟似乎缩小了一些。她站直了身子，用坚定的目光注视着他。他下了马并朝凯尔茜走来，她感觉到站在自己身边的梅斯跃跃欲试地准备采取行动，于是将一只手放在梅斯的胸口制止了他。

"长官？"佩恩的声音高亢而焦虑，在凯尔茜听来，他比从前更显得稚嫩而且无助。

"上帝啊。退下吧，佩恩。"

费奇伸出一只手来，凯尔茜出于本能地后退了一点点。不过他只是触碰了一下她那头被剪得紧贴着头皮的短发，然后柔和地说："看看你对自己做了些什么。"

凯尔茜完全看不清费奇的脸，可令她疑惑的是他又是如何看到自己的短发的呢？待凯尔茜听明白了这话的含义之后，脸顿时红了，急促地开口问道："你怎么会在这里？"

"我们一直跟在索恩的团伙后面。阿莱因就在这附近的某个地方,这几个星期以来他一直在暗中监视索恩的密谋。"

阿莱因就是那个玩扑克时负责洗牌的金发男人,先前凯尔茜没在篝火附近看到他。

"我觉得我更应该提出这个问题。你怎么会在这里,铁灵女王?"

这可真是个好问题,甚至连在这一路上都嘟嘟囔囔抱怨不休的梅斯也没问过凯尔茜这个问题。她思索了片刻,试图想出一个诚实的答案来回答他,因为她觉察出来要是自己撒谎的话费奇一定会知道的。她的宝石在胸口继续跳动着,想要驱使她采取行动,不过她用顽强的意志力使其平静下来。"我来这里是为了履行我的诺言。我曾承诺过不会让这样的事情再度发生。"

"你本可以在凯普城堡里履行自己的诺言啊,要知道现在你有一整支军队可供调遣。"

凯尔茜听出费奇的语气中夹杂着几分挖苦的意味,不由得皱了皱眉,但她立即挺直了腰板说道:"很久之前,在第一位铁灵国王登基之前,他曾承诺在必要的时候甘愿为了这个国家而牺牲生命。这是整个王国得以运作的基本要素。"

"你已经准备好要死在这里了吗?"

"窃贼之王,自从我们遇见的那一天起,我就已经做好了要为这片土地牺牲自己的准备了。"

费奇的头朝身体左侧倾斜着。当他再度开口的时候,凯尔茜发现他的声音比以往任何时候都更为柔和。"我等你等了好长时间,铁灵女王。这段时间长得超出了你的想象。"

凯尔茜的脸又红了,只得把脸转向一边。她还不太确定他这番话究竟是什么意思,不过她知道他想表达的不是她所期望的那种含义。

"把你的手伸出来。"

她照做了,紧接着她感觉到他把一个冰冷的物品放进了她的掌心。她用另一只手的手指拨弄着它,这才意识到原来他放在她手里的是一条项链,一条带着冰凉坠饰的项链。那颗坠饰刚碰触到她的手心,立即就开始渐渐

第十二章 出货

发热。

"不管怎么说,铁灵女王,你已经把它赢回去了。"

在凯尔茜左手边离战场很近的地方,突然传来了一声宝剑刺中皮肉的钝响,紧接着夜幕下又响起了一个男人的尖叫声,高亢而惊恐。凯尔茜退回到了梅斯身后,后者则举起了自己的宝剑。

"你曾经救了女王的命,这是我欠你的,无赖。"梅斯咬牙切齿地说道,"只要你不对她构成威胁,我是不会阻止你做任何事的。不过,在你把其余的人引到我们这里来之前,赶紧消失吧。"

"没问题。"费奇说,"我们走。"他纵身上马,再次变成了夜空下的一个黑色剪影。"祝你好运,铁灵女王。希望等这件事结束之后我们还能再见面。"

凯尔茜的脸又红了,她摸到了第二条项链的搭扣,抬起手来将其戴在了脖子上。她仿佛能感觉到自己的心脏在胸腔里颤动着,制造出了扩散到全身各处的热量。她听到了像静电声一样的"噼啪"声,于是低头一看,这才发现第二颗蓝宝石正像小小的太阳一般发出耀眼夺目的光芒。她将这颗蓝宝石坠饰塞进了自己的制服里,这时她听到了清脆的"咔哒"一声,就像钥匙被塞进锁孔时发出的那种声音。她突然感到视线变得非常模糊,便使劲眨了一下眼睛,待她再次睁开眼睛的时候,看到眼前是一个和现实不同的世界,天际线上出现了一栋栋黑色的建筑物,不过当她再次眨了眨眼之后,它们又都消失不见了。

费奇和他的同伴骑着马朝山口的深处走去,片刻之后,篝火的方向传来了含有警告意味的喊叫声和一阵阵惊恐万状的尖叫声。凯尔茜和她的三名侍卫爬回到大圆石背后坐了下来,凝视着山口。

"长官?"佩恩开口说道。

"有什么等一下再说,佩恩。"

凯尔茜原本以为梅斯会开始针对费奇,针对她先前的行为失控以及鲁莽态度进行一番说教,可是他并没有这样做。她能看到他拔出剑鞘的宝剑闪耀着光芒,还能看到另一团金属的光芒,她猜测那是他的狼牙棒。不过,她注意到自己看到的光芒都是蓝色的,便低头一看,这才发现胸口的两颗宝石正散发出极其明亮的光芒，以至于她甚至隔着制服也能清楚地看到它们。她用右手紧紧地握住了两颗宝石，试图遮挡住光芒。先前出现在她胸腔里的感觉现在逐渐增强了，她的心脏实在跳得太快了，同时她感到自己全身上下的血液都滚烫不已，如同被煮得沸腾了一般。她隐隐觉得有什么自己看不到的可怕事情正在发生。

她突然意识到了一件事：我以前只是将这第二条项链放在衣兜里而已。我从来没有将它戴在脖子上过。

凯尔茜闭上了眼睛，却又看到了刚才的场景：天边满是高耸入云的建筑物，有数十栋之多，它们的高度甚至超过了凯普城堡，仿佛是一座存在于她头脑之中的疯狂之城。这时，来自战场中央的越来越多的尖叫声让凯尔茜又回到了现实世界。她在一片黑暗中睁开双眼，看到佩恩正透过大圆石的边缘向外张望着。

"他们又点燃了篝火。"

"一群傻瓜。"梅斯喃喃地说，"威尔默会轻而易举地杀掉他们。"

凯尔茜往佩恩正在注视的方向看过去，在几百英尺之外的战场中心，篝火又燃烧起来了，照亮了一大片天空。她感觉到宝石正试图牵引着她向前走，可是她曾向梅斯保证过要保持理智，于是用意念令宝石沉寂了下来。来自山口中央的尖叫声还在继续着，凯尔茜的脉搏跳动得越来越快，她突然发现了自己焦虑的根源在何处。"那是一个女人的声音。"她说。

佩恩从大圆石背后走了出去，即便是在远处篝火的弱光映照之下，凯尔茜也能看出他此时面无血色。"上帝啊。"佩恩的声音有些发颤。

"怎么了？"

"是女人们。"他的声音幽幽地传了过来，"他们点燃了一个装载着女人的笼子。"

凯尔茜还来不及多想什么就撒腿跑开了。

"陛下，等一等！该死！"梅斯的喊声听起来似乎离她非常遥远。女人们的尖叫声在山口回荡，充斥着这整个夜色笼罩之下的世界。两颗宝石都从凯尔茜的制服里弹了出来，犹如着了火一般闪耀着强烈的光芒，凯尔茜发现自己好像能看到一切，她所经之处的每一块巨石和每一片草叶都沐浴

第十二章 出货

在了柔和的蓝光之下。她从来都不擅长跑步,可是这两颗宝石赋予了她一种力量,让她可以跑得比以往任何时候都要快。凯尔茜飞一般地朝着那团燃烧着的火光奔去。

亚韦尔并不知道发生了什么事情。他为索恩找到了一根火把,可他不知道索恩要拿它来做什么。他满脑子都想着艾莉,想象着要是他们的计划失败了,那艾莉会怎么样。其实他已经感觉到索恩的手下快要输掉这场战斗了,他们先前没有及时灭掉篝火,而那些隐藏在山腰上的弓箭手肯定对他们造成了巨大伤害,因为亚韦尔每走一步都会被地上的一具尸体绊一下。在亚韦尔寻找火把的时候,更多的骑士来到了这里,战场上的情形似乎令索恩陷入了恐慌,于是亚韦尔知道他们已经完全偏离了原来的计划。他们将会输掉这场战斗,那么接下来艾莉会遭遇什么事情呢?

最后亚韦尔在离熄灭的篝火堆很远的地方找到了一根废弃的火把,于是他带着这根火把回到了索恩那里。索恩一言不发地从他手中接过火把,转身离开了,很快便消失在了亚韦尔的视线之外。

终于摆脱他了,亚韦尔心中暗想道。可是在索恩离开之后,他却不知道接下来自己该做什么了。他不过是一名大门守卫,并不是战士,而这里也不是有着高墙和狭窄街道的古特区。亚韦尔从来都不喜欢大自然,山口的岩壁高耸入云,仿佛有数不清的魑魅魍魉隐藏在其中。他不想挪动步子——尽管他能听到四周的厮杀声,也不愿意投靠自己看不见的敌军。他仅有的战斗体验不过是驱逐两三名妄图擅自进入凯普城堡大门的疯子而已,而且他从来没有杀过人。

我是个胆小鬼吗?他问自己。

出运队伍遇到突袭之后,关在笼子里的囚徒们又开始哭喊哀号起来,此时他们正尖叫着求救,这令亚韦尔想起了自己幼年时在屠宰场听到的声音,于是恨不得自己是个聋子。他本想将那名怀孕的女人救出来,可是四周一片漆黑,他什么也看不见,再说他内心也充满了惧怕。他想到了凯勒,想到了那些被人从家里掳走从而被迫踏上这趟旅程的年轻女孩们。她们当中有些人肯定遭到了强暴,亚韦尔内心对此已经没法再继续否认下去了。

自打他们从干草市场出发之后，有个看上去年龄不会超过十二岁的女孩便一直断断续续地哭泣着。亚韦尔想起了自己在古特区所经历的那些醉酒的夜晚，那时他心里隐隐存有一些颇为英勇的想法，那就是能逮住一些十恶不赦的人贩子，然后将其绳之以法，从而实现伸张正义、替天行道的目的。不过天总是会亮的，阳光和宿醉总是将他的美好计划破坏得体无完肤。可这一次不同，亚韦尔意识到了这一点，这是在暗中进行的工作，没有任何光明可言，而很多事情都可以在暗中成就。

他将自己的宝剑放回了剑鞘，然后从腰间掏出一把刀来，等待着适当的时机。凯普城堡的大门守卫们总是喜欢黏在一块儿，果然不出亚韦尔所料，几分钟过后凯勒便找到了他。

"你我都没见过这样的场景，不是吗，亚韦尔？"

"是啊。"亚韦尔表示赞同，"我可从来没有像现在一样，到了午夜时分还极其渴望重新回到凯普城堡的大门前去值班。"他们在黑暗中静静地伫立了片刻，亚韦尔鼓起勇气，感到自己浑身上下都充盈着令人激动的肾上腺素。"你看那个笼子的门是不是有些松开了？"

"哪个笼子？我什么都看不见哩。"凯勒说。

"就在那儿，在你左手边。"

就在凯勒转头去看的当儿，亚韦尔赶紧伸出一只手臂勒住了他的脖子。凯勒的个头很大，不过亚韦尔的动作非常迅速，已经以迅雷不及掩耳之势用手里的刀划破了凯勒的喉咙。亚韦尔后退了几步，以免凯勒伸手抓到自己。凯勒在夜色中发出了一声极其微弱的呻吟，随即重重地喘着粗气，几秒钟后，伴随着凯勒那硕大的身躯倒在地上，亚韦尔听到了令自己满意的"嘭"的一声闷响。亚韦尔的内心因心满意足而欣喜不已，他脑子里仿佛出现了黎明将临的曙光，并感到自己浑身上下都充满了勇气。接下来他应该怎么做呢？

他立即就反应过来了：他将打开门，打开那些笼子的门，就像那天女王在凯普草场上做过的事情一样，将所有人都从笼子里放出来。

他转而朝着人声更多的地方走去，却差点儿被地上的一具尸体绊倒。他四周仍然有人在不断打斗，地上遍布着尸体。看来索恩的想法是对的，

第十二章 出货

他们的确需要光亮。

就在亚韦尔想到这点的时候,他却发现自己竟然能够看见了。一道微弱的琥珀色光芒照亮了几名正在打斗的战士,也照亮了呈马蹄铁形排列的笼子群中某一端的几个笼子。有人点燃了火把,这一定会令达因很生气,不过亚韦尔却因火光的出现而颇感安慰。

紧接着,亚韦尔耳边响起了一阵尖叫声。那是一个女人在尖叫,她的声音越来越高亢,其中包含着极大的恐惧。尖叫声不断持续着,最后亚韦尔实在受不了了,只得用两只手捂住了耳朵。他跪倒在地上,心里想着:再这样叫下去,她恐怕很快就会窒息了吧。亚韦尔还来不及细想,突然听到更多的女人齐声尖叫起来,他身边的整个世界都充斥着女人们近乎疯狂的尖叫声。

亚韦尔回头一看,火……他这才意识到索恩刚刚做了什么。

从左边数过来的第四个笼子有一端被火烧着了,笼子的门已经被烧毁了。手拿火把的索恩站在离笼子大约十英尺远的地方,一动不动地看着那团熊熊燃烧的烈火。亚韦尔在索恩的蓝色眼睛里看到了魔鬼的影子,那双眼睛流露出了比狠毒还恶劣得多的意味。索恩是一个没有是非意识的人,他不知道自己所做的事是出于那恶者魔鬼的。

或者说,他本身就是一个只懂得做算术的魔鬼。

着火的笼子里的女人们尖叫着朝笼子的另一头扑去,可是火苗正沿着笼子的底板慢慢地朝她们舔舐。有两个女人已经被火烧着了,透过笼子的木栅栏,亚韦尔很容易就能看到她们。其中一个女人就是威廉和杰弗瑞的母亲,她一面用手扑打着被火烧着的上衣,一面朝其他女人们尖叫着求助,然而那群狂乱逃窜的女人中没有谁注意到了她。另一个女人的情况更加糟糕,她全身上下都被火烧着了,看上去就像一根火把。她的双臂不断扑打着,全身都在扭动。不一会儿,她的两只手臂便不再动弹,身体也直直地倒了下去。她倒在笼子的底板上,整张脸已经完全被烧毁了,身上的火还没有熄灭。

其余的女人们继续尖叫着,她们的声音凄厉而刺耳,亚韦尔觉得在自己余生的每一天脑海中都没法再摆脱这些关于声音的记忆了。女人们不断地尖叫呼号着，似乎每个人的声音都与艾莉何其相似。

亚韦尔朝巴登科特兄弟俩的物品袋冲了过去，它就放在已经熄灭的篝火堆的另一头。雨果·巴登科特总是带着一把斧子，而此时兄弟俩都被派出去执行守望任务了，不过在战斗中斧子是派不上什么用场的，所以他们没有带走斧子。亚韦尔打开他们的武器袋，将几把宝剑和一张弓推开，很快就找到了那把坚固结实的斧子。他把斧子握在手里，刃口微微地发着暗光。这把斧子对他来说太重了一些，但他还能勉强将它举起来，当他带着斧子来到着火的笼子旁边时，他发现自己还能挥舞它。杰弗瑞和威廉的母亲的头发和脸都被火烧着了，亚韦尔回想起她身上最先着火的地方是连身裙，顿时觉得背脊骨一阵发凉——她腹中的胎儿恐怕已经死掉了。可是即便被烧成这样，这个女人仍然用强有力的声音高声呼号着，她的喊声划破了夜晚的长空。

亚韦尔挥动手中的斧子，击打着笼子的木栅栏。一些木屑掉落了下来，可是栅栏依旧巍然不动。

看来我还不够强壮，亚韦尔感到有些自责。

他撇开脑子里的这个想法，再次挥舞了一下斧子，这时他觉得左肩的肌肉被拉扯得很痛，但他顾不得这些了。他仿佛看到了艾莉的形象，那是他俩初识还未结婚时的艾莉，她站在他面前充满深情地望着他，那时他们常常就这样彼此对望着，眼睛里、脑子里都只有彼此的存在，别无其他，更没有想到人口统计局的抽签行为会给他们的人生带来怎样的打击。

空气中充满了难闻的气味，是起火的毛料和烧焦的皮肤混合在一起的令人作呕的气味。亚韦尔知道自己已经在跟大火的对抗中输掉了，可是他仍然没有停止挥舞手中的斧子。杰弗瑞和威廉的母亲已经死在了他和大火的这场对抗比赛的中途，上一秒她还在尖叫，下一秒就不作声也不动弹了。亚韦尔突然下定决心要杀死亚尔林·索恩，可是索恩早已消失不见了，他神不知鬼不觉地扔掉了手中的火把，跑进了漆黑的世界当中。

女人们仍然不断地挤向笼子里相对安全的那一头，然而只有离火最远的几个女人还在尖叫着，靠近火的女人们已经被烟熏得只剩下咳嗽喘息的份儿了。很多女人的裙边已经被火点燃，亚韦尔自己的眼睛也被浓烟熏得

第十二章 出货

泪流不止，而他两只手臂上的皮肤被火烤得阵阵发烫。他什么都顾不上，只是继续挥舞着斧子，他能感觉到斧子已经在一根栅栏上砍出了很深的缝隙，可是只有一根而已……已经太迟了。

艾莉，我很抱歉。

他自己的皮肤也被火烧到了，痛得他抛开斧子跪倒在地上。他用两只手捂住了自己的耳朵，可即便是这样他也能听到女人们的尖叫声。

随即他身边的整个世界都沐浴在了一片蓝色的光芒里。

离燃烧着的笼子还有五十英尺，凯尔茜突然注意到有几名骑士正在左右两侧掩护着自己。他们是费奇的手下，脸上都戴着黑色的面具。他们跟她保持步调一致，一边骑马还一边张弓射箭。她觉得这些也许是自己看到的幻觉吧，不过她已经不在乎这个了。目前她脑子里唯一在乎的就是那些笼子，还有笼子里的女人们，以及她身为铁灵女王的职责。

几名索恩的手下试图靠近正在奔跑的凯尔茜，他们手中举着剑，脸上带着杀气。只见蓝光一闪，紧接着他们都被蓝色的光芒包裹住了，随即毫无知觉地跌倒在地。凯尔茜觉得那蓝色的光芒压根儿不是来自胸口的两颗宝石，而是来自她自己的头脑。她只是心里想着要杀死他们，然后他们就真的死了。她的呼吸有些急促，可是奔跑的速度丝毫没有减慢。两颗宝石牵引着她继续向前朝着火光奔去。

她绕过了最后一块大圆石，炙人的热浪像一堵墙似的阻挡着她，令她不由得后退了几步。在那个燃烧着的笼子里，女人们疯狂地挤在一个还没有完全被大火吞噬的角落，可是火已经离她们很近了。笼子外面，一个头发灰白的男人正挥舞着一把斧子砍伐笼子的木栅栏，不过看起来他的工作似乎并没有取得什么突破性的进展。

那可是铁灵橡木，凯尔茜想道。那些女人们被困在了燃烧着的笼子里，而更糟的是火焰已经开始朝另一个笼子的栅栏蔓延开去了。如果不扑灭这场火，那么最终所有的笼子都会被烧着。他们迫切地需要水来灭火，可是水源远在好几英里之外的地方。凯尔茜绝望地握紧了两只拳头，自己的指甲都刺进了手掌里，进而血也渗了出来。如果有一个交换机会摆在她面前，就是用她自己的生命来换取笼子里那些人的生命，那么她一定会毫无惧怕地马上接受，就像一位母亲在紧要关头会毫不犹豫地用自己的性命来换取子女的性命一样。然而，并没有人向她提供这样的交换机会，这一切不过是她的美好愿景罢了。

我愿意付出我所拥有的一切来换取她们的性命，凯尔茜想道，她知道这是自己内心的真实想法。

两颗宝石突然爆发出强烈的蓝色光芒，她觉得全身上下像是被接通了电流一般，一股巨大的力量驱使着她往后退去。她感到自己的身体变成了原来的两倍大小，每一根毛发都竖立了起来，全身的肌肉也被拉伸到了极限。

她内心的绝望消失了。

现在整个山口都被强烈的蓝色光芒照得透亮，一幕幕场景比先前更为清晰和鲜活了。凯尔茜仿佛静静地悬在半空中，她能看到一切，不过她所见到的画面全都是静止不动的。

威尔默在她左面的山坡上，他正站在一块大岩石的边缘，将一支箭搭在弓上，专心致志地瞄准了目标。

埃尔斯顿两眼通红，杀气腾腾，正沿着峡谷嶙峋的地表追逐着亚尔林·索恩。

阿莱因位于一个笼子的背后，手里拿着一把刀砍杀着一个受了伤但还没有死去的敌人，此时他正张开嘴呼喊着什么。

费奇正在笼子排列而成的马蹄铁形的顶部，他戴着那可怕的面具，正与一个穿着红色斗篷的大汉搏斗着。

那个先前挥动斧子击打笼子栅栏的男人，此刻正跪在地上哭泣着。他的脸上流露出深深的痛苦和遗憾，这样的情感似乎已经折磨他好多年了。

最重要的是，她看到了笼子里的那些女人，她们正置身于火海之中。

死得清白是更好的，她想道。

凯尔茜的身体遭受了她几乎不能承受的巨大电压，这种感觉就好像她刚被一束闪电击中了一般。如果上帝真的存在，那么他的感觉恐怕就跟凯尔茜此时的感觉很相似，这是一种站在高处俯瞰整个世界的感觉。可是凯

第十二章　出货

尔茜有些害怕，她觉得如果自己想要把世界一分为二的话，应该可以做到，然而她也知道自己的一切行为都要付出一定的代价。

现在她最迫切需要的是水。

如果说她为了获取水而需要付出代价，那么她乐意尽已所能付出一切。她伸出手去，两只手臂似乎能够到正常的限度范围之外。水就在那里，她能感觉到它的存在，几乎都能尝到它的味道。她朝着水呼喊着，尖叫着，突然感到全身又像通了电一般，一股巨大的电流从她身体里面快速地涌流而过。

山口上方的天空雷声隆隆作响，大地也随之震颤。两颗宝石渐渐冷却和暗淡下来，整个山口再度陷入了仅有火光照明的光景之中。一切又重新恢复到了活动的状态：女人在尖叫，男人在呼号，刀剑相撞哐当作响……不过凯尔茜只是站在黑暗中等待着，她全身的汗毛都因紧张而竖立了起来。

转眼间，雨水如瀑布般从天而降。雨下得太密了，以至于连月光也被雨帘遮挡住了。密密层层的雨落在了凯尔茜身上，将她压倒在峡谷的大地上。雨水顺着她的鼻孔钻了进去，流进了她的肺部，不过此时的她觉得满心欢喜，脑子里一片空白，只剩下了意识深处的一个强烈念头，那就是找到一块暗不见光的地方，然后好好地睡上一觉。

这是超度，她意识到了，真正的超度，我几乎能看到无边的海洋。

凯尔茜闭上眼睛，开始了自己的超度之旅。

莫特姆森女王站在阳台上俯瞰着自己辖下的领土，最近她差不多每天晚上醒来之后都会来到这里。她有些缺乏睡眠，而且常常在一些小事上犯错。有一天晚上她忘了签署一份任务执行方案，结果次日早晨人们都聚集在卡特广场等待着，一直等待着。坎达瑞斯国王邀请她去做一次国事访问，她却将访问日期弄错了整整一周，这使她的仆役们困惑不已，只得将已经为她打包好的行李又重新取了出来。有一天夜里，他们按照她的要求为她带来了一名奴隶，但奴隶进到女王卧室的时候她已经沉沉睡去了。这些都是很小的事情，目前只有贝瑞尔一个人留意到了这类事情，不过除了贝瑞尔之外的其他人早晚也会发现的，那时麻烦可就大了。

铁灵女王
The Queen of the Tearling

这一切反常举动的因由都是那个女孩。女王很想看看那个女孩，这个愿望是何其的强烈，以至于她甚至将麾下将帅们全都聚集了起来，然后同他们商议自己对铁灵王国做国事访问的可行性。过去他们极少否决女王的任何提议，这一次他们却坚决不同意她的建议，最后女王也接受了他们的观点。因为这是毫无意义的示弱表现，那个女孩很可能会拒绝她的提议。而且就算那个女孩接受了，接下来也会有很多隐藏的危险。目前女王能看出那个女孩是个未知变数，她和她母亲截然不同。更糟的是，女孩的侍卫队由梅斯统领，而梅斯可不是一个未知变数，就连杜卡特也不愿与梅斯争斗，尽管莫特姆森军事力量目前在各方面都占据着优势。梅斯是个危险人物，与那个神秘莫测的女孩组合在一起，无疑就成了一个凶兆。

女王喜欢这个阳台，它位于塔楼顶部，比她的寝宫高出两层楼。站在这里，她能往各个方向望见绵延好几英里的土地：越过东边的广袤国土，便能看到卡莱恩，南边是坎达瑞斯，西边则能看到铁灵。在将近二十年的时间里，铁灵一直没给她带来过任何麻烦，可现在她觉得铁灵就像个被踩中的蚂蚁窝，接二连三地出现状况。索恩的"货物"应该在明天就能抵达，这不过是个权宜之计，并不能解决更为重大的问题。要是她允许铁灵不再定期交纳贡品，那么其他国家早晚都会纷纷效尤。

莫特姆森国内的形势也好不到哪儿去。女王用铁腕政策统治王国已经超过一百年了，可是新奴隶的缺乏引致了一个新问题——国内动荡。女王的密探汇报说莫特姆森的贵族们正以秘密的方式聚集成越来越庞大的团体，不过军队将帅们的言行可以没那么"秘密"，他们肆意向愿意听的人宣泄自己的不满。据说北方的城市——尤其是赛特马尔什——民众的骚乱活动已经愈演愈烈了。赛特马尔什居住着很多年轻的激进分子，他们当中的大部分人从来都没有拥有过哪怕一名属于自己的奴隶，可是他们从莫特姆森全境正扩散开来的不满情绪中嗅到了机会的存在。

我将不得不入侵铁灵，女王有些不安地意识到了这一点。她挪到了阳台的西南角，望着狄美恩城之外宽广辽阔的郊外土地。她在几个星期之前就已经把军队动员起来了，可是迟迟没有派遣他们出征铁灵，因为她内心深处有个声音在不断告诫她要谨慎行事。发动侵略并不是什么困难的事儿，

第十二章 出货

可是风险也很大，而女王并不喜欢承担不可预测的风险。在侵略中取胜的话，也可能会带来一些预料之外的后果。她并不想管辖更多的土地，反倒希望一切事情都如同往常一般平稳地进行：周边国家按照她的要求定时缴纳贡品给她就可以了。如果她被迫采取实际的军事行动的话，反而会拖滞她的计划。

可是她其实没有别的选择了。索恩对那女孩有着非常明确的评估：她是不会被收买的。那女孩似乎继承了源自外祖母阿拉女王的危险基因，而且还有过之而无不及。

还有，她的父亲是谁？

有好几次女王在清晨醒来的时候，认为一切事情都取决于上面这个问题的答案。她是一名遗传学家，或许是自拓荒时期以来最为卓越的遗传学家，而她明白血统的遗传力量在几代人之间会发生改变，有时甚至会产生突变。伊丽莎和摄政王都是易于操控、爱慕虚荣和缺乏想象力的人，那个女孩没有理由会跟他们如此不同，除非她的基因里混合进了另一些完全不同的特质。摄政王一直都拒绝告诉她女孩父亲的身份，而她本该在几年前就逼迫他把这个秘密吐露出来的，可是那时这件事并没有显得像现在一样重要。如今摄政王已经失踪很久了，而她的计划也渐渐陷入了停滞的局面，这下子她才看出弄清女孩父亲的身份或许比其他任何事情都紧要得多。

我已经变得越来越自满了，女王突然意识到了这一点，长久以来我轻轻松松地将一切都掌控在自己手中……压根儿就没有想过要去在意一个在多年前就被众人认为已经死去的女孩。

铁灵边境有事情正在发生。

女王眯缝着眼睛，想要看清楚正在发生的景象。现在刚过午夜十二点，从她头顶一直延伸至铁灵边境的天空都清澈无比，威林厄姆山和埃勒山这两座高山高高地耸立在两国边境的森林上方。借着一轮弯月的光芒，能清楚看到覆盖在这两座山的山顶上的皑皑白雪。这两座山就是最好的路标，女王总是能借助这两座山的山顶来确定铁灵边境的位置，也能在远处监视发生在那里的一切事情。

就在这时，阿尔戈斯山口上方的天空被一道闪电撕裂了，光芒照亮了正在那片天空中翻滚着的黑色暴风云。女王对此不以为意，如果她愿意的话，她自己也能召来闪电，这不过是个司空见惯的小把戏而已。不过那道闪电不是白色的，而是蓝色的，是蓝宝石通常所呈现出来的那种亮蓝色。

她的内心涌起了一丝恐惧，腹部也开始痉挛起来。她眯缝着眼睛努力观察西边地平线的方向，拼命想要看得更清楚一些，可是此时她什么也看不到。女王从来都没能见到过那个女孩，一次也没有，只有在梦里见到过她。

女王突然转过身去，快步离开了阳台，此举令她的侍卫们颇受惊吓，愣了好一会儿之后才依序跟在了她的身后。她飞快地冲下通往她寝宫的螺旋形楼梯，顾不上留意侍卫们能不能跟得上自己的步伐。她突然有了一种大灾难即将来临的预感，两国边境上有可怕的事情正在发生，这是一场能够破坏她的一切计划的巨大灾难。

女王的侍从朱丽叶正驻守在女王寝宫门口。其实女王更想让贝瑞尔来干这份差事的，他对女王的忠诚也是毋庸置疑的。可是现在贝瑞尔已经老了，晚上需要睡觉。朱丽叶是个二十五岁左右的金发女子，个头很高，肌肉发达，非常能干，不过正是因为她的年纪很轻，所以女王并不知道她是不是真的能够明白事理。朱丽叶富有光泽却略显愚笨的年轻脸蛋，令女王想到了自己享有长久生命的代价。

我手下的所有人都已经日渐衰老，不再拥有青春了，她幽幽地自语道。

"给我带一个小孩过来。"她厉声告诉朱丽叶，"一个九岁或十岁的男孩。给他服用大剂量的麻醉药。"

朱丽叶行了个屈膝礼，然后沿着走廊迅速走开了。女王走进自己的寝宫，发现已经有人为她把窗帘关上了。通常她都喜欢把屋子里的窗帘关上，这样一来寝宫的天花板和四面墙便全都被猩红色的丝绸覆盖了起来，她身处其中的时候就如同置身于一个蚕茧内部一样，而她常常认为把自己比作一只蚕是无比自豪的事情。待她冲破自己的茧壳出来之后，就会变得比以往更为强大，甚至比自己所能想象得到的程度更甚。不过此时女王没兴趣享受寝宫的环境，黑暗物质会因被召唤而愤怒，如果召唤它是为了向它求助的话，还会令它更加愤怒。

第十二章 出货

可是她别无其他选择，她的个人天赋已经派不上什么用场了。

她的侍卫已经回来这里为她做好了充分的准备，巨大的壁炉里正燃着熊熊烈火，这很不错，不过还有一件事需要完成。女王在各个抽屉里翻找着，最后找到了一把刀和一张清洁的白色毛巾。随即她将原本摆放在壁炉前面的家具挪开了——她拖走了一张沙发和几把椅子——在壁炉前留出了一片宽阔的空间。待女王完成这些事之后，她发现自己正喘着粗气，耳朵里能清楚听到脉搏跳动的声音。

我很害怕，她痛苦地想道，我已经很久没有感到过害怕了。

有人在敲门，女王打开门一看，发现朱丽叶正站在门口，怀里抱着一个稚嫩的坎达瑞斯男孩。看上去男孩的年龄符合女王的要求，不过他实在是太瘦了，五官耷拉着，意识全无。女王掀开他的一侧眼睑，发现他的瞳孔差不多已经扩散到了虹膜的边缘。

"很好。"女王将孩子接过来抱在自己怀里，她不怎么喜欢他的瘦弱身体所散发出的温暖感觉。"无论你听到什么声音，无论发生什么事情，都不要进来打扰我。"

朱丽叶再次行了个屈膝礼，随即后退了几步。伫立在墙边的夜班侍卫朝朱丽叶的臀部投去了淫荡的一瞥，女王在门口踟蹰了片刻，心里在想自己应该对此做些什么。她的侍从不应该受到任何形式的骚扰，这是作为承担一项艰苦工作职责的人应得的待遇。

该死，她忿忿地想道，明天贝瑞尔能把这件事处理妥当的。

她用一侧肩膀把门推过去关上了，然后把男孩抱到自己床边，放在了床罩上面。他的呼吸深沉而均匀，女王盯着他看了一会儿，思绪飘到了远方。她特别不喜欢小孩子，他们总是制造过多的噪音，而且精力过于充沛。她从来都不想生孩子，哪怕是在自己年轻时也是如此。孩子不过是整个机器上看似不可或缺的一个小小齿轮而已，只有当他们像眼前这个男孩一样安静的时候，女王才能够忍受他们的存在，并因自己不得不做的事而对他们感到些许歉意。

在她的军队里有几名高层人士是恋童癖者，女王对这些人怀有些许奇怪而病态的蔑视，她不明白他们到底是哪里出了问题。她通过遗传学也没能得到满意的答案，因为孩子不会激起人的情欲。有些人只是因为家庭破裂而内心扭曲、行为失调而已，对于这类病态的人，女王特别留意不跟他们有任何身体上的碰触，甚至不会同他们握手。

不过她需要这些人，非常需要他们。当然，如果他们没有这类缺陷的话将更具价值，而杜卡特是他们当中最为宝贵的人。于是女王采取的做法是不去过多地在意这类事情，此时她注视着眼前这个躺在床上不省人事的孩子，决心将脑子里的一切杂念都撇弃掉。

终有一天，她想道，等我搞定了一切之后，我会把他们从这块土地上彻底清除掉。我要从新世界的这一头到另一头展开彻底的搜索，除掉当中的污秽，而我要从菲尔维奇为起点展开这一行动。

不过今天晚上她需要这个孩子，而且她得尽快行动，要赶在麻醉剂的药效过去之前行动。

女王拿起刀，在男孩的一只前臂上划开了一道浅浅的口子。鲜血流了出来，她用那张毛巾去吸取血液，白色的毛巾很快就被殷红色的鲜血浸透了。在这个过程中男孩动都没动一下，这倒是个好兆头，或许她这次能比上次更加干净利索地完成整个任务。

女王脱掉了红色睡袍和红色贴身内衣裤，将它们放在了身后的地面上。她跪在壁炉前，双膝贴着石质地板，用一种古老的语言低语了一阵，随后坐在了自己的脚踝上，咬紧牙关等待着。石质地板又冰冷又坚硬，令她的双膝颇感不适，不过这是黑暗物质所喜欢的，就像它也喜欢她赤裸着身体一样。它喜欢并享受这种令人不适的感觉，她觉得这一点上是她没法完全理解的。如果她继续穿着内裤，或者在膝盖下面垫上一块软垫，它就会留意到这些细节。

这时从壁炉里传出了一个低沉而单调的声音，仅凭这个声音根本没法判断说话者的性别。一听到这个声音，女王的两只手臂上顿时爬满了鸡皮疙瘩。

"你的需要是什么？"

她咽下一口唾液，擦了擦额头上渗出的汗水，"我需要……建议。"

"你需要的是帮助。"黑暗物质纠正道，它的声音听起来满怀着期待，

第十二章　出货

"那么你给我什么作为回报呢？"

她鼓起勇气尽力前倾着身子，将那块被血浸透的毛巾扔进了火炉里。尽管壁炉前的气温极高，可她的两只乳头还是像受了冻或亢奋时那样挺立了起来。就在壁炉里的火苗吞噬着带血的毛巾时，整个房间里充斥着"噼噼啪啪"的爆裂声。

"无辜者的血，"黑暗物质评论道，"味道可真不错。"

壁炉前的空气变得暗沉并凝结了起来。如同往常一样，女王看着眼前的奇特现象，试着弄明白这究竟是怎么回事。她正前方的空间变成了一个漆黑幽暗、深不可测的大洞。

"是什么在困扰着你呢，莫特姆森女王？"

"是铁灵。"女王回答道，她有些不悦地发现自己的声音并不十分稳定。于是她提醒自己，火里的那个灵体正像她需要对方一样需要着她。"铁灵王国的新女王。"

"铁灵的王位继承人。你没法奴役她，这是我观察所得的结论。"

"我看不到今天晚上在两国边境发生的事情。我完全看不到那个女孩。"

女王面前的大洞变得更为宽广了，在火光的映照下隐隐搏动着。"我来不是为了要听你抱怨。直接提出你的问题吧。"

"今晚在两国边境发生什么事情了？"

"对我而言，根本没有时间的概念，自然也没有'今晚'这个概念。"

女王咬了咬嘴唇，再度开口问道："亚尔林·索恩正暗中带着一批铁灵人口跨越两国边境。他遇到什么意外了吗？"

"他失败了。"这个声音丝毫不带任何感情色彩，甚至可以说完全没有一丝人类的语气夹杂在其中，"没有什么东西会被运过来。"

"他是怎么失败的？那个女孩在那里吗？"

"铁灵的王位继承人现在拥有了两颗宝石。"

女王的心往下一沉，她低头看着壁炉前的地面，思考着各种可能的选择。她发现自己只剩下唯一的选择了，"我必须得入侵铁灵，并杀掉那个女孩。"

"你不会入侵铁灵。"

"我别无选择了。我得赶在她学会如何使用它们之前就杀掉她。"

女王面前的黑色大洞像受到了重击的门框一样突然震颤了一下，一束火焰从壁炉里冒了出来，径直冲向她的右侧臀部。她惊喊着向后倒去，在地毯上翻滚着，直到臀部的火焰完全熄灭了为止。她的臀部被烧焦了，而当她试图再度坐起来的时候发现臀部疼痛难忍，只得躺在地上喘着粗气。

她看到空气中的黑洞已经消失不见了，取而代之的是一个男人站在了她面前，此人的俊美无法用语言来描述。他的黑色头发被服服帖帖地梳到了脑后，他长着一张贵族式的脸庞，颧骨很高，厚厚的嘴唇相当饱满。他是个英俊的男人，可是女王不会再被这个美男子愚弄了。他低下头，用一双冷冷的眼睛盯着她看。

"正如我能将你提到高处一样，我也能把你降为卑微。"黑暗物质一字一顿地告诫她，"我比你活得更久，莫特姆森女王。我能看到起头和结局。你不会伤害铁灵的王位继承人。"

"我会失败吗？"她实在是想不通。铁灵没有钢铁，只有一支由一名老年指挥官做统帅的不像样的军队而已，而这一切都是那个女孩无法改变的事实。"我的入侵会失败吗？"

"你不会入侵铁灵。"黑暗物质回答道。

"那么我该做什么呢？"她颇感绝望地问道，"我的军队和子民都焦躁不安。"

"那是你的问题，不是我的，莫特姆森女王。在我看来，你的问题不过是几粒尘埃而已。现在把我的酬劳给我吧。"

女王浑身战栗地指了指床上。她不敢违逆站在自己面前的这个灵体，可是如果没有了新的奴隶，她的景况将会持续恶化下去。她想到了自己的梦，现在这个梦每晚都会来临：身着灰衣的男人，那条项链，那个女孩，还有她身后的火焰风暴。她失眠的真正原因是如此的显而易见：她对入睡后的梦境感到无比害怕。

她听到身后传来了一阵"嘶嘶"声，那是它的呼吸声。她在地上紧紧地蜷缩成一团，用一只手捂着受伤的臀部，另一只手臂则环抱着自己的头，试图不要去听任何声响。可是她还是听到了，床边传来了"咕噜咕噜"的

第十二章　出货

声响，随后那个做奴隶的男孩开始尖叫，他那持续而高亢的喊声在女王寝宫里回荡着。女王用手臂更紧地抱住了自己的头，把两只耳朵捂得更严实了，直到她只听得到鼓膜深处传来的脉搏声。她保持着这样的姿势，紧紧闭上了眼睛……她觉得几个小时都过去了，她猜测它应该已经完事了。

她翻了个身，睁开了眼睛，随即尖叫了起来。黑暗物质就在她上方，它的脸和她不过只隔了几英寸而已。它用红红的眼睛俯瞰着她，那双饱满的嘴唇上满是血迹。

"我觉察到了你的悖逆，莫特姆森女王。即便是在此时此刻，我也能感觉出这一点来。不过背叛是有代价的，我比任何人都更清楚这一点。如果你伤害了铁灵的王位继承人，那么你将会感觉到我的怒气，它比你的任何一个黑暗的梦境还要更加黑暗。你想体验一下吗？"

女王狂乱地摇了摇头，此时她的乳头变得像岩石一样坚挺，令她感到有些疼痛。当那个灵体舔舐着唇边的最后一滴血从她身边飘走的时候，她不禁发出了一声呻吟。壁炉里的火熄灭了，整个房间陷入到完完全全的黑暗之中。

女王朝另一个方向翻了个身，抓住橡木床脚，缓慢而费力地站了起来。在她由躺卧姿势变成站立的过程中，有一阵是蹲着的，蹲姿令她受伤的臀部疼痛难忍。她用手指在受伤的部位摩挲着……伤得可真不轻，愈合后应该也会留下疤痕。她倒是可以找一名外科医生来帮忙除掉伤疤，可是找外科医生的行为就足以证明她也是会受伤的。不能这样做，女王告诫自己，她得容忍疤痕的存在。

她在黑暗中跌跌撞撞地穿过房间，然后在桌子上四处摸索着。其实她的床头柜上有一支蜡烛，可是她没法在黑暗中坚持走到那里去。这时有个物体从她手上拂过，触感毛骨悚然，她发出了一声惊喊。其实那不过是一只蜘蛛而已，正沿着自己刚吐的蛛丝飞快地爬行着。女王的另一只手摸到了一支蜡烛，点燃蜡烛之后她终于松了一口气，寝宫里除了她自己就再无别人了。

女王用手抹掉了额头和脸颊上的汗水，她赤裸的身体的其余部位也都被汗水浸润得湿漉漉的。她的两条腿像是受到了某种看不见的力量所驱使，快步走到了床边。她深深吸了一口气，然后低下头来看着床上的男孩。

他一直在流血。尽管只有微弱的烛光，她也能看到他那张皮肤黝黑的脸是毫无血色的。黑暗物质每次都在奴隶身上留下同样的伤口，头几次她还会在事后让侍从们仔细检查尸体上是否还有其他伤口，不过她最终还是停止了这样的安排，因为她压根儿就不想了解这类事情。男孩的脊柱弯曲到了几近折断的程度，一只手臂被扯离了关节的臼巢，在他身后的红色床罩上无力地耷拉着。他的嘴巴张得极大，呈现出受到极度惊吓的静止状态。两个眼眶里的眼珠已经不见了，里面的血也快流干了，只剩下了两个黏糊糊的眼洞，似乎正盯着女王看。

这双眼睛先前看到了什么？她心里琢磨着。它们所看到的当然不会是黑暗物质呈现在她眼前的那张漂亮脸庞。以往在经历类似事件后死去的奴隶跟这个男孩的光景差不多，虽然各人之间略有细微的差别，但都大同小异。要不是看到男孩眼眶的情况，她或许会认为男孩纯粹是因为受到惊吓而死去的。

她的胃部开始痉挛起来，一股酸水沿着喉咙直往上涌。女王转过身去朝盥洗室奔去，她用一只手死死地捂住嘴巴，两只眼睛瞪得大大的。

她在自己呕吐出来之前就及时赶到了盥洗室。

第十三章
苏 醒

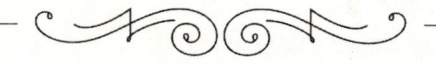

> 将格林女王和红女王进行对比之后，我们发现她们几乎没有什么相似之处。她们是非常不一样的统治者，而我们现在也知道她们的行为是由大不相同的目标所驱使。我还留意到两位女王都表现出了钢铁般的意志力，而且都具备一种能采用最快途径去达成所需目标的能力。历史上也有充分的证据表明格林女王与红女王不同，格林女王常常怀着怜悯的心去调整自己对某些事的既定判决。事实上，很多历史学家都发现这就是两位女王最显著的不同之处⋯⋯
>
> ——新纪年458年3月，铁灵大学杰西卡·芬恩教授的演讲记录

"陛下。"

一个冰冷的物体触碰到了凯尔茜的额头，于是她把头转开，想要避开它。梅斯将她从某种说不清道不明的状态中唤醒了过来，她不记得自己做过什么梦，只知道她刚刚睡了有生以来最长久、最冰冷、最阴暗的一觉，似乎在深不可测的水里行进了好几千英里。这是属于她自己的超度，她也不想回去原来的地方。

"陛下。"

梅斯的声音里充满了紧张与焦虑。她应该坐起来让他知道自己没事，可她目前所在的黑暗空间非常温暖，就好像被天鹅绒包裹着一般。

"她的呼吸很浅。我们应该为她找个医生来诊治一下。"

"现在什么医生能救得了她呢？"

"我只是在想⋯⋯"

"医生没有受过魔法方面的培训,佩恩,只有巫医除外,可是大多数巫医都是骗子。我们现在只有等待。"

凯尔茜能听到他们俩呼吸的声音,梅斯的呼吸声很重,而佩恩的呼吸则比较浅促。她的感官变得更敏锐了,她能听到一个男人正在低声歌唱,远处还有一匹马不时地嘶鸣。

"这场洪水是她带来的吗,长官?"

"只有天知道,佩恩。"

"老女王从前有做过类似于此的事情吗?"

"你是说伊丽莎吗?"梅斯笑了起来,"我看到伊丽莎同时戴着两颗宝石好几年,在这期间发生在它们身上的最令人印象深刻的事情是有一次当我们在接待来自坎达瑞斯的使者时,它们在她的衣服里纠缠着打起结来,于是我们花了整整三十分钟的时间才在确保她在毫发无损的情况下把它们解开了。"

"我认为是女王带来的洪水。我想这一举动耗尽了她的全部力量。"

"她正在呼吸,佩恩。她还活着,我们不要过度忧虑。"

"那她为什么不醒过来呢?"

佩恩的声音里充满了某种类似于悲痛的情绪,凯尔茜意识到现在是时候了,她不能再让他们等更久了。她从脑子里那团阴暗而温暖的空间破茧而出,睁开了双眼。她发现自己再次置身于一个蓝色的帐篷里面,时光仿佛回到了那天早晨,当时她一醒来就看到了坐在旁边的费奇。

"啊,谢天谢地。"梅斯在她上方喃喃地念叨着。凯尔茜立即留意到了他肩膀上的一块红色印迹。他的制服被撕破了,血迹斑斑。佩恩跪在梅斯身边,没有明显的伤势,不过凯尔茜觉得佩恩的境况要更糟一些:他有着明显的黑眼圈,脸色像鬼魅一样惨白。

他们俩都伸出手协助她坐起身来,佩恩扶着她的手,而梅斯则托着她的背。凯尔茜原以为自己坐起来后会感觉到头疼,真的这样做之后却觉得神清气爽,头部没有任何不适。她抬起手来摸了摸胸口,发现两条项链仍然戴在自己脖子上。

"别担心,我们不敢触碰它们。"梅斯淡淡地说。

第十三章　苏醒

"没错，我们根本不敢碰它们。"

"你感觉怎么样啊，陛下？"

"很好，好得不能再好了。我睡了多久？"

"一天半。"

"你们俩都还好吗？"

"我们很好，陛下。"

她指着梅斯受伤的肩膀，"看来有人突破了你的强大防线哦。"

"陛下，当时有三个人同时攻击我，其中一个人手里还拿着一条鞭子。要是文纳知道了这件事，我的耳根子就没法清静下来了。"

"那些女人怎么样了？"

梅斯和佩恩有些不自在地彼此对望了一眼。

"快说！"

"死了三个人。"梅斯粗声粗气地回答道。

"不过你救了二十二个人，陛下。"佩恩赶紧补充，还朝梅斯投去了略带愠怒的一瞥，幸运的是梅斯并没有留意到他的目光。"二十二个女人都相安无事，其余的人也都没事。他们此时正在回家的路上。"

"侍卫们都还好吗？"

"我们失去了汤姆，陛下。"梅斯用一只手掌抹了抹额头。这虽是一个极为普通的动作，可是用在梅斯身上颇有深意，凯尔茜认为这是他表达内心悲痛之情的方式。她对汤姆并不了解，所以也没有因为这个噩耗而流泪。

"还有别的什么情况吗？"

"大雨直到今天清晨才停了下来。我们一直在等你醒过来，不过在这个过程中我不得已做出了一些决定。"

"你的决定通常都是合宜的，拉扎勒斯。"

"我打发村民们回去了。其中有几个孩子在这次事件中失去了母亲，不过有个跟他们住在同一村庄里的女人表态说她会照顾那些孩子。"

凯尔茜伸手握住了梅斯的手肘，"他还好吗？"

佩恩只是皱了皱眉，不过梅斯却忿忿地瞪了她一眼，因为他非常清楚她指的是谁。她做好了心理准备，以为梅斯会对自己进行一番长篇大论式的说教，但是梅斯比她想象的还要更善良更大度一些。他深吸了一口气，随即缓缓地把这口气吁了出来，"他很好，陛下。他们昨天天亮后不久就都离开了。"

凯尔茜为此感到颇为沮丧，不过自己内心的想法不必让梅斯知道，于是她舒展筋骨伸了个懒腰，背脊骨"噼噼啪啪"地响了几下。当她站起身来的时候，留意到两名侍卫表情严肃地对视着。

"怎么了？"

"外面还有些事情需要处理，陛下。"

"很好。我们走。"

天气能改变一切。他们的营地跟先前索恩的营地是同一处地方，具体位置就在阿尔戈斯山口峡谷的底部。此时这整个山口都沐浴在阳光之下，凯尔茜发现在夜里令人望而生畏的险峻峡谷白天却显得无比美丽，这是由原野和岩石共同构建而成的自然美景。凯尔茜头顶上方的岩壁如同大理石一般隐隐闪着微光。

她的侍卫们正围坐在篝火残骸的四周，不过当他们看到凯尔茜时竟全都站起身来，更令她惊讶的是他们不约而同地朝她鞠了一躬，甚至包括戴亚在内。凯尔茜的黑色制服上沾满了血迹和泥点，她的头发无疑也是乱蓬蓬的，可是他们看起来对此似乎毫不在意。他们站在原地等待着，过了好一会儿凯尔茜才意识到他们并不是在等待来自梅斯的指令，而是在等着她来发号施令。

"那些笼子和笼子里的人去哪儿了？"

"我打发他们原路返回了，陛下。那些囚徒们没法全程走回家，而大部分的骡子都还活着，于是我们就把那些笼子改装成了旅行车，这样一来他们就能舒舒服服地坐在改装而成的车厢里被骡子拉回家了。据我估计，现在他们应该已经到了阿尔蒙特平原。"

凯尔茜点了点头，觉得这个方案不错。在峡谷底部的地面上仍然散落着一些构建笼子顶部和栅栏的木材，在峡谷的远端，一缕青烟袅袅地飘向空中。"那里是什么着火了？"她问道。

"是汤姆被火化了，陛下。"梅斯严肃地回答道，"他没有任何家人，而

第十三章　苏醒

火葬是他自己生前的愿望，他不想要葬礼。"

凯尔茜环顾了一下侍卫群，发现还有一个人也不见了。"费尔去了哪里？"

"我让他回新伦敦城去了，陛下。他和几个看起来想去大城市购物的女人们一路同行。"

"这可真令人难以置信，拉扎勒斯。她们才刚刚从死里逃生，马上就准备重新开始享受人生了。"

"可不是吗，陛下。费尔需要在室内待一段时间，他因那场大雨而患上了肺病。"

"有人受伤吗？"

"只有埃尔斯顿的自尊心受到了伤害。"奇布高声说道。

埃尔斯顿恶狠狠地瞪了队友一眼，随即低下头看着自己的脚尖，"请原谅我，陛下。我没能捉住亚尔林·索恩，就这么让他逃走了。"

"我原谅你，埃尔斯顿。索恩是个相当难对付的家伙。"

这时一声苦笑从下面传来，凯尔茜低头搜索了一番，这才发现篝火残骸边还坐着一个双手被捆缚的男人。

"那是谁啊？"

"喂，你站起来！"戴亚咆哮道，同时用自己的脚尖戳了戳那名俘虏。被缚的男人慢吞吞地站了起来，就好像他的双肩背负着成吨重的花岗石一般。凯尔茜皱了皱眉，记忆之湖泛起了一阵涟漪。这名俘虏的年龄并不算大，可能在三十岁到三十五岁之间，不过他的大部分头发已经变成了灰白色。他看着凯尔茜，眼神空洞而漠然。

"他叫亚韦尔，陛下。他是一名大门守卫，也是唯一一名没有逃跑的幸存者。事实上，他压根儿就没打算逃跑。"

"唔，我应该如何处置他呢？"

"他是一名叛徒，陛下。"戴亚告诉她，"他已经亲口承认自己曾为那名格雷厄姆家族的继承人打开了凯普城堡的大门。"

"这是索恩的命令吗？"

"他是这么说的，陛下。"

"你们是用什么手段逼迫他说出这件事的呢?"

"逼迫?天哪,陛下,我们什么都不需要做。如果可以的话,他甚至愿意在城市广场上去向人们宣扬这件事呢。"

凯尔茜回头看着那名俘虏。尽管她正沐浴在暖洋洋的阳光下面,可还是觉得背脊骨一阵发凉。这个男人跟她先前在空地上所见到的卡罗尔有着一模一样的神情:丧失了一切希望,而且内心的某个部分已经死去了。"一名大门守卫怎么会与索恩扯上关系呢?"

梅斯耸了耸肩,"他的妻子在六年前被人口统计局运到了莫特姆森。我猜索恩向他承诺会帮他找回妻子。"

凯尔茜记忆中的画面似乎又变得更清晰一点了,她朝亚韦尔走近了几步,同时示意卡伊和戴亚后退一些。这名俘虏显然不会对任何人造成威胁,事实上他看起来唯一想做的事无非就是在原地倒下并尽快死去而已。

"他是一名叛徒,陛下。"戴亚提醒道,"叛徒的结局只有一个。"

凯尔茜点了点头。她知道戴亚说的都对,不过她在脑海里关于那天晚上——现在看上去似乎已经过去了一百年之久——的模糊记忆中不断搜索着,突然间,一幅鲜活的画面跃入了她的眼帘:画面中的这个男人手里拿着一把斧子,正发狂般地挥舞着斧子朝一个笼子的木栅栏砍去。她等待了片刻,凝神细听着,想听听卡琳会不会告诉自己应该怎样做。可是什么也没听到,她已经有好长一段时间没有听到过卡琳的声音了。凯尔茜凝视着那名俘虏,片刻之后她转而对戴亚说:"把他带回凯普城堡,关进一间监牢里。"

"可他是叛徒啊,陛下!应该对他进行严惩,以儆效尤。你这样做的话,估计以后就没人敢轻易响应索恩的呼召了。"

"不行!"凯尔茜坚定地回答道。两颗蓝宝石轻微颤动了一下,在她醒来之后,这还是她第一次感受到它们的存在。"把他带回去,一路上对他放宽松些。他根本没有要逃跑的意思。"

戴亚咬了咬牙,不过还是颔首回答道:"遵命,陛下。"

凯尔茜原本以为梅斯会对此决定提出异议,可令人奇怪的是他竟然保持着沉默。"现在我们可以走了吗?"她问梅斯。

第十三章 苏醒

"请等一等,陛下。"梅斯抬起一只手臂,看着戴亚领着亚韦尔走到一块大圆石背后去了。"我们在这里还有一些事情需要处理。是跟侍卫队有关的。"

埃尔斯顿和奇布快步从草地上跑过去,一把抓住了穆哈恩,后者听到梅斯的话之后正准备飞奔而逃。埃尔斯顿把穆哈恩的身体抱离了地面,任由他在半空中摇晃挣扎,而奇布则着手将他的双腿捆缚起来。

"怎么……"

"他就是我们当中的叛徒,陛下。"

凯尔茜吃惊地张大了嘴巴,"你确定吗?"

"非常确定,陛下。"梅斯从地上捡起一个驮包,在里面翻找着,最后拿出了一个封得严严实实的卷起来的皮袋子,看上去里面装的很可能是钻石一类的极其贵重的物品。梅斯把卷起的袋子铺开,将手伸到里面去抓了一把,然后把手摊开来让凯尔茜看。"你看这个。"

凯尔茜凑得更近一些,仔细察看着梅斯掌心里的东西。这是一种很精细的白色粉末,外观跟面粉相当接近。"是麻醉剂吗?"

"不止于此,陛下。"站在篝火残骸旁的卡伊评论道,"是一种上等吗啡。有人偷偷地注射这玩意儿,我们甚至找到了一些注射用的针头。"

凯尔茜惊骇万状地转过身去,"难道是海洛因?"

"不完全是,陛下。目前甚至连坎达瑞斯人都还没有能力合成海洛因呢,不过终有一天他们会做到这件事的,对此我深信不疑。"

凯尔茜闭上了双眼,用手揉搓着太阳穴。当威廉·铁灵从美洲漂洋过海来到这片土地上并建立起一个新王国的时候,他努力让王国境内的麻醉毒品绝迹了一段不长的时间。然而毒品交易很快就卷土重来了,人类对毒品的欲望永远也没法彻底消亡。吗啡……这是凯尔茜所能想到的人类研发出来的最糟糕的东西。

"你是怎么发现这件事的?"

"是阿利斯发现的,他和索恩在好些市场上存在着竞争关系。在新伦敦城里流通的每一盎司麻醉药品都会在索恩家的后院进行分配,陛下。要想控制这个世界上的瘾君子,最简单的方法就是切断他的毒品供应。"

"你从前对他吸毒成瘾的事一无所知?"

"陛下,如果我知道的话,那么他早就不在这个世界上了。"

凯尔茜转身朝穆哈恩走去,后者悬在埃尔斯顿粗壮有力的臂弯里,奇布正用绳索捆缚他的两只手腕。

"穆哈恩,你有什么要说的吗?"

"我无话可说,陛下。"他拒绝正视她的目光,"没什么好解释的。"

凯尔茜注视着他,这个男人曾放一名刺客进入了女王寝宫,曾对她进行偷袭,用一把刀刺中了她的后肩。凯尔茜想起了穆哈恩在夜晚森林里的篝火旁讲给自己听的那个故事,以及当他和安德鲁斯夫人针锋相对地辩论时眼角流出的泪滴。卡琳对瘾君子没有一丝同情心,她曾告诉凯尔茜吸毒者天生就是软弱的人,因为他与生俱来易于成瘾的倾向会随时削弱他的意志力。卡琳的声音或许已从凯尔茜的脑海里消失了,不过她仍然知道卡琳会如此评价这件事:穆哈恩是一名叛徒,理当被判处死刑。

巴蒂对吸毒者的弱点持有更为宽容的态度。有一次他对凯尔茜解释说易于成瘾的倾向就像人生命中的一道裂缝。"那是一道极深而又致命的裂缝,凯尔茜,不过人类可以在裂缝四周构建类似藩篱的防御工事。"

凯尔茜注视着穆哈恩,内心没有感到一丝愤怒,只有怜悯。既然梅斯能洞悉所有的事情,那么穆哈恩要想长久地隐藏自己的毒瘾几乎是不可能做到的。只有一种解释:穆哈恩一定每天都在持之以恒地试图戒断毒瘾。

"你承认自己的背叛行为吗,穆哈恩?"

"我承认。"

凯尔茜环顾了一下四周,发现其余的侍卫们也都聚拢在了他们周围,每个人的目光都是冰冷而严肃的。她转头再次看着穆哈恩,极为迫切地想要阻止侍卫们采取任何行动,从而延长穆哈恩的性命。"你是从什么时候开始对毒品上瘾的?"

"现在说这些已经为时已晚,有必要讨论这个问题吗?"

"确有必要。"

"两年前。"

"你究竟是怎么想的?"梅斯咆哮道,他已经没法继续抑制自己的情绪

第十三章 苏醒

了。"一名女王侍卫队的成员竟然染上了毒瘾？你有没有想过这件事会在何时做个了断呢？"

"就在此时此地。"

"现在的你相当于已经死去了。"

"自打莫特姆森入侵之后，我就已经是个死人了。我在过去的几年里已经开始腐烂发臭了。"

"真是胡扯。"

"你不知道我失去了什么。"

"我们都失去了不少，你这个自怨自艾的家伙。"梅斯横眉冷对地说道，"可是我们是女王的侍卫啊，我们的行为要配得上我们的荣誉头衔，我们也不能违背自己的誓言。"

他转而面对凯尔茜，"这件事最好在这里由我们自己来做一个了断，陛下。请准允由我们来结束他的性命。"

"现在还没到时候。埃尔斯顿，你感觉累了吗？"

"陛下，你在开玩笑吧？让我像这样一整天抱着这个叛徒都是可以的。"埃尔斯顿收缩了一下两臂的肌肉，这个动作使得穆哈恩疼得呻吟起来，继而奋力挣扎。紧接着，众人都能清晰地听到穆哈恩的一根肋骨被折断时发出的"啪"的声响。

"够了。"

埃尔斯顿将肌肉放松下来，奇布已经把穆哈恩的双手和双脚捆缚得严严实实。此时穆哈恩的整个身体悬挂在埃尔斯顿的双臂上，看上去就像一个被捆起来的玩偶。他的一头金发软绵绵地垂下来，遮住了他的脸庞。凯尔茜突然想起了他曾在雷迪克森林的篝火旁说过的夜话：士兵的罪行有两个来源——情势所迫或上级命令。那名身为大门守卫的俘虏在最后关头拿起了斧子，试图纠正自己的错误，可是穆哈恩却没有这样做。当然，他的处境非常艰难，不过凯尔茜的领导权也有当受责备之处吗？她知道在梅斯看来，穆哈恩是一名极具天赋的剑客，虽然他使剑的水平不及梅斯，但也相当了得。他也是女王侍卫当中头脑最为冷静的成员之一，当梅斯需要有策略地处理一些情况时，常常需要他的建议。他是女王侍卫队中极为宝贵的一名成员，失去他是整个队伍的极大损失。此时凯尔茜竭尽全力地剖析自己的情绪，发现自己没有丝毫的怒气，只是感到悲痛和遗憾，同时也隐隐确信这场灾难原本应该是可以避免的。她在这一路走来的过程中，失去了很多重要的东西。

"卡伊，你知道如何为他注射那种药物吗？"

"我以前曾为病人注射过抗生素，陛下，不过我对吗啡几乎一无所知。你让我直接杀了他倒是没有任何问题。"

"唔，我不是这个意思。你去为他注射适当的剂量。"

"陛下！"梅斯怒吼道，"他不配得到这样的待遇！"

"我已经决定了，拉扎勒斯。"

凯尔茜带着隐隐的好奇心看着卡伊开始行动起来，只见他点燃了一把火，然后将那白色粉末放在一块医用锡片上隔火加热。粉末渐渐化为了一团聚集起来的液体，不过当卡伊把这液体装入针管时，凯尔茜把头转开了，她没法做到亲眼看着他为穆哈恩注射。

"已经完成了，陛下。"

凯尔茜转过头来，留意到穆哈恩原本有些硬朗的面部线条此时已经变得柔和了许多，而他那双冷若冰霜的漂亮眼睛里流露出来的目光也略显朦胧。他的整个身体看起来都显得软弱无力。毒品怎会如此快速地产生效果呢？

"你在莫特姆森入侵事件中遭遇了怎样的灾难，穆哈恩？"

"我曾经告诉过你，陛下。"

"到目前为止，我听你讲过两个版本的故事了，穆哈恩，可每一个都是不完整的。你究竟遭遇了什么？"

穆哈恩直直地盯着她的肩膀，双眼有些朦胧，当他开口说话的时候，语句显得不连贯而且有些混乱，不过他说出的内容令凯尔茜背脊发凉。"我们住在康科德，陛下，那是克里希河岸边的一座村庄。我们的村子与外界颇为隔绝，直到一名骑士赶来发出警告信息之后，我们才知道莫特姆森大军就要来了。然而，紧接着我们就看到地平线上出现了黑压压的一大片阴影……那是他们举在手里的火把燃烧的烟雾……天空中还有一群秃鹫跟随

第十三章　苏醒

着他们。我们从自己的村子里逃了出来，可我们的速度不够快。当时我的女儿正生着病，而我的妻子从来都没有学过骑马，我们一家三口只拥有一匹马。当我们逃到克里希河与坎铎尔河之间的时候，他们追上了我们。我妻子的遭遇很悲惨，陛下，而我的女儿阿尔玛……她被杜卡特带走了，她被拖着跟在莫特姆森军队后面走了好几英里。几个月后，当莫特姆森军队从凯普草场撤军之后，我在草场上的尸体堆里发现了她的尸体。她全身上下都是淤伤……噢，应该说比淤伤更为严重。我的脑海里总是不断浮现出她死去时的模样，陛下。只有我注射……的时候，才能消除脑海里与她有关的画面。

"所以长官，如果你认为我还在乎自己会在何时以怎样的方式死去的话，"他转而对着梅斯继续说道，"那么你错了。"

"你从来没有跟我们说过这些事。"梅斯反驳道。

"这能怨我吗？"

"如果卡罗尔知道你的精神不太正常的话，他绝不会让你加入侍卫队。"

凯尔茜已经听得够多了。她俯身掏出了自己的刀，这把刀是很久以前巴蒂送给她的。巴蒂曾经是一名女王侍卫，他会想要看到她用这把刀采取接下来的行动吗？

当她再次站直了身子时，梅斯沉下脸来，"陛下，我们当中任何一个人都乐意为你做这件事！你不必……"

"这是我必须做的，拉扎勒斯。他背叛了王权，而我就是王权的代表。"

穆哈恩抬起头来，他散大的瞳孔渐渐聚焦到了她的刀上，他的脸上带着模糊的笑意。"他们不明白的，陛下，可是我明白。你先前对我表现出了仁慈的态度，而现在你还打算让我以如此有尊荣的方式被处决。"

凯尔茜的眼里噙满了泪水。她抬头看着埃尔斯顿，发现他的高大形象显得颇为模糊。"请把他扶稳了，埃尔斯顿。我要一次成事。"

"遵命，陛下。"

凯尔茜抹掉眼泪，抓起了一束穆哈恩的金发，将他的头摆正。她找到了那根正在喉咙一角轻微跳动的颈动脉。她将刀刃靠在穆哈恩的喉咙右侧，随即迅速而用力地将刀刃从那里划过。

"干得不错，陛下。"文纳评论道，"干净而且利落。"

凯尔茜坐在地上，将脸埋在自己交叉着的双臂里哭了起来。

"让她单独待会儿。"梅斯粗声粗气地下令道，"把他扔到火里烧掉。卡伊，皮袋子里装着的那玩意儿就交由你保管了，或许等我们回去后能把它交给阿利斯，那玩意儿对他来说应该有些用处。"

众人纷纷离开凯尔茜，只有一名侍卫坐在她的身后，他是佩恩。

"陛下，"他喃喃地说，"我们该走了。"

凯尔茜点了点头，可她似乎没法停止哭泣。无论她怎么努力克制，眼泪还是止不住地往外流。她不断地啜泣着，呼吸粗重而短促。过了好一会儿，她感觉佩恩把一只手放在了她的右手上，轻轻地为她擦掉那里的鲜血。

"佩恩！"

佩恩的手缩了回去。

"快让她起来！我们不能再等下去了！"

佩恩把自己的手臂伸到凯尔茜腋下，此时他对她的身体接触又变得没有人情味了。他将凯尔茜从地上扶起来，搀扶着她迈着蹒跚的步伐朝他们临时搭建的小围场里的一堆大卵石走去，他们的马都在那里候着。戴亚正牵着凯尔茜的马，她来到戴亚身边，机械式地纵身攀上马背，随即用袖子擦了擦自己的脸。

"我们可以出发了吗，陛下？"

凯尔茜回头看着身后，那里是山口的东面，由于峡谷的斜坡过于陡峭，所以她什么也没看到。现在时间紧迫，可是她突然有一种冲动，想要跃下马背，徒步走到斜坡边缘去远眺莫特姆森，那片土地是她只在梦里才见到过的。不过所有人都在等她，于是她抹掉了自己双颊上最后残留的一点泪水。穆哈恩的形象仍在她的脑海里回荡，她握紧了手中的缰绳，一面挥舞缰绳，一面试图把他的形象从自己脑子里挥走。"好的，我们回家吧。"

当他们一行人离开阿尔戈斯山口之后，行进速度便逐渐快起来了。山口里面的地上满是黏糊糊的泥泞，不过当他们开始下山时路面就变得非常干爽了。这个现象说明只有山口的东侧下了雨，西侧几乎是滴水未下。凯

第十三章 苏醒

凯尔茜不时抬手握住上衣里面的两颗蓝宝石，今天她感觉不到它们有任何动静，可是她知道它们不会长久地保持沉寂。她想到了先前出行时自己所感觉到的那种被牵引、被驱使着前进的感觉，那种难以忍受的不适令她恨不得把项链从自己颈项上摘取下来。

它们还会对我做出什么事来呢？凯尔茜止不住好奇地想到。

目前凯尔茜和侍卫们处在山麓地带，从这个有利位置能够看到前方大队人马的模糊影子，那些村民正在草原上穿梭着。如果从凯尔茜所在的地方骑马追赶他们，那么大概只需要半天时间就能追上。在凯尔茜昏睡的时候，梅斯询问那些村民一直到深夜，从而得知了一些有趣的事实。索恩总共对克里希河沿岸的十二个村庄发动了突袭，这些村庄里的男子们每年春天这个时节都会相约去新伦敦城做买卖。索恩一行人就选在村庄里的男子们离开之后的第二个晚上展开行动，他们先放火制造混乱，然后才进到村民的房子里，掳走了留守的女人和孩子们。

回想起自己在梦中所见到的情景，凯尔茜不由得打了个寒战：在初春一个乍暖还寒的早晨，一个女人因自己的两个儿子被人强行带走而撕心裂肺地痛哭不已。凯尔茜无意将前方的大队人马拦截下来，可是她非常担心那些女人和孩子们，他们可是在没有任何人护卫的情况下赶路啊。目前看来，让他们始终处在自己的视线范围之内是非常重要的事情。

可是如果他们真的遭遇袭击的话，你和你的十五名侍卫又能做什么呢？她自嘲地想道。

我能做的事情很多，凯尔茜在心里默默地回答着，她想起了那一大片蓝色的光芒，想起了充斥在自己体内的强大力量，我能做到很多事情。

不过在凯尔茜的心底深处，她确信这里不会再出现任何危险的状况。卡伊先前将索恩的马放跑了，这的确是有先见之明的做法，为数不多的几个逃掉的人去哪里都只能靠双脚步行，而他们既然置身于这样的地理环境，那么不论去哪儿都履步维艰。凯尔茜的侍卫们已经找到了几匹逃窜的马，它们正在山麓吃草，而梅斯已经将绳子套在了它们的脖子上。梅斯将其中一匹马分配给了那个名叫亚韦尔的大门守卫，不过戴亚坚持将此人的双腿捆缚在马鞍上，现在戴亚和亚韦尔靠得很近，他时刻用自己那双鹰隼般锐利的眼睛监视着这名俘虏。凯尔茜认为其实戴亚根本没必要这样做。一看到亚韦尔，她脑海中马上会浮现出一幅画面：他用斧子砍向那着火的笼子，他的整张脸已经被烟火熏得漆黑。

他肯定有一些不为人知的经历，她心里想着，我相信梅斯也看出了这一点。

当他们来到山脚下的时候，运载着村民的车队仍然是北面好几英里之外的一个小点。梅斯让侍卫们减慢速度，改为并驾齐驱地前进。已经临近傍晚时分，准备回到克里希河沿岸的村民们已经走完了全部路程的一大半。这时，梅斯突然喝令所有人都停下来。

"怎么了？"

"来了一名骑士。"他回答道，目光始终没有离开前方的车队。"威尔默，上前到我这里来！"

来者的确是一名独行骑士，他自北向南跨越原野疾驰而来。由于他策马奔腾的速度实在是太快了，所以身后扬起了一大团尘土。在以草地为主的原野上，这样的情形并不多见。

埃尔斯顿、佩恩和梅斯都聚拢在凯尔茜身边，组成了一个三角形的防御阵型。凯尔茜觉得自己的五脏六腑都收紧了——现在又出什么状况了？

"他是一名卡登骑士。"佩恩喃喃地说，"我看到他身上穿着红色的斗篷。"

"不过他只是来送信的。"梅斯若有所思地评论道，"我猜我们将因为达因的死而陷入巨大的麻烦之中。"

"他死了吗？"凯尔茜问道。

梅斯的目光没有离开那名骑士，"你的朋友杀死了他。不过卡登不可能知道真相是什么，他们会认为是我们干的。"

"唔，卡登从前曾试过要杀死我。现在不过是再度面临同样的危险罢了。"

"卡登通常不会只让一名成员单独行事，陛下。可是为了稳妥起见，我们还是留在这里等一等吧。"

凯尔茜环顾了一下四周的原野：这里有着连绵不绝的草地和小麦，其

第十三章　苏醒

间点缀着一些岩石块，这样的景致一直延伸到了克里希河沿岸。这片原野看起来似乎跟先前不一样了，不过真正的改变不在于这片土地，而是在凯尔茜心里。

"长官？"威尔默从队伍末尾赶到了前端，手里已经握好了自己的弓，"没错，他的确穿着卡登的斗篷，不过他还带着一个孩子。"

"什么？"

"他带着一个小男孩，大约五六岁吧。"

梅斯皱着眉头思索了一阵。渐渐地，他的眉头舒展开来，脸上绽放出了一丝笑意，凯尔茜几乎从未在他脸上看到过这样发自内心的快乐笑容。"看来我们运气不错啊。"

"此话怎讲？"

"很多卡登成员都在王国四境育有自己的私生子，陛下，可是卡登的职业特点使他们特别不适合扮演父亲的角色。于是他们中的大多数人都采取了更合宜的方式来养育子女：给孩子的母亲一大笔钱，然后离开他们。"

"这对他们来说是好事。"

"可能陛下你很少见到跟人与人之间的情感有关的事情。"梅斯对凯尔茜的话充耳不闻，继续往下说着，"不过我听说一些卡登成员试着过双重生活。他们在暗地里跟一个隐匿起来的女人和子女们过着正常人的生活，并且相当留心地不让自己的家人被外界所知，因为这会造成极大的影响。我想索恩也许愚蠢到不小心抓走了一名卡登成员的孩子。那人是谁，威尔默？"

"仅凭外观我没法认出他来，长官。"

"你说说他的外貌特征。"

"淡茶色头发，体格魁梧。他携带着一把宝剑和一把短刀，额头上有一道难看的疤痕。"

埃尔斯顿、佩恩和梅斯三人相互对视了一阵，然后彼此交谈了几秒钟。

"接下来怎么办？"凯尔茜问道。

"我们俩密切留意他的一切举动。"梅斯告诉埃尔斯顿，随即他转而对佩恩说："你只需要确保女王的安全，明白了吗？其他的事你就不必操心了。"

大约还剩下五十米时，那名卡登骑士将马停了下来。凯尔茜看到他的臂弯里的确搂着一个小孩，只见他把小男孩小心翼翼地放到地上，然后自己也从马上跳下来了。"他是谁？"

"是梅利特，陛下。"梅斯回答道，"卡登并没有独一的领袖，他们的组织显得过于分裂。不过梅利特在其他成员中拥有较大的影响力，甚至盖过了达因。"

"如果说这个孩子的存在是个秘密，那么在那些村民中很可能有个女人就是梅利特孩子的母亲。"埃尔斯顿警告道，"我们得小心处理眼前的境况。"

"没错。"

梅利特用一只手牵着马的缰绳，另一只手拉着儿子的手，开始朝凯尔茜走来，他的动作缓慢而谨慎。他的头发是淡茶色的，体形硕大，像座山似的耸立在小孩身边。不过两人之间显然是有感情存在的，看得出梅利特特意放慢自己的步伐就是为了配合男孩的行走速度，而那个小男孩则不时会抬头看看梅利特，似乎是为了确认他是不是还在自己身边。

"的确令人惊讶。"梅斯轻声说道，随即抬高了音量，"别再靠近了！"

梅利特突然停下了脚步。男孩一脸困惑地看着父亲，梅利特一把将儿子抱了起来，让他坐在了自己的臂弯里。现在凯尔茜能看到梅利特额头上的疤痕了，那是一道相当难看的伤疤，看上去那伤口根本就没有缝合过的痕迹。它不像孩童时代留下的疤痕，倒像是新近刚受的伤——苍白的额头上印下了一道丑陋的红线。

"女王和你们在一起吗？"

"我就是！"

"佩恩，"梅斯低声说道，"你可要保持警惕。"

梅利特与儿子低语了几句，接着将后者放在了地上。他把两只手伸向空中，做出了投降的姿势，随即又朝前走了几步。凯尔茜原以为梅斯会阻止他，可是梅斯只是拔出了剑，继而在梅利特靠近女王的过程中挡在了她面前。

"我是卡登的梅利特，陛下。"

第十三章　苏醒

"幸会。你来是想杀我吗？"

"我们不会再试图追杀你了，陛下。这样做一点好处也没有。"

男孩缓缓地来到了父亲身后，用一只手臂抱住了梅利特的一条腿，这时梅利特不假思索地俯下身去，再次将孩子抱了起来。"根据肖恩所描述的情况，我得感谢你救了他的性命。"

"昨天晚上有很多人都得救了。我很开心地听到你儿子也在得救者的行列。"

"梅斯，能允许我再靠近一点吗？"

梅斯点了点头，"你至多还可以再靠近五英尺，前提是你得一直用两只手臂抱着你儿子。"

"这样的防范措施对一个在光天化日之下从平原千里迢迢驰骋而来的人来说，是不是显得有些过头了？"

梅斯脸色一沉，不过嘴上倒没说什么。待梅利特靠得更近一些之后，凯尔茜看到小男孩已经睡着了，长着黑头发的小脑袋倚靠在父亲的脖子上。梅利特在离凯尔茜大约七英尺的地方停了下来，这时凯尔茜的目光不自觉地停留在了他额头的疤痕上，可是当对方和她视线相对时，她发现自己根本没办法把目光移开。尽管他的体格很魁梧，但他的灰色眼睛显得明亮而敏锐。

"陛下，为了安排我的家人躲藏起来，我将离开新伦敦城大约一个星期。不过因为你救了我儿子的性命，那么我以我的名誉向你担保：我决不会再与你对抗，如果我能有机会为你效力，我将不遗余力地这样做。"

他指了指北边地平线方向的车队，"我替那些参与到此次事件中的兄弟们向你道歉。他们的行动是个人意愿使然，并不代表我们整个团队的意见。如果让我们投票决定是否参与此次行动，那么我猜这项提议很可能不会获得通过。"

凯尔茜有些吃惊地扬起了眉毛。她从没想到原来卡登竟然是个民主团体。

"如果你需要我的帮助，可以去威尔斯面包店找一个名叫尼克的学徒男孩。"梅利特转而对梅斯说，"他知道怎样送信给我，而且他知道该如何保密。"

梅利特朝凯尔茜鞠了一躬，然后转身朝自己的马走回去。他的步态缓慢而谨慎，生怕弄醒了伏在自己肩头睡觉的小孩。他翻身上马时仍然任由小男孩坐在自己的臂弯里。他一定非常强壮！凯尔茜想道，而我几乎没法仅凭一己之力就让穿着盔甲的身子骑到马上。梅利特一拉缰绳，他的马慢慢地西行而去。

　　"真没想到！"凯尔茜感叹道。

　　"这实在是太意外了，陛下。"梅斯回应道，"据我所知，卡登成员从来都不会向任何人鞠躬。我想他所说的话应该都是当真的。"

　　他们一直看着梅利特的背影，直到他和马变成了棕褐色大草原上的一个小黑点。梅斯这下子才松了一口气，伸手朝奇布打了个响指，后者正准备从自己的马上下来。"别下马！"

　　他们继续向西骑行，从目前所处的位置看，远方的克里希河就像一条蔚蓝色、发着光的细长丝带。没有花太长时间，他们已经来到了克里希河岸边，河水就在他们身旁淙淙流淌着。运载着村民的车队一定很费了些工夫才从克里希河涉水而过，不过凯尔茜发现此时的自己已经不再为任何事情担忧烦愁了。她不时会检查一下两颗宝石，它们不过是两颗沉甸甸地挂在她胸口的冰冷宝石而已。起码在今天看来，它们都只是普普通通的宝石。

　　凯尔茜和侍卫们看着村民车队进入了克里希河对岸一片村庄密集的地带。梅斯曾指示村民们要及时将空出来的笼子扔掉，以减轻骡子的负担。威尔默观察到随着车队经过一个又一个的村庄，其规模也越来越小了，看来他们的确将梅斯的吩咐牢记于心。由索恩牵头制造的罪恶的笼子再也不会派上用场了，不过那些木柴倒是可以劈下来当柴火烧掉。

　　可是他还能修建更多的笼子，凯尔茜不由得心头一紧。她咬了咬牙，要是他们先前逮住了索恩该多好啊！虽然她不能因为索恩的逃脱而迁怒于埃尔斯顿，但是她也不能低估索恩逍遥法外的危险系数。或许接下来他还得花上一些时日才能再次卷土重来，不过他绝不会长久地无所作为的。

　　看到最后一拨村民返回自己的村庄之后，凯尔茜一行便掉头前往莫特姆森路，转而朝着新伦敦城行进了。这一路上都相安无事，侍卫们在旅途

第十三章　苏醒

中彼此低声交谈着，气氛轻松而融洽。在阿尔戈斯山口的那场大雨中，卡伊镇定自若地往自己能找到的瓶子里都接满了雨水，他不时将这些瓶子传递给众人饮用，凯尔茜很佩服他的先见之明。大伙儿时常听到奇布唱马背歌的声音，可他的歌声实在是糟透了，以至于最后凯尔茜不得不威胁他说要是他再不闭嘴，就会换来被扔出队伍的下场。

在这趟旅途中，凯尔茜的大部分时间都是在跟威尔默交谈，在此之前她几乎没怎么跟他交流过。威尔默说自己被梅斯发掘时才十五岁，那时他住在新伦敦城里的一条小街上，靠着在街头玩掷飞镖游戏来骗点小钱谋生。"是他教会我射箭的，陛下。他说箭术和玩飞镖其实没有太大区别，后来我发现他说得很在理，因为两者都需要依靠敏锐的视力。"

凯尔茜抬起头来，看着在队伍最前方领头的梅斯，继续问威尔默："如果你没能成功实现这两者之间的转换，又会怎样呢？他会让你回到街头去重操旧业吗？"

"这是极有可能的。戴亚总是说女王侍卫队里绝不容许任何滥竽充数的情况存在。"

这话确实像是出自戴亚之口，公正却生硬。凯尔茜观察了一下周围的情况，发现侍卫们脸上并没有流露出因失去穆哈恩而该有的悲恸心情。事实上，在穆哈恩被处决之后，他们当中并没有谁谈论过跟他有关的任何事情，凯尔茜在想现在他对他们来说是不是已经毫不重要了，女王侍卫队扔弃他们当中的叛徒是不是像先前那些村民扔掉空笼子一样容易做到呢？可凯尔茜本人没法轻易忘掉穆哈恩，当她策马前行在莫特姆森路上时，脑海里时常涌现出穆哈恩那双因毒品的作用而显得迷离的眼睛。她环顾着四周深琥珀色的广阔小麦田，打心底里盼望自己能让这个世界变得更柔和一些。

在这趟行程的最后一个晚上，他们在坎铎尔河岸一座能看得见新伦敦城的小山顶部扎了营。凯尔茜的侍卫们都美滋滋地钻进自己被窝，很快就入睡了。从他们离开阿尔戈斯山口的那天起，凯尔茜每晚都睡得很好，可这个晚上她发现自己没法入睡。她在被窝里辗转反侧了将近半个钟头，还是睡不着，于是干脆起身穿上了斗篷，然后从佩恩身边悄悄溜走了。她很得意地发现佩恩竟然没被自己的举动吵醒。

凯尔茜看到梅斯坐在约莫二十英尺外的山坡上，正入神地望着坎铎尔河与河对岸的阿尔蒙特平原。当凯尔茜朝着黑暗中的这个浅蓝色身影走近时，他甚至连头都没有转过来一下。

"你睡不着吗，陛下？"

凯尔茜在山坡上摸索了一阵，找到了一块又宽又平、能让人坐得舒适的石块，随即便在梅斯身旁的这块岩石上坐了下来。"有时候我一想到自己入睡后恐怕又会在梦中看到什么可怕的情境，就不由得有些害怕睡着。最近我经常这样，拉扎勒斯。"

"佩恩在哪儿？"

"他睡着了。"

梅斯用两只手臂圈住两腿，"关于这件事，我会找个时间去跟他好好谈谈，不过你能独自一人找到我，这倒令我挺开心的。陛下，现在是我该提交辞呈的时候了。"

"为什么？"

梅斯苦笑道："陛下你知道吗，这些年来看着卡罗尔担任侍卫队的队长，我一直很嫉妒他。我在很多方面都比他强，你看……我比他更能洞察人心，我比他更善战，我比他更自律。每次当摄政王想遣散我们，想断绝我们的粮饷时，我都挺身而出及时扭转了事态。我一直都深信如果我有朝一日能当上队长，我会比卡罗尔做得更好。可是骄傲毁掉了我。"

凯尔茜紧咬着下唇。在经历了过去一周里发生的一系列事件之后，她也从来没想过要让梅斯辞职。除了他还有谁能胜任这份工作？她本想把自己的这个想法说出来的，但忍住没说，因为她知道带着感伤的情绪是不能解决眼前的实际问题的。"最近你在安保方面确实出现了好几次重大失误，拉扎勒斯。"

"是这样的，陛下。"

"这的确令我感到很失望，可是我还是原谅了你。"

"其实你不该原谅我的失误。"

凯尔茜思索了片刻之后，继续往下说："那天在我房间里，当你和佩恩紧紧拽住我的时候，我本来是可以杀了你们的。你知道吗？"

第十三章　苏醒

"那时我没想到这一点，陛下，不过现在我对此深信不疑。"

"我现在也能杀了你，拉扎勒斯，因为你的剑和狼牙棒令你拥有了极大的影响力，这对我的地位也构成了些许威胁。在我要求你辞职之前，就会先杀了你。不过对我来说，有你在我身边比其他任何人在我身边都更加安全。"

"我向你发誓，陛下。就算我辞职离开了，也会继续保护你的。"

"你现在当然可以这么说，可是你没法预测将来的情况。我不愿冒这种无谓的风险，我不接受你的辞呈。"

她握住了梅斯的手臂，力度不算重，也不算太轻。"别再犯错了。如果你再次当面拒绝服从我的命令，我就会杀了你。愤怒曾一度令我差点儿取你性命，它也能令我再次这样做。我已经不再是一个孩子了，拉扎勒斯，我也不是一个傻瓜。我要么是女王，要么不是，没有模棱两可的选择区间。"

梅斯咽下了一口唾液，她在黑暗中能清晰听见他吞咽的声音。"你是女王，陛下。"

"我很抱歉这样威胁你，拉扎勒斯。这并非我的本意。"

"我不怕死，陛下。"

凯尔茜点了点头。梅斯什么都不怕，她早就知道这一点了。

"可是我不想死在你的手上。"

凯尔茜松开咬住下唇的牙齿，注视着在暗夜中略微发光的坎铎尔河，一时不知道该如何回应。

"现在我们该怎么做呢，陛下？"

"拉扎勒斯，我们要继续为那将临的战争做妥准备。我们要想出办法来喂养、教育和医治所有这些人，不过除此之外……"她转而看着他，"我花了很长的时间来考虑那些被出运到了莫特姆森王国的铁灵人。"

是吗？他在心里颇感困惑地问道，你是什么时候考虑这些事的？凯尔茜自己也正好想到了这个问题的答案：原来这一切都是在她睡着的时候进行的。她梦见了很多事情，不过醒来之后梦里的一切都从大脑中溜走了，没有留下一丝痕迹。

"大多数被运送到莫特姆森的铁灵人都死了，陛下。要么是因为劳累致死，要么是因为被摘除了体内的器官而死。"

"这我知道。可是对莫特姆森人来说，铁灵奴隶的主要用途并不是为他们提供器官。阿利斯说莫特姆森的器官移植技术还不完善，而且目前这个行业也不怎么赚钱。铁灵的奴隶在莫特姆森主要有两方面的用途：苦力和性服务，都是很传统的工作。我知道很多奴隶已经死了，可是总有人在这样严酷的境况下活下来。我认为活着的奴隶比死去的更多。"

"所以你打算怎么做呢？"

"我还不知道，可是这件事值得考虑。拉扎勒斯，这不是小事。"

梅斯摇了摇头，"陛下，我在狄美恩城安插了一些间谍，不过他们都不在你先前所提及的那些社会阶层，而是在拍卖师办公室。莫特姆森人长久以来都生活在铁蹄苛政之下，很难被改变。"

"卡琳过去常常对我说暴政之下的人民需要被轻轻地唤醒。"

梅斯长久地沉默着。

"怎么了？"

"陛下，你的养父母已经去世了。"

听了这番话，凯尔茜的腹部犹如挨了一记重拳，痉挛不已。她瞪大双眼看着梅斯，张开嘴想要说些什么，却一句话也说不出来。

"是戴亚发现的，陛下。当他去取那些书的时候，发现两位老人家已经去世好几周了。"

"他们是怎么死的？"

"戴亚看到他们坐在客厅里，各人面前摆放着一杯茶，桌上还放着一瓶氰化物。虽然戴亚并不是专业侦探，可是那场景对他来说也是极易解读的一幕。你离开小屋之后，他们俩便为自己倒上了茶，并往茶水里添加了氰化物。这样一来，待卡登赶到小屋的时候，就会发现他们早已死去了。"

凯尔茜注视着河水，感觉到两行热泪正流淌在自己脸颊上。她本该知道会有这样的事情发生的，她还记得在自己离开巴蒂和卡琳的小屋之前那几个星期里他们俩的种种表现，她想起了他们收拾行李时不紧不慢、毫无计划的样子，看起来丝毫没有紧迫感。她还想起了在自己离开的那天早上，他们俩站在小屋门前，脸色白得像纸一样。他们每一次谈及佩塔卢马，都

第十三章　苏醒

是为了在凯尔茜面前做做样子而已，其实他们从来就没有计划过要离开自己的小屋。

"当你们去小屋接我的时候就已经知道他们会这样做了吗？"

"不知道。"

"他们为什么不把自己的决定告诉我呢？"

"他们的理由跟我不把噩耗告诉你的理由一样，陛下，是为了不让你那么痛苦。说真的，他们的行为的确很可敬，因为无论巴蒂和格林夫人去了哪里，无论他们躲藏得多好，他们的存在对你来说都是极大的危险。"

"为什么？"

"因为他们是抚养你长大的人，陛下。他们拥有其他任何人都没法知道的信息：你的喜好和憎恶，你容易因什么而受到感动，你的弱点，你究竟是个怎样的人。"

"这些信息有什么用呢？"

"噢，陛下，这类信息对你的敌对者来说是极具价值的。我自己就常常利用这类情报来收买一些间谍为我工作，以实现扰乱敌方阵营的目的。这类个人私密信息如果被心怀不轨的人利用了，就会给当事人带来极大的压力。再说了，陛下，如果有人逮住了你的养父母，要求你必须付出某种代价来赎回他们，并扬言说如果你不照他们说的做就会伤害你的养父母，你又会怎么做呢？"

凯尔茜无言以对，她似乎还不能接受这样一个现实——自己再也见不到巴蒂了。她想到了巴蒂为她做的那把椅子，它就沐浴在小屋窗边的阳光下，上面还刻着凯尔茜的名字……越来越多抑制不住的泪水涌出了她的眼眶。

"陛下，格林夫人是熟知拓荒时期之前历史的专家，而巴蒂曾是女王侍卫队的一员。早在十八年前，当我把你送到他们家门口的时候，他们就知道自己被卷入了怎样的局面。"

"可你刚才说你不知道他们会这样做！"

"我是不知道，陛下，可他们自己知道。请你仔细听我说，因为这个故事我不会再说第二遍了。"梅斯思索了片刻之后继续往下说，"十八年前，我用背巾把还是婴儿的你绑在胸前，然后骑着马去到了雷迪克森林里的那座小屋。那时雨下得很大，我们在路上马不停蹄地骑行了三天，雨一刻也没有停止过。尽管用来包裹你的背巾是防水材料制成的，可是等那趟旅程结束的时候，你全身几乎都湿透了。"

尽管内心极为悲恸，凯尔茜仍被梅斯的故事深深吸引，"那时我哭了吗？"

"你一点也没哭，陛下。你很喜欢那条背巾。当时你被灼伤的手臂还没有痊愈，可是一路上你一次也没有哭。其间唯一一次我需要安抚你并让你安静下来的场合，也是因为你笑得太大声了。

"当我们抵达小屋门前的时候，出来应门的是格林夫人。我将你从背巾上取下来之后，你的确是哭闹了一小会儿，而我一直都认为那时你一定是知道旅程已经结束了。不过当我把你交给格林夫人时，你立即安静了下来，随即在她怀里睡着了。"

"你说卡琳抱着我？"看起来这是如此的不可思议，凯尔茜开始怀疑这整个故事是不是梅斯杜撰出来的。

"她当时的确抱着你，陛下。巴蒂让我留下来吃晚餐，这令他妻子颇感不悦，可最终我还是留下来和他们一起用餐了。在那顿饭快要结束的时候，我能看出巴蒂已经爱上了你，他对你的爱清清楚楚地写在脸上。"

凯尔茜闭上了双眼，她能感觉到更多的泪水涌入了眼眶。

"待我们吃完晚餐之后，巴蒂留我在他们那里过夜，可是我想赶在雨水把我的马留在地上的踪迹冲掉之前就赶回去。当我收拾好驮包里的行李之后，准备去跟他们道别，可是我发现你们三人都待在小屋的前厅里，没有人出来送我。我想他们当时已经忘记了我的存在。他们的眼里只能看到你。"

凯尔茜感到腹部突然一阵痉挛。

"巴蒂说：'让我来抱着她。'于是格林夫人把你递给了他，随后——我永远都忘不了那一幕，陛下——格林夫人说：'从今往后，将由你……由你来负责给她爱。'

"巴蒂看上去和我一样深感困惑，后来她解释道：'这是我们的重大使

第十三章　苏醒

命，巴蒂。孩子们需要得到爱，不过他们也需要被严格要求，而后者你恐怕很难做到。如果我们让她的一切愿望都得到满足，那么她就会变成像她母亲那样的人。所以我们当中必须有一个人对她表现严厉，成为她不那么喜欢的人，这样一来她将来也能头也不回地走出这个房门。'"

凯尔茜闭上了双眼。

"他们是知道的，陛下。他们一直都知道。他们做出了牺牲，你应该为他们而哭泣，也应该因此而敬重他们。"

凯尔茜终于忍不住放声大哭，令她感到安慰的是梅斯既没有试图安抚她，也没有试图离开她。他只是坐在她的身旁，用双臂环抱着自己的两只膝盖，静静地望着坎铎尔河。凯尔茜的眼泪渐渐止住了，开始抽泣，不一会儿她的呼吸也渐渐平复了下来。

"你应该回去睡觉了，陛下。明天我们还得早起呢。"

"我睡不着。"

"试试看吧。你从佩恩身边偷偷溜走，可他竟浑然不觉，我得去对他进行适度的管教。"

凯尔茜张开嘴想要告诉梅斯其实自己并不在乎佩恩的失职，不过她最终却没有再说什么。在回来的旅途中，她对佩恩的怒气已经消散了。她意识到那是一种孩子气，难以抚平而又毫无意义……过去她常常在卡琳身上表现出这样的怒气。

凯尔茜将一只手搭在梅斯的肩膀上，让自己站了起来，接着抹了抹脸上的眼泪。可当她向前走出五步之后，却突然转过身来，"你失去了什么，拉扎勒斯？"

"陛下，你在说什么？"

"你曾告诉穆哈恩说你们都曾失去了一些东西。那么，你失去的是什么？"

"我失去了一切。"

凯尔茜因他语气里流露出的苦涩和怨恨而有些退缩，"那你如今又得到一些东西了吗？"

"我得到了，陛下，我得到了我认为很有价值的东西。你快去睡觉吧。"

第十四章
铁灵女王

这儿是铁灵，那儿是莫特姆森，
一个黑，一个红，
一个光明，一个黑暗，
一个充满活力，一个死气沉沉。
这是格林女王，那是红女王，
后者的灭亡势不可挡，
女王一行动，女巫就绝望，
格林女王大获全胜，红女王终将一败涂地。

——铁灵王国统治中期的孩童游戏歌谣

两天之后，发生了一件奇怪的事情。

藏书室里的凯尔茜坐在书桌旁，誊写着泰勒神父带来的历史书卷当中的一本。泰勒神父本人也坐在她身边，伏在桌上认真地誊写着。梅斯还找来了四名文书员进行誊写工作，不过凯尔茜和泰勒神父的写字速度是最快的。每当神父来访的时候，凯尔茜都会和他一起工作，并在誊写的间隙偶尔交谈几句。凯尔茜从未想过跟一名神父共处会是令人愉快的时光，可事实就是如此，和泰勒神父待在一起时她的确感觉舒适而愉悦，她认为自己从未去过的学校里面的氛围应该就是如此吧。

泰勒神父知道很多拓荒时期的历史，这是很有用的。自从凯尔茜从阿尔戈斯山口回来之后，满脑子就一直在想拓荒时期祖先们横渡大海的场景。当时是怎样的情形呢？他们勇敢无畏地航行在浩瀚无边的大海中，尽管自

第十四章　铁灵女王

己并不知道能否抵达对岸的陆地，甚至不知道海的另一边是不是真的有一块陆地存在。泰勒神父告诉凯尔茜，在海浪倾覆了白海轮之后，有一些还未被淹死的幸存者在等待救援，他们当中有医生，也有护士。然而当时的天气状况极端恶劣，那片海域中的其余船只都没法掉头施行援助，只得任凭那些暂时幸存下来的人自生自灭。他们起初在海水里拼命挣扎着，随后身体渐渐被海浪吞噬，只剩下头还留在海面上轻微颠簸着。凯尔茜的脑海里没法想象出当时的情形，不过她梦到过类似的场景，在梦中她在冰冷的海水里挣扎着，挣扎的力度越来越弱，最后眼睁睁地看着其余船只一个接一个地消失在了地平线上。那些船只要去的地方是一个全新的世界，那就是铁灵。

凯尔茜有些心不在焉地反复默念着自己正要誊写的段落，但最终她放下了手中的笔。她在想是否有人知道关于索恩的消息，这个十恶不赦的坏蛋已经在广袤的铁灵王国里失去了踪迹，不过梅斯一定会查明他的下落。梅斯和埃尔斯顿将索恩的逃脱视为对自己的极大侮辱，他们一定会找到他并把他带到凯尔茜的面前。想到这里，凯尔茜不禁颤抖了一下，脑子里充斥着愤怒和激动的情绪。

她偷偷瞥了泰勒神父一眼，发现他也正心烦意乱。他眉头紧锁，额上出现了两道深深的皱纹。他已经停下了誊写工作，只是呆呆地注视着墙角的几个书柜。

"你在偷懒了，神父。"她揶揄道。

神父抬起头来，脸上露出了羞怯而和蔼的笑容。他们已经开始不时互相开对方的玩笑，这样的进展令凯尔茜颇为高兴。"我的确有些心不在焉，陛下。很抱歉。"

"怎么了？"

泰勒神父紧抿着嘴唇，过了一会儿，他耸了耸肩说道："我想你最终也会知道的，陛下。教皇又患上了肺炎，他们说他活不了多久了。"

"对此我感到很难过。"

"你并不感到难过，陛下。我倒希望你别这么说。"

听了这话，凯尔茜突然转过头去瞪着泰勒神父，坐在角落里的佩恩也看着他。她本想就神父的讲话方式对他提出责备,但她觉得他的坦率还蛮可贵的,便决定不这么做了。"那现在教堂那边的情况怎么样呢?"

"所有的红衣主教都回来参加教皇选举会议,他们要选出一位新教皇。"

"候选人都有哪些人呢?"

泰勒神父再度抿了抿嘴唇,"陛下,名义上的候选人有好几个,不过其实最终的选举结果已经预先内定下来了。据说红衣主教安德斯将在一个月之内成为新任教皇。"

凯尔茜对红衣主教安德斯所知甚少,只知道梅斯认为他是个令人讨厌的家伙。"这个情况令你烦恼吗?"她问泰勒神父。

"他是一名足以胜任的管理者,陛下。但他或许并不是发自内心的虔诚。"泰勒神父挺直了腰板,紧紧闭上了嘴巴,在他认为自己说得太多的时候常常会做出这样的举动。凯尔茜用笔尖蘸了些墨水,准备继续自己的誊写工作。

"你要当心,陛下。"

"怎么了?"

"我知道……我还没告诉他们……陛下你是完全没有信仰的人。红衣主教安德斯是……我为陛下你感到担心,也为我们所有人感到担心。"

凯尔茜向后靠在椅背上,她因这名通常沉默寡言的神父的情感流露而感到有些吃惊。"他对你做过什么事情?"

"他对我倒没做过什么,陛下。"他瞪大眼睛看着她,"不过我相信红衣主教能做得出相当可怕的事情。我确信这一点……"

梅斯和威尔默走进了藏书室,泰勒神父顿时安静了下来。凯尔茜朝梅斯投去了有些恼怒的一瞥,顺带看了看时间:她还能和神父一起待上二十分钟,接下来她就得去见阿利斯了。

"陛下,有个东西你应该过来看一看。"

"现在吗?"

"是的,陛下。就在阳台外面。"

凯尔茜叹了口气,带着实实在在的遗憾心情看着神父。她并不知道神父正打算说些什么,可她感觉那些话必然值得一听。"我们这次的会面就到

第十四章 铁灵女王

这里吧,神父。希望你能平平安安地回到阿瓦斯大教堂去,祝愿教皇的身体能很快好起来。"

"谢谢你,陛下。"泰勒神父一边收拾自己的抄写簿,一边瞥了梅斯一眼。他脸上仍流露出极其担忧的表情,于是凯尔茜倾身对他低语道:"别担心,神父。我对任何人都充满了戒备,尤其是你们的红衣主教。"

他匆匆点了点头,苍白的脸上仍然带着不安的神色。阿瓦斯大教堂里有几名梅斯安插的间谍,据梅斯说,教皇因为泰勒神父没提供他想要的信息而极度不满。凯尔茜很想知道泰勒神父在阿瓦斯大教堂的处境究竟糟到了何种地步,不过她和神父的交情还没有深到能直接向他询问这种事情的程度。

神父离开之后,梅斯和威尔默领着凯尔茜穿过走廊去到了"阳台房间"。她的传令官乔丹从走廊尽头的一个房间里睡眼惺忪地走了出来,"你找我吗,长官?"

梅斯朝乔丹屈了屈手指,年轻人用手挠着头,跟着他们走进了"阳台房间"。如今梅斯要求这个房间的门口始终由两名侍卫把守着,今天当班的是卡伊和戴亚,当凯尔茜走近房间的时候,他们俩都朝她鞠了一躬。

"在这外面,陛下。"梅斯推开了通往阳台的门,略带寒意的阳光就这么照了进来。此时正值冬春更替,不过一直延伸到地平线的蔚蓝天空看起来就像夏天一样。凯尔茜跨出门框,走进了阳光中,舒服地抖了一下——刚从阴冷的室内来到沐浴着阳光的地方,她的皮肤和眼睛略略有些不适。梅斯示意她继续往前走,并指了指阳台的护栏外面,"在那下面。"

凯尔茜伏在护栏上往下一瞥,立刻就因自己的这一举动而感到后悔不已。这里差不多是凯普城堡的顶层,从这个高度往下看会令人头昏眼花。可是凯尔茜发现自己不愿转移视线,她的眼睛继续看着阳台外的景象。

阳台外是凯普草场,草场上的人很多,从护城河一直到山顶全都聚满了人。这样的场面使得凯尔茜想起了自己初来凯普草场那天的情景,那是一个月之前的事情,可给人的感觉像过了一个世纪那么漫长。不同的是,今天人们没有排成一列,他们的身旁也没有笼子。过了一会儿,凯尔茜发现人群中耸立着一个高过头顶的树状物体。"我的视力不怎么好。谁来告诉我一下那是什么？"

"陛下，那是插在尖头木桩上的一个人头。"威尔默回答道。

"是谁的头？"

"是你舅舅的，陛下，我先前已经下去确认过了。那根木桩上还挂着一块牌子，上面写着：送给铁灵女王的礼物——费奇敬上。"

尽管这份礼物令人略感不适，但凯尔茜还是笑了。她看了梅斯一眼，发现他正紧抿着嘴唇，似乎是在抑制自己的笑意。她突然明白了，今天的情形和她第一次在凯普藏书室里看到那些书时的情形极其相似，梅斯原本打算向凯尔茜呈现一份礼物，可他不愿坦承自己的这个想法。她很想像以往拥抱巴蒂那样去拥抱梅斯，不过她知道梅斯并不喜欢这种情感宣泄方式，于是她伸出双臂环抱在胸前，就像人们在感到寒冷时通常所做的那样，同时继续用眼角的余光瞥着梅斯。

是什么使他变成现在这样的？凯尔茜心想，他经历过什么事情？

威尔默继续说道："那根树桩被埋得很深，得用铲子才能把它挖出来。树桩上的人头保存得很好，陛下，看来有人用固定剂对它进行过处理，所以它不会腐烂。"

"它很适合用来做草场上的装饰物。"梅斯评论道。

凯尔茜再次伏在阳台护栏上俯瞰草场，她确信费奇此时就站在下面的人群中。这份礼物显然是他亲自送过来的。她希望自己能再见到他，并告诉他他对她的测试已经结出了超出他想象的好果实。"所有这些人是想干什么呢？"她问梅斯。

"他们想见到你，陛下。"梅斯告诉她，"你母亲从来都不敢进到市区去，这个阳台就是她专门用来向民众宣告事情的地方。民众发现你已经回到了凯普城堡，他们从昨天起就开始在凯普草场聚集起来了。负责在凯普城堡大门巡逻的侍卫说大多数民众昨天晚上都是在草场上过夜的。"

"可我没有什么需要宣告的事情啊。"

"你可以赶紧即兴发挥，陛下，否则我认为他们是不会离开的。"

凯尔茜再次看了看阳台外面，草场上的那些人看起来的确表现出了想要在那里安顿下来的样子。她能看到草场上有各种颜色的帐篷，还闻到了

第十四章 铁灵女王

烤肉的气味,而且远处有阵阵歌声传来,人的确很多。

"你来大声宣告吧,乔丹。告诉他们她就在这里。"

乔丹清了清嗓子,可是他的喉咙里传出了"呼噜呼噜"的痰液流动的声音,这更像是年龄更长的人嗓子里才会发出的声音。"抱歉,陛下。"他红着脸喃喃地说,"我感冒了。"

他深吸了一口气,倾身伏在护栏上,大声喊道:"铁灵女王驾到!"

整个草场上的人全都抬起头来,人群中发出了极大的喧闹声,凯尔茜觉得整个凯普城堡都为之震动了。她低头看着人海中的一张张脸,所有人都脸朝上热切地注视着她。她用双手握住护栏,朝阳台外面俯下身去,佩恩生怕她会失足落下阳台,赶紧伸手拽住了她的礼服后摆。凯尔茜举起双手,等待着人群渐渐安静下来。她上一次在凯普草场的经历就像是上辈子发生的事情,不过此时此地,她发现自己有很多话想要说出来。

"我是凯尔茜·罗利!伊丽莎·罗利的女儿!"

人们静静地聆听着。

"不过,我也是巴索罗缪·格林和卡琳·格林夫妇的养女!"

这时从下面的草场上传来了一阵低沉的"嗡嗡"声,人们彼此议论纷纷。凯尔茜闭上了眼睛,脑海里浮现出巴蒂和卡琳的形象,非常清晰,就像以往在真实生活中所看到的那样:他们正站在小屋的厨房里,巴蒂手里拿着他的栽培工具箱,而卡琳手里正捧着一本书。其实,凯尔茜心底深处的某个地方早就知道他们已经去世了,她已经有好几周的时间没有听到卡琳和巴蒂的声音出现在自己的头脑里。他们的声音渐渐离她远去了,取而代之的是另外一个声音,那是一个在她陷于困境、不知所措的时候出现的声音,严厉而坚定。

那是我自己的声音,凯尔茜无比惊讶地意识到了这一点,那不是卡琳的声音,也不是巴蒂的声音,而是我自己的声音。

"我的养父养母养育了我,并把我塑造成了现在的样子,而且他们为了我的事业献出了自己的生命!"她的声音已经嘶哑,但她喊得更大声了,"因此我要为自己换一个名字!从今往后,我就是凯尔茜·罗利·格林了!我的王权是属于格林家族的,我的孩子将以格林为姓氏,而我将不再是罗利女王,而是格林女王!"

这一次,人群中爆发出的极大喧嚣声几乎迫使她往后退缩,她觉得连护栏都在战栗,而她身后的门框似乎也在咯咯作响。凯尔茜没有别的什么话要说了,只好朝他们挥了挥手,不过这个举动看来起到了应有的作用。人们继续高声、长久地欢呼着,就好像他们想要的不过就是看着她,同时知道她也在上面看着他们而已。

我并不孤单,她意识到了这一点,眼眶里盈满了泪水。巴蒂说得很有道理。

她拭掉了泪水,对着梅斯低语道:"他们真容易被取悦。"

"不,陛下。不是这样的。"

民众开始唱起歌来,不过在凯尔茜所处的高度,她没法听清他们所唱的大部分歌词,只能偶尔听到自己的名字出现在歌声里。她抬眼看着自己的王国,实在是极为壮观的景象。远处的地平线从阿尔蒙特平原划过,将整个王国一分为二,可是凯尔茜仍然觉得整个铁灵王国都呈现在自己面前。尽管她的视力不太好,但她能看到自己国土上每一寸土地的所有细节,向北一直能看到菲尔维奇,向东能看到莫特姆森边境。她甚至能看到率领大军驻守在峭壁嶙峋的博德山脉上的霍尔上校,他们做好了防御措施,准备着应对莫特姆森军队的入侵。她眨了眨眼,随即又看到了莫特姆森那边的情形。跟她先前所看到的一样,条条大路从丛林中穿过,每条路上都有排成长队、身着黑色制服的士兵,以及四轮马车和攻城塔,此外还有在阳光下闪闪发光的大炮,所有这一切都势不可挡地朝着铁灵王国所在的方向行进。

凯尔茜的视线突然变得模糊起来,不再能看到莫特姆森的情景,不过随即她又能看到更为遥远的地方了。她的视线穿过了重重山峦,来到了新世界地图上看不到的海域,接着又来到了极远处像个小黑点一般的城市的天际线。这里的地形和铁灵及其周边地带都大不相同,凯尔茜的视线一路飞快地移动,根本来不及仔细察看各处的景象,甚至也来不及因这些景象匆匆而过而感到遗憾。她能看到一切,从将来到过去,她的视线扩展到了一个将时间和空间合二为一的地方。

第十四章　铁灵女王

紧接着这一切幻象突然消失了。凯尔茜再次眨了眨眼，眼眶里全是泪水。她低头看着自己的王国，一望无垠的田野与天空在远方交会。她的心隐隐作痛，这种感觉就好似从一场梦中醒来后却记不起梦境而怅然若失。她曾经是凯尔茜·格林，一个在森林里长大的女孩，深深地喜爱研究历史和阅读小说。不过现在她变成了另一个人，一个远不止凯尔茜那样简单的人。她就这样长久地站在这里，看着自己的王国，努力想要看清地平线那边的任何危险。

这是我的责任，她想道。这个想法令此时的她再无惧怕，只能体验到一种强烈的感激之情。

这是我的王国！